은마

銀馬

나남
nanam

작가_ 안정효

1941년 서울에서 태어나 1965년 서강대학교 영문과를 졸업하였다. 〈코리아 헤럴드〉, 〈코리아 타임스〉, 〈주간여성〉에서 기자로 활동하였고, 한국 브리태니커 편집부장, 〈코리아 타임스〉 문화체육부장을 역임하였다. 1975년 가브리엘 가르샤 마르께스의 《백년 동안의 고독》으로 시작하여 지금까지 150여 권의 책을 번역하였다. 대표 장편소설로는 《하얀전쟁》, 《은마》, 《할리우드 키드의 생애》, 《미늘》, 《솔섬》 등이 있다.

은마 (銀馬)

2012년 4월 30일 발행
2012년 4월 30일 1쇄

지은이_ 안정효
발행자_ 趙相浩
발행처_ (주) 나남
주소_ 413-756 경기도 파주시 교하읍
　　　 출판도시 518-4
전화_ (031) 955-4601 (代)
FAX_ (031) 955-4555
등록_ 제 1-71호(1979.5.12)
홈페이지_ http://www.nanam.net
전자우편_ post@nanam.net

ISBN 978-89-300-0602-6
ISBN 978-89-300-0572-2(세트)
책값은 뒤표지에 있습니다.

안정효 장편소설

은마
銀馬

나남
nanam

Silver Stallion

by

Ahn Junghyo

nanam

글쓴이의 말

아기장수 전설이 돌아오는 세월

한참 나이를 먹고 나면 몇 달은 고사하고 몇 주일 전에 만난 사람의 얼굴과 이름조차 잘 기억이 나지 않는 경우가 많아진다. 하지만 초등학교 2학년이었던 62년 전의 어느 하루는 나의 한평생 가운데 도저히 잊기가 쉽지 않은 그런 날이었다.

그날은 월요일이었고, 아침에 학교로 갔더니 선생님은 북한 공산군이 어제 남침을 해서 전쟁이 났으니까 우리들더러 얼른 집으로 가라고 하셨다. 당시 초등학교에는 남자 선생님들도 많았기 때문에 담임선생님이 남자였는지 여자였는지, 그리고 그런 말을 선생님이 운동장이나 교문 앞에서 나에게만 개별적으로 했는지 아니면 아이들을 모두 모아놓고 교실에서 했는지는 확실하게 기억이 나지 않는다.

날씨가 무척 화창했던 기억은 생생하다. 서울 마포의 용강'국민'학교 운동장 오른쪽 비탈에 우뚝하던 느티나무의 까치집이 퍽 다정하게 보였던 기억도 마찬가지다. 아니, 그날 아침의 날씨와 까치집에 대한 나의 정겨운 기억은 정확하지 않을지도 모른다. 어쩌면 그것은 하루 공부를 까먹는다는 기쁨이 왜곡해놓은 기억일 가능성도 크다.

어쨌든 우리들은 즐거워서 웃고 떠들며 집으로 돌아갔고, 그것이 나에게는 한국 남북전쟁의 시작이었다. 그날 오후부터 우리 동네 아이들은 신이 나서 마포 공덕시장 앞 전찻길을 따라 이리저리 몰려다니며 어른들의 전쟁 얘기를 재미있게 나누었고, 난생 처음 들어보는 "탱크"니, "대포"니, "군대"니, "비행기"니 하는 따위의 멋진 어휘를 부지런히 익혔다.

어린 시절을 전쟁에게 빼앗기는 첫 걸음을 우리들은 이렇게 내딛었다.

워낙 갑작스럽게 시작된 전쟁이었으므로 대부분의 서울 사람들이나 마찬가지로 우리 가족은 피난가지 못했고, 며칠 후에 붉은 깃발을 군용트럭과 탱크에 달고 휘날리며 길거리에 나타난 공산군의 차량행렬이 너무나 멋져 보여서 우리 동네 아이들은 제재소 담벼락에 나란히 올라앉아 환호성을 올리고 만세도 불렀다.

하지만 기쁨과 환호성은 잠시뿐이었고, 중공군의 참전에 이어 고달픈 피난살이가 시작되었다. 어린 소년은 손이 얼어터진 아이가 되어 눈사람처럼 옷을 잔뜩 끼어 입고 피난행렬을 따라 눈 덮인 산을 몇이나 걸어서 넘었고, 짐을 잔뜩 쌓아올린 마차와 소의 잔등에 매달린 아기들과 보퉁이를 이거나 등에 진 여자들 속에 끼어 끝없는 줄을 지어 겨울 벌판을 걸었다. 시골 길가 빈 집에 들어 방에 가득 들어찬 사람들이 새우잠을 자는 틈에 끼어 쪼그리고 앉아서 밤새도록 바깥 "행길(한길)"에서 차량들이 어디론가 달려가는 살벌한 소리도 들었다.

어린 나는 무척이나 많은 나날을 걷고, 또 걸었다. 왜 그렇게 많이 걸어야 하고, 사람들이 왜 모두 그렇게 무리를 짓고 어디론가 한없이 걸어야만 하는지 그때 나는 알 길이 없었다. 그저 사람들은 살기 위해 어디론가 자꾸만 자꾸만 어느 한쪽 방향으로만 가야 하는 모양이라고 막연히 생각했을 뿐이다.

"복사골" 소사읍(素沙邑)** 심곡리 4구의 외할머니 집에서 피난살이를 하던 무렵, 그곳 소남초등학교가 문을 열어 1년 만에 막상 다시 학교를 다니게 된 다음에도, 우리들이 교실에서 받은 '교육' 가운데 지금까지 내가 가장 뚜렷하게 기억하는 내용들이란, 국제연합(the United Nations)에 관한 열성적인 설명 이외에는, 전쟁에서 살아남기 위해 알아둬야 했던 "비상시의 행동요령"이 대부분이었다.

비행기가 날아와서 폭격을 시작하면 밭고랑이나 도랑처럼 움푹한 곳에 납작 엎드려 두 눈과 귓구멍을 손가락으로 꼭 눌러 가리고 입을 크게 벌려야 눈알이 안 빠지고 고막도 터지지 않는다든가, 폭탄이 떨어질 때 동그랗게 보이면 바로 내가 숨은 곳으로 떨어지니까 얼른 몸을 다른 자리로 피하고, 오이처럼 길쭉하게 보이면 먼 곳에 떨어지니까 안심해도 괜찮다는 둥, 그런 얘기들을 우리는 동화처럼 외우며 자랐다.

피난 시절에 대해서는 이런 기억도 생생하다. 폭격으로 무너진 농협창고에서 기찻길로 쏟아져 나온 납작보리를 가지러 동네 여자들이 몰려갔던 날, 엄마와 외할머니가 한참 동안 승강이를 벌였다. 공산군의 군량미 수송을 차단하기 위해 미군 비행기들이 가장 열심히 폭격했던 곳들 가운데 하나가 철도나 식량창고였다. 그러니까 먹을거리를 구하러 창고로 갔다가 혹시 다시 비행기가 날아와서 폭탄을 쏟아 부으면 언제 죽을지 모를 일이어서, 어린 우리들을 보살피려면 두 사람 가운데 한 사람이 집에 남아야 했는데, 어머니와 외할머니는 서로 내가 목숨을 걸 테니 다른 사람이 집에 남아야 한다고 다투었다.

승강이가 계속되는 동안 동네 여자들이 자꾸 몰려가 곡식을 퍼 가리라는 생각을 하니 더 이상 지체하면 안 되겠다고 판단한 두 사람은 결국 함께 목숨을 걸고 소사역으로 허겁지겁 달려갔다. 두 사람이 무사히 살아서 돌아오기만 바라며 그날 나는 집에서 무작정 기다렸다. 그리고 전쟁 동안

・ 복사골: '복숭아가 많이 나는 고장'이라는 뜻.
・・ 소사읍(素沙邑): 지금의 부천시.

에는 기다림이 무척 많았다.

어린 아이가 젖먹이까지 해서 넷이었기 때문에 우리 가족은 피난을 멀리 가지 못하고 소사로 돌아와 텅 빈 마을에서 살았고, 그래서 취사를 맡길 여자들을 구하기가 힘들었던 인민군들은 엄마와 외할머니를 부대로 끌고 가서 밥짓는 일을 시켰다. 그리고 몇 달 후에는 후퇴했다가 돌아온 국군들에게 밥을 지어주러 날마다 엄마와 외할머니가 다시 부대를 드나들었다.

그래서 엄마가 부대에서 일하고 품삯 대신 얻은 누룽지와 고기 몇 점을 챙겨 가지고 저녁에 집으로 돌아올 때까지, 나는 하루 종일 툇마루에 앉아 햇볕을 따라 조금씩 자리를 옮기면서 양지쪽에 쪼그리고 앉아 한없이 기다렸다. 어두컴컴하고 썰렁한 방안이 무서워 들어가기가 싫었기 때문에 마루에 나와 혼자 앉아서, 어서 날이 저물고 엄마가 돌아와 같이 지낼 시간만 나는 한없이 기다렸다. 나에게는 동생이 셋이었지만, 그때 그들이 어디에서 무엇을 했는지 지금은 전혀 기억이 나지 않고, 어쨌든 그래서 나는 혼자 기다렸다.

그리고 나는 이웃에 사는 성범이와 기영이를 따라 소래산으로 올라가 칡뿌리를 캐고 돌아다니기도 하고, 골짜기를 뒤져 엠원과 카빈과 기관포 심지어는 박격포의 불발탄을 주어다가, 밭두렁에 둘러앉아 돌멩이로 탄알을 조심스럽게 두드려 탄피를 벗겨내고 화약을 뽑아 불을 붙이고는, 파지작거리며 타들어가는 신기한 파란 불꽃을 구경하거나, '파이프 총'을 만들어 이것저것 쏘며 돌아다녔다.

파이프(pipe) 총이란 수도관을 짧게 잘라 총신으로 사용하고, 한쪽에 나무 손잡이를 달아서 동네 아이들이 만든 장난감 권총이었다. 아무리 장난감이라고는 하지만 화약을 넣은 탄알을 따로 만들어 양초로 밀봉하고는 장전하여 '새총' 고무줄로 못이 뇌관을 때려 격발하도록 했으니, 지금 생각하면 참으로 위험하기 짝이 없는 물건이었다.

우리 동네에는 미군 부대가 주둔한 부평으로 밤이면 일을 나가던 '양색시'*도 한 명 살았다.

집이 어디인지는 몰랐지만 우리들은 추레한 시골 아낙들과는 달리 곱게 화장을 하고, 짤막한 치마에 멋진 양산을 쓴 화려한 양공주가 지나가면 신기한 구경거리라고 생각해서, 동네 '미친년'을 보면 늘 그러듯이, 졸졸 쫓아다니며 "야앙갈보… 또옹갈보…"라고 놀려댔다. 지금 생각하면 참으로 잔인한 짓이었다.

그리고 밤에는 동네 여자들을 강간하려고 미군들이 집집마다 뒤지며 돌아다니고는 했다. 이들 양공주와 미군들에게서 받은 충격의 기억은 결국 훗날 〈은마〉라는 소설의 형태로 재생되었다.

도화동 철길에서 메뚜기를 잡다가 B-29의 폭격을 받아 함께 도망치다가 금강의원 뒷골목에서 죽은 자전거포 아이, 장바닥의 구두닦이들과 양아치 동무들과 벌였던 노름판, 밥 대신 맛있게 먹었던 꿀꿀이죽과 재강,** 온몸에 끓는 이를 없애준다며 미군 병사들이 길거리에서 예방주사를 놓듯 뿌려주던 DDT 가루, 후퇴하던 공산군이 불을 질러 집이 홀랑 타서 움막을 짓고 살았던 장바닥 골목, 모처럼 한 번씩 사다 먹었던 맛있는 '술국'…. 서울 마포에서 보낸 어린 시절에 얽힌 다른 추억이다.

그렇게 3년 동안의 전쟁이 끝나고는 별로 행복하지 않았던 어린 시절에 대한 기나긴 새김질이 무려 60년이나 뒤따랐다.

휴전이 이루어진 다음 10년 세월이 흘러 영문학을 공부하려고 대학에

• 양색시: 미군을 상대하는 창녀.
•• 재강: 술지게미.

들어간 나에게는 서강대학교가 이상적인 배움터였다.

당시 그곳에서는 영문과의 거의 모든 과목을 1학년 때부터 미국인 성직자나 학자들이 직접 영어로 강의했고, 그래서 우리들은 《베오울프》(Beowulf), 《가웨인 경과 녹색의 기사》(Sir Gawain and the Green Knight), 《농부 피어스》(Piers the Ploughman)를 비롯하여 《애디슨과 스틸 산문집》(Addison and Steele: Selections from The Tatler and The Spectator)이나 밀턴의 《실락원》(The Paradise Lost) 뿐 아니라 빅토리아 시대 및 낭만파 영시 그리고 셰익스피어의 주요 작품들 같은 고전을 '원서'를 교재로 삼아 배웠으며, 《캔터베리 이야기》(The Canterbury Tales)는 아예 중세 영어로 공부했다.

대학에서 내가 특히 좋아했던 과목은 현대 영미문학 강좌였다. 우리들은 현대소설 강좌를 통해 조셉 콘래드, 제임스 조이스, 아더 밀러, 테네시 윌리엄스 같은 작가를 접했고, 한국에는 거의 알려지지도 않았던 다양한 작품들도 공부할 기회를 얻었다. 그 가운데 한 작품이 20년 후 1983년에 노벨문학상을 수상할 때까지 한국에는 소개된 적이 거의 없었던 영국 소설가 윌리엄 골딩(William Golding)의 《파리대왕》(The Lord of the Flies, 1955년 작)이었다.

골딩 소설에서 나는 사람들이 흔히 순진하다고 생각하는 아이들이 때로는 얼마나 잔인한 짐승으로 돌변하는지를 깨닫고 크게 놀랐으며, 소년 시절에 복사골에서 우리들이 부평 양공주에게 얼마나 못된 짓을 했는지를 조금씩 가책하기 시작했다. 그리고 결국 나는 우리들이 어려서 겪은 전쟁을 〈파리대왕〉과 비슷한 시각으로 고발하는 소설의 구상에 착수했다.

시장 한복판에 박힌 우리 집은 분위기가 어수선하고 답답하여 글을 쓰기가 나빠서, 나는 방학만 되면 날마다 도시락을 싸들고 아침 일찍 텅 빈 학교 도서관에 나가 앉아 열심히 습작시대를 보내야 했다. 그런 나를 보고 같은 영문과의 후배 여학생 황혜자가 그녀의 부모가 사는 시골집에 가서 작품을 써보면 어떻겠느냐고 제안했다. 그래서 3학년이 되던 1964년 7월 여름방학을 맞아, 나는 마침내 '양갈보' 소설을 쓰려고 강원도 춘성군 서면 금산리 "황 면장(후배 여학생의 할아버지) 댁"으로 가서 한 달 동안 칩거했다.

어린 시절의 기억을 더듬어 쓰게 될 양공주 얘기는 당연히 복사골 소사를 무대로 삼을 계획이었다. 하지만 금산리에 도착한 지 며칠 만에 소설을 '현지화'하기로 작정했던 까닭은 그곳의 지리적인 여건과 풍광 때문이었다.

50년 전 소양강에는 댐이 하나도 없어서 지금 거대한 저수지가 올라앉은 바닥에 구불거리는 시골 강이 하나 흘렀고, 금산리로 들어가려면 춘천역 뒤쪽 가파른 비탈을 미끄러져 내려가 자갈 바닥이 훤히 보일 정도로 얕은 소양강을 쪽배로 건너고, 그때는 무인도였지만 훗날 문화방송 강변가요제가 열리는 무대가 된 중도를 한참 걸어서 횡단하고, 그리고는 다른 나룻배를 타고 북한강을 또 건너야 했다.

첫인상부터가 참으로 평화롭고 낭만적인 곳이었다. 후배가 그려준 지도 한 장을 달랑 들고 처음 마을을 찾아 들어가면서 나는 배경이 이토록 낭만적이면 비극적인 내용이 그만큼 더 돋보이리라는 계산을 냉큼 했다. 짐을 풀고 대충 둘러보니 금산리뿐 아니라 인근의 현암리와 월송리도 이미 줄거리 구성을 끝낸 내 소설에 그대로 완벽하게 어우러졌고, 서면 여기저기 자리 잡은 서당과 능참봉의 집과 방앗간 그리고 멀리 보이는 삼악산도 부족할 바가 없는 소설적 배경으로 만만했다.

내가 머물었던 황 면장 댁은 지금 금산리로 찾아가면 당시 모습 그대로 남아 있고, 그곳 문간방 툇마루에서 나루터로 나가는 흙길 쪽을 보면 외딴 집 한 채가 눈에 띄었다. 집 앞에 밤나무 한 그루가 서 있기에 나는 그 집에 '밤나무집'이라는 이름을 붙여주었다. 저런 집에서 여자가 혼자 살면 미군에게 강간을 당하기가 십상이리라는 상상이 쉽게 뒤따랐다. 그래서 밤나무집에 사는 여주인공 언례를 강간하러 밤중에 찾아올 미군들은 중도에 주둔시켜야 되겠다는 설정도 했다.

나는 소반에 공책을 펴놓고 툇마루에 앉아 날마다 그 집을 쳐다보며 어린 시절의 기억을 금산리 이곳저곳에 줄줄이 늘어놓았다. 〈밤나무집〉(The Chestnut House)이라고 처음 제목을 붙였던 영문소설의 첫 원고가 그렇게 이루어졌다.

개학을 하고 학교로 돌아간 나는 그해 11월까지 〈밤나무집〉의 퇴고를 한 차례 거쳤으며, 다음 해인 1965년 3월 9일까지 세 번째 쓰기를 끝냈다. 학교를 졸업하고 군대에 가서 육군본부 참모총장실에 근무하던 무렵인 1966년 4월 8일까지 네 번째, 그리고 같은 해 6월 15일까지 다섯 번째 퇴고작업을 했다.

대학 2학년에서부터 이때까지 나는 여덟 권의 장편소설을 영어로 써서 여러 미국 출판사에 원고를 보내고는 했지만, 끝내 한 편도 팔지 못했다. 여러 해 동안의 도로(徒勞)에 지친 나머지 나는 작가가 되기를 포기하고 훌륭한 종군기자가 되어보겠다는 새로운 포부를 품고 베트남으로 떠나기 전에 '마지막'으로 〈밤나무집〉의 원고를 출판사에 우송하면서, 반송 우편료를 보내지 않았다.

참으로 머나먼 옛날이었던 1960년대에는 영문소설 원고를 작성하려면, 펜촉에 잉크를 찍어 공책에 한 줄씩 손으로 적어 내려가야 했고, 작품이 완성된 다음에는 타자기로 다시 정리하여, 먹종이(carbon paper) 사본은 작가가 보관하고 원본을 출판사로 보내고는 했다. 그리고 출판사에 작품을 보낼 때는 채택되지 않는 경우에 원고를 돌려받고 싶으면 반송우표를 함께 보내야 했는데, 우리나라에서는 미국 우표를 구입할 길이 없었으므로 광화문 우체국까지 나가서 우편료를 일일이 계산하여 국제 우편딱지(international postal coupon)를 사서 동봉하는 번거로움을 거치고는 했다.

대학을 졸업하면서 나는 〈밤나무집〉이 출판될 가능성이 전혀 없으리라는 판단에 따라 작가가 되려는 꿈을 접겠다는 마음이었으므로, 원고를 돌려받기 위한 우편딱지를 동봉하는 번거로운 조처를 취하지 않았고, 몇 달 후에 전쟁을 하러 베트남으로 떠났다. 하기야 전쟁터에서 무사히 살아 돌아오기나 할지도 알 길이 없었던 터여서, 이 무렵의 나는 여러 해 동안 쓰기는 열심히 썼어도 원고에 대한 애착이 삭을 대로 삭아버린 상태였다.

베트남을 다녀오는 사이에 이렇게 세상에서 없어질 뻔했던 〈밤나무집〉의 원고를 1967년에 되찾은 사연을 나는 1990년 〈세월의 뒷모습〉이라는 단편소설로 엮어서 문학지 《현대소설》에 발표했다. 나에게는 그것이 희한할 지경으로 신기한 사건이기 때문이었다.

〈세월의 뒷모습〉의 주인공 조지 시드니(George Sidney) 박사는 서강대학교에서 〈파리대왕〉을 비롯한 영국과 미국의 현대소설을 가르친 풀브라이트 기금 교수였으며, 한국전쟁 당시 인천 상륙작전에 해병으로 참가했던 경험을 소설로 쓰겠다는 확고한 목적을 가지고 한국을 찾아온 미국인이었다. 나중에 그의 소설 《죽음과 희롱하는 사나이들》(For the Love of Dying)은 서울대학교 총장 등을 역임한 김종운 교수의 번역으로 을유문화사에서도 출판했다.

우리 두 사람은 곧 가까운 사이가 되었고, 그는 내가 소설에 몰두하여 지내던 금산리로 찾아오기까지 하며 〈밤나무집〉이 태어나는 과정에 유난히 큰 관심을 보였다. 하지만 그는 다른 교수들처럼 내가 쓴 글에서 문법을 바로잡거나 하는 따위의 도움은 주려고 하지 않았다. 우리나라에서도 마찬가지 현실이지만 정말 잘 쓴 작품이라면 문법 따위는 그리 큰 문제가 되지 않으며, "글쓰기는 스스로 터득해야지, 누가 대신 문장을 다듬어 준다고 해서 될 일이 아니다"라고 그는 분명하게 말했다.

대신에 그는 4학년 겨울방학 어느 날 나를 명동으로 데리고 나가서 중고품 로열(Royal) 타자기를 사주었다. 그 무렵 서강대학교 전교생 200여 명 가운데 타자기를 소유한 학생은 한국은행 총재의 아들 한 사람뿐이었고, 그래서 외국으로 원고를 만들어 보낼 때마다 내가 타자기를 구걸하러 다니는 꼴이 시드니 교수의 눈에는 퍽 측은해 보였던 모양이다. 타자기 값은 "작가로 성공한 다음에" 갚으라고 말한 그는 내가 영자신문 기자로 6개월가량 일하다가 군에 입대한 다음 한국을 떠났고, 얼마 후에 그의 한국전쟁 소설이 미국에서 출판되었다.

나는 1968년 1월에 베트남 복무를 끝내고 귀국해서, 제대하자마자 다른 영자 신문사에서 기자로 근무하기 시작했다. 그리고는 제대한 지 겨우 몇 주일 후에, 나는 시드니 교수를 다시 만났다. 그가 잠시 방한했던 이유는 지금 기억이 나지 않지만, 어쨌든 모처럼 만난 김에 나는 저녁에 그를 무교동 낙지집으로 초대해서 막걸리를 사며 베트남에서 열심히 저축한 돈으로 다짜고짜 타자기 값부터 갚았다. 그는 돈을 받으려는 생각이 애초부터 없었지만, "가난한 한국 청년의 자존심을 존중하는 쪽을 선택"했다. 막걸리 잔을 몇 차례 주고받은 다음 그는 나더러 요즈음에도 글을 열심히 쓰는지를 물었다.

내가 베트남전에 관한 소설을 쓰는 중이라고 했더니 시드니는 그렇게 여러 작품을 자꾸 집적거리지 말고, 〈밤나무집〉처럼 훌륭한 소설 하나만 가지고 승부를 내라고 충고했다. 나는 〈밤나무집〉의 원고를 '잃어버려' 없어졌다는 거짓 고백을 했다. 그는 기가 막힌다는 듯 잠시 침묵을 지켰다. 그리고는 1964년에 그에게서 평가를 받고 싶어서 내가 읽어보라고 주었던 먹종이 사본을 그가 아직도 간직하고 있으니 돌려주마고 말했다.

그렇게 해서 되찾은 사본 원고를 가지고 1968년 2월까지 여섯 번째로 고쳐 쓰는 작업을 했고, 같은 해 11월 16일에 일곱 번째로 다시 고쳐 써서 미국의 출판사로 보냈지만, 역시 팔리지를 않아서 〈밤나무집〉에서는 일단 손을 뗐고, 우리말 소설 〈하얀 전쟁〉의 모체가 된 〈돌아오니 고향이 아니더라〉에 매달려 다시 오랜 시간을 보냈다.

그러고도 또 15년이 지나서야 〈하얀 전쟁〉*을 계간 《실천문학》에 발표하여 창작생활의 길로 들어선 나는 옛날에 써서 여기저기 처박아 두었던 원고들을 찾아 다시 정리하기 시작했다. 가장 먼저 꺼내든 〈밤나무집〉의 영문 원고는 다행히도 몇 장만 빠지고는 말짱하게 남은 상태였다. 이 원고를 바탕으로 삼아 1986년 여름에 해운대로 내려가 한 달 동안 처박혀 우리말로 옮겨 단행본으로 발표하면서 일단 붙였던 제목이 《갈쌈》이었다.

솔직히 필자의 감각으로는 지금까지도 〈밤나무집〉이라는 본디 영어 제목이 이 책에 가장 잘 어울린다고 믿는다. 소박하고 단순하여 오히려 은은한 뒷맛이 그만큼 깊은 제목이기 때문이다. 환상에 이끌린 열정과 고통스러운 환희 속에서 온갖 정성을 들여 소설을 한 줄 한 줄 엮어내어 처음 탈고를 했던 스물세 살 대학생 시절부터 고희를 넘겨버린 지금까지도 그 믿음은 전혀 달라지지 않았다.

하지만 "제목이 지나치게 밋밋하다"고 반대하는 출판사의 반대에 부딪혀 결국 〈갈쌈〉을 받아들였지만, 막상 출판이 된 다음에는 〈갈쌈〉이 "길쌈"이냐 "칼쌈"이냐 언론 매체들이 기사를 쓸 때마다 한때 제목을 놓고 갈팡질팡 헤매기도 했다.

미국에서 영문판이 출판될 때도 사정은 마찬가지였다.

영문판 《하얀 전쟁》(White Badge)이 1987년 1월에 미국에서 출판 계약이 이루어지자 크게 용기를 얻은 나는 1988년에 〈밤나무집〉 영어 원고를 마지막으로 한 번 더 손질하여 소호출판사(Soho Press)로 보냈고, 금산

---

* 하얀 전쟁: 당시 제목은 "전쟁과 도시".

리에서 여름방학을 보낸 지 25년의 세월이 지나서야 마침내 〈밤나무집〉의 출판계약이 뉴욕에서 이루어졌고, 지극히 당연한 일이었지만 나는 영문판 소설을 조지 시드니 박사에게 헌정했다.

그렇게 해서 해외 문단으로 나가보겠다는 오랜 숙원이 겨우 이루어지기는 했지만, 내가 선호하는 〈밤나무집〉은 물론이요 〈전쟁의 아이들〉(The Children of War) 이란 제목도 미국 출판사가 탐탁지 않게 여겨, 결국 《은마》(Silver Stallion) 라는 새로운 제목이 태어났다.

영어 소설이 미국 언론에서 비교적 긍정적인 호평을 받은 다음 우리말 《갈쌈》을 새 출판사로 옮길 때는 난해한 제목을 버리고 영어 제목을 활용하자는 제안을 나로서는 거부할 마땅한 여지가 별로 없었고, 그래서 《은마는 오지 않는다》라는 제목이 등장했다.

〈밤나무집〉의 수난은 제목에서 끝나지 않았다. 내 작품들을 펴내던 출판사가 파산하는 바람에 《하얀 전쟁》과 더불어 《은마는 오지 않는다》가 절판되어 무려 20년 동안이나 우리나라에서 자취를 감추게 되었으니 말이다.

한국에서 가사상태를 거치는 동안 〈밤나무집〉이 그렇다고 해서 일방적으로 수난만 당했던 것은 아니다. 비록 영어로부터의 중역이기는 했지만 독일에서 《은마》(Der silberne Hengst) 가 출판되었고, 그보다 먼저 덴마크어로도 번역되어 그곳 펜클럽의 초청을 받아 50이 넘은 나이에 난생처음 유럽 여행의 기회도 가졌다.

덴마크어 출판은 우발적인 사건이었다.

아직 생존하며 나보다도 나이뿐 아니라 번역한 저서가 훨씬 많은 덴마크의 여성 번역문학가 울라 워렌(Ulla Warren) 이 여행 중에 뉴욕 책방에서 우연히 《은마》를 발견했다고 한다. 소호출판사의 사장 유리 유레빅스(Juris Jurjevics) 는 1988년 올림픽을 한국이 유치하면서 자주 텔레비전 뉴스에 등장하던 태극기를 보고 "퍽 인상적"이라고 생각해서, 《하얀 전쟁》뿐 아니라 《은마》의 표지와 세모지에 "한국의 소설"(*A Novel of Korea*)이라는 말과 더불어 태극 문양을 넣었는데, 이것이 울라의 눈에 띄었다. 영국인 남편과의 사이에 아이가 없어서 한국인 사내아이 둘을 입양하여 키워낸 울라였기 때문에 뉴욕의 책방에서 태극 문양이 박힌 소설이 눈에 당장 띄었노라고 했다. 울라는 호기심에 《은마》를 한 권 사서 읽어보고는 마음에 들어 번역에 착수했다는 얘기였다.

울라가 접촉한 덴마크 출판사(Husets Forlag/S. O. L.)는 보르헤스, 랭보, 불가코프, 로르카, 푸시킨 등 전 세계의 고전을 전문으로 출판하는 곳이어서, 나로서는 퍽 큰 영광이라는 생각이 들고 무척 고맙기도 했다. 그래서 나는 울라뿐 아니라 그녀가 입양한 두 아들을 몇 차례 한국으로 초대하여 우리 집에서 몇 주일씩 묵어가게 해서 이제는 내 딸과 아내까지도 유럽에 가는 길이면 울라에게 꼭 들르고는 하며 한 가족처럼 서로 왕래하는 사이가 되었다.

언젠가 함께 우리나라 전국일주 여행을 할 때 나는 금산리로 울라를 데리고 가서 내가 소설을 집필한 황 면장 댁의 문간방과 작품의 무대가 된 현장을 보여주었다. 〈은마〉에 관한 텔레비전 문학 프로그램이 제작될 때도 나는 몇 차례 방송국 사람들에게 '현장' 안내를 했고, 1995년경 EBS-TV에서 〈문학산책〉을 만들 때는 제작진의 제안에 따라 동네사람들을 상대로 수소문하면서 장군봉의 전설적인 동굴을 찾아 올라가기도 했다.

골딩의 〈파리대왕〉처럼 아이들이 전쟁이라는 형태의 폭력을 학습하는 내용의 소설을 쓰려고 처음 금산리로 들어갔을 때만 해도 나는 현암리 장군봉의 아기장수 전설에 대해서는 전혀 아는 바가 없었다. 작품에 현실감을 부여하기 위해 주변의 여러 동네를 틈틈이 답사하다가 백마와 장군의 전설을 우연히 듣게 된 다음에도 나는 장군굴이 실제로 그곳에 존재하리라고는 믿지 않았고, 그래서 구태여 찾아볼 생각조차 없었다.

나는 당시 처음 접한 백마 장군 설화에 나름대로 자유분방한 상상력(poetic license)을 가미하고 채색하여, 아이들이 성인식을 치르듯 경험하는 일종의 성배 찾기(the Quest) 모험으로서 이 소설의 주제를 뒷받침하는 하나의 작은 장치로 엮었을 뿐, 별로 큰 의미를 부여하지 않았다. 하지만 〈문학산책〉을 간 우리들이 어느 마을사람을 따라 현암리 면사무소 뒤쪽 장군봉으로 올라가서 확인해 보니, 전설의 동굴이 분명히 존재했다.

나는 무척 실망했다. 그토록 나의 젊은 상상력을 자극했던 장군굴은 송악(松嶽)까지 다다르는 비밀의 지하 통로와는 거리가 멀어서, 피난시절에 우리 집 뒤쪽 언덕에 외할머니와 어머니가 호미로 파놓았던 방공호처럼 작은 구덩이에 지나지 않았다.

그리고는 또 얼마쯤 시간이 흐른 다음에 나는 전신재(全信宰) 교수의 논문 "언례의 고통과 은마"(《춘천문학》 2, 1992년 10월)를 읽고서야 장군봉의 전설이 우리나라 여러 곳에서 전해 내려오는 아기장수 설화의 한 갈래였다는 사실을 뒤늦게나마 접했고, 그래서 이번 개정판에서는 전설의 내용을 부분적으로 바로잡는 과정도 거쳤다. 현암리 현지로 답사까지 다녀온 전 교수는 적어도 네 가지 다른 내용(version)의 장군봉 설화가 전해 내려온다면서, 이런 사례도 알려주었다.

"장군봉의 장군굴에서 어린아이가 태어났다. 그 아이는 겨드랑이에 날개가 달리고 기골이 장대한 장수의 기상을 가지고 있었다. 장수가 났다는 소문이 퍼지자 나라에서는 후환을 염려하여 그 아이를 장군굴에 몰아넣고 쇳물을 부어 죽였다."

그렇다면 지금의 장군굴은 당연히 입구가 막힌 상태라는 설명이 가능해지지만, 어쩐지 그것은 '막힌' 굴을 보고 나중에 지어낸 얘기가 아닐까 싶기도 하다.

아기장수와 더글러스 맥아더 장군을 연계한 나름대로의 문학적 장치는 영문판에 이어 우리말 소설에서도 〈은마〉라는 제목의 빌미를 제공했지만, 울라 워렌의 덴마크어 번역 제목은 〈장군의 회귀〉(*Generalens Genkomst*)였다. 더 자연스러운 표현으로 바꾸면 "돌아온 아기장수"인 셈이다. "돌아오기를 기원하던 아기장수는 돌아오지 않고 '양키 장군'과 그의 못된 장졸들이 나타났다"는 주제를 제대로 행간에서 읽어내고 선택한 표현이라고 여겨진다.

지금보다는 상대적으로 훨씬 순수하고 젊었던 시절에 열정에 빠져 쓰기 시작한 소설이, 숙성의 과정을 한참 거치고는 25년 후에야 출판이 되고, 절판의 동면기를 거쳐 또 25년이 지나, 이제 다시 한 번 대폭적인 손질을 거치며 노년의 시각까지 가미한 수정판을 내게 되었다.

그것도 하필이면 대재앙과 인류의 종말에 관한 소문이 상업적으로 창궐하는 2012년에 죽었던 작품이 되살아난다는 행운은 "돌아온 아기장수"의 전설을 마무리하는 '부활'이라고 해도 부족함이 없겠다.

2012년 화사한 봄에
안정효

안정효 장편소설

은마
銀馬

글쓴이의 말 · 5

제1부
전쟁이 오는 마을 · 23

제2부
무인도로 찾아오는 사람들 · 121

제3부
텍사스 타운 · 197

제4부
어둠속의 아이들 · 285

제5부
떠나가는 마을 · 377

작품리뷰 _ 허버트 미트갱 · 제프 댄지거
브라이언 알렉산더 · 483

작품해설 _ 고승철 · 492

제1부

전쟁이 오는 마을

그들은 누가 조심스럽게 발걸음 소리를
죽이며 마당을 건너 방 쪽으로 오는 소리를
듣고는 숨이 막힐 듯 무서워서 입을
다물었다. 다가오던 사람은 잠깐 궁리를
하는지 문 앞에서 걸음을 멈추었다. 달빛에
사람의 그림자가 창호지 문으로 드리웠다.
다시 그림자가 움직였고, 점점 커지면서
문으로 가까워졌다. 그는 키가 큰,
철모를 쓴 군인이었다.

하나

황승각 노인이 대문을 활짝 열어 새벽을 맞았다. 해는 아직 오르지 않았고, 희끄무레하게 천천히 벗겨지는 동녘 하늘에서는 늦은 별들이 산을 넘고 싶지 않아서 머뭇거렸다. 들판에 두어 채씩 흩어진 초가집 토담집 낮은 굴뚝에서 하얀 연기가 피어오르다 말고 안개처럼 처마에 걸려 옆으로만 퍼지는 아침은 날마다 보아도 분명히 똑같은 풍경이었지만, 오늘은 어느 한쪽이 분명히 달랐다.

강 건너 읍내 쪽으로 눈을 돌리면 승천하다 말고 허공에 걸린 채로 죽어버린 용의 껍데기처럼 아직도 느릿느릿 시꺼먼 연기 기둥이 봉의산보다도 높이 솟았다. 어제 낮부터 시작된 공습이 밤새도록 줄기차게 계속되더니, 춘천 철도역 부근에서는 날이 밝아도 집들이 줄창 불타는 모양이었다.

황 노인은 얼굴을 찌푸렸다.

어제 아침까지만 해도 금산리(錦山里) 사람들에게는 전쟁이란 조금도 실감이 나지 않는 남의 얘기처럼 여겨졌었다. 이곳 서면(西面)의 여러 마을은 춘천 읍내와의 사이에 소양강과 북한강을 멀찌감치 앞에 끼고 앉아서 바깥사람들의 왕래가 워낙 드물었고, 기껏 북쪽 군인들을 봤다는 사람들조차도 열무나 새끼 다발을 팔러 읍내에 나갔다가 따발총을 메고 누런 군복을 입은 그들이 붉은 깃발을 단 건물 앞에 버티고 선 모습을 먼발치서 보기는 보았는데 겁이 나서 가까이 가지도 못했다는 정도가 고작이었다.

난리가 터졌다는 소문을 들은 지가 석 달이나 되었는데도 도대체 어디서 누가 무슨 전쟁을 한다는 소리인지 마을사람들은 잘 알지도 못해서, 인민군이 탱크를 몰고 낙동강까지 단박에 내려갔다느니, 여러 나라 군인들이 배를 타고 다시 덕적도와 월미도라는 섬을 빼앗고는 인천을 거쳐 곧 서울로 돌아올 모양이라느니, 다른 나라 얘기처럼 까마득한 소문에 그냥 고개만 건성으로 끄덕끄덕하고 말았다.

전쟁이 남긴 흔적을 구태여 꼽는다면 독가마골 윤주 아범이 얼마 전부터 읍내의 인민군들과 어울려 다니더니 국방군이 곧 돌아오리라는 풍문이 나돌기 시작하자 최근에 행방이 묘연해졌다는 정도였는데, 아마도 그가 의용군으로 나간 모양이라느니 하는 막연한 소문조차도 마을사람들은 건성으로 들어 넘기다가 이제는 그나마도 다 잊어버리고 말았다.

황 노인은 가늘게 찌푸린 눈을 다시 읍내 쪽으로 돌리고는, 잠시 근심스러운 생각에 잠겼다가, 머리를 갑자기 설레설레 흔들었다. 춘천에서 어제부터 벌어진 사태가 어쩌면 금산리에도 곧 옮겨 붙을지 모른다고 그는 은근히 걱정했다. 노인은 금산리 마을에서 대대로 8대나 살아온 황 씨 집안의 어른으로서 얼마 남지 않은 식솔의 앞날을 염려하기보다는, 하늘과 밭일 말고는 배운 바가 없어서 세상을 별로 알지 못하는 사람들, 그러니까 그가 사는 강변 마을뿐 아니라 서면 전체 사람들의 앞가림을 도맡아서 대신 걱정해줘야 할 몸이었다.

하기야 그의 권솔은 단출하기 짝이 없었다. 집안에서 북적거리던 자식 여섯 가운데 이제는 하나만 고향에 남았으니 말이다.

따지고 보면 자식들이 고향을 떠난 이유도 예부터 글을 제대로 아는 집안이 서면에는 '훈장' 황 씨 가문이 유일하기 때문이었는지도 모른다. 일찍이 조선시대에도 소양강 이쪽 여러 마을에서 크고 작은 일이 생길 때마다 사람들은 황 씨네 기와집을 기웃거려 가르침을 구했고, 아버지나 할아버지가 그랬듯이 황승각도 언제부터인가 서면 사람들의 삶을 두루 넘겨보고 이끌기에 익숙해졌다. 그래서 크고 작은 공무에 얽힌 심부름을 다니느라고 자연스럽게 마을 바깥을 남들보다 자주 내다본 결과로 자식들은 큰 세상으로 나가는 길을 저마다 찾아냈고, 그 길을 따라 하나 둘 떠나갔다.

물론 떠나가는 자식들을 황승각 노인이 적극적으로 붙잡거나 말리지 못했던 가장 근본적인 이유는 잠시 황금에 눈이 멀어 집안의 몰락을 촉진시킨 장본인이 자신이라는 자격지심이 크게 작용했기 때문이기는 하지만, 노다지 광산에 관한 슬픈 비밀은 집안에서 서로 모르는 체하며 살아가기로 암묵적인 동의가 이루어진 터였다. 때로는 거짓과 위선이 최선의 선택이기도 했다.

지난 일이야 어찌 되었든 지금 황 노인은 앞날에 관한 걱정부터 해야 할 처지였다. 왜정시대*에는 읍내의 관청을 드나드는 걸음을 도맡아 하던 아버지가 나중에는 서면의 면장 노릇까지 했던 터라, 사실상 금산리 일대의 지도자 노릇을 자연스럽게 이어받은 황 노인으로서는 전쟁이 이곳까지 넘어온다면 사뭇 걱정스러울 수밖에 없었다.

오다가다 소문에 실려 들려오는 얘기를 들어보니 대처에 나가 둘러보면 공산당 치하에서 세상이 통째로 뒤집힌 모양이었고, 그래서 경찰관이고 뭐고 전쟁이 터지기 전에 무슨 꼬투리 직함이라도 붙었던 사람

• 왜정시대: 일제 강점기.

이라면 누구 하나 무사히 넘어간 경우가 없다지만, 그나마 이곳만은 강이 둘이나 길을 막아 주어 지금까지는 그래도 난리에 짓밟히지 않았었다. 그러다가 어제부터 어디선가 야단스럽게 날아온 비행기들이 읍내를 온통 휘젓는 기세를 보니, 어쩌면 금산리도 이번에는 전쟁의 바람을 피하고 그냥 넘어가지는 못할 모양이었다.

이맛살을 잠깐 찡그린 다음 황 노인은 집안으로 되돌아 들어갔다. 뜨락에 쪼그리고 앉아 소매를 걷고 막 세수를 하려니까, 뒤편 울타리 쪽에서 수탉이 한바탕 목청껏 울고 암탉들이 부지런히 꼬륵거리는 소리가 들려왔다. 수건으로 목덜미를 닦아내며 노인이 닭장으로 가서 사립짝을 열어 주었더니 암탉들이 파드닥 뛰어나와 밥알이 흩어진 수챗구멍으로 모여들었고, 수탉은 좀 뒤에 처져서 의젓한 걸음걸이로 거드름을 피우며 따라갔다. 그래도 수컷이라고 저 뽐내는 꼴을 보고 황 노인이 구수하게 생각하며 웃었다.

닭장 안에서는 꼬릿한 닭똥 냄새가 코를 찔렀다. 둥우리에 손을 넣으니 달걀이 아직 따뜻했다. 벽에 걸어두었던 망태기를 꺼내 열두 개나 되는 달걀을 주섬주섬 주워 넣고 그는 빙긋이 웃었다. 기분이 좀 풀렸다. 손자 녀석 불알을 만져 보듯 아침녘에 이렇게 슬그머니 만져 보는 달걀은 언제나, 난리가 터지기 전이나 지금이나, 언제나 변함없이 흐뭇하게 따뜻했다. 공산군이 쳐내려가고, 국군과 유엔군이 쳐올라오고, 강 건너에서야 아무리 전쟁이 야단치고 난리여도 여기서야 설마 무슨 일이 있으려고. 설마.

호란과 왜란을 다 겪어도 아무런 별일이 없었던 곳이 바로 금산리였다. 몽골에서 내려왔건, 일본에서 건너왔건, 어느 누구도 이곳은 구태여 건너다보지도 않았고, 왜정시대에도 가끔 칼 찬 순사가 거들먹거리고 나타나서 황 씨 댁이나 독가마골 숯집들을 다녀가기는 했지만, 그 이외에는 모자에 제복을 입고 나룻배를 시켜 강을 건너다니던 사람이라고는 우체부가 고작이었다.

해방이 된 다음에도 서면에서만큼은 토지개혁이니 친일이니 하는 시비가 일지 않았던 까닭이, 그저 너와 나를 가릴 일도 없이 겨우 목숨이나 부쳐 먹을 정도의 땅뙈기만 가지고 대대로 이곳에서 태어나서 근근이 먹고 살다가 죽어서는 밭 옆의 언덕에 묻히는 사람들뿐이었으니, 눈에 핏발을 세우며 서로 잡아 죽이려는 원한 따위는 아예 없었다. 해방을 맞은 다음부터 부지런히 읍내를 거쳐 기차를 타고 객지로 나돌며 제법 대처(大處) 물을 먹어본 황 씨네 자식들 말고는 마을을 떠나는 사람도 별로 없었고, 강 건너 읍내나 타향에서 살러 들어오는 사람도 없이, 금산리는 그냥 세월이 멈춘 고장이었다.

서면에 사는 사람들 대부분이 구경한 바깥세상은 평생 읍내를 넘어가지 못했다. 옛날부터 관찰부가 들어가 자리를 잡아서 해방되기 8년 전에 이미 경성과 기찻길이 뚫리고 지금은 도청 소재지가 되었어도 춘천을 두고 서면 사람들이 여전히 "읍내"라고 부르는 버릇을 끝내 고치지 못하는 이유도 어쩌면 강 이쪽에서만 살다 보니 정신없이 달라지는 바깥세상의 변화에 슬금하게 익숙해지지 못했던 탓이었는지도 모른다. 어쨌든 서면 사람들은 "시(市)"라는 위압적이고 지나치게 현대적인 명칭을 꺼려 "읍내"라고 부르기를 고집하며, 그보다 더 넘어가는 바깥에서 벌어지는 일은 별로 알고 싶어 하지도 않았다. 읍내만 가더라도 여자들이 머리를 불에 지지고 짧은 치마를 입은 모양이 낯설고 거북했는데, 더 멀리 나갔다가는 도대체 무슨 변이 눈앞에 닥칠지 촌사람들로서는 두려울 만도 했다.

그러니 서면 사람들의 귀에 '매가도'라는 미국 장수(將帥)가 국군과 함께 유엔 군대를 이끌고 그들을 해방시키러 온다는 얘기가 설들릴 수밖에 없었다. 일본으로부터 해방이 되었을 때도 그랬었다. 대동아전쟁이 온 세상을 뒤엎어 홀랑 벗겨 놓았다고 했지만 숟가락 한 동강 걸어갈 물건이 시원치 않았던 독가마골은 조금도 더 가난해지거나 괴로울 일도 없었고, 해방이 되면 열린 하늘만큼 살기가 좋아진다고들 했지만 금산리 사람들은 일본 천황이 항복했다는 날도 현암리(玄岩里)에 혼사가 있어 모두들 국수를 얻어먹으러 몰려간 일 이외에는 무엇 하나 머리에 따로 남은 기억이 없었다.

앞뫼와 뒷산과 구름과 콩밭과 개울과 미루나무와 참새 떼는 해방되기 전이나 해방된 다음이나 모두 그대로 변함이 없었다. 그러니 이번에 또 해방이 되어 봤자 세상이 조금이라도 달라질 바가 없을 터였고, 혹시 해방이 안 되더라도 강 건너 난리 때문에 이쪽 마을이 크게 절단이 나리라는 상상도 황 노인으로서는 선뜻 실감이 나지가 않았다.

노인은 횃대에 남은 닭 한 마리를 마당으로 마저 몰아낸 다음 무거운 달걀이 담겨 축 늘어진 망태기를 한 손에 들고 닭장에서 나왔다.

달걀을 건네주러 부엌으로 갔더니 며느리는 멍석처럼 둘둘 말아놓은 가마니를 깔고 앉아 무릎 위에 앉힌 돌배기 아들을 한 손으로 천천히 흔들며 아궁이에 짚으로 불을 지폈다. 부지깽이로 쑤시기만 하면 잿더미 속에서 은근한 불기운이 성글성글 번졌다. 황 노인은 끈끈한 연기로 기둥이 시커멓게 그을린 부엌문 앞에서 한 차례 크게 헛기침을 하여 나 여기 왔노라고 알린 다음에 망태기를 내밀었다.

"열두 알이더구나. 오늘은 몇 개나 팔 생각이냐?"

며느리가 검불이 붙은 머리와 옷매무시를 얼른 더듬어 내리기를 끝내고 아들을 부뚜막에 기대어 짚더미에 앉히고는 달걀을 받으러 올라왔다.

"열 개는 넘겨야 되겠어요. 아기한테 입힐 빨간 바지를 달걀 스무 개에 받아다 주마고 강호 어머니가 그러길래 어제 열 개를 주었으니 오늘 열 개만 더 주면 저녁때 옷을 가져오겠죠."

오냐, 오냐, 건성으로 말하고는 "그럼 나는 이제 나가 보마" 하는 뜻으로 한 번 더 헛기침을 하고 황 노인은 과꽃이 뒤엉킨 우물가 꽃밭으로 나갔다.

황 노인의 아들 석구가 광에서 나와 삽자루를 치켜들며 우물 앞에서 두 어깨가 찢어질 듯 기지개를 켰다. 식전에 밭일을 좀 하고 올 모양이었다.

"아버지, 기침(起寢) 하셨어요?"

"오냐. 일 나가냐?"

"예. 방앗간 옆 봇도랑 일을 해 돋기 전에 끝내려고요. 창수네서 소를 한나절 썼으면 하던데 빌려줘도 되겠죠?"

"대신 추석 때 대추나 좀 갖다 달라고 하렴."

"밤도 달라고 그러죠."

석구는 소매를 걷어 올리고 외양간에서 소를 끌어내더니 이려, 이려 몰면서 집을 나섰다. 황 노인은 이슬에 젖은 냇가를 따라 밭으로 나가는 아들의 뒷모습을 물끄러미 쳐다보며 저 녀석을 낳고 두 달 만에 마누라가 죽지만 않았더라면 집에 잡아둘 만한 아들을 두엇쯤 더 낳아주었을지도 모르지 하고 혼자 생각했다.

  황 노인의 네 아들과 두 딸 가운데 고향을 지키겠다고 남은 자식이라고는 석구 하나뿐이었다. 읍내에서 신식 학교를 다니며 도회지 사람들과 어울리는 삶에 틈틈이 익숙해진 아이들은 모래알처럼 손가락 사이로 하나 둘 빠져나가 앞을 다투며 멀찌감치 서울로 올라가 그들끼리 따로 울타리를 만들었다. 자식들이 왜 그렇게 경쟁적으로 멀리 도망치기에 바빴는지를 노인은 이미 때가 늦은 다음에야 깨달았다. 달라지는 세상의 눈치를 읽어내고 아버지가 당신의 세계를 고스란히 지키려는 단속을 시작하기 전에 그들은 말릴 틈을 주지 않고 한꺼번에 줄지어 빠져나가고 말았다.

  이제는 워낙 먼 곳으로 사라진 자식들을 미리 거두어 억지로라도 잡아들이기만 했더라면 노인은 그들을 병풍처럼 뒤에 거느리고 앞날을 대비할 여유가 넉넉했으리라. 하지만 전쟁의 기운이 소양강과 북한강을 건너오려고 하는 지금에서야 뒤늦게 후회해도 아무 소용이 없었다.

  황승각 노인은 한숨을 소리 없이 내쉬고는 싸리 빗자루를 들고 마당을 쓸러 나갔다.

  날마다 되풀이되는 아침이련만 오늘은 어쩐지 한쪽 구석에서 기분이 시원치 못했다. 읍내가 폭격을 맞고 난 다음부터는, 아무리 별일이 없으려니 생각하려고 해도, 어쨌든 마음이 개운치 못했다.

둘

사내아이 다섯과 개 한 마리가 좁다랗고 구불구불한 오솔길을 따라 장군봉(將軍峰)을 올랐다.

동녘에서 떠오른 지 얼마 안 되었어도 태양은 벌써 막바지 늦여름 열기를 뿜으며 하늘을 새하얗게 태웠고, 눈부신 햇살이 쏟아지는 누렇고 푸른 아침 들판에는 마지막 남은 한 겹의 엷은 안개가 아직 나지막이 떠서 강변을 따라 서서히 흐르며 스러지는 중이었다. 산등성이 나무들은 짙푸르다 못해 거무스름한 기운이 감돌았고, 산길을 따라 여기저기 버티고 선 비틀린 소나무의 바늘잎 끝에서는 수정 방울처럼 이슬이 매달려 반짝였다.

유리 가루를 뿌려놓은 듯 부스러진 잔물결이 빛나는 소양강이 북쪽 저 멀리 봉의산 기슭에서 돌아나와 유유하게 흘러내려왔고, 가운뎃섬〔中島〕을 만나 갈라진 물줄기가 왼쪽으로 찢어져 나온 북한강은 금산리 마을의 동쪽 언저리를 돌아 휘어져 내려 몇 시간을 파랗게 흐르고 흘러 서면의 남쪽 끝을 막아선 삼악산에 이르러 거대한 쐐기 모양의 골짜기에서 소양강과 만나 큰 줄기를 이루어 강촌(江村)을 지나 한강으로 흘러갔다.

북한강과 중도 너머 소양강 나루 건너편 춘천역 주변에서 검은 연기가 공중에 엉겨 붙은 듯 천천히 산발하고 피어올랐지만, 아이들은 유엔군 비행기들이 불을 쏟아놓아 읍내가 온통 불바다가 되었어도 지금은 거기에는 관심이 크지 않았다. 아침에 하늘이 높고 햇살이 밝아 웬일인지 계절이 미리 오는 듯 산의 공기가 맑을 때면 아이들은 항상 기분이 좋게 마련이었다.

　다섯 아이는 장군봉의 북쪽 골짜기 어디엔가 있으리라고 마을사람들이 얘기하던 장군굴을 찾아 나설 때마다 이렇게 신이 났다. 금산리 아이들이 동굴을 찾으려고 마을에서 5리밖에 안 되는 장군봉을 탐험하러 나선 길이 물론 오늘이 처음은 아니었다. 그들은 이곳 강변에 월송리(月松里)나 독가마골이 생겨나기 전, 마을이라고는 금산리와 현암리와 가마리를 통틀어 고기잡이 집 몇 채밖에 없었던 아득한 시절에, 용맹한 장군이 손오공처럼 바위를 뚫고 나와 세상에 태어났다는 신비한 굴을 찾기 위해 해마다, 어떤 해에는 서너 차례씩, 이곳 산으로 와서 골짜기를 샅샅이 뒤지고는 했다.

　그런데 서면에 사는 사람치고 어린 시절에 전설의 굴을 찾기 위해 장군봉을 오르지 않은 사람이 별로 없다 했지만, 지금까지 장군굴이 어디 있는지 확실히 아는 사람 또한 아무도 없었다. 장군의 전설이 전해 내려온 세월도 수백 년은 됨직한데 굴을 찾아낸 사람이 없고 보니, 아무도 못 찾은 장군굴을 제일 먼저 찾아내겠다는 욕심은 금산리만이 아니라 어느 마을 아이들로서도 당연할 따름이었다. 거리를 보면 장군봉에서 가장 가까운 마을이 면사무소가 자리 잡은 현암리 다음으로 금산리였고, 현암리에는 탐험에 나설 만큼 변변한 아이라고는 겨우 둘뿐이었고, 따라서 장군봉은 금산리의 산이나 마찬가지였으며, 동굴을 찾아낸다면 당연히 금산리 아이들이 가장 먼저 찾아야 옳았다.

　몇십 대를 거치며 마을사람들의 귀에 단단히 익어온 전설에 의하면, 옛날 옛적 고려 왕조 시대에 몽골의 야만인들이 쳐들어와서 아름다운 궁전과 사찰을 모두 불 지르고, 무시무시한 전투를 벌여 용감한 고려의 장수들을 무더기로 죽이고는, 수도 송악을 향해 진군해 내려오면서 큰 도시를 닥치는 대로 파괴했다고 그랬다. 나라가 이런 존망의 위기에 처했을 때 북쪽 오랑캐를 물리치려고 금산리 장군봉에서 장수가 하나 태어났는데, 키가 7척 장신이었던 그는 번쩍거리는 황금과 청동으로 장식한 갑옷을 입고, 은으로 만든 반월도의 칼날에는 용을 새기고 옥구슬을 장식으로 달아 휘두르며, 벼락으로 때려 하얀 바위를 깨고 나왔다고 했다. 천지가 무서워 떨 정도로 고함을 지르며 태어날 때부터 아예 다 자란 어른으로 뛰쳐나온 아기장수는 산신령이 불쌍한 백성을 구하라고 보낸 사람으로서, 수염이 석 자나 가슴에 흩날렸다.

어린 장수가 태어나던 순간에는 하늘의 칠흑 절벽을 뇌성벽력이 쳐서 하늘을 천 갈래로 찢어놓았고, 장군이 흰 바위에서 튀어나오던 바로 그 순간에 읍내의 북쪽에 우뚝한 봉의산 푸른 골짜기에서 눈부신 갈기를 휘날리며 은빛 말 한 필이 튀어나왔다. 백마는 무지갯빛 구름을 타고 하늘을 가로질러 강 건너에서 기다리던 장군에게로 달려갔다. 그러자 장군이 공중으로 날아올라 백마를 타고는 지축이 흔들릴 정도로 고함을 치면서 오랑캐를 무찌르고 왕을 구하기 위해 송악으로 갔다.

은마(銀馬) 장군은 거대한 검을 휘둘러 사흘 만에 나라를 구했는데, 그가 어마어마하게 큰 칼을 휘두를 때마다 적군이 3천씩 무더기로 쓰러졌다고 했다. 하지만 서면 아이들이 아기장수 전설에서 가장 솔깃했던 대목은 그런 무용담보다는, 오랑캐들에게 함락된 송악을 구하러 백마를 타고 달려갈 때 장군이 지름길로 사용했다는 비밀의 동굴이었다.

장군은 사흘 낮 사흘 밤을 쉬지도 않고 땅굴 속으로만 말을 달렸다고 했다. 마을사람들은 그래서 송악에 이르는 동굴이 서면 어디엔가 분명히 숨어 있으리라고 믿었는데, 막상 장군굴을 실제로 보았다거나 찾아낸 사람의 기록이나 얘기는 따로 전해지지 않는 모양이었다. 은마 전설에 관해서 어쩌다 아이들이 묻기라도 하면 어른들은 장군굴이 분명히 있기는 있다면서 마치 동굴의 위치를 자기들만 알아야 하는 어떤 비밀이기라도 하다는 듯 묘한 표정을 짓고 빙그레 웃기가 십상이었는데, 어른들이 얘기를 안 하면 안 할수록 아이들에게는 그만큼 더 전설의 동굴이 꼭 빼앗아야 할 무슨 보물이나, 한사코 무찔러야 할 어떤 적처럼 더욱 절실하게 여겨지기만 했다.

그러다가 얼마 전에 어느 월송리 나무꾼이 장군봉의 남쪽 산등성이 수리바위 근처 덩굴과 잡목들 사이에 동굴의 입구가 주저앉은 듯 움푹 꺼진 구덩이를 보았다는 소문이 들려왔고, 그래서 금산리의 다섯 소년 '오돌이' 패는 월송리 아이들보다 먼저 장군굴을 찾아내고 싶어 오늘도 이렇게 아침부터 산을 올랐다.

다섯 아이들 가운데 앞장서서 강아지를 데리고 숲길 덤불을 파헤치고 나아가던 아이는 밤나무집에 사는 만식이였다. 그저께 어머니가 엿기름을 시루에 안치는 심부름을 하러 훈장 댁으로 갔다가 월송리 나무꾼 얘기를 듣고 왔다는 기쁜 소식을 동네 아이들에게 전해준 장본인이 만식이였고, 그래서 오돌이 탐험이 이루어졌으니, 오늘은 당연히 만식이가 앞장설 만도 했다.

셋

다섯 소년과 개 한 마리가 장군봉 북쪽 산등성이 잡초가 무성한 길을 지친 걸음으로 내려가기 시작했을 때는 이글거리는 태양이 노랗게 하늘 높이 떴을 무렵이었다. 그들은 이끼와 덩굴이 뒤엉켜 덮인 바위를 돌아 가슴팍까지 높다랗게 자란 잡초 속으로 줄지어 들어갔다가 아카시아 숲으로 나왔다. 이제는 만식이와 강아지가 뒤로 처졌고, 다섯 아이 가운데 가장 힘도 세고 키도 큰 찬돌이가 앞장을 섰다.

"동굴은 무슨 동굴이야? 다 없나봐." 몸이 작달막하고 시골 아이답지 않게 허리에 살이 많이 쪄서 산길이 조금만 험해도 걷기를 힘들어하는 기준이가 짜증을 부렸다. "아마 네 시간은 돌아다녔을 거야. 나 다리 아파. 좀 쉬자고."

"뭘 또 쉬어?" 상수리나무 가지를 한 손으로 밀어젖히고 낮게 늘어진 소나무 밑으로 허리를 숙여 지나가며 찬돌이가 마주 짜증을 냈다. "영 못 걷겠으면 넌 집에 가."

"가면 다 같이 가야지 왜 나만 가?" 발끈하면서도 주춤 눈치를 살피느라고 기준이의 목소리가 조금 처졌다. "점심때가 다 되었으니 우리 모두 집에 가서 밥이나 먹자."

하지만 그들 다섯 소년 가운데 집으로 가더라도 점심 끼니를 하루도 안 거르는 아이는 강호와 기준이 둘뿐이었으므로 기준이가 한 말은 오히려 찬돌이의 비위만 상하는 소리였다. 아니꼽다고 얼굴을 찡그리며 막대기로 까마귀밥나무를 후려치는 찬돌이의 표정에 흠칫한 기준이가 얼른 둘러댔다.

"이 골짜기엔 굴이 없어. 분명히 없다고. 그러니까 집에 가잔 말이야."

"틀림없이 있다니까." 찬돌이가 고집을 부렸다. "만식이한테 월송리 사람들 얘기 들었잖아. 틀림없이 여기 어디 있다고."

"월송리 사람들 얘길 어떻게 믿어? 작년에도 월송리 사람들 거짓부렁이 때문에 똥 싸게 고생했던 거 잊어버렸니? 현암리 뒷산에 산돼지 집이 있다길래 아흐레 동안 산을 홀랑 뒤졌다가 산돼지는커녕 족제비 한 마리 못 잡고 허탕만 쳤잖아. 집에 늦게 갔다가 매만 늑사케 맞았고."

"너 먼저 집에 가라니까."

"혼자 가는 건 싫어."

"그럼 입 다물고 그냥 따라와."

사뭇 못마땅해진 기준이는 앞서가던 찬돌이가 듣지 못하게 혼자 뭐라고 중얼중얼 투덜거렸다.

누가 따로 정한 것도 아니지만 오돌이 다섯 소년 중에서는 찬돌이가 어디를 가나 으레 앞장서서 대장 노릇을 했다. 배가 볼록 튀어나와 전에는 "볼랑이"라고 했다가 이제는 금붕어처럼 튀어나온 눈알 때문에 "두꺼비"로 별명이 바뀐 기준이는 무슨 일에서나 물론 찬돌이한테 당하지는 못했지만, 만식이나 강호한테는 한 치라도 지고 싶지 않아서 항상 찬돌이 뒤에 바싹 붙어 따라다니며 부두목 노릇을 하려고 악착같았다. 그러니 지금 혼자 집으로 갔다가 얕잡아 보이고 싶은 생각이 조도 없었다.

하지만 아무리 돌아다녀봤자 장군굴은 안 나오고 다리만 아파 짜증이 난 기준이는 뱀을 쫓으려고 들고 가던 막대기로 반쯤 말라죽은 떡오리나무를 후려갈겼고, 말라죽은 갈색 잎사귀들이 가지에서 튕겨 떨어져 풀과 돌멩이로 뒤덮인 숲길로 팽글팽글 내려앉았다.

까마귀 한 마리가 근처 덤불에서 날아와서는 갈라진 목소리로 까악거리며 산등성이를 내려가 수수밭 너머로 사라졌다.

만식이는 기준이보다 조금 뒤떨어져 하얀 안짱다리 강아지와 장난을 치며 따라갔다. 홀쭉 마르고 늘 말수가 적은 강호가 만식이 다음이었고, 다섯 가운데 제일 나이가 어린 막내여서 찬돌이의 지시에 따라 다른 아이들을 불러낸다든가 하는 심부름만 도맡아 하는 꼬마 봉이가 맨 뒤로 처졌다.

만식이는 장군굴이 어쩌면 현암리 골짜기에 정말로 없는지도 모른다는 생각이 들었다. 구석구석 안 뒤진 곳이 없는데 이렇게 찾을 길이 없다면 "아마 누가 일부러 묻어버린 모양이야"라고 그는 자기도 모르게 혼잣말을 했다.

"뭐라고?" 기준이가 말 같지도 않은 소리를 하는 바람에 그렇지 않아도 신경이 곤두섰던 찬돌이가 걸음을 멈추고 어깨 너머로 뒤돌아보며 쏘아붙였다. "너 지금 나더러 뭐라고 한 거야?"

"아냐. 혼자 생각해봤는데, 동굴 얘기 말이야, 이렇게 찾기 힘든 걸 보니까 누가 굴로 들어가는 구멍을 막아버렸는지도 모른다는 생각이 들었어."

좁은 숲길에서 찬돌이가 걸음을 멈추었기 때문에 뒤따라가던 다른 아이들도 엉거주춤 불안한 자세로 줄을 지어 제자리에 섰다. 어떻게 할까 망설이는 듯 찬돌이가 골짜기 아래쪽 누런 담배 밭을 멍하니 내려다보았다. 깡충깡충 뛰어오르는 강아지를 피하다가 풀섶 바위에 주저앉은 만식이는, 시선을 돌려 소나무 가지 거미줄에 묶인 채로 부스러진 한쪽 날개를 퍼덕이며 몸부림치는 검정 나비를 멍하니 쳐다보며, 오늘의 탐험을 계속해야 할지 아니면 이제는 포기하고 집으로 가야 할지를 찬돌이가 어서 결정하기를 기다렸다.

그때였다.

무엇인지 모르겠지만 쉬잇 소리 같기도 하고 쌔액 소리 같기도 한 날카로운 음향이 하늘에서, 산 너머에서, 삼악산 쪽 어디에서 들려왔다. 호루라기 소리 같기도 하고, 양철이 찢어지는 소리 같기도 했다. 하여튼 이상한 소리가 어느 쪽에서인지 나는가 싶었는데, 기분 나쁜 소리가 어찌나 빨리, 어찌나 빠른 속도로 점점 커졌는지, 조금씩 커지지를 않고 한꺼번에 요란하게 터져 무엇이 폭발한 모양이었고, 아무튼 굉장히 빠른 소리에 놀라 만식이의 개가 사납게 짖어대기 시작했고, 어느새 그렇게 가까워졌는지 모르겠지만 귀청이 찢어질 듯한 폭음이 터져 산속의 고요한 적막감이 산산조각 깨어져 허공으로 흩어지고, 땅이 쩍 갈라지는 듯싶더니, 번쩍거리는 물건들이, 은 조각처럼 반짝거리는 이상한 기계 덩어리들이 산을 넘어 하늘 꼭대기로 튀어나와 둘씩 둘씩 짝을 지어 네 대가 휘이익 읍내를 향해 날아갔다.

"엎드려!" 나무 밑으로 몸을 던지며 찬돌이가 소리를 지르고, "얼른 숨으란 말이야!" 또 소리를 지르고는 햇볕에 뜨거워진 바위 뒤로 달라붙었다. "비행기 떴어! 숨어!"

비행기라는 소리를 듣고서야 그들은 정신이 퍼뜩 들었다. 어제부터 남쪽에서 날아와 불을 쏘아 갈겨 읍내를 박살내던 비행기가 나타났다는 말을 듣고 겁이 난 기준이는 빼액 소리를 지르며 덤불 속으로 굴러

들어갔고, 강호는 그냥 오솔길에 엎드려 두 손으로 머리를 감싸 덮었고, 봉이는 어느새 울음을 터뜨리고는 오던 길을 되돌아 허우적거리며 산으로 기어 올라갔고, 만식이는 앉아 있던 바위에서 미끄러져 찬돌이의 옆구리로 파고 들어갔고, 강아지는 벌써 비행기도 사라지고 폭음도 사라져 조용하고 파란 하늘에다 대고 열심히 짖었다.

이렇게 가까운 거리에서는 처음 비행기를 보고 혼비백산 놀란 다섯 아이는 비행기가 읍내 쪽으로 사라지고 "쿵…" 그리고 "쿠궁…" 둔탁한 폭음이 산 너머에서 들려오기 시작한 한참 후에야 엉금엉금 기어서 다시 모였다.

"저 소리 들려?" 퉁방울눈을 두리번거리며 기준이가 헐떡였다. "폭격하는 거야. 폭격. 저거 혹시 금산리 폭격하는 건 아니겠지?"

"금산리를 왜 폭격해?" 숲에서 다른 비행기들이 튀어나올까봐 겁이 나는 듯 두리번거리면서도 강호는 태연한 체했다. "우리 동넨 전쟁 안 하잖아."

"읍내를 폭격하러 갔겠지." 찬돌이가 바지에 붙은 도깨비바늘 가시들을 뜯어내며 말했다. "아무래도 읍내에서 큰 난리가 벌어질 모양이야."

"어쨌든 빨리 집으로 가자." 만식이가 강아지를 안아 올리며 말했다. "뭔가 일이 터지게 생겼어."

집으로 가자는 만식이의 말에 반대하는 사람은 아무도 없었다.

넷

 며칠 동안 폭격은 밤에도 계속되었다. 금산리와 현암리 사람들은 저녁도 안 먹고 강둑으로 나가 여기저기 무리를 짓고 서성거리거나 풀섶에 모여 앉아 소양강과 북한강 건너 읍내에서 밤하늘로 뭉클거리며 치솟아 오르는 시뻘건 연기 기둥을 구경했다. 봉의산 기슭에서 길게 뻗어 올라간 노란 탐조등 불빛이 하늘을 부지런히 더듬거렸고, 캄캄한 허공에서는 푸르릉거리는 비행기 소리가 끊이지 않았다. 폭탄이 터지는 굉음이 가끔 둔감하게 가운뎃섬 너머에서 울리면 그와 함께 새로운 불기둥이 물컹 어둠 속에서 솟았다.
 "거 참 비행기들은 용하기도 하지." 나루터의 외딴 토막집 앞에다 나무의자를 내놓고 앉아 폭격 구경을 하던 사공이 혀를 차며 말했다. "깜깜한 밤인데도 읍내가 어디 숨었는지 하늘에서 훤히 보이는 모양이구먼. 폭탄에 올빼미 눈깔이라도 달린 건지, 원."
 "저러다가 폭탄이 잘못해서 우리 동네로 떨어지면 어쩌지?" 방앗간 주인 한 씨가 별로 걱정하지도 않는 듯한 말투로 한마디 던졌다.
 "아무튼 저렇게 쑥밭을 만드는 꼴이 사흘도 안 가서 전쟁이 끝날 것 같지 않나?" 버드나무 밑에 뒷짐을 지고 서서 기준이 작은아버지가 말했다.
 춘천역에 폭탄이 떨어져서 불길이 터져 화르륵 타오르더니, 잠시 수그러졌다가 다시 맹렬하게 치솟아 그쪽 하늘이 온통 불그레해졌다. 불구경에 슬그머니 흥이 난 몇몇 마을사람들은 지난 며칠 동안 읍내를 다녀오는 길에 그들이 보고 들은 전쟁 얘기를 앞다투어 자랑처럼 늘어놓앉다. 봉의산 기슭의 도청과 다른 큰 건물들이 폭격을 맞아서 다 무너졌고 읍내 길바닥에는 시체가 즐비하게 깔렸더라는 소리에 아낙들이 겁에 질린 표정을 보이기도 했다.

기준이 작은아버지도 무용담이라면 좀처럼 빠지려고 하지를 않았다.

"양조장에서 만나 우리 넷이 점심을 먹으려고 하는데 뭐 난데없이 벼락이 치고 천정이 무너져 내려앉더라니까. 집안에서 이렇게 머뭇거리다간 영락없이 지붕에 깔려 죽겠구나 싶어서 길거리로 뛰어나갔더니, 이건 길바닥이 온통 불바다요, 사람들이 이리 뛰고 저리 뛰고 도대체 정신이 없더구먼. 아우성치는 읍내 사람들이 서로 부딪쳐 길바닥에 고꾸라지기도 하고 옷도 막 찢어졌는데, 어떤 여자를 보니까 사방에서 폭탄이 터지는 데도 팔이 하나 떨어져나가 없어졌다면서 그 팔을 찾으려고 흙더미를 파헤치며 울어대는데 … ."

기준이네 집안이 워낙 하나같이 허풍을 잘 떨어대는 사람들이다 보니 다른 때였다면 그가 장황하게 늘어놓는 말을 잘 믿으려고 하지 않았을 금산리 사람들이었지만, 읍내에서 직접 폭격을 맞고 돌아왔다면서 전해주는 얘기가 너무나 생생한 나머지 이번만큼은 아무도 의심하는 눈치를 보이지 않았다.

위험해도 꼭 봐야 할 볼일에 밀려 오늘 하루 읍내에 나갔던 사람들은 폭격이 심해지는 밤을 그곳에서 보내지 않으려고 해가 떨어지기 전에 너도나도 서둘러 강을 건너 서면으로 돌아왔는데, 언제 비행기가 나타나 금산리 나루를 칠지 몰라 폭격이 무섭다고 사공이 배를 띄우지 않겠다며 버티는 바람에 무턱대고 기다리기도 답답하여 헤엄을 쳐서 건너온 사람들도 여럿이었다. 강 한가운데 덩그러니 배가 떠 있을 때

비행기가 날아오면 도망도 못 가고 꼼짝없이 죽을 일이 빤하지 않느냐고 사공은 고개를 절레절레 흔들면서 저녁에 강을 헤엄쳐 건너오는 마을사람들을 뻔뻔스럽게 구경만 했다. 그래서 겨우 허우적거리며 북한강을 건너온 사람들은 염 사공에게 금년 가을걷이 후에는 쌀 한 톨 얻어먹을 생각도 말라고 욕설을 퍼부었지만, 사공은 차라리 굶어 죽으면 죽었지 폭격을 맞아 죽고 싶은 생각은 조금도 없는 느긋한 눈치였다.

이렇게 며칠 공습이 계속되고 나니 마을사람들도 이제는 전쟁이 꽤 실감나게 느껴지는 듯싶었다. 이틀째 야간 공습이 이어지고 난 다음날 아침에는 마을사람 몇 명이 아예 밭일을 나오지 않고, 집 뒤쪽 비탈이나 장독대 밑에다가 방공호를 파느라고 하루를 보냈다. 강 건너의 불이 이제는 그들에게도 더 이상 남의 일이 아니었다.

읍내에 나갔다가 느닷없이 폭격을 목격한 사람들은 강둑으로 나가 줄지어 앉아 불안감 가득한 목소리로 얘기를 주고받았고, 농부들의 얼굴에는 이번에도 그저 강 이쪽만은 그냥 무사히 지나게 해 달라는 겁먹은 애원이 겹겹으로 덮였다. 말세와 천지개벽을 들먹이는 소리도 나왔고, 저렇게 비행기들이 날아와서 폭탄을 쏟아 부으면 세상이 흙과 잿더미만 남으리라고도 했다.

"이 동네까지 난리가 들이닥치기 전에 무슨 수를 써야 해. 무슨 수를 써서라도 난리가 강을 넘어오는 걸 막아야지." 방앗간 주인이 걱정했다.

이만큼 큰일이 마을에 닥칠 때면 항상 앞에 나서서 무엇을 어떻게 하라고 사람들에게 몇 마디 하는 사람은 방앗간 주인이 아니라 당연히 훈장 황승각 노인이었고, 사람들은 언제나 당연하다는 듯 그의 충고를 기다리고 새겨들었다. 하지만 하늘에서 불이 쏟아지는 사태가 눈앞에 들이닥쳤는데도 어쩐 일인지 훈장 댁에서는 며칠을 보내면서 일언반구 말이 나오지 않고, 황 노인의 바깥 거동조차 거의 눈에 띄지 않았다.

자칫하면 난리가 강을 건너오려고 하는데 멍청하게 손을 놓고 훈장의 지시만 무턱대고 기다릴 처지가 아니었던 마을사람들은 땅강아지처럼 굴을 파고 들어가 숨는 길밖에는 별다른 뾰족한 수가 생각나지 않았다. 그래서 누구네 누구네가 방공호를 팠다는 소문이 나돌자 금산리에서는 모두들 밭일은 집어치우고 저마다 집 주변에 구덩이를 파느라고 바빠서 오후에는 논에 나와 새를 쫓는 사람 하나 눈에 띄지 않았다. 어쩌다 우물가나 방앗간에서 만나면 이웃들은 어서 방공호를 파라고 서로 귀띔을 했고, 그렇지 않아도 벌써 파놓았다는 대답을 하고는 어젯밤 공습이 어땠다는 얘기에 조마조마하며 설치고 돌아다니다 보면, 어느덧 해가 지고는 했다.

그리고 마을에 어둠이 내린 다음에는 모두들 강둑으로 몰려나와 불바다가 된 읍내를 구경했다.

다섯

사흘 만에 어제 하루는 낮에도 그렇고 밤에도 폭격이 없어 마을사람들은 오히려 이상한 불안감 속에서 마치 폭격을 기다리는 듯한 기분으로 서성거리며 듬성듬성 밭일을 했는데, 오늘 오후 늦게 다시 비행기가 날아와 읍내를 폭격하기 시작하자 그러면 그렇지 싶어 안심하는 표정으로 황황히 서둘러 집으로 돌아가 숨어버리거나 강둑으로 나가 나무 밑에 모여 물 건너 전쟁을 구경했다.

금산리 오돌이 다섯 아이들도 나루터 뒤쪽 낮은 동산에 올라가 사시나무 밑에 둘러앉아서 폭격을 구경했다. 비행기들이 날개를 양은 조각처럼 반짝이며 내리꽂히다가 다시 솟구쳐 오르면 고사포가 쫓아다니며 쏘아올린 연기가 하늘에 강냉이튀김처럼 지저분하게 흩어지고는 했다. 봉의산에서 계속 울려대는 포성에 박자를 맞춰 하얀 연기 덩어리들이 솜뭉치처럼 폴싹폴싹 하늘에서 피어나고, 땅에서도 폭탄이 터져 검붉은 연기가 몇 가닥 떠올라갔고, 비행기들은 제비처럼 이리저리 날아다니며 불을 쏘아댔다.

"햐, 거 참 비행기도 많다." 얼이 빠진 듯 나무에 뺨을 기대고 찬돌이가 말했다. "진짜로들 오는 모양이야."

"뭐가 오는데?" 만식이가 물었다.

"뭐긴 뭐야? 유엔군이지." 찬돌이가 그것도 모르냐고 핀잔을 주었다. "인천에 상륙한 유엔 군대가 국군하고 같이 진격해 온다고 하는 얘기 못 들었어?"

"유엔 군대?" 어린 봉이가 물었다. "유엔 군대가 뭐야?"

"왜 여러 나라 사람들이 함께 모여서 온다는 그 군대 있잖아." 무릎을 꿇은 채로 몸을 일으켜 감자밭 너머 읍내 쪽을 쳐다보며 강호가 말을 거들었다. "미국, 비율빈, 토이기, 베루기 이런 열여섯 나라 군대가 온대."

"베루기? 베룩 군대도 있어?" 메추라기처럼 옴츠리고 앉아 있던 봉이가 물었다.

"있으니까 있다고 그러겠지." 강호는 자기가 하는 말에 별로 자신이 없는 듯했다. "어쨌든 나라는 서로 달라도 전부들 뺑코라더라."

"뺑코? 뺑코가 뭐야?" 봉이가 또 물었다.

"코가 이렇게 큰 사람들." 강호는 오른쪽 어깨를 뺨에 대고 손을 앞으로 주욱 뻗어 코끼리 코를 시늉했다.

"그렇게 커? 코가?"

"나도 못 봐서 사실은 잘 몰라. 하지만 어쨌든 코가 크긴 크대."

"그 사람들 … 뺑코들이 왜 오는데?"

봉이는 아무리 얘기를 들어도 이해가 안 가고 점점 더 아리송해지기만 하는 모양이었다.

"우리들을 구해주려고 온다더라." 두꺼비가 뺨으로 흘러내리는 땀을 손바닥으로 훔치며 말했다.

"구해 줘? 뭘 구해줘?" 또 봉이였다.

"나도 몰라. 하여튼 구해주러 오는 거래. 우리 작은아버지가 그랬어."

"누구한테서 구해준다는데?"

"빨갱이들한테서겠지, 누군 누구야?"

"하지만 공산당은 지금까지 우릴 조금도 괴롭히지 않았잖아. 그런데 유엔 군대가 왜 우릴 구해줘?"

"그걸 내가 어떻게 알아?" 기준이가 짜증을 부렸다. "다 어른들이 하는 소린데."

"불바다 전쟁에서 구해준다는 얘긴지도 몰라." 찬돌이가 읍내를 가리키며 말했다.

"불바다는 유엔 군대에서 보낸 비행기가 폭탄을 던져서 만든 거 아냐?" 강호가 물었다.

아이들은 잠시 입을 다물었다. 그들은 전쟁이 무엇인지 아무리 얘기를 들어봐도 도대체 이해가 가지 않았다. 누가 좋은 편이고 누가 나쁜 편인지조차도 그들은 알 길이 없었다.

"어쨌든 불바다 전쟁에서 우릴 구하러 유엔 군대가 온다면 말이야." 강호가 다시 물었다. "그럼 유엔군이 은마 장군인가?"

"그럴 리야 없겠지." 만식이가 말했다. "은마 장군은 우리나라 사람이잖아."

"은마 장군이 다른 나라로 가서 유엔군을 데리고 오는지도 몰라." 찬돌이가 곰곰이 생각하다가 얻은 결론이었다. "너희들 혹시 은마 장군이 송악에서 오랑캐를 물리친 다음에 어디로 갔는지 알아?"

안다는 아이가 없었다.

"그걸 아무도 모르더라고." 찬돌이가 의기양양하게 말했다. "은마 장군이 어디로 가서 무엇을 했는지, 나중에 어떻게 되었는지 전해 내려오는 얘기가 전혀 없어. 그러니까 은마 장군이 수백 년 동안 다른 나라에서 헤매고 떠돌아다니다가 우리나라에 전쟁이 터졌다는 소식을 듣고는 유엔 군대를 모아서 끌고 오는지도 몰라."

만식이가 갑자기 기억이 났다는 듯 나섰다.

"참, 너희들 이런 얘기 들어봤니? 지난번에 장군굴을 찾아다니다 허탕을 치고 집에 가서 엄마한테 내가 그런 굴이 어쩌면 없을지도 모르겠다고 그랬더니 이상한 얘기를 엄마가 해주더라. 은마 장군은 송악엔 가보지도 못하고 아기일 때 죽었을 거라고 말이야."

시집오기 전에 장군봉 기슭 가마리에서 어린 시절을 보낸 만식이의 어머니는 동네 어른들로부터 아기장수 전설을 몇 차례 들었다는데, 이곳 금산리의 은마 장군 얘기와는 내용이 크게 다르더라고 했다. 옛날 옛적에 칼산 장군굴에서 어른 장수처럼 기골이 장대하고 겨드랑이에 흰 날개가 활짝 돋은 아기가 태어났다. 나라에서는 아기장수가 워낙 심상치 않다는 소문을 듣고, 나중에 자라서 막강한 힘을 지방에서 규합하여 반란이라도 일으킬까봐 걱정이 많았으며, 결국 임금의 명에 따라 아기를 죽이려고 끓는 쇳물을 부어 동굴 입구를 막아버렸다.

그러다가 북쪽 오랑캐가 치고 내려와서 나라가 패망을 눈앞에 두자 안에 갇힌 아기장수가 백성을 구하려고 밖으로 나오기 위해 몸부림을 치느라고 장군봉이 사흘 동안 울며 진동하더니, 천둥번개가 천지를 뒤흔들고 폭우가 쏟아지는 속에서, 날개가 달린 백마 한 마리가 먼저 쇳물 벽을 뚫고 튀어나왔다. 하지만 아기장수는 큰 소리로 슬피 울기만 할 뿐 끝내 나오지 못했고, 그러는 사이에 이리 뛰고 저리 뛰며 밖에서 기다리던 말은 결국 지쳐 죽어 중도 어딘가에 묻혔다는 얘기였다.

"그러니까 우리들이 아직도 장군굴을 찾지 못한 건 당연한 일 아니겠어?" 만식이가 자신만만하게 결론을 내렸다.

"그럼 면사무소 아저씨가 해준 얘긴 또 뭐야?" 찬돌이가 반박했다. "조선시대 철종 임금 때 가마리의 어느 어부가 하도 고기가 안 잡혀 약초나 캐겠다고 산으로 들어갔다가 장군굴의 입구를 발견했다고 아저씨가 그랬잖아. 그래서 동굴 속이 어떻게 생겼는지 궁금해서 알아보겠다고 어부가 홰를 여러 자루 엮어 동네 장정 여섯을 데리고 산으로 들어갔다가 영원히 돌아오지 못하고 행방불명이 되었다잖아."

"은마 장군 전설이 진짜라면, 읍내가 저렇게 불바다가 될 지경이 되었으니 이제는 나타나야 하지 않겠어?" 만식이는 생각을 굽히려고 하지 않았다.

"은마 장군은 진짜로 유엔 군대하고 같이 올지도 몰라." 찬돌이도 생각을 꺾지 않았다. "그러니까 장군굴이 열리지를 않는 거라고."

"은마 장군이 함께 오건 말건 어쨌든 유엔군은 굉장한 군댈 거야." 기준이가 말했다. "열여섯 나라가 같이 한편을 먹었다니 말이지."

"저 비행기들을 봐." 찬돌이가 말했다. "매일 비행기 타고 와서 폭격하고, 저 정도면 유엔 군대는 무서운 게 없겠지? 열여섯 나라라면 세상 나라 전부 합친 셈이니까."

"그래?" 봉이가 눈을 말뚱거리면서 말했다. "그럼 세상을 모두 합친 유엔 군대가 몰려오면 읍내는 와글와글 사람들로 들끓겠다."

만식이가 마른 입술을 침으로 적시면서 말했다. "저렇게 폭격을 해대니 인민군들이 어디 견딜 재간이 나겠나? 곧 모조리 달아나겠지."

그 말을 듣고 찬돌이가 갑자기 걱정스럽게 얼굴을 찌푸렸다.

"만일 빨갱이들이 오늘 전부 북쪽으로 달아나면 우린 인민군을 구경할 기회가 없겠지?"

네 소년은 동시에 무슨 끔찍한 내용의 비밀 암호라도 느닷없이 전해 들은 듯 긴장한 얼굴로 찬돌이를 쳐다보았다. 봉이는 겁이 나서 더욱 몸을 움츠렸다.

그들은 찬돌이가 한 말이 무슨 뜻인지를 알았다.

전쟁이 터졌다고 선생님이 아이들더러 집으로 가라고 하고는 학교가 문을 닫은 그날 이후로 금산리 오돌이 아이들은 인민군 얘기를 들을 때마다 빨갱이들이 도대체 어떻게 하다가 빨간 사람들이 되었을까 몹시 궁금했었다. 읍내에 가면 큰 건물마다 별을 그린 깃발이 달렸고, "따발총"을 든 빨갱이들이 자동차를 타고 돌아다니기도 하고, 봉의산에 고사포를 걸어놓고는 비행기를 떨어뜨리려고 하늘에다 쏘아댄다고 했는데, 다섯 아이는 그들이 여기저기서 주위들은 이런 얘기를 서로 주고받을 때마다 읍내에 가서 인민군도 구경하고 전쟁을 어떻게 하는지도 보고 싶어 했었다.

하지만 학교가 문을 닫았으니 읍내로 나갈 마땅한 핑계가 없었고, 강호는 어설픈 거짓말을 둘러 대고 춘천으로 나가려고 했다가 아버지한테 야단만 냅다 맞았다. 그런데 이제 인민군을 몰아내려고 국방군이 유엔 군대를 데리고 온다 하니 필시 봉의산이나 읍내에서 큰 싸움판이 벌어질 터였다. 찬돌이는 바로 그런 진짜 전쟁이 보고 싶었으며, 네 아이는 찬돌이의 욕심이 얼마나 위험한지를 잘 알았기 때문에 겁을 먹었다.

비행기 두 대가 연거푸 하늘에서 거꾸로 꽂히며 불을 뿜었고, 역 너머에서 시뻘건 연기가 덩어리를 지으며 피어오르더니, 한참 지나서야 "쿠웅" 폭탄이 터지는 소리가 들려왔다. 찬돌이가 아랫입술 왼쪽 귀퉁이를 잘근잘근 씹으며 눈을 가늘게 뜨고 춘천 상공을 한참 쳐다보더니 혼잣말처럼 중얼거렸다.

"다 도망가기 전에 가서 봐야 해. 이번에 못 보면 다시는 진짜 전쟁을 구경할 기회가 없을 테니까."

여섯

 강원도 춘성군 서면에서 춘천으로 나가려면 누구라도 일단 금산리를 거쳐 북한강 나루터로 가야 했다. 북쪽과 서쪽과 남쪽의 여러 마을에서 들어오는 세 길은 금산리 방앗간 앞에서 만나 하나가 되었는데, 세 길 가운데 남쪽 갈래는 논둑 사이로 꼬불꼬불 기어서 금산리 안쪽 동네를 마주보는 옆 마을 현암리로 뻗어나갔으며, 북쪽 길은 야트막한 언덕을 하나 돌아서 금산리 바깥 동네를 거쳐 10리쯤 상류로 올라가 소양강 다리 끝에 몇 집이 듬성하게 흩어져 앉은 월송리로 이어졌다.
 가운데 길은 강호네가 사는 방앗간을 지나 언덕 두 개 사이로 사라졌다. 숯을 굽고 버섯을 길러 먹고 사는 독가마골 사람들에게는 이것이 읍내로 나가는 유일한 통로였다. 금산리에서 갈라져나간 세 길은 점점 더 작은 길로 가지를 치고 또 찢어져 망상맥(網狀脈) 잎사귀 무늬를 이루며 서면의 모든 마을과 외딴 집들을 엮어놓아서, 한두 채 또는 서너 채씩 산기슭에 외떨어진 초가집들은 늦가을 거대한 나무에 몇 잎만 간신히 남아 매달린 낙엽처럼 가짓길의 끝에 가느다랗게 겨우 붙었다.
 금산리 방앗간 부근에서 하나로 모여든 세 길은 개울을 건너자마자 높다란 백양목 여덟 그루가 띄엄띄엄 당당하게 버티고 늘어선 나룻길로 접어들어 면장 댁을 저만치 건너다보면서 지나갔다. 읍내를 드나드는 사람들이 오나가나 어쩐지 황 면장 집의 눈치가 보이고 주눅이 들리는 이유였다.
 왜정시대의 버릇대로 많은 서면 사람들이 그냥 "황 면장 댁"이라고 부르던 집은 장군봉 이쪽에서 유일하게 기와를 얹은 가옥이어서 겉보기부터가 당당하고 위엄이 넘쳤다. 반쯤 주저앉아 납작한 토담집이나 떗장집에서 살아가는 하찮은 농부들이라면 황씨 댁의 반듯하고 육중한 기와지붕을 보면 저절로 기가 꺾이게 마련이었다. 부자라고 할 만한 집안이 따로 없기는 해도 금산리 일대에서는 그나마 제일 부자였기 때문에 "황 부자 댁"이라고도 하는 황승각 노인의 집에는 아주 옛날부터 늘 지필묵을 두고 살았다고 해서 요즈음에는 "훈장님 댁"이나 "훈장집"이라고 부르는 사람도 적지 않았다.

방앗간을 지나고 다리를 건너 동쪽을 향해 한 가닥 직선으로 뻗어나간 흙길은 황 면장 댁에서 금산리 나루까지 한 마장이 훨씬 못 되는 짧은 거리였다. 그리고 나룻길 중간쯤까지 가면 작년 여름에 폭우로 무너져 한쪽 허리춤이 쓸려나간 언덕의 기슭에 이엉이 시커멓게 썩은 몰골을 하고 홀로 선 밤나무집이 나타났다.

커다란 밤나무가 사립짝 바로 앞에 버티고 서서 동네사람들이 밤나무집이라고 쉽게 부르던 이곳에서 만식이와 어린 딸을 데리고 언례가 고생스럽게 살았다. 찾아올 손님이 없기는 했지만, 언례의 집은 나루터에서 금산리로 들어서서 첫 집이요, 밤나무가 우뚝하여 찾기가 무척 쉬웠다.

바로 집 앞으로는 시원하고 맑은 실개천이 흘렀다. 아낙들이 모여 수다를 떠는 동네 우물은 길이 멀고, 날마다 황씨 댁 우물을 쓰느라고 눈치가 보이던 만식이 엄마로서는 빨래에서부터 목욕과 세수는 물론이요 쌀을 씻는 물까지 모두 집 앞의 작은 개천 덕택에 얻기가 수월했다. 밤이 되고 석유가 귀해 호롱불을 밝히기가 아까워 온 동네가 일찍 잠들어 고요해지면 강으로 내려가는 물소리가 쌀쌀쌀쌀 창호지 밖에서 요란하게 들려왔는데, 인적이 끊어진 시간에는 퍽 슬픈 소리였다.

밤나무 밑으로 흐르는 물은 지금도 소리가 요란했다. 바깥이 그만큼 고요해서였다.

이제는 날만 저물면 밤나무집 앞으로 동네사람들이 아무도 지나다니지를 않았다. 춘천 폭격이 시작되자 처음 며칠은 신기하고 걱정스러워 너도나도 강가로 몰려나가 한참씩 구경을 하던 사람들이, 어젯밤 폭탄 서너 개가 소양강 이쪽으로 넘어와 중도에 잘못 떨어지자 기겁을 한 나머지 사방으로 흩어져 도망을 치더니, 오늘은 일찌감치 초저녁에 발길을 끊었다. 혹시 비행기들이 캄캄한 밤에 왔다가 불빛을 보고 서면에도 폭격을 할지 모르니까 등화관제를 하라고 면사무소로부터 지시를 받고 더욱 겁이 난 사람들은 저녁밥을 먹고 나서 아예 집밖으로 나설 엄두조차 내지 않았다.

언례는 어둠 속에 누워서 잠을 이루지 못했다. 창호지를 파랗게 밝히는 환한 달빛이나 시골 외딴 집의 적막함에 아무리 익숙한 그녀였어도, 폭탄을 던지며 소양강을 건넌 전쟁이 북한강마저 넘어온다면 만식이와 만희 두 아이를 어찌 건사해야 되려는지 걱정 때문에 가슴이 두근거려 언례는 도무지 잠이 오지 않았다.

오후 내내 어디를 쏘다녔는지 잔뜩 지친 만식이는 저녁 숟가락을 놓자마자 곯아떨어졌고, 어린 만희는 세상을 알지 못해 그냥 곤히 잠들었다.

바깥에서는 쉬지 않고 물이 흘렀다.

쌀쌀쌀쌀.

일곱

잠을 설친 언례가 미처 동이 트기도 전에 방에서 나와 조심스럽게 댓돌로 내려서자, 울타리 앞에 쌓인 장작더미를 끼고 너부죽하게 엎드려 궁상맞은 밤을 보낸 개가 얼른 일어나 부지런히 꼬리를 치며 쫄랑대고 툇마루 앞까지 달려왔다.

아침저녁으로 해가 없을 때는 벌써 옷깃이 쓸쓸했던 터라 저고리 앞자락을 대충 여미면서 앞마당으로 나간 언례가, 새로 하루를 시작하는 시간에 으레 그러듯이, 가장 먼저 눈길을 보낸 곳은 황 면장 댁이었다. 오늘은 방앗간 다리께 붙은 훈장 집 밭에서 감자를 캘 때가 되었으니 손이 필요할 텐데 혹시 그녀를 부르지나 않을까 싶어서였다.

밤나무집 식구들이 황씨 댁을 쳐다보며 나락이나마 적지 않게 받아먹고 살아온 역사는 요즈음 잔심부름에 가끔 불려가는 만식이까지 친다면 3대째인 셈이었다. 만식이의 할아버지는 황승각 노인의 아버지, 그러니까 황석구의 할아버지였던 면장 밑에서 머슴을 살았고, 만식 할아버지가 장가를 들어 현암리에 살림을 나고 아들을 얻자 아기에게 시골 사람치고는 무척 양반스럽게 김인동이라고 이름을 지어 내려준 이도 황씨 댁 어른이었다.

만식 아버지는 머슴이 아니었지만 황씨 댁 사람이나 진배없어서 훈장 어른은 늘 그를 "김 서방"이라 불렀다. 김인동은 제법 묵직하던 이름을 번듯하게 내놓고 써볼 기회가 별로 없었지만, 자신이 아들을 얻었을 때는 황승각 훈장 어른에게 가서 구태여 만식이라는 이름을 받아오기까지 했다. 이때쯤 김인동은 가마리에서 거의 혼자 힘으로 강변에다 움막을 따로 짓고 고기잡이를 하는 틈틈이 황 부자 댁 밭에다 소작을 부쳐서 제법 나름대로의 행세를 하던 터였다.

그러다가 어느 해 여름에 심한 비가 내려 독가마골에서는 산사태가 나고 강가에 달렸던 황씨 댁 논이 김인동의 움집과 함께 거센 물살에 쓸려 여남은 마지기나 떠내려갔다. 김 서방에게는 큰 재산이었던 배도 억수 같은 장맛비에 휩쓸려 사라지고 말았다. 그렇게 소작을 부치던 밭과 집을 한꺼번에 잃은 만식이 아버지가 물이 내린 다음에 강을 타고 오르락내리락 사방으로 돌아다니며 고기잡이배를 찾아보니, 어디선가 바위에 부딪혀 박살이 났는지 겨우 반 토막만 남은 몰골로 백양리 자갈밭에 옆으로 비스듬히 처박혀 있었다.

물난리 때문에 집과 밭뿐 아니라 고깃배까지 몽땅 잃은 김 서방은 황승각 훈장의 말을 들어 식구들을 데리고 다시 금산리로 돌아와 황씨 댁 바로 옆에 버려둔 곳집을 손질해서 들어가 살며 훈장 밑에서 반 머슴살이를 시작했다. 그래도 억척으로 일한 덕택에 밭을 좀 마련하고는 살림이 피어나는가 싶더니, 재작년 여름에 북한강에서 홍수에 떠내려가는 송아지를 보고는 욕심이 생겨 김 서방이 건지겠다고 헤엄쳐 들어갔다가 빠져죽고 나자, 언례는 혼자 힘으로 집안을 꾸리고 살아갈 길이 참으로 막연해졌다.

손바닥만 한 밭에다 옥수수나 콩 따위를 심어 겨우 거두어들인 수확을 읍내 장터에 내다 팔아봤자 식구들이 옷가지나마 거두어 입기는커녕 보리도 대먹기 힘들 정도여서 이제는 만식이 엄마가 김 서방의 뒤를 이어 황씨 댁 허드렛일을 하며 쌀되나 받아먹고 살아왔다. 만식이가 벌써 열한 살이나 되어, 봄이면 묵은 밭에서 캐내기가 어찌나 힘든지 허리가 시큰거릴 정도인 옥수수 뿌리도 제법 당차게 뽑아버리고 겨우내 쓸 장작을 패더라도 별로 부스러기를 내지 않을 만큼 자라서 한결 의지가 되고 마음이 놓이기는 했지만, 그래도 밤나무집 세 식구 목숨은 만식이 엄마 혼자 힘으로 떠맡기가 어지간히 어려운 일이 아니었다.

그러다 보니 결국 아침에 일어나면 혹시 무슨 일거리가 없을까 황씨 댁에서 부르기를 바라며 우선 그쪽부터 한 번 쳐다보는 버릇이 어느새 들고 말았다. 하지만 훈장 댁에서 아무런 기척이 보이지 않자 언례는 부엌으로 들어가 밥을 안쳤다.

솔가지 불을 지펴 아궁이 속으로 디밀고는 짬을 타서 마당을 쓸러 부엌에서 나온 언례는 발에 걸리는 호미를 털어 갈퀴와 나란히 난쟁이 굴뚝에 기대어놓고 잠시 허리를 펴기는 했지만, 뒤숭숭한 읍내 쪽으로는 눈을 돌리기가 싫었다. 이제는 탁한 불난리 냄새가 강을 건너 여기까지 흘러오는가 싶었다.

마당을 다 쓸었는데도 훈장 댁에서는 아직 인기척이 보이지 않았다.

울타리 바깥쪽 맑은 실개천을 따라 길게 붙은 밭에서 싱싱하고 푸른 파를 몇 뿌리 골라서 뽑은 다음 언례는 장군봉 쪽으로 시선을 돌렸다. 마을 안쪽으로는 곡식이 영글어가는 들판이 온통 누런 밀짚 빛깔이었다. 어수선한 나날 속에서도 어느새 들판에는 슬그머니 가을이 들어앉아 해가 뜰 녘이면 금산리 마을 한가운데로 흘러가는 개울가 수양버들이 늘어진 밑으로 물안개가 햇솜처럼 두텁게 피어올랐다.

알이 차서 영글기 시작한 벼이삭으로 노랗게 뒤덮인 논에서는 드문드문 허수아비가 허리까지 황금 바다에 빠진 채 벌을 섰고, 산들바람에 설렁줄이 혼자 흔들리며 깡통 속에 매단 돌멩이들이 덜그렁거렸다.

햇살이 퍼지기 시작한 나루터 강변 숲에서는 어느새 여름이 다 가서 조바심이 나는 듯 쓰르라미들이 아침 이른 시간인데도 시끄럽게 울었고, 파밭 옆 돌무더기 주변의 개나리들은 봄철을 진작 보낸 가지에 가을까지 잎을 달고 버티기가 미안해서인지 빛깔이 거무죽죽했다. 장독대 주변에 어지럽게 흐드러진 빨간 깨꽃과 탐스럽게 몇 아름 만발한 코스모스 속에도 계절이 가득했다.

다시 부엌으로 돌아가려다가 문득 넘겨다보았더니, 드디어 훈장 댁 대문이 안에서 천천히 열렸다.

황 노인의 며느리가 밖으로 나왔다.

여덟

밤새 묵은 입안을 가시려고 우물가로 나왔다는 핑계를 자신에게 납득시키려는 듯 천천히 두레박을 내리며 황승각 훈장의 아들 석구는 나룻길에서 눈을 떼지 못했다. 얼핏 보기에는 한없이 가냘프면서도 심지가 억세기 그지없는 어린 아내가 밤나무집으로 향하는 뒷모습이 그는 고마우면서도 미안하기만 했다.

불쌍한 언례를 도와준다면 분명히 잘 하는 짓일 텐데, 어찌하여 이렇게 자꾸만 죄를 지을 때처럼 켕기는 기분이 드는지 그는 알 길이 없었다. 아버지로부터 어제 저녁에 진작 허락을 받아놓았던 터여서, 그는 혹여 만식 엄마가 오늘 아침에 물을 길러 오기라도 한다면 나와서 직접 얘기를 해줄 생각이 아니었던가.

하지만 동틀 녘부터 담 너머로 가끔 기웃거리며 살펴봐도 언례는 댑

싸리 빗자루로 휘적휘적 마당을 쓸기만 할 뿐 우물가로 올라오려는 기미를 보이지 않았고, 그렇다고 해서 젊은 과부가 혼자 사는 집으로 더 젊은 남자가 새벽부터 발길을 하기가 거북해서 결국 그는 아내에게 말을 대신 전하게 시켜야만 했다. 하기야 석구의 마음을 헤아려 아내가 먼저 말을 꺼내기는 했지만.

물난리에 집과 배를 잃고 김 서방을 따라 금산리로 옮겨 들어왔을 때만 하더라도 언례는 아무 거리낌도 없이 이곳에 와서 물을 길어가고는 했었다. 하기야 석구 어머니는 김 서방더러 우물은 무슨 우물을 따로 파느냐고 꾸중하는 시늉까지 했었다. 한 집안이나 마찬가지니 만식 어멈더러 마음 놓고 와서 빨래도 하고 배추도 씻고 마실 물도 길어가라는 마님 얘기에 김 서방은 그렇게 하더라도 크게 대수롭지가 않으리라고 생각했었다.

그랬어도 김 서방이 물에 빠져 죽기 전까지는 전혀 문제될 일이 없었다. 두 집이 문을 열고 소리만 질러도 서로 들릴 만큼 거리가 가까웠고, 더구나 이런 일 저런 일로 거의 날마다 만식 아버지가 황씨 댁을 드나들던 터였으므로 거리낄 바가 아니었다. 그러나 막상 남편이 죽고 혼자 몸이 되고 나니, 황씨 댁 사람들이 아직 아무도 물을 쓰지 않았는데 불쑥 청상과부가 이른 아침에 와서 먼저 두레박을 내리기가 차츰 거북스러워지고 말았다.

그러다가 마나님을 여의고 나서 황 노인이 대문 옆 사랑방으로 나앉은 다음부터 언례는 물을 쓰러 가기가 더욱 어려웠다. 석구가 태어난 해를 기념해서 훈장 어른이 대문 앞 이만치에 심어놓은 오동나무 밑을 계산하여 일부러 자리를 정하고 파놓은 우물이고 보니, 황 노인의 방에 붙은 툇마루와 코를 마주대고 앉은 셈이었고, 그래서 혹시 두레박 소리라도 냈다가는 황 노인이 문을 열고 내다보기라도 할까봐 언례로서는 늘 걱정스럽고 조심스럽기만 해서였다.

석구는 아내가 밤나무집 앞에 멈춰 서서 만식 엄마를 부르는 소리를 먼발치서 들었고, 머리에 수건을 두른 언례가 두 손을 행주치마에 닦으며 부엌에서 나왔다. 두 여자는 앞마당에 마주 서서 잠시 얘기를 주고받았다. 훈장 댁에서 오늘 밭일이 많아 품앗이에 부른 동네 이웃들에게 내다 먹일 새참을 함께 준비하고 들판으로 날라야 할 일을 의논하기 위해서였다.

요즈음에는 허드렛일을 맡기려고 훈장이 언례를 부르는 경우가 부쩍 줄었고, 그래서 만식 어머니가 이른 아침에 그까짓 마실 물을 길러 우물을 찾아오기조차 이토록 거북해하게 된 까닭은 왜정 말기를 전후하여 친일 세력이 사방에서 몰락하고 황씨 집안의 가세도 덩달아 갑자기 기울기 시작한 탓도 조금은 되겠지만, 그보다는 아버지의 소심해진 마음이 더 큰 문제라고 석구는 생각했다.

나라가 해방을 맞은 다음 황씨 댁의 위세가 기울어 문중의 여섯 가구 50여 명이 조각조각 땅을 떼어 화천 안쪽으로 뿔뿔이 흩어져 들어앉고, 이기적인 형제들은 맏형까지도 막내인 석구에게 집안을 맡기고 눈치껏 모두 빠져나가 고향 금산리에는 황 노인과 마님과 석구 세 사람만 남았는데, 집안 형편도 그러려니와 얼마 안 되는 식구에 하인을 두기도 거추장스러워 거동이 불편한 마님이 혼자 살림을 하던 무렵에는 김 서방 부부가 사실상 훈장 댁 살림을 도맡아 해 주다시피 했었다.

김 서방이 죽은 다음에도 만식이 엄마가 변함없이 자질구레한 온갖 잡일을 다 맡았었다. 철따라 김장에다 메주를 쑤어 간장 고추장도 담그고, 밤톨을 굴려 까서 가마니에 챙겨 넣고 감을 벗겨 말리는가 하면 삭정이를 갈퀴로 긁어모아 군불감도 미리 마련했고, 그렇게 언례는 손바닥에서 굳은살이 까지도록 새끼도 꼬고, 빨래에 바느질, 집안일을 안 한 것이 없었으며, 심지어는 고추밭에 들어가지 못하게 닭을 쫓는 일 따위도 만식이까지 동원하다 보니 밤나무집의 발길이 늘 뻔질났었다.

하지만 황 노인이 마나님을 여의고는 살림이 워낙 불편해져서 서둘러 손을 쓰더니 재작년에 며느리를 들어앉혔는데, 덕두원리에서 데려왔다는 어린 여자가 어찌나 억척같이 일을 잘하는지 갑자기 만식이 엄마는 할 일이 절반쯤으로 줄어들고 말았다. 황씨 댁 며느리는 절구도 제 손으로 찧을 만큼 일끝이 어찌나 야무진지, 혼자서 도저히 해내기가 어려울 정도로 밀릴 때만 가끔 밤나무집을 불러 몇 가지씩 간단한 일을 맡기고는 했다.

날이 갈수록 얼굴을 대할 시간이 적어지자 어느덧 언례는 새벽 밥물을 얻으려면 마치 도둑질을 해서 훔쳐가기라도 하는 듯 앞뒤를 살피며 우물로 와서 소리조차 삼가 몰래 두레박을 내려 물을 동이에 담아 이고 가고는 했는데, 석구는 지게를 가지러 광으로 들어가거나 외양간에서 소를 끌고 나오는 길에 어쩌다가 담 너머로 그런 안타까운 언례의 모습이 눈에 띄기라도 하면 퍽 속이 상했다.

석구는 황 노인의 입장을 이해하지 못할 만큼 눈치가 없고 못난 아들은 아니었다. 아무리 딸자식 같은 언례이기는 했지만 젊은 과부를 홀로 된 늙은이가 가까이 하기란 쉽지가 않은 사정이었다. 서면에서 가장 큰 어른인 훈장으로서는 당연히 남우세스러웠을 테니까 말이다.

옆집 아낙의 어려운 사정이 워낙 빤하고 불쌍하니까 넉넉히 도와줘야 하는 줄 알면서도 양반집 체면을 여전히 챙기려는 고집에서 아버지는 오히려 앞뒤를 도사리며 밤나무집을 의식적으로 멀리하기 시작했고, 얼마 안 가서 아버지가 무슨 작심이라도 한 듯 슬그머니 언례를 점점 내치는 기미가 조금씩 뚜렷해졌다. 그런 줄을 알면서도 아들은 참으로 야속했다. 아무리 그렇더라도 아버지가 마음을 좀더 썼더라면 ….

언례에게 부탁을 끝내고 밤나무집에서 나룻길로 나오는 아내의 발걸음이 어딘가 가벼워 보였고, 그래서 석구도 한결 마음이 놓였다. 언례는 잠시 밤나무 밑에 가만히 서서 멀어져가는 훈장 며느리의 뒷모습을 지켜보는 듯하더니, 몸을 돌려 부엌으로 가려고 하다가 우물가에서 두레박을 들고 선 석구를 발견하고는 다시 걸음을 멈추고, 잠시 이쪽을 응시했다. 거리가 멀어서 표정까지는 읽기가 어려웠지만, 그는 언례가 무척 고마워하리라고 짐작했다.

석구가 갑자기 낯을 붉혔다. 이웃 여자를 탐해서 몰래 훔쳐보다가 들키기라도 한 듯싶어서였다. 이런 비밀스러운 서글픔을 그가 만식 엄마에 대해서 느껴도 되는지 사실 석구는 오래전부터 아내한테 문득문득 미안하고는 했다.

장가를 들기 훨씬 전인 열네 살 때부터 훈장의 아들은 언례를 먼발치서 지켜보며 줄곧 가엾어 했었다. 그토록 곱고 착한 여자가 정말로 팔자가 사납고 지지리도 운이 없어 고생만 계속하는 꼴이 어딘가 이치에 맞지를 않는다고 그는 늘 애처로워했다. 면장 댁에서 보낸 돼지 한 마리를 잡고 막걸리 두 말을 겨우 빚어 변변치 못한 혼사를 치르자마자 곧장 가마리의 굴속 같은 움막으로 기어 들어가 살다가, 홍수로 그나마도 잃고는 나룻길 곳집으로 옮겨와서 새로운 고생을 한참 더 하고는, 겨우 어깨를 펴고 이겨내는가 싶더니 황망하게 결국 서방까지 잃은 언례였다. 앞으로는 또 어떤 드센 꼴을 그녀가 당하려는지 석구는 벌써부터 은근히 걱정이었다.

사실 그는 언례가 해야 할 일을 좀처럼 남겨두지 않을 만큼 옹골찬 아내가 원망스러워 만식 엄마를 대신하여 솔직히 가끔 섭섭한 마음이 들기도 했었다. 하지만 그렇게 신경을 쓰는 석구의 심정을 어린 아내도 지난겨울 언제부터인가 차츰 옮겨 받고는 자기보다 나이가 열 살도 훨씬 위인 언례 걱정을 염두에 두기 시작했다.

언례가 부엌으로 들어가 모습이 사라진 한참 후에도 석구는 우물가에 그대로 서서 착하고 대견한 아내를 기다려주었다.

아홉

만식이가 검정 고무신을 발가락 끝으로 끌고 바지를 추켜올리며 부엌으로 들어가 살강에 놓인 종발에서 굵은 소금을 꾹 눌러 손가락에 찍더니 문지방에 앉아 이빨을 닦기 시작했다. 뜸이 드는 밥 냄새가 참 좋았다.

부엌 바닥에 반쯤 엎드려 부지깽이로 아궁이 속의 청솔가지 잔불을 이리저리 헤집어 놓고 나서야 뒤에 앉은 그를 보고 엄마가 물었다.

"너 오늘 훈장님 심부름 간다고 그랬지?"

"네. 독가마골에 가서 숯을 한 섬 가져오라고 그러시데요. 소를 끌고 갔다가, 오는 길에 꼴도 먹이고 숯도 실어 오라고요."

"시간이 오래 걸리겠구나. 소까지 몰고 거기까지 갔다 오려면."
"놀면 놀면 갔다 와도 한나절이면 넉넉해요."
"그럼 오후에는 엄마하고 같이 집 뒤에다 방공호 좀 파자. 남들은 벌써 다 파놓았다는데, 우리도 혹시 모르니까 여차하면 몸을 숨길 굴이라도 파둬야 하지 않겠니?"

만식이는 냉큼 대답을 하지 않았다. 오늘쯤은 읍내로 전쟁 구경을 가자고 찬돌이가 오돌이 아이들을 불러 모을 듯싶었지만, 만식이는 엄마가 걱정할까봐 차마 그런 말은 입 밖에 꺼내지 않았다.

"어젯밤 가평 쪽에서 들려오던 대포 소리 들었지? 이젠 무슨 변이 닥칠지 모르니까 대비를 해야 한단다."
"훈장 댁 밭일은 끝났나요?"
"그래. 오늘은 시킬 일이 없나보더라. 이따가 방공호 파는 거 같이 하겠지?"
"알았어요."
"어째 대답이 신통치 않구나. 너희들 오늘도 또 장군봉에 갈 작정이라도 해서 그러니?"

만식이가 얼른 둘러대었다.
"장군봉엔 당분간 안 가기로 했어요. 막아버린 장군굴을 어떻게 찾아내겠어요? 그래서 대신 가운뎃섬으로 말 무덤을 찾으러 갈까 그래요."
"오늘은 가지 마라. 방공호 팔 일이 훨씬 더 급하니까."
"알았어요."

만식이는 양치질을 하려고 찢어진 바가지를 부뚜막에서 집어 들고는 부엌에서 나갔다. 마당에서 기다리던 개가 먼저 이리 뛰고 저리 뛰며 앞장서서 밤나무 밑 맑은 개천으로 만식이를 이끌고 갔다.
"엄마, 저기 방앗간 아줌마 오시는데요."

열

전에는 당연히 만식이 아버지가 해야 할 심부름이었지만 김 서방이 죽은 다음부터 황 노인은 읍내를 다녀오는 볼일은 번번이 방앗간 주인에게 시켰다. 요즈음에 와서는 부쩍 방앗간 한씨를 불러오라는 일이 더 많아져서, 심지어는 이장인 배씨가 살펴봐야 할 마을의 여러 가지 공적인 업무 때문에 읍내를 출입하는 경우에도 걸핏하면 황 노인의 지시를 받고 강호 아버지가 대신 다녀오고는 했다.

어제 아침에도 폭격이 시작된 이후 읍내 사정이 하도 궁금해서 답답해하던 나머지 노인은 아들 석구를 방앗간으로 보내 강호 아버지를 불러서는 춘천에 나가 상황이 어떻게 돌아가는지 둘러보고 오게 했다. 걸핏하면 비행기가 무섭다는 타령을 늘어놓고 좀처럼 배를 내지 않던 사공도 황씨 댁 심부름이라니까 군소리를 참고 울상을 지으며 막대를 챙겨 나루터로 나갔고, 아침나절 휑하니 읍내에 나갔다 돌아온 강호 아범은 춘천 중앙시장 장바닥 여기저기서 보고 들은 대로 훈장 어른에게 소상히 얘기를 전했다.

오후에 집으로 돌아간 방앗간 주인은 아내에게도 똑같은 얘기를 그대로 되풀이했는데, 별로 관심도 없이 건성으로 얘기를 듣던 강호 어머니는 춘천역 옆의 농협창고 소식을 듣자 갑자기 귀가 솔깃해져서 이것저것 물어보았다.

"농협창고가 폭격을 맞았다고요?"

"아, 그렇다니까."

"그래서 다 홀랑 타버렸나요? 불에 홀랑 다 타버렸냐고요."

"아냐, 한쪽은 탔지만 나머지는 멀쩡했어."

"그럼 창고 안에 쌓아 두었던 곡식은 어떻게 되었는데요?"

"곡식이라니?"

"얼마 전에 월송리 배추밭에 갔다가 들은 얘긴데, 인민군이 농협창고에 쌀이니 보리니 곡식을 트럭으로 줄줄이 실어다 잔뜩 쌓아 두었다고 했어요. 군량미로 말예요. 헌데 폭격을 맞아 창고가 부서졌다면, 안에 쌓아둔 곡식은 어떻게 되었느냔 말예요."

"아, 그 얘기로구먼. 그렇지 않아도 소양강 나루터 주막에 들렀더니 사람들이 그런 얘기를 하긴 하데."

"무슨 얘기요? 뭐라고들 그래요?"

"쌀이고 뭐고 온통 쏟아져 나와 길바닥에까지 잔뜩 깔렸는데, 사람들이 가지러 가려고 해도 따발총 든 인민군이 지키고 있어서 얼씬도 못한다는구먼."

"인민군은 어젯밤부터 북으로 도망치는 중이라고 그러셨잖아요? 인민군이 가고 없다면 농협창고의 곡식은 다 어떻게 되었을까요?"

"그걸 내가 어떻게 알아?"

"도망치느라고 황급한 처지에 공산당이 모두 긁어모아 싣고 가지는 못했겠고, 그럼 임자 없는 곡식이 그냥 길바닥에 널려 있는 셈이잖아요?"

그제야 아내의 속셈을 눈치 챈 강호 아버지는 무슨 엉뚱한 생각을 하느냐고, 공연히 읍내로 나가 쌀을 가져오려고 하다 뒤에 남은 인민군한테 붙잡혀 죽고 싶지 않으면 서투른 짓은 아예 하지 말라고 야단을 쳤다. 하지만 오음 산골에서 화전(火田)을 부쳐 먹던 부모와 함께 감자나 옥수수를 먹고 자라며 온갖 고생을 다해 악착같이 뼈가 단단히 여물었던 강호 엄마는 순순히 남편의 말에 귀를 기울일 여자가 아니었다.

동네사람들이 수군거리며 가끔 주고받는 애기를 들으면 방앗간 한씨야말로 서면에서는 진짜 알부자여서 어쩌면 훈장님보다도 돈이 많을지도 모르고, 어디인지는 모르겠으나 전답을 여러 곳에 사서 숨겨두었다는 소문까지 나돌 정도였지만, 가난이 키워놓은 욕심이 심줄처럼 더덕더덕 질겨 오죽하면 통돼지라는 별명까지 업고 다니는 강호 엄마로서는 길바닥에 널려 있는 곡식을 그냥 보고 넘어갈 리가 없었다.

워낙 먹성이 좋아 몸집이 부하기도 하려니와 비록 다 먹지를 못하고 버리는 한이 있더라도 무엇이든 남에게 넘겨주기보다는 일단 움켜 챙기다가 썩히기가 일쑤였던 '통돼지 여편네'는, 남편이 어차피 따라 나서지 않으리라는 빤한 계산에, 어쨌든 쌀 창고 사정을 직접 알아보기만이라도 하겠다며 휘적거리고 혼자 집을 나섰다.

욕심이 앞서서 나루터로 나가려던 강호 엄마는 그러나 채 다리를 건너기도 전에 어느새 뒤따라온 두려움에 걸음이 갑자기 무거워졌다. 그렇다고 해서 춘천 길바닥에 쏟아져 깔린 쌀을 포기하고 돌아설 마음은 내키지 않았던 터라, 걱정을 앞세운 채 무작정 나룻길로 접어든 통돼지는 저 앞에서 밤나무집이 눈에 띄자 옳거니 싶었다.

마을 집집마다 쌀독 사정을 훤히 꿰뚫었던 방앗간 통돼지는 밤나무집 컴컴한 부엌에 쌓아놓은 불쏘시개 청솔가지 더미 뒤쪽 구석에 묻힌 쌀독도 곧 바닥을 드러내리라고 짐작했다. 머지않아 겨울이 닥쳐올 텐데 전쟁까지 점점 기승을 부릴 테니 젊은 과부가 만식이와 세 살 난 딸 만희를 거두며 버티기가 결코 쉽지 않으리라⋯.

독가마골로 훈장님 숯 심부름을 간다던 만식이를 나룻길에서 마주친 김에 물어보니 언례는 오늘 따로 할 일도 없다고 했다. 밤나무집으로 들어선 강호 엄마는 마당에 서서 기다리던 언례더러 다짜고짜 쌀을 가지러 가자고 팔을 잡아끌었다.

"그러니 우리도 어서 가 봐야 하지 않겠어? 길바닥에 쏟아진 쌀이 아무리 산더미 같다고 하더라도 읍내 여편네들이 너도나도 몰려들어 퍼 가기 시작하면 그게 얼마나 가려고? 한 톨이라도 내 독에 일단 갖다 부어놓아야 내 쌀이니까, 어서 빨랑 가자고. 그까짓 방공호는 언제라도 나중에 파면 그만이잖아?"

열하나

독가마골에서 돌아와 훈장 댁에 숯과 소를 넘겨주고 밤나무집으로 돌아온 만식이는 툇마루에서 그를 기다리는 점심 밥상을 보고 놀랐다. 어제 밭일 품을 팔고 엄마가 훈장 댁에서 받아온 납작보리가 그리 많지도 않았던 듯싶은데, 어쨌든 오랜만에 점심을 거르지 않고 먹게 되다니 아이는 신기하고 기분이 좋았다.

빛이 바랜 조각보를 벗기고 사발 뚜껑을 열어본 만식이는 한 번 더 놀랐다. 어느 집 잔칫날이 아니고서는 구경조차 하기 힘든 수북한 이 팝이 송알송알 눈부시게 빛났다.

언례가 빨래를 한 아름 안고 개천에서 마당으로 올라왔다.

"엄마, 이 쌀 어디서 났어?"

"읍내 쌀 창고에서 가져왔단다. 너 아침에 독가마골 가던 길에 강호 엄마 만났지? 날 만나러 오던 길이었어. 쌀 창고에 같이 가자고. 둘이서."

"쌀 창고요?"

"춘천역 농협창고가 폭격을 맞고 부서졌단다."

밤나무집 앞을 지나가며 이웃 마을의 두 여자가 마당에서 바삐 빨래를 너는 언례에게 손을 흔들어 보였다. 허겁지겁 밥을 먹던 만식이가 나루터로 발걸음을 서두르는 여자들을 힐끗 쳐다보고 물었다.

"저 아줌마들도 쌀 창고 가는 건가요?"

"그래. 서면 여자들 너도나도 오늘 하루 종일 바빠지게 생겼어."

엄마는 만식이가 훈장님 심부름을 다녀오는 동안 금산리에서 오전에 어떤 소동이 한바탕 벌어졌었는지를 알려주었다. 읍내로 나갔던 강호 엄마와 언례가 무너진 농협창고에서 쌀을 한 자루씩 이고 돌아왔다는 소문이 삽시간에 울타리 너머로 이집 저집 퍼져나갔다. 입방아가 헤픈 통돼지 여편네가 자랑을 떠벌려 늘어놓았기 때문이었다. 그리고 동네 여자들이 처음에는 저마다 하나 둘 드문드문, 그리고는 곧 두세 명씩 무리를 지어 강을 건너가려고 나루터로 몰려들기 시작했다.

겁이 많은 땅딸보 염막동 사공은 팔이 빠지도록 계속해서 북한강을 오락가락 여자들을 실어 나르느라고 울상이 되었고, 읍내에서 가져온 무거운 쌀자루를 한꺼번에 여러 개씩 실어 나르려다 작은 배가 뒤집힐지 모른다고 위험하다며 다시 심통을 부리고 징얼거리더니, 결국은 노를 모래밭에 팽개치고는 집으로 도망쳐버렸다.

"언제 비행기가 날아올지 모르는데 쉴 새 없이 하루 종일 배를 띄울 수는 없다고 생떼를 부리면서 말이다. 몇 사람이 가운뎃섬에서 건너오지 못해 발이 묶이고 이쪽에서도 건너갈 길이 막히자 동네 여자 몇이 집으로 몰려가서 너를 먹여 살리는 게 누군데 배를 안 띄우느냐고 멱살을 잡아 사공을 끌어내려고 했지만 염 사공은 막무가내로 싫다면서 버티었어."

북한강 뱃사공 염 서방은 서면 여러 마을사람들이 해마다 철따라 염출해서 걷어다 주는 식량을 품값 대신 받아먹고 살았기 때문에 배를 탈 때마다 따로 받는 품삯이 없었고, 아무리 한밤중이라도 혹시 아픈 사람이 생기거나 산파를 불러와야 하는 따위의 일이 벌어지기라도 하면 잠을 자다 말고도 일어나 군소리 없이 고분고분하게 노를 저어야 했다. 하지만 폭격이 시작된 이후부터는 목숨까지 내놓고 배를 띄운다는 새로운 사정만큼은 염 사공도 다시 생각해봐야 할 문제였다.

결국 현암리와 월송리 이장들이 사공을 함께 찾아가 한바탕 야단부터 친 다음에 어르고 달래면서, 여자들이 배로 실어 나르는 쌀 한 자루에 한줌씩 갹출하기로 약속해준 다음에야 다시 나룻배가 조금 아까부터 건너다니게 되었다고 언례가 설명했다.

"그러니 어서 밥부터 빨리 먹어라. 너도 나하고 같이 가서 쌀을 좀 지고 와야 하니까."

밤나무집 앞으로 마을 여자 셋이서 서둘러 지나갔다.

"근데 이상해요."

"뭐가?"

"왜 여자들만 쌀을 가지러 강을 건너가나요? 나루터로 가는 남자 어른들은 통 눈에 띄질 않으니 말예요."

"인민군이 정말 소문대로 읍내에서 모두 떠났는지가 확실치 않아서 그래. 후퇴하는 공산군이 쓸 만한 남자들은 닥치는 대로 붙잡아 의용군으로 끌고 간다는 소문이 나돈단다. 그까짓 쌀 한 자루를 얻으러 갔다 인민군에 끌려가서 개죽음을 할 필요는 없지 않겠니?"

"하지만 기준이 아버지랑 강호 아버지랑 읍내에 다녀온 아저씨들 아무도 잡혀가지 않았잖아요."

"전쟁을 시키려면 건장한 청년들만 잡아가니까 그렇지."

"그럼 건장한 청년이 아닌 동네 아저씨들은 왜 아무도 쌀을 가지러 가지 않나요?"

미처 그런 의문을 품어본 적이 없었던 언례가 잠시 곰곰이 머릿속에서 따져보더니, 만식이로서는 참으로 이해하기 어려운 핑계를 댔다.

"사람들이 모두 빤히 지켜보는데 강을 건너가 쌀을 짊어지고 온다는 건 남자가 할 짓이 아니란다. 아무리 임자가 없는 쌀이라고 해도 말이야. 그건 대낮에 도둑질하는 셈이니까."

"그렇다면 왜 남자들은 여자들이 대낮에 도둑질을 하는 걸 그냥 두고 구경만 하나요? 말리지도 않고 말이에요."

갑자기 대답해줄 말이 군색해진 언례는 다시 잠깐 생각하며 침묵을 지켰다. 그리고는 말했다.

"여자들이란 본디 먹고 살려면 체면 따위는 상관하지 않거든. 그리고 남자들도 목숨을 부지하려면 여자들이 하는 일을 못 본 체해야 하는 경우가 생기기도 한단다."

어느 틈에 밥을 다 먹고 만식이가 숟가락을 내려놓자, 꼬치꼬치 캐어묻는 아들의 입을 막으려고 언례는 얼른 치맛자락으로 손을 말리며 밥상을 가지러 왔다.

"만희 좀 묶어놓아라. 찬돌 엄마 오면 곧장 배 타러 나가게."

엄마가 밭일을 나가거나 해서 집을 비우고 만식이도 외출을 해야 하는 경우가 생길 때면 그들은 어디로 잘못 돌아다니다가 다치기라도 할까봐 어린 만희의 허리를 끈으로 묶어 문고리에다 잡아매어 두고는 했다. 마루에서 베개를 끌고 이리저리 기어 다니는 여동생을 잡으러 가며 만식이가 물었다.

"찬돌이 엄마요? 방앗간 아줌마하고 같이 가는 게 아니고요?"

"방앗간 아줌마는 강호를 데리고 한 행보 더 한다며 아까 벌써 읍내로 나갔어."

엄마는 만식이가 심부름을 끝내고 돌아오기를 기다리느라고 뒤에 남았는데, 뒤늦게 쌀 소문을 듣고 밤나무집으로 찾아온 찬돌 어머니가 농협창고로 함께 데려다 달라고 부탁했다는 얘기였다.

열둘

만식이와 찬돌이 그리고 두 아이의 어머니가 헐떡거리며 춘천역까지 달려갔을 때는 곶감을 말리는 멍석에 벌떼가 모여들 듯 서면과 읍내 여편네들이 악머구리처럼 농협창고로 모여들어 쌀과 보리를 퍼가는 중이었다. 여자들이 웬 기운이 그렇게 많은지 모르겠지만 납작보리를 가마니채로 지게에 얹거나 맨 어깨에다 짊어진 채로 읍내 쪽으로 줄을 지어 걸어가는 그들의 뒷모습을 보니, 누런 가마니 밑에서 수많은 사람들의 두 발만 들락날락 움직이는 꼴이 마치 거대한 황금 지네가 기어가는 듯싶었다.

어떤 가족은 손수레를 끌고 함께 와서 몽땅 달라붙어 곡식을 실어내는가 하면, 쌀이 너무 무거워 가마니를 통째로 가져가기가 수월치 않아서인지 아예 식칼까지 챙겨 와서 창고로 들어가 가마니의 배를 푹 찔러 갈라놓고는 하얗게 쏟아지는 쌀을 그릇에 담아가느라고 여기저기서 아우성을 치는 사람들도 적지 않았다. 자루와 부대, 함지박과 물통, 양동이와 보자기, 소쿠리와 광주리, 퍼 담을 만한 그릇이라면 무엇이라도 닥치는 대로 들고 사방에서 모여든 여자들은 찬돌 엄마와 언례처럼 하나같이 헐렁이 바지 차림이어서 떼 지어 부역을 나온 사람들 같아 보였고, 발목과 정강이가 쏟아진 곡식 더미에 푹푹 빠진 채로 조금이라도 더 높은 자리로 기어 올라가 남들이 밟지 않은 곡식을 퍼가려고 허둥거리는 모습은 마치 물에 빠진 사람들 꼬락서니였다.

소문을 듣고 무너진 창고의 곡식을 건지러 온 사람들은 대부분이 젊은 여자들이었으며, 아이들이나 노인들도 그들 틈에 여기저기 끼어 모이를 쪼는 닭처럼 손이나 양재기로 쌀을 퍼 담았다. 젊은 남자라고는 붉은 벽돌로 테를 두른 꽃밭 옆에서 식구들이 가져다 쌓아놓은 대여섯 개의 곡식 자루와 두 가마니의 쌀을 지키고 서서 감시하던 절름발이 청년 한 사람뿐이었다.

"뭐 하는 거야? 어서 퍼 담지 않고!"

멍하니 서서 아수라장을 벌이는 사람들을 신기해하며 구경하던 찬돌이와 만식이를 뒤돌아보고 찬돌 엄마가 소리를 지르기는 했지만, 하던 일이 더 급해서인지 다시 쌀을 퍼 담기 시작했다.

"이거 굉장한데." 밀치는 사람들 사이에 무릎을 꿇고 끼어 앉아서 자루에다 쪽박으로 쌀을 다시 퍼 담기 시작하며 찬돌이가 말했다. "공짜라니까 송장에 구더기 꼬이듯 모여드는구나."

만식이는 모래처럼 밑이 술술 빠지는 쌀 위에 주저앉아 이빨로 자루 한 자락을 물고 두 손으로 쌀을 퍼 담으면서도 주변의 요란한 난장판을 열심히 힐끔힐끔 둘러보았다. 밭 임자가 봤다가는 아연할 노릇이었지만 중앙시장 쪽에서 오는 사람들은 한 걸음이라도 빨리 달려와서 한 줌이라도 더 퍼가기 위해 남의 배추를 마구 짓밟으며 곧장 역으로 건너왔고, 한길에는 납작보리 가마나 불룩한 자루를 머리에 이고 헐렝이 바지를 걸친 엉덩이를 씰룩이며 뒤뚱거리고 집으로 서둘러 가는 여자들이 분주했고, 빈 그릇이나 자루를 들고 숨을 헐떡이며 달려오는 여자들이 그들과 서로 엇갈리며 줄을 지어 바삐 오갔다.

"눈에 보이는 건 모조리 다 집어가는 거야."

역전 마당에서 폭격을 맞아 반쯤 타다 남은 자동차로부터 떨어져 나온 바퀴를 굴려 가져가던 쉰 살쯤 되는 깡마른 아주머니를 보고 만식이가 혼잣말을 했다.

정말로 사람들은 임자가 따로 없어 보이는 물건이라면 모조리 다 들고 갔다. 심지어는 역장실에 걸린 시계와 거울과 의자, 나무 책상까지 들고 나오는가 하면, 바짓가랑이를 한쪽 자락만 무릎까지 걷어 올린 어떤 할아버지는 어디서 찾았는지 톱밥 난로를 짊어지고 역사(驛舍)에서 낑낑거리며 나왔다. 길 건너 밭에서 배추를 뽑아 담는 여자도 눈에 띄었다.

"읍내가 온통 다 이렇게 야단이래." 찬돌이가 자루의 주둥이를 틀어 잡아매면서 속삭이듯 나지막이 말했다. "빈 집이다 싶으면 아무데나 막 들어가 닥치는 대로 집어가는 모양이야."

"누가 그래?"

"읍내 사람들이 하는 얘길 들었어. 쌀은 그만 퍼가고 어서 장터로 가서 다른 물건들을 챙기자고 그러더라."

숨을 돌리느라고 잠시 주위를 둘러보던 만식이는 농협창고에서 역쪽으로 20미터쯤 떨어진 벽돌 건물에서 눈길이 멎었다. 여인숙을 겸한 식당이었던 납작한 건물에는 폭탄이 무더기로 떨어지기라도 했는지 온전히 남은 벽이라고는 하나도 없었고, 그곳 무너진 돌무더기에 깔려 죽은 여자의 시체를 발견한 만식이는 온몸에 소름이 돋았다.

깨진 벽돌과 흙더미 속에 하반신이 파묻힌 여자는 대들보처럼 보이는 기둥이 부러져 떨어지며 뾰족한 끝이 왼쪽 젖가슴을 꿰뚫고 찍어내려 땅바닥에다 박아 놓았는데, 죽은 지가 한참 된 모양이어서 얼굴과 가슴에 꺼멓게 피가 말라붙고 파리가 잔뜩 꾀어 나이를 가늠하기도 힘들 정도였다. 주변의 돌멩이들도 사방이 온통 피투성이였으며, 허리가 ㄴ자로 꺾어졌는지 한쪽 다리가 엉뚱하게 옆으로 좀 떨어진 곳에서 발가락 끝이 땅을 향하고 튀어나왔는데, 고무신이 벗겨진 발에는 논에서 일을 하다 말고 곧장 달려온 사람처럼 시커먼 진흙이 두껍게 말라붙어 갈라졌다.

만식이가 입에 물고 있던 자루를 떨어뜨리며 얼이 빠져 말했다. "저거 봐."

"뭘?"

"저기. 송장이야."

만식이는 지금까지 시체를 본 적이 한 번도 없었다. 아버지가 물에 빠져 죽었을 때도 그랬다. 도대체 어디까지 떠내려갔는지 아무리 강을 타고 동네사람들이 내려가 봤어도 통 찾아내지 못하다가, 나흘 만에야 삼악산 아래 어느 마을의 뱃사공이 겨우 찾아낸 모양이었지만, 막상 시체를 옮겨와 훈장 댁 소유인 현암리 뒷산 한쪽 귀퉁이에 묻을 때는 만식이 모르게 모든 일이 끝나 버렸다. 황 노인은 그래도 아버지 장례에 아들이 빠져서야 되겠느냐고 호통까지 친 모양이었지만, 물에 퉁퉁 붓고 게나 자라에게 뜯어 먹힌 듯 여기저기 살점이 떨어져나간 끔찍한 아버지의 모습을 보이고 싶지 않아 언례는 처음으로 황 노인의 뜻을 끝까지 버티며 거역했었다.

그날 아침에 어머니는 어디서 구했는지 벼를 한 줌 바가지에 담아 만식이한테 주며 방앗간에 가서 빻아오라고 했다. 이렇게 조금 빻아 달라면 강호 아버지가 야단치지 않느냐고 걱정하면서도 어쨌든 엄마가 시키는 대로 아이는 방앗간으로 갔고, "이거 엄마가 빻아 달래요" 하며 바가지를 내밀었더니 방앗간 주인이 처음에는 잠깐 의아해하다가, 뒤늦게야 무슨 얘기인지 알겠다는 듯한 표정으로 "그래, 빻아 줄 테니 거기 앉아 기다렸다가 가지고 가라"고 했다.

그날은 아침 내내 금산리 논이나 밭에 나가 일하는 사람들이 별로 없었지만, 이상하게도 현암리 면사무소 주변에는 여러 마을 어른들이 모여들어 북적거리는 모습이 한참 보였다. 그리고 방앗간에는 손님이 한 명도 없었다. 그러더니 강호 아버지는 벼를 빻아 주지도 않고 무작정 앉아 기다리라고 하고는 어디를 한참 다녀온 다음에야 바가지를 다시 내주며 만식이더러 집으로 가라고 했다. 벼를 왜 안 빻아 주냐고 했더니 강호 아버지는 "그냥 가지고 가도 괜찮다"고 아리송한 소리를 했고, 그래서 벼를 담은 바가지를 들고 집으로 돌아갔더니 신기하게도 정말로 엄마가 아무런 야단도 치지 않고 말없이 바가지를 받아들고 부엌으로 들어갔다. 만식이가 방앗간을 다녀오는 사이에 아버지가 현암리 뒷산에 묻혔던 것이다.

쌀을 깔고 앉아 시체를 물끄러미 쳐다보면서 만식이는 왜 아무도 저 여자를 치우지 않을까 궁금했다. 사람이 죽으면 아무도 보지 못하도록 땅속에 파묻는다고 했는데, 질퍽한 피가 끈끈하게 말라붙을 때까지 쌀을 퍼가는 수많은 사람들이 보는 곳에다 저렇게 내버려두다니, 어른들의 세상은 참으로 이상하기 짝이 없었다.

열셋

"공습이다!"

창고 바깥 길거리에서 누군가 갑자기 소리를 질렀다. 세상이 얼어붙은 듯 한순간 아무도 꼼짝하지 않았다. 그리고는 다음 순간, 곡식을 퍼 담던 사람들이 한꺼번에 아우성을 치며 사방으로 흩어져 달아나기 시작했다. 쌀이 담긴 자루와 보리 가마를 내버리고 너도나도 정신없이 비명을 지르며 여자들이 도망쳤다.

언례와 찬돌 엄마와 두 아이는 어찌할 바를 몰라 어리둥절해서 잠깐 그냥 주춤거리기만 했다.

여기저기서 여자들이 "공습이다! 공습이다!" 비명을 질러대며 뿔뿔이 흩어졌다. 이제는 아이들과 노인들도 덩달아 덤벙거리며 여자들의 뒤를 따라 도망쳤다. 어디선가 비행기가 날아오는 소리를 정말로 들었는지 아니면 그냥 집단적인 공포에 휘말려서인지는 몰라도 읍내 사람들은 몸을 숨길 만한 피신처를 찾아 무턱대고 아무 쪽으로나 달려갔고, 발이 걸려 넘어지는 사람들이 여기저기 눈에 띄었으며, 함지박이 엎어져 하얗고 기름진 쌀이 흙바닥에 좌르르 쏟아지고, 전봇대 밑에서 엄마를 잃어버린 아이가 코피를 줄줄 흘리며 울었고, 길바닥에 가마니와 자루들이 나뒹굴었다.

사방에서 아우성이 쏟아지는 혼돈 속에 갇힌 만식이 일행은 아직 비행기 소리를 듣지 못했지만, 폭격이 얼마나 무서운지는 강 건너에서부터 잘 알았던 터여서 엉겁결에 그냥 쌀더미 위에 엎드려 손발로 비비적거리며 두더지처럼 속으로 파고 들어갔다.

만식이는 깨져나간 함석 담벼락에 바싹 붙어 쌀 속에 파묻혀 어깨와 머리만 내놓고는 유엔 폭격기들이 늘 날아오던 소양강 하류 쪽을 살펴보았다. 배추밭으로 뛰어 들어간 젊은 여자가 젖먹이 아기를 업은 채로 몸을 던져 엎드려 울음을 터뜨렸고, 숨을 곳이 마땅치 않은 들판으로 무턱대고 도망가는 대신 몇 사람은 도로 농협창고 안으로 들어와 아직 온전히 남은 뒤쪽 벽에 몸을 붙이고 숨었으며, 톱밥 난로를 밭고랑에 던져버린 할아버지는 허둥거리며 우체국 쪽으로 달아났다.

그제야 만식이는 비행기가 날아오는 소리를 들었다.

전혀 서두르지 않고 천천히, 코를 골듯 부르릉거리는 소리가 멀리서 울리는 듯싶더니, 열두 대의 비행기가 떼를 지어 어느새 홍천 쪽 하늘에서 나타나서 안마산을 넘어왔다. 오늘 날아온 비행기들은 몸집이 무척 컸고, 앞날개에는 프로펠러가 한쪽에 두 개씩 네 개나 달렸다. 창고 안에서 땅에 엎드린 여자들이 미친 듯 비명을 질렀고, 떨어져나간 철문 앞에서 코피를 흘리며 울던 계집아이는 어디선지 엄마가 나타나 손목을 잡아끌고 밭고랑으로 같이 굴러들어가 엎드렸다. 길바닥이나 배추밭, 기찻길이나 농협창고에 엎드려서 사람들은, 울부짖거나 겁에 질려 침묵을 지키며, 폭탄이 쏟아지기를 기다렸다.

봉의산에서 인민군이 늘 쏘아대던 고사포가 오늘은 잠잠했고, 그럴 줄 알았다는 듯 비행기들은 조금도 서두르지 않고 한가하게 천천히 날아왔고, 사람들은 폭격이 시작되기를 기다리고 또 기다렸다. 열두 대의 비행기가 읍내 상공에 다다른 다음에도 그들은 계속해서 기다렸다.

비행기들은 폭격을 하지 않고 그냥 춘천 상공을 지나, 소양강 다리를 지나, 위도를 지나, 화천을 향해서 계속 날아갔다. 사람들은 이상하다는 듯 한참 두리번거렸고, 어쨌든 무서운 비행기들이 사라지고 나니 대부분의 사람들은 잠시 주춤거리다가 다시 쌀을 푸러 창고로 서둘러 모여들었다. 납작보리 가마와 쌀그릇을 황급히 챙긴 읍내 사람 몇몇은 서둘러 창고를 떠났다. 아무래도 마음이 안 놓이는지 빈손으로 그냥 돌아서서 집으로 가는 사람도 여럿이었다. 우체국 쪽으로 도망갔던 할아버지가 어느새 돌아와서 톱밥 난로 뚜껑을 찾느라고 밭고랑 풀섶을 뒤졌다.

쌀더미 속에 몸이 반쯤 파묻힌 채 만식이가 찬돌이에게 물었다. "저 비행기 이상하지? 생긴 거 말이야."

"그래. 여태까지 날아왔던 폭격기들보다 훨씬 크고 무시무시하게 생겼어. 폭탄도 훨씬 더 많이 쏟아 부을 거 같아."

"근데 왜 폭격을 안 하고 그냥 지나갔을까?"

"그러게 말이야." 찬돌이가 걱정스러운 표정을 약간 찌푸렸다. "혹시 춘천 전쟁은 끝난 거 아닐까?"

열넷

경사가 워낙 급한데다가 깨진 돌 부스러기까지 잔뜩 깔려 빈손으로 그냥 내려가려고 해도 자꾸 미끄러지는 비탈을 두 아이와 엄마들이 쌀자루를 부둥켜안고 조심스럽게 더듬거리며 내려가서는 100미터쯤 떨어진 소양강 자갈밭 나루터로 발걸음을 서둘렀다. 사팔뜨기 사공의 나룻배에는 먼저 도착한 현암리 여자 셋이 쌀 두 함지박과 납작보리 한 가마를 싣고 앉아서 기다리던 참이었다. 허둥지둥 네 사람이 배에 오르고 사공이 작대기로 땅을 밀어내려니까 꽁지천(孔之川) 쪽에서 갑자기 부루룩 부루룩 총소리가 났다.

"저거 뭐야? 저거 뭐예요?" 왈칵 겁이 나서 벌렁코로 숨을 헐떡이며 찬돌 엄마가 사공에게 물었다. "무슨 소리죠?"

테가 너덜너덜한 밀짚모자를 쓴 늙은 사공이 여자들과 아이들 앞에서 지극히 느긋한 태도로 아는 체를 했다.

"저렇게 긁어대는 건 따발총예요. 인민군이 어깨에 메고 다니는 기관총이죠. 딱콩총은 우선 '딱' 하고 격발하는 소리가 먼저 나고, 잠시 후에 '콩' 하는 소리가 다시 나거든요."

"무슨 총이냐가 아니고, 왜 총소리가 나느냐고요."

"꽁지천 쪽에서 전투가 한바탕 붙기라도 한 모양입니다." 아무렇지도 않은 듯 사공이 말했다.

"인민군이 북으로 후퇴했다더니, 아직 다 도망친 게 아닌 모양이죠?" 언례가 물었다.

"춘천 시내와 봉의산의 주력부대는 벌써 화천으로 도망치고 몇 안 남았다지만 원주 쪽에서 후퇴하는 인민군이 이쪽으로 많이 몰려온다고 하데요. 그래서 양평으로부터 홍천을 거쳐 올라오는 우리 편 군대와 마주치면 남춘천 외곽 여기저기서 가끔 전투가 벌어지죠."

삐걱삐걱 노를 당겼다 밀었다 하던 늙은이 사공은 가만히 생각해 보니 자신이 퍽이나 대견하다는 듯한 표정을 한참 짓고 빙그레 웃고는 덧붙여 말했다.

"헌데 거 금산리 염 사공은 공습에 맞아 죽는 게 무서워 이젠 배도 띄우려고 하지 않는다면서요? 뭐 나 같은 늙은이야 괴롭힐 사람도 없으니 어쨌든 상관없지만, 어서 이놈의 전쟁이 끝나야 모두들 마음 놓고 살 텐데 말입니다."

쌀자루를 두 무릎 사이에 놓고 사공의 바로 옆에 앉은 찬돌이가 벌써부터 마음에 걸리던 궁금증을 풀고 싶어서인지 "아까 날아온 비행기를 봤느냐"고 늘 잘난 체를 많이 하는 사팔뜨기 영감에게 물었다.

"그래. 봤지. 왜, 넌 그런 비행기 처음 보니?"

"네. 첨 봤어요. 굉장히 크데요."

"그건 삐식구*라고 해. 뿌로뻬라가 네 개 달린 거 봤지? 그렇게 네 개 붙었으면 삐식구고, 뿌로뻬라가 하나뿐인 쪼그만 건 무스탕** 전투

• 삐식구: B-29.

•• 무스탕: 머스탱.

기야. 그리고 양쪽 날개 끝에 고구마 같은 거 달고 다니는 비행기도 많이 봤지? 그건 쌕쌕이라고 해."

"근데 삐식구들이 왜 오늘은 읍내에 폭탄을 안 던지고 그냥 갔나요?"

"그야 춘천 전쟁이 다 끝나가기 때문이겠지. 큰 싸움은 화천하고 양구 쪽에서 벌어지니까 아마 그리로 폭격하러 간 거 아니겠니?"

사람과 짐을 너무 많이 실어서인지 강물이 찰랑찰랑 올라와서 뱃전에 앉은 만식이는 바지 엉덩이가 젖어왔다. 만식이가 조금 높은 뱃머리로 옮겨 앉으려고 했더니 찬돌이가 팔꿈치를 잡고 끌어당겼다. 만식이가 한쪽 엉덩이를 들고 젖은 바지를 손가락으로 가리켜 보여주었지만, 찬돌이는 어서 잔말 말고 그에게로 가까이 오라고 험악한 표정을 지었다.

어른들로부터 조금 떨어져 두 아이만 배의 뒤쪽에 앉게 되자 찬돌이가 귓속말을 했다.

"집에 가면 아이들 다 모이라고 소집해. 다리 아래 모래밭으로."

"왜?" 뱃사공이 듣지 못하도록 만식이도 덩달아 목소리를 죽여서 물었다.

"몰라서 물어?"

만식이는 잠깐 생각해보더니, 알겠다고 머리를 끄덕였다.

열다섯

금산리 개울이 북한강으로 흘러들어가는 합수머리 둔덕 아래 모인 다섯 아이들은 신이 나서 킬킬대며 서둘러 옷을 벗었다.

봉이는 잔뜩 풀이 죽어 모래밭에 쪼그리고 앉아서 다른 아이들을 부러운 눈으로 하염없이 쳐다보기만 했다. 오돌이 가운데 제일 꼬마여서 언제나 남의 심부름만 도맡아 하던 봉이는 이번에도 헤엄을 못 치기 때문에 다른 아이들과 함께 읍내로 가지 못하고 뒤에 남아 옷이나 지켜야 하는 신세였다. 헤엄만 잘 친다면 옷쯤이야 덤불 속에 감춰두고 다른 아이들과 어울려 신이 나서 읍내로 전쟁 구경을 가겠지만, 어린 봉이로서는 아직 강을 헤엄쳐 건널 자신이 없었다.

봉이는 백양리로부터 쫓겨 와서 꽁지천 일대에 거점을 구축한 공산군을 처치하려고 국방군과 유엔군이 가평에서 몰려와 오늘 오후쯤이면 읍내에서 큰 싸움을 벌이리라는 소문을 듣고는 배를 띄우지 않으려고 어디론가 도망쳐 숨어버린 뱃사공이 무척 미웠다. 유엔 군대와 인민군의 싸움이라면 해마다 가을에 윗마을 월송리 아이들하고 팔매질을 하며 금산리 오돌이가 벌이는 가을쌈하고는 전혀 상대가 되지 않을 구경거리였다.

나루터나 강둑에는 동네사람들이 눈에 띄지 않았다. 비행기 폭격도 이제는 멎었고, 뜨거운 들판에는 허수아비들이 낮잠을 자는 듯 늘어졌으며, 미루나무가 흙길을 따라 띄엄띄엄 버티고 선 한낮의 마을은 나돌아다니는 사람도 없어서 고요하기만 했다.

봉이는 가슴이 답답했다. 폭포로 헤엄치러 가거나 밤과 도토리를 찾으러 다니거나 칡을 캐러 이른 봄 산을 오르는 모험보다야 훨씬 더 재미가 클 진짜 군인 싸움 구경을 놓치게 된 처지가 아이는 서운하기 짝이 없었다.

봉이는 전쟁을 구경하고 싶었다. 다른 아이들과 함께 읍내로 가서 인민군도 보고 유엔 군대도 보고 싶었다. 머리가 길어 눈을 덮어버릴

만큼 흘러내린 봉이는 따끈한 모래밭에 앉아 사뭇 섭섭한 표정으로 한없이 넓어 보이기만 하는 북한강을, 그리고는 부지런히 옷을 벗는 아이들을, 그리고는 다시 건너편 무인도 가운뎃섬의 모래밭을 물끄러미 쳐다보았다.

봉이는 뱃사공이 다시 미워졌다. 그는 납작한 조약돌을 하나 집어 물로 던졌다.

바로 곁에 앉은 두꺼비가 뱀 껍질을 벗기듯 다리에서 바지를 벗겨냈다. 기준이는 어디를 가도 봉이를 꼬리에 차고 다니면서 틈만 나면 구박했다. 그나마 자기보다 기운이 세지 못한 봉이라도 하나 있어서 남의 심부름꾼 노릇만은 겨우 면한 기준이로서는 봉이를 고마워해야 마땅하겠지만, 오늘도 역시 구박은 변함이 없었다.

"너 옷 하나라도 잃어버리면 죽어." 옷을 다 벗은 기준이가 말했다. "우리들 돌아올 때까지 꼼짝 말고 여기서 지키고 있어야 해."

봉이가 머리를 끄덕였다.

"얘들아, 가자!"

찬돌이가 소리치고는 앞장서서 강으로 걸어 들어갔다. 봉이는 찬돌이가 무척 좋았다. 씩씩한 찬돌이가 봉이는 언제나 좋았다. 가끔 화가 나면 윽박지르고 손찌검을 하기는 했어도 찬돌이는 기준이처럼 남들의 눈치를 살피면서 몰래 쥐어박는 짓은 하지 않았다. 그리고 찬돌이는 웬만한 어른들만큼이나 아는 것도 많아서 어디를 가나 앞장을 서고, 아무리 깊은 산속에 들어가 길을 잃고 다들 겁이 나서 파랗게 질려도 찬돌이는 걱정도 않고 사방을 찬찬히 살펴 마을로 내려오는 길을 쉽게 찾아내고는 했다.

찬돌이가 첨벙 맑은 물에 뛰어들어 개구리처럼 물을 차며 앞으로 헤엄쳐 나아갔다. 그의 뒤에서는 만식이가 가끔 물속에 머리를 잠갔다 쳐들었다 하면서 쫓아갔고, 잠시 후에 방앗간 집 강호와 두꺼비 기준이가 뒤따라 강을 건너갔다.

봉이는 한숨을 쉬고 모래밭에 누워서 맑고 깊은 하늘을 올려다보았다.

열여섯

헤엄을 쳐서 북한강을 건너느라고 기운이 빠진 네 아이는 발가벗은 채로 모래섬의 자갈밭을 올라갔다. 서면 사람들은 읍내를 가려면 중도의 모래밭을 걸어서 건너야 했다. 모래와 자갈뿐이어서 밭을 부쳐 먹기도 힘들고 장마가 지면 물에 거의 다 잠기는 섬이라서 이곳에서는 사람이 아무도 살지 않았고, 그래서 중도는 기껏 소양강 나루터와 북한강 나루터를 잇는 다리 노릇이나 겨우 했다. 네 아이는 소양강 나루터까지 가서 근처 풀밭에 몸을 숨기고 물 건너 읍내에서 어떤 멋진 장면이 벌어지는지를 먼발치에서나마 구경할 작정이었다.

자갈밭을 벗어난 아이들은 섬을 가로지르는 외진 길을 걸었다. 좁은 흙길에는 읍내에서 옹기나 채소 따위를 받아 나르는 수레가 지나다닌 바퀴 자욱이 깊이 두 줄로 패었다. 아이들이 걸어서 지나가면 쇠똥이 말라붙은 길에서 샛노란 흙먼지가 폴싹폴싹 일었다. 조용히 부는 바람에 갈댓잎이 쓸려 바스락거렸고, 뙤약볕을 담뿍 받은 길 저 끝에는 읍내에서 하늘로 피어오르는 하얀 연기가 보였다.

"만식아." 뜨겁게 달아오른 흙길에 발바닥이 뜨거워서 발가락을 오므리고 걸어가던 강호가 뒤에서 불렀다. "어째 기분이 이상하다."

"뭐가 이상해?"

"웬일인지 읍내에 가도 전쟁 구경을 못할 것 같아. 너무 조용하잖아?"

"재수 없는 소리 말아."

"봐라. 비행기도 없지? 총소리건 뭐건 아무런 소리도 안 나고 말이야."

"쉬!"

그들이 소양강 나루터에 거의 다 이르러 춘천역과 봉의산 기슭의 집들이 시야로 들어왔을 때쯤에 만식이가 갑자기 걸음을 멈추었다. 그의 눈이 두려움으로 번득였고, 뒤따라가던 강호도 엉겁결에 걸음을 멈추고 어정쩡한 표정으로 물었다.

"왜 그래?" 앞서 가던 찬돌이가 뒤를 돌아다보면서 물었다. "뭐야? 왜 안 와?"

"모르겠어. 만식이가 좀 이상해." 강호가 말했다.

"조용히들 하고 저 소리 좀 들어봐." 만식이가 말했다.

어린애들처럼 왜들 이러느냐는 듯 얼굴을 찡그리면서도 주춤한 표정으로 찬돌이가 물었다.

"무슨 소리?"

"저 소리 안 들려?"

"뭐가 들린다고 그러지?"

"저 소리. 읍내 쪽에서 나는 소리 같아."

네 아이는 태양이 조용한 소리를 내며 쏟아지는 길에 발가벗고 선 채로 귀를 기울였다. 햇볕에 발갛게 익은 그들의 어깨가 반짝거렸다. 뒤에서 북한강이 쏴르륵거리며 흐르는 소리 이외에는 사방이 고요했다.

"강물 소리밖에 안 들리는데?" 찬돌이가 말했다.

"난 들려!" 강호가 눈이 휘둥그레지며 말했다. "난 들려! 이상한 소리구나. 구릉구릉 대는 소리야."

"저게 무슨 소리지?" 만식이가 강호에게 물었다.

"이젠 나도 들려!" 얼굴이 일그러지면서 찬돌이가 말했다. "저건 뭐가 굴러가는 소리야. 마른번개가 치는 소리 같기도 하고."

남들이 다 들린다는데 자기만 안 들려서 더욱 무서워진 기준이는 마치 그 소리가 다른 아이들한테서 나기라도 하는 듯 그들에게서 뒷걸음질을 치며 도망갈 길을 살폈다.

"아, 알았어. 저건 땡크야." 찬돌이가 어른스런 표정을 지으며 말했다.

"땡크?" 만식이가 물었다.

"쇳덩어리로 만든 마차 있잖아." 강호가 말했다. "바퀴가 많이 달렸고 앞쪽에 대포도 달렸다고 아버지가 그러더라. 아버진 읍내에 갔다가 인민군 땡크를 여럿 봤대. 저 소리 틀림없어. 쇠사슬로 바퀴들을 묶어놔서 굴러갈 때 저런 소리가 나는 거라고. 땡크는 사람도 타지 않고 말이나 소가 끌어주지 않아도 저절로 굴러간다더라."

"나도 들린다!" 기준이가 더럭 겁이 나서 이 아이 저 아이를 번갈아쳐다보며 떨리는 목소리로 말했다.

"읍내에 땡크들이 나타난 모양이야." 만식이가 말했다. "한두 대가 아니라 여러 대가 떼를 지어오는 것 같아."

"어, 저거 … 땡크들 이 섬으로 오잖아?" 찬돌이가 말했다.

"어떡하니, 찬돌아?" 기준이가 물었다.

"자꾸만 이쪽으로 점점 더 가까이 오는데?"

"야, 우리 숨자." 만식이가 말했다.

"그래, 숨어. 빨리!" 찬돌이가 소리쳤다.

그들은 발가벗은 궁둥이를 흔들며 와르르 길가 갈대밭으로 뛰어들었다.

열일곱

탱크는 섬으로 오지 않았다. 한참 기다리다가 만식이가 땅에다 귀를 대고 들어보니 탱크들이 오던 길로 되돌아가는 것 같았다. 그러나 한 번 겁을 집어먹은 그들은 사방이 훤히 트인 길로는 감히 나오지를 못했다.

풀잎에 종아리를 긁히며 아이들은 갈대밭을 헤치고 소양강 나루터 쪽으로 더 가까이 갔다. 그만큼 읍내가 가까워지자 갈댓잎이 부딪는 사각사각 소리와 더불어 간간이 콩 볶는 듯 호두둑거리는 총소리가 아득하게 들려왔다.

읍내 여기저기서 가끔 한 차례씩 발작적으로 긁어대는 총소리가 들려왔고, 잠시 후에는 탱크가 굴러가는 소리도 제법 크게 쫠쫠거렸다. 탱크는 중도까지 건너오지를 않고 강 건너 기찻길 옆 도로를 따라 지나가는 듯싶었는데, 쇠바퀴 소리가 바로 앞에서 나는 것처럼 컸다.

아이들은 탱크 바퀴 소리를 들을 때마다 점점 더 심한 흥분감에 휩싸였다. 땅바닥에 엎드려 갈대밭을 헤치며 기어서 나루터 바로 앞까지 다다른 그들은 웅얼웅얼 떠드는 소리를 들었지만, 사람들은 눈에 띄지 않았다. 나룻배는 건너편 말뚝에 묶어놓았고, 사팔뜨기 사공은 보이지를 않았다.

아이들은 갈대밭 속에서 기다렸다.

그러자 강 건너편에 사람들이 나타났다. 처음에는 대여섯 명이, 그리고는 다시 십여 명이, 그러더니 백 명도 넘는 사람들이 춘천역 옆으로 돌아서 강둑 비탈길을 타고 내려왔다. 그들은 초록 군복을 입은 군인들이었다. 줄을 지어 계속해서 비탈을 내려오는 그들은 나뭇가지와 풀을 꽂은 초록빛 철모를 썼고, 노란 군복을 입지 않은 것을 보니 인민군은 아니었다. 눈에는 보이지 않았지만 자동차와 탱크들이 지나가는 소리가 역 너머에서 점점 더 요란하게 들려왔다.

"저건 인민군이 아니잖아?" 기준이가 말했다. "멀어서 얼굴이 보이지 않아 국방군인지 유엔군인지는 몰라도, 어쨌든 인민군하고는 군복 색깔이 달라."

초록 군복을 입은 군인들은 건너편 나루터에서 한참 우왕좌왕 법석을 부리더니 강가에 서서 지휘를 하던 키가 큰 사람 하나가 강 이쪽을 손으로 가리켰다. 그리고 보니 군인들은 하나같이 무척 키가 큰 껑다리들이었다.

군인들은 강가에 여기저기 흩어져 앉아 담배를 피우고 쉬면서 기다렸고, 중도를 손으로 가리키던 사람이 두어 번 미끄러지며 비탈길을 올라가더니 한길 위로 사라졌다.

갈대밭의 아이들도 신기해하며 가만히 엎드려 구경하면서 기다렸고, 한참 지난 다음에 스무 명쯤 되는 군인들이 또 나타났는데, 이번에는 둥그스럼한 초록빛 배를 세 척 어깨에 메고 내려왔다.

"저것 봐, 만식아. 배를 가지고 내려오잖아." 강호가 말했다.

"강을 건너오려고 그러나 봐."

"무슨 배가 저렇게 가볍지? 번쩍 들고 내려오는데. 헝겊으로 만든 밴가?"

"헝겊으로 만들었다면 물에 젖어 가라앉을 텐데."

"찬돌아, 우린 어떡하지?" 기준이가 물었다.

"어떡하긴, 우린 구경하러 온 거니까 가만히 숨어서 구경이나 하자고."

군인들이 나루터에 줄을 지어 늘어서더니 한 척에 대여섯 명씩 배를 타고 강을 건너오기 시작했다.

"무섭다. 이러다 군인들한테 들키면 어떡하니?"

"너 두꺼비 조용히 못하겠어?" 찬돌이가 야단쳤다.

강을 건너온 군인들은 배에서 내리자마자 모래밭에 엎드려 굉장히 무거워 보이는 총으로 아이들이 숨어 있는 갈대밭을 겨누었다. 열서너 명쯤을 이쪽 모래밭에 부려놓은 다음 세 척의 배를 한 사람이 기다란 줄로 엮어 군인 한 사람이 끌고 다시 읍내 쪽 나루를 향해 건너가기 시작했다.

총을 겨눈 군인들로부터 3백 미터쯤 떨어진 갈대밭에서 아이들은 숨도 제대로 못 쉬고, 도망도 못 치고, 꼼짝도 못하며 기다렸고, 세 척의 배가 오락가락 건너다니면서 커다란 배낭을 멘 사람들을 모두 실어왔다.

강을 건너온 군인들은 생김새가 참 이상했다. 얼굴도 무척 길쭉해서 낯설었고, 뭐라고 자기들끼리 떠들어댔지만 소년들은 그들이 하는 말을 통 알아들을 수가 없었다. 잠시 후에 어수선하게 술렁거리며 여기저기 흩어져 앉거나 누워 쉬면서 기다리던 군인들이 묵직한 총을 집어 들고 철모를 반듯이 고쳐 쓰고는 대장처럼 지휘하는 군인 주위로 천천히 모여들었다. 땅에 엎드렸던 군인들도 일어섰고, 대장이 금산리 쪽을 가리키며 뭐라고 소리를 질렀다. 군인들은 다시 줄을 지어 길게 늘어서고는 총을 손에 들고 좌우를 살피며 서면을 향해 천천히 이동하기 시작했다.

"저 사람들이 유엔 군대인 모양이야." 군인들의 움직임을 열심히 지켜보면서 찬돌이가 입술을 조금씩만 움직여 나지막한 목소리로 말했다.

"인민군한테서 우릴 해방시키려고 온 외국 군인들이란 말이니?" 강호가 물었다.

"그래."

"저 사람들 참 크구나. 키가 전봇대 같아서 잘 때 불편하겠어."

"저 군인들이 우릴 해방시키려고 왔단 말이지?" 기준이가 물었다.

"그래." 강호가 말했다.

"무슨 해방이 이러니? 우린 빨가벗고 여기 가만히 있다가 해방을 당한 모양이지?"

"그래."

"하지만 해방되어도 뭐 달라진 게 없잖아? 이상하다."

"해방은 어른들하고나 상관이 있는 거야. 우리들은 구경만 하면 그만이고." 찬돌이가 설명했다.

"그게 무슨 얘기니?"

"병신 같은 자식, 그것도 몰라? 우리들이 해방되느냐 안 되느냐 하는 건 전쟁이 어느 쪽이 이기느냐 하는 데 따라서 결정된단 말이야. 국방군이 이기면 우린 인민군한테서 해방되는 거야."

"인민군이 내려왔을 때도 우리들더러 해방된 거라고 그랬대." 강호가 뒤늦게 생각이 난 듯 설명을 보충했다.

"그럼 우린 자꾸만 해방이 되는 거야? 인민군한테도 해방되고, 유엔군한테도 해방되고." 기준이가 말했다. "난 뭐가 뭔지 모르겠어."

유엔군 부대가 중도를 가로지르는 흙길을 향해 아이들이 몸을 숨긴 갈대밭으로 가까이 오자 이제는 외국 군인들이 주고받는 얘기가 훨씬 잘 들렸다. 대부분 지친 목소리로 한두 마디씩 뭐라고 말하거나 웃는 사람도 있었고, 손잡이가 짤막해서 부러진 괭이처럼 생긴 총을 든 대장은 가끔 버럭버럭 소리를 질렀다.

"찬돌아, 저 사람들 무슨 얘기하는지 통 모르겠지?" 만식이가 물었다.

"글쎄. 뭐라고 쏼라쏼라 대긴 하는데, 무슨 소린지 통 모르겠어."

"저렇게 이상한 말을 하면서 서로 어떻게 알아듣지?"

"잘 알아들을 리가 없겠지. 난 한마디도 모르겠는 걸." 기준이가 말했다. "아무리 들어봐도 그 말이 그 말 같고, 다 똑같아."

이제는 거리가 상당히 가까웠으므로 아이들은 유엔군의 생김새까지도 제대로 보게 되었는데, 군인들의 얼굴은 먼지와 땀으로 범벅이 되었고, 햇볕에 타서 입술에 허옇게 꺼풀이 일어난 군인도 여럿이었다. 군화와 철모는 말라붙은 진흙이 얼룩얼룩했다. 그리고 움푹하게 꺼진 그들의 눈이 고양이처럼 파랗게 반짝였다.

"왜 눈들이 저렇게 파랗지? 무슨 칠이라도 했나?" 강호가 물었다.

"배추를 너무 먹어서 그런 거 아닐까?" 기준이가 말했다.

"저 코 좀 봐. 무시무시하게 크구나. 저렇게 코가 크면 세수할 때 무척 걸리적거릴 텐데." 만식이가 말했다.

얼핏 무슨 생각이 났는지 찬돌이가 빙그레 웃으며 말했다.

"야, 우리 나가서 만세 불러줄까? 군인들이 지나가면 모두들 길가에 죽 늘어서서 만세를 불러야 된다고 그러더라. 인민군이 올 때도 읍내 사람들더러 나와서 만세를 부르라고 그랬대."

"하지만 빨가벗고 어떻게 나가니?" 만식이가 말했다.

찬돌이가 잠깐 생각을 해 보았다.

"하기야 좀 창피한 노릇이긴 하구나."

"그런데 말이야." 무엇인지 곰곰이 혼자 따지느라고 아랫입술을 깨물고 있다가 어설프게 선웃음을 치고는 다시 입술을 깨물며 강호가 팔뚝에 턱을 얹고 말했다. "우리가 여기 숨어 있는 걸 보고 저 군인들이 총을 쏘면 어떡하지?"

"우릴 해방시키려고 온 사람들이라는데 총을 왜 쏘겠니?" 만식이가 되물었다.

"인민군도 우릴 해방시키러 왔다면서 사람들을 죽였대잖아."

"하기야 옛날부터 전쟁이란 결국 서로 사람을 죽이는 거라고 하더라." 자기도 모르게 어느새 두려움에 자신이 사로잡혔음을 어렴풋이 의식하며 만식이가 말했다. "많이 죽이는 편이 이기고 나라를 빼앗는 게 전쟁이래."

"그럼 유엔군이 이기면 우리나라는 유엔군 꺼 되니?" 기준이가 물었다.

"아냐. 나라는 국방군한테 줄 거야. 같은 편이니까."

"야, 어쨌든 그런 얘기 들으니까 기분 나쁘다." 기준이가 말했다. "공연히 이러다 총 맞아 죽지 말고 우리 얼른 집으로 가자."

아이들은 전쟁 구경을 하려고 북한강을 헤엄쳐 건너올 때는 그들이 죽을지도 모른다는 걱정 따위는 전혀 하지도 않았었다. 하지만 강호와 만식이의 얘기를 듣고 난 찬돌이도 슬그머니 겁이 났다. 그렇다고 해서 그는 두꺼비처럼 무섭다는 내색을 드러내고 싶지도 않았다. 선뜻 결정을 내리기가 힘들어 따끔거리는 갈대밭 바닥에 엎드린 채로 그는 우선 다른 아이들의 표정을 살펴보았다. 만식이가 거북해하며 눈길을 피했다. 강호는 어쩌면 좋을지 몰라서 입을 다물고 기다리기만 했다. 아이들이 모두 겁을 먹었다는 눈치를 챈 찬돌이는 그렇다면 뭐가 걱정이냐고 용기가 나서 빙긋 웃으며 입술을 핥았다.

"어떡하지?" 기준이가 재촉했다.

"까짓 유엔군이 뭐 우리들을 어쩌겠어? 결국 같은 편인데. 하지만 유엔 군대가 우리 동네로 가는 것 같지 않니?"

잘 빠지지 않으려는 목을 자라처럼 억지로 조금 내밀어 갈대 사이로 길을 넘겨다보며 만식이가 말했다. "정말 그래. 저 사람들 왜 서면 쪽으로 가지?"

"우리 동넨 인민군이 하나도 없는데." 기준이가 말했다.

"이상하다. 그렇다면 우리 동네사람들하고 전쟁하러 가는 걸까?" 강호가 말했다.

"어서 집으로 가자. 나 무서워." 기준이가 보챘다.

찬돌이가 침착한 목소리로 말했다. "우린 유엔 군대가 온다는 걸 얼른 마을로 가서 사람들한테 알려줘야 해."

열여덟

"인민군이다! 인민군이 온다!"

키는 작달막해도 평생 노를 저었던 탓인지 두 팔만 원숭이처럼 길게 늘어난 뱃사공 염 서방이 나루터에서 달려오며 소리를 질렀다.

"인민군이다! 인민군이 온다!"

달려오는 고함 소리에 놀라 밤나무집 개가 요란하게 짖었고, 만식이 엄마와 방앗간 주인과 다리 건너 집집마다 사람들이 황급히 길로 나와 마주 소리쳤다.

"어디? 인민군이 어디 와요?"

"인민군 여러 명이 … 북한강 건너 중도의 모래밭에 모여 … 배를 보내 달라고 … 한참 소리를 질러대다가 … 내가 집안에 숨어서 나가질 않으니까 헤엄을 쳐서라도 건너오려고 … 준비하더라고요."

염 사공은 헉헉거리며 숨을 헐떡이는 사이사이 한마디씩 소리쳐 마을사람들에게 알려 주면서 황 노인의 집을 향해 달려갔다. 거리가 멀어서 잘 듣지 못한 집들이 무슨 일이 났느냐고 소리쳐 물으면 방앗간이나 다리에 가까운 다른 집들은 사공에게서 들은 얘기를 그대로 "인민군 여러 명이 … " 해가면서 띄엄띄엄 소리쳐 전했고, 인민군이 금산리에 곧 들어오리라는 소식이 이렇게 집에서 집으로, 마을 전체로 퍼져나갔다.

만식이를 시켜 독가마골에서 새로 들여온 숯을 꼼꼼히 살펴보고 광에 들여 넣은 다음 점심 밥상을 느지막이 받아놓고 사랑에 앉아 막 수저를 들려던 참에 황 노인은 사공이 뛰어오면서 지르는 소리를 듣고는 툇마루 쪽 창호지 문을 밀어 열고 우물가로 내려섰다. 석구와 며느리도 안마당에서 고추를 널다 말고 무슨 영문인가 해서 황급히 나왔다.

"스무 명이나 된단 말이지?"

황 노인이 걱정스럽게 말하고는 밤나무집을 힐끗 쳐다보았다. 노인은 만식이 엄마와 동네 여자들이 어제 아침부터 오늘 아침까지도 읍내로 가서 농협창고의 인민군 군량미를 퍼가지고 왔다더니 혹시 그것이 탈이 되어 쌀 도둑을 잡으려고 인민군이 강을 건너오려는 것이나 아닌지 막연히 의심했다.

"예. 강 건너에서 '동무! 동무! 사공 동무!' 하고 부르는 소리가 나길래 인민군 같아서 밖으로 나가지는 않고 문틈으로 살펴보니까 누런 모자에 누런 군복을 입은 내무서원 같은 사람들이 보이잖아요."

염 사공의 집은 나루터 바로 옆인데다가 그곳의 북한강은 폭이 채 2백 미터가 안 되어 건너편이 훤히 보였다.

"그래서 이거 큰일 나겠구나 싶어 알려 드리려고 뒷문으로 빠져나와 냉큼 달려왔지 뭡니까."

황 노인은 사공에게 얼른 마을을 돌아다니며 나머지 사람들한테 빨리 알리라고 지시하고는 석구와 며느리더러 손자를 데리고 뒷산으로 올라가 숲속에 숨으라고 일렀다.

"아무래도 심상치 않으니까 인민군들이 어떤 행동을 취하는지 앞뒤가

가려질 때까지는 피신하는 게 좋겠다. 아기 울리지 않도록 조심하고."

"그럼 아버지는 어떡하시려고요? 저보다도 아버지가⋯."

"얼른 올라가지 못하겠느냐?"

다른 집에서도, 특히 농협창고를 다녀온 집들은 여자들과 아이들이 공습을 피하려고 파놓은 방공호나 마루 밑으로 들어가 몸을 숨겼고 다락이나 광, 심지어는 외양간에 들어가 숨기도 했다. 소를 타고 다니다가 나중에 잡아먹으려고 군인들이 끌고 갈지 모른다며 봉이 할머니는 암소를 숲속에 끌어다 숨겨 놓았다. 젊은 남자들은 인민군에게 의용대로 끌려갈까 봐 겁이 나서 앞다퉈 숲으로 올라갔고, 마을에는 "이제 다 산 목숨이나 마찬가지"라고 생각하는 노인들만 남았다.

황 노인은 만식이 엄마가 아직 밤나무집 마당에서 초조하게 서성거리는 모습을 보고는 얼른 서둘러 나룻길을 내려가서 사립짝 너머로 소리쳐 불렀다.

"언례야!"

동네사람들은 보통 그녀를 "만식이 엄마"라고 불렀어도 황 노인만은 김 서방과 함께 집에서 종으로 부리다시피하며 가까이 두고 살아왔었기 때문에 꼭 그녀를 언례라고 이름으로 불렀다.

마당에서 불안하게 서성거리던 언례가 황급히 문으로 쫓아 나왔다.

"예, 훈장님."

"어서 피하지 않고 뭘 하는 거냐? 인민군이 온다는 소리 못 들었냐?"

"예. 하지만 만식이가 보이지를 않아서요. 독가마골을 다녀와서는 뭐가 바쁜지 잠깐 나갔다 오겠다며 강가로 나갔는데, 아직 돌아오지를 않는군요."

"지금 만식이를 걱정할 땐가? 어서 몸을 피해. 너희 집이 나루터에서 들어오는 첫 번째 집이니까 제일 위험하잖아. 만식이는 들어오는 대로 내가 뒤쫓아 보낼 테니까."

언례도 잠시 머뭇거리다가 산으로 올라가고 동네가 조용해진 다음 얼마 안 가서 열서너 명의 인민군이 나루터 쪽에 나타났다. 사랑에 들어가 앉아서 문틈으로 황 노인이 몰래 내다보니, "따바리"처럼 생긴 둥그런 탄창이 달리고 총구가 뭉툭한 따발총을 든 군인들은 도망가기에 바빠서인지 밤나무집이나 금산리의 어느 한 집도 들여다보지 않고 강을 헤엄쳐 건너오느라고 젖은 옷을 철벅거리며 다리를 건너 황급히 장군봉 쪽으로 서둘러 달아났다. 그들 가운데 한 사람은 뺨에서 피를 줄줄 흘리고, 한 사람은 총을 지팡이처럼 짚고 절름거리며 갔고, 두 사람은 무기조차 휴대하지 않았다.

인민군들이 허겁지겁 현암리를 지나 산으로 들어가 종적을 감춘 다음에 마을사람들은 하나씩 둘씩 밖으로 나와 서로 무사한지 물어보고는, 읍내와 서면 일대의 상황이 어떻게 돌아가나 알고 싶어 여기저기서 만나기만 하면 아무나 붙잡고 두서없는 질문을 던졌다.

황석구가 잠깐 발품을 팔아 알아낸 바로는 읍내에 주둔했던 인민군들은 벌써 사방으로 흩어져 산을 타고 숨어서 공산군이 반격을 벌이려고 집결하는 화천 발전소 쪽으로 저마다 산발적으로 도주하는 중이었고, 도청과 읍내 큰 건물에는 태극기가 벌써부터 내걸렸다는 소문이었다. 그러나 소양강 다리를 건너 패주하던 어느 인민군 부대가 연합군이 퇴각로를 차단하는 바람에 달아날 길이 막혀 오늘 새벽 월송리에 나타나 먹을 것과 옷을 빼앗아 가지고는 다시 남쪽으로 방향을 돌려 장군봉 너머 산속으로 도망쳤다고 했다.

열아홉

"유엔군이다! 유엔군이 온다!"

오후 늦게 땅딸보 사공 염 서방이 기다란 팔을 휘젓고 소리를 지르며 나루터에서 다시 한 번 달려왔다.

"유엔군이다! 유엔군이 온다!"

되풀이되는 사공의 고함 소리에 놀라 밤나무집 개가 요란하게 짖었지만, 언례와 방앗간 주인과 다리 건너 여러 집에서 길로 나온 사람들은 아까처럼 당황하거나 두려워하지는 않았다. 서면으로 들어온 인민군을 쫓으려고 유엔 군대가 들어왔다는 소식은 오히려 마음이 놓일 일이었다.

"어디? 유엔군이 어디 와요?"

염 사공은 5백 명가량의 외국 군인들이 중도에 모여 고무배로 북한강을 건너올 준비를 하는 중이라고 마을사람들에게 알려주며 황 노인의 집으로 달려갔다. 그러나 염 사공이 소리치며 달려오기 전에 황 노인과 마을사람 몇몇은 가운뎃섬을 다녀온 네 소년에게서 벌써 자세한 얘기를 들어 아군이 강 건너까지 왔다는 사실을 이미 알고 있었다.

사공을 나루터로 돌려보낸 황 노인은 오동나무에다 담뱃대를 때려 탁탁 털고는 뒷짐을 지고 마당에서 오락가락 거닐며 궁리해 보았다. 곧 강을 건너올 외국 군인들을 어떻게 맞아야 할지 얼핏 결심이 서지 않았다. 인민군은 같은 민족이면서도 동족을 마구 잡아 죽이는 적이었고, 한 번도 만난 일이 없는 외국 군인들이 오히려 한편이었다. 민족이야 어떻든 그러니 유엔 해방군이라면 당연히 고마울 수밖에 없었다.

그렇지만 섣불리 외국 군인들이 온다고 함부로 좋아했다가 인민군이 기세를 잡고 전쟁에서 이겨 다시 몰려 내려오면 큰 화를 입을 일이 뻔했다. 그런데다가 비록 한편이라고는 하지만 외국 군인들은 품성이나 나라의 역사와 풍습이 어떤 사람들인지도 확실히 알지도 못하는 형편이었다.

"그래, 5백 명이나 된다지?" 황 노인이 아직도 깊은 생각에 잠겨 혼잣말처럼 물었다.

"예." 아버지의 근심스러운 표정을 살피며 석구가 대답했다. "밤나무집 만식이가 본 건 2백 명쯤이라고 했는데, 그동안 늘어난 모양입니다."

"마을사람들은 어떠냐?"

"모두들 불안해하는 것 같아요. 인민군이 완전히 물러가지도 않은 듯싶은데다가 막상 해방군으로 도착한 사람들은 지금까지 한 번도 본 적이 없는 서양 사람들이니까요."

황 노인은 우물가 빨랫돌에 앉았고, 석구는 나무 밑에 엉거주춤 선 채로 잠깐 침묵이 흘렀다.

"곧 건너들 올 텐데요."

아버지가 무슨 지시라도 내려주기를 바라며 석구가 눈치를 살폈다.

"해방군이 이곳 사람들을 공산군으로 잘못 보고 해치는 일이야 없겠지?"

"그럴 리야 있겠어요? 저희들이 태극기를 만들어 들고 나가 흔들며 환영하면 되잖아요. 그럼 우리들이 같은 편이라는 걸 알게 될 테니까요."

"그래. 그것이 좋겠구나. 동네사람들더러 길로 나와 해방군을 맞으라고 해야 되겠어. 그리고 환영의 글을 적은 현수막도 들고 나가면 좋겠지. 이리 들어오너라."

사랑방으로 들어간 황 노인은 다락에서 지필묵을 꺼내 석구더러 먹을 갈라고 시키고는 화선지를 방바닥에 펴서 문진으로 눌러 놓고 붓 꾸러미를 풀었다.

"헌데 참 애야. 그 사람들 한문을 알까?" 먹을 가는 아들을 물끄러미 쳐다보던 노인이 걱정스럽게 말했다.

"뺑코들요?"

"뺑코? 뺑코가 뭐냐?"

"코가 이렇게 큰 사람이요." 석구가 시늉을 했다. "유엔 군인들을 뺑코라고들 그러죠. 양키라고도 하고요."

"그래, 유엔 뺑코들은 서양 사람이니까 한문을 모를 거 아니냐?"

"모르겠죠."

"그럼 뭐라고 환영의 글을 쓰지? 뺑코들은 무슨 글을 쓴다더냐?"

"열여섯 나라가 왔다니까 서로 쓰는 말이 다르지 않을까요?"

"말이 서로 다르면서 어떻게 같은 편이 되어 싸우지?"

아직 그런 생각은 전혀 해보지도 않았지만, 아버지가 하는 얘기를 듣고 보니 석구도 사정을 알 길이 없어서 아무 대답도 하지 않았다.

"이왕 서로 다른 말을 쓴다면 한문으로 써도 상관없겠지."

황 노인이 붓을 벼루에 담가 먹을 묻혔다.

"그런데 유엔은 한자로 어떻게 쓰는지 너 아느냐?"

"'연합군'이라고 쓰시면 되지 않을까요? 유엔이 그런 뜻이라니까요."

석구는 아버지가 한문으로 "환영 연합군 진주(歡迎聯合軍進駐)"라고 큼직하게 내려쓴 화선지 꼭대기에 갈퀴의 댓살 하나를 잘라 풀로 붙여서 지게 작대기 끝에다 노끈으로 매달아 만장(挽章)처럼 나부끼게 만들어 들고 황 노인을 따라 집을 나섰다.

"넌 방앗간에 가서 강호 아버지더러 마을사람들을 불러 연합군 환영을 나오게 준비하라고 전하고는 곧장 염 사공 집으로 오거라. 난 먼저 강가에 나가 유엔군이 어떤 사람들인지 살펴봐야 되겠다."

스물

미처 틈이 없어서 태극기를 장만해 가지고 나온 사람은 아무도 없었지만, 나루터 왼쪽으로 비탈에다 비뚜름하게 흙과 돌멩이를 개어 짓고 이엉을 얹은 뱃사공의 초가집 마당에는 황 노인과 석구, 방앗간 주인, 그리고 여남은 명의 마을사람들이 모여 기다리다가, 막상 북한강을 건너와서 상륙하는 서양 군인들을 보고는 그들의 해괴한 생김새에 놀라고 당황하여 어떻게 해야 좋을지를 몰라 멀거니 서서 구경만 했다.

헐렁헐렁한 초록빛 군복을 걸친 키다리 외국 군인들은 대부분 눈이 파랗고 머리는 노란 빛깔이었으며, 마을사람들을 보고 어쩌다 히죽 웃는 꼴은 끔찍한 짐승을 연상시켰다. 그들 중에는 살갗이 숯검정처럼 새까만 군인들도 여럿이어서, 괴물처럼 무섭기까지 했다.

"사람이 어떻게 저토록 새까말까?" 기준이 작은아버지가 놀라고 겁이 나서 혼잣말을 했다.

유엔 군인들은 장군봉 쪽으로 도망친 인민군을 쫓아가려고 준비를 하는 눈치여서, 엉덩이에 차는 양은 물통에다 강물을 채우기도 하고, 군화를 벗어 말라붙은 진흙을 털어내고, 배낭에다 삽을 단단히 붙잡아 맸다. 준비를 끝낸 병사들은 빨간 동그라미나 낙타 그림을 곁에 그려 넣은 갑에서 담배를 꺼내 피우고, 총신에 구멍이 숭숭 뚫렸거나 앞쪽에 삼각대가 달린 커다란 총을 옆에 놓고 그냥 땅바닥에 널브러져 나루터와 고추밭 주변에 아무렇게나 흩어져서 기다렸다.

굵은 먹글씨로 연합군을 환영한다고 쓴 만장을 어색하게 들고 서서 석구가 물었다.

"아버지, 우리 강가로 내려가서 저 사람들한테 환영한다고 무슨 말이라도 해야 되지 않을까요?"

황 노인은 서양 군인들한테로 가서 말을 붙여야 되기는 되겠는데 누구를 붙잡고 또 뭐라고 해야 할지를 모르겠고, 지금까지 멍하니 서서 기다리다가 불쑥 만세를 부르기도 어색했다.

"어쨌든 내려 가봐야 되겠지. 그래."

황 노인은 아들 석구와 염 사공과 강호 아버지를 이끌고 강둑을 내려가기는 했지만, 군인들 가운데 누가 책임자인지도 모르겠기에 반쯤 내려가다 말고 다시 모래 비탈에 엉거주춤 멈춰 섰고, 석구는 화선지가 나부끼는 작대기를 들고 어색하게 노인을 쳐다보기만 했다. 사공과 방앗간 주인도 속수무책이기는 마찬가지였다.

어떻게 해야 좋을지 작정이 서지 않은 채로 서양 군인들을 둘러보던 황 노인은 백양목 나무 밑에서 배낭을 깔고 앉아 담배를 피우던, 다리가 무척이나 길고 노란 수염을 코 밑에 기른 유엔 군인과 눈이 마주쳤다. 두 사람은 거북해하며 서로 눈길을 돌렸지만, 그들의 시선은 곧 어정쩡하게 다시 마주쳤다.

노인은 눈길이 마주친 군인하고 어떻게 해서든지 얘기를 나눴으면 좋겠는데 그럴 듯한 방법이 생각나지 않아 그냥 어설픈 미소를 지으며 아들이 들고 있는 화선지 깃발을 가리켰다.

노란 수염은 영문을 몰라 잠깐 어리둥절하더니, 주위를 한 차례 둘러보고는 그래도 모르겠다는 듯 머리를 갸우뚱했다. 그러더니 자신 없는 표정으로 철모를 바로 고쳐 쓰고 어기적거리며 몸을 일으켜 저고리 호주머니를 뒤적이며 노인에게로 왔다. 온몸에 먼지를 보얗게 뒤집어쓰고 바지 자락에는 핏자국이 얼룩진 외국 군인은 호주머니에서 짙은 밤색 종이에 싼 납작한 물건을 하나 꺼내 빙그레 웃으며 황 노인에게 주었다.

황 노인은 얼떨결에 마주 미소를 짓고 허리를 조금 굽혀 인사하며 그것을 받기는 했지만, 난생 처음 보는 물건인지라 이 납작한 물건이 무엇이며 어디에 쓰는 것인지를 몰라 앞뒤를 뒤집어 보고는 걱정스러운 표정을 지었다. 그랬더니 군인이 다시 미소를 지으면서 속에 무엇이 담겼으니 껍질을 까 보라는 시늉을 했다.

"아버지, 껍질을 까보세요. 속에 뭔가 넣어둔 모양이군요."

조심스럽게 종이를 벗겨냈더니 안에서 가무스름하고 납작한 조각이 나왔지만, 초콜릿을 처음 보는 황 노인으로서는 아직도 그것을 어떻게 해야 할지를 가리지 못해서 당황한 기색이 역력했다. 그러자 군인이 갈색 조각을 입에 넣으라는 시늉을 했다.

그제야 황 노인은 서양 군인이 그에게 먹을거리를 주었다는 사실을 깨달았다. 얼굴이 빨개진 황 노인이 초콜릿을 모래바닥으로 집어던지고 휙 돌아섰다. 노란 수염을 기른 군인이 깜짝 놀라서 의아한 표정으로 화가 난 노인의 뒷모습을 멍하니 쳐다보았다.

"가자, 석구야. 못된 것 같으니라구." 노인이 강둑을 올라가며 말했다.

스물하나

서양 군인들도 인민군이나 마찬가지로 금산리에 머물지 않고 곧장 장군봉 너머로 줄을 지어 가버렸다. 황 노인은 그를 거지로 취급했던 군인들이 빨리 눈앞에서 사라져 한결 속이 후련하기는 했지만 해가 진 다음에도 마음 한구석에는 찜찜한 기분이 남았다.

장군봉 너머에서는 땅거미가 깔릴 때부터 총소리가 요란히 볶아 댔고, 싸움이 심해지는 동안 가평 쪽에서 쏘아대는 대포 소리도 들려왔으며, 한가운데 낀 금산리 사람들은 어디로 인민군이 달아나고 어디에서 유엔군이 추격하는지 통 알 길이 없어 밤새도록 방공호 속에 쪼그리고 앉아 조마조마한 마음으로 날을 밝혔다. 대포알이 장군봉 너머까지 날아와서 터질 때마다 방공호 천정에서 흙이 부스러져 떨어졌고 땅바닥은 꽈르릉 벼락이라도 맞은 듯 요동쳤다.

그러다가 새벽녘이 되어서야 드디어 싸움이 가라앉는지 따르륵 따르륵 따르륵 가끔 외딴 총성이 들리다가 결국 세상이 잠잠해졌다.

다음날은 아침 일찍부터 월송리에서 금산리로 난을 피해 도망쳐 오는 사람이 여럿이었다. 그들의 얘기를 들어 보니 어젯밤 싸움이 한창일 때 인민군 30명쯤이 다시 장군봉에서 월송리 쪽으로 되돌아와 뒷산에 구덩이를 파고 숨어버리는 바람에 자칫하다가는 동네 한가운데서 싸움이 벌어져 마을이 절단 날지도 모르겠다고 걱정했다. 장군봉의 서쪽 능선에는 어디서 모여 왔는지 인민군이 3백 명쯤 버티고 저항을 벌여서 싸움이 적어도 며칠은 가리라는 소문이었다.

둘째 날 밤에는 총과 대포소리가 한층 더 요란하더니, 셋째 날 아침에 보니 외국 군인들이 금산리에서 빤히 마주보이는 산등성이로 물러나 진을 쳤다. 황 노인은 저러다 유엔 군대가 아예 금산리까지 밀려 내려오면 어쩌나 은근히 걱정이 되었다.

사흘이 지나고 나서는 전투가 다시 소강상태로 접어드는 듯싶었다. 마을사람들이 방공호 속에 쪼그리고 앉아 밤을 새는 동안 가끔 따닥 따닥 딱콩총 총소리가 났고, 그나마도 새벽녘에는 잠잠해졌다. 날이 밝자마자 인민군이 전부 화천 쪽으로 도망갔다는 소문이 퍼졌고, 오후가 되어서는 월송리 사람들도 하나 둘 집으로 돌아갔으며, 저녁때까지 조용한 것을 보니 이제는 싸움이 끝난 모양이었다.

나흘째 되는 날은 하루 종일 단 한 발의 총소리도 나지 않았다. 그러나 앞산에 눌러앉은 외국 군인들은 자리를 뜨지 않았다. 밤이 되니까 군인들이 다른 날과는 달리 산등성이 이곳저곳에다 모닥불을 피웠는지 나무들 사이로 모락모락 연기가 올라왔다.

황 노인은 얼른 떠나지 않고 서면 주변에 그대로 버티고 머무르는 군인들이 자꾸 마음에 걸렸다. 어서 모두들 싸움을 끝내고 이곳을 떠나줬으면 하는 생각만 들었고, 뚜렷한 이유도 없이 모든 일이 웬일인지 걱정스럽기만 했다. 아무래도 무슨 끔찍한 일이 코앞에 당장이라도 터질 것만 같은 기분이었다. 하지만 곧 벌어질지도 모르는 끔찍한 일이 무엇인지는 통 짐작조차 가지 않았다.

스물둘

"만식아. 일어나. 만식아."

홑이불을 머리까지 뒤집어쓰고 잠들었던 만식이는 엄마가 흔들어 깨우는 바람에 푸시시 눈을 떴다.

"만식아, 일어나."

무엇에 놀랐는지 무척 숨찬 목소리로 엄마가 속삭였지만 오래간만에 강에 나가 아이들과 오후 한나절 헤엄을 치고 와서는 몸이 나른하게 솜처럼 풀어져 잠들었던 만식이는 쉽사리 정신이 들지 않고, 강가에서 여럿이 웃고 떠들며 조약돌을 줍는 꿈을 흐트러지게 하는 어머니가 귀찮기만 했다.

"엄마, 왜 이래요. 한밤중에."

"쉿. 조용히 하고 들어봐."

만식이가 홑이불을 한 손으로 감아쥔 채 눈을 비비고 일어나 앉았다.

"무얼 들어보라는 거예요?"

밤이 무척 깊어서 창호지 문에 달빛이 파리했는데, 마당에서 개가 낑낑대는 소리가 들렸다. 만식이는 누가 목을 조르는지 제대로 짖지도 못하는 개의 울음소리를 듣고는 정신이 퍼뜩 들었다.

"개가 왜 저래요?"

"조금 아까부터 저렇게 낑낑대고 있어."

"밤이 늦었는데 왜 그러지?"

"밖에 누가 온 것 같아."

"이 시간에요?"

"그러니 이상하지. 도둑이 들었나?"

도둑일 리는 없었다. 서면에 도둑이라니. 그래서 언례와 만식이는 문 앞으로 기어가 바깥 동정을 살피려고 귀를 기울였다. 마치 어떤 무시무시한 짐승에게 목을 물린 듯 개는 마당에서 자꾸만 낑낑거렸다.

"개가 왜 저래요, 엄마?"

"조금 아까 사람 발자국 소리가 났어. 그래서 몇 번 짖더니 이제는 저러는구나. 나도 개가 짖는 소리에 잠이 깼단다."

갑자기 개가 숨통이 터지는 듯 한 번 꾸익 신음하더니, 잠잠해졌다.

"개가 조용해졌어요. 내가 나가 볼까요?"

"아냐. 가만히 기다려. 밖에 나갔다가 혹시 누가 왔으면…."

"개가 죽었나 봐요."

어둠 속에서 만식이는 엄마가 그의 팔을 꽉 움켜쥐고 벌벌 떠는 손길을 아프게 느꼈다. 숨소리도 무척 급했다.

"소리라도 질러야겠다."

"뭐라고 소리를 질러요?"

"사람 살리라고 해. 소릴 질러."

"소리가 안 나와요."

"어서 질러. 어서."

"엄마가 해봐요."

엄마도 목소리가 나오지를 않았다. 그들은 누가 조심스럽게 발자국 소리를 죽이며 마당을 건너 방 쪽으로 오는 소리를 듣고는 숨이 막힐 듯 무서워서 입을 다물었다. 다가오던 사람은 잠깐 궁리를 하는지 문 앞에서 걸음을 멈추었다. 달빛에 사람의 그림자가 창호지 문으로 드리웠다. 다시 그림자가 움직였고, 점점 커지면서 문으로 가까워졌다. 그는 키가 큰, 철모를 쓴 군인이었다.

"엄마, 뺑코예요. 구둣발 소리를 들어보니 알겠어요."

"소리를 질러."

"뭣하러 왔을까?"

"누구요?" 언례가 떨리는 목소리로 들릴락 말락 나지막하게 말했다.

대답이 없었다.

"누구요?" 이번에는 만식이가 조금 큰 목소리로 물었다.

이번에도 대답이 없었다.

그림자가 우뚝 멈춰 서더니, 가만히 기다렸다.

"누구예요? 뭐하러 왔어요?"

문이 벌컥 열렸다. 번쩍 소리 없는 번개처럼 눈앞에서 불빛이 터지더니 노란 빛줄기가 방안을 휘이 한 바퀴 휘둘러 훑었는데, 그 불빛은 문을 열어젖힌 시커먼 사람의 형체가 손에 들고 다니는 막대기 등잔인 모양이었고, 방안이 꽉 차는 느낌을 줄 만큼 덩치가 큰 군인이 팔을 쩍 벌리고 안으로 뛰어들었다. 깜짝 놀라 반사적으로 벌떡 일어선 만식이를 뺑코가 멱살을 휘어잡아 문 밖으로 내동댕이쳤다. 만식이는 땅에 떨어지기도 전에 정신을 잃었다.

군인은 소리를 지르며 달아나려는 만식 엄마의 어깨를 한 손으로 잡아채어 뭐라고 알아듣지도 못할 말을 중얼거리며 쓰러뜨리고는 배 위에 걸터앉았다. 언례가 발버둥을 쳤고, 문간에 놓아둔 함지박에서 농협창고 쌀이 방바닥으로 좌르르 쏟아졌다.

　이리저리 몸을 뒤틀고 발악을 하자 군인은 속치마를 잡아 찢어 만식 엄마의 입에다 틀어넣었다. 그는 두 다리로 만식 엄마를 깔고 앉아서 치마를 벗기고는 무릎으로 그녀의 다리를 벌렸다. 만식 엄마는 축축한 혓바닥이 얼굴을 핥아대고, 아랫도리에 물컹한 살점이 닿는 감촉을 느끼는 순간에 정신을 잃었다.

　마당에서는 살갗이 검은 외국군인 한 사람이 자기의 차례를 기다리면서 문간에서 누가 오나 망을 보았다. 방안에서는 몸을 들썩이며 헐떡이는 군인의 숨소리만 요란했다.

스물셋

　만식이는 정신이 조금 들자 몸을 뒤채려고 힘을 주었다.
　어깨가 쑤셨다. 코를 만져 보았더니 끈끈한 피가 손바닥에 묻어났다. 만식이는 심한 두통이 나는 듯 골이 아팠고, 몸을 일으키려고 했더니 온몸의 모든 뼈마디가 시큰거려 잠시 더 그냥 누워 있기로 했다.
　그는 하늘에 총총히 박힌 별과 노란 달을 올려다보았다. 추석이 한참 지나 찌그러진 달인데도 맑고 투명한 밤의 어둠 속에서 눈부시게 밝기만 했다. 우뚝 솟은 밤나무가 검은 허공에다 음산한 윤곽을 드러냈고, 시원한 밤바람에 나뭇잎이 파삭거렸다. 맥이 빠져서 만식이는 꼼짝도 않고 잠깐 동안 그렇게 가만히 누워 기운을 차렸다.
　방안에서 만희가 칭얼거렸다. 만식이는 핏덩어리가 꽉 잠긴 콧구멍을 트려고 벌름거려 보았다. 턱뼈가 지끈지끈 아팠다. 숨은 입으로 쉬는 쪽이 훨씬 편했다.

만희가 방안에서 다시 칭얼거렸다. 만식이가 방 쪽으로 머리를 돌리고는 작은 목소리로 불렀다.

"엄마."

대답이 없었다.

"엄마?"

방에서 부스럭 소리가 나더니 엄마가 긴 한숨을 지었다. 그러나 잠깐 생각해 보니 그것은 언례의 한숨이 아니라 힘든 일을 끝낸 남자가 숨을 돌리는 소리였다. 주섬주섬 옷을 주워 입는 소리가 나고 이어서 천천히 단추를 채우며 시꺼먼 사람이 방에서 나왔다.

만희가 또 한 번 킹킹대니까 시꺼먼 군인은 주머니를 뒤적뒤적 휘저어서 무엇을 꺼내 껍질을 까 던져주고는 철모를 툭툭 털어 쓰고 방문 곁에 세워 두었던 총을 둘러맸다. 만희의 울음소리가 그쳤다.

시꺼먼 군인은 토끼장 앞에 죽어 넘어진 개를 비켜 지나서 땅바닥에 쓰러져 꿈틀대는 만식이를 물끄러미 쳐다보더니, 밖으로 나갔다. 그는 밤나무 밑에서 기다리던 다른 군인과 몇 마디 중얼중얼 얘기를 나누고는 앞산 쪽으로 뻗은 길을 따라서 가버렸다.

군인들이 시야에서 사라진 다음에 만식이는 끙끙대고 겨우 몸을 일으켜 비척거리며 방으로 갔다. 어둠속에서 무엇인가 빨아대던 만희가 입맛을 다시는 소리 말고는 방안은 죽음처럼 고요하기만 했다.

"엄마."

만식이는 문고리를 잡고 몸을 끌어올려 방으로 들어갔다. 희미하게 비추는 달빛으로 그는 방바닥에 널브러진 엄마의 희끄무레한 모습을 보았다.

"엄마. 괜찮아요?"

엄마는 아무 대답도 하지 않았다. 만식이가 석유 등잔 옆에 두었던 성냥을 찾아 불을 당겼다. 방안이 밝아졌고, 엄마는 팔다리를 힘없이 아무렇게나 벌린 채로, 입과 눈이 멍한 표정으로 죽은 사람처럼 누워 있었다. 머리는 잔뜩 싸우고 난 미친 여자처럼 헝클어졌고, 만식이는 엄마의 사타구니에 꺼멓게 난 수북한 털을 보았다.

"엄마!"

만식이 쪽으로 힘없이 눈을 돌린 엄마는 벗겨진 젖가슴이나 찢어진 치마 틈으로 드러난 허벅지는 가릴 생각도 하지 않았다.

만식이가 울음을 터뜨렸다.

엎질러진 쌀 옆에 만희는 군인이 던져주고 간 초콜릿을 빨아먹느라고 조용히 입을 놀렸다.

"불 끄거라." 언례가 말했다.

스물넷

"준아! 준아!"

캄캄한 한밤중 식구들이 모두 잠든 시간에 집으로 찾아와서 기준이를 "준이"라고 부르는 사람은 가까운 집안 어른들뿐이었으므로, 그는 피곤한 잠결이면서도 일어나 밖으로 나가봐야 한다는 상황을 막연히 의식했고, 조금 정신이 들어 생각하니 마당에 들어와 조심스런 목소리로 숨죽여 그의 이름을 부르던 사람은 작은아버지였다.

"형님, 형님, 주무십니까?"

작은아버지가 안방 쪽으로 가서 이번에는 아버지를 부르는 소리가 났고, 한참 잠을 자는데 "왜 이런 늦은 시간에 찾아왔느냐"는 듯 귀찮아하며 아버지가 "알았다, 일어나마" 하는 뜻으로 헛기침을 했다.

건넌방의 기준이는 아버지가 나가 볼 테니까 일어나지 않고 그냥 계속해서 자도 되겠다는 판단이 서서 맑아지려는 정신을 다시 흐려지도록 신경을 풀었다.

안방 문의 손잡이 고리를 벗기느라고 덜그럭거리는 소리가 잠깐 났고, 경첩이 삐걱거리며 문이 열렸고, 아버지가 잠에서 덜 깬 목소리로 묻는 소리가 들려왔다.

"웬일이냐? 한밤중에."

"너무 큰 소리로 떠들지 말고 이리 좀 나오세요."

부스럭 부스럭 아버지가 몸을 추슬러 밖으로 나가 봉당으로 내려서더니 문이 다시 삐걱거리며 닫혔고, 두 사람은 아이들이 자는 건넌방 쪽으로 왔다. 기준이는 이상하고 두려운 기운을 의식하여 갑자기 정신이 말짱하게 들었다.

"형수님은 별일 없으신가요?"

"별일이라니? 그건 또 무슨 아닌 밤에 홍두깨냐?"

"주무시나요? 형수님요."

"그래. 헌데 왜 이래?"

"형님 댁은 으슥하게 들어앉아 뺑코들이 못 보고 지나친 모양이군요. 틀림없이 이쪽 길로 왔을 텐데."

"뺑코들이라니?"

"서양 군인 두 명이 밤에 마을로 들어왔는데, 한밤중에 동네를 찾아온 수작이 아무래도 수상합니다."

작은아버지가 바로 문 밖에서 소곤거리는 얘기에 신경이 거슬리기도 했지만, 뺑코들에 관한 얘기라니까 귀가 솔깃해진 기준이는 어른들의 대화를 더 잘 들어보려고 몸을 일으켰다. 네 명의 동생과 함께 자느라고 그렇지 않아도 좁아터진 방인데, 윗목에는 밖에 두면 산짐승이 물어갈까 봐 감자까지 수북하게 들여놓았기 때문에, 문 쪽으로 기어가던 기준이의 손에는 차곡차곡 누운 동생들의 팔다리가 질컹질컹 잡혔다.

"저희 집에 뺑코 두 명이 조금 아까 찾아왔지 뭡니까. 누렁이가 하도 요란하게 짖어대기에 잠이 깨어 창호지가 찢어진 구멍으로 내다보니까 덴찌(電池)˙를 손에 든 뺑코 하나가 사립짝 밖에 서서 망을 보고 또 하나는 개를 쫓으려고 총을 한참 휘둘러 대더군요. 분명히 그들이 집으로 들어오려고 하는 눈치여서 아무래도 일이 심상치 않아 내가 얼른 식구들을 모두 깨워 뒤쪽 싸리 울타리를 무너뜨리고 논바닥으로 다 함께 도망쳤어요. 개가 워낙 극성스럽게 짖으니까 더 이상 집으로 들어오지도 못하고 뺑코들은 덴찌로 여기저기 비추다가 집 뒤로 정신없이 도망치는 우리들이 눈에 띄니까 잠시 멍하니 쳐다보기만 하다가 저쪽 길로 내려가더군요. 이 집에는 안 들른 걸 보면 언덕 기슭 나무들 속에 들어앉은 초가여서 눈에 띄지 않았던 모양예요. 무슨 변을 당했을지도 모를 일인데 큰 다행이군요."

˙덴찌(電池): 손전등을 뜻하는 일본말.

"그게 정말이냐? 서양 군인들이 이런 밤중에 무얼 하러 마을로 찾아왔을까?"

"그건 자세히 모르겠지만 안동네는 안 들르고 이쪽으로 지나갔으니 아마 나루터 쪽으로 나간 모양예요."

"저쪽으로 돌아가면 방아벌레 영감님 집이 있잖아? 그럼 뺑코들이 그 할배 집으로 갔겠구나."

"그래요. 우리 방아벌레 영감님한테 가 볼까요? 무슨 일이 없었는지 물어보죠. 뺑코들이 보나마나 그 집에도 들렀을 테니까요."

이쯤 얘기를 듣고 났더니 기준이는 이제 너무나 궁금해서 견딜 수가 없을 지경이 되었고, 그래서 방아벌레 영감이 사는 집까지 몰래 따라가 보려고 캄캄한 방안에서 동생들 사이로 방바닥을 더듬거려 옷을 찾아 입었다.

스물다섯

방아벌레 영감은 그의 토담집 왼쪽에 붙은 손바닥만 한 땅에다 보리를 부쳐 보려고 심었다가 뿌리가 몽땅 썩어버리는 낭패를 당한 적이 있어서 그런 별명이 붙은 육순 홀아비로 독가마골에서 숯을 굽다 이웃들과 사이가 좋지 않아 결국 쫓겨나다시피 금산리로 나와 흙을 파며 혼자 사는 노인이었다. 준이 아버지 형제가 찾아갔더니 노인은 아까부터 깨어 있었던 모양이어서 유리 등피 꼭대기가 연기로 까맣게 그을린 남포˙에 곧 불을 밝혀 방문을 열고는 문턱을 한 손으로 잡고 앉아 다른 손으로 등잔을 머리 위로 높이 치켜들고 마당을 내다보았다.

˙ 남포: 석유 등잔.

준이 작은아버지의 얘기를 듣고 노인은 "그래, 여기도 왔었어" 하며 옹이 박힌 늙은 손가락으로 허연 수염을 불안하게 만지작거렸다. 기준이는 지금 듣게 될 얘기를 날이 밝은 다음 아이들에게 해주어 깜짝 놀라게 만들고 싶은 욕심에 마음을 두근거리고 장작더미 뒤에 숨어서 어른들이 주고받는 말에 귀를 기울이며 한마디 한마디를 잊어버리지 않으려고 열심히 외웠다.

방아벌레 영감은 워낙 늙어 잠귀가 밝아서 창호지에 번쩍거리는 손전등 불빛 소리만 듣고도 잠이 깨었다고 했다.

"'거 누구요' 하고 내가 물어봐도 대답이 없길래 방문을 열고 내다보니 숯처럼 시꺼먼 사람이 엉거주춤 서서 글쎄 나더러 '쌕시 이써?' 하고 묻더구먼. 처음엔 무슨 소린가 했지만 나중에 생각해보니 '색시 있오?' 하는 소리였어. 검둥이 뒤에는 흰둥이 유엔 군인이 한 놈 버티고 섰던데, 그 서양 사람들 혀가 잘 안 돌아가는지 '색시'를 '쌕시'라고 하더군. 무식한 녀석들인가 봐. 어쨌든 여자를 찾는 모양이었는데, 내가 영문을 몰라 가만히 앉아 있었더니 덴찌로 집안 여기저기 뒤지며 어디 여자를 숨겨놓지 않았나 찾는 눈치였지. 보아하니 여자를 겁탈하러 온 모양이야."

준이 아버지가 엉뚱한 소리 말라고 핀잔을 주었다.

"아무리요. 우리들을 해방시키려고 머나먼 나라에서 배를 타고 여기까지 와서는 목숨까지 바치며 싸워 주는 고마운 군인들인데 차마 그럴 리가 있겠어요?"

"아냐. 전쟁 때는 항상 이런 일이 생기게 마련이지. 왜놈들도 그랬고. 뙤놈들도 그랬어. 처녀이건 집안에 들어앉은 규수고 뭐고 과부에 이르기까지 외국 군인들은 우리 여자들을 닥치는 대로 겁탈했잖아. 서양 사람들이라고 뭐 다르려고."

준이 작은아버지는 영감의 말이 믿어지지 않는 눈치였다.

"하지만 한창 전투를 하느라고 바쁜 마당에 … ."

"싸움이 벌어지는 마당이니까 더 그렇지. 언제 죽을지 모르는 목숨이면 별짓을 다 하게 마련이야."

"그래도 이번 군인들은 달라요. 잘은 모르겠지만 아까 다녀간 두 뺑코는 가짜 군인들인지도 모르죠. 헌데 그 사람들 여기서 어디로 갔나요?"

"저리, 나루터 쪽으로 가더구먼."

"그럼 다음엔 훈장님 댁으로 갔겠군요. 거긴 젊은 며느님이 계신데, 혹시 무슨 탈이라도 없었는지 모르겠어요."

"형님, 우리 훈장님 댁에 가 볼까요? 만일 일이라도 당했다면 … ."

"아니다. 야밤중에 찾아가는 것도 그렇고, 혹시 무슨 일이 생겼더라도 우리들이 들이닥치면 오히려 난처해하실지 몰라."

"그래도 동네에서 이런 심상치 않은 일이 벌어졌다는 건 어른께 알려드려야죠."

"날이 밝은 다음에, 날이 밝은 다음에 가도 돼."

스물여섯

동녘이 어슴푸레 밝아온 다음 준이 아버지가 동생을 데리고 부랴부랴 황 노인의 집으로 내려갔을 때는 찬돌 어머니가 남편과 함께 벌써 찾아와 대문 앞에서 노인과 석구에게 한참 무슨 얘기를 열심히 하는 중이어서, 보고하러 갔던 형제는 오히려 남의 얘기만 더 얻어듣게 되었다.

찬돌이 엄마가 어젯밤에 마을로 들어온 양키 군인들의 행적을 우연히 목격하게 된 까닭은 배탈을 만난 탓이었다. 담배를 찌는 이웃집의 움막 지붕이 내려앉아 고치는 일을 도와주고 얻어 마신 묵은 탁주가 얹혀 배탈이 나서 찬돌 엄마는 밑을 씻는 호박잎을 한줌 챙겨 움켜쥐고 부리나케 측간을 몇 차례나 들락날락했다. 그러다가 밤늦게 다시 한 차례 달려가 급한 일을 본 다음, 편안하게 가라앉은 배를 쓰다듬으며, 방으로 돌아가기에 앞서 몸에 밴 냄새를 바람에 헹구려고 뒷마당으로 나왔는데, 얼핏 이상한 기분이 들어 환한 달빛이 내리는 마을을 둘러보니, 두 명의 뺑코가 개울 건너 월송리에서 나루터로 가는 바깥동네 길을 따라 방아벌레 영감의 외딴 집이 있는 언덕 모퉁이를 돌아 나와서는 황 부자 집으로 향하지 않는가!

"여기 이 오동나무 밑에까지 오더니 뺑코들이 잠깐 걸음을 멈추고 서서 한참 뭐라고 의논을 하더라는군요." 찬돌 아버지가 말했다.

그리고는 군인들이 나룻길로 다시 나와 밤나무집으로 갔다는 얘기였다. 찬돌 엄마가 이렇게 설명을 거들었다.

"제 미천한 생각으로는 훈장님 댁이 워낙 크기도 하려니와 기와를 얹은 당당한 풍채 때문에 꺼림칙해서 들어갈 용기가 차마 안 났는지 어쩐지 모르겠군요. 잘못 들어갔다가 혹시 큰 봉변이라도 당할까봐 이왕이면 만만해 보이는 집을 노렸을 거라는 추측입니다. 그래서 만식이네 집으로 간 그들은, 짖어대는 개를 어떻게 했는지 모르겠지만 어쨌든 죽여 없앤 다음에, 손에 등잔을 켜서 들고 방으로 들어갔어요."

이상한 생각이 들어 찬돌 엄마는 개울 근처까지 오기는 했었지만, 마당에서 버티고 망을 보던 시커먼 뺑코가 무서워 물을 건너오지 못하고 먼발치서 밤나무집을 얼마 동안 지켜보기만 했는데, 그래도 무슨 사태가 벌어졌는지 대충 짐작이 갔다.

"그래서 겁이 나길래 집으로 도망가서 방공호 속에 숨어 기다리다가 날이 밝자마자 찬돌 아버지하고 이렇게 같이 온 거예요. 훈장님한테 꼭 알려드려야 할 일이라고 생각되어서요."

찬돌 엄마와 준이 작은아버지가 그들이 보고 들은 대로 자초지종 얘기를 다 하고 나서, 무엇인지 빨리 처리해야 할 일이라도 남았다는 듯 황급히 집으로 돌아간 다음, 황 노인은 어지럽고도 착잡한 기분을 느끼며 뒷짐을 짚고 우물가에 서서 장군봉을 멍하니 쳐다보았다.

"어떡하죠, 아버지?" 무엇을 어떻게 해야 좋을지 모르겠어서 당황하고 불안해진 석구가 아버지의 눈치를 살피며 뒤쪽에 조금 떨어져 서서 물었다.

"뭘 말이냐?"

"밤나무집요. 가서 들여다보기라도 해야 하지 않을까요."

황 노인은 갈피를 잡기 힘들 정도로 갈팡질팡하는 생각에 휩쓸려 입을 다물고 가만히 있다가 불쑥 한마디 했다.

"불결하구나."

"예?"

"아니다. 언례한테는 네가 가서 어찌된 사정인지 알아보고 오너라."

황 노인은 더러운 물건을 피해 달아나듯 휘적휘적 집안으로 들어갔고, 석구는 길을 잃은 사람처럼 한참 나무 밑에 멍하니 서 있다가, 밤나무집으로 내키지 않는 발걸음을 했다.

"만식이 어머니."

사립짝 너머로 기웃거리며 석구가 불러 보았지만 방문은 열리지 않았고, 언례도 아무 대답이 없었다. 석구가 조심스럽게 다시 불러 보았다.

"만식아. 너 집에 있으면 이리 좀 나와 보렴."

역시 아무 응답이 없더니, 한참이 지나서야 방에서 부스럭거리는 기척이 나면서 문이 열렸고, 만식이의 풀죽은 모습이 마당으로 내려섰다. 시선을 피하며 문간까지 나온 만식이는 멀거니 서서 석구의 뒤쪽 방앗간 주변의 논을 쳐다보았다.

"어젯밤 혹시 무슨 일이라도 있었니?"

대답이 없었다.

"어찌된 일이지?"

대답이 없었다.

"엄마는 무사하냐?"

역시 대답이 없었다.

석구는 입을 다물고 시선을 피하기만 하는 만식이한테서 아무것도 알아내지 못하리라고 판단했다. 잠깐 기다린 다음에 그가 말했다.

"너 들어가서 엄마 좀 나오시라고 해라."

만식이가 힘없이 방으로 가서 문을 열고 안을 들여다보며 뭐라고 중얼중얼 말했다. 그리고는 엉거주춤 반쯤 몸을 앞으로 수그린 채로 꼼짝도 하지 않다가 한참만에야 다시 사립짝으로 돌아왔다.

"나오시라고 했는데 엄마가 아무 말도 안 하고 가만히 계세요."

침묵.

"알았다. 그럼 너도 들어가 봐라."

만식이가 천천히 걸어가서 방으로 들어간 다음 문을 살그머니 닫았고, 희끄무레하게 날이 밝아오는 마당은 토끼장 안에서 토끼들이 폴짝거리던 소리 이외에는 무겁고 조용하기만 했다.

석구는 텅 빈 마당과 닫힌 문을 한참 응시하고는 한숨을 내쉬며 돌아섰다.

제2부
무인도로 찾아온 사람들

두 여자는 다리를 건너더니 과꽃이 무성하게
흐드러진 길을 따라 안동네로 향했다.
전혀 서두르지 않고 한가하기 짝이 없는
걸음걸이였다. 만식이가 다시 일어나서
목을 길게 뽑고 보니 그들은 방앗간 앞에서
또 걸음을 멈추고는 무엇인지 한참 궁리를
하는 눈치였다. 빨강 저고리를 입은 여자가
쌀가마를 방앗간으로 들여가는 큰 문으로
가서 사람을 부르는 모양이었고,
잠시 기다리던 두 여자의 모습이 방앗간
속으로 사라졌다.
만식이는 궁금했다. 누구인지는 모르겠지만
마을에서 처음 보는 이상한 여자들인데,
왜 강호네 집으로 찾아갔을까?

하나

개울가에서 잠시 멈춰 이슬에 젖은 논두렁 풀섶에다 고무신에 묻은 진흙을 문질러 닦던 찬돌 아버지가 아침 식전 밭일을 마친 다음 괭이와 삽을 어깨에 메고 밥을 먹으러 집을 향해 논둑을 따라 내려오던 최 씨를 불러 세우고 얘기할 때만 해도 "아, 글쎄 이런 변이 어디 있겠나" 하는 놀라움과 탄식이 곁들인 목소리였다.

"밤나무집 만식이 엄마가 끔찍한 일을 당했지 뭔가."

그러더니 그는 어젯밤 아내가 개울가에 숨어서 지켜본 광경에다가 기준이 아버지 형제가 겪은 일을 기억이 나는 대로 자세히 전해 주었다.

식전 밭일을 끝낸 농부 최 씨는 집으로 가서 아침 밥상을 받고, 옆방의 아이들이 듣지 못하게 목소리를 낮춰 "찬돌 엄마가 무서워서 개울을 건너지는 못했어도 볼 건 다 봤다는데" 해 가면서, 그가 개울가에서 들었던 놀라운 소식을 아내에게 전했다.

최 씨 아내는 이웃에서 벌어졌다는 충격적인 소식에 가슴이 왈랑거렸고, 혼자만 알고 가만히 앉아 아까운 시간을 보내려니까 차마 입 안이 답답하여 참을 길이 없어서, 오후에 빻으러 가려던 고추를 해가 뜨자마자 부리나케 소쿠리에 담아 들고 방앗간으로 가서 강호 엄마를 불렀다.

"글쎄, 세상에 이런 변괴가 어디 있담."

"아니 그럼 돌이 엄마도 얘기를 들은 모양이지?"

"강호 엄마도 들었우?"

"애 아버지가 밖에 나갔다가 들었다는데, 어젯밤에 뺑코 둘이 마을에 와서 만식이 엄마를 그랬다며?"

두 여자는 언례가 불쌍하다면서 연신 혀를 차며 전해 들어서 알고 있는 얘기를 서로 주고받았는데, 입을 몇 차례 걸러 왔기 때문인지는 몰라도 두 사람이 아는 세부적인 내용이 무척 구체적이었고, 자세한 부분이 조금씩 달라지거나 과장된 형태였다.

강호 엄마는 찬돌 엄마가 두려움과 위험을 무릅쓰고 허벅지까지 물에 빠지며 개울을 건너가 밤나무집 뒤쪽 울타리까지 몰래 다가가서 무슨 일이 벌어지는지를 바로 코앞에 두고 자세히 지켜봤다고 그랬는데, 더 가까이서 직접 목격한 증언이기 때문인지는 몰라도, 뺑코 한 사람이 개의 목을 어떻게 졸라 죽였다느니 만식이 엄마가 어떻게 발버둥을 쳤다느니 하는 서술이 더욱 생생하고 훨씬 끔찍했다.

농부 최 씨의 아내가 고추를 빻아 집으로 돌아가던 길에, 배추라도 몇 포기 팔까 싶어서 읍내로 나가려고 나루터로 발걸음을 서두르던 안마을 작은 과부를 만났을 때는, 남편에게서 들은 얘기가 아니라 찬돌 엄마가 용감하게 개울을 건너가 자세히 보았다는 내용을 전했다. 남편에게서가 아니라 이웃에게서 들은 새로운 얘기가 훨씬 진진하기 때문이었다.

이렇게 사람을 하나 둘 거치며 조금 바뀌고 조금씩 더 바뀌며 과장된 얘기를 듣고는 나루터에서 만난 염 사공이 놀라서, "울타리 뒤에 숨어 그걸 다 봤단 말이오?" 라고 물었을 때, 찬돌이 엄마는 자신이 겪은 사실이 부풀어나고 와전된 내용이 좀 우습기도 하지만 마치 남의 무용담처럼 재미가 나서 굳이 "들어보니 그건 누군가 거짓부렁을 좀 보탰구먼"이라며 구태여 부인하지도 않고 히죽 웃기만 하고는, 발을 씻으러

제 2부 무인도로 찾아온 사람들 123

강가로 내려갔다.

점심때가 되어 가을 한낮의 더위가 달아오를 때쯤 들깨를 한 지게 베어 읍내로 나가 팔려고 월송리 윤 서방이 나룻배를 타자, 염 사공은 핏줄이 부풀어 오른 목의 땀을 지저분한 수건을 문질러 닦은 다음 노를 저으며, "그쪽 동네사람들도 아나? 어젯밤 뺑코 얘기 말이야"라며 약간 음탕한 눈초리로 곁눈질을 했다. 사공이 월송리 사람에게 전한 얘기는 지금까지 시간이 흐름에 따라 "만식이 엄마가 불쌍하지"라는 동정적인 내용에서 어느새 "헌데 그때 방안에서 벌어진 일이 말일세" 하는 쪽으로 음탕한 내용이 점점 더 불어나고 강조된 그런 소문으로 많이 바뀌었다.

"그중 한 사람은 검둥이였다는데, 얼굴하고 손이 꺼먼 사람은 그것도 시꺼멓겠지?"

월송리 사람이 들깨를 팔려고 읍내로 나가서 아는 사람을 만나 사공에게서 들은 얘기를 전했을 때는 이런 말도 보탰다.

"찬돌이 엄마라는 여자가 봤다는데 두 명 뺑코 가운데 얼굴하고 손이 꺼먼 놈은 좆대가리도 시커맸다는구먼."

이렇게 빠른 속도로 퍼져나가던 소문은 온갖 가지를 치고 날개가 돋아 점점 신기하고 희한한 얘깃거리로 발전하여, 흰둥이 뺑코가 총에 꽂는 칼을 휘두르는 바람에 엄마를 구하려고 덤벼들던 만식이는 옆구리가 찔려 아직도 빈사상태여서 집밖으로 나오지도 못한다느니, 팔척 검둥이 밑에 깔린 채로 목숨을 내걸고 대항해서 싸우던 만식이 엄마가 시커먼 뺑코의 물건을 입으로 물어뜯었다느니, 뺑코의 "그것이 어찌나 큰지" 만식이 엄마가 사타구니에서 피를 함지박으로 하나는 흘렸으리라는 둥 온갖 해괴한 풍문까지 여기저기서 나돌았다.

오후 늦게 개울가로 빨래를 하러 나온 여자들은 온갖 낯간지러운 대화를 주고받으며 재미가 나서 킬킬거리기까지 했고, 논둑에서 담배를 말아 피우던 남자들은 나중에는 만식이 엄마도 뺑코들의 그것이 어찌나 크고 굵은지 오히려 좋아서 행행거렸다느니, 하기야 2년이 넘도록 독수공방했으니 사내가 그립지도 않았겠나 하는 따위의 얘기에 점점 귀가 솔직해졌다.

그리고 그동안 밤나무집 세 식구는 아무도 밖으로 나와 어젯밤에 무슨 일이 벌어졌었는지를 얘기하지 않았다.

둘

만식이는 힘 없이 어깨를 축 늘어뜨린 채로, 사립문 안쪽 오래 전에 죽어서 베어 버린 늙은 호두나무 그루터기에 앉아, 물끄러미 안방을 쳐다보았다.

어젯밤 기막힌 일을 당하고 난 다음 아침까지 엄마는 꼼짝도 안 하고, 헝클어진 이부자리 속에 얼이 빠져 멍청하게 누워 있기만 했고, 어린 만희는 배가 고픈 줄도 모르는지 조그만 입을 반쯤 벌린 채로 아직도 엄마 옆에 누워 잠을 잤다. 송장처럼 퀭한 눈으로 천정만 멍하니 쳐다보는 엄마와 한없이 마주앉아 무슨 기동이라도 하기를 기다리려니까 숨이 막힐 지경으로 답답하여, 만식이는 해가 뜬 다음 결국 마당으로 나와 버렸다.

오늘은 낮에 꽤나 날씨가 더울 모양인지 자욱한 안개가 끼어 한가위 달처럼 동그란 태양에서 하얀 햇살이 번지며 동녘 하늘로 스며들었다. 장군봉의 거무죽죽한 초록빛 산등성이를 버짐처럼 파먹고 들어가던 엷은 보랏빛 들국화와 갈색 낙엽 사이사이로 노랗고 빨갛게 가을 얼룩이 나기 시작했고, 현암리 쪽 기슭에서는 집집마다 아침을 짓느라고 보얀 연기가 초가지붕 위로 피어올라 안개 속으로 천천히 빨려 들어갔다.

별로 달라 보이지 않는 하루가 또다시 시작되었다.

만식이는 밤나무 밑 개천가로 내려가 세수라도 하려고 몸을 일으켰지만, 웬일인지 오늘 아침에는 문 밖을 나설 용기가 나지 않았다. 울타리 바깥은 갑자기 남들의 땅이 되어버린 듯 생경한 기분이 얼핏 들었기 때문이었다.

아침을 굶은 채로 만식이는 안개가 걷힐 때까지 마당에서 힘없이 오락가락하며, 굴뚝 옆에다 개를 묻어준 자리를 멍하니 쳐다보고, 토끼장에다 말라붙은 풀을 넣어주고, 그냥 멍하니, 멍하니, 아무 곳이나 쳐다보기만 했다.

방앗간에서 현암리로 들어가는 길 입구의 커다란 은행나무 두 그루와 위쪽 개울가 아카시아들은 샛노란 빛깔이었다. 밤나무집 울타리 밑 깨꽃은 어느새 당집에 매달린 빛이 바랜 붉은 종이처럼 푸석푸석한 갈색을 띠었다. 들판의 벼는 세상만사를 아랑곳하지 않고 속으로 살이 찌는 중이었다. 월송리로 가는 길을 따라 줄지어 서서 바람에 하느작거리는 코스모스 꽃 주변에는 갑자기 잠자리가 많아진 듯 정신없이 여기저기 날아다녔다. 참새들은 곡식이 익기를 더 이상 못 기다리겠는지 공중으로 키질해 올린 쌀이 쏟아지듯, 바람에 날리듯, 우르르 이쪽으로, 우르르 저쪽으로 떼를 지어 날아다녔다.

한참 동안 호두나무 그루터기에 앉아 무료해하던 만식이는 용기를 내어 바깥으로 나가볼까 해서 다시 몸을 일으켰지만, 실개천에서 잠깐 세수를 하고 나면 사실 더 갈 곳도 없었다. 어제만 해도 갈 곳이 많았지만, 이제는 그가 찾아갈 곳이 한꺼번에 모두 없어지고 만 기분이었다. 울타리 밖은 어제와 변함이 없었고, 장군봉 너머에서 전투가 벌어지던 요즈음 며칠 사이 어느 날보다도 오히려 더 평화스러워 보이기까지 했는데도, 이제는 눈앞의 모든 풍경이 이상하게도 아득히 멀게만 느껴졌다.

갈랫길이 걸친 개울에는 오랜만에 동네 여자들이 나와 옹기종기 모여 앉아서 빨래하며 무엇이 그렇게 재미있는지 자꾸 까르륵거렸고, 방앗간에서도 최 씨네 고추를 빻느라고 오랜만에 기계가 돌아가는 소리가 났다. 다섯 살 난 강호의 계집애 동생은 강아지풀을 손에 들고 혼자 논둑길을 걸어가며 쨍쨍거리는 목소리로 단조로운 노래를 불렀다.

장구버얼레 시집 가안다.
장구버얼레 시집 가안다.

강호의 찔찔이 여동생은 대가리가 비슷하게 생겨서인지 항상 장구벌레와 잠자리를 혼동했고, 그래서 잠자리를 잡았다가 날려 보낼 때는 늘 장구벌레 노래를 불렀다. 하기야 찔찔이는 집에서 기르는 개와 고양이의 이름도 자꾸 혼동해서 멍멍이더러 나비야, 나비야 하고 부르잖아.

어디서 누가 굳은 땅에다 말뚝이라도 박는지 따악, 따악 아득하고 느릿느릿한 소리가 들려오는 한낮이 되자, 방안에서 만희가 칭얼거리기 시작했다. 읍내로 내다 팔려고 참외나 호박을 함지박에 담아 이고 집 앞길을 지나 나루터로 가는 월송리 여자들이 자꾸만 힐끔거리며 밤나무집 만식이를 쳐다보고는, 눈길이 마주치면 당황해서 씰룩거리는 발걸음을 얼른 서둘렀다. 총소리가 멎어서인지 이제는 나룻배도 제대로 다니고, 서면 사람들은 또다시 부지런히 살아야 할 때가 되었지…. 만식이는 오늘 아침부터 밤나무집이 갑자기 동네사람들의 눈에 보이지 않도록 밤중에 누가 몰래 와서 주변에 담벼락을 둘러쳐 놓기라도 한 듯싶은 묘한 기분이 들었다. 한없이 얇아서 사람들의 눈에 전혀 보이지 않는 벽이면서도, 그것은 만식이의 가족 어느 누구도 도저히 뚫지 못할 울이었다. 사방에 열린 공간에 갇혀버린 그는 참으로 마음이 답답했다.

세상에서 쫓겨난 사람이 된 그는 이제부터 어디에도 어울려 끼어들지 못하리라는 슬픈 예감에 사로잡혔다. 집 밖으로 나가 누구라도 마을사람을 만나면, 새벽에 찾아왔던 훈장님 아들처럼, 어젯밤에 밤나무집 울타리 안에서 어떤 사건이 벌어졌었는지를 꼬치꼬치 캐물어볼 터이고, 그러면 … 그러면 그는 무슨 말을 해야 좋을지 통 알 길이 없었다. 아이는 그런 질문에는 아무 대답도 하고 싶지가 않았다.

그는 사립짝을 밀어 열고 멍하니 서서, 장군봉 비탈에 시루떡을 크게 썰어 차곡차곡 쌓아놓은 듯한 누런 논들을 한참 쳐다보고는 겨우 용기를 내어 밤나무까지 터벅거리며 걸어가서, 그늘에 깔아 놓았던 가마니 위에 누웠다.

아이는 몸이 나른하고 뱃속이 헛헛했지만, 배고픔은 별로 의식하지 못했다. 더운 바람이 살랑여서 밤나무 잎사귀들이 조용히 떨렸고, 꼭대기 나뭇가지는 구름이 없는 파란 하늘에 비쳐 한없이 높게만 보였다. 그는 가만히 누워서 나무를 하염없이 올려다보았다.

온 세상 어디로 눈을 돌려도 허전할 따름이라고 만식이는 생각했다. 하룻밤 사이에 세상이 그렇게 온통 달라진 것만 같았다.

그는 그가 살아오던 세상에서 아주 중요한 무엇이 없어졌다고 느꼈다. 눈에 보이지는 않아도 마음으로는 느껴지던 아주 중요한 무엇이. 그래서 이제는 세상이 어제하고는 너무나 달랐다. 무엇이 다른지는 몰라도, 어쨌든 너무나 달랐다. 세상은 텅 비었고, 그는 어제의 세상에서 굉장히 큰 한 부분을 잃어버렸으며, 그렇게 잃어버린 부분을 절대로 다시는 찾지 못하리라고 만식이는 생각했다.

그의 주변에는 텅 비어버린 침묵만 남았다. 그리고 그의 마음속도 텅 비었다.

셋

현암리와 금산리에는 대장간이 없는데도 어디선가 철메로 모루를 때리는 소리가 땡거엉 … 땡거엉 … 적막한 한낮의 침묵 속에서 아득하게 울렸다. 황 노인은 김 서방이 살았을 때 오동나무 밑에다 만들어 놓은 기다란 널빤지 의자에 앉아 논둑에서 기름메뚜기를 잡아 강아지풀에다 꿰며 돌아다니는 네 아이를 멀리서 쳐다보았다.

금산리에서 늘 같이 돌아다니던 다섯 아이가 오늘은 넷이었다.

황 노인은 어깨를 왼쪽으로 조금 돌려 언례네 집을 넘겨다보았다. 문 밖 밤나무 밑에는 만식이가 거적을 깔고 앉아 논둑의 아이들을 멀거니 넘겨다보았다. 노인은 자기도 모르게 한숨이 나왔다.

 그는 마을 어른으로서 지금 자신이 어떤 행동을 취해야 옳은지 알 길이 없었다. 이것은 그가 지금까지 살아오면서 겪은 숱한 상황들 가운데 그 어떤 경우하고도 같지 않았다. 금산리에서, 서면에서 도대체 이런 황당한 일이 처음이고 보니 노인은 어찌 해야 올바른 처신인지 짐작조차 가지 않았다. 만일 어느 이웃이 죽었거나 병이라도 걸렸다면 마을사람들은 당장 쫓아가 아픔과 슬픔을 같이 나누었겠지만, 밤나무집에서 어젯밤 벌어진 사건은 황 노인뿐 아니라 어느 누구도 무엇을 어떻게 해야 좋을지 모르는 그런 문제였다.

 언례 전에는 서면의 어느 마을에서도 겁탈을 당한 여자라고는 아무도 없었다. 해방 직전 읍내에서 드나들던 방물장수와 유 과수댁의 젊은 딸이 개울가 수양버들 밑에서 한밤에 희롱을 벌이다 붙잡혔을 때처럼 차라리 간음을 했다면야 심한 벌을 주고 마을에서 쫓아내면 쉽게 해결이 나고 훌훌 털어버리기가 쉬운 일이었다. 하지만 언례는 따지고 보면 벌을 받아야 마땅할 만한 짓을 하나도 저지르지 않았고, 오히려 피해를 당한 여자였다.

 그렇다고 해서 어젯밤에 마을로 와서 죄를 저지른 뺑코들을 훈장이 잡아다 벌을 줄 만한 처지도 아니었다. 도대체 어디서 온 어느 나라 군인인지도 모르겠고, 말도 통하지 않는 그들을 어떻게 잡아온다는 말인가. 혹시 언례를 범한 두 유엔 군인들을 찾아낸다고 해도 잡아다 벌을 주기는 결코 쉽지가 않을 노릇이었다.

 그렇다고 해서 황 노인은 언례를 위로한답시고 불쑥 찾아가기도 난처한 입장이었다. 사정이야 어떠했든 노인은 이번 일이 어느 모로 보나 불결하고, 따라서 언례도 갑자기 불결해졌다는 생각이 앞섰다. 아무리 꼼짝도 못하고 당한 처지라고는 해도, 도대체 그럴 수가 … 옛날 같았으면 여자가 양잿물을 먹고 목숨을 스스로 끊었으리라. 죽음은 어떤 면에서 이런 불결한 상황에 빠진 여자의 고결함을 되찾아주는 마지막 수단이었으니까.

그러면서도 황 노인은 은근히 언례가 불쌍해지는 마음을 어쩔 도리가 없었다. 동네 어른인 황 노인이 밤나무집을 찾아가지 않아서인지 마을에서는 아무도 언례를 걱정하여 들여다보지 않았고, 불쌍한 마음이 들더라도 주제넘게 나설 엄두가 나지 않는 노릇이어서인지 어느 이웃 하나 언례 편을 들어 이웃들에게 말 한 마디를 해주지 않는 눈치였다. 그렇다고 이제 와서 막상 황 노인이 사람들을 몰고 찾아가기도 너무 늦어버린 형편이었다.

황 노인은 언례가 열 살이 조금 넘었을 때부터 가마리로 걸음을 할 때마다 먼발치서나마 눈여겨 지켜보았었다. 그리고 참한 처녀로 자란 언례와 혼인하도록 김 서방에게 넌지시 권한 사람도 황 노인이었고, 언례는 황씨 집안에 새 며느리가 들 때까지는 늘상 건너와서 집안일도 많이 도왔었다. 갈퀴로 낙엽과 솔방울을 긁어다 노인의 방에 군불을 때서 그의 늙은 삭신을 풀어주는 일도 언례가 맡았었고, 김 서방이 죽은 다음에는 똥거름을 지고 뒤뚱거리며 밭일까지 돕기도 했었다. 어떤 일이 너무 궂어서 노인이 못하게 막으면 오히려 섭섭히 생각하던 언례는 군말이 별로 없었고, 아무리 심한 고생을 겪어도 내색을 전혀 안하는 그런 여자였다.

그러던 여자가, 그러던 것이 그만 어쩌다가 … .

황 노인은 의자다리에다 장죽을 탁탁 때려 삭은 재를 털어 버리고는 몸을 일으켰다. 갑자기 동쪽 하늘에서 시커멓게 몰려오는 구름을 노인은 물끄러미 쳐다보았다. 여름도 다 갔는데 소나기라도 한 자락 퍼부을 기세였다.

넷

한가한 듯 보이면서도 어딘가 몹시 초조한 하루가 지나고 날이 저물자, 처음에는 조금씩 걱정스럽던 마을사람들의 불안감이 어느새 점점 노골적인 두려움으로 변했다. 하늘도 그럴 줄 알았다는 듯 음침하게 비까지 내리는 바람에 준이 아버지는 밭에서 일찍 손을 놓고 집으로 들어왔다. 어젯밤에는 뺑코들이 그냥 지나갔더라도 만일 그들이 또 찾아온다면 오늘밤은 아무래도 무사히 넘어가지 못할 것만 같아서였다. 하지만 정작 크게 걱정한 사람은 준이 어머니였다.

"겁탈을 당한다면 여자인 내가 당하지, 당신이야 남자 아녜요? 소문을 들으니까 만식이 엄마는 양것들 하고 그러는 게 오히려 좋아서 나중에는 고양이 우는 소리까지 행행거리며 냈다고들 하지만, 난 틀려요."

두 눈이 코끝만큼이나 불룩 앞으로 튀어 나온 기준이 어머니가 머리를 설레설레 흔들었다.

"그런 꼴을 당한다면 난 식칼로 목을 칵 찔러 죽어버리고 말겠어."

초조하게 자꾸만 문 밖을 살피며 준이 아버지와 어머니는 날이 저물고 한참 되었는데도 차마 잠자리에 들지 못했고, 기준이는 어머니가 시키는 대로 언덕 모롱이까지 나가 상수리나무 뒤에 몸을 숨기고 혹시 서양 군인들이 또 나타나지 않나 망을 보았다. 기준이는 사실 무섭거나 겁이 나기보다는 이렇게 동네를 지키느라고 숲속에 숨어 망을 보는 일이 신나고, 무척 재미있었다.

만식이네 집에서 사고가 터진 다음부터 그의 눈앞에서 자꾸만 펼쳐지는 일들은 시간이 흐를수록 기준이에게 점점 더 조마조마하면서도 묘한 즐거움을 줄 따름이었다. 어제 마을에서 벌어진 사건은 장군봉 탐험보다도, 읍내의 폭격보다도, 가운뎃섬에서의 유엔 군대 구경보다도 훨씬 더 뿌듯한 기분으로 그의 마음을 가득 채워주었다.

며칠 전에만 해도 찬돌이와 만식이는 자기들끼리 읍내 농협창고에 갔다가 보고 온 일들을 신이 나서 떠들어 대었지만, 그렇다, 오늘 메뚜기를 잡으러 갔을 때는 어젯밤에 무슨 대단한 일들이 벌어졌었는지 기준이만큼 훤히 아는 아이가 아무도 없었다. 그래서 이번에는 봉이와 강호는 물론이고 찬돌이까지도 더 자세한 얘기를 듣고 싶어 그의 눈치를 열심히 살폈다. "두껍아, 두껍아" 듣기 싫은 별명을 불러가며 걸핏하면 깔보고는 했던 아이들이 이제는 그의 눈치를 살피게 되지 않았던가.

내일도 그는 아이들을 일부러 집까지 찾아다니며 이렇게 숨어서 망을 보았다는 얘기를 하리라. "내가 말이지, 뺑코들이 나쁜 짓하러 동네로 올까봐 어젯밤 저기 상수리나무 숲에서 보초를 봤어" 해가면서.

부슬비 속에서 손전등을 휘적휘적 흔들어 어둠 속을 더듬으며 뺑코들이 장군봉 북쪽 기슭에 나타난 것은 시간이 꽤 늦어 아홉점은 되었을 무렵이었다.

오늘도 역시 두 명이었다.

총을 메고 철모를 쓰고 키가 우뚝한 두 사람의 형상이 손전등 불빛과 함께 안개처럼 엷은 빗발 속에 어렴풋이 나타나자마자 기준이는 숲에서 재빨리 달려 나와, 가지밭 옆의 배수로를 타고 허리를 수그린 채 집으로 달려가서, 숨찬 개처럼 할딱이며 "엄마, 와요! 뺑코들이 와요, 아버지'"하고 일러주었다.

"틀림없이 뺑코냐?"

"그럼요. 총을 들고 데스까부도˙까지 쓴 걸 보니 어제 왔던 바로 그 뺑코들 같아요."

"전쟁터에선 군인은 누구나 다 데스까부도를 쓰는 거야."

기준이와 아버지가 이런 쓸데없는 얘기를 주고받으려니까 "도대체 그런 한가한 소리나 늘어놓을 시간이 어디 있느냐"고 준이 어머니가 바락 소리를 지르고는, 어서 앞장을 서라고 남편에게 다그치며, 비를 피하기 위해 미리 준비해 말아 놓았던 거적을 펼쳐 머리에 뒤집어쓰고 고무신을 아무렇게나 꿰어 차고는, 집 뒤쪽 소나무 밭으로 달아났다.

기준이는 도롱이를 여미고 빗물에 흠뻑 젖은 머리카락을 축축한 손으로 쓸어 올리고는, 부르르 한 차례 몸을 떤 다음, 아버지가 시키는 대로 작은아버지네 집으로 가서 뺑코들이 온다는 사실을 알려주었다.

"아이고, 또 오는구나." 작은어머니가 다짜고짜 울기 시작했다. "이제 난 죽었다. 난 죽었어."

"그렇게 시끄러운 소리를 자꾸 냈다가는 뺑코들이 듣고 곧장 이리 달려오리라"고 작은아버지가 한마디 하니까, 훌쩍훌쩍 울음을 삼키며 작은어머니는 아이들과 함께 허둥거리며 뒤편 장독대 밑 방공호로 들

• 데스까부도: 철모.

어가 숨었다.

혼자 사니까 그럴 만도 했지만, 방아벌레 할아버지는 "뺑코들이 온다"는 말을 기준이가 전했어도 "오냐 알았다. 내 걱정은 말고, 너 내친 김에 훈장님 댁에도 가서 알려드리거라" 하고는 방문을 달았다.

황 노인은 서양 군인들이 마을에 다시 나타났다는 말을 듣고도 늘 그렇듯이 전혀 당황하지 않고 석구더러 며느리와 돌배기 손자를 피신시키도록 침착하게 지시했다.

"아버님, 아까 보니까 방공호에 빗물이 잔뜩 괴어 안에 들어가 앉기기 어렵겠던데요. 차라리 장독대에 간장독이 하나 비었으니 아기를 데리고 그 안에 들어가라고 할까요?"

노인이 머리를 저었다.

"장독대는 집안이라 위험하니, 어쨌든 방공호로 나가서 숨으라고 해라. 뺑코들이 곧 지나갈 테니까 잠깐이면 될 게다."

옷을 모두 입은 채로 방안에 앉아서 꾸벅꾸벅 졸던 며느리가 아기를 처네로 감싸 안고는 마당으로 내려섰고, 기준이는 다시 길로 돌아나와서는 밤나무집으로 향했다.

다섯

밤나무집으로 나룻길이 꺾어져 들어가는 곳에서 얼핏 걸음을 멈춘 기준이는 어찌해야 좋을지 잠시 망설였다. 어젯밤 그런 일이 벌어지고 나서는 갑자기 밤나무집이 금산리에서 어디론가 잘려나가 없어진 듯한 기분이 들어서였다. 그리고 만식이도 마찬가지였다. 어쩌다 산이나 강가에서 만나기만 하면 패싸움을 벌이는 월송리 아이들보다도 이제는 만식이가 훨씬 더 멀어진 느낌이었다.
 그런 기분은 다른 아이들도 마찬가지인 모양이었다. 하루 사이에 어느 틈엔가 완전히 낯선 사람이 되어버린 만식이가 오늘은 어떻게 지내는지 궁금한 생각이 들었던 나머지, 아까는 찬돌이의 말대로 오후 늦게 논으로 메뚜기를 잡으러 가는 체하며 먼발치서 밤나무집의 동정을 살펴보기도 했었다. 문 밖 밤나무 밑에 앉아 만식이는 오돌이에서 하나가 빠져 사돌이가 된 동네 아이들을 멍하니 부러운 듯 쳐다보는 눈치였는데, 사실 기준이는 만식이가 그렇게 따돌림을 당하는 꼴이 속으로 은근히 기분이 좋기도 했었다. 어제까지만 해도 어디를 가나 기준이의 눈에는 만식이가 항상 가시처럼 걸렸으며, 별로 말이 없는 강호와는 달리 걸핏하면 찬돌이 대신 앞장을 서려고 나서던 만식이를 그는 벌써부터 슬그머니 미워해 왔었다. 하지만 막상 떨어져 나갔다고 생각하니 어딘지 불쌍하고 섭섭한 마음도 들기는 들었다.
 만식이는 지금 집안에서 무엇을 할까? 만식이 엄마는? 한창 잠을 잘 시간이기는 했지만, 오늘은 금산리에서 지금쯤 마음 놓고 편히 잠든 사람이 아무도 없으리라.
 아이들이 오면가면 돌아다니다 저마다 주워들은 얘기를 낮에 샛개울에서 만나 서로 털어놓고 추려 보니, 어젯밤에 만식이 엄마가 '능욕'이라는 무슨 끔찍한 봉변을 당한 모양이었다. 능욕이라는 말을 입에 올릴 때마다 동네 여자들이 짓던 표정이나 말투를 미루어보면 그것이 분명히 아주 지저분하고 야릇하고 더러운 어떤 짓이 분명하기는 했지만, 정확히 무슨 뜻인지는 아무도 시원하게 설명을 해주지 않았기 때문에 아이들은 뺑코들이 만식이 엄마한테 무엇을 어떻게 했다는 소리인지는 구체적으로 종잡을 길이 없었다.

강호는 반쯤 정도만 대충 알아들은 얘기를 다른 아이들에게 이런 식으로 전해주기도 했다.

"어른들이 하는 말만 들어서는 뭐가 뭔지 잘 모르겠을 때가 많아. 담뱃가게 앞에서는 노인네들이 이런 얘기를 하면서 막 웃더라. '뺑코 하나는 온몸이 시커멓고, 다른 하나는 노란 머리에 파란 눈이었는데, 그럼 노랑머리는 거웃도 노랄까?' 헌데 거웃이 뭐니?"

동네사람들이 킬킬거리며 주고받던 이런 이상한 얘기를 들을 때마다 봉이는 너무 어리고 강호는 순진해서 영문을 잘 모르는 눈치였지만, 그래도 찬돌이와 기준이는 돼지 접붙이는 장면을 어른들하고 같이 본 적도 여러 번이어서, 뺑코들과 만식이 엄마가 어쨌다는 말인지 어느 정도 짐작이 갔다.

"그래, 그걸 했을 거야." 아침부터 무척이나 뻐기고 하루 종일 돌아다닌 기준이가 어른스러운 표정으로 말했다. "그러니까 실제로 능욕을 어떻게 하는지, 우리 기회가 나면 직접 한 번 잘 봐둬야 해."

어쨌든 지금 당장은 뺑코 둘이서 또다시 마을로 들어오고 있으니까 그는 밤나무집에도 위험하다는 사실을 알려 줘야 했다. 하지만 낮에는 멀리서나마 서로 쳐다보고도 말 한마디 건네지 않았다가 밤에 불쑥 찾아와 만식이를 불러내기도 어색한 일이었다. 그렇다고 해서 어젯밤에 능욕을 치른 만식 엄마를 그대로 내버려두어 멋도 모르고 집에 있다가 또다시 강제로 접이 붙는 그런 일을 당하게 해도 안 될 듯싶었다. 하기야 사람들이 은근한 목소리로 주고받던 얘기를 들어 보니 능욕이란 죽는 것이나 마찬가지라고 했는데, 한 번 죽인 사람을 다시 죽이지는 못하는 법이니까, 어쩌면 이제부터는 밤나무집 사람들은 아무 탈 없이 무사하게 죽어서 지낼지도 모를 노릇이었다.

기준이는 방앗간 아래쪽 논둑에서 새참을 먹던 마을 아저씨들이 킬킬거리며 주고받던 말이 문득 머리에 떠올랐다.

"거 2년이나 묵은 과부여서 맛이 꽤 들었겠지?"

농부들은 만식이 엄마를 무슨 과일이라고 생각하는 모양이었다. 그렇다면, 몰래 따먹기에는 장군봉 너머 능참봉집의 감나무가 제일 좋다고 금산리 아이들이 먼 길을 마다않고 가을이면 늘 일부러 찾아가듯, 뺑코들은 오늘밤에도 일부러 밤나무집으로 찾아갈지도 모를 노릇이었다.

아무래도 알려 주기는 꼭 알려줘야 되겠는데, 만식이를 구태여 불러내기가 곤란했기 때문에, 기준이는 사립짝 앞까지 살금살금 가서는 그냥 큰 소리로, 아무나 듣고 싶은 사람은 들으라는 식으로, 두 차례 소리를 질렀다.

"뺑코가 온다! 뺑코가 온다!"

밤나무집에서는 아무런 응답이 없었다. 인기척도 나지 않았다.

밤나무집 식구들이 모두 잠을 자는 건 틀림없이 아닐 텐데. 아마도 뭐라고 대답하거나 문을 열고 내다보기가 거북해서 가만히 있으리라. 아니면, 아니면 ….

그렇다. 어쩌면 이것이 어젯밤에 여기서 벌어졌던 능욕을 두고 놀리는 야유라고 들었는지도 모를 노릇이었다. 한밤중에 찾아와 문 밖에서 뺑코가 온다고 소리를 질렀으니 ….

어쨌든 기준이는 웬일인지 마음이 여전히 미적거렸고, 그래서 다시 한 번 "뻥코가 온다! 뻥코가 온다!"고 소리를 지르고는, 무슨 죄라도 지은 듯 냅다 방앗간 쪽으로 도망쳤다.

여섯

방앗간 다리 앞까지 가서 기준이가 뒤돌아보았어도 밤나무집에서는 전혀 움직임이 없었다. 얼마 동안 서서 기다려 봤지만, 역시 인기척이 없었다.

만식이네 식구들은 아예 피신할 작정도 하지 않는 모양이라고 생각하며 기준이는 다음에 해야 할 일이 무엇인지를 따져보았다. 우선 뻥코들이 어디까지 왔는지 확인해야 될 듯싶어서 그는 개울가 수양버들 속에 몸을 감추고 월송리 쪽 길을 살펴보았다.

부슬비 속에서 노란 손전등 불빛이 방아벌레 할아버지의 집 근처에 이르더니, 길을 내려가서 이제는 논둑을 따라 안동네를 향했다. 사람들에게 경고를 하려고 기준이가 지른 소리를 뻥코들이 들었는지, 아니면 어젯밤에 갔던 나루터 쪽 길은 일부러 피하려는 생각에서였는지, 그것도 아니면 오늘 처음 오는 뻥코들이어서 아예 집이 많은 안동네로 방향을 돌렸는지, 이유야 어쨌든 물속에 빠진 반딧불이처럼 손전등 불빛이 빗속에서 흔들거리며 왼쪽으로 꺾여져 나가는 중이었다.

순간적으로 기준이는 강호네 집에, 그리고 찬돌이와 봉이네 집에 가서 뻥코들이 그쪽으로 간다는 사실을 어서 알려줘야 되겠다는 판단이 서서 방앗간을 향해 달려가기 시작했다. 그렇다, 이런 중요한 사실을 알려 주면 안동네사람들은 오늘밤 기준이를 얼마나 기특하게 생각할까.

그러나 기준이가 방앗간 널빤지 문을 퉁탕거리고 두드릴 때쯤에는 개울 건너 밤나무집 앞에서 뺑코가 온다고 기준이가 지르는 소리를 듣고 벌써 강호네 집안은 정신없이 법석거리던 중이었다. 육순이나 된 강호 할머니가 통돼지 아줌마보다도 오히려 더 수선을 피우며 방으로 들어갔다, 방앗간으로 나왔다 들락날락 어쩔 줄을 몰랐다.

"뺑코들이 오면 난 어쩌냐?"

"어머닌 걱정마세요. 나이가 많으시니까 … ."

"그런 상것들이 어디 나이를 가린다더냐? 그리고 어쨌든 시커먼 군인들은 난 보기만 해도 무서워. 나도 피해야 되겠다. 더군다나 캄캄한데 그것들이 여자 나이를 어떻게 알겠니?"

"여보, 아까 나 치마를 어디다 벗어놓았죠?"

"그러니까 아예 입고 있으라고 했잖아."

"어머니, 제 치마 못 보셨어요? 아, 여기 있어요. 찾았어요."

"빨리 나가. 빨리!"

"우산도 가지고 나가야 되겠어요."

"방공호로 들어가는데 우산은 무슨 우산이야?"

"방공호는 안심이 안 돼요. 나 밭에 나가 숨을래요."

"애야, 나도 같이 가자."

"우산요, 우산!"

"빨랑 밭으로 나가. 우산은 나중에 내가 찾아서 갖다 줄 테니까. 뒷문으로 나가라고!"

이런 북새통에 기준이는 강호를 길로 불러내어 "봉이와 찬돌이한테로 가서 뺑코들이 안동네로 들어온다고 알려줘야 되지 않겠느냐"고 말했다. 어른들이 허둥지둥 정신없이 서두르는 사이에 두 아이는 은행나무 옆 봉이네 집으로 달려가서는 빗속에서 논을 가로질러 이쪽으로 오는 손전등 불빛을 손으로 가리켜 알려주며 어서 피하라고 했다.

봉이 엄마는 두 딸을 데리고 수양버들 속으로 숨으러 달려가며 어느새 준비했는지 낡은 쌈지 속에 담긴 숯가루를 큰딸에게 내밀었다.

"이걸 얼굴에 바르거라."

"그게 뭔데?"

"숯가루야."

"이걸 왜 발라?"

"얼굴을 시커멓게 발라서 흉하게 하려고 그러는 거야. 되놈들과 왜놈들이 쳐들어 왔을 때도 여자들은 얼굴을 이렇게 숯가루나 검댕으로 발라 욕을 면했다고 하더라."

"하지만 이번에는 검둥이들도 왔댔잖아. 시커먼 내 얼굴을 보고 검둥이가 오히려 더 좋아하면 어쩔라고? 난 안 바를 테야."

"엄마, 저기 와! 뺑코들이 저기 오는 게 보여."

두 딸은 수양버들 뒤에 숨어 엄마와 셋이 서로 부둥켜안고는 안동네로 들어가는 뺑코들을 지켜보았다.

기준이와 강호는 봉이를 꽁무니에 차고 서둘러 찬돌이네로 가서 뺑코가 안동네로 벌써 들어왔다는 말을 전했고, 마을사람들은 문을 두드리거나 울타리 너머로 옆집을 불러 모두들 황급히, 그러나 소리 없이 저마다 피신했다.

찬돌이네 식구들이 무사히 피신한 다음에 네 소년은 은행나무 옆 퇴비간 뒤에 숨어 뺑코들이 어떻게 하나 살펴보았다. 방앗간 위쪽 샛길로 해서 안동네로 들어선 양코 군인들은 도롱이처럼 생긴 매끈매끈한 우비를 걸치고 손불을 비추며 이집 저집 드나들고 찾아다녔지만, 동네가 텅 비었다는 사실을 곧 눈치 챈 듯싶었다. 그들은 담뱃가게 앞에서 걸음을 잠깐 멈추고는 현암리를 손으로 가리키면서 한참 무엇인가 의논했는데, 보아하니 금산리와 바로 옆에 붙은 현암리도 여자들이 다 도망치고 텅 비었으리라는 결론을 내린 모양이어서, 잠시 후에 독가마골로 가는 길을 따라 빗속으로 사라졌다.

일곱

이튿날 아침에 황 노인은 금산리와 현암리 여자들이 무사히 밤을 보냈다는 보고를 받았다. 그러나 독가마골도 무사한 것은 아니었다. 어젯밤에 찾아왔던 양코들은 팔뚝에다 초승달과 별의 그림을 그려 붙이고 다녔는데, 기준이 작은아버지가 읍내에 나가 알아봤더니 그런 표지를 붙인 사람들은 토이기라는 나라의 군인이라고 했다.

토이기 뺑코들이 독가마골에서 두 명의 여자를 범했다는 소문이 들렸는데, 그 두 여자는 자매간이었다. 외양간에 숨어 있던 두 딸을 찾아낸 뺑코들은 소리소리 지르며 덤벼드는 아버지를 새끼줄로 여물통에다 꽁꽁 묶어놓고 둘이서 한꺼번에 언니와 동생에게 하나씩 덤벼들어 일을 벌였다고 했다.

첫째 딸은 열일곱이고 둘째딸은 나이가 열 넷이었다.

황 노인은 그들을 환영하겠다고 화선지에다 내리닫이로 〈환영 연합군 진주〉라고 써서 들고 나루터까지 마중을 나갔다가 거지 취급을 받았던 일이 더욱 분해졌다.

"고약한 놈들 같으니라고."

그리고는 낮이 되었고, 벼베기를 시작할 절기여서 하루 종일 바삐 돌아다니던 마을사람들은 저녁을 먹은 다음, 다시 여자들을 숨겼다.

어젯밤 비를 맞고 감기에 걸린 여자들도 여럿이었지만, 그들은 아무리 식구들이 문밖에서 망을 봐 준다고 식구들이 말렸어도 막무가내로 무섭다며 집안에는 못 있겠다고 숲과 개울가와 들판으로 나가 숨었다. 물가에는 우묵한 곳마다 여자들이 숨도록 남자들이 짚을 깔아 마련한 자리가 준비되었다.

어제 내린 비로 땅바닥에서 올라오는 습기와 밤의 추위에 여자들은 걷잡을 수 없을 정도로 두 다리가 덜덜 떨리고 뱃속이 메스꺼워졌으며, 어둠 속에서 으괘괙거리는 개구리 소리까지도 오늘밤에는 무섭기만 했다. 몇 명의 마을 남자는 개울가에서 여자들을 보살펴 주며 같이 밤을 보냈다.

그날 밤 서면에서는 다행히 아무 일도 없었다.

날이 밝고 마을의 윤곽이 짙은 안개 속에서 물에 젖은 창호지에다 엷은 먹으로 그린 그림처럼 부옇게 드러난 다음 여자들은 콧물을 훌쩍이고 덜덜 떨면서 집으로 돌아갔다.

그리고 또 하루가 지나가서 어둠이 깔려 논 위로 개똥벌레가 깜박이며 날아다니고, 밭과 집의 뒤뜰에서 풀벌레들이 시끄럽게 찌륵거리고, 웅덩이에서 개구리들이 괙괙거리고, 별들이 하나씩 그리고는 한꺼번에 무더기로 늘어나며 하늘에 달이 떠오르자, 마을 여자들은 다시 들판에서 추운 밤을 떨며 보내려고 집을 나섰다.

여덟

사립문 앞 호두나무 그루터기에 웅크리고 앉은 만식이는 노란 들판 밖에 처다볼 곳이 없었다.

고요하고 깊은 하늘에는 여름 내내 나돌아 다니던 구름이 한 조각 흔적조차 남지 않았고, 오후의 정적이 그를 노곤하게 만들었다. 태양은 노란 빛깔이었고, 노란 햇빛이 대지를 노랗게 채색했으며, 낯설고 눈부신 햇살이 아득하게 엷어지는 세계를 노랗게 덮은 풍경이 그렇지 않아도 졸린 만식이의 눈을 몽롱해지도록 흐려놓았다.

이맘때면 늘 다리 건너에 깔리는 풍경이었지만, 강호네 방앗간 앞마당에는 해콩을 멍석에 널어놓았고, 현암리의 어느 초가지붕에는 새빨간 고추가 얹혀 반들반들 빛났고, 장군봉 벽바위에는 담장이가 어지럽게 붉은 빛깔로 무늬를 놓았고, 가겟집 뒷마당의 라일락은 잎사귀가 더러운 갈색으로 비틀어지면서 낙엽이 들었고, 여기저기 논에서 벼베기가 시작되었다.

개울가 논에서 낫을 놀리는 농부들의 밀짚모자가 새막 주변을 돌며 한가하기 짝이 없었다. 가마리로 내려가는 꼬불꼬불한 길을 따라 머리를 길게 땋아 내린 처녀가 광주리를 이고 서둘러 갔다. 그러나 그가 늘 가까이 두고 보며 살아서 너무나 낯익고 포근했던 들판과 산과 논과 하늘이 이제는 모두가 아득한 비현실처럼 여겨져서, 만식이로서는 전혀 끼어들 권리가 없는 어떤 안개처럼 희미한 꿈이나 아련한 옛날 애기 같기만 했다.

실개천을 건너 저기까지 가면 거기서부터는 낯선 다른 사람들의 세상이었다.

뺑코가 엄마를 더럽힌 날 이후로 만식이는 실개천과 집 사이의 짤막한 거리 이외에는 마을로 나가본 적이 없었고, 요즈음에는 환한 햇살이 깔린 저 땅을 그가 밟고 다녀도 괜찮은지 확인하러 나갈 용기조차 날이 갈수록 점점 더 잃고 말았다. 그는 길에서 혹시 마을사람들을 만날까봐 두려워 세수를 하거나 물을 길러 개천으로 내려갈 때마다 두리번거리며 사방을 살폈고, 황 부잣집 근처에서 얼씬거리다가 훈장님에게 들키면 엄마가 나쁜 여자라고 자기가 대신 야단이라도 맞을지도 모른다는 엉뚱한 두려움에 우물에도 못가고 마실 물을 실개천에서 길어다 썼다.

역시 창피하고 부끄럽기 때문이었겠지만 엄마도 문 밖을 나서는 일이 전혀 없다. 방에서조차 잘 나오지 않으며 언례는 항상 침울하게 생각에 깊이 잠겨 누워서 적막한 시간을 보내거나, 어쩌다가 한 번씩 가끔 조용히 흐느껴 울기도 했다.

만식이는 황 부잣집 우물가 배추밭의 싸리 울타리 앞에서 꼬륵거리며 땅을 쪼는 대여섯 마리의 암탉을 졸린 눈으로 물끄러미 쳐다보았다. 새로 얹은 퇴비장 지붕으로 호박 덩굴과 넓적한 잎사귀가 기어 올라가 퍼졌고, 붉은 칠을 한 황씨 댁 높다란 대문은 굳게 닫혔다. 가을걷이를 하러 모두 논으로 나가 텅 비어버린 기와집은 요즈음 어쩐지 갑자기 으슥하고 음산한 분위기를 풍기는 듯싶었다.

황 노인이 요즈음 무슨 생각을 하며 어떻게 지내는지 만식이는 퍽 궁금했다. 마을에서 경사나 흉한 일이 일어나면 항상 어느 집이나 빠지지 않고 찾아가 들여다보고는 하던 황 노인이 그토록 엄청난 사건이 벌어졌는데도 밤나무집에 단 한 번 얼씬조차 하지 않았다는 사실이 만식이에게는 참으로 이상하게 여겨졌다. 만식이는 온 세상이 하룻밤에 그토록 철저히, 그토록 쉽게 달라지기도 한다는 사실이 좀처럼 믿어지지를 않았다.

저만큼 방앗간 너머 현암리 쪽 안동네 쌍둥이 은행나무 고목 밑에서는 아까부터 네 아이가 모여앉아 무엇인지 의논하느라고 열심이었다. 까까중머리 셋은 찬돌이와 기준이와 강호였고, 머리가 긴 아이 하나는 아직 학교에 들어가지 못한 봉이였다. 아마도 그들은 이따가 어디로 가서 무엇을 하며 놀까 의논하는 모양이었는데, 그렇다, 인민군이 마을을 거쳐 지나가고 유엔 군대 역시 지나갔어도 그들은 변함없이 아직도 소쿠리로 버들붕어를 잡으러 개울로 가고, 가마리 백발 영감 집 뒷마당 옻호두를 담 너머로 돌을 던져 따기도 하고, 남의 집 나무에 달린 밤과 대추를 훔쳐 먹고, 산 너머 능참봉 집으로 가서 몰래 장대로 감을 때려 떨어뜨리며 가을을 즐거워하리라.

지금쯤이면 노르스름하게 익은 단단한 감을 따서 이빨을 속살에 박으면 달콤한 맛이 입안에 가득해진다. 매년 이맘때쯤이면 아이들은 틈만 나면 능참봉 집으로 몰래 가서 뒷담에 붙어 몸을 숨기고는 휘청거릴 정도로 긴 장대를 허우적거리며 까치밥조차 안 남기고 감을 모조리 따 먹고는 했었다.

한참 개울 너머를 멍하니 쳐다보던 만식이는 네 아이가 일어나 장군봉 쪽으로 가버린 다음에야 호두나무 그루터기에서 몸을 일으켜 토끼에게 줄 명아주를 한 줌 뜯어 들고는 마당으로 들어갔다. 토끼장 문을 닫고 툇마루로 가서 걸터앉은 만식이는 또 멍한 표정을 지었다.

정말로 할 일이 없었다.

댓돌을 딛고 마루 끝에 웅크려 앉은 만식이가 닫힌 안방 문을 쳐다보며 맥 빠진 목소리로 불렀다.

"엄마."

언례가 방안에서 가만히 침묵을 지키다가, 한참 후에야 조금 부스럭거렸고, 또 한참이 지난 다음에 힘없는 목소리로 대답했다.

"왜?"

만식이는 왼손 검지의 손마디로 턱을 눌러 문질렀다. 그는 무슨 말을 하려고 입을 열었다가 다시 다물었고, 무엇인지 한참 생각해 보고는 결심이 선 듯 겨우 말을 꺼냈다.

"엄마. 난 잘 모르겠어요. 왜들 그러는지 말예요."

"뭐 말이냐?" 방안에 누운 언례의 나른한 목소리가 창호지 문을 통해서 들려왔다.

"왜 사람들이 요새는 통 찾아오질 않나요?"

언례는 대답하지 않았다.

만식이가 안방 쪽으로 가서 몸을 움직여 문을 열고 방안을 들여다보았다. 하얀 속치마만 입은 언례가 쪽을 지은 머리를 쌀자루에 얹고는 퀭한 눈으로 천정을 한없이 응시했다. 만희는 얼굴과 손등에 밥알이 잔뜩 붙은 채로 요강 옆에 앉아 손으로 양재기 속의 찬밥을 휘저어 떠먹었다.

"엄마."

"왜?"

"어째서 사람들이 아무도 찾아오질 않나요?" 만식이가 다시 물었다.

"무엇하러 온단 말이냐?"

"글쎄요 … 있잖아요. 어쨌든 온 마을사람들이 우리 집에 발을 딱 끊었다는 게 이상해요. 엄마한테 그런 일이 생긴 다음날부터 모두들 한꺼번에요."

언례가 벽을 향해 몸을 돌렸다.

"내 말에 엄마 속상했어요?"

잠깐 침묵을 지킨 다음 언례가 기운 없이 말했다.

"아니다."

"그렇게 모두들 변하다니 이상하잖아요."

"너도 이해하게 될 거다. 나중에."

"뭘 이해해요? 난 아무리 생각해도 모르겠어요. 동네사람들이 우릴 미워하는 건가요?"

"그건 아니겠지."

"그럼 뭐예요?"

언례는 대답하지 않았다.

만식이는 축 늘어진 엄마의 잔등을 물끄러미 쳐다보았다. 언제 눌려 죽었는지 파리 한 마리가 언례의 어깻죽지에 납작하게 붙었다.

지난 며칠 사이에 엄마는 눈에 띨 정도로 수척해졌다. 광채를 잃은 두 눈이 푹 꺼졌고, 뺨이 어찌나 야위었는지 광대뼈가 해골처럼 우뚝했다. 그런 엄마의 얼굴을 볼 때마다 만식이는 속이 상했다.

만식이가 조용히 방문을 닫았다.

까마득히 먼 나라의 노란 풍경 속에서 찌르람 찌르람 쓰르라미 한 마리가 울었다.

아홉

아침밥을 먹고 나서 얼마 안 되었는데, 가겟집 뒤에 사는 찬돌이에게 강호가 헐레벌떡 달려가서는 뺑코들이 떠난다는 말을 전했다.

"식전에 월송리 아줌마 둘이서 엿기름을 빻으러 방앗간으로 오는 길에 장군봉 언덕 비탈에서 유엔 군대가 부지런히 떠날 준비를 하는 걸 봤다고 그랬어."

찬돌이는 그렇다면 북으로 전진하려고 떠나가는 군대를 당장 구경하러 가야 되겠다고 즉석에서 결정하고는, 강호를 시켜 봉이를 불러오게 했다. 세 소년은 다시 기준이네 집을 들러, 넷이서 유엔군이 진을 친 산등성이로 갔다.

아이들은 5백 미터쯤 떨어진 넙적바위에 메추라기처럼 옹기종기 올라앉아서, 저 아래 산기슭 여기저기 떼를 짓고 몰려다니며 짐을 꾸리는 군인들을 구경했다. 도대체 언제 어디에서 그렇게 많이 모여들었는지 몰라도 산 밑과 비탈에 진을 친 유엔군은 천 명이 훌쩍 넘어 보였다. 숲에는 여기저기 사람이 겨우 들어가 쪼그리고 앉을 만한 구덩이를 뺑코들이 수백 개나 파놓아서, 푸른 나무와 잡초 사이사이에 시뻘건 흙을 파헤친 자리가 얼룩덜룩 지저분했다.

나무로 엮어 짠 부서진 탄약 상자와 알맹이를 빼먹고 버린 골판지

갑이 참호들 사이에 수북이 쌓여 사방에 쓰레기 더미가 작은 언덕을 이루었다. 삐죽삐죽하게 뚜껑을 딴 깡통이 천막 주변에 잔뜩 흩어졌고, 돌멩이와 소나무를 잘라 진지를 구축한 둔덕에는 총과 배낭이 즐비했으며, 포탄이 터져서 패인 구덩이들 옆에는 칙칙한 빛깔의 쇠로 만든 탄약통과 포탄피들이 여기저기 나뒹굴었다.

한 장소에 이렇게 많은 사람이 한데 모여 북적거리는 광경을 처음 보았기 때문에 네 아이는 신기하고 흥분하여 눈이 휘둥그레졌다. 한여름 뒷간에 구더기가 바글거리며 끓듯 수많은 군인들이 사방에서 쉴 새 없이, 어수선하고 분주하게 돌아다녔다. 총알을 한 꾸러미씩 묶어 줄줄이 집어넣은 탄띠와 수통을 허리에 찬 군인들, 기관단총을 어깨에 메거나 권총과 쌍안경을 몸에 지닌 군인들, 무전기를 짊어진 군인, 불을 피워놓고 반합에다 무엇인지 시커먼 물을 끓여 마시는 군인, 나무 사이에다 맨 빨랫줄에 널어두었던 양말을 툭툭 털어 신는 군인, 커다란 천막을 걷어 둘둘 말던 군인들, 눈에 보이는 모든 사람이 군인, 군인뿐이었다.

"군인들이 잔뜩 모여서 돌아다니는 거 보니까 정말 근사하지?" 기준이가 책상다리를 하고 바위에 올라앉아서 말했다. "날마다 저렇게 산이나 길바닥에서 천막을 치고는 먹고 자고 집도 없이 막 돌아다니면 얼마나 재미있을까."

"그래." 찬돌이가 자세히 살펴보고 눈앞의 풍경을 머릿속에 잘 담아두려는 듯 열심히 두리번거리며 말했다. "너희들 저 군인들이 붙인 계급장 볼 줄 아니?"

"몰라." 바위 끝에 쪼그리고 앉은 봉이가 대답했다.

"갈매기는 쫄병이고 건빵은 장교야. 잎사귀도 장교고. 그리고 저쪽 나무 밑에 부러진 홍두깨를 닮은 쇳덩이 보이지? 저건 박격포고, 쫄병들이 들고 다니는 총은 에무왕*이래. 굉장히 무서운 총이야. 카빈을 맞으면 그래도 살아나는 경우도 가끔 있다지만, 에무왕 한 방 맞았다 하면 온몸이 박살나서 뼈도 못 추린다더라."

"저 군인 머리카락 봐라." 강호가 아래쪽을 가리키며 말했다. "어쩌면 저렇게 노랗지? 금가루라도 바른 모양이야."

기준이가 말했다. "양키 군인들이 떠나면 동네 여자들 이제부턴 집에서 잠을 자도 괜찮다고 우리 작은아버지가 그러더라."

찬돌이가 아직도 납득이 안 간다는 듯한 표정으로 잠깐 무슨 생각을 하고 나서 말했다. "왜 뺑코들이 월송리에는 안 가고 우리 동네하고 독가마골에서만 그랬을까? 사실은 월송리가 여기서 더 가까운데."

강호도 곰곰이 생각해 보고 나서 자신이 없는 목소리로 말했다. "가까운 동네에선 마음 놓고 그럴 처지가 아니었는지도 몰라."

봉이가 갑자기 일어나선 손으로 가리키며 소리쳤다. "야, 이젠 정말 떠나는가 봐! 저쪽 뺑코들 전부 차에 올라타고 그러는데."

기준이가 덩달아 일어나서 맞장구를 쳤다.

"정말이야. 저쪽에선 군인들이 배낭을 메고 줄을 늘어서는 중이고."

찬돌이가 일어서며 말했다. "우리 더 가까이 가서 보자."

• 에무왕: M-1 소총.

열

아이들이 서둘러 비탈을 내려가 숨을 헐떡이며 월송리로 접어드는 마찻길에 이르렀을 때는 유엔군 부대의 선발대가 이미 출발을 개시하여 선두 차량 행렬이 저만치 산굽이를 돌아서 좁은 시골길을 따라 북한강 상류를 향해 나아가는 중이었다.

산기슭을 따라 구축했던 진지에서는 큰 바위나 수풀 따위의 지형지물이 발달한 요소마다, 그리고 밤나무들 사이사이 움푹한 틈바구니에, 그리고 밤나무 숲 옆에 붙은 오목한 콩밭에 차량들을 하나씩 밀어 넣어 교묘하게 숨기고는 시커먼 위장포를 씌워놓았다. 지금은 그렇게 감춰 두었던 차량들이 하나씩 낑낑거리며 뒷걸음질을 치며 마찻길로 빠져나와서는 이동하는 차량 행렬의 꽁무니에 붙어 천천히 따라갔다. 마구 뒤엉켜 무질서한 듯 보이면서도 차량과 군인들은 놀랄 만큼 질서정연하게 이동을 진행했다.

월송리 길에 엉거주춤 멈춰 서며 찬돌이가 말했다. "밤나무 밭에다 진을 쳤으니 뺑코들 밤은 실컷 따먹었겠다."

"하지만 유엔군은 종이에 쌌거나 깡통에 담긴 음식만 먹는다고 그러지 않았어?" 봉이가 찬돌이를 빤히 쳐다보며 물었다.

"아무리 그래도 사람이니까 과일 따위도 먹겠지."

기준이가 키득거리고 웃으며 말했다. "누구네 밭인지 모르겠지만 한 집 콩 농사가 절단이 났구나."

"웬 자동차가 저렇게 많을까?" 여기저기 두리번거리며 찬돌이가 말했다. "저렇게 많은 차들이 다 어디로 어떻게 강을 건너왔는지 모르겠어. 언제 자동차가 이곳으로 모여들었지?"

"서면으로 건너오는 다리도 없는데." 강호가 말했다. "나룻배로 실어왔을 리도 없고."

"야, 저 뺑코가 우리들을 보고 웃는다." 재미있다는 듯 키득거리며 기준이가 말했다.

"가까이 오라고 손짓까지 하는데." 봉이가 조금 겁먹은 목소리로 말했다.

"가볼까?" 찬돌이가 히죽 웃으며 말했다.

"위험해. 뺑코들이 밤에 동네로 오면 사람들이 전부 숨고 그랬잖아." 봉이는 점점 더 겁이 나는 모양이었다.

"밤엔 그랬어도 낮엔 우릴 위해서 목숨까지 걸고 싸워 주는 군인들이야." 찬돌이가 말했다. "또 오라고 그러는데. 저것 봐. 손에 깡통을 하나 들었어. 우리들한테 주려고 그러나 봐."

아이들은 콩밭으로 가까이 갔다.

빽빽하게 밀린 차들이 서로 비켜나면서 천천히 한 대씩 빠져 나가는 사이에 배낭을 짊어진 군인들이 여기저기 무리를 지어 서성거렸다. 아이들더러 가까이 오라고 불렀던 군인이 무거운 총을 무릎에 얹어놓고 밤나무 밑 잡초밭에 앉아서 담배를 피우며 기다렸다. 가무잡잡하고 야윈 얼굴에 턱수염이 까칠한 유엔 군인이었다.

네 아이가 더 이상 다가가지 않으려고 하니까 뺑코 군인이 빙긋이 웃고는 왼쪽 손에 들고 있던 반짝거리는 물건을 던져주었다. 아이들은 아직 빗물이 질퍽한 흙바닥에 떨어진 예쁜 빛깔의 막대기를 경계하듯 한참 쳐다보기만 했다. 유리처럼 속이 훤히 들여다보이는 빨락종이로

포장한 막대상자 속에는 초록, 주황, 빨강, 노랑, 까망 다섯 가지 알록달록하고 납작한 조각이 담겼다.

머뭇거리는 아이들에게 뺑코가 다시 씩 웃고는 어서 집어다 먹으라는 시늉을 했다. 어떻게 해야 할지 판단을 내린 사람은 찬돌이었다.

"초콜릿처럼 먹는 건가봐. 니 가시 집이와."

기준이가 5색 막대를 집어서 찬돌이에게 가져다주었다. 재미있어하며 지켜보는 뺑코를 힐끗 한번 쳐다본 다음 찬돌이가 빨락종이를 까서 속에 담긴 말랑말랑한 조각을 하나 꺼내 입에 넣고 우물우물 씹었다. 달콤하고, 화하고, 쫄깃쫄깃했다. 찬돌이는 나머지 조각을 한 아이에게 하나씩 나눠주고 나머지 한 개는 자기가 더 먹었다.

"나 이거 뭔지 알아." 강호가 입을 우물거리며 말했다. "이거 째리˙야. 째리."

무엇 하나라도 지고 싶지 않았던 두꺼비가 말했다. "그래. 맞아. 나도 째리 얘기 들어 봤어."

"맛있다. 또 먹고 싶어." 봉이가 말했다.

"더 달라고 해 볼까?" 기준이가 말했다.

"저 뺑코한테?" 찬돌이가 물었다. "너 뺑코 말 알아?"

"지난 번 작은아버지하고 읍내 나갔다가 거기 애들한테 나 영어 많이 배웠어."

"영어? 영어가 뭐야?"

"유엔말. 뺑코들이 하는 말이지."

• 째리: jelly candies, 상표명은 Chuckles.

"째리 더 달라고 하는 말은 유엔 영어로 어떻게 하니?"

"난 안다니까."

"그럼 어디 달라고 해봐."

기준이가 근처에 흩어져 출발을 기다리는 군인들을 잠시 둘러보더니 용기가 좀 나는지 아까 젤리를 던져 준 뺑코에게로 두어 발자국 가까이 가서 콩밭 이랑으로 내려가 멈춰서더니 천자문을 외우듯 또박또박 큰 소리로 외쳤다.

"헤이, 뺑코. 기브 미 짭짭.* 째리 기브 미 짭짭."

뺑코가 알아듣기 힘든 영어 말로 몇 마디 뭐라고 중얼거리고는 어깨를 추스를 뿐, 젤리를 더 줄 기미가 전혀 보이지 않았다. 눈치를 보니 지금은 가진 젤리가 없다는 뜻인 모양이었다.

옆에서 무릎을 꿇고 앉아 철모의 끈을 죄던 다른 뺑코가 배낭 옆주머니에서 국방색 깡통을 하나 꺼내 기준이에게 던져주었다. 봉이가 집어온 깡통에는 쇠로 만든 고리처럼 생긴 하얀 꼭지가 달렸고, 그것으로 옆구리를 빙 둘러가며 깡통을 따서 보니 속에는 찝찔하고 파삭거리는 소금과자가 가득 들었다.

"야, 이건 맛없다. 소금을 너무 많이 넣었어." 찬돌이가 말했다.

갑자기 사방이 술렁거리더니 콩밭 주변에 마지막까지 남아 앉거나 서서 기다리던 군인들이 길 양쪽 옆으로 두 개의 줄을 이루고 떠나기 시작했다.

• 기브 미 짭짭: Give me chop chop.

열하나

　콩밭 주변의 군인들이 시끄럽게 뒤엉키며 겨우 차례를 맞춰 마지막 병사까지 모두 길로 나서는 데는 반 시간가량 걸렸다. 유엔 군대가 빠져나가고 난 산기슭은 폭격을 맞은 폐허처럼 살벌하고 황량했다. 장군봉의 북쪽 산등성이에서는 아직도 총을 삽처럼 어깨에 메거나 손에 든 뺑코들이 길게 줄을 지어 내려왔지만, 그들은 월송리 쪽으로 오지를 않고 독가마골 방향으로 이동했다. 밤나무 숲 쪽은 어느새 텅 비어 군인들이 버리고 간 물건들만 여기저기 너절했다.

　네 소년은 나무들 사이로 돌아다니며 학교에서 소풍을 가서 벌이는 보물찾기를 하듯 유엔군 쓰레기 속에서 쓸 만한 물건들을 찾아보았다. 그들은 따지도 않고 그냥 버린 깡통들을 저마다 두어 개씩 주웠고, 봉이는 찌그러진 수통 하나를, 기준이는 깡통 따개를, 그리고 강호는 기다란 베개처럼 생긴 빵 한 덩어리를 통째로 나무 밑에서 찾아냈다.

　"그건 쇼빵이야." 찬돌이가 강호에게 일러주었다. "어떤 군인들은 그걸 가지고 다니며 잘 때는 베개로 쓰고, 배가 고프면 한 토막씩 잘라서 먹는대. 뺑코들은 밥을 안 먹고 매일 빵만 먹는다더라."

　"아무리. 밥을 안 먹고 어떻게 살아?" 천막을 치느라고 군인들이 잘라낸 나뭇가지들 속에서 반짝거리는 탄피들을 주워 모으며 봉이가 말했다.

　뺑코가 까서 먹고 버린 깡통 무더기 속에서 찾아낸 바둑껌을 풀섶 바위에 앉아 오둑오둑 씹던 찬돌이가 월송리 쪽 길을 내려다보고는 벌떡 일어섰다.

"다 가는구나. 저 군인들이 마지막인 것 같아."

찬돌이가 가리키는 곳을 보니 배낭을 지고 총을 멘 군인들의 행렬 끝에서 앞 유리를 젖힌 지프 한 대가 길을 따라 북쪽으로 갔고, 그 뒤에는 군인이나 자동차가 하나도 없었다.

"뺑코들이 저렇게 일선으로 모두 가버리면 이제 우리 다시는 유엔 군대를 못 보게 되겠지?" 강호가 물었다.

"그럴 거야." 찬돌이는 풀이 죽은 표정을 지었다.

두꺼비도 덩달아 풀이 죽었다.

"좀 섭섭하다. 안 그래?"

"야, 다들 따라와." 찬돌이가 말했다.

"어딜 가려고?" 강호가 물었다.

"군인들을 좀더 따라가 보자. 오늘이 지나면 다시는 못 볼지도 모르는데. 우리 저 군인들을 쫓아가 보자고."

"괜찮을까?" 봉이가 말했다. "난 아직도 뺑코들이 무서워."

"괜찮아. 걱정하지 말라고. 가자."

강호는 쇼빵을, 봉이는 수통을, 다른 아이들은 레이션 깡통을 두세 개씩 손에 들고 네 소년이 콩밭을 지나 마찻길로 내려가서 지프의 뒤를 쫓아갔다. 차에 탄 군인들은 뒤따라오는 아이들을 거들떠보지도 않았다.

유엔 부대는 흙길을 따라 이동했고, 월송리를 저만치 보면서 비켜 지나갈 때는 마을사람들이 집 밖에 나와 서성거리며 무표정한 얼굴로 구경하면서도 길까지 따라 나오지는 않았다. 밤나무집과 독가마골에서 무슨 불상사가 났었는지 얘기를 들었기 때문인 모양이었다. 동네 아이들 세 명이 길을 반쯤 내려오다가는 금산리의 오돌이 두목 찬돌이가 눈에 띄자 마음이 켕겨서인지 잠시 머뭇거리다가는 마을로 되돌아갔다.

열둘

월송리를 지난 다음 종아리가 뻣뻣해질 때까지 거의 반나절이나 군인들을 따라 걸어갔더니 드디어 다리가 하나 나왔다. 소양강 상류를 건너는 굉장히 길고 큰 다리였다. 서면에서 건너온 유엔 부대는 평촌 방향에서 올라오는 다른 유엔군 부대와 이곳에서 만나 하나로 어울렸다. 수많은 뼁코들이 커다란 흐름을 이루어 북한강을 따라 용산을 거쳐 화천을 향해서 끝없이 진군했다.

네 소년은 강을 건너고 나서는 배가 고프기도 하고 다리가 아파 더 이상 걸을 기운이 없었다. 그들은 한길 옆 미루나무 밑에 자리를 잡고 둘러앉아서, 강호가 여기까지 들고 온 레이션 깡통 가운데 하나를 땄다. 손가락처럼 생긴 아주 맛있는 고기가 담긴 깡통이었다. 그들은 손가락 고기를 쇼빵 반 토막과 함께 나눠 먹으며 지나가는 군인들을 즐겁게 구경했다.

한길 가운데로는 차량들이 그리고 길의 양쪽 옆으로는 군인들이 줄지어 북으로 올라갔다. 화물과 장비와 군인을 잔뜩 실은 짐차들이 느릿느릿 굴러갔는데, 어떤 트럭의 뒤꽁무니에는 기름을 먹인 헝겊으로 덮은 무시무시한 대포가 매달려 끌려갔다. 바퀴가 따로 달린 대포의 긴 주둥이가 햇빛을 받아 멋지게 반짝였다. 지붕을 씌운 트럭이 대부분이었고, 훌렁 벗긴 트럭도 여럿이었다. 위장포를 덮은 트럭들은 정말로 씩씩해 보였다. 차량 행렬 양쪽에서 진군하는 뺑코들이 걸음을 옮길 때마다 뭉툭하고 미련하게 생긴 군화들이 풀썩거리며 흙길에서 먼지를 일으켰다.

"멋있어. 그치?" 찬돌이가 뽀얗게 먼지가 앉은 얼굴로 말했다.

"그래. 군인들은 저렇게 행군할 때가 제일 근사해." 기준이가 말했다.

"야, 저기 땡크 온다. 진짜 땡크야!" 강호가 흥분해서 소리쳤다. "기관포도 달리고 대포도 달렸어. 바퀴는 꼭 맷돌 같구나."

"땡크는 사람이 안 타고 혼자 굴러다닌다더니, 저건 사람이 탔잖아?" 찬돌이가 실망한 목소리로 말했다.

"어른들 얘기는 믿을 게 못 되나봐." 강호가 말했다.

"두껍아, 너 땡크에 탄 유엔군한테 뭐라고 한마디 해." 찬돌이가 부추겼다. "영어로 말이야."

"헬로, 뺑코, 뺑코!" 기준이가 벌떡 일어나서 손을 흔들며 소리쳤다. "기브 미 짭짭! 기브 미 짭짭!"

"그건 아까 써먹었던 말 아냐? '짭짭'은 먹는 거 달라고 하는 말이라고 그랬지? 너 거지처럼 자꾸 먹는 거만 달라고 그러지 말고 다른 말도 해봐."

"헬로, 뺑코, 뺑코! 산 너머 배추!* 산 너머 배추!"

"산 너머 배추라니? 그건 우리나라 말 아냐?"

"아니래. 나도 우리나라 말인 줄 알았더니 영어라더라. 우리 작은아버지가 그랬어. 무언지 좀 좋지 못한 뜻이긴 하지만 영어는 영어야."

• 전쟁 당시 도회지 아이들은 son of a bitch를 우리말로 비슷하게 음차하여 '산 너머 배추'라고 했음.

"왜 하필 산 너머 배추야? 무슨 말이 그래?"

"산 너머 배추! 강 건너 무!" 봉이가 지나가는 군인들에게 소리쳤다.

"산 너머 배추! 산 너머 배추!" 기준이도 소리를 질렀다.

"저 사람들 배추를 너무 좋아해서 눈이 저렇게 파란지도 모르지." 강호가 나름대로 추리를 했다.

철모의 턱끈을 바싹 여미고, 음침하면서도 당당한 표정으로, 어깨에 배낭과 총을 멘 병정들이 끝없이 지나갔고, 그들과 더불어 차량들이 한없이 북쪽을 향해 나아갔다.

"두껍아, 너 또 영어 아는 말 있으면 해봐. '산 너머 배추' 그거 재미있다."

기준이가 으쓱해서 소리쳤다. "깨라리!* 깨라리!"

그러자 저만치 걸어가던 뺑코 한 사람이 우뚝 걸음을 멈추더니 험악한 표정으로 기준이를 노려보았다. 준이는 겁이 덜컥 나서 입을 반쯤 벌린 채로 얼어붙었다. 뺑코는 다른 아이들도 한차례 노려보고는 다시 돌아서서 흘러가는 유엔 군대의 물결로 휩쓸려 들어갔다.

"'깨라리'가 무슨 욕인가 봐." 찬돌이가 말했다. "이러다간 두꺼비 때문에 우리 모두 혼나겠다. 길도 멀고 하니 이젠 집으로 가는 게 좋겠어."

군인들의 행렬은 여전히 줄지어 북쪽으로 향했고, 네 소년은 수통과 쇼빵 반 토막과 나머지 깡통들을 손에 들고 금산리를 향해 터벅거리며 다리를 건넜다.

• 깨라리: get away, '꺼져'라는 뜻임.

열셋

만식이는 툇마루 끝에 힘없이 늘어져 걸터앉아 울타리 밖 풍경을 물끄러미 쳐다보기만 했다. 실개천 건너편 논둑을 따라 늘어선 여섯 그루의 소나무는 깊어진 가을이 속속들이 배어들어서인지 솔잎이 거무스레하게 탁한 빛깔로 변했다. 나무들이 드리운 얼룩진 그늘에서 짙은 녹색 감자 잎들이 서서히 오므라들었다.

새파란 하늘은, 한없이 넓고 얇은 유리 천정처럼, 당장이라도 와스스 부스러져 쏟아질 듯 깊고 맑기만 했으며, 입에 넣고 혀로 녹이면 무척이나 달콤할 듯싶은 새하얀 구름이 몇 조각 높이 떴다.

개울가 수양버들 속에서 새 한 마리가 찌윗 찌윗 찌윗 울었다.

"엄마." 만식이가 방을 향해 조심스럽게 불렀다.

늘 그렇듯이 하루 종일 문을 닫아두는 안방에서는 한참 동안 아무런 대답이 없었다.

"반찬거리가 하나도 없는데요."

다시 잠깐 침묵이 흐른 다음에, 언례가 맥이 풀어진 목소리로 나지막이 겨우 반응했다.

"그러냐?"

폭격을 맞아 무너진 농협창고에서 가져온 쌀이 아직 많이 남기는 했지만, 부엌에 들어가면 간장과 소금과 마늘종 이외에는 상에 올릴만한 찬거리가 하나도 없어서 만식이는 며칠 전부터 은근히 걱정을 했었다.

"제가 산에 가서 버섯이라도 따올까요?"

잠시 대답이 없다가, 엄마의 기운 없는 목소리가 들려왔다.

"갈 수 있겠니?"

"갈 수 있겠느냐고요?"

"산에 말이다."

"산엘 왜 못 가요?"

언례는 대답이 없었다. 만식이가 다시 물었다.

"산엘 왜 못 가요?"

"아무것도 아니다."

다시 한참 동안 침묵이 흘렀다.

"이따가 오후에 제가 나가볼게요." 만식이가 용기를 가다듬으려는 듯 심호흡을 하며 말했다. "가을걷이를 끝낸 밭에도 나가 보고, 산에도 가볼래요. 찬거리가 눈에 좀 띨지도 모르잖아요."

또 한 번 짤막하게 대화가 끊어졌다가 방안에서 엄마가 말했다.

"생각 좀 해보자."

그것은 확실한 지시는 아니었다. 그렇다고 해서 제안이라고 하기도 어려웠다. 그것은 그냥 어찌해야 좋을지 알 길이 없는 여자가 우유부단한 불안감을 드러낸 한 마디 말일 따름이었다.

방안이 다시 잠잠해졌다.

나가봐야 할 일이 생겨서 산이나 밭으로 나가보고 싶으면 그냥 나가면 그만이지, 무슨 생각을 좀 해보자는 말인지 참 답답하다고 만식이는 생각했다. 도대체 그들 모자가 지금 생각하고 따져봐야 할 일이 무엇이라는 말인가? 엄마와 그는 왜 이렇게 날이면 날마다 집에 갇혀 살아야만 하는가? 도대체 무슨 큰 죄를 지었다고 그들은 언제까지 이런 벌을 받아야 되는가?

그는 지금까지 겁을 내고 바깥출입을 엄두내지 못했던 자신이 왜 그랬었는지 이제는 납득이 가지 않았다.

열넷

만식이는 아침에 자리에서 일어나 마당으로 나와서는 수양버들 개울가를 따라 탐스럽게 안개가 피어오르는 들판을 한참 동안 멍하니 구경했다. 아침밥을 지어 엄마한테 상을 차려다 드리고 나서도 그는 마당에 나가 앉아서 줄곧 들판을 응시했다. 오후에도 마찬가지였다.

늦가을 땡볕에 아침 내내 시달리고 나서 지친 듯 이제는 달밤처럼 고요해진 들판을 멍하니 응시하던 그는 멀리서 인기척이 나는 듯싶어 나루터 쪽으로 무심코 시선을 돌렸다.

호두나무 그루터기에 쪼그리고 앉았던 그는 자기도 모르게 벌떡 일어섰다. 나루터에서 비탈진 강둑을 타고 불쑥 올라온 낯선 여자 두 사람의 옷차림이 하도 맹랑해서였다.

나룻길을 따라 마을로 들어오던 여자들은 서면에서는 통 구경조차 하기 힘든 그런 요란한 모습이었고, 강 저쪽 읍내에서도 그는 지금까지 저런 꼴을 하고 밖에서 나돌아 다니는 여자를 본 적이 없었다.

잔뜩 호기심이 생긴 만식이는 두 여자를 조금이라도 더 잘 살펴보기 위해서 조심스럽게 울타리까지 나갔다. 읍내에서 들어온 이상한 여자들은 둘 다 뒷굽이 호미 끝처럼 뾰족한 뻿닥구두를 신었는데, 그들은 구두뿐 아니라 전체적인 인상이 서로 꼭 닮은 쌍둥이 같았다. 허연 종아리를 그대로 드러낼 만큼 짧아서 엉덩이만 겨우 가린 파란 치마도 빛깔과 모양이 둘 다 똑같았고, 번철(燔鐵)에 담가 기름에 튀겨 얹어놓은 듯 뽀글뽀글 위로 틀어서 높이 올린 머리 모양도 서로 똑같았으며, 소매가 두루마기처럼 축 늘어진 헐렁한 블라우스도 빨강과 보랏빛으로 색깔만 다를 뿐, 목에 두른 주름과 단추까지도 똑같았다.

두 여자는 실개천이 왼쪽으로 구부러지는 뗏장밭에 이르자 밤나무 집을 힐끗 쳐다보았다. 만식이는 여자들과 눈길이 마주칠까봐 당황하여 몸을 숨기려고 얼른 제자리에 주저앉았다. 그들은 무슨 이유에서인지는 몰라도 울타리 뒤에 쪼그려 앉은 아이를 일부러 못 본 체하고는 그냥 지나가서, 방앗간 못미처 다리목에 이르자 걸음을 멈추고 서서는, 바깥동네와 안동네를 찬찬히 둘러보며 잠시 뭐라고 얘기를 주고받았다.

두 여자는 다리를 건너더니 과꽃이 무성하게 흐드러진 길을 따라 안동네로 향했다. 전혀 서두르지 않고 한가하기 짝이 없는 걸음걸이였다. 만식이가 다시 일어나서 목을 길게 뽑고 보니 그들은 방앗간 앞에서 또 걸음을 멈추고는 무엇인지 한참 궁리를 하는 눈치였다. 빨강 저고리를 입은 여자가 쌀가마를 방앗간으로 들여가는 큰 문으로 가서 사람을 부르는 모양이었고, 잠시 기다리던 두 여자의 모습이 방앗간 속으로 사라졌다.

만식이는 궁금했다. 누구인지는 모르겠지만 마을에서 처음 보는 이상한 여자들인데, 왜 강호네 집으로 찾아갔을까?

얼마쯤 시간이 흐른 다음에 두 여자가 방앗간에서 나오더니, 이번에는 은행나무 쪽으로 조금 들어앉은 가겟집으로 갔다. 만식이는 점점 더 호기심이 생겨 여자들이 다시 나오기를 기다리며 개울 건너편을 지켜보았다. 가겟집에서는 무슨 얘기를 나누었는지 몰라도 훨씬 더 오래 지체하다가 나왔다. 만식이는 아무래도 수상한 기분이 들어 신경이 곤두선 채로 그들을 계속 지켜보았다.

한참 후에 가겟집을 나온 두 여자는 가던 길을 거슬러 나와, 방앗간을 지나서, 다시 개울을 건너더니, 곧장 밤나무집 쪽으로 왔다. 처음에는 황 부자 댁으로 가는 길이 아닌가 싶었지만, 그들은 무슨 작정을 했는지 조금도 머뭇거리지 않고 나룻길로 꺾어져 들어와 밤나무집 사립짝 앞까지 온 다음에야 걸음을 멈추었다.

보랏빛 블라우스를 입은 여자가 울타리 너머로 내다보던 만식이에게 이리 오라고 손짓했다. 여자들에게 눈을 고정시킨 채로 만식이가 뒤로 주춤 물러서며 방 쪽을 향해 불렀다.

"엄마."

"뭐냐?" 문이 닫힌 안방에서 언례가 기운이 빠진 목소리로 대답했다.

"누가 찾아왔어요."

"누군데?"

"모르겠어요. 하지만 이상한 아줌마들이에요."

"나가 보거라."

만식이가 엉거주춤 문으로 갔다. 두 여자 다 손에는 큼직한 검정 우단 지갑을 들었는데, 빨간 윗도리를 입은 여자는 왼쪽이 조금 찌그러진 짝짝이 눈에 키가 훌쩍 컸고, 남을 쳐다볼 때면 턱을 밑으로 당겨 머리를 약간 수그리고는 시커멓게 칠한 두 눈을 요사스럽게 치뜨는 습관이 있는 것 같았다. 입술에 무섭게 빨간 칠을 한 그녀는 목에 하얀 목걸이를 둘렀다.

보랏빛 옷을 걸친 여자도 역시 무당처럼 얼굴에다 심한 화장을 했고, 허연 목덜미에는 두 개의 점이 박혔다. 오목조목한 얼굴이 탐스러웠지만, 턱은 고집스럽게 각을 지으며 옆으로 퍼졌다. 점박이 여자는 두 눈이 당돌하고 초롱초롱하면서도 잠을 못 잤는지 붉게 충혈이 되었고, 큼직한 젖가슴이 상스럽게 불룩 앞으로 튀어나왔다.

보랏빛 여자가 다짜고짜 아이의 코를 손가락으로 가리키며 말했다.

"네가 만식이로구나."

"그래요." 만식이가 흠칫 주춤거리고 한 발자국 뒤로 물러나며 말했다. "헌데 아줌마는 누구세요?"

그 말에는 대답도 하지 않고 여자가 집안을 기웃거렸다.

"엄마하고 얘기 좀 해야 되겠는데."

만식이가 뒤를 돌아다보고 소리쳤다.

"엄마, 이리 나와 보세요."

밖에서 오고가던 대화를 분명히 모두 들었을 텐데도 안방에서 한참 침묵이 흐른 다음에, 언례의 목소리가 닫힌 문을 통해서 마지못해서 들려왔다.

"누군지 모르지만 들어오시라고 해라."

만식이가 사립문을 당겨 열어주었다. 두 여자가 마당에 거북한 자세로 서서 기다렸다. 방문이 열렸다. 창백한 얼굴로 언례가 두 여자들 내다보았다. 다시 한 번 옷을 대충 매만진 다음 머리를 쓸어 넘기며 마루로 나오더니 언례는 두 여자더러 올라와 앉으라고 청했다.

뾰족구두를 댓돌에 벗어놓고 마루로 올라가 앉자마자 보랏빛 여자가 거침없이 자기소개를 했다.

"난 용녀라 하고 얜 순덕이에요."

빨간 옷을 입은 여자가 머리를 끄덕여 인사했다. 언례는 무슨 말을 해야 좋을지 몰라서인지 불안하게 뒷벽으로 조금 자리를 옮겨 앉기만 하고는 아무 말도 하지 않았다.

보랏빛 여자의 인사말이 이어졌다.

"날 낳을 때 아버지가 용꿈을 꾸었다고 해서 그런 이름을 지었다는데, 뭐 팔자가 용은커녕 이무기도 못 되어 친구들이 나더러 여자답지 않게 '이무기'라는 별명을 붙였는데, 하고 다니는 꼴과 짓이 차라리 미꾸라지라고나 하면 잘 어울리겠다는 애들도 있었어요."

보랏빛 여자가 한 말에 낯선 두 여자는 거침없이 까르르 웃었다. 도대체 남의 집에 처음 찾아와 앉아서도 체면이니 부끄러움 따위는 모르겠다는 듯한 태도였다.

언례가 머뭇거리면서 물었다.

"헌데, 무슨 일로⋯."

보랏빛 여자가 곁눈질로 언례의 표정을 살폈다.

"사실 첨엔 몰랐는데⋯." 다시 눈치를 살피고는, "이 동네에서 방을 하나 구할까 수소문하다가 가겟집에서 얘길 들었어요."

"무슨 얘기요?"

보랏빛 여자는 차마 말을 꺼내기가 거북해서인지 빨간 옷 여자를 쳐다보고 다시 언례를 쳐다보았다.

언례는 용녀가 하려던 말이 무엇인지 쉽게 짐작이 갔는지, 갑자기 표정이 어두워졌다.

다시 한 번 눈치를 살피더니 보랏빛 여자가 슬픈 목소리로 말했다.

"안 됐더군요."

그러더니 낯선 여자의 표정이 갑자기 밝아졌다.

"그래서 혹시 우리 서로 도와주면 좋을지도 모르겠다는 생각이 들어서 이렇게 찾아왔죠."

이번에는 언례가 용녀의 표정을 살폈다.

"좋은 일이라뇨?"

"만식이 엄마가 그런 일까지 당하고 했다니, 혹시 이 마을에서 떠나고 싶지는 않은지 모르겠어요."

언례가 멍한 표정을 지었다.

"떠나요?"

"그래요. 뭐라고 설명하면 좋을까? 여기서 겪은 일 따위는 싹 잊어버리고, 새 생활을 시작하게 말이에요. 다른 고장으로 멀리 이사를 가면 이곳에서 만식 엄마가 당한 나쁜 일은 다 잊어버리고 새로운 출발을 하기가 어렵지 않잖아요. 거기 사람들도 만식 엄마의 사연은 알 길이 없을 테고…."

용녀의 제안에 엄마는 별다른 반응을 보이지 않았다. 언례는 그녀가 태어나서 여태까지 줄곧 살아온 고장을 떠난다는 가능성은 전혀 생각조차 해본 적이 없었다.

이곳을 떠난다면….

이곳을 떠나 다른 곳으로 간다면….

그랬다가는 뿌리가 뽑힌 나무처럼 당장 죽으리라는 그런 기분이 들었으리라. 엄마가 금산리를 떠나다니.

"헌데 왜 서로 알지도 못하는 사이에 불쑥 찾아와서 나한테 이런 얘기를 하나요?" 핏기가 없는 손으로 다시 한 번 머리를 쓸어 넘기며 언례가 말했다. "내가 이곳을 떠나는 거하고 댁하고 무슨 관계가 있어서요?"

보랏빛 용녀가 언례의 눈에서 무엇인지 찾아내려는 듯 표정을 찬찬히 살펴보았다.

"만일 금산리를 떠난다면 만식이 엄마가 밤나무집을 처분해야 하잖아요."

잠깐 용녀가 말을 끊었고, 잠깐 언례가 생각에 잠겼다.

용녀가 말을 이었다. "그럼 내가 이 집을 사고 싶어요."

"이 집을요? 왜요?"

"다 용도가 있으니까 그렇죠."

"엄마." 만식이가 토끼장 옆에서 갑자기 불렀다.

"왜 그러냐?"

바깥을 내다보며 만식이가 걱정스러운 목소리로 말했다. "저기 봐요. 훈장님요."

언례가 울타리 밖을 넘겨다보았더니, 나룻길로 접어 들어오는 길목에 황 노인이 낫을 들고 서서 밤나무집을 물끄러미 쳐다보고 있었다. 소매와 바짓자락을 걷어 올린 품을 보니 논에서 벼를 베다가 온 모양이었다.

평상시와는 달리 언례는 노인에게 별다른 신경을 쓰지 않고 손님에게 다시 시선을 돌렸다.

"이 집이 댁한테 무슨 용도가 있다는 말인가요?"

보랏빛 여자는 솔직하게 설명해야 좋을지 어쩐지 얼핏 작정이 서지 않는 눈치였다. 그러더니 아무래도 어느 정도는 사정을 솔직하게 털어 놓아야 되겠다고 결심이 선 태도로 말했다.

"머지않아 이곳에 손님들이 몰려올 거예요."

그러더니 자세한 얘기는 차마 하기가 싫어진 듯 다시 입을 다물었다.

"무슨 손님요?"

낯선 여자는 더 이상 자세한 설명을 하지 않았다.

"어쨌든 만식이 엄마는 아이들을 데리고 이 고장을 뜨면 그만인데 무슨 걱정예요." 용녀가 단호하게 말했다. "뒷일은 신경 쓸 필요 없어요. 우린 앞으로 이곳에 올 손님들을 상대로 장사해야 하니까 집이 필요한 거고, 돌아다니며 알아보니 금산리에는 세를 낼 만한 방 한 칸도 없고 하니, 우리가 이 집을 사려고 할 뿐예요. 값은 섭섭하지 않게 톡톡히 쳐서 줄테니 걱정 말고요."

언례는 집을 넘길 생각이 전혀 없었다. 워낙 갑작스러운 제안인 데다가, 집을 넘기면 값을 몇 배나 계산해 주겠다고 낯선 여자들이 서두르는 기미가 아무래도 이상하고 미덥지가 않아 마음이 도사려졌기 때문이었다. 나중에는 빨간 옷의 여자까지 합세하여 둘이서 한참 동안 열심히 설득을 계속했지만, 언례는 집을 팔고 나면 당장 어디로 가서 무엇을 하며 어떻게 살아갈지 너무나 막막하고 마음의 준비가 없었기 때문에, 마음이 요지부동이었다.

"정 못 팔겠다면 할 수 없죠."

보랏빛 옷을 입은 용녀가 우단 지갑을 집어 들고 일어섰다.

언례가 잘 가라는 뜻으로 마루에서 몸을 일으키는 시늉을 하려니까, 댓돌을 밟고 먼저 마당으로 내려선 순덕이라는 여자가 목을 길게 뽑고 울타리 너머로 가마리 쪽 강변의 외딴 집을 유심히 살펴보더니 보랏빛 옷 여자에게 물었다.

"이무기 언니, 저기 저 집 어때?"

용녀가 햇빛이 시려 눈을 가늘게 뜨고는 5백 미터쯤 남쪽으로 외떨어진 초가집을 쳐다보았다.

"글쎄, 멀어서 집이 쓸 만한지 어떤지 잘 모르겠지만, 위치는 제법 잘 앉은 것 같은데."

용녀가 발을 이리저리 틀어넣어 뾰족구두를 신고는 언례에게 물었다.

"저긴 누가 살죠?"

언례가 마루에서 한쪽 무릎을 꿇고 반쯤 몸을 일으킨 자세로 말했다.

"땅꾼이 사는 집예요. 뱀을 잡아 모아서 읍내에 내다 파는 할아버지가 사는데, 처음엔 저쪽 은행나무 앞집에 살다가 마을사람들이 저기다 따로 집을 지어주고 거기 가서 살라고 했어요. 뱀들이 혹시 기어 나올까 봐…."

"언니. 가 봅시다. 밑져야 본전인데."

"그러지, 뭐. 아직 해도 멀었으니까. 실례 많았어요. 나중에 이 근처에 가게 차리면 놀러 올게요."

열다섯

낯선 두 여자가 방앗간 다리를 건너고, 뾰족한 구두가 불편하게 자꾸 박히는 논둑을 따라, 땅꾼이 사는 집을 향해서 지름길로 활랑활랑 걸어가는 뒷모습을 물끄러미 쳐다보던 언례는 그들이 입은 옷의 붉은 빛깔과 보랏빛이 나비를 닮았다는 생각이 들었다.
　마음대로 어디론가 거침없이 날아가는 두 마리의 가을 나비.
　날씨가 꾸물거리기 시작하여 들판에 썰렁한 기운이 감돌기는 했어도 쓸쓸한 강변을 따라가는 두 여자의 모습은 언례의 마음까지 홀가분하고 후련하게 만들어주었다.
　회색이 깔리기 시작한 푸르고 노란 풍경 속으로 한없이, 팔랑거리면서 한없이, 멀어지지 않는 듯하면서도 멀어져가는 두 여자의 뒷모습을 물끄러미 지켜보던 언례가, 갑자기, 마루에서 댓돌로 내려가 고무신을 신고 부엌으로 가면서 아들에게 말했다.
　"내가 나가서 버섯이라도 따오든지 어쨌든 먹을 만한 찬거리를 구해 오마. 너는 만희하고 집이나 보고 있어라."
　언례는 연기가 시커멓게 그을린 부엌의 흙벽에 걸린 큼직한 소쿠리를 꺼내 들고, 콩을 좀 베어다 털까 막연히 생각하며, 뒤뜰에서 낫을 챙겨서는 사립문을 나섰다. 김 서방이 죽기 얼마 전에 훈장 댁 감자밭 원두막 옆에 겨우 장만한 삼각형 쪽밭에 심은 콩이 벌써 깍지가 말라 비틀어졌을 텐데도 언례는 아직까지 나가볼 엄두조차 내지 못했었다.
　막상 문을 나서기는 했지만 아직도 마음이 놓이지를 않아서 언례는 혹시 누가 주변에서 얼씬거리지나 않는지 나룻길을 아래위로 살펴보았다. 그리고는 모처럼 집에서 나왔으니 절대로 다시는 잡혀 들어가고 싶지 않다는 듯, 두근거리는 마음으로 소쿠리와 낫을 부둥켜안고, 그녀는 실개천 뗏장 두덩을 넘어 갈랫길을 향해 냅다 뛰어 올라갔다.
　훈장 댁을 얼른 지나 갈랫길까지 올라온 언례는 별다른 이유도 없이 겁에 질려 이렇게 뛰어온 자신의 꼴을 남들이 보았다면 참으로 우습고 이상하다고 생각했으리라는 걱정도 되었고, 그래, 내가 무슨 대죄를 지었다고 허둥지둥 도망을 치나 억울한 기분에 은근히 못마땅해지기도 했다.

반발하려는 마음을 차분히 가다듬으면서 언례는 천천히 걷기 시작했지만, 그래도 불안하기는 마찬가지였다. 몇 년 만에 처음으로 나온 듯 바깥세상이 불편하고 어지럽게 느껴졌고, 그래서인지 그녀는 걸음걸이가 흔들렸다. 들판과 논과 밭과 초가집들과 모든 풍경이 집안에서 볼 때와 전혀 다른 바가 없었지만, 지금 그녀는 웬일인지 어느 낯선 마을에 첫발을 들여놓는 기분이었다.

하늘에 구름이 끼어 어스름해지는 조용한 길을 따라 걸어가던 언례는 다리께에 이르자 점점 더 가슴이 두근거렸다. 어디서 누가 불쑥 나타나면 어쩌나?

다리 밑에서 찰랑거리는 물소리가 났다. 주춤 걸음을 멈춘 언례가 주변에서 지켜보는 사람이 아무도 없는지 사방을 둘러본 다음 다리 밑을 내려다보니, 안동네 사는 봉이가 개울에서 발가벗고 목욕을 하던 중이었다. 인기척이 나서 거의 동시에 머리를 든 봉이도 만식이 엄마를 보았다. 깜짝 놀라고 겁에 질려 번데기처럼 작은 자지를 버섯만 한 손으로 잡아 감추고 아이가 제자리에서 얼어붙었다.

아이가 놀라는 모습에 더욱 당황한 사람은 언례였다. 그리고 울음을 터뜨리려고 씰룩거리는 봉이의 얼굴을 보자 그녀는 어찌할 바를 몰라 황급히 자리를 떴다.

저 아이는 나를 무슨 더러운 벌레쯤으로, 종아리에 달라붙어 피를 빨아먹는 끔찍한 거머리쯤으로 여기는 거야. 한층 발걸음을 서두르며 언례가 생각했다. 그러자 언례는 길에서 다른 사람을, 마을의 다른 사람을, 어느 누구라도 금산리의 다른 사람을 만날 용기가 나지 않았고, 그래서 어서 길을 벗어나야 한다는 다급한 마음으로 어린 아카시아 나무들이 늘어선 개울가 논둑으로 내려갔다.

개울을 따라 철벅거리며 어느 결엔가 원두막 옆 콩밭에 이른 언례는 누렇게 익은 콩 줄기를 듬성듬성 몇 가닥 베어 소쿠리에 담았다. 비탈 쪽으로 몰아서 심어놓은 애호박 두 개와 호박잎 몇 장을 더 딴 다음에, 혹시 사람들의 눈에 띨까봐 두려워 그녀는 얼른 원두막을 돌아 참외밭 뒤쪽의 오리나무 숲으로 들어갔다. 길에서 보이지 않도록 움푹 꺼진 그늘에서 토끼풀이 푹신한 자리에 앉아 언례는 숨을 몰아쉬었다.

이제는 제법 비 기운을 머금은 바람까지 불어서, 잎사귀가 먹음직스러워 보이는 무밭 옆에서는 사시나무들이 요란히 잔가지를 떨며 낙엽을 우수수 흘렸다.

언례는 마을을 내려다보았다. 잎사귀가 거의 다 진 버드나무 가지들이 하얗게 드러났다. 장군봉 기슭을 돌아 황씨 댁 논에서는 벼베기가 한창이었다. 강변의 모래밭이 썰렁했다.

요란한 보랏빛과 빨강 옷은 어디에서도 보이지 않았다. 두 여자는 아마도 땅꾼 집으로 들어간 모양이었다. 싯누런 논둑이 이리저리 갈라놓은 논바닥 한가운데서 미꾸라지 웅덩이가 하늘을 납빛으로 받아 담았다.

봉이가 서둘러 방앗간 앞을 지나갔다.

열여섯

 강을 건너 찾아온 낯선 바깥사람들을 만나 잠깐 즐겁게 설레었던 마음은 어느새 음울해졌고, 가을바람에 어깨가 썰렁하다고 느끼며 언례는 또다시 그날 밤을 생각했다.
 내가 강간을 당하다니. 내가⋯.
 내가 강간을 당하다니.
 그것도 한꺼번에 두 명에게서.
 그래서 만일 내가 애를 뱄다면, 뺑코들 때문에 내가 애를 뱄으면 어떻게 하나? 머리가 노랗고, 눈이 파랗고, 살갗이 꺼먼 아이라도 혹시 낳는다면, 그러면 나는 어떻게 될까?
 그날 밤, 그들이 차례로 그녀를 올라타고 배 위에 엎드려 헉헉거리던 바로 그 순간에도 언례는 이제 끝이다, 이제는 내 인생이 끝난다, 지금 순간이 내 인생의 끝이다, 이제 나는 끝이다 하는 기분이었다. 그리고 지금도 그날 밤을 생각하면 언례는 창피하고, 더러워진 온몸이 스멀거리는 기분을 느껴 수수깡을 낫으로 잘라 배를 꽉 찌르고 당장 죽어버리고 싶은 그런 심정이었다.
 만식이 아버지와 할 때는 그렇게 좋기만 했던 바로 그런 행위가 뺑코들에게 당할 때는 왜 그토록 더럽고 추악하게만 여겨졌을까? 언례는 결혼한 그날 밤에 만식이 아버지가 어떻게 그녀의 옷을 벗겼고 무엇을 어떻게 했는지는 통 떠오르지 않았다. 무척 쓰라리고 두려웠었다는 사실은 생생하게 기억하지만, 그것은 기쁘고 즐거운 무엇이 곧 뒤따라오리라고 기다리는 동안의 짧은 아픔이었고, 그래서 뺑코들이 주던 아픔과는 조금도 같지 않았다.

　언례는 황씨네 논을 멀리서 쳐다보았다. 산비탈의 허리를 썰어 들어가 만들어 층층이 쌓인 논에서 황씨 부자가 마을사람 넷을 써 벼베기를 하는 중이었다. 여섯이 늘어서서 허리를 굽히고 낫을 놀리면, 누에가 뽕잎을 먹어 들어가듯 그들이 지나간 자리에 벼가 쓰러져 논바닥에 납작하게 깔렸다. 이미 가을걷이를 끝낸 다른 논에는 볏단을 줄줄이 맞대어 일으켜 세웠고, 개울가에서는 한가해진 소들이 풀을 뜯거나 새김질을 하며 조약돌 바닥에다 좌륵좌륵 푸짐하게 똥을 쌌다.

　개울 아래쪽에서 두 여자가 함지박에 보자기를 덮어 이고 엉덩이를 씰룩이며 올라왔다. 아기를 업은 오른쪽 여자는 황씨 댁 며느리였다. 보아하니 새참을 황씨네 논으로 가져가는 모양이었다. 전에는 훈장 댁 새참을 이어 나르는 일이 언례의 몫이었건만, 이제는 그렇지 않았다. 이제는 모든 일이 옛날과 달랐다.

　옛날. 한 달도 안 되는 옛날.

　어느 틈엔가 제법 심해진 냉한 바람에 휩쓸리듯 후루룩 후루룩 떼를 지어 버드나무 숲에서 날아다니는 참새들을 멀거니 쳐다보면서 언례는 또다시 만식 아버지를 생각했다. 모깃불을 꾸역꾸역 피워놓고 여름날 저녁 만식이 아버지가 마당에 나와 앉아 감자보리밥을 먹성 좋게 비우면 밤나무집은 온통 남자의 체취가 그득히 넘쳐흐르는 듯싶었다.

　관솔을 잘라놓은 토막처럼 보이던 엄지손가락의 짤막한 손톱, 간장독을 옮기다 돌쩌귀에 엎어져 반이나 부러져나간 앞이빨, 그리고 어둠 속에서 그녀의 젖통과 아랫도리를 만져주었던 터벅하고 큼직한 손···. 뱃속이 후끈거리면서도 시원해지도록 쓸어주던 두툼한 남편의 손이 몸에 닿을 때마다 팔다리가 찌릿찌릿해지던 촉감을 언례는 도저히 잊을 길이 없었다. 그렇게 화를 잘 내던 남편이기는 했지만 일단 잠자리에 같이 들기만 하면 언례는 조금도 무섭지 않았고, 그래서 언례는 늘 밤이 기다려지고는 했었다.

소쿠리를 엮어 읍내에 내다 파는 독가마골의 대밭집 과부가 작년 겨울 어느 날 초저녁에 언 발을 녹이려고 밤나무집에 들어갔을 때, 쉰이 넘은 과부가 언례에게 이런 말을 물어 봤었다.

"겨울 밤 혼자 잠자리에 들면 서방 생각 안 나우? 난 이 나이에도 자꾸 옆이 허전해서 영감이 생각나고 그러는데, 어디 그 젊은 나이에 오죽하려고."

그때도 물론, 그리고 그보다 훨씬 전부터 잠자리가 늘 허전하기는 했지만, 요즈음 언례는 남편 생각이 부쩍 더 심해졌다. 비록 더러워진 몸이라서 이제는 만식이 아버지 앞에 나서기가 부끄러워지기는 했지만, 그래도, 아니 그렇기 때문에 더욱 그런지는 모르겠지만, 언례는 마음이 저리도록 만식 아버지가 보고 싶었다.

아까 찾아온 여자들이 집을 팔라고 했을 때, 언례는 사방이 창피하고 괴로워서 이곳을 떠나고 싶은 마음이 조금쯤 치밀어 오르기도 했었다. 그러면서도 차마 금산리를 떠나고 싶지 않았던 마음은 어쩌면 남편과의 모든 삶이, 언례가 지금까지 살아온 모든 과거가 여기에 뿌리를 내렸기 때문이었는지도 모른다.

언례에게는 읍내와 춘성군을 벗어난 바깥세상은 전혀 가 보지도 않았기 때문에 존재하지도 않는 그런 곳이었다. 학교라고는 소학교밖에 다녀보지도 못하고 이곳 강가에서 태어나 지금까지 살아온 언례에게는 가마리와 금산리가 삶과 과거, 그리고 미래의 전부였다.

고생은 대를 물린다더니, 지금 홀몸이 된 언례는 어려서도 역시 홀어머니 밑에서 혼자 자란 여자였다. 부모는 본디 삼악산 비탈에서 절 땅을 붙여 그런대로 잘 먹고 살았는데, 무척이나 불공을 자주 드리러 오면서도 속세를 지나치게 탐했던 어느 대처(大處) 보살과 언례의 아버지가 눈이 맞아 그만 못된 일을 벌이는 바람에 별로 큰 탈이 없던 살림은 하루아침에 박살이 나고 말았다.

절에서 그리 멀리 떨어지지 않은 산에서 으슥한 숲을 찾아 거사와 보살이 자꾸 만났으니 아무래도 꼬리가 밟히게 마련이었다. 지나치게 절을 자주 찾아 의심이 선 보살의 남편이 염탐하라고 보낸 나무꾼에게 결국 숲속에서 벌거벗고 붙어 있던 남녀가 붙잡혀서, 보살은 남편에게 매를 맞으며 산을 끌려 내려갔고, 우바새*도 중들에게 혼이 나고는 며칠 후에 행방을 감추었다.

나중에 소문이 나기로는 보살과 거사가 우여곡절 끝에 다시 만나 둘이서 원주 지방으로 도망쳤다고 했지만, 어쨌든 졸지에 남편을 잃은 언례 엄마는 절에 눈치도 보이고 면목이 없어 결국 가마리로 내려와 산 밑에다 열 살 난 딸 언례와 둘이서 움막을 하나 짓고 자리를 잡았지만, 살아갈 길은 참으로 막막했다.

나중에 알고 보니 둘이 움막을 지은 산기슭의 땅은 황 면장 댁 소유였다. 그래서 면장 집 머슴이 몇 차례 나와서 집을 헐라고 야단치고는 했다. 그때 찾아온 머슴이 만식이의 할아버지였다. 언례 엄마는 "이

---

* 우바새: 출가하지 않고 부처의 제자가 된 남자.

집을 헐면 어딜 가서 움을 짓고 살란 말이냐"고 땅바닥에 주저앉아 발 버둥을 쳤고, 면장의 아들 황승각 어른까지 머슴을 따라 나와서는, 한참 오락가락 시비를 하다가 결국 금산리 황씨 훈장과 언례 엄마가 조금씩 친해졌다. 훈장이 자초지종을 들어보니 사정이 참 딱하다는 생각이 들었던 모양이어서, 결국은 황씨 댁 땅을 한 조각 떼어 소작을 부쳐 먹게까지 해주었다.

언례가 훈장을 처음 만나 얼굴을 익힌 때는 이렇게 그녀가 열 살이 조금 넘었을 무렵이었고, 세월이 흘러 나이가 영글자 언례를 김 서방과 짝지어 결혼시킨 사람도 다름 아닌 황승각 노인이었다. 어린 언례는 땡볕에 나가 논과 밭에서 김을 매고 피를 뽑고는 땔감이 떨어지기만 하면 산에 가서 나무를 하느라고 열 살을 넘겼고, 그러다가 스무 살로 자라서는 남편이 생겨 집안이 든든하여 생전 처음으로 사는 재미를 제법 알게 되었다. 그래선지 홀어머니가 뚜렷한 이유도 없이 자꾸 몸이 마르기만 하는 병에 걸려 죽었을 때도 그녀는 별로 앞날과 세상을 걱정하지 않았다. 컴컴하고 솔잎 연기 냄새가 자욱한 비좁은 집이었어도 만식이 아버지와 같이 있기만 하면 저절로 기운이 났고, 세상의 어떤 고된 일도 곧 날이 저물겠거니 하는 생각만 하면 한없이 즐겁기만 했다.

열일곱

원두막 풀잎 지붕 위로 우람하게 치솟은 상수리나무의 눈치를 살피듯 조심스럽게 빗방울 몇 개가 커다란 잎사귀에 후둑 후두둑 떨어지는 소리를 듣고 언례는 애호박과 콩과 낫과 호박잎이 담긴 소쿠리를 집어

들고 몸을 일으켰다.

 땅꾼 집으로 들어갔던 두 여자가 밖으로 나와서는 강둑을 따라 나루터를 향해 하느작하느작 걸어오는 모습이 보였다. 노란 양산과 하얀 양산을 펼쳐 든 그들은 아까보다도 훨씬 더 한가한 걸음걸이였다.

 그들을 멀리서 쳐다보며 언례가 원두막을 돌아 무심코 오리나무 숲을 거쳐 마찻길로 내려가려니까 월송리 쪽에서 황씨 댁 며느리와 방앗간 여자가 새참을 끝낸 함지박을 이고 내려왔다.

 언례는 당황했다. 갈랫길까지 남은 거리가 비슷하니까 이렇게 걸어가면 언례는 틀림없이 두 여자와 만나게 될 터였다. 언례는 그들과 마주치기가 싫었고, 막상 만나면 어찌해야 할지를 몰라서 불안했다. 땅꾼을 만나고 나온 두 여자 때문에 한눈을 팔지만 않았더라면 그녀는 주위를 둘러보고 저 여자들을 진작 발견했겠고, 그러면 원두막 뒤로 잠깐 숨었다가 그들이 사라진 다음에야 길로 나섰을 텐데….

 훈장 댁 며느리와 통돼지도 언례를 먼발치서 발견하고는 잠깐 주춤했다. 그러더니 무슨 얘기를 몇 마디 주고받은 다음 그들은 다시 천천히 갈랫길을 향해서 걸어오기 시작했다. 언례는 그들과 마주치지 않으려면 차라리 걸음을 서둘러 먼저 갈랫길로 접어들어 빨리 나룻길로 내려가면 되지 않을까 하고 잠깐 생각했지만, 두 여자의 시선을 뒤통수에 받으며 앞장서서 걸어가기가 무척 거북하리라고 판단했다.

 두 여자를 먼저 보내고 뒤로 처져서 가야되겠다고 작정한 언례가 걸음을 조금 늦추었다. 그랬더니 두 여자도 걸음을 늦추었다. 그들의 의도는 분명했다. 막상 만나서 어떤 행동이나 말을 하고 싶은지는 몰라도 그들은 일부러 언례와 마주치려고 걸음을 맞추는 모양이었다. 그런 줄은 알았지만 언례로서는 그들로부터 벗어나려고 무작정 도망칠 처지도 아니었다.

갈랫길이 합치는 곳에서 만났을 때 세 여자는 누가 시키기라도 한 듯 잠깐 주춤거리다가 걸음을 멈추었다. 그들은 눈길이 마주치기는 했지만 아무도 입을 열지 않았다. 언례는 강호 엄마야 아무래도 괜찮겠지만 훈장 댁 어린 며느리에게만큼은 먼저 인사를 건네야 하지 않을까 하는 생각이 들었다. 하지만 막상 무슨 말을 해야 할지를 모르겠기에 얼른 입이 떨어지지를 않았다. 차라리 두 여자 가운데 누가 먼저 무슨 말을, 아무 얘기라도 좋으니 무슨 말을 걸어오기를 언례는 바랐다. 그러나 두 여자는 빤히 쳐다보면서 언례의 눈치를 살피기만 할 뿐, 가만히 서서 침묵을 지켰다.

두 여자를 더 이상 마주 쳐다볼 용기가 없어진 언례는 나루터 쪽으로 멍한 시선을 돌렸다. 양산을 든 대처 여자들은 어디론가 자취를 감추고 보이지를 않았다.

황씨 댁 며느리와 강호 엄마가 갑자기, 머리에 인 함지박을 털럭거리며, 나룻길 쪽으로 뛰어가기 시작했다. 통돼지 강호 엄마가 까르르 웃었다. 그것은 언례를 깔보고 놀리는 소리처럼 들렸다.

뒤에 혼자 남은 언례는 장난스럽게 도망치는 그들의 뒷모습을 얼이 빠진 표정으로 물끄러미 쳐다보았다.

부슬부슬 비가 내리기 시작했다.

열여덟

　황승각 노인은 이틀째 줄창 기분이 언짢았다.
　어제는 아침까지만 해도 날씨가 멀쩡해서 추수를 하기가 수월하리라는 마음에 기분이 퍽 좋았었다. 하지만 오후 늦게 갑자기 부슬비가 내리는 바람에 절반쯤만 베어 논바닥에 널어놓은 벼 이삭이 젖지나 않을까 걱정하느라고 노인은 밤잠을 설쳤다.
　밤이 늦어서야 비가 그치기는 했지만 오늘 새벽에 눈을 떴을 때도 황 노인은 마음이 개운치가 않았다. 아침 일찍 휑하니 논을 한 바퀴 돌아보고 들어온 다음에도 노인의 언짢은 마음이 여전히 가시지를 않았다.
　손과 얼굴을 닦은 수건을 벽에 박힌 못에다 걸고, 사랑방 창호지 문을 열어놓고 앉아서, 황 노인은 멀리 잿빛 하늘에 희미하게 모습을 드러낸 삼악산을 한참 쳐다보았다. 가을비에 젖은 마을 주변의 우뚝한 나무들이 추워 보였다. 한로(寒露)까지 지난 절후여서 그렇겠지만….
　축축하게 젖은 들판과 아침의 산들을 둘러보며 노인은 자꾸만 마음이 불안했다. 하지만 그의 마음을 무겁게 하는 근심은 어제 내린 비나 가을걷이에 대한 걱정 때문이 아니었다.
　읍내를 통해서 들어온 소식을 들어보니 유엔군과 국방군이 9월 말에 동해안의 38선을 넘어갔다고 했다. 만일 유엔군이 38선을 넘어서기만 하면 중국에서 북쪽 김일성에게 공산당 군대를 보내겠다고 인도를 통해 미국에 알렸다는 기사도 신문에 실렸다. 이렇게 자꾸 여러 나라가 끼어들면 육이오가 대동아전쟁처럼, 아니 그보다도 더 크고 무서운 전쟁으로 확대될 앞날이 빤히 보였다. 하지만 정말로 황 노인의 마음을 어지럽히던 걱정거리는 몇백 리 밖에서 벌어지는 전투나 나라 전체의 운명이 걸린 전황 따위의 막연한 문제도 아니었다.

황 노인은 아무리 생각해도 어제 찾아왔던 두 낯선 여자가 꺼림칙하기 짝이 없었다. 옷차림부터가 어찌나 요란했던지 먼발치서 본 그들의 첫인상까지도 노인은 못마땅했었다. 나루터에서 들어와 다리를 건너 방앗간으로 가는 그들을 보고 벼를 베던 황 노인은 도대체 무엇을 하는 여자들이기에 저런 모양을 하고 마을에 나타났을까 심히 궁금했다. 방앗간을 들러 가겟집으로 찾아가는 그들을 보고는 아무래도 무슨 일을 꾸미고 돌아다니는 눈치여서 노인은 다시 마음에 걸렸고, 그들이 밤나무집으로 언례를 만나러 돌아갔을 때쯤에는 불안하고 걱정스러운 나머지 벼를 베다 말고 나룻길로 내려가 사정을 살펴볼 수밖에 없었다.

그러나 밤나무집으로 내려가던 노인은 막상 어찌하면 좋을지 마땅한 대책이 없어서 걸음을 멈추어야 했다. 먼저 찾아와 인사조차 하지 않던 무례하고 하찮은 타향 계집들에게 마을 어른이 불쑥 들이닥쳐 무엇을 하러 온 여자들이냐고 다짜고짜 물어보기도 쉽지 않은 일이었다. 더구나 담 너머로 얼핏 시선이 마주친 언례까지도 어른을 못 본 체하고 눈을 돌리는 바람에 황 노인은 무안하기도 하고 괘씸하기도 했다. 그렇다고 해서 더 이상 엉거주춤 길바닥에 서서 구경만 하기도 난처했던 그는 혼자서 속으로 화를 내며 돌아서야만 했다.

고얀 것들….

다시 논으로 돌아가기 전에 손이나 씻으려고 우물가로 간 황 노인은 마침 새참을 지으러 온 강호 엄마를 보고는 아까 이상한 옷을 입고 뽐

족구두를 신은 여자들이 방앗간에 들렀던 모양인데 무슨 사정 때문이었느냐고 물어보았다. 이유는 모르겠지만 두 여자가 집을 세내거나 사고 싶어서 수소문하더라는 강호 엄마의 대답이었고, 다시 논으로 올라가던 황 노인은 땅꾼 집으로 가는 두 여자를 보고 아무래도 수상하여 통 마음이 놓이지를 않았다.

비가 오는 바람에 일찍 낫을 놓고 집으로 돌아온 노인은 궁금한 속을 풀기 위해 아들 석구를 보내 땅꾼 영감을 불러왔다. 아까 두 여자가 집으로 찾아가지 않았더냐고 훈장이 물었더니 뱀잡이 영감은 무슨 큰 죄를 지은 듯 석구에게 자꾸 곁눈질을 하며 집을 벌써 팔았노라고 털어놓았다.

"왜 집을 사려는지 물어보긴 했나?"

"물어보긴 했습죠."

"뭐라고 하던가?"

"얘기를 잘 안 하데요."

"그래서 두 여자가 무얼 하는 계집들이고 왜 집을 샀는지 모르겠다는 말인가?"

"예."

황 노인은 여태까지 여기저기서 참고 마음속에 꾸역꾸역 담아두었던 화를 한꺼번에 벌컥 땅꾼한테 쏟아냈다.

"이런 쓸개 빠진 놈 같으니라고. 계집들의 행색이 의심스럽다는 걸 한눈에 봐도 빤히 알 만했을 텐데, 나한테 일언반구의 의논조차 없이 집을 팔았단 말이지? 자네 그런 꼬락서니를 한 여자들이라면 도대체 무얼 하는 사람들일까 수상한 생각조차 들지 않던가? 어서 당장 그 계집들을 찾아내어 정체를 알아보고, 조금이라도 미심쩍은 구석이 보이면 돈을 돌려주고는 집을 내주지 말도록 하게."

나중에 방앗간 한 씨가 황 노인을 저녁 느지막이 찾아와 눈치껏 고자질한 바에 의하면, 호통을 당하고서 쫓겨 간 땅꾼은 두어 시간 후에 면사무소로 가서 등기 이전에 관한 절차를 이것저것 물어보다가 "내 집을 내 마음대로 파는 게 뭐가 어떠냐"고 불평을 늘어놓았다고 했다. 황 노인에게 다시 호된 소리를 들을 줄 알면서도 천하기 짝이 없는 땅꾼이 그렇게 노골적인 불만을 털어놓았다니 여자들이 주고 간 돈이 땅꾼으로서는 생전 처음 만져보는 큰돈인 모양이었다.

황 노인은 계약금이니 뭐니 따지지도 않고 여자들이 땅꾼에게 집값을 한꺼번에 몽땅 다 치르고 갔다는 사실도 자꾸만 마음에 걸렸고, 그래서 어제 울타리 너머로 힐끗 지나쳐 보던 언례의 건방진 눈초리도 여태까지 기분이 나빴고, 한참 벼를 베는데 내렸던 때 아닌 부슬비도 뒤늦게 속이 상했고, 손자가 우는 소리도 오늘은 유난히 귀에 거슬렸다.

열아홉

아침저녁으로 날씨가 쌀쌀해져서 늦가을 따뜻한 햇살을 한 뼘이라도 더 받으려고 방문을 활짝 열어놓고, 언례는 무릎에 앉힌 만희에게 순가락으로 미음을 떠서 먹이며 아들의 외로운 뒷모습을 물끄러미 쳐다보았다. 만식이는 아까부터 사립문 안쪽 호두나무 그루터기에 나가 앉아서 꼼짝도 하지 않고 앞산만 쳐다보았다.

만식이가 시선을 고정시킨 건너편 장군봉 기슭에서는 빗자루를 거꾸로 꽂아놓은 듯 미루나무들이 늘어선 비탈길을 따라 네 명의 금산리 아이들이 수리바위 밑 황씨 댁 선산을 향해서 줄지어 올라갔다. 멀어서 얼굴은 알아볼 수 없었어도 틀림없이 그들은 방앗간 강호와 찬돌이와 기준이와 어린 봉이였다.

만식이는 여름 내내 저 아이들과 같이 놀지도 못했고, 아예 바깥으로 나가지도 않았는데, 그것이 모두가 다 자기 때문이라고, 아니 못된 뺑코들 때문이라고 생각하면 언례는 아무런 죄도 없이 갇혀 지내는 아들이 가엾기 짝이 없었다. 언례는 아들의 측은한 모습을 볼 때마다 견디기 힘들 정도로 속이 상했고, 아들을 도와줄 길이 터럭만큼도 없었던 자신의 처지 또한 한심스럽기만 했다.

만식이는 그녀가 호되게 고생을 해서 얻은 귀한 외아들이었다. 만식이를 임신했을 때, 처음에는 배만 불렀지 입덧도 별로 하지 않고 아무런 어려움도 몰라서 남편은 "당신 너무 억세게 살았던 덕택에 오히려 아이 하나만큼은 수월하게 쑤욱 낳을 모양이야"라고 좋아하기까지 했었다. 그러나 막상 몸을 풀 때가 가까워지자 언례는 두어 번 발작을 일으켰다. 처음에는 그것이 간질 증세인 줄 알고 동네사람들에게는 차마 아무 말도 못하며 둘 다 전전긍긍했지만, 간질은 유전이라는데 양쪽 집안에 그런 악질을 가졌던 사람이 아무도 없다고 했으니 그런 병은 아니었고, 그래도 어쨌든 절대로 아이를 무사히 낳을 가망이 없을 듯싶어 두 사람은 무척 심한 속앓이를 했다.

막상 만식이를 떨구던 날도 언례는 발작을 일으켜 눈이 허옇게 뒤집히고 입안 가득 거품을 물었는데, 저러다가 혀를 깨물면 죽고 말리라는 생각에 김 서방은 겁이 나서 숟가락을 수건으로 감아 이빨 사이에 물리고는, 미처 읍내로 산파를 부르러 갈 틈이 없어서 손수 만식이를 받아내야 했다.

  김 서방이 부엌칼로 탯줄을 끊고 재를 발라 피를 멈추게 하고는 어쨌든 정신없이 허둥지둥 돌아다니며 무사히 아들을 하나 얻기는 얻었지만, 그런 고생을 치르고 난 다음 언례는 아이를 둘이나 흘렸고, 그래서 다시는 자식을 못 가질 모양이라고 생각했다. 그러다가 결국 만희를 하나 더 얻기는 했지만.

  만식이를 가졌을 때, 남편은⋯.

  언례가 만식이를 가졌을 때 김 서방은 아이를 가진 여자는 잉어를 적어도 몇 마리 꼭 먹어야 한다며 나흘 동안 매일 붕어섬으로 방울낚시를 들고 나가더니, 결국 팔뚝만큼 크고 누런 잉어를 두 마리 바구니에 담아 가지고 왔다. 두 시간이나 고아 깨죽처럼 만들어 들여온 허연 물이 후춧가루를 잔뜩 뿌려도 어찌나 메스껍고 짠지 마시기가 힘들었어도, "쓴 약이 몸에 간다"고 타이르던 남편의 정성이 눈물겹게 고마워서 언례는 멀건 국물을 억지로 참아가며 한 방울도 안 남기고 다 마셨다.

  사실 말이지 김 서방은 욱하는 성미에 소리도 잘 지르고 화를 자주 내기는 했어도, 언례를 끔찍이 생각해주던 좋은 남편이었다. 지지리도 가난한 세상에 태어나 뻣뻣하고 두툼한 검정 고무신만 신고 살다가 얇고 말랑말랑한 옥색 고무신을 언례가 처음 구경했던 것도 결혼한 다음해 가을걷이가 끝난 다음 읍내 장에서 남편이 선물로 사다 주었을 때였다. 언례는 파르스름하고 보드라운 신발이 어찌나 예쁘고 아까운지 두 번만 신고는 속에 지푸라기를 채워 넣고 보자기에 싸서 방안 윗목에다 두고 가끔 꺼내 구경만 했다.

김 서방도 아내더러 그렇게 만지고 구경만 하지 말고 고무신을 자꾸 신어보라고 강요하지는 않았다. 예쁜 고무신은 두 사람에게 무엇인지를 상징하는 그런 소중한 물건이었지, 더러운 발에 꿰고 다니는 흔한 신발이 아니었다. 그러다가 홍수를 만나 밭과 함께 고기잡이배가 떠내려갔던 해에 신발은 집안까지 들어와 찼던 강물에 쓸려 내려갔는지 아예 보퉁이째 없어져 버렸다.

언례가 신발을 잃고 자꾸 아쉬워하는 눈치가 보이자 나중에 김 서방은 다음 목돈이 생기면 고무신 대신에 양산을 하나 사 주마고 했는데, 농사꾼이 도대체 양산을 쓸 일이 어디 있겠느냐고 겉으로는 싫다고 하면서도 속으로 은근히 언례는 양산을 받아 갖고 싶어서 어디선가 목돈이 들어올 날을 몰래 손꼽으며 기다렸다. 비록 빛이 바래거나 비에 젖을까봐 아까워서 한 번도 펼쳐 쓰지 않게 되더라도 ⋯.

그러나 언례는 양산 선물을 끝내 받지 못했다. 소작을 부치던 밭과 고기잡이배를 쓸고 내려가 그들을 낙심시켰던 장마철 북한강의 강물이 결국은 김 서방의 목숨까지 빼앗아 갔기 때문이었다.

강물에 떠내려가는 송아지를 끌고 나오겠다며 밧줄을 목에서 가슴으로 비스듬히 둘둘 말아 감고 웃통을 벗어젖히고는 "우리도 소를 갖게 됐어. 저 놈이 암놈이어야 하는데" 하면서 히죽 웃던 만식이 아버지의 부러진 앞이빨이 언례는 지금도 눈에 선했다. 사나운 강물로 헤엄쳐 들어간 김 서방은 송아지의 목에다 밧줄을 읅아 걸다가 버둥거리는 발에 채여 올가미에 몸이 얽혀 꼼짝도 못하고 물살에 쓸려 떠내려가다가 죽었는데, 나중에 땅꾼이 시체를 찾아냈을 때는 ⋯.

장군봉 수리바위 뒤로 네 아이가 사라진 다음 무심코 나루터 쪽으로 눈을 돌린 만식이가 천천히 몸을 일으켰다.

"엄마."

"왜 그러냐?"

"이상한 아줌마들이 또 나타났어요."

스물

밥을 먹었다가는 당장 얹히기라도 할 듯 속이 답답해서 황 노인이 며느리더러 잣죽을 쑤라 하여 대충 들고 났더니, 구름이 말끔히 걷히고 해가 났다. 노인은 나머지 벼베기도 마저 끝내야 하고 어제 베어 논 바닥에 쌓아놓은 이삭도 뒤집어 말려야 되겠다며 아들을 불러 낫을 챙기라고 이르고는 대문을 나서려다가, 우뚝 걸음을 멈추었다.

그러지 않아도 작은 눈을 더욱 가늘게 뜨고 나루터 쪽을 한참 노려보더니 황 노인이 내뱉듯 말했다.

"석구야, 너 가서 저 여자들 잡아오너라."

석구가 서둘러 대문으로 나와 보니 나루터 쪽에서 올라온 세 명의 낯선 여자가 안동네로 들어가려고 방앗간 다리를 막 건너려는 참이었다. 옷차림이나 걸음걸이로 미루어 보아 그들은 어제 마을을 찾아와서 땅꾼의 집을 아무 허락도 받지 않고 사버리는 바람에 아버지의 마음을 무척이나 언짢게 했던 두 여자와 같은 통속임이 분명했다.

어제는 둘이더니 오늘은 또 셋, 아무래도 무엇인지 커다랗고 음산한 기운이 떼를 지어 자꾸만 강을 건너 몰려오는 듯한 불안감을 느끼며 석구는 두말없이 다리께로 달려가서 방앗간으로 향하던 여자들을 불러

세웠다.

불룩한 젖가슴을 절반쯤은 그냥 겉으로 드러낸 여자들의 어지러운 옷차림과 요란한 머리 모양을 보고 조금쯤은 주눅이 들어 석구가 힐끔힐끔 켕기는 곁눈질 비슷하게 눈치를 살피며 더듬거리는 투로 말했다.

"우리 아버님이 좀 보자는데요."

눈두덩에 시커먼 덧칠을 하고 입술을 빨갛게 바른 세 여자가 건방진 표정을 지으며 장난스러운 눈길을 서로 주고받았다. 그들 가운데 가장 키가 크고 사나워 보이는 여자가 두루마기처럼 길게 소매 자락이 늘어진 감빛 저고리를 여미어 허연 젖통을 대충 가리는 시늉을 하면서 앞으로 나섰다. 턱이 밑으로 무척 길게 늘어져 말상(馬像)을 한 그녀의 얼굴에는 드센 팔자가 역력했다.

하지만 생김새나 옷차림이 주는 인상과는 달리 상냥한 목소리로 그녀가 말했다. "아버님이 누구신데 우릴 만나자고 그러시나요?"

석구는 어떻게 설명해야 좋을지 몰라 우물가 오동나무 밑에 뒷짐을 지고 서서 기다리던 아버지를 그냥 손으로 가리켰다.

세 여자가 동시에 시선을 돌렸지만, 그들이 더 확실하고 민감한 반응을 보인 대상은 수염이 허연 황승각 노인이 아니라 그의 뒤에 위풍당당하게 버티고 앉은 기와집이었다.

"어머, 저것 봐!" 얼굴이 동그랗고 손가락에도 오동통하게 살이 붙은 어린 여자가 손으로 가리키며 소리쳤다. 그녀가 걸친 노란 윗도리에는 소매가 달려 있지 않아서 팔을 들 때마다 망측한 겨드랑이 털이 시커멓게 드러났다. "고래등이 따로 없네."

"여기까지 오면서 왜 우리 저 집을 못 봤지?" 귓불에 금가락지를 꿰어 매단 깡마른 여자가 말했다. 하얀 바지에 하얀 구두를 신고, 약간 뻐드렁니에 머리가 치렁치렁한 이 여자는 남들의 일에 간섭하기를 꽤나 좋아하는 듯 경박하기 짝이 없는 인상이었다. "이렇게 초대까지 받았으니 우리 다 함께 가서 집구경이나 해요, 언니."

"어서 앞장을 서시죠." 얼굴이 긴 첫 번째 여자가 석구에게 말했다.

우물가로 가는 사이에 오동통한 여자가 슬그머니 석구의 옆으로 따라 붙더니, 은근한 목소리로 물었다. "집이 큰 걸 보니까 댁은 이 동네서 오래 사신 모양이죠?"

석구가 엉거주춤하게 대답했다. "예."

"그럼 동네 사정이 훤하실 텐데, 뭐 하나 도와주지 않을래요?"

석구는 난생 처음 보는 낯선 여자가 무슨 속셈으로 그런 소리를 하는지 자신이 없어서 아무 대답도 하지 않았다.

그러자 이번에는 팔자가 사나워 보이는 키다리 여자가 그에게 말을 걸었다.

"이무기 언니 얘길 들으니까 어제 여기서 집을 하나 구했다던데, 어디 세놓거나 팔 집이 또 없는지 혹시 모르세요?"

석구는 여자들의 노골적인 말버릇이 괘씸하게 여겨져서 집 앞에 다다를 때까지 입을 열지 않았다.

그를 뒤따라오면서 석구로서는 알아듣기 힘든 이상한 군대용어로 농담을 주고받던 세 여자는 말투와 태도가 뻔뻔스럽기 이를 데 없었고, 하나같이 남자처럼 어딘가 은근히 야비해 보이기까지 했다. 도대체 그들과 같이 사는 남자들은 어디서 무엇을 하는지 석구로서는 알 길이 없었지만, 여자들끼리 이렇게 나돌아 다니며 설치는 품이 아무래도 예사롭지가 않았다. 뿐만 아니라 낯선 마을로 찾아와서 무턱대고 집을 구하려는 이들 타향 여자들은 무엇을 해서 먹고 살기에 그렇게 돈이 많아 모두들 턱턱 집을 사려고 덤비는지 그것도 수상했다.

황승각 노인도 세 여자에 대한 인상이 첫눈에 벌써 매우 못마땅했던 터여서, 석구와 같이 우물가로 온 그들에게 노인은 인사치레 따위는 제껴두고 다짜고짜 이렇게 물었다.

"색시들은 도대체 무엇 하는 사람들이며, 우리 마을에는 왜 왔소?"

갑자기 튀어나온 퉁명스러운 질문에 세 여자가 잠시 말문이 막혔지만, 얼굴이 긴 여자가 한 발자국 앞으로 나서더니 몹시 비위가 상했다는 듯 정색을 하며 말했다.

"혹시 이곳에서 쓸 만한 집 하나 구할까 싶어서 찾아왔는데요."

"집은 구해서 뭘 하려고요?"

이쯤 되자 여자들은 정말로 기분이 나빠졌고, 그런 기분을 노골적으로 얼굴에 드러내며 입을 다물었다.

"어제도 색시들 비슷한 여자 둘이 와서 저기 저 집을 사놓고 나갔다는데, 도대체 당신들은 무얼 하는 사람들이기에 난데없이 우리 마을로 들이닥쳐 집을 사겠다고 야단이오? 왜 갑자기 금산리 마을에 대해서 관심을 보이는지 난 그걸 좀 알아야 되겠소."

이번에는 귓밥에 가락지 귀고리를 단 여자가 도도하게 나섰다.

"우린 이곳에서 살 집이 필요해요. 여기서 얼마나 오래 살게 될지는 아직 잘 모르겠지만, 적어도 서너 달은 머물러야 할 것 같으니까요. 그보다 더 오래 눌러앉아야 할지도 모르고요."

그런 설명 정도로는 납득을 못하겠다는 뜻으로 노인이 잠자코 다음

말을 기다렸다. 귀고리를 한 여자가 잠시 머뭇거리더니, 결국 말을 이었다.

"앞으로 몇 달 동안 서면 일대에서는 장사가 무척 잘 될 전망예요. 그래서 우리도 여기다 자리를 잡고 돈을 좀 벌어 볼 생각이죠. 이제 됐나요?"

"이런 촌구석에서 갑자기 무슨 장사가 잘 된다는 말예요?" 점점 더 갈피를 잡기가 어려워진 석구가 끼어들어 물었다. "보아하니 당신들은 농사를 지을 여자처럼 보이지도 않는데, 여기서 무얼 해서 돈을 벌겠다는 소리예요? 도대체 당신들 뭣 하는 여자들입니까?"

세 여자가 웃어야 할지 화를 내야 할지 몰라서 난처한 표정으로 석구를 한참 노려보았고, 그러더니 키다리 여자가 비꼬는 투로 말했다. "정말 몰라서 묻는 건가요, 아니면 우리를 놀리는 건가요?"

"어허!" 황 노인이 말투를 바꾸면서 화를 냈다. "남자가 물으면 어서 고분고분 대답이나 할 일이지 여자가 이것저것 따지면서 웬 말이 많은가."

얼굴이 긴 여자가 노인을 한참 노려보더니 굳은 표정을 조금도 흐트러뜨리지 않으며 불쑥 말했다.

"우린 갈보예요."

노인과 석구는 허깨비를 본 듯, 무슨 말을 잘못 들은 듯 멍해졌다.

"뭐라고?" 노인이 물었다.

"갈보요. 유식한 말로는 매춘부라고도 하고, 매음부, 매소부라고도 하죠." 얼굴이 긴 여자는 엉뚱하게 노인한테 무슨 분풀이라도 하려는 듯 거침없이 쏘아붙였다. "돈만 주면 아무 남자하고나 씹을 하는 그런 여자란 말예요. 우리들에 대해서 뭐 또 더 알고 싶은 거 없어요?"

노인은 기가 막혀 말이 잘 나오지 않았지만, 애써 숨을 돌리고 목소리를 진정시켜 물었다.

"그럼 색시들은 이곳에다 집을 마련하고 동네 남정네들을 상대로 해서 몸을 팔겠다는 얘긴가?"

세 여자가 동시에 까르르 웃음을 터뜨렸다.

"뭐가 우스운가?"

"웃어서 미안해요, 영감님." 얼굴이 긴 여자는 황 노인의 순진한 말을 듣고는 발끈했던 마음이 누그러지기라도 했는지 조금쯤 친절한 미소까지 지어 보이며 말했다. "아마 잘 모르시는 모양인데, 우린 양키들을 상대하는 양공주들예요. 양갈보라고요."

"양키들이라고?"

"그래요. 양키요. 머지않아 미군 부대가 이곳으로 이동해 온단 말예요. 그래서 미리 자리를 잡으려고⋯."

"미군 부대? 미군 부대가 이곳으로 온다고?"

"그래요. 그러니까 미리미리 자리를 잡아야⋯."

"그럼 색시들은 우리 동네에서 양것들과 그런 짓을 해서 돈을 벌려고 집을 구한다는 말이지?"

"그래요. 덕택에 할아버지네 마을은 곧 북적거리는 도회지처럼 번화한 곳으로 변할 거고, 모두들 돈도 많이 만지게 되겠죠. 전쟁 때는 다 군인들을 끼고 살아야 먹는 걱정을 안 하게 마련인데, 미군 부대가 들어온다니 얼마나 좋아요?"

황 노인은 한참 동안 얼이 빠져 멍하니 서 있었다. 한바탕 난장판을 일으키고 뺑코들이 떠나서 겨우 마음을 놓았는데, 어느새 또 들이닥치다니. 미군 부대가 들어오니 얼마나 좋은 일이냐고? 그리고⋯.

아니, 뺑코들이 몰려오리라는 생각만 해도 기가 막힌데, 거기에 쉬파리처럼 잡된 여자들까지 묻어와서 이곳을 무슨 유곽 동네로 만들겠다는 말인가?

"허어, 이런 기막힐 데가 어디 있나. 석구야, 너 이 여자들 나루터로 데리고 가서 당장 강 건너로 쫓아버리고 오너라."

황 노인이 밭에다 침을 타악 뱉고는 집으로 들어가 버렸다.

스물하나

황 노인에게 끌려가 호통을 당한 세 여자가 물론 고분고분하게 마을을 떠나지는 않았다. "당신들이 뭔데 마을에도 못 들어가게 막고 가라 말아라 말이 많으냐"고 여자들은 바락바락 소리를 지르며 나루터까지 끌려가다시피 석구에게 쫓겨 가서는, 동네 쪽을 향해 마구 욕설을 퍼붓고 나중에는 여자답지 않게 손으로 훌렁훌렁 까는 시늉까지 해대면서 배를 타고 결국 강을 건너갔다.

황 노인은 논으로 다시 나가기 전에 땅꾼을 불러다 툇마루에 앉혀놓고 "자네한테 집을 산 여자들은 알고 보니 세상에 참으로 못된 계집들이니 다음에 찾아오면 돈을 돌려주고 절대로 집을 내주지 말라"고 다짐을 받았다. 그리고는 이장 배 씨를 불러 이상한 여자들이 읍내에서 건너와 집을 사겠다고 하면 절대로 팔지 말도록 마을사람들에게 말을 전하게 했다. 그리고는 강호 아버지를 시켜 저녁에 읍내로 나가 미군들이 금산리로 이동해 온다는 소리가 도대체 무슨 영문인지 알아보게 했다.

'양공주(洋公主)'라고 자칭하던 여자들의 말은 사실이었다. 그런 여자들은 외국 군대가 이동할 때마다 따라다니며 몸을 파는 일이 직업이었으므로, 군대가 어디서 어디로 이동하는지를 미리 훤히 알았다. 방앗간 한 씨가 읍내를 돌아다니며 여기저기서 얘기를 들어보니 홍천 부근에 주둔한 어느 미군 병참 부대가 곧 중도(中島)로 이동해 올 예정이었고, 그래서 눈치 빠른 여자들은 미리미리 이곳에 와서 좋은 자리를 잡아 두려고 했던 것이었다.

하루 이틀 지나면서 세를 들거나 집을 사겠다는 여자들이 점점 더 자주 서면으로 찾아왔지만, 그들은 금산리는 물론이요 어느 마을에서도 곁들이 셋방 하나 얻을 길이 없었다. 다 허물어져가는 방 한 칸에 비하면 엄청난 돈을 여자들이 주겠다고 내놓았지만 황 노인의 꾸짖음이 두려운 마을사람들은 아무도 응하지를 않았다. 그렇다고 해서 아예 집을 팔아버리고 타향으로 나갈 용기를 내는 사람도 없었다. 그렇지 않아도 전쟁 통이라 대처 사람들은 시골로 피난을 다니느라고 고생이 말도 못할 지경이라는데, 고향을 버리고 객지로 떠나서 공연한 고생을 할 필요가 없기 때문이었다.

금산리가 황 노인 때문에 꽉 막혀버리자 집을 못 구한 여자들은 위치가 좀 나쁘고 돈이 더 들기는 해도 읍내에서 여기저기 돌아다니며 자리를 잡고는, 외국군 부대가 옮겨오기를 기다렸다.

제3부

텍사스 타운

용녀의 끈질긴 유혹에 대해서 언례는
언제부터인가 묘한 기대를 품기 시작했다.
어쩌면 처음 밤나무집을 사겠다고 두 여자가
찾아왔을 때부터 이미 언례는 어렴풋한
구원의 불빛을 용녀에게서 보았는지도
모른다. 그리고 텍사스 타운에서 벌어진다는
별의별 희한한 얘기를 다 늘어놓는
동안에도, 용녀는 언례가 스스로 상상이나
예측을 전혀 하지 못했던 세계를 보여주는
길잡이처럼 여겨졌었다. 용녀는 언례의 삶을
언례 자신보다도 훨씬 더 멀리, 훨씬 훤히
내다보고는 언례를 상상도 못할 신비한
곳으로 데려가려고 머나먼 다른 세상에서
찾아온 고마운 구원자일지도 모르겠다고
그녀는 생각했다.

하나

강을 건너 금산리로 찾아온 전쟁이 마을 소년들에게는 어느 모로 보나 장군굴을 찾아다니는 모험보다 훨씬 즐거운 놀이였다.

전쟁은 하루하루가 즐겁고도 새로운 구경거리였다.

전쟁이 터지고 학교가 문을 닫은 이후로, 갑자기 어른스러워진 그들의 세상은 온통 신기하고 희한한 사건으로 가득 차고 넘쳤다. 물방개와 땅강아지를 잡으러 몰려다니고, 자치기와 제기를 가지고 놀던 시절은 이제 끝났다.

"어른들은 전쟁 때문에 걱정이 점점 더 많아지는 모양이야. 하지만 난 전쟁이 좋아."

"전쟁이 영원히 끝나지 않았으면 좋겠다, 그치?"

금산리 아이들은 날이면 날마다 다양해지는 놀이에 신이 났다.

양키 부대가 가운뎃섬에 와서 주둔하게 되리라는 소식을 듣고 아이들은 새로운 놀이들이 더 많이 생겨나리라는 기대감으로 뛸 듯이 기뻤다. 그래서 그들은 아기장수의 은마가 묻혔다는 전설의 무덤을 중도에서 찾아나서는 대신, 뺑코들의 장군이 그곳으로 오기를 손꼽아 기다렸다.

"말까지 땅에 묻혔다면 아기장수도 벌써 죽어 땅에 묻혔겠지. 그래서 은마 장군이 돌아오지를 않았나 봐."

"하지만 매가도 장군은 오겠지. 유엔 부대가 온다면 말이야."

드디어 뺑코들이 도착했을 때는 은마를 타고 온 매가도 장군이 끝내 나타나지를 않아 실망스럽기는 했지만, 아이들은 크게 개의치 않았다. 장군이 아니더라도 구경거리는 얼마든지 많았다.

찬돌이와 기준이와 강호와 봉이는 날마다 북한강을 건너 중도로 가서 군인들이 진을 치는 광경을 구경했다. 어떤 날은 아침부터 날이 저물 때까지 뺑코들을 구경하며 하루 종일 무인도를 종횡무진 쏘다니기도 했다.

중도는 홍수가 지면 물에 잠기는 면적이 워낙 넓어서 농사짓기가 어려워 사람이 들어가 살지 않는 무인도였다. 아이들은 전쟁이 나기 전에는 오랫동안 이곳을 '보물섬'이라고 부르며 갈대밭으로 참새 둥지나 물새의 알을 찾으러 가는 모험과 탐험의 터전으로 삼았었다. 그러나 중도는 이제 무인도가 아니라 외국 군인들이 몰려와서 이루어놓은 하나의 새로운 마을이 되었다.

홍천에서 병참부대 주력이 옮겨오기에 앞서서 우선 공병대가 커다란 차에 온갖 해괴한 모양의 쇳덩이를 잔뜩 싣고 와서는, 소양강에다 물에 뜨는 다리를 놓아서 중도의 나루터와 읍내의 강변 도로 사이를 걸어서 건너도록 하나로 연결했다. 그리고는 어느 날 새벽에 수십 대의 군용트럭이 도착하여, 싣고 온 코쟁이 군인들을 곳곳에 풀어놓았다.

"뺑코들이 천 명도 넘겠어. 저렇게 자꾸 몰려오다가는 섬이 무거워서 가라앉겠다."

"저건 선발대야. 우리 작은아버지가 그랬어. 진지구축이 끝나면 훨씬 더 많은 뺑코들이 떼를 지어 온다고."

춘천을 거쳐 가운뎃섬으로 건너온 뺑코들은 검둥이랑 흰둥이랑 모두들 함께 어울려, 웃통을 홀랑 벗어던지고는, 반짝거리는 하얀 꼬리표를 두 개씩 목에다 걸고 다니며 여기저기 땅을 파서 배수로를 만들고, 사방에다 천막을 세웠다.

"강호야, 저 뺑코들 목에 걸고 다니는 쇳조각이 뭐니?"

"그건 내가 알아, 내가 알아. 우리 작은아버지가 그러는데, 저건 군번이래. 군번. 군인들 도민증이지."

모래밭과 무성한 잡초 속에 합판 궤짝들이 여기저기 높다랗게 쌓였고, 물이 불어도 잠기지 않는 가장 높은 자리를 골라 군인들이 본부를 만들고는 막사 주변을 빙 둘러가며 멋진 철조망도 쳤다. 철조망 바깥쪽을 따라 반달처럼 둥그런 깡통 건물들을 여러 줄 가지런히 더 지어놓고는 철조망을 다시 한 번 둘러쳤다.

탱크처럼 쇳덩이로 바퀴를 만들어 달고 앞에 굉장히 큰 쟁기를 붙인 무시무시한 차들이 와서 부대 주변의 땅을 갈아엎고는 편편하게 다진 다음, 구멍이 숭숭 뚫린 철판을 깔아 자동찻길도 만들었다. 얼기설기 닦아놓은 철판 도로를 따라 큼직한 도끼를 옆에 매달고 다니는 지프와 쇠로 만든 궤짝들을 운반하는 짐차들이 분주하게 돌아다녔다.

"세상의 온갖 자동차가 여기로 다 모여들었어. 도대체 저런 기계들은 누가 다 만들까?"

아이들은 점점 더 용기를 내서 뺑코 군인들 사이로 어슬렁거리고 돌아다녔지만, 아무도 그들을 막거나 잡아가지를 않았다.

배짱이 생긴 기준이와 찬돌이는 마음씨가 좋아 보이는 양키들을 골라 쫓아다니며 그들과 유엔말로 얘기를 주고받으며 레이션 깡통을 얻어먹기도 했다.

"헤이 기브 미 짭짭! 기브 미 짭짭!"

둘

하루하루가 잔칫날처럼 즐겁던 아이들과는 달리, 뺑코 군인들이 중도에 도착한 첫날, 마을의 어른들은 잔뜩 긴장했다. 여자들은 날이 저물자 뺑코들이 야음을 타고 강을 건너와서 그들을 겁탈하리라고 지레 겁을 먹고는 너도나도 방공호나 들판으로 피신했다.

그날은 아무 일도 없었다.

이튿날도 무사히 지나갔다.

사흘째가 되자 동네 남자들은 하나 둘 분분하게 의견을 내기 시작했다. 분풀이를 할 만만한 상대도 없이 무턱대고 화를 내거나 불평을 늘어놓는 사람들도 자꾸만 생겨났다.

"양키 부대가 장기간 중도에 눌러앉는다면, 매일 밤 이렇게 동네 여자들이 언제까지나 밖에서 숨어 지낼 수도 없는 노릇이잖나?"

"머지않아 겨울이 닥칠 텐데, 어쩌면 좋을지 모르겠구먼."

"벌써 서리도 내리기 시작했는데, 무슨 대책을 강구해야 한다고."

지나가는 사람 결에 그런 막막한 얘기를 자주 전해 듣던 황승각 노인으로서는 어떻게 손을 써야만 했다. 그래서 그는 금산리와 현암리의 이장들과 강호 아버지를 불러 지시를 내렸다.

"요즈음에는 밤 날씨도 꽤 차고 하니 여자들을 집안에서 자게 하고, 남자들은 패를 짜서 나루터 쪽 강변으로 나가 혹시 뺑코들이 넘어오지 않나 밤새도록 망을 보기로 하세."

다행히 이번에 온 뺑코들은 어딘가 좀 다른 종족들이어서인지는 몰라도, 어쩐 일인지 그들은 서면 쪽으로는 아무도 얼씬하지를 않고 철조망 안에서 계속 부지런히 마을을 짓느라고 바빴다.

군인들이 진지 구축을 거의 다 끝낸 어느 날, 아이들이 읍내 쪽으로 낸 부대의 정문 앞으로 가 보았더니, 두 명의 보초가 지키는 입구에다 높다랗게 쇠말뚝을 박고는 그 꼭대기에 널빤지로 만든 길고 큼직한 간판을 내걸었다. 거기에는 반듯한 뼁코 글씨로 "OMAHA"라고 진지 이름을 밝혀놓았으며, 영어 글자 바로 밑에는 1학년 아이 정도의 엉성한 솜씨로 "오마하"라는 한글 이름을 나란히 적어두었다.

"오마하? 오마하가 뭐니? 누구 몰라?" 찬돌이가 물었다.

아무도 대답이 없었다.

"야, 두껍아. 너도 모르니?"

기준이도 모른다고 했다.

"너희 작은아버지가 그건 안 가르쳐 주던?"

며칠 후에 오마하가 미국 어느 도시의 이름이라는 사실을 결국 알아낸 사람은 바로 기준이 작은아버지였고, 그래서 기준이는 겨우 체면을 되찾았다.

가운뎃섬에 나붙은 간판은 '오마하'뿐이 아니었다. 오마하 정문에서 서면 쪽으로 방향을 조금 틀어 모래 비탈을 내려온 넓은 풀밭에는 "텍사스 타운(TEXAS TOWN)"이라고 영어와 한글로 쓴 간판을 붙인 마을이 하나 더 생겨났다. 텍사스 마을은 외국 군인들이 짓지를 않았고, 꺼멓게 염색한 군복이나 다른 허름한 작업복을 입은 한국 노무자들이 수십 명 어디선가 몰려와 법석거리며 며칠 사이에 뚝딱 세워놓았다.

텍사스 마을의 십여 채 집들은 저마다 방 하나에 부엌 하나만 붙여 놓은 초라한 몰골이었다. 각목과 널빤지를 대충 얽어서 벽을 올리고,

양철과 합판으로 지붕을 덮은 엉성한 판잣집들은 비가 새지 않도록 천막 조각을 씌우기도 하고 방수포 조각을 얹었다. 형편이 모자라는 집은 레이션 깡통을 오려 두들겨 펴서 이어 붙인 양철 조각들을 널빤지나 골판지 상자와 누덕누덕 기워 비바람에 대비했다.

아무 곳에나 닥치는 대로 세운 판잣집들이 제법 번듯한 모양을 갖추자 금산리로 집을 사러 찾아오던 그런 묘한 옷차림의 여자들이 불룩한 옷가방을 들고 읍내에서 들어와 하나 둘 모여들었다.

"저 여자들 뭔지 너희들도 잘 알지?"

"알아. 양갈보잖아."

"읍내 어른들은 '똥치'라고도 하더라."

오마하와 텍사스 타운이 거의 다 완성되었을 무렵인 어느 날 저녁 늦게 병참 본부의 철조망 안쪽 어디에선가 부릉부릉 요란한 소리가 울렸다. 철조망을 따라 세워놓은 수십 개의 기둥에 달린 공중 등잔에 전기불이 들어왔다.

다음 날 밤에는 '똥갈보촌' 텍사스 타운에도 전기가 들어갔다. 이상하고도 요란한 서양 음악 소리가 밤마다 판자촌에서 흘러나왔다.

셋

오마하와 텍사스 타운이 무인도에 생겨나기 시작할 무렵에, 땅꾼의 집을 사두었던 두 여자가 다시 금산리에 나타났다.

못된 여자들이 집을 사들인 목적을 분명히 알고 난 다음에 황 노인은 두 번이나 더 땅꾼을 불러다 앉혀놓고 "더러운 계집들한테 절대로 집을 내주지 말라"고 거듭해서 야단을 쳤었다. 그러고도 마음이 안 놓인 훈장은 결국 뱀잡이 영감을 이렇게 확실히 단속해 두었다.

"집을 팔고 계집들한테서 받은 돈을 나한테 가져와. 내가 집값을 보관했다가 그것들이 찾아오면 직접 돌려주고 다시는 마을에 발을 들여놓지 못하도록 쫓아버릴 테니까."

땅꾼은 심히 못마땅한 표정을 짓고 집으로 돌아가서는 오후 내내 문밖을 나서지 않았다. 그리고는 밤이 늦은 시간에 염 사공이 헐레벌떡 황 노인에게로 달려왔다.

"조금 전에 땅꾼이 옷 보퉁이를 두 개나 꾸려 들고 배를 타러 왔더군요. 그동안 잡아놓은 뱀도 큼직한 물통에다 몽땅 잡아넣어 가지고 말입니다. 한밤중 늦은 시간에 읍내로 나간다는 품이 아무래도 꼭 야반도주라도 하는 눈치더군요."

석구를 시켜 땅꾼의 움막으로 가서 살펴보라고 했더니, 염 사공의 얘기 그대로여서, 집을 팔아 횡재한 아까운 돈을 내놓기가 끝내 마음이 내키지 않았는지 땅꾼은 집안 물건을 몽땅 걸어 싸들고 도망친 것이 분명했다.

그리고는 오늘 용녀와 순덕이가 불룩한 옷가방을 세 개나 끌고 강을 건너와 땅꾼의 집으로 이사를 들어왔다. 집을 수리하는 일을 맡기려고 그들은 북어처럼 야위고 늙은 목수까지 데리고 왔다.

직접 그들과 담판을 벌일 생각으로 황승각 노인이 석구를 데리고 찾아가서 보니 두 여자는 방안에 못을 잔뜩 박고는 갖가지 알록달록한 옷을 벽마다 줄줄이 걸어 놓느라 바빴고, 목수는 내일부터 당장 손질할 곳이 얼마나 되는지 여기저기 살펴보면서 수첩에다 일거리를 꼼꼼히 적어 내려갔다.

　노인은 미천한 두 여자의 정체를 잘 알았기 때문에 처음에는 앞에 나서려고 하지를 않았고, 대신에 아들 석구가 점잖은 말로 차분하게, 당신들이 왜 이곳에다 집을 마련했으며, 앞으로 무슨 일을 하려고 그러는지도 잘 안다고 밝히고는, 외국 군인들을 끌어들여 동네 한가운데서 "이상한 돈벌이를 하지 말고" 금산리 마을을 떠나달라고 그들을 설득하기 시작했다.

　"땅꾼에게 돈을 얼마나 주고 집을 샀는지 모르겠지만, 집값은 우리가 대신 돌려줄 테니까요."

　두 여자는 젊은 석구의 말쯤은 귓등으로도 아랑곳하지를 않았다.

　"이상한 돈벌이라뇨?" 두 여자 가운데 언니 격인 용녀가 발끈했다. "내가 내 집에서 무슨 짓을 하든 댁들이 도대체 무슨 상관이죠?"

　젊은 아들의 말씨가 먹히지 않겠다는 판단이 서자 황 노인이 결국 호통을 쳐서 기를 꺾어보려고 했지만, 두 여자의 반발이 막무가내로 점점 더 거세졌고, 참다못해 노인이 그만 벌컥 화를 내고 말았다.

　"이런 고얀 계집들 같으니라고. 그래 이렇게 나이 먹은 사람이 부탁하면 순순히 들어야 맞는 도리지, 무엇이 어째? 우리 조용한 마을을 더러운 매음굴로 만들어야 속이 시원하겠다는 말이냐?"

　이무기는 고분고분 물러설 여자가 결코 아니었다.

　"이놈의 노틀 영감탱이가 왜 이래? 뭐 지가 엠삐(MP)라도 되는 줄 아나, 누구더러 여기서 살아라 말아라 말이 많아? 내 돈 주고 산 집에서 내가 살겠다는데 당신이 뭐라고 잔소리야? 이거 뭐 우리들이 막판 여자들이라니까 눈에 보이지도 않는 모양인데, 어디 할 테면 마음대로 해 보라고, 씨발."

보아하니 말로 따져서는 될 일이 아닐 듯싶어서 황 노인은 얼굴이 시뻘겋게 화가 나서 집으로 돌아갔고, 잠시 후에 석구더러 뱃사공을 불러오라고 했다.

"염 서방, 잘 듣게. 땅꾼 집을 사서 이사를 들어온 두 여자 알지? 그 것들이 가운뎃섬으로 나가려고 하거나, 어딜 갔다 마을로 들어오려고 하면, 절대로 배를 태워주지 말도록 해. 만일 돈이라도 많이 집어 주겠다는 말에 넘어가서 저것들을 위해 염 사공이 배를 띄웠다가, 혹시 서양 군인들이 마을로 함께 들어오기라도 했다 하면, 자네 앞날은 거기서 끝이야. 알겠지?"

"그러믄입쇼. 잘 알고말고요."

염 사공은 뺑코들로 하여금 함부로 금산리에 발을 들여놓게 했다가는 어떤 위험하고도 심각한 사태가 동네 여자들한테 닥칠지를 잘 알았다. 뿐만이 아니었다. 때가 때이니 만큼 그는 훈장 댁의 말을 각별히 새겨들어야만 했다.

지금은 한창 가을걷이가 끝나가는 철이었으므로, 다음 주일 쯤에는 마을사람들이 사공에게 줄 곡식을 추렴해서 훈장 댁에 내놓을 터였다. 1년 치 품삯을 몰아서 해마다 훈장을 통해 한꺼번에 받던 사공으로서는 어느 하늘 밑이라고 노인의 지시를 어길 처지가 없었다. 더구나 폭격이 무서워 배를 띄우지 않았다가 동네사람들에게 호된 야단을 맞은 지도 얼마 안 되었으니, 여차했다가는 무슨 일이 눈앞에 닥칠지 모를 노릇이었다.

넷

이튿날 텍사스 타운에 아는 친구들이라도 혹시 없나 한 바퀴 둘러보려고 용녀와 순덕 두 여자가 아침에 나루터로 나갔을 때는 물론 사공이 배를 태워주지 않겠다고 단호하게 거절했다.

"훈장님한테 내가 치도곤이라도 맞으라고요? 두 아가씨를 건네주었다 하면 난 그날로 마을에서 쫓겨나고 말아요."

이무기가 돈까지 쥐어주며 구슬리려고 해 보았지만 통할 리가 없었다.

"이건 돈을 받고 사람을 아무나 태우는 그런 나룻배가 아니라니까요."

이렇게 한참 승강이를 벌이려니까 금산리 이장이 나루터로 나왔다. 빵코 군인들과 마주쳐서 몹쓸 일이라도 당할까봐 겁이 나서 벌써 며칠째 강을 건너지 못하던 서면 아낙네들이 가운뎃섬에서 어느 쪽으로 돌아가야 무사히 읍내를 다녀오겠는지 길을 알아내고 외국 군인들의 동태까지 살펴보고 오라는 황 노인의 지시를 받고 중도로 가기 위해서였다. 재작년 가을에 돼지우리에 깔려고 쌓아놓은 짚더미 속에 낫이 묻힌 줄을 모르고 그냥 깔고 앉았다가 엉덩이를 심하게 다친 이후 걷기가 아직도 불편한 이장이 절름거리며 배에 타고는, 두 여자를 꽤나 역겨워하는 표정으로 힐끗 쳐다보더니 사공을 불렀다.

"어서 가세."

사공이 장대를 집어 들고 배에 오르려 하자 잔뜩 화가 치밀어 오른 이무기가 염 서방에게 소리를 질렀다.

"이봐요, 사공! 아니 이왕 건너다니는 배인데, 저 사람은 뭔데 태워주고 우린 안 태우느냔 말예요."

이왕 훈장에게서 들은 말도 있었던 터인지라, 엉거주춤 뱃머리를 손으로 짚고 몸을 일으킨 배 씨가 타향 여자에게 한마디 했다.

"이봐요, 아가씨들. 이건 동네사람들의 공동 소유니까, 누가 배를 타느냐 하는 건 당연히 우리 마을사람들이 마음대로 정하는 거요. 그러니 아예 여기서 강을 건너다닐 생각은 마시오."

"아니 그럼 우리더러는 헤엄을 쳐서 강을 건너가라고 하는 거예요?" 순덕이가 팔을 걷어붙이며 소리쳤다. "이거 무슨 동네가 이렇게 인심이 고약해요?"

두 남자가 들은 체도 하지 않고 사공이 작대기로 땅을 밀어 배를 띄우려 하자 용녀의 입에서 험한 소리가 거침없이 쏟아져 나왔다.

"씨발, 입에 풀칠 좀 하느라고 뜨내기 신세가 되었더니 나중엔 별 촌것들이 다 깔보지를 않나, 원 세상에 이런 말좆 같은 꼴을 다 당하다니."

천한 여자들한테 욕을 먹고 성미가 발끈한 이장이 한바탕 싸움이라도 벌이려고 배에서 내리려 하자 사공이 붙잡아 말리며 엉겁결에 말했다.

"그냥 가시죠, 이장님."

"뭐? 이장님? 이무기 언니, 들었우? 저 영감탱이가 이장이래. 여보소, 이장님, 도대체 무얼 처먹고 살길래 동네사람들 마음 쓰는 꼴이 그렇소? 여기 사람들은 강물만 먹고 돌멩이 똥이라도 누나?"

"그리고 황 영감인가 뭔가 하는 꼰대는 또 뭐하는 사람이길래 당신 같은 이장을 따로 놔두고 쌍지팡이 휘두르며 혼자 나서서 그렇게 설치고 난리요? 황 영감 좆대가리에는 상투라도 틀었소, 뭐요? 에이, 드럽다 드러워!"

다섯

휘적휘적 노를 저어 멀어져가는 배에다 대고 고래고래 소리를 질러 봤자 목구멍만 아팠지 아무 소용도 없는 일이었고, 그래서 용녀와 순덕 두 여자는 어쩌면 좋을까 의논할 상대도 마땅치 않았던 터라 나루터에서 잠깐 머뭇거리다가 옳지, 이 마을에서 그들만큼이나 처지가 한심한 여자가 또 있었지 하는 생각이 얼핏 났다. 그래서 별로 신통한 기대는 하지 않으면서도 어쨌든 그들은 분풀이 하소연이라도 할 겸 밤나무집 만식이 엄마를 찾아가기로 했다. 아는 사람이 아무도 없는 객지에서라면 닥치는 대로 아무라도 빨리 친구를 만들어놓아야 상책이었다.

처음 만난 지가 얼마 되지도 않았고 서로 얼굴 한 번밖에 본 적도 없는 인연이건만, 이무기는 밤나무집 마당으로 들어서면서 호두나무 그루터기에 앉아 바깥 구경을 하던 만식이를 보고는 정신이 나갈 정도로 반가운 사람을 만난 듯, "어머, 우리 만식이 오래간만이구나"하며 뺨을 꼬집어주었고, 바깥에서 무슨 소란인가 하여 언례가 문을 열고 안방에서 얼굴을 내밀자 "아유, 반가워요, 만식 엄마, 우리들 왔어요" 온몸으로 법석을 떨며 마루로 올라가 앉아서는 황 노인과 이장과 뱃사공에 대한 욕을 숨차게 늘어놓기 시작했다.

"세상 천지에 글쎄 이런 법이 어디 있수?" 이무기는 꽤나 친한 사이처럼 어느새 반말이 비치는 투로 얘기를 계속했다. "이렇게 한심한 동네서 살려니 그래 만식 엄마는 얼마나 갑갑할까 모르겠어."

순덕이도 마루 끝에 걸터앉아 양산과 손가방을 옆에 내려놓고는 덩달아 수다를 떨기 시작했다.

"양키들 상대하는 술집이 몇 개만 들어서도 동네에 떨어지는 딸라 부스러기가 얼마나 많을 텐데, 굼벵이처럼 매일 흙이나 파먹을 게 아니라 이럴 때 한밑천 잡을 생각은 안 하고, 오히려 쌍수를 들어 우리들한테 고마워해도 모자랄 것들이 언니하고 날 뭐 무슨 지저분한 걸레처럼 취급하다니. 아니 그래 정말 세상에 그래도 되나 모르겠어요. 안 그렇수, 만식 엄마? 헌데 이름은 뭐랬지?"

"언례요."

"언례?" 용녀가 되묻고는 웃음을 터뜨렸다. "이름이 너무 촌스럽다. 언례가 뭐야, 언례가. 언내처럼. 아무튼 만식 엄마도 이렇게 꽉 막힌 동네사람들 때문에 속상하는 일 정말 많겠어요. 정말이지 얼마나 답답할까. 그건 그렇고, 어제 가지고 들어온 빵하고 햄을 다 먹어치워서 우린 한 끼 해 먹을 식량도 없는데, 집에 쌀 가진 거 남으면 좀 팔아요. 건건한 반찬거리도 좀 주고. 어디 황 영감 극성부리고 돌아다니는 꼴 보니 다른 집엔 가서 물어봐도 그놈의 영감 눈치 보이니까 누구 쌀 팔려고 하는 사람도 없을 거야. 에이, 드럽다 드러워."

언례는 황 노인의 꾸짖음이라면 이제는 더 이상 두렵지 않았지만 정말로 집에 가진 식량이 얼마 안 되어 쌀을 한 바가지밖에는 내줄 여유가 없었다.

그렇다. 요즈음 갑자기 언례는 황 노인이 더 이상 무섭거나 피해야 할 존재가 아니라고 느끼게 되었다. 마을의 다른 사람들이나 마찬가지로 황 노인도 그녀의 삶에서는 어느덧 존재가 없어졌기 때문이리라.

"어쨌든 고마워요." 겨우 쌀 한 바가지에 애호박 반 토막과 풋고추 한 줌을 얻고 바가지 가장자리에 고추장을 한 숟가락 발라 들고 밤나무 집을 나서면서 용녀가 언례에게 거듭거듭 치레를 했다. "대충 정리가 끝나면 우리가 초대할 테니 만식이하고 한 번 우리 집에 꼭 놀러 와요."

여섯

밤나무집에서 당장 급한 먹을거리를 한 바가지 겨우 구해가지고 땅꾼 집으로 돌아온 용녀는, 순덕이가 너구리 굴속처럼 컴컴하고 움푹 꺼진 부엌 바닥에 내려가 쪼그리고 앉아서 연기가 나는 아궁이에 쏘시개를 쑤셔 넣고 후후 불어대며 밥을 짓는 동안, 잠깐 바람이라도 쐬려고 강둑으로 나갔다.

뱀들이 살던 집이어서 그런지 몰라도 유별나게 냉기가 음습하여 퀴퀴한 움막 속으로 들어가기도 참으로 답답한 노릇이었지만, 바람이 서늘한 강변에 나가 앉아 찰랑거리는 파란 강물을 응시하면서도 용녀의 마음이 무겁기는 마찬가지였다. 당장 내일부터라도 어떻게 살아가야 할지 앞일이 참으로 막막해서였다.

일부러 그녀에게 약이라도 올리듯 겨우 한두 사람씩만 태우고 저만치 상류에서 한가하게 오락가락 건너다니는 나룻배를 쳐다보며 그녀는 생각지도 않았던 오늘의 낭패 때문에 자꾸만 마음이 어수선했다.

노름꾼이 다음번에 한몫 잡기만 하면 투전 따위는 다 정리하고 깨끗하게 살아보겠노라고 늘 다짐한다지만, 용녀는 홍천을 떠나 이곳으로 올라올 때만 해도, 춘천에서 어떻게 해서든지 한밑천 단단히 잡아 갈보짓은 그만 청산하고 다시 해운대로 내려가 버젓한 업소를 하나 차려 포주 노릇이나 하며 편히 살겠다고 작정한 터였다. 그런데 그 꿈이 엉뚱한 늙은이 한 사람 때문에 애초부터 싹수가 이상해졌다. 고생은 그만하면 할 만큼 했으니 이제는 용녀도 편히 살지 말란 법이 없으련만 도대체 이것이 웬일인가.

지난 반 년 사이에 용녀가 겪어온 사연은 아무리 생각해도 믿어지지 않을 지경이었다. 경기도 금촌이 고향인 용녀는 시집갈 나이가 다 되어 용주골 배밭 주인 넷째아들과 혼담이 오고가던 중 큰댁에 혼사가 이루어져 이불을 짓는 일을 도와주마고 조치원으로 내려가 며칠 지내다가 전쟁을 맞았다. 허겁지겁 놀라서 식구들을 찾아 북으로 올라가다 그녀가 안양에 이르렀을 때쯤에는 이미 서울도 인민군의 손에 떨어진 다음이었고, 그래서 갖은 고생을 다 하며 조치원으로 되돌아갔더니 큰집 식구들은 벌써 부산으로 피난을 내려가고 아무도 없었다.

오도가도 못하게 된 용녀는 부산으로 뒤따라 내려가 큰집 식구들이라도 찾아볼 요량으로 무작정 다시 길을 떠났다. 먹기도 하고 굶기도 하며, 추녀 밑이나 빈 집에서 잠을 자고, 아무한테나 밥을 얻어먹고, 주인이 피난을 가고 비어버린 집을 뒤져 미처 가져가지 못한 쌀을 찾아 밥을 끓여먹기도 하면서 겨우겨우 부산까지 내려가기는 했어도, 도대체 여기까지 정말로 피난을 내려오기나 했는지 큰집 식구들은 도저히 찾을 길이 없었고, 타향에서 정처 없이 떠도는 처량하고 가련한 신세가 된 용녀는 아무리 머리를 쥐어짜도 여자 몸으로 혼자서 살아갈 방법이 눈앞에 보이지를 않았다.

전국 방방곡곡 모든 사람이 다 모여든 듯 바글거리는 부산 바닥에서 등 붙일 자리 하나 제대로 찾지 못하던 용녀가 해운대 모래밭 바위틈에서 널빤지를 깔고 겨우 잠을 청하던 어느 날 밤이었다. 그녀가 며칠째 잠자리로 정했던 바위 근처 백사장에 마흔 살쯤 되는 남자 셋이 놀러 나와서는, 모쟁이와 술뱅이 몇 마리를 회로 쳐놓고 안주로 삼아 양재기로 동동주를 마시며 둘러앉아 "술맛은 역시 바닷가의 밤 술맛이 제맛이지" 해가면서 한참 허튼 주정을 늘어놓았다.

그러더니 밤이 늦자 세 남자 가운데 가장 떡대가 듬직해 보이는 사람이 두 친구는 먼저 집으로 보내고 뒤에 혼자 처지더니, 아까부터 힐끔거리며 그들을 넘겨다보던 용녀가 혼자 웅크리고 누운 자리로 와서 수작을 걸었다.

"습기도 차고 하는데 이렇게 한데서 자지 말고, 나한테 집이 있으니 같이 가서 자고 가시구려."

용녀는 사내가 하는 말이 무슨 뜻인지 훤히 알면서도 아무려면 어떠냐 해서 냉큼 따라 나섰다. 너무나 뜻밖에 전쟁을 만나 상상도 못하던 고생을 하면서 부산까지 내려오느라고 용녀는 아무한테나 얻어먹고 신세를 지며 몸을 멋대로 굴려 생면부지인 남자와 두 번이나 벌써 잠자리를 같이 한 몸이었다. 전쟁 통에 정조고 뭐고 염치가 뭐 말라 죽은 거냐, 우선 살고 봐야지 하는 생각으로….

해운대 모래밭에서 용녀가 따라 나섰던 사내는 이름이 윤중필이었는데, 친구들이나 주변에서 그를 아는 사람들은 모두 '뚜룩'이라는 별명으로 불렀기 때문에 진짜 이름은 거의 쓰지도 않았다. 그날 밤 남자가 용녀를 데리고 간 곳은 그의 집이 아니라 중일동 기찻길 옆에 틀어박힌 어느 지저분한 여인숙이었다. 사실 그는 용녀와 헤어질 때까지

자기 집이라고는 가져본 적이 없는 사람이었다.

 어쨌든 이때부터 두 사람은 뒷골목 여인숙에다 방을 잡아놓고 같이 살았는데, 나중에 알고 보니 뚜룩은 미군 부대에서 근무하는 한국인 노무자들과 짜고 가끔 물건을 훔쳐 국제시장에 내다 팔아서 먹고 사는 그런 남자였다. 뚜룩은 "컨테이너 하나만 훔쳐내면 팔자를 고치겠는데" 하고 입버릇처럼 말했지만, 어쩐 노릇인지 그는 도대체 무슨 일이라도 제대로 해서 돈을 벌어보려는 생각은 통 하지도 않고, 어디 빌붙어서 떡고물을 털어 먹거나 남의 등을 쳐서 때 아닌 횡재라도 할 길이나 없을까 헛된 궁리만 늘상 하던 그런 위인이었다.

 결국 그것도 뚜룩이 다리를 놓아준 덕택이기는 하지만, 용녀는 얼마 후에 해운대 바닷가의 삐쭉꾸라는 술집에서 청소도 하고 설거지에 밥도 짓고 온갖 허드렛일을 하는 일자리를 구해 두 사람이 여인숙에서 겨우 먹고 살 돈을 벌었다.

 용녀의 삶을 지금의 길로 들어서게 만든 곳이 바로 삐쭉꾸였다.

일곱

 영어를 제대로 알지 못하는 동네사람들이 "비치 구락부"(*Beach Club*)라는 말을 잘못 알아듣고 그녀가 일하러 다니는 술집을 '삐쭉꾸'라고 부른다는 사실을 용녀가 알게 된 것은 나중에 직접 양키 손님들을 받느라고 영어를 배우기 시작한 다음이었다. 하지만 어쨌든 미군을 상대하는 바닷가 술집 삐쭉구는 피난살이에 찌든 용녀의 눈에는 완전히 경이로운 다른 나라나 마찬가지였다.

여자라면 누구나 다 헐렁이 바지나 몽땅한 검정 치마에 기다란 옷고름이 달린 허름한 저고리만 입고 평생을 살아가는 줄 알았던 용녀는 삐쭉꾸 여자들이 '비키니'라는 손바닥만 한 헝겊으로 젖과 사타구니 털만 가리고 미군들과 같이 팔짱을 끼고 바닷가를 으스대며 걸어 다니는 광경을 보고는 눈이 휘둥그레지도록 놀라기도 했지만, 어쩐지 그들의 멋진 머리 모양과 대담한 옷차림이 무척이나 부럽고 탐나기도 했다. 그뿐 아니라 구락부˙에서는 양키들을 잔뜩 앞에 앉혀놓고 '스트립 쇼'라며 여자가 옷을 하나씩 발가벗는 춤을 구경시키기도 했는데, 저녁이면 희한한 알몸 춤을 구경하려고 주변 동네사람들이 어른 아이 할 것 없이 모두 몰려와 철조망 밖에서 와글거렸고, 가끔 술 취한 사람이 더 잘 보려고 철조망을 넘어 들어오려다 몽둥이를 휘두르는 엠삐한테 혼이 나기도 했다.

용녀는 미군들에게 둘러싸여 여왕처럼 군림하던 삐쭉꾸의 곰보 엄마를 볼 때마다 그렇게 부럽고 신기해서 감개가 무량할 지경이었다. 날마다 다른 남자하고 즐겁게 잠자리를 같이 하고, 거기다가 돈까지 무척 잘 벌던 곰보 엄마의 화려한 생활은 용녀 자신의 처지와는 비교가 되지 않는 꿈과 같았다. 밥벌이라고는 아예 생각조차 해본 적이 없는 뚜룩을 먹여 살리다시피 하며 여인숙에서 같이 사느라고 죽을 고생이나 하는 용녀의 신세….

참다못한 용녀는 결국 클럽 주인이던 포주 언니한테 얘기해서 식모 노릇은 그만둘 테니 나도 양갈보를 시켜달라고 부탁했다. 용녀는 포주

• 구락부(俱樂部): club을 한자로 음차함.

언니가 시키는 대로 기둥서방 뚜룩부터 털어버려야 했기 때문에 당장 섬밭 동네의 양갈보촌으로 거처를 옮겨 우선 그곳에서 일을 시작했다. 주인 언니가 마련해 준 섬밭 동네의 '하꼬방'은 모래벽돌로 골격을 짓고 함석지붕을 얹은 주변의 다른 모든 날라리 판잣집들이나 마찬가지로 방이 둘이었는데, 그곳에서 다른 방을 쓰던 양공주가 바로 순덕이었다.

아예 발 벗고 몸을 파는 길로 들어서겠다는 그녀에게 뚜룩은, "해운대 바닷가에 나가 봐라. 줄줄이 깔린 게 옳다구나 가랑이를 벌리려는 계집 투성이인데" 하면서 조금도 섭섭해 하지 않고 용녀를 놓아 주고는, 아닌 게 아니라 며칠 후에 천안에서 피난을 내려온 청상과부를 하나 구해 여인숙으로 끌어다 놓고는, 용녀와 살던 방에서 그냥 같이 살았다.

용녀는 그까짓 자식 어떤 년하고 붙어살든 이제는 관심이 없었고, 오후만 되면 맥주와 레이션 깡통을 들고 찾아오는 양키들을 닥치는 대로 많이 단골로 두어 돈을 모아서 집값을 갚는 데만 신경을 썼다.

그녀의 단골 고객이 많았던 병참부대가 부산에서 왜관으로 이동하게 되었을 때 용녀는, 그동안 부지런히 번 돈으로 주인 언니에게 빚을 다 갚고도 남아 집을 장만할 여유가 생기자, 순덕이를 설득해서 꿰어 차고 둘이서 왜관으로, 그리고는 다시 홍천으로 미군들이 이동할 때마다 뒤따라 함께 다녔다.

이제는 근사하게 '드라곤 레이디(Dragon Lady)'라고 양키 식 이름까지 얻어 가진 용녀는 어디로 이동하는 부대를 따라 가더라도 텍사스 타운에서 뻬쭉꾸의 곰보 엄마 못지않게 최고로 날리는 유명한 존재가 되었다. "용 아가씨"를 의미하는 '드라곤 레이디'는 그녀의 별명이 '이무기'라는 소리를 듣고 중대 서무로 복무하던 싸징* 찌미가 미국으로 돌아가기 얼마 전에 용녀에게 붙여준 이름인데, 그것이 중국 청나라 서태후의 별명이었다는 사실까지도 그녀가 알게 된 까닭은 홍천에서 자주 그녀를 찾아와 잠자리를 같이 했던 한국인 통역장교 김희준 소령에게서 설명을 들었기 때문이었다.

용녀는 세상에서 더 이상 아쉽거나 부러울 바가 별로 없었다. 사랑이니 뭐니 해가면서 골치를 썩일 남자도 그녀는 필요가 없었다. 섬밭 동네 시절에도 그녀는 남자를 잘못 만나는 바람에 몸을 팔아 애써 번 돈을 속아서 몽땅 털리고 거지꼴이 되는 멍청한 년들을 자주 보았는데, 용녀는 결코 그런 바보짓을 할 여자가 아니었다. 돈을 받아가며 같이 잘 남자가 얼마든지 널렸는데 또 무슨 남자가 따로 필요하다는 말인가?

혹시 결혼하고 싶은 괜한 마음이 어쩌다 생기더라도 그녀는 전쟁이 끝난 다음에나 어느 머나먼 시골 동네로 가서 이런 짓에 대해서는 까맣게 모르는 무식한 남자 하나를 구해 같이 살면 그만이라 생각했다. 전쟁이 오래 계속된다면 젊은 남자들이 싸움터에 나가 모조리 죽고 얼마 남아나지도 않을 판국인데, 결혼 따위 헛된 몽상에 빠지는 짓은 앞날을 내다볼 줄 모르는 맹추들에게나 어울릴 노릇이었다.

그렇다. 연합군과 국군이 자꾸 북진을 계속하는데도 용녀가 여태껏 고향을 찾아갈 생각은 아예 하지도 않았던 까닭은 지금 자신의 처지가

• 싸징: sergeant, 한국인들이 전쟁 당시 계급을 고려하지 않고 미군 장병을 일컫던 통칭.

창피해서가 아니라, 과거 따위는 더 이상 그녀에게 존재하지 않기 때문이었다. 그녀에게는 미래만이 창창했고, 그래서 구질구질한 과거 따위는 생각하고 싶지도 않았다.

용녀는 처음 서면으로 찾아와서 중도와 금산리를 일단 둘러본 다음, 이곳이야말로 그녀의 전성기를 장식할 명당자리임을 한눈에 알아보았다. 서양 사내들은 돼지우리 같은 토굴 속이라도 가리지 않고 무작정 발가벗은 여자하고 붙기만 하면 좋아서 어쩔 줄을 모르는 짐승이나 마찬가지이기는 했지만, 그래도 이왕이면 금산리 강변처럼 주변의 풍치가 좋아서 장사에 손해 볼 일은 없었다.

땅꾼이 살던 집이 워낙 작아 방이 하나뿐이기는 했지만, 뱀을 모아 두던 외양간 자리를 손질해 침실을 하나 더 들이면 순덕이와 그녀는 손님을 따로 받을 공간이 넉넉했다. 그리고는 앞마당에 벽을 두르고 함석으로 지붕을 씌워 술을 파는 홀을 만들면 해운대 삐쭉구처럼 번듯한 클럽으로 꾸며놓기가 그리 어려운 일이 아니었다.

씀씀이가 늘 헤퍼서 순덕이는 모아놓은 돈이 별로 없어도 그동안 용녀는 악착같이 꽤 많은 목돈을 꿍쳐놓았기 때문에 움집을 번듯한 클럽으로 개조하고 '드라곤 레이디 구락부'(Dragon Lady Club) 라는 간판을 내걸기에는 아무런 어려움이 없을 터였다.

그리고는 나중에 형편이 풀리는 대로 뒤쪽으로 땅을 더 사들여 방을 두어 개 주욱 들이고 여자를 서넛 끌어다 두면, 그녀는 드디어 누구 못지않게 의젓한 포주 노릇을 하게 되리라. 홀에는 강이 내다보이는 쪽으로 무대를 만들어 여자들이 발가벗는 쇼도 시키고, 그렇게 해서 두둑이 돈을 벌면 부산으로 진출하여 여봐란듯 살아야 되는 건데 ….

여덟

"언니는 청승맞게 거기 앉아 무슨 생각을 그렇게 열심히 해?"

밥을 지어놓고 강가로 나온 순덕이가 용녀의 옆에 자리를 잡고 앉았다.

"다 틀린 모양이야."

강 건너 중도의 모래밭에서 붉은 먼지를 일으키며 돌아다니는 군용 트럭들을 물끄러미 쳐다보던 용녀가 혼잣말처럼 투덜거렸다.

"뭐가 다 틀려?"

"여기서 한몫 잡으려고 했던 계획 말이다. 전쟁이 언젠가는 끝날 테고, 그러면 양키들이 자기 나라로 돌아가고, 그러면 우리들의 전성기도 끝나지 않겠니? 그래서 늦기 전에 열심히 벌어 큰돈을 만들어 두었다가 전쟁이 끝난 다음에는 여수에 가서 밀수사업이라도 할까 슬슬 꿈을 꾸었는데, 아무래도 이 동네서 장사를 벌이긴 틀린 것 같아. 그놈의 황 영감이 훼방을 놓고 저 지랄이니 우리도 아예 텍사스 타운으로 나가는 게 나을지도 모르지. 좆도 안 서는 늙은이하고 아무리 싸워봤자 생기는 거 없이 기운만 빠질 테니까."

움집으로 돌아간 두 사람은 점심을 들면서 한참 곰곰이 의논을 거친 끝에, 풀었던 짐을 다시 싸서 옷가방을 끌고 황씨 댁으로 찾아갔다. 저녁을 먹기 전에 우물가에서 손을 씻던 황 노인을 보고 용녀는 가방을 오동나무 밑에 내려놓고 다짜고짜 덤벼들었다.

"좋아요, 영감님. 당신이 이겼수다. 내 드러워서 정말 이 동네에서는 살라고 애걸해도 살고 싶질 않군요. 영감님이 원하는 대로 당장 여기서 떠날 테니까 어서 집값이나 물어줘요."

황 노인은 수건으로 목덜미를 닦으며 잠깐 생각을 가다듬으려고 서산 너머로 가라앉는 해를 멍하니 쳐다보았다. 여자들이 제 발로 떠나겠다고 했으니 이제 노인으로서는 다급할 일이 하나도 없었다.

"집값을 돌려주긴 하겠지만, 지금 당장은 어렵겠소. 땅꾼이 돈을 갖고 야반도주를 했으니, 내가 따로 집값을 마련할 때까지 당분간 기다리도록 해요. 나도 그런 큰돈은 늘 수중에 갖고 다니는 건 아니니까. 차차 여유가 생기면 동네에서 염출하든 어떻게 해서 물어줄 테니 걱정은 하지 말고."

"뭐가 어째, 이놈의 문둥아. 그럼 부지하세월 언제 내 돈을 물어내겠단 소리야!"

"어허!"

"어허고 나발이고 어서 내 돈 내놔!"

아무리 따져 봤자 소용이 없었다.

용녀와 순덕은 반시간 동안이나 황 노인과 싸우다가, 그럼 돈을 받기 전에는 하늘이 두 동강 나더라도 마을에서 안 떠날 테니 그동안 먹고 살 쌀이나 내놓으라고 바락바락 소리를 지르고는, 분을 참지 못해서 씨근덕거리며 땅꾼 집으로 돌아갔다.

아홉

자정이 가까웠음 직한데 잠은 오지 않고, 차가워지는 밤기운이 스며들어 이부자리는 자꾸만 썰렁하게 느껴지고, 시간이 갈수록 정신이 더욱 또렷하게 맑아지기만 해서, 언례는 아무래도 닭이 울 때까지 오늘도 역시 뜬눈으로 밤을 새우게 될까봐 겁이 났다.

잠이 안 오는 밤이 그녀에게는 날이 갈수록 점점 더 무서워졌다.

언례는 이불을 소리 없이 옆으로 밀어젖히고 일어나 앉았다. 창호지를 밝힌 창백한 달빛에 곤히 잠든 만희의 작은 얼굴이 물에 젖은 듯 보였다.

더듬거리며 옷을 대충 챙겨 걸친 언례는 살그머니 문을 밀어 열고 마루에 나가 한참 동안 홀로 앉아서 밤나무와 울타리를 물끄러미 쳐다보았다.

울타리. 그녀를 세상으로부터 갈라놓은 울타리 ···.

장군봉 쪽에서 소쩍새가 슬피 울었다.

달빛 소리에 홀린 듯 언례는 천천히 댓돌로 내려섰다. 그리고는 도둑질을 나가려는 듯 살금살금 신발을 신고, 발자국 소리를 죽이며 마당을 건너가 사립문을 열었다. 그녀는 바깥으로 발을 내놓기 전에 나룻길을 아래위로 살펴보았다. 사람이라고는 아무도 지나다니지 않는 교교한 시간이었지만, 언례는 밤중에 집밖을 나설 때마다 항상 주위를 살피는 버릇이 이제는 몸에 배었기 때문이었다.

참으로 알 길이 없는 노릇이었다. 분명히 언례 자신이 사는 집인데, 만식이와 만희와 함께 그리고 죽기 전에는 만식이 아버지와 함께 그녀가 여태까지 살아온 집인데, 어째서 이렇게 그녀는 한밤중에 밤나무집을 숨죽여 나갔다가 아무도 모르게 몰래 들어와야 하는 군색한 처지가 되었을까? 왜 그녀는 제집에서 도둑처럼 행동하지 않으면 안 되는가? 누가 그렇게 시키지도 않고, 아무도 그녀에게 강요하지도 않는데 ···.

언례는 밤나무 밑 실개천을 건넜다. 그리고 나룻길도 건넜다.

탈출. 언례는 지금 탈출하는 중이었다.

언례는 혹시 늦마실을 다녀가거나 달구경을 나온 마을사람들과 우연히나마 마주치지 않으려고 길에서 얼른 벗어나 논둑으로 내려갔다. 그리고는 개천을 따라 강변을 향해서 걸음을 서둘렀다.

왜 강으로 나가야 하는지는 알 길이 없었지만, 어쨌든 꼭 그쪽으로 가야만 될 듯싶어서, 어쨌든 강으로 가야 어디론지 도망칠 길이 나오리라는 기분을 막연히 느꼈기 때문에 그녀는 북한강으로 향했고, 어서 빨리 밤나무집으로부터 멀어져야만 할 듯싶어서 그녀는 늘 그러듯이 절박하게 걸음을 서둘렀다.

나무들 사이사이로 몸을 숨기며 강을 향해 나아가던 그녀는 실개천이 굽어지는 귀퉁이에서 걸음을 멈추었다. 그곳 수양버들의 그늘 속에서 잠시 마음 놓고 숨을 돌릴 만한 자리가 눈에 띄자 언례는 풀바닥에 주저앉아 왈랑거리는 가슴을 진정시켰다. 자기도 모르는 사이에 그녀는 숨을 헐떡일 정도로 긴장한 상태였다. 하지만 집이 저만치 멀어져서인지 이제는 훨씬 마음이 가벼웠다.

혹시 누군가 나다니는 사람이 없나 한 번 더 확인하려고 그녀는 보름달 빛을 받아 휘영청 밝은 서면의 들판을 둘러보았다.

그토록 수없이 자주 보아온 서면의 밤 풍경이었지만 오늘은 몇년 만에 감옥에서 풀려나온 죄수가 세상을 처음 구경하는 듯, 사방이 새삼스럽고 신기하기까지 했다. 넓고 넓은 하늘의 검푸른 공간에는 둥그렇고 노란 달이 떴고, 투명한 별빛이 유리처럼 맑았다. 서로 접혀 물려들어가는 삼악산의 능선들은 허옇게 서리가 덮인 듯 어둠 속에서 기나

긴 어깨를 은근히 드러냈으며, 수리바위 아래쪽 산기슭에는 꼭대기에 만 한줌 남고 잎이 다 떨어진 미루나무의 까치집이 쓸쓸했다.

서산 언덕에는 억새풀이 하얀 손처럼 여기저기 불쑥 솟아올라 가만히 기다렸고, 듬성듬성 들국화 무리가 파랗게 야광 빛을 뿜었다. 잠을 잊고 시끄럽게 떠들며 흘러내리는 개울물이 달빛을 받아 산산조각 굴렀다. 물을 뺀 웅덩이에서는 연줄기가 잎을 주저앉힌 채로 늘어졌으며, 감자밭 옆에는 김을 매면서 골라놓은 시커먼 돌무더기가 쌓였다.

벼를 베어 훤하게 트인 논바닥은 달빛이 물 흐르듯 넘쳐흘렀고, 찢어진 저고리를 걸친 허수아비가 빈 들판을 홀로 지켰다. 논둑에 널어 놓은 짚더미 옆으로는 털고 남아 묶어서 세운 깻단 무더기가 무덤처럼 음산한 모습이었다. 방앗간 다리 주변에는 줄지어 느릿느릿 기어가는 누에처럼 볏단들이 웅크리고 무엇인가를 기다렸으며, 미꾸라지를 퍼 낸 둠벙 언저리에는 벼에 그늘이 진다고 가겟집 일꾼이 뭉툭하게 잘라버린 수양버들 밑동에서 송충이 털처럼 새 가지가 몇 개씩 돋아나다 말았다.

황량한 밤의 풍경, 낮 사람들에게서 버림받은 폐허는 아무도 살지 않고, 아무도 보지 않고, 아무도 침범하지 않는 세계였고, 그래서 언례 혼자만의 세상이었다. 이곳 들판으로 쫓겨났기 때문에, 이곳에서 혼자였기 때문에, 밤의 세상은 언례가 얼마든지 자유를 누려도 좋은 땅이었다. 그녀를 알아보고 야릇한 표정을 짓는 사람이 아무도 없는 어둠의 땅을 찾아 언례는 요즈음 가끔 밤이면 집을 벗어나 이렇게 해방감을 맛보고는 했다.

열

금산리 개울이 구불거리며 흘러 북한강 큰 물줄기와 만나는 둔덕까지 논둑을 따라 내려간 언례는, 반쯤 쌓다가 만 노적가리 그늘에 몸을 숨기고 모래밭에 웅크리고 앉아서, 들판 건너 어둠 속에 외떨어진 땅꾼의 집을 물끄러미 쳐다보았다. 이쪽에서 보니까 나지막이 주저앉은 몇 그루의 소나무에 둘러싸인 초가지붕과 비스듬히 기울어진 굴뚝만 남기고 집이 아예 땅속으로 파묻혀버린 듯싶었다.

용녀와 순덕이가 오늘 아침에 금산리를 떠나 가운뎃섬으로 거처를 옮겼기 때문에 저 집에는 아무도 없었고, 그래서인지 괴괴한 회색 달빛에 젖은 주변의 산과 논과 언덕의 풍경에 둘러싸인 귀신의 집은 당장이라도 갑자기 꾸물꾸물 움직여 슬그머니 기어서 도망치려는 듯 스산한 기운이 사방에 가득했다.

미적거리며 애를 먹이는 황 노인에게서 아직도 집값을 받아내지 못했지만, 뚜렷한 계획도 없이 이곳에 눌러앉아 무작정 기다려 봐야 무슨 소용이겠느냐면서, 용녀와 순덕이는 우선 급한 대로 남의 판잣집에라도 방을 얻어 들어가 돈을 벌며 눈치를 봐서 움직여야 하지 않겠느냐 작정하고 끝내 짐을 싸고 말았다.

용녀는 마을을 떠나기에 앞서서 어젯밤에 언례를 땅꾼 집으로 초대했었다. 인정머리가 살벌하기 짝이 없는 마을에서 그나마 쌀 한 바가지라도 나눠준 만식 엄마가 고맙다며 떠나기 전에 꼭 인사치례를 하겠다는 빌미를 겉으로 내세웠지만, 나중에 알고 보니 두 여자의 초청에는 속셈이 따로 있었다.

만희를 만식이에게 맡겨놓고 언례는, 남들의 수다스러운 눈을 피하느라고 퍽 늦은 시간에, 땅꾼 집으로 찾아가 저녁밥 대접을 받았다. 순덕이는 미군 깡통 두 개를 따서 짭짤한 물에 삶아낸 쇠고기와 달콤한 과일 국물에 담근 콩 따위를 접시에 쏟아 내놓고는 언례더러 어서 먹으라고 권했다. 맛이 정말로 희한했다.

쇠고기와 콩을 하얀 뿔 숟가락으로 떠서 찬찬히 먹어보는 언례의 눈치를 살피던 용녀는 정나미가 떨어지는 마을사람들과 훈장에 대한 푸념을 느닷없이 늘어놓기 시작했다.

"훈장인가 뭔가 하는 망할 놈의 영감탱이 때문에 아무래도 우린 금산리에서 더 이상 버틸 재주가 없겠어."

언례보다 훨씬 나이가 아래이면서도 용녀가 먼저 말을 놓았다. 어느새 그들의 사이가 그만큼 친해졌다는 분위기를 마련하기 위해서였다.

"그래서 우리가 텍사스 타운으로 나가기는 해야 되겠는데, 눈치를 보니 그놈의 늙은이가 제때 집값을 해 줄 기미가 보이질 않아. 그러니까 어디서 혹시 집을 사겠다는 작자가 나서면, 만식 엄마가 우리 대신 알아서 좀 팔아주면 안 될까? 조금 밑져도 괜찮으니, 너무 크게 신경 쓰지 말고. 나중에 사례는 톡톡히 할게."

별로 어려운 일이 아닐 듯싶어서 언례는 그러마고 흔쾌히 승낙했다.

혹시 거절하면 어쩌나 노심초사하며 신신당부하려고 했던 어려운 부탁을 만식이 엄마가 아무렇지도 않은 듯 수월하게 받아주었더니 두 여자는 동시에 한결 표정이 밝아졌고, 순덕이는 고맙다고 시끄럽게 수선을 피우며 시커먼 물을 냄비에다 끓여서 언례 앞에 한 대접 내놓았다.

"커피라는 건데, 맛이 좋으니까 어디 먹어봐요."

설탕을 많이 넣기는 했어도 속맛이 찝찔한 커피는 시원한 우물물만큼 언례의 입에 맞지를 않았다. 재빨리 그런 눈치를 챈 용녀가 소반 위에 놓인 파삭파삭한 과자 한 봉지를 뜯었고, 순덕이도 구석에 밀어두었던 가방을 열고는 초콜릿을 입힌 생강빵과 '짬*'이라고 하는 단것을 꺼냈다.

이런 이상한 먹을거리들을 언례가 신기해하며 맛보는 동안 용녀는 금산리 사람들을 욕하느라고 바빴다.

"도대체 이렇게 드러운 사람들은 처음이라니까."

끝내 마을에서 쫓겨나게 된 그들 두 사람과 언례에게는 마을사람들과 황 노인이 공동의 적이나 마찬가지였다. 그래서 용녀는 '드러운 사람들'을 몰아세움으로써 마을 여자를 하나라도 자기편으로 끌어넣으려는 속셈이 확실했다. 이렇듯 모처럼 마련된 공동전선을 단단히 다지려는 용녀의 속셈을 쉽게 알아차린 순덕이도 공격에 합세했다.

"그래, 맞아요, 언니." 언례에게 용녀처럼 덩달아 반쯤 말을 놓다가 그녀는 얼마 안 가서 언니 소리만 붙이며 슬그머니 반말로 넘어갔다. "이런 사람들하고는 아주 상종도 하지 말아야 해."

언례로서는 사실 금산리 사람들과 상종하고 말고 할 여지도 없었다. 마을 전체가 돌돌 뭉쳐서 그녀와 상종하지 않으려는 판이었으니 말이다. 그래서 언례는 두 여자와 얘기를 나누는 동안 이런 생각이 불끈불끈 머리에 떠오르고는 했다. 그래, 맞아. 어떻게 보면 동네사람들이 오히려 나보다 훨씬 더 나쁘고, 어쩌면 그들은 정말로 나한테 적이나

• 짬: jam.

마찬가지일지도 몰라 ….

그러나 얼마 동안 잡담을 주고받다가 용녀가 언례더러 자기들과 비슷한 일을 해보지 않겠느냐는 말을 넌지시 던졌을 때, 그녀는 어찌나 놀랐는지 고깃국물에 절인 감자가 목구멍에 덜컥 걸려 한참 동안 컥컥거렸다. 곁눈질로 힐끔힐끔 눈치를 살피면서 한 말이기는 했어도 용녀의 얘기는 분명히 뼈가 박힌 진담이기 때문이었다.

"남들이 우습게보고 함부로 양갈보 똥갈보 놀려대긴 해도, 갈보 짓이 뭐 사람들 생각처럼 그렇게 줄창 나쁘기만 하지도 않아." 용녀가 말을 이었다. "그렇게까지 나쁘진 않다니까, 언니. 나중에 가게를 차린 다음에 우리들이 무얼 하며 어떻게 살아가는지 와서 보면 잘 알게 되겠지만, 우리 신세가 남들하고 비해서 조금이라도 꿀릴 데가 없어. 구질구질하게 살아가는 금산리 여자들 다 나와 보라고 해. 우리만큼 잘 사는 여자가 몇이나 되는지 어디 한 번 따져보고 싶으니까."

"그래, 맞아, 만식 엄마. 이무기 언니 말이 맞아."

"그리고 우리 고향 금촌사람들도 다 오라고 해 봐. 나만큼 잘 벌고 잘 먹고 잘 사는 여자가 얼마나 많은지 어디 알아보자고. 도대체 전쟁판에서 체면이니 눈치니 가릴 게 뭐야? 어딜 가나 파리처럼 죽는 목숨들이 넘쳐나는데, 이렇게 제대로 먹고 살기만 해도 천만다행이지."

"전쟁 통에는 머리만 잘 쓰면 돈을 벌기도 훨씬 쉽다고." 순덕이가 맞장구를 쳤다. "그럼, 쉽다마다. 아무리 어수선한 속에서도 머리만 똑똑하면 빠져 나갈 길이 다 훤히 보이기 마련이거든."

용녀는 언제가 될지는 모르겠지만 내일 당장이라도 전쟁이 끝나 양키들이 전부 고향으로 돌아가면 양갈보 사업도 당장 그만이니까, 이런 벌이도 언젠가는 느닷없이 끝나게 마련이고, 그래서 그때까지 제철을 놓치지 말고 한탕 열심히 벌어야 한다고 열을 올려 말했다.

"만식 엄마도 한 번 잘 생각해 봐. 진짜로 해볼 만한 일이라니까. 그야 물론 만식이하구 고… 딸애 이름이 뭐라고 그랬지?"

"만희."

"그래, 만희. 만희 때문에 마음대로 나돌아 다니기가 쉽질 않겠고 주변 사람들 눈치도 보이고 걱정이야 많겠지. 하지만 해운대 삐쭉꾸에서 무척이나 날리던 곰보 엄마는 나이가 서른이 넘었고 아이도 두었지만, 그딴 거 전혀 문제가 안 되더라니까."

"하지만 곰보 엄마는 좀 유별났잖아." 순덕이가 말을 가로막았다. "전쟁 전부터 화류계에서 워낙 노골적으로 놀았기 때문에 남자들을 환장하게 만드는 재주가 비상하다잖아."

두 여자가 웃었다.

그러나 언례는 아무리 먹고 살 길이 막막하다고 해도 외국 군인들에게 몸을 판다는 일은 상상도 못할 노릇이었다. 그것이 자신에게는 조금도 가능하지 못한 행동이라고 여겨졌기 때문이었다. 비록 이 고장에서는 정말로 무엇을 해서 먹고 살아갈 길이 전혀 없다고 해도, 이 남자 저 남자에게, 더구나 그것도 그녀를 지금의 궁지로 몰아넣은 빵코들에게 몸을 팔다니….

"빵코들이 뭐가 어때서 그래? 언니, 사람이란 누구나 다 똑같아. 남자들도 알고 보면 다 똑같고. 아무리 험악한 인간이라고 해도 자지가 둘 달린 놈은 없거든. 빵코들한테 당했기 때문에 속상해 하는 만식 엄마의 심정은 나도 이해를 하지만, 그건 양놈이고 뙤놈이고 다 같은 거라고. 전쟁터에선 언제 죽을지 알 길이 없는 목숨인데, 사내들이 총 들고 싸우다가 좆 꼴리면 아무나 붙잡고 막 하는 거지 뭐."

"맞아요, 만식 엄마. 군인들이 전쟁터에서 물불을 가리는 줄 알우? 하지만 걔들 중에는 순정파도 제법 많아서, 한 놈 잘 물기만 하면 팔자를 고치기도 어렵지 않단 말이야. 전에는 양키들이 동양 여자하고 결혼 못하게 금지하는 법이 있었다고 하지만 이제는 그런 법도 없어졌으니, 재수만 좋으면 양놈하고 결혼해서 미국으로 건너가 떵떵거리며 잘 사는 기회도 생긴다니까. 그런 식으로 미국에 이민 가서 사는 애들 나 부산에서 여럿 봤어."

용녀 또한 피엑스 물건을 요령껏 빼다 팔면 쉽게 큰돈이 벌린다느니 해가면서 언례가 통 들어 보지도 못한 야릇하고도 놀라운 얘기를 잔뜩 늘어놓았다.

"이것도 다 만식 엄마 잘 되라고 하는 얘기야."

"이무기 언니 얘기가 맞는다고. 우리들하고 일을 같이 해보면 만식 엄마도 언젠가는 이런 귀한 충고를 고맙다고 생각하게 될 날이 꼭 올 테니까 두고 봐."

열하나

오늘 밤에도 금산리 개울이 북한강과 만나는 둔덕의 모래밭에 나와 혼자 웅크리고 앉아서 언례는 숨죽인 소리가 어른거리는 강물 너머에 가득 펼쳐진 어둠의 세상을 건너다보았다.

며칠 동안 화천발전소가 심한 폭격을 맞았다더니 읍내에는 전기가 들어오지 않아 온통 칠흑처럼 캄캄했다. 달빛을 받아 희끄무레한 봉의산은 음산하기 짝이 없었다. 하지만 춘천역 아래쪽 소양 나루 일대는 대낮처럼 환했다. 미군이 군용 발전기로 밝혀놓은 소양강 나루터는 마치 암흑의 바다 한가운데 떠오른 거대한 빛의 덩어리 같았다. 만식이의 말마따나 소양강을 가로질러 띄운 부교와 나란히 옆에다 새로 다리를 놓느라고 공병대가 오늘도 밤낮을 모르고 철야 공사를 계속하는 모양이었다.

가운뎃섬 이쪽 북한강 나루의 모래밭도 대부분 어둠속에 잠겨 역시 캄캄했지만, 가마리 건너편 미군 부대 주변에는 그물처럼 생긴 철조망을 따라가며 주욱 켜놓은 발전기 불빛이 헝클어지며 덩그러니 떠올라 또 하나의 밝은 섬을 만들었다. 불그레한 전깃불은 밤하늘로 올라가며 어둠속으로 스며들었고, 강물에 비친 불빛은 꼬불거리는 노란 뱀들처럼 찰랑였다. 가끔 휘어적거리며 탐조등이 여기저기 땅바닥에 쌓아놓은 허연 짐짝 무더기들을 비추었다. 건축 자재를 훔쳐가는 한국 사람들 때문에 밤새도록 저렇게 빛줄기를 뿜어댄다는 얘기도 언례는 아들에게서 들었다.

오마하 부대의 한쪽 옆에 바싹 달라붙은 텍사스 타운도 훤히 밝은 세상의 일부를 이루기는 했지만, 지금은 시간이 늦어서인지 바깥에 나와 돌아다니는 사람들이 보이지 않고 조용했다.

"두고 보라니까."

금산리를 떠나기 전날 밤에 다짐했던 용녀의 자신만만한 목소리가 아직도 언례의 귓전에서 생생하게 울렸다.

"비록 황 영감 때문에 저리로 쫓겨 가는 신세이긴 하지만, 난 어떻게 해서든지 춘천 바닥에서 한밑천 꼭 잡고 말겠어. '드라곤 레이디 구락부'라는 간판을 떡하니 내걸고, 번쩍거리는 술집을 차려놓고, 내가 돈을 버는 당당한 모습을 금산리 촌놈들한테 여봐라 보여주겠다고."

순덕이의 카랑카랑한 목소리도 깊은 어둠 속 어디선가 들려왔다.

"전쟁 통에는 머리만 잘 쓰면 돈을 벌기도 훨씬 쉽다고."

옷 속으로 매섭게 스며드는 싸늘한 강바람에 언례는 부르르 온몸을 떨었다. 그리고 그녀는 죽음의 그림자처럼 시간이 곁을 스치며 지나가 어디론가 사라지는 기분을 느꼈다.

언례는 지금처럼 이렇게 앉은 채로 서서히 죽어가는 자신의 모습을 상상해 보았다. 그렇다, 그것이 언례의 참된 모습인지도 모를 노릇이었다. 눈은 뜬 채로, 숨을 안 쉬고, 들판에 앉아서 조금씩 조금씩 죽어가는 모습이.

언례는 살아 숨 쉬는 사람들의 세계에서 자신이 박절하게 쫓겨났다고 믿었다. 그래서 산 사람들의 세상이 낮 동안 부지런히 흘러가고 돌아가도 그녀는 방안에 가만히 숨어서 기다리기만 하다가, 이렇게 밤이 늦으면 죽은 목숨이 밤나무집에서 유령처럼 흘러나와 밤의 강가에 다시 나타나고는 했다.

"만식 엄마도 한 번 잘 생각해 봐. 진짜로 해볼 만한 일이라니까."

유혹의 목소리가 자꾸만 되울리며 끈질기게 들려왔다. 어둠 속으로 들어오라는 유혹의 목소리가. 사방이 꽉 막힌 그녀의 현재로부터 미래로 뚫고 나가는 길을 알려주겠다는 구원의 목소리. 밤이면 밤마다, 끝없이 그녀의 귓전에서 울리는 메아리….

"어두운 굴로 일단 들어가야 저쪽 끝에서 기다리는 빛의 세상이 보인다니까. 앞이 캄캄한 굴을 지나가야 저쪽으로 나가는 길이 나타난단 말이야."

언례는 그녀가 이렇게 죽어서 살아온 지난 나날들, 한없이 길고도 짧았던 시간을 생각해 보았다. 힘겹게 견뎌온 기나긴 죽음의 나날이 무슨 음흉한 짐승처럼만 여겨졌다. 그동안 벌어졌던 온갖 사건이 비현실적인 환각이었고, 얼어붙어 전혀 움직일 줄 모르는 한 토막의 환상 같기만 했다. 그것은 어떤 착각, 엄청난 착각으로 인한 죽음의 세월이었다.

그렇다. 그것은 착각이 만들어낸 죽음이었다. 착각, 그것이 전부였다. 그리고는 아무것도 없었다. 전혀. 그리고 그것은 아마도 언례 자신이 혼자서 만들어낸 착각이었는지도 모른다.

"이렇게 드러운 사람들은 처음이라니까."

"이런 사람들하고는 아주 상종도 하지 말아야 해."

이미 오래전부터 그녀는 동네사람들 아무하고도 상종하지 않았다. 그들과 언례는 벌써부터 서로 분리되어 전혀 연결이 이루어지지 않는 다른 세계에서 따로 살아오지 않았던가. 그들의 세계에서는 언례가 죽은 존재였고, 그녀의 세계에서는 그들이 존재하지 않는 사람들이었다. 그러니 더 이상 동네사람들과 상종할 일도 없었고, 구태여 그들을 피해야 할 아무런 필요 또한 없었다.

그래, 마을사람들이 혹시 길에서 만나 그녀를 보고 비웃거나 놀리면 또 뭐가 어떻다는 말인가? 사실 그런 부끄러움도 따지고 보면 별로 문제가 되지 않았다. 그런데 왜, 그런데 왜 그녀는 오늘밤에도 그늘로 숨고 숨으며 밤나무집에서 여기까지 몰래 도망쳐 나왔을까?

"남들이 우습게보고 함부로 양갈보 똥갈보 놀려대긴 해도, 갈보 짓이 뭐 사람들 생각처럼 그렇게 줄창 나쁘기만 하지도 않아."

동네사람들이 그녀를 멸시하고, 더러운 여자로 취급하고, 추악한 죄인이라고 생각해도 언례는 마을사람들, 이웃들, 타인들의 시선은 신경 쓰고 싶지 않았다. 다 상관없는 일이었다. 용녀는 갈보 짓을 하면서도 떳떳하게 잘만 살아가지 않던가?

하지만….

언례는 만식이의 구슬픈 얼굴이 눈앞에 어른거렸다. 요즈음에는 묘하게 만식이까지도 그녀의 적이 되어가는 듯한 기분이 가끔 들기도 하는데, 그래야만 할 이유가 과연 무엇일까? 만식이가 정말로 그녀의 적이던가, 아니면 그것도 그녀 자신이 만들어낸 혼자만의 착각일까?

그리고 만희. 이제 겨우 세 살밖에 세상을 살지 못한 만희. 제 엄마가 어느 날 밤에 갑자기 더러워졌고, 그래서 만인으로부터 따돌림을 당하는 여자가 되었다는 사실을 알지도 못하고 이해도 못할 순진한 아이.

왜 언례는 두 아이 앞에서 이렇게 심한 죄의식을 느껴야만 하는가? 언례는 차라리 두 아이를 다 버리고 어디론가 도망이라도 치고 싶었다. 그러면 아이들이 엄마에게 씌우는 형벌의 굴레나마 그녀는 벗어버리겠고, 그래서 그녀는 한없이, 혼자서만 한없이 어디론가 멀리 도망치고 싶었다.

"뺑코들이 뭐가 어때서 그래? 언니, 사람이란 누구나 다 똑같아."

"뺑코들한테 당했기 때문에 속상해 하는 만식 엄마의 심정은 나도 이해를 하지만, 그건 양놈이고 뙤놈이고 다 같은 거라고."

언례는 줄기차게 이어지는 온갖 유혹의 소리에 점점 더 귀를 기울이며 서서히 마음이 쏠렸고, 술렁거리는 그녀의 마음은 어둠 속의 목소리에 홀려 갈피를 못 잡고 허우적거리기 시작했다.

"이것도 다 만식 엄마 잘 되라고 하는 얘기야."

용녀의 끈질긴 유혹에 대해서 언례는 언제부터인가 묘한 기대를 품기 시작했다. 어쩌면 처음 밤나무집을 사겠다고 두 여자가 찾아왔을 때부터 이미 언례는 어렴풋한 구원의 불빛을 용녀에게서 보았는지도 모른다. 그리고 텍사스 타운에서 벌어진다는 별의별 희한한 얘기를 다 늘어놓는 동안에도, 용녀는 언례가 스스로 상상이나 예측을 전혀 하지 못했던 세계를 보여주는 길잡이처럼 여겨졌었다. 용녀는 언례의 삶을 언례 자신보다도 훨씬 더 멀리, 훨씬 훤히 내다보고는 언례를 상상도 못할 신비한 곳으로 데려가려고 머나먼 다른 세상에서 찾아온 고마운 구원자일지도 모르겠다고 그녀는 생각했다.

"이무기 언니 얘기가 맞는다고. 우리들하고 일을 같이 해보면 만식 엄마도 언젠가는 이런 귀한 충고를 고맙다고 생각하게 될 날이 꼭 올 테니까 두고 봐."

언례는 차가운 밤공기를 천천히 호흡했다. 쓸쓸하고 고요한 늦가을의 썰렁한 강변 바람이 옷을 뚫고 그녀의 온몸 구석구석으로 스며들었다. 그리고 벌떡 일어난 언례는 성난 얼굴이었다.

열둘

 중도에 진을 친 유엔 군대의 사정을 잘 살펴보라고 강 건너로 보낸 금산리 이장이 곧 보고하러 돌아오기를 오동나무 밑에 앉아 기다리면서 황승각 노인은 마을에 쏟아지는 가을을 둘러보았다.
 상쾌하고도 따뜻한 햇살과 쌀쌀한 아침 바람이 가득한 옥색 하늘에는 높은 구름 몇 조각이 흘렀고 삼악산과 장군봉의 단풍은 불타는 진홍과 미친 듯 샛노란 빛깔로 능선마다 뒤덮었다. 방앗간 지붕에는 제비가 수백 마리 모여 떼를 지어 앉아서, 겨울을 보낼 남쪽나라로 날아갈 준비를 하느라고 어미들이 새끼들에게 나는 법을 가르쳤다. 북한강의 하늘도 이리저리 날아다니는 제비로 온통 뒤덮였고, 강변의 숲에서는 덩달아 시끄럽게 짹짹거리는 새들의 소리가 끊이지 않았다.
 바깥마을에는 집집마다 덩굴이 담을 타고 기어올라 지붕에 탐스런 박을 얹었거나, 울타리에 무거운 수세미가 불알처럼 달렸고, 노랗게 살진 국화에서는 벌들이 바삐 날아다녔다. 이집 저집 나무마다 감이 다닥다닥 매달려 작대기를 휘저어 흔들기만 하면 후두둑 떨어질 듯 풍성했으며, 농부들은 겨우살이 준비를 하느라고 바쁜 철이었.
 새벽별을 보며 시작하여 개밥바라기가 나올 때까지 일을 해도 손은 언제나 모자랐다. 사람들은 광을 고치고, 쥐구멍을 막고, 문풍지도 미리 붙이고, 장을 담글 항아리들을 말끔히 비우며 금년에는 이엉을 새로 얹어야 할지 어쩔지 걱정이 많았다. 새끼를 꼬아 가마니도 짜고, 옥수수를 엮어 추녀 밑에 매달고, 갖가지 씨앗도 꼬박 말려 받아야 했다.
 김장도 큰일이었으나, 그래도 막걸리와 돼지고기가 흔해서 좋은 계절이기는 했다. 전쟁만, 그래, 전쟁만 터지지 않았더라면 한창 즐거울 철인데, 전시에는 무슨 사태가 닥칠지 모르니 금년에는 곡식이 귀해지는 경우에 대비하여 따로 좀 감춰둘 걱정도 해야 하리라. 대동아전쟁 때처럼 식량 공출이야 나오지 않겠지만, 요즈음 같아서야 세상 돌아가는 일을 누가 알겠는가.

누구에게나 익숙한 세월이 마을로 돌아오면서 사람들은 어느덧 전쟁을 잊어가는 듯싶었다. 봄과 여름에 땀을 들여 가꾼 곡식을 뿌듯하게 거두어들이는 금년 가을은 옛적의 어느 가을과도 다를 바가 없었고, 마을 주변에서 무슨 대수로운 일이 일어나도 웬만하면 사람들은 별로 관심을 쏠 틈이 없어졌다. 연밭을 하는 연실이 엄마가 딸을 얻었지만, 아들이 아니어서 였는지 어쨌든 집안 경사는 목수 집에서 강아지 네 마리를 얻었을 때나 마찬가지로 건성으로 넘겨야 할 지경이었다.

가운뎃섬으로 나간 이장 배씨가 돌아올 시간이 훨씬 지났는데 어쩐 일인가 싶어서 황 노인은 나룻길로 눈길을 돌렸다.

인적이 보이지 않는 텅 빈 밤나무집이 노인의 눈에 걸렸다. 그냥 지나쳐버리고 싶어도 밤나무집은 늘 나룻길에 버티고 앉아 황 노인의 마음에서 좀처럼 물러나려고 하지를 않았다.

마을사람들은 요즈음 밤나무집에서 무슨 일이 일어나는지 아는 바가 거의 없었고, 신경도 쓰지 않았다. 만식이나 언례가 바깥에서 통 눈에 띄지를 않았고, 그래서 그들은 어디에서도 보이지 않는 이웃들에 대한 관심을 잃었는지도 모른다. 그러나 훈장 어른은 달랐다. 퇴비로 썩힐 풀을 거두어들이느라고 아무리 바쁘더라도, 그리고 장군봉 쪽에서 전투가 벌어졌을 때 군용 차량들이 깔아뭉갠 논배미를 건사한다며 돌아다니느라고 아무리 들일에 바쁘다고 해도, 황 노인은 언례 주변에서 벌어지는 상황들을 예사로 보아 넘기기가 어려웠다.

요즈음 어쩌다 한 번씩 집 밖을 나서는 언례를 담 너머로 황 노인 자신도 가끔 확인하기는 했지만, 그녀가 땅꾼 집으로 두 계집을 만나러 갔었다는 얘기를 들었을 때 그는 무엇인지 아무래도 심상치 않다는 낌새를 챘었다. 꽤나 시끄럽게 신경에 걸리던 두 여자가 훈장의 간섭을 견디지 못하고 마침내 금산리를 떠났으니까 한숨을 놓기는 했지만, 아직 집값을 물어 주지 않았으니 어딘가 찜찜한 구석이 그대로 남은 데다가, 왜 언례가 그들과 어울리게 되었는지 사연을 알 길이 없는 노인으로서는 앞으로 벌어질지도 모르는 궁금한 사태가 퍽 걱정이 되기도 했다.

노인은 "그래 무슨 일로 못된 계집들과 만났느냐"고 한 번 언례한테 직접 물어 보고 싶기는 했지만, 한 달이 넘도록 발을 멀리 해서인지 선뜻 불러다 말을 붙일 마음이나 엄두가 내키지를 않았다. 그리고 웬일인지 언례의 입에서 불쑥 튀어나오게 될지도 모르는 얘기를 듣기가 노인은 지레 걱정스럽기도 했다.

그렇게 어영부영 지내려니까, 언례가 중도의 텍사스 타운이라는 곳을 드나든다는 수상한 소문을 어제 이장이 노인에게 불쑥 전해주었다. 염 사공을 불러 훈장이 직접 확인한 바로는, 밤늦게 중도에서 돌아오는 만식이 엄마를 벌써 두 번이나 배로 건너게 해줬다고 하지만, 언례가 섬으로 들어가서 무엇을 했는지는 알 길이 없었다.

유엔 군인들이 우글거리는 섬에서 언례한테 무슨 나쁜 일이 없었기를 바라면서도 황 노인은 마음 한구석이 공연히 켕기고 은근히 두려웠다. 통 집밖을 나서지 않던 언례가 중도를 드나들다니, 틀림없이 아주 고약한 어떤 일이 벌어지는 모양이었다. 아마도 땅꾼 집의 주인이 된 천박한 여자들과 얽힌 무슨 수작이겠지만···.

겉으로는 아무런 관심이 없는 듯싶은 마을사람들 사이에서 어쩌다 오고 가는 언례 얘기를 들으면 가끔 엉뚱하고도 해괴한 소리가 나오기도 했는데, 그들이 만식이 엄마를 헐뜯으려고 일부러 그런 허무맹랑한 소문을 만들어 냈을 리는 없겠고, 아무래도 왜 굴뚝에서 연기가 나는지 황 노인이 나서서 일부러 한 번 짚어 보고 지나가야 할 사태인 듯싶었다.

배씨의 모습이 나룻길 끝에 나타났다.

열셋

"보통 문제가 아니니까 아무래도 건너가서 한 번 직접 보셔야 되지 않을까요?"

심각한 표정으로 배 씨가 하는 이 말을 듣고 황승각 노인은 조금도 지체하지 않았다. 그는 배 씨와 함께 곧장 나루터로 나갔다.

강을 건넌 염 사공은 다른 때보다 훨씬 상류로 올라가 북쪽 강가에 배를 붙이면서, 동네사람들은 요즈음 미군 부대와 기지촌을 피해 이쪽으로 멀리 돌아서 모래밭을 횡단하여 소양 나루까지 다닌다는 설명을 달았다.

"저쪽 나루도 역시 불상사를 피하기 위해 뺑코 군인들과 마주치지 않도록 새로 짓는 공병대 다리보다 한참 북쪽으로 옮겼습죠."

우선 외국 군인들이 진을 친 곳부터 둘러보고 싶은 마음이 급했던 황 노인은 다리를 절룩이는 이장보다 앞서서 모래밭을 서둘러 걸어 올라갔다. 두 사람은 가끔 금산리 사람들이 소를 데려다 풀어서 놓아먹이고는 하던 풀밭에 이르자, 거의 한 마장가량이나 멀찌감치 떨어진 거리를 유지하며 철조망을 따라 소양 나루를 향해 가면서 양키 부대를 찬찬히 살펴보았다. 본부에 옹기종기 모인 천막 건물들 한가운데는 국기 게양대에 태극기와 성조기와 유엔기가 내걸렸다.

용기를 내어 철조망 쪽으로 좀더 가까이 가서 보니까, 국방색으로 누르스름하게 칠한 콘셋 건물들이 수십 채 읍내 쪽으로 가지런히 줄지어 늘어섰고, 철조망 바깥쪽으로 띄엄띄엄 배치한 북쪽 초소 세 곳에서는 철모를 벗어버린 군인들이 기관포를 설치하고 모래주머니를 쌓아올리느라고 땡볕에 살이 벌겋게 익었다. 땅바닥을 단단히 다지고 여기저기 철판을 깔아 길을 만든 진지 안쪽에는 널빤지로 얼기설기 엮은 간이건물들과, 높다란 안테나가 달린 자동차들, 흑록색으로 칠한 나무 책상과 걸상들이 사방에 어수선했다.

뒷짐을 짚고 서서 기관포대를 쳐다보던 황 노인이 혼잣말처럼 한마디 했다.

"군인들이 참 많구먼."

"수백 명이나 된다는군요. 처음 병참 부대가 이동해 와서 새끼천막들을 쳐놓고 살며 벌떼처럼 달려들어 진지를 만들 땐 더 많았답니다. 지금도 저 사람들이 날마다 먹고 남는 음식 쓰레기만 해도 도락구*로

• 도락구: 트럭(truck).

하루에 몇 대씩 실어다 버릴 정도라고 하니까요."

　황 노인이 사방을 둘러봐도 어디나 푸른 옷차림의 군인들뿐이었다. 삽을 뒤집어 두드려 배수로 양쪽에다 떼를 입히는 군인들, 정문 쪽에다 높다랗게 새로 전봇대를 세우는 군인들, 우글쭈글한 주름 철판으로 만든 궤짝들을 차곡차곡 쌓아놓은 운동장 한쪽에서 반바지 차림에 먼지를 풀풀 일으키며 공을 차는 군인들, 수염을 못 깎은 푸석한 얼굴로 반합을 들고 줄을 서서 점심밥을 타 먹는 군인들, 자동차가 드나들 때마다 춘천역 남쪽 건널목의 차단기처럼 번쩍 올라갔다 내려오는 말뚝 앞에서 무거운 철모를 쓰고 무거운 총을 메고 파수를 보는 문지기 군인, 껌을 씹으며 군화와 옷을 한 아름 안고 맨발로 빨래 천막을 향해 걸어가는 군인, 턱끈을 풀어버린 철모만 달랑 머리에 얹고 웃통을 벗어젖힌 채로 식판을 커다란 숟가락으로 긁어 짬밥통에다 음식 찌꺼기를 털어 넣는 군인….

　웃통을 벗어젖힌 군인들을 보니 살갗이 한국 사람처럼 누렇거나 갈색이 아니라, 창백할 지경으로 하얀 빛깔이어서 햇볕에 새우처럼 빨갛게 익었거나, 아예 새까맣게 타버린 뺑코들도 많았다. 대낮에 저렇게 벌거벗고 돌아다니는 외국 군인들의 꼴을 보니 황 노인은 몇년 전까지만 해도 달랑 훈도시 한 장을 차고 게다를 딸각거리며 읍내에서 돌아다니던 일본 남자들의 야만적인 모습이 생각났다.

　노인은 속으로 한숨을 쉬었다. 왜놈이건 양놈이건 염치나 예절이라고는 도대체 모르는 족속들이라니까….

　"그럼 이젠 텍사스 타운이라는 곳이 자네 말처럼 정말 그렇게 한심한 마을인지 내 눈으로 직접 확인하고 싶으니까, 어서 앞장을 서게."

이장 배 씨의 뒤를 따라 공병대 다리로 뻗어나간 옛길 쪽으로 돌아나가면서 황 노인은 어서 전쟁이 끝나야지, 참 큰일이로구나, 하고 중얼거렸다. 혹시 중국 군대까지 몰려와서 전쟁이 자꾸 길어진다면 석구도 군대에 끌려 나가 저런 야만스러운 놈들과 어울려 돌아다니며 싸우는 사이에 공연히 못된 버릇이나 물들지 않을까 큰 걱정이었다.

읍내에서는 열여덟이나 열아홉 난 아이들도 이제는 군대에 가야한다는 소문이 나돌았고, 학도병으로 싸움터에 나간 어린 학생들까지도 지난 8월에는 포항에서 큰 전투를 치르고 무수히 죽었다고 했다. 석구가 전쟁에 끌려가면, 그래서 아무도 모르는 곳에 가서 죽기라도 한다면, 춘성군 서면의 황 씨 집안은 끝장이 날 터였다.

그렇지 않아도 벌써부터 망해가는 집안인데….

마음이 무거워진 노인은 발걸음도 느려졌다.

황 씨 가문이 어느 정도까지 몰락해버렸는지를 마을사람들이 알아낸다면, 만일 방앗간 집에 황 노인이 어떤 신세를 지고 살아가는지를 혹시 알게 되면, 면장 댁을 하늘처럼 떠받들고 살아온 사람들이 얼마나 놀라고 기가 막힐까. 그런데 이제 석구까지 전쟁에 빼앗긴다면, 그러면…. 그러면 황 씨 집안에 정말로 무엇이 남겠는가.

해방을 맞으면서 가족이 뿔뿔이 흩어지기 시작한 훈장 댁은 난리가 터지는 바람에 더욱 빠른 속도로 가세가 기울었다.

마땅히 고향에 남아 집안의 기둥 노릇을 했어야 하는 맏아들 상구는 끝내 고집을 꺾지 않다가 기어코 셋방을 얻어 식솔과 함께 서울로 올라가더니, 그토록 안달을 부리면서 꿈꾸었던 달콤한 출세는 미처 제대로 맛보기도 전에 느닷없이 밀어닥친 공산당에 끌려가 서대문 내무서를 드나들며 동네 어른들의 정치적 성분을 일러바치는 고자질을 열심히 일삼다가, 국방군이 수도를 탈환하자마자 꼼짝없이 붙잡혀가서 지금은 옥살이하는 신세가 되었다. 어려서부터 워낙 머리가 똑똑하여 서면에 출중한 인물이 또 하나 났다는 소리를 듣던 큰아들이건만, 대처로 나가 크게 한 자리 엮어보겠다던 욕심에 눈이 어두워져, 그나마 여기저기 쑤시고 다닌 끝에 구청의 말단직원 자리를 하나 얻었던 기회가 결국 화근이 되고 말았다.

상경한 세 형제 가운데 유일하게 한강 남쪽에 자리를 잡아 노량진에서 철물점을 하던 둘째 아들 찬구는, 한강 다리가 끊어진 직후에 달랑 제 식구만 챙겨 잽싸게 난을 피해 남쪽으로 내려갔다는 소식을 둘째 며느리가 경황이 없는 틈에나마 편지로 전해왔는데, 피난살이가 여의치 않아 빚에 치어서 발이 묶여 마산 어디에선가 오도가도 못 하는 처지라고 했다.

셋째 민구는 공산당 100일 천하에서 쌀장수 행세를 하며 용케도 이리저리 시골로 피해 다니다가, 지금은 김포의 미군 공군기지에서 노무자로 밥벌이를 하느라고 고생이 무척 많은 모양이었지만, 그러면서도 고향으로 돌아올 기미는 전혀 보이지를 않았다.

그러니 황 노인은 곁에 겨우 하나 남은 아들 석구에 대한 걱정이 이만저만하지를 않았다. 더구나 유엔 공병대가 멀쩡한 다리까지 놓고 나면, 춘천 경찰서뿐 아니라 시청과 도청 사람들도 서면을 드나들기가 제법 수월해져서···.

"이놈의 전쟁이 웬수지."

"예?" 이장이 걸음을 멈추고 뒤돌아보면서 물었다.

"아닐세. 어서 가자고. 텍사스 타운은 아직 멀었나?"
"다 왔어요. 바로 저 아랜데요."

열넷

텍사스 타운이라는 곳은 기찻길 다리 밑 거지굴과 방불한 판자촌이었다. 동서남북 어느 쪽으로나 마음대로 문을 내고 얼기설기 뒤엉킨 판잣집들은 한 시간 안에 당장 허물어 분해하여 황급히 싸 짊어지고 도망가기 좋게끔 임시로 지어놓은 듯 하나같이 어수선하고 허술했다.

"텍사스 타운"이라고 한글과 영어로 써서 동네 입구에 세워놓은 간판을 발견하고 몇 발자국 앞에서 멈춰 선 황 노인은 차마 더 가까이 갈 엄두가 나지 않았다. 면장 댁 대문짝만큼이나 큼직한 널빤지 간판의 오른쪽 절반을 가득 채운 벌거숭이 여자의 그림이 너무나 망측해서였다. 발가벗긴 여자를 앞에 세워놓고 실제 크기 그대로 그려놓은 듯한 그림은 곡마단 광고판처럼 요란하게 칠한 서양 채색부터가 천박하기 짝이 없는데다가, 젖꼭지와 사타구니만 하얀 별로 가린 꼬락서니가 참으로 뻔뻔스럽기만 했다. 그런데도 그림속의 여자는 새빨간 입술로 염치없이 활짝 웃는 얼굴이었다.

헛기침을 두 차례 하고 이맛살을 찌푸리며 황 노인이 간판 너머 동네 안쪽을 넘겨다보았더니, 몇몇 판잣집 역시 가슴과 아랫도리만 손수건만 한 헝겊으로 가린 여자의 그림을 간판으로 지붕에 높직하게 내걸었다. 영어 글씨와 검정 숫자가 박힌 탄약 상자를 뜯어 얹은 널빤지와 합판으로 벽을 엮어 올린 집도 여럿이었다. 지붕에는 부러진 각목을 얼기설기 짜서 맞춰 씌웠고, 시커먼 타르 막(膜) 방수천과 강철 띠와 가마니와 함석판을 누덕누덕 기워 얹기도 했다.
"들어가 보시지 않으렵니까?" 이장이 물었다.
황 노인은 대답을 하는 대신에 이장 배 씨더러 앞장을 서라는 시늉을 했다.
판자촌은 장날을 놓친 장터처럼 퍽 한산했다. 서로 만나고 얽혔다가 갈라지기를 거듭하는 좁다란 골목으로 들어서니, 전기를 부대에서 끌어다 쓰느라고 굵은 전깃줄이 빨랫줄처럼 철조망에서부터 길게 늘어져 처마에서 처마로 이어져 나갔고, 집집마다 빨갛거나 노랗게 칠한 전구가 여기저기 축 늘어졌다. 도대체 무엇을 내다 팔겠다는 속셈인지 모르겠지만, 골목에는 여기저기 평상을 놓고 차일을 친 집들도 가끔 나타났다.
대부분의 판잣집 방안에는 천연색 양키 만화 신문을 벽에다 겹겹으로 발라 도배를 대신했다. 집안에는 사방에 못을 박고 알록달록한 옷을 걸었으며, 뒤쪽 빨랫줄에는 속살을 가리는 여자 물건들이 수세미처럼 주렁주렁 달렸고, 부엌이나 방바닥에는 그릇으로 쓰는 미군 레이션 깡통이 양재기나 큼직한 양푼이나 수저와 함께 아무렇게나 여기저기 널렸다.
군데군데 어떤 집 옆에서는 두 벽만 헝겊으로 둘러친 간이변소에서 구더기를 죽이느라고 뿌린 휘발유 냄새가 났고, 세숫대야로 사용하는 찌그러진 철모와 모랫길에 오줌을 눈 자국도 자주 눈에 띄었다. 그리고 온갖 잡동사니가 수북한 어두운 방안에 널브러져 낮잠을 자는 여자들이 많았다.

머리를 노랗게 물들인 뚱뚱한 여자가 집 앞에 쪼그리고 앉아 철모에다 빨래를 하다가 황 노인을 힐끔힐끔 두 차례 쳐다보고는 하던 빨래를 계속했다. 널빤지 의자에 걸터앉아 수건을 깔고 혼자 카드를 치던 어린 여자가 이장을 쳐다보고는 싱긋 웃었다. 치렁치렁한 머리를 길게 늘어뜨린 여자가 어깨를 허옇게 드러내고 탁자에 턱을 괴고 앉아서 종이쪽지에다 무엇인지 열심히 계산을 했다. 머리를 복잡한 모양으로 볶아 올리고 검은 안경을 쓴 여자가 문턱에 걸터앉아 거울을 들여다보고 무엇인가 생각에 잠겼다.

대부분의 여자들은 골목을 구경하며 돌아다니는 두 사람을 보고도 무관심하게 자기 할일을 계속하기가 보통이었지만, 문을 다는 대신 발을 내린 어느 집 앞에서 가마통을 깔고 털벅 주저앉아 기관포 탄약통에 담은 복숭아를 물로 헹구던 작달막한 여자는 두 사람에게서 호기심을 느껴서인지 한참동안 빤히 쳐다보았다. 헐렁헐렁한 속곳을 허벅지까지 걷어 올리고 묵직한 팔찌를 쩔그럭거리며 부지런히 두 손을 놀리던 여자는 이장과 시선이 마주치자 짓궂게 한쪽 눈을 찡긋하더니 혓바닥을 내밀고 날름거리며 묘한 시늉을 했다. 놀란 배 씨가 엉겁결에 잠깐 걸음을 멈추고 멈칫거렸다.

"어서 가세." 훈장이 재촉했다.

멋쩍어진 이장은 묻지도 않은 황 노인에게 둘러댔다. "여기서 그런 짓을 하며 먹고 사는 여자가 쉰 명은 된답니다."

판자촌 한가운데쯤에서 사막의 선인장 세 그루를 그려놓은 간판을 처마끝에 매달아놓은 집이 나타났다. 선인장 간판 밑에서는 허벅지와 젖통을 허옇게 드러낸 계집들 둘이서 양키 세 명과 탁자를 내놓고 둘러

앉아 맥주를 마시며 시끄럽게 웃고 떠들었다.

"하릴없는 놈들, 대낮부터 계집과 노닥거리다니." 노인이 혼잣말처럼 투덜거렸다.

이장이 힐끗 훈장의 눈치를 살피고는 말했다. "동네 아이들이 거의 날마다 이곳으로 건너와서 기웃거리며 저런 꼴을 구경하고 돌아다닌다 하니 참으로 걱정스럽습니다."

"동네 아이들이?"

"예. 금산리 아이들이 강을 건너와서는 부대 철조망에 가서 매달려 양키들한테 먹을 걸 달라고 '기브 미 찹찹' 해가면서 깡통 따위를 거지처럼 얻어먹기도 하고, 이곳에 와서는 여기저기 기웃거리며 저렇게 여자들하고 외국 군인들이 수작하는 꼴을 구경한대요."

"그렇다면 단단히 야단을 쳐서 섬에는 못 오게 단속을 하게나."

"아이들한테 야단친들 어디 말을 듣나요? 벌써 몇 번이나 잡아다놓고 꾸짖었어도 아무 소용이 없었어요."

"그럼 아예 이곳으로 건너오지 못하게 배를 태워 주지 말라고 엽 사공한테 일러둬야 되겠구먼."

"그것도 다 소용없습죠. 배를 안 태워 주면 헤엄을 쳐서 건너다니는걸요."

열다섯

썩 마음이 내키는 일은 아니었지만 그래도 꼭 몸소 확인해둬야 할 필요성 때문에 황승각 노인은 판자촌을 한 바퀴 돌면서 꼼꼼하게 구석구석 찬찬히 살펴본 다음, 텍사스 타운의 반대쪽 골목으로 나갔다. 소양 나루로 곧장 통하는 이곳 모래밭 길의 입구에는 아까 북한강 쪽 입구에서 보았던 간판과 똑같은 벌거숭이 여자 그림을 세워놓았다.

뺑코들의 소행인지 아니면 판자촌 여자들이 스스로 만들어 세운 간판인지는 알 길이 없었지만, 텍사스 타운 양쪽에 장승처럼 버티고 선 염치 없는 두 개의 간판은 이곳이 외국 군대의 영토임을 노인에게 호령하는 게시판이나 마찬가지였다. 마음 같아서는 빼앗긴 영토라고 밝혀놓은 간판들을 당장 뽑아다가 아궁이에 넣고 태워버렸으면 속이 시원하겠건만, 노인에게는 그럴 권리가 없었고, 그럴 능력도 없었다.

금산리 나루터로 돌아가기 전에 이곳에서 꼭 해야 할 일을 무엇인가 채 마무리를 짓지 못했다는 무기력한 느낌에 황 노인은 얼른 발길이 떨어지지를 않았다. 난감한 마음으로 골목 끝에 멍하니 서서 잠시 우물쭈물하던 노인은 허탈한 마음으로 텍사스 타운을 다시 한 번 둘러보았다. 무엇일까? 내가 지금 당장 꼭 해야 하는 일이?

노인은 갑자기 자신이 무력해졌다고 느꼈다. 땅꾼의 집을 외지 여자들에게 속수무책으로 빼앗겼을 때나 마찬가지로, 노인은 이제 더 이상 그의 세상을 지켜낼 힘이 없었다. 그는 지금까지 어떤 유별난 힘을 자신이 마을에서 쥐고 휘둘렀다고는 의식한 적이 없었지만, 어쨌든 요즈음 그는 날이 갈수록 무엇인지 힘을 잃어가는 중이라고 확실하게 느꼈다. 날이 갈수록 그가 뜻하는 대로 되는 일이 자꾸 줄어들고, 그래서 자신이 점점 몰락하는 존재라고 그는 느꼈다.

"놀고 싶으면 어서 이리들 오셔."

반말인지 존댓말인지 분간이 안 가게 말끝을 흐리는 어중간한 투로 젊은 여자가 텍사스 간판 근처에서 소리쳐 불렀다.

황 노인과 이장이 돌아봤더니, 노랑나비처럼 예쁜 나들이 옷차림에 큼직한 밀짚모자를 쓴 여자였다. 그녀는 마을 끝자락에 붙은 함석지붕 집에서 머리를 따리처럼 엮어 올린 여자와 함께 사는 모양이었는데, 그들 두 양공주는 후텁지근한 방안이 답답하여 밖으로 나와 난쟁이 아카시아 그늘에서 마주 앉아 실뜨기를 하던 참이었다.

노랑나비 여자가 이리 오라고 손짓까지 보태면서 다시 소리쳤다.

"이 동네 여자들은 본래 코리안하고는 안 놀지만, 뭐 돈만 닥상이라면야 오케이, 오케이라고."

눈꼬리를 치켜드는 듯 빈정거리는 말투로 미루어보아 노랑나비 밀짚모자는 아까부터 판잣집들을 기웃거리며 수상하게 서성거리는 황 노인과 이장 배 씨가 통 달갑지 않았던 눈치였다.

앞에 앉은 따리 머리도 두 시골 남자의 초라하고 어색한 행색을 보고는 함석지붕을 머리로 가리키며 장난스럽게 놀렸다.

"컴 온! 영감님들, 이왕 놀러 왔으면 이리 들어오시지."

버르장머리라고는 털끝만큼도 없는 여자들이 놀려대는데도 마땅히 대꾸할 말이 없었던 황 노인은 그냥 헛기침을 두어 차례 섞어가며 실속이 전혀 없는 호통을 쳤다.

"어허! 흐음. 어허!"

함석지붕 집과 옆구리를 맞댄 다른 판잣집에서 무슨 소동인가 싶었는지 화장을 하지 않아 얼굴이 푸시시한 여자가 헝클어진 머리를 내밀고는, 까르르 웃고 나서 한마디 거들었다.

"얘, 얘들아, 늙은 것만 해두 서러울 텐데 너무 그러지 마라. 아무리 나이를 먹었어두 달릴 물건 다 달렸구, 먹구 싶은 건 다 먹어야 하는 거란다."

　난처해하는 이장의 시선을 뒤통수에 느끼면서 황 노인은 다시 자신의 무력함을 의식했다. 말대꾸를 하기에도 창피하고 욕을 해줘도 먹혀들지 않을 천한 계집들 때문에 그는, 아들이 지켜보는 가운데 땅꾼 집 여자들로부터 당했던 굴욕을 지금 이장이 지켜보는 눈앞에서 다시 한 번 맛보는 처지가 되지 않았는가.
　그리고 바로 그때였다.
　"저 늙은이야! 바루 저 늙은이라구!"
　그들의 등 뒤에서 찢어지는 듯 악을 쓰는 여자의 목소리가 들려왔다.
　이무기 용녀였다.
　읍내에 나가서 장을 보고 돌아오는 길이었던지 찬거리를 한 아름 안고 용녀가 소양강 유엔군 다리 쪽에서 숨이 턱에 차도록 달려 왔다.
　"내 집값을 떼어먹은 늙은이가 바로 저 영감태기란 말이야!"
　여기저기 판잣집에서 여자들이 머리를 내밀었다. 오마하 쪽 추녀 밑에 빨래를 널어놓은 납작한 집에서는 순덕이의 얼굴도 나타났다. 머리를 감던 중이었는지 비누와 물로 범벅이 된 머리카락을 수건으로 감아서 틀어 올리고 순덕이가 황 영감에게로 달려 나오며 소리를 질렀다.
　"내가 너희들한테 얘기했지? 배도 못 타게 해서 우릴 똥줄 빠지게 고생시킨 늙은이가 강 건너에 산다구 말이야. 저게 바루 그 영감이야."
　황 노인과 이장이 땅꾼 집 여자들에게 변명이라도 하려고 미처 입조차 열기도 전에 여기저기서 여자들이 마치 무슨 밀렸던 한풀이라도 하듯이 한꺼번에 아우성을 쳤다.
　"맞아, 맞아. 나도 당했어. 이장이라는 저 작자도 우리들 금산리 배에 태우지 말라고 사공한테 큰소리깨나 치면서 아니꼽게 놀았지."

"저 늙은이가 언니 집을 빼앗았다구? 그걸 그냥 둬? 좆대가리라도 확 분질러버리지."

"늙은 눈에 보이는 게 없는 모양이구만."

손으로 홀러덩 이상한 시늉을 하며, "이거나 먹어라!"

"삐삐 마른 저 새끼 팍 까뿌리라. 우째 생기먹기도 저랑고?"

"집을 빼앗고도 뭐 아쉽은 기 있는 모양이제? 예까지 기어온 거 보이."

"헤이, 영감탱이, 씨비씨비할래요? 숏 타임? 롱 타임?"

다리가 몽땅하고 턱이 늘어진 여자가 치마를 번쩍 들어 빨간 속옷을 보여 주며 까르륵까르륵 웃었다.

"욕심은 많아 똥갈보 집까지 빼앗아 놓고 거다 좆 욕심도 부려? 아서라, 아서. 늙어서 제대로 박도 못할 것이."

"머니 헤브 예스? 씨비씨비? 씨비씨비?"

참으로 입에 담지 못할 온갖 못된 소리가 마구 쏟아져 나와 잠시 어안이 벙벙해서 말도 못 하던 황 노인이 커다랗게 헛기침을 두어 번 하고는 용녀에게 소리쳤다.

"내가 언제 집값을 떼어먹으려고 했느냐? 고얀 것 같으니라고. 지금 당장은 돈이 안 돌아서 잠깐 기다리라고 했을 뿐인데 이게 무슨 망발인고?"

"그래도 입에 양기가 남았다고 저 하는 소리 들어 바아라."

"가서 돈 잘 띠묵고, 잘 살아라."

두 사람은 여자들이 하나 둘 자꾸만 몰려나와 합세하여 온갖 욕설을 퍼붓자 더 이상 버틸 길이 없었다. 욕도 많이 해본 놈이나 잘 하는 법이어서, 훈장으로서는 몸을 함부로 내돌리는 천한 계집들하고는 맞설 재주가 없었다.

하지만 지금 텍사스 여자들을 상대로 맞공격은 못할지언정 그는 이들의 공격을 막아낼 수비를 위한 계획을 진지하게 준비해야 되겠다는 필요성만큼은 절실하게 깨달았다. 워낙 불시에 닥친 상황이어서 지금까지는 제대로 대처할 마음의 준비가 미흡했을지 모르지만, 앞으로는 양색시들이 강을 건너 금산리로 들어가지 못하도록, 유엔 군대가 더 이상 마을을 어지럽히지 못하도록 그는 무슨 수를 써서라도 막아내야 했다. 그냥 앉아서 무너질 수야 없는 노릇이니까.

그는 내일 읍내로 나가봐야 되겠다고 작정했다. 예로부터 강은 적을 막아주는 천연요새의 성벽이나 마찬가지였다. 그러니까 도청에 가서 혹시 외국 군대가 북한강에도 다리를 놓고 서면으로 밀고 들어가려는지 여부를 미리 알아내야만 했다.

"가세, 배 서방. 에잇, 똥이 무서워서 피하나."

하지만 그러면서 돌아서던 황 노인은 점점 더 무기력해지는 자신이 새삼스럽게 초라하다고 느꼈다.

열여섯

호두나무 그루터기에 쪼그리고 앉아 푸르스름한 달빛에 잠긴 마을을 쳐다보며 만식이는 아무래도 요즈음 엄마의 행동이 너무 이상하다고 생각했다. 쉽게 짐작은 가지 않았어도 어쨌든 엄마의 주변에서 무엇인지 새로운 일이 벌어지는 기미가 분명했다. 왜 날마다, 그것도 밤이 되어서야 엄마는 집을 나가고, 그래서는 어디로 가는 것일까?

오늘만 해도 그렇다. 만희가 먼저 잠들고 나서 만식이는 일부러 자는 체하느라고 천천히 규칙적으로 숨을 쉬며 한참 기다렸다. 그랬더니 짐작했던 대로 잠시 후에 엄마가 살그머니 조심스럽게 몸을 일으키고는 머리를 숙여 만식이의 숨소리를 들어보았다.

엄마의 숨결과 체온의 느낌이 뒤로 물러나자 만식이가 얼굴을 돌리지 않은 채 눈을 가늘게 뜨고 몰래 살펴보니 엄마가 소리를 죽이며 어둠 속에서 옷을 챙겨 입고는 방문을 찬찬히 열고는 발돋움을 하고 마루로 나갔다. 만식이가 얼른 일어나 문틈으로 내다보니까 엄마가 사립문까지 가서 사방을 살피고는 조심스럽게 길로 나섰다.

그는 얼른 바지를 입고 윗도리를 팔에 꿰며 방에서 굴러 떨어지듯 밖으로 나갔다. 머지않아 첫 서리가 내릴 터였지만 날씨가 별로 춥지는 않았다. 꽁지천 위로 하순 반달이 떴고 강 건너 텍사스 타운에서 앵앵거리는 음악 소리가 아득히 들려왔다. 그리고 나루터를 향해 서둘러 가는 엄마의 뒷모습이 보였다.

달빛이 밝은데다가 논들은 벼를 다 베어 바닥만 남았고, 길이 썰렁하게 드러나서 몸을 숨길 만한 곳이 없었기 때문에 만식이는 들키지 않고 더 이상 엄마의 뒤를 밟기가 어렵다고 판단했다. 그리고 구태여 쫓아갈 필요도 없었다. 엄마가 어디로 가는지 그만하면 짐작이 갔기 때문이다.

만식이가 직접 확인한 바로도 엄마가 밤중에 이렇게 집에서 몰래 빠져나가기가 오늘이 벌써 세 번째였다. 첫날은 만희와 만식이가 잠든 다음에 빠져나갔던 모양이어서, 자정이 훨씬 넘은 다음 살그머니 문이 열리는 소리를 잠결에 듣고 반쯤 눈을 뜨고는 방으로 들어오는 엄마의 어렴풋한 모습을 보기는 보았는데, 아마 변소라도 갔다 오는 모양이라고 생각해서 그냥 자버렸다. 하지만 지금 돌이켜 생각해보니 엄마는 그날 밤 겉옷을 모두 입고 들어왔었다. 한밤중에 양말까지 신고 변소를 다녀오다니 ….

그전에도 엄마가 한밤중에 옷을 다 갖춰 입고 바깥출입을 했는지 어떤지는 알 길이 없었지만 어쨌든 첫날은 별로 의심하지 않았었고, 어제도 자정이 다 되어 이상하게 갑자기 찬바람이 사방에서 밀어닥치는 듯 섬뜩한 기분이 들어 반쯤 잠이 깨어서 보니, 엄마가 무슨 보퉁이 하나를 가슴에 꼭 껴안고 문을 열고는 소리 없이 방으로 들어오지 않았던가. 살금살금 옷을 벗는 엄마를 실눈으로 지켜보던 만식이는 몇 번이나 벌떡 일어나 어디를 갔다 왔느냐고 물어보고 싶었지만, 웬일인지 목구멍이 꽉 막혀 그냥 자는 체하고 말았다.

엄마가 자리에 눕고 나니 고약한 술 냄새와 시큼하게 무엇이 썩는 듯한 냄새가 왈칵 풍겨왔는데, 아버지가 살아계실 때도 엄마는 막걸리 한 모금 입에 댄 적이 없었던 여자였으므로 만식이는 아무래도 이상하다고 신경이 잔뜩 긴장했다. 그리고 오늘 새벽에 만식이는 엄마가 퀴퀴한 냄새가 나는 옷을 꿍쳐들고 아무도 못 보게 컴컴한 실개천으로 몰래 나가 소리를 죽여가며 손으로 주물럭주물럭 빨래하는 소리를 들었다.

그리고 또 이상한 일은, 오늘 아침에 보니까 거의 비어가던 부엌 쌀독이 반이나 찼고, 윗목에는 뺑코들이 가지고 다니는 깡통이 네 개나 가지런히 늘어놓아졌지 않은가.

"엄마, 저 쌀하고 깡통 어디서 난 거예요?"

엄마는 당황해서 엉겁결에 불안하고 신경질적인 얼굴로 "응, 그거 그냥 생겼어"라고 말했고, 잠시 후에는 시선을 피하면서도 침착성을 되찾은 표정으로 잘라 말했다. "나중에 다 얘기해 줄 테니까 그런 거 묻지 말거라."

그래서 만식이는 엄마 밤마다 어디로 가느냐고 물어 보고 싶은 생각이 주춤하고 말았다.

호두나무 그루터기에 앉아서 푸르스름한 달빛에 잠긴 마을을 쳐다보며 만식이는 엄마가 쌀을 어디서 구해 왔고, 뺑코 깡통들은 또 어디서 얻었는지 곰곰이 따져보았다. 만식이는 혹시 엄마가 그것들을 어디서 훔쳐오지나 않았는지 걱정이 되었다. 엄마가 읍내에서 무슨 일이라도 해 주고 받아온 품삯은 분명히 아니었다. 당당하게 받아온 물건이라면 틀림없이 아들에게 사실대로 벌써 얘기했으리라. 그리고 떳떳한 일이라면 한밤중에 몰래 나가서 하고 와야 할 필요도 없으리라.

무슨 일인지를 하려고 나루터까지 분명히 나가긴 나갔는데 읍내로 가지 않았다면 엄마는 가운뎃섬 뺑코들의 마을에 들른 모양이었고 ….

그렇다면 엄마는 그곳에서 무엇을 하고 왔을까?

열일곱

도대체 엄마가 오늘밤 어디로 갔을까 궁금해서 잔뜩 신경이 곤두선 채로 툇마루에 앉아 골몰하던 만식이는 누군가 나룻길을 내려오는 인기척을 느끼고 더욱 긴장했다. 엄마처럼 한밤중에 밖에 나와서 돌아다니는 사람이 도대체 누구일까 궁금해진 만식이가 천천히 몸을 일으켰다.

다리 쪽에서 조용히 걸어오던 아이도 만식이가 움직이는 기척을 알아채고는 우뚝 걸음을 멈추었다. 달을 등져서 얼굴은 알아보기가 어려웠지만, 한쪽으로 약간 처진 어깨와 길쭉한 다리를 보니 나룻길의 아이는 강호가 틀림없었다.

소년이 다시 걷기 시작했고, 천천히 밤나무 앞까지 걸어와서는 걸음을 멈추었다. 짐작했던 대로 강호였다.

집 앞에서 개울물 흐르는 소리가 갑자기 더욱 요란해지는 듯싶었다.

"너 강호지?" 밤중에 불쑥 찾아온 아이에게 무엇인지 얘기는 해야겠고, 갑작스러운 상황에 어리둥절해서 말문이 막혔던 만식이의 입에서 무턱대고 흘러나온 말이었다.

강호는 만식이의 질문을 되새김질하는 듯 잠깐 머뭇거리더니 역시 나지막한 목소리로 대답했다.

"응, 나야."

"뭣하러 왔니?"

이것도 저절로 튀어나온 질문이었다.

강호는 대답을 궁리하는 듯 잠깐 동안 다시 침묵을 지킨 다음에 찬찬히 설명했다.

"아까 저녁 먹고 나서 느지막이 아버지와 함께 훈장님 댁에 갔다 왔어. 마을사람들이 사공한테 주려고 염출한 곡식을 빻아서 갖다 드렸는데, 아주 늦은 시간이었지."

강호가 무슨 얘기를 하려는지 갈피를 잡지 못한 만식이가 잠자코 기다렸다.

"피대가 끊어져서 애를 먹었어. 그래서 늦었지."

다시 잠깐 침묵이 이어졌다.

"방앗간으로 돌아갈 때쯤에는 달이 저만큼 떴더라. 그리고 다리를 건너면서 나도 모르게 이쪽으로 눈길이 왔어. 그래서 쳐다보니까 네가 저기 호두나무 그루터기에 앉아 있더라."

또다시 잠깐 침묵이 흘렀다.

"집에 가서도 한참 동안 웬일인지 네가 저기 계속 앉아 있으리라는 기분이 들었어. 그래서 와 본 거야."

만식이는 너무나 오래간만에 강호와 얘기를 나누게 되어 반가운 마음에 가슴이 두근거리면서도 어쩐지 두려움을 느꼈다. 웬일인지 방앗간 아이를 경계해야 한다는 생각이 들어서였다.

왜 왔을까? 왜 왔을까? 이렇게 한밤중에? 나도 무슨 말을 하기는 해야 되겠는데, 뭐라고 하면 좋을까?

"참 오래간만이구나."

만식이는 자신이 그 말을 해놓고도 참으로 멋쩍고 한심한 소리라고 생각했다. 그래서 다시 무엇인지 얘기를 계속해야 되겠다고 느꼈다.

"요샌 너희들 뭐하고 지내니?"

"뭐. 그냥."

강호도 마땅한 대답이 궁했던 모양이었다.

만식이는 끊어질까봐 두려워하며 가느다란 실을 붙잡고 매달리는 듯 아슬아슬한 심정으로, 어떻게 해서든지 말을 이어나가고 싶었다.

"월송리 애들하고 가을쌈 할 때도 됐는데 … ."

"그건 좀더 기다려야 해."

"놀러 다니는 건 잘 놀러 다니겠지?"

"그래." 강호가 말했다. "내일은 쓰레기 파러 가기로 했어."

"쓰레기? 무슨 쓰레기?"

"무인도에 뺑코들 와서 사는 거 너도 알지? 거기 미군 부대에서 쓰레기를 갖다 버리는 곳이 따로 있어. 아기장수의 은마가 묻혔다는 가운뎃섬 아래쪽에 말이야. 썩은 물이 괸 큰 웅덩이 너도 알지? 뺑코들이 거기다 쓰레기를 하루에 두 번씩 갖다 버리는데, 우리 내일 거기 가기로 했어."

"쓰레기 웅덩이엔 뭣 하러 가니?"

"준이가 알아낸 건데, 웅덩이에 가서 뺑코들이 버린 쓰레기들 뒤지면 근사한 물건들이 많이 나와."

"쓰레기 속에서? 뭐가 나오는데?"

"별거 별거 다 나오지. 가끔 아예 따지도 않은 새 깡통도 나와. 깡통을 따면 설탕물에 담근 복숭아나 배가 들어 있단다. 어떤 깡통에서는 과자랑 쪼꼬레또하고 가루우유도 나와. 그리고 또 어떤 깡통 속에는 납작하고 조그만 깡통이 또 들어 있기도 한데, 하얀 꼬마 깡통 속에는 달콤하고 맛좋은 쨈이 담겼지. 어떤 깡통에서는 껌하고 커피 가루도 나오고."

"무슨 얘긴지 잘 모르겠지만 재민 있겠구나."

"그럼. 그리고 쓰레기를 잘 뒤져보면 예쁜 빨락종이도 있고, 면도칼도 나오고, 상자갑하고 봉투도 많아. 어떤 때는 반쯤 먹다만 삶은 닭도 나온단다. 닭고기가 나오는 날은 그걸 주워오면 저녁에 엄마가 맛

있는 죽을 쑤어 주지. 그래서 닭이 나왔다 하면 그날 밤에는 우리 마을뿐 아니라 현암리나 월송리 어른들까지도 몰래 쓰레기 웅덩이를 뒤지러 간단다. 남의 눈에 잘 안 띄는 한밤중에 말이야. 낮엔 남들한테 들킬까봐 창피해서 못 가지만."

"그런 물건들 막 가져와도 뺑코들이 그냥 놔두니?"

"그럼. 버린 물건이니까 아무 소리도 안 해. 지키는 사람도 없고."

"거기 가 보면 재미있겠다."

"너도 내일 같이 가자."

만식이는 마음이 솔깃했지만, 잠깐 생각해 보니 그것은 어림도 없는 일이었다.

"아냐. 난 안 갈래."

"왜? 가고 싶지 않니?"

"그건 아니지만⋯ 아무도 오라는 아이도 없는데, 무턱대고 내가 따라 가면 찬돌이나 두꺼비가⋯ 기준이가 뭐라고 하겠니?"

"너 언젠 누가 오라고 해서 허락받은 다음에 우리들하고 어울려 놀고 다녔니? 그냥 같이 가자."

"아냐, 내가 가면 아이들이 싫어해."

강호의 눈이 어둠 속에서 만식이의 표정을 살피느라고 달빛을 받아 번득였다. 그러더니 강호가 목소리를 더욱 낮춰 말했다.

"만식아, 너 요새 참 이상해졌어. 너희 엄마도 그렇고. 왜 그렇게 통밖엘 나오지 않니?"

만식이는 대답이 없었다. 할 말이 없었기 때문이었다.

"그렇게 사람들을 피하고 하는 거 좋지 않다는 생각이 들더라. 네가 우리들을 피해서 좋을 일이 뭐가 있니?"

"내가 너희들을 피해?" 갑자기 만식이의 목소리에 가시가 돋았다.

흠칫 말문이 막혔던 강호가 잠깐 생각해 보더니 다시 입을 열었다.

"하기야 나도 그동안 너한테 놀러 왔던 적이 없긴 하지." 다시 무엇인지 골똘히 생각해 보고, "어쩌다 그렇게 되긴 했지만 내가 왜 널 만나러 오지 않았는진 나도 잘 모르겠어. 우물쭈물하다 그렇게 되었지. 하지만 오늘은 내가 널 찾아왔잖아?"

만식이가 잠깐 무엇인가 생각해보더니 불쑥 말했다. "내가 가도 정말 다른 아이들이 뭐라고 안 그럴까?"

"걱정하지 말라니까. 누가 뭐라고 그러겠어? 같이 놀자고 오는데. 그럼 너 내일 올 거지?"

만식이가 다시 마음속으로 무엇인가 따져보고는 한숨을 지으며 대답했다.

"아니, 역시 못 가겠어."

"오건 안 오건 그건 네가 알아서 해. 하여튼 우릴 찾아오려면 점심때 쯤에 강 건너 모래밭으로 와. 갈대밭이 끝나는 곳까지 가면 쓰레기 웅덩이가 금방 눈에 뜨여. 아주 찾기 쉽다고."

강호가 돌아서서 가려는 눈치를 보였다.

"갈래?" 만식이가 아쉬운 듯 머뭇거리는 목소리로 물었다.

"응. 가서 자야지. 내일 보자."

어디선가 까가가각 소리를 내며 박쥐 한 마리가 날아갔다.

열여덟

　갈대밭 언저리 모래밭에 책상다리를 하고 앉아 만식이는 자갈을 하나 집어서 강물로 던졌다. "폴락" 소리를 내고 돌이 수면에 떨어져 맑은 물속으로 비스듬히 미끄러지며 가라앉았다.

　강 건너 금산리 마을은 쓰르라미도 울지 않고 고요했으며 방앗간 주변에서 제비 떼가 날아다니고 떠드는 소리가 아득하게 들려왔다. 삼악산에서는 단풍이 꼭대기에서부터 번지며 흘러내려와 황금빛과 분홍과 주홍이 새파란 하늘 아래 얼룩을 짓고 둥그렇게 밑으로 퍼졌다. 샛노란 전나무와 칙칙하게 낙엽이 든 밤나무가 산기슭을 휘감았고, 들판에는 띄엄띄엄 흩어진 나무들이 녹슨 듯 붉게 물들어 개울가에 늘어선 초가집들이 더욱 쓸쓸해 보였다.

　군데군데 아직도 벼베기가 끝나지 않은 논들은 따스한 햇살에 노랗게 익은 벼이삭이 잔잔히 물결치며 머리를 저었고, 누더기를 걸치고 밀짚모자를 쓴 허수아비들은 텅 빈 논에 버티고 서서 공연히 눈만 부라렸다. 면사무소 옆 미루나무 밑에서는 느릿느릿 풀을 뜯는 암소의 곁에서 송아지가 울었다. 어미 소가 파리를 쫓느라고 머리를 흔들 때마다 목에 달린 워낭이 쟁그렁거리는 소리가 여기까지 들려왔다.

　만식이는 죽은 나뭇가지를 하나 집어 따각따각 분지르면서 아이들이 나루터에 나타나 강을 건너오기를 기다렸지만, 막상 찬돌이와 다른 아이들이 나타나면 어떻게 해야 할지는 아직도 마음이 잡히지 않았다.

　쓰레기를 파러 같이 가자고 어젯밤에 강호가 와서 청한 다음 만식이는, 자정이 훨씬 지나서 엄마가 살그머니 들어와 옷을 벗고 술 냄새를 풍기며 잠자리에 든 한참 후에도, 흥분감이 아직도 가라앉지를 않아 정신이 초롱초롱하기만 했었다. 가끔 몸을 뒤척이며 그는 강호와 나눈 대화를 거듭거듭 마음속으로 되새겨 보았다. 쓰레기를 뒤지러 같이 가자던 애기는 어쩌면 이제부터 만식이가 더 이상 외톨이로 심심하게 지내지 않아도 된다는 뜻인지도 모른다.

옛날처럼 아이들과 같이 놀게 된다면 … 정말 그렇게만 된다면 … .

강호가 한 애기는 진담이었다. 강호는 금산리 다섯 아이들 가운데 가장 의리가 분명하고 깊었다. 강호는 항상 그런 아이였다. 그래서 만식이 엄마한테 뺑코들이 무슨 짓을 했고 동네사람들이 밤나무집 식구들에게 어떤 태도를 보이건 그런 일은 강호에게 조금도 상관이 없었다. 분명히 그랬다.

지금까지의 답답한 나날이 강호 때문에 이제는 끝나려는 모양이었다. 강렬한 여름 햇살이 눈에 따가운 좁다란 마당에서 날이면 날마다 오락가락하던 나날, 가끔 호두나무 그루터기에 나가 앉아 물끄러미 바깥을 구경만 하던 나날, 동무도 하나 없고 할 일도 없이 마당에서 오락가락하고 또 오락가락하던 나날, 어쩌다 실개천까지 내려가 세수나 하며 지내온 길고도 긴 나날, 지루하고도 지루한 나날이 어쩌면 이제는 끝날지도 모른다.

그는 땀 냄새가 곰팡이처럼 벽으로 스며든 좁다란 방과 적막하고 좁다란 마당을 벗어나 훤히 트인 벌판으로 나가고 싶었다. 그는 숲으로 가서 바위 사이로 뛰어다니고, 개울물을 철벅거리고, 풀 냄새가 후끈한 덤불의 뜨거운 공기를 숨쉬고 싶었다. 그는 개울의 수초더미와 풀섶을 발로 첨벙첨벙 휘저으며 시끄럽게 소리를 지르고 달려가 송사리를 몰아내고, 눈부신 은빛으로 팔딱이는 피라미와 무지갯빛 버들붕어와 통통한 미꾸라지를 소쿠리로 듬뿍 떠내고 싶었다. 수초와 올챙이와 소금쟁이와 새우와 거머리는 탁탁 털어 버리며 채에서 골라낸 물고기로 어설픈 매운탕을 끓이고 ….

그는 어둑어둑한 숲의 신비로운 고요함에 홀려 나무들 사이로 오솔길을 걷고 싶었으며, 태양과 하늘과 새, 장군봉의 탐험을 빼앗아버린 아이들에게서 옛날을 돌려받고 싶었다. 그는 웃고 떠들며 아이들과 어울려 돌아다니고 싶었다. 그래서 그는 몇 번이고 당장이라도 찬돌이에게 쫓아가 같이 놀게 해 달라고 졸라볼 생각도 불쑥 해보았지만, 물론 그것은 어림도 없는 일이었다.

그래서 그는 어서 학교라도 문을 다시 열었으면 하고 바랐다. 전쟁을 일으킨 공산당을 쫓아버리고 유엔군과 국군이 돌아왔으니까, 학교만 문을 연다면 그는 싫건 좋건 다시 아이들과 만날 테고, 그런 다음에 벌어질 상황은 그때 막상 당해 보면 어떻게 해야 좋을지 알게 되리라. 그래서 만식이는 무작정 학교가 문을 열기만 기다렸었다.

그런데 어젯밤에 강호가 찾아왔다. 아이들과 같이 놀러 가자고 일단 마음을 정하고 아침 내내 마당에서 초조하게 서성거리던 그는 다른 아이들보다 먼저 강을 건너와서 그들을 기다려야 되겠다는 생각이 들었다. 만식이가 섬으로 찾아오리라는 사실을 어쩌면 강호 이외에 아무도 모를 듯싶었기 때문이었다. 만식이를 오라고 한 사람은 강호였지 찬돌이가 아니었다. 그래서 먼저 와서 기다려줘야 옳은 일이라고만 여겨졌다.

갑자기 무슨 옷을 짓겠다는 얘기인지는 몰라도 어쨌든 오늘은 엄마가 아침나절에 읍내 장으로 옷감을 좀 뜨러 가야 한다고 일찍 나갔기 때문에 만식이는 만희의 허리를 묶은 끈을 문고리에다 매놓았고, 엄마가 언제 돌아올지 알 길이 없었으므로 만희의 점심밥을 윗목에 차려 주고는 요강도 방에다 들여놓았다.

"쉬야하고 응까는 여기다 하는 거다. 알았지?"

집을 나선 그는 하늘을 날아가는 기분이었다. 오래간만에 나와 보는 나루터여서 맑고 얕게 찰랑거리는 강물과, 노를 저을 때마다 옆으로 흔들거리는 배와, 건너편 노란 모래밭이 새로운 세상처럼 생소해 보이기만 했고, 뱃사공도 만식이를 보자 무슨 낯선 사람이라도 만나는 듯 신기해했다.

"너 어디 가니?" 슬그머니 눈치를 살피며 사공이 물었다.

"강 건너요." 역시 곁눈질로 사공의 눈치를 살피며 만식이가 대답했다.

"강 건너? 너도 텍사스에 가니?"

"텍사스라뇨?"

사공은 좌우로 휘적휘적 노를 저으며 만식이의 얼굴을 다시 살펴보더니 음흉하게 빙그레 웃었다.

"아니다. 아냐. 아무것도 아냐. 난 니가 엄마 심부름 가는 줄 알았지."

"엄마 심부름요?"

"아냐. 아무것도 아니다."

사공이 왜 그런 질문을 하고 왜 그렇게 음흉한 미소를 지었을까 궁금해 하면서 조약돌을 하나 더 집어 강물로 던지려던 만식이는 건너편 나루터에서 촐랑촐랑 까불며 배를 타러 비탈길을 내려오는 기준이와 봉이를 보고 흠칫했다. 그는 갑자기 가슴이 두근거리기 시작했다.

어떻게 하나? 어떻게 하나?

그리고 그는 기준이와 봉이의 눈에 띄기 전에 얼른 일어나 갈대밭 속으로 몸을 숨겼다. 땅바닥에 엎드린 그는 두 아이가 강을 건너온 다음에 어떻게 해야 좋을지 몰라서 마음을 진정시키고 차분히 생각해 보려고 했지만, 머릿속은 그냥 뒤숭숭하기만 할 뿐 자신이 어떻게 행동해야 좋을지 아무런 판단이 서지를 않았다.

조그만 거미 한 마리가 갈댓잎 사이에다 반짝이는 거미줄을 치는 중이었고 못생긴 엉겅퀴 한 송이가 저만치 앞에서 무척 끈적끈적해 보였다. 만식이는 물끄러미 거미를 쳐다보며 엎드려서, 아이들을 태운 배가 강을 건너오기만 그냥 한없이 기다렸다.

열아홉

금산리 네 아이가 모래밭에 나란히 줄지어 앉아서 저만치 떨어진 커다란 웅덩이를 꼼짝도 않고 지켜보았다. 강변의 갈대밭 언저리 모래밭 비탈에 움푹하게 패인 웅덩이에는 싯누렇게 썩은 물이 반쯤 괴었고, 미군 트럭 한 대가 이곳에다 쓰레기를 부리는 중이었다.

뒷문을 내린 트럭 위에서는 물렁물렁한 헝겊 모자를 약간 뒤로 젖혀 쓰고 근육이 불끈거리는 뺑코 두 명이 주름잡힌 커다란 양은 통을 눕혀서 암갈색 톱밥 같은 커피 찌꺼기를 비탈 아래로 쏟아 부었다. 커피 찌꺼기에서는 김이 무럭무럭 피어올랐다. 다른 군인 한 사람이 셔츠바람으로 트럭에 쌓인 다른 지저분한 쓰레기를 삽으로 퍼서 던지며 담배를 씹은 시커먼 침을 가끔 모래밭으로 찌익 뱉어 버리고는, 땅바닥에 앉아서 기다리는 아이들을 내려다보고 히죽 웃었다.

기준이는 어느 자리에 무엇이 떨어지는지 잘 기억해 두려는 듯 군인들이 퍼 던지는 온갖 쓰레기를 하나하나 열심히 지켜보며 혼잣말처럼 중얼거렸다.

"오늘도 고기가 나왔으면 좋겠다. 지난번에 내가 찾아낸 깡통 속에서 나온 고기 알지? 함*이라고 그러는 고기 말이야. 세 덩어리나 함께 들어 있었는데, 참 맛 좋더라. 좀 짜기는 했지만."

커다란 양은 통 여섯 개를 비운 다음 뺑코들은 뒤쪽 막이를 올려 덜컥 닫고는 털럭털럭 차를 몰고 부대 쪽으로 향했다. 봉이와 기준이가 신이 나서 벌떡 일어나 양키들에게 소리치며 손을 흔들었다.

"헤이 헤이!"

미군들이 마주 손을 흔들며 먼지 속으로 멀어져갔다.

찬돌이와 기준이와 강호가 와르르 구덩이로 몰려 들어가 손과 막대기로 축축하고 따끈한 커피 찌꺼기를 파헤쳤다. 깡통이 나오면 속에 무엇이 들었는지 일일이 털어 보면서, 종아리까지 커피 더미 속에 빠진 세 아이는 열심히 쓰레기를 뒤졌다. 쓰레기 언저리에 쪼그리고 앉은 봉이는 나뭇가지를 꺾어 젓가락처럼 들고 살금살금 쓰레기를 뒤졌다.

강호는 왜 여태까지 만식이가 안 나타나는지 이상해서 아까부터 힐끔힐끔 사방을 살펴보았지만, 아마 강을 건너올 용기가 나지 않아 안

• 함: ham.

오기로 한 모양이라고 생각하고는, 가느다란 파이프를 하나 주워 자치기를 하는 동작으로 쓰레기를 퍼 던졌다. 물컹물컹하게 삶은 양배추에 무릎까지 빠져 쓰레기를 후벼대던 기준이가 납작한 깡통 두 개를 손에 움켜쥔 채로 갑자기 얼어붙은 듯 동작을 멈추고는, 놀란 눈으로 모래밭 쪽을 멍하니 쳐다보았다.

"찬돌아, 저기 봐라."

"뭘?" 부지런히 쓰레기를 파헤치느라고 얼굴조차 들지 않고 찬돌이가 물었다.

"저기 말이야. 만식이가 이리로 오는데?"

"누가?"

찬돌이가 무슨 헛소리를 하느냐는 듯 허리를 펴고 몸을 일으켰다.

"만식이."

쓰레기 속에서 찾은 젤리 한 토막을 까서 입에 넣고 우물우물 씹으며 찬돌이는 저만치 모래밭에서 천천히 이쪽으로 오는 만식이를 쳐다보았다. 강호도 파이프에 묻은 커피를 손바닥으로 씻어 내리며 만식이를 쳐다보고는 이제야 안심이 된다는 듯 표정이 밝아졌다.

만식이는 아이들과 시선이 마주치자 주춤주춤 걸음을 멈추었다. 그러더니 강호를 한 번 쳐다보고는 만식이가 다시 다가왔다.

"저 자식 뭣 하러 왔지?" 찬돌이가 눈살을 찡그리며 물었다.

강호가 힐끗 찬돌이의 옆얼굴을 살펴보고는 켕기는 구석이 갑자기 생겨서, 약간 주저하는 목소리로 모르는 체하며 대답했다.

"우리하고 놀고 싶어서 왔나 봐."

"우리들하고 놀아? 누가 같이 논대?"

강호는 만식이더러 이리 오라고 어젯밤에 자기가 불렀다는 얘기를 아직 찬돌이에게 하지 않았다. 미리 얘기하고 싶기는 했지만 막상 찬돌이의 얼굴을 대하면 입이 떨어지지를 않았고, 그래서 나중에는 그래, 공연히 미리 얘기했다 오지 못하게 하라고 잔소리를 듣느니 차라리 그냥 서로 마주치게 하는 쪽이 더 편하리라면서, 용기가 없는 자신의 행동을 은근히 두둔하기까지 했다.

"뭐 이왕 여기까지 찾아왔으니까 우리 같이 놀아 주자." 강호가 시치미를 떼며 찬돌이에게 말했다. "그동안 우리 만식이하고 통 안 놀았잖아?"

"야, 너 미쳤냐? 우리들이 섬으로 건너오는 것만 가지고도 어른들이 그렇게 야단인데 만식이하고 어떻게 같이 놀아?" 천천히 다가오는 만식이를 노려보며 찬돌이가 말했다. "근데 우리들이 여기서 논다는 걸 저 자식이 어떻게 알았지?"

만식이가 다시 걸음을 멈추고는 네 아이를 살펴보았다.

"그래, 우리들이 여기서 모인다는 걸 저 자식이 어떻게 알았지?" 준이가 맞장구를 쳤다.

"누가 만식이한테 우리가 이리로 놀러온다는 걸 알려 준 모양이구나." 찬돌이가 돌아서서 세 아이를 한 명씩 노려보며 말했다. "누가 얘기했니?"

"난 몰라." 기준이가 재빨리 말했다. "난 만식이하곤 절대로 놀지 않으니까."

찬돌이의 시선이 그에게로 돌아오자 강호는 강 쪽으로 얼굴을 돌리고 나지막한 목소리로, 그러나 겁을 내지 않으며, 차분한 목소리로 말했다.

"내가 얘기했어."

세 아이의 시선이 그에게로 집중되었다.

강호가 말을 이었다. "어젯밤에 내가 만식이한테 찾아가서 우리들하고 같이 놀고 싶으면 이리로 오라고 그랬어."

"누가 널더러 대장처럼 나서서 그런 소리 하라던?" 찬돌이가 말했다.

"그래. 누가 너더러 그러라던? 니가 뭔데 그러니?" 기준이가 맞장구를 쳤다.

"우린 만식이하고 무척 친했잖아? 생각해 봐. 우리가 같이 안 놀아 주니까 쟤…."

"그런 걱정은 생각해 볼 것도 없어. 저 자식은 내가 알아서 할 테니까 넌 가만히 있어."

찬돌이가 만식이에게 이리 오라고 손짓했다. 만식이는 잠깐 주저하다가 강호와 찬돌이의 표정을 번갈아 살피며 천천히 걸어왔다.

"그만, 거기 서."

만식이가 멈춰 섰다.

"너 여기 뭣하러 왔어?"

만식이는 얼굴이 굳어지면서 아무 말도 하지 못했다. 그래, 오는 게 아닌데 그랬어 하고 후회하는 표정이 벌써 그의 얼굴에 역력했다.

"아마 너 우리들하고 놀고 싶어서 찾아온 모양인데, 우린 너하고 안 놀아." 찬돌이가 말했다. "니 엄마 깜둥이하고 씹했대지? 그런 너하고 우리가 어떻게 놀아 주니?"

"그래. 니 엄마는 깜둥이하고 했기 때문에 깜둥이 새끼를 낳을 거라고 우리 엄마가 그러더라." 기준이가 말을 거들었다.

"넌 입 다물어." 찬돌이가 기준이에게 면박을 주고는 다시 만식이에게로 시선을 돌렸다. "얘기를 들으니까 어젯밤에 강호가 너한테 가서 이리 놀러 오라고 그런 모양이지만, 강호가 한 얘기는 전부 무효야. 너희 엄마 텍사스에서 양갈보 한다지? 야, 생각해 봐. 우리들이 어떻게 똥갈보 아들하고 같이 놀겠니?"

그리고는 무엇이 어떻게 되었는지 만식이는 나중에 아무리 기억을 더듬어 봐도 잘 생각이 나지를 않았다. 어쨌든 그는 나루터를 향해 모래밭을 가로질러 마구 달려갔다.

그는 정신없이 막 도망쳤다. 울지는 않았다. 뭐가 뭔지 알 길이 없었기 때문에 울어야 할 이유도 없었다. 그는 그냥 막 달렸다. 그리고 누구인지는 몰라도, 기준이 목소리 같았지만, 뒤에서 한 아이가 신이 나서 지르는 소리가 꿈속에서처럼 아득하게 들려왔다.

"야앙갈보 … 또옹갈보 … 야앙갈보 … 또옹갈보 …."

스물

전구에 빨간 페인트를 발라놓아서 방안은 사방이 온통 새빨갛기만 했고, 오른쪽 벽에는 반바지만 걸치고 수박만큼이나 큼직한 젖통을 덜렁 내놓고 철모를 쓴 미국 여자의 사진이 붙었고, 뒤쪽 벽에는 알록달록한 여자 속옷이 여러 벌 줄지어 못에 걸렸으며, 왼쪽 벽에는 밖으로 밀어서 들어 올리는 널빤지 창문을 부지깽이로 받쳐 열어 놓았고, 창문 옆에는 열두 달이 한 장에 모두 박힌 신문사 설경(雪景) 달력을 풀로 철썩 발랐고, 술에 취한 언례는 어딘가 푹 쓰러져 얼른 자고 싶었다.

"여태도 맥주가 써?" 용녀가 말했다.

함께 갈보 짓을 하는 친구에게 면박을 주고 있다는 사실을 두 뺑코 손님이 눈치 채지 못하도록 용녀는 농담을 건네듯 입으로는 생글생글 웃으면서도 표독한 눈으로 사뭇 못마땅해 하며 자꾸만 언례를 꾸짖었다.

"이젠 그만하면 길이 좀 들었을 텐데 그러네. 언니, 손님들을 앞에 앉혀 놓고 자꾸 얼굴을 찡그리면 어떡해? 싫어두 좋은 척 해야 된다고 내가 그랬잖수?"

이무기가 쓰는 방은 문이 제대로 달렸어도 언례를 위해 얻어준 이쪽 방은 아직 합판을 미군 부대에서 구하지 못했다며 문을 해 달지 않은 채로 가마니를 뜯어 발처럼 내리 걸어서 소변을 보러 나갈 때마다 손으로 두루룩 말아 올려 들추고 드나들었다.

"헤이, 드링크 캔 두?"

언례가 오늘 저녁에 손님으로 맡은 싸징은 코가 아주 뭉툭했는데, 뭉툭 싸징이 아무리 알아듣기 쉽게 한국 사람들이 얘기하는 투로 이상한 영어를 써서 뭐라고 말했어도 언례는 나머지 얘기를 하나도 알아듣지 못하겠고, 어쨌든 술을 마시라고 권하는 뜻이라고만 어렴풋이 짐작한 그녀는 그동안 용녀와 순덕이한테서 배운 외국말을 몇 마디 써보았다.

"오케이. 캔 두, 싸징."

이무기가 흡족한 표정을 지었는데, 그런데, 그런데 순덕이는 어디로 갔나? 언례는 막연히 궁금해졌고, 그렇지, 버팔로 싸징은 술 생각이 별로 없어서 일찍부터 놀고 싶다며 맥주를 겨우 한 병만 마시고는 아까 순덕이 어깨를 끌어안고 같이 뒷방으로 들어갔지. 방으로 처박힌 지가 벌써 한참 되었는데 아직도 나올 생각을 하지 않는구나.

방 한가운데 합판 두 장을 겹쳐 박아 만든 앉은뱅이 상 위에는 싸징 세 명이 국방색 자루에다 싸가지고 나온 양키 맥주와 레이션 깡통들이 수북했는데, 뺑코치고도 유난히 키가 커서 항상 구부정한 이무기의 단골 싸징이 파삭거리는 소금과자로 잼을 쿡 찍어 듬뿍 떠서 먹었다.

이무기가 "웨어 유 호미타운" 하면서 뭐라고 얘기하자 키다리 싸징이 "오마하"라고 대답하고는 큰 소리로 웃었고, 이무기가 "웨어 유 호미타운" 하고 이번에는 뭉툭코 싸징에게 물었더니 언례의 손님도 역시 "오마하"라고 대답했으며, 무엇이 그렇게 재미있다고 셋이서 동시에 와르르 웃었다.

"언니, 얘네들 정말 웃겨. 고향이 어디냐고 했더니 둘 다 오마하래. 여기가 고향이란 말이야. 그리구 언니도 말은 잘 알아듣지 못하더라도 얘들이 웃을 때는 눈치 봐서 같이 웃어 줘. 그래야 다 기분이 좋지 않겠어?"

조금 뒤늦기는 했어도 언례가 따라 웃었고, 앞으로는 눈치껏 때를 맞춰 미리미리 웃어야 되겠다고 생각했지만 언례는 술을 조금만 마셔도 통 정신을 차리기가 힘들어서 항상 큰일이었다.

이무기는 양키 장사에 대해서라면 전혀 아는 바가 없었던 언례에게 방을 얻어 주었을 뿐 아니라, 오늘처럼 싸징들을 데려다 소개하면서 자리를 같이 하고 늘 여러 가지 잔소리를 늘어놓으며 훈련을 시켰는데, 그러니까 말하자면 용녀는 언례의 양살보 선생이었다.

용녀는 선생 노릇뿐이 아니라 통역도 하고, 미군들에게서 받은 군표를 암시장에 들고 나가 우리나라 돈으로 바꿔다 주기도 해서, 이무기가 없다면 언례는 꼼짝도 못할 처지였고, 그래서 손님을 치르고 받는 돈의 절반을 용녀가 떼어 가져가도 언례는 억울한 생각이 조금도 없이 모두 당연하게만 여겨졌다.

언례가 맥주를 한 잔 받아 마셨고, 싸징들이 웃었고, 용녀도 따라 웃었다. 언례도 얼른 따라 웃었지만, 싸징들하고 이무기가 왜 웃었는지는 알 길이 없었고, 자신이 왜 웃었는지는 더 알 길이 없었다.

스물하나

이무기는 양공주 장사에 대해서라면 정말로 모르는 구석이 없어서, 언례는 날마다 부지런히 얘기를 듣고 아무리 열심히 배워도 자꾸만 실수를 거듭하여 용녀의 구박에는 끝이 없었고, 며칠 전에는 이런 공부도 했다.

"성병 말이야, 언니, 그게 바로 화류병이라는 거야. 임질과 매독이 제일 흔한데, 쟤들 말로는 '고노리아'하고 '씨피리스'라고 해. 그런 병 잘못 걸렸다 하면 진짜로 큰일 나. 병 걸린 줄 모르고 임신했다가는 째보를 낳기도 하고, 머리카락이 콩나물처럼 한 주먹씩 막 빠지는 애도 봤어. 그러니까 할 때는 이런 고무주머니를 꼭 써야 해. 이걸 남자 거기에다 이렇게 씌우면 된다고."

이무기가 까르륵 웃으며 손가락을 끼워 시범을 보이자 옆에 앉아 바느질하던 순덕이도 방바닥을 치며 한바탕 웃었다.

"남자가 이걸 쓰고 하면 성병을 막아 주기도 하지만, 아이도 배지 않아서 양수겹장으로 좋아. 물론 어떤 싸징들은 이걸 안 쓰고 그냥 해줘야 더 좋아하지만, 어쨌든 언니는 손님 받을 때 꼭 이렇게 물어 봐야 해. '콘돔 오케이?' 그래서 '오케이'라고 대답하면 언니도 '오케이' 하라고."

언례는 영어에서 "오케이"라는 말이 얼마나 자주 쓰이는지를 알고는 어떻게 한 마디 말이 그렇게 쓸모가 많은지 처음에는 참 신기하다고 생각했었다. 하지만 양갈보 영어는 편리한 말이 아니라 최소한의 단어만 알아가지고 최대한 효과적으로 뜻을 전하는 수단이었고, 나머지는 그냥 몸으로 직접 설명해야 했다. 그래서 무엇이 좋으면 무작정 "오케이"나 "남바 완"이었고, 싫거나 나쁘면 모조리 "남바 텐"이었다.

"깨라리"라고 고함치는 양키들은 어떤 이유에서이건 화가 잔뜩 난 상태니까 눈치껏 조심해서 다뤄야 한다고 용녀는 언례에게 가르쳤고, "드링크"는 '맥주'라는 뜻이니까 뻥코가 그런 말을 하면 얼른 잔을 내밀어야 했다. 지금처럼 영어가 서투르면 말이 통하지를 않아 단골 양키를 만들어두고 늘려나가기가 쉽지 않아서 언례는 물에 뜬 기름방울처럼 텍사스에서 영원히 천대를 받는 외톨이가 되겠고, 마을에서도 이미 따돌림을 당해 발을 붙이지 못하게 된 그녀로서는 새로운 삶을 시작하기 위해서 새로운 언어를 필사적으로 익혀야 했다.

그래서 양키 손님들과 같이 앉아서 웃고 떠들 때 꼭 알아야 하는 여러 가지 말을 순덕이와 이무기가 가르쳐주면, "키스 키스"나 "휙" 같은 단어를 수첩에 차곡차곡 적어두고는 틈이 날 때마다 옹알이를 하는 아기처럼 부지런히 공부했다.

" '키스 키스'는 '입을 맞춘다'는 말이고 '휙'은 '씹을 하자'는 뜻이야."

제3부 텍사스 타운

이무기가 언례한테 가르쳐주었다. "'슬립 위드 미' 하고 코쟁이가 물으면 그건 '나하고 같이 자자'는 뜻이지만, 사실은 돈을 내고 잠만 자는 놈은 하나도 없으니까, 이 말도 역시 그걸 하자는 소리야. '홱' 하고 똑같은 말이지."

"그럼 만식 엄마는 같이 자자는 양키한테 '롱 타임이냐 숏 타임이냐' 하고 꼭 물어 봐야 해." 순덕이가 옆에서 거들었다. "'유 원 롱 타임? 유 원 숏 타임?' 하고 말이야. '롱 타임'은 밤새도록 같이 자는 거고, '숏 타임'을 하겠다면 잠깐 한 번만 놀아 주면 돼."

언례는 지금까지 밤새도록 같이 자는 롱 타임 손님을 한 번도 받아 본 적이 없었다. 텍사스에서 밤을 보내고 난 다음 이른 아침에 염 사공의 배를 강 이쪽에서 소리쳐 불러 타고 집으로 가기가 거북했을 뿐더러, 유엔말도 제대로 못하면서 밤이 새도록 슬립 위드 미 하느라고 뺑코와 단둘이만 지낼 용기와 자신이 없었기 때문이다. 그래서 이무기가 미리미리 알아서 그녀에게는 숏 타임 싸징만 골라서 붙여 주었다.

오늘도 보아하니 언례는 뭉툭코 싸징하고 숏 타임을 해야 하는데, 술기운이 잔뜩 올라 뱃속에서 창자가 이리 쏠리고 저리 쏠리며 출렁거리는 기분을 느꼈고, 그래서 퍽 몸이 괴로웠고, 그래서 이왕이면 어서 해버리고 싶었지만, 싸징들과 이무기는 알아듣기 힘든 유엔말을 자꾸 늘어놓으며 걸핏하면 웃었고, 언례도 걸핏하면 자꾸 따라 웃었다.

하지만 그래도 오늘은 언례가 여기에 와서 첫 양키와 숏 타임을 했던 날만큼 심하게 속이 거북하지는 않았다. 첫 손님을 받던 날 이무기는 맑은 자둣빛 술을 유리잔에 따라 주며 "이걸 마시면 겁이 덜 나고 신경도 날카롭지 않을 거"라고 그랬는데, 기껏 술을 마시고 나니까 어찌나 속이 메스껍고 관자놀이가 지끈거리며 쑤셨는지 오히려 더 정신을 차릴 수가 없어서 학질을 앓을 때처럼 혼몽한 상태에서 허우적거리며 일을 치렀다. 언례가 한참 기절했다가 깨어나서 보니 뻥코는 숏 타임을 벌써 다 끝내고 부대로 돌아간 다음이었고, 그녀의 허벅지는 온통 미끈거리는 물로 질펀했다.

오늘도 어서 숏 타임을 하고 빨리 가줬으면 정말 좋으련만, 뭉툭코 싸징은 꼬부라진 혓바닥으로 언례의 목에다 자꾸 키스 키스하면서 "하우 올드"라고 몇 차례 물었고, "언니 몇 살이네"라고 이무기가 짜증스러운 목소리로 통역했고, 언례는 전에 용녀가 가르쳐주었던 그대로 "투엔티 쓰리" 했다. 그것은 "스물세 살이다"라는 뜻이라고 했는데, 뻥코들은 열 살이나 언례가 나이를 속여도 영 눈치를 못 채는 듯싶었다.

스물둘

텍사스 타운으로 처음 이무기를 찾아왔던 날도 언례는 오늘과 똑같이 정신이 비틀거렸지만, 그날은 걸음조차 걷기가 힘들었던 까닭이 술 때문은 아니었다.

그날 언례는 섬으로 들어와서도 차마 텍사스 쪽으로 발길을 할 용기가 좀처럼 나지 않아서, 북한강을 건넌 다음 양키 부대와 멀리 떨어진 곳을 배회하며 한참 오락가락하다가, 혹시 지나가는 마을사람들의 눈에 띄기라도 할까봐 아예 소양강도 건너 읍내로 나가서는, 아침 내내 중앙시장 이 골목 저 골목을 몇 시간동안이나 헤매고 다녔었다. 지금도 언례는 기진맥진한 몸으로 장바닥을 헤매고 돌아다닐 때처럼 정신이 어지러웠고, 좌판이나 함지박과 광주리에 담아 늘어놓은 온갖 물건들이 눈앞에서 어른거렸다. 떡과 시금치 다발과 된장을 먹인 깻잎과 고춧가루 됫박과 굴비와 젓이 축 늘어진 아주머니와 마늘장수와 안경 여섯 개를 팔겠다고 들고 나와 널빤지 위에다 늘어놓고 꾸벅꾸벅 조는 할아버지를 맥이 빠져 둘러보던 언례는 무척이나 피곤하고 허기가 져서 구역질이 나려고 했다. 섬에서 모래밭을 돌아다니는 동안에 무릎에서는 이미 기운이 빠졌고, 이제는 헛바늘이 돋아난 듯 입안이 깔깔하고 뱃속에서 신물이 올라왔다.

막상 양갈보 짓이라도 해야 되겠다고 작정하기는 했지만, 그래도 앞날을 생각하면 속이 치밀고 답답하여 그녀는 아무것도 먹지 못했고, 겨우 용기를 내서 집을 나설 때까지 두 끼를 굶었으니 속이 헛헛하고 어지러운 것은 당연한 일이었고, 나중에는 정신이 오락가락 걷기도 점점 힘들어지기만 했고, 앞날은 한없이 캄캄할 따름이었다.

전쟁 통에 몸을 버린 신세로 남편도 없고 의지해서 살 곳도 없는데, 금년에는 김장조차 담글 흉내도 내지 못하고 포도청 같은 목구멍에 무엇을 먹고 살아야 할지 식량도 다 떨어져 가는가 하면, 머지않아 겨울이 닥쳐 찢어진 창호지 틈으로 찬바람이 삭신을 괴롭히겠고, 이엉이 시커멓게 삭아 내리는 지붕 밑에서 천장에 습기가 차고 곰팡이가 스는가 하면, 꾸둑꾸둑한 이불솜과 군불을 때지 못한 구들장은 아래위로 냉랭할 테고, 그래도 자식들을 살리려면 제 목숨부터 열심히 부지해야 하니 고단하고 질긴 목숨 제 손으로 끊지도 못하고, 장사라도 해야 어떻게 먹고 살겠지만 닭을 몇 마리 치려고 하면 병아리 한 마리 구할 돈 한 푼이 아쉽고, 무슨 밑천을 만든답시고 김 서방이 모질게 남겨준 한

뙈기 땅을 팔아먹기 또한 하늘처럼 무섭고 그렇다고 해서 무엇을 만들어 팔 손재간도 없으니 모질기만 한 운명은 한없이 답답했다.

이리저리 여러 골목을 돌다가 보니 그녀는 공연한 걸음인 줄 잘 알면서도 춘천역 농협창고에 이르렀고, 막상 가서 봤더니 무너진 폐허만 남아서 곡식이라고는 납작보리 한 알 눈에 띄지 않았다. 더 이상 버티며 걸어 다닐 기운이 없어서 언례가 길바닥 아무데나 털썩 주저앉았더니, 어느 사내아이가 등 뒤에서 말하는 소리가 들려왔다.

"미친년인가 봐."

언례는 뒤를 돌아볼 힘도 없었다. 잔등을 타고 커다란 식은땀 한 방울이 굴러 내려갔다. 너무나 크고, 너무나 차가운 한 방울이었다. 등 뒤에서는 아이들의 대화가 계속해서 오고갔다.

"얼빠진 여자 같아."

"아냐, 거지가 틀림없어. 난 여자거지 처음 본다."

땅이 기우뚱 한쪽으로 가라앉은 기분이 들어 언례는 과일 가게의 차양을 받친 말뚝을 잡고 겨우 몸을 가누며 일어섰다. 또다시 헛구역질이 올라왔다.

장터에서 한길로 나온 언례는 다시 땅바닥에 주저앉아 소를 몰고 지나가는 노인을 물끄러미 쳐다보았다. 송아지를 건지러 들어갔다가 물에 빠져 죽은 만식이 아버지가 생각났다. 그해 여름에는 홍수가 참 심했지.

외국 군인들이 두 줄로 마주보고 앉아서 타고 가는 트럭이 역 쪽으로 툴툴거리며 달려갔다. 저 뺑코들 가운뎃섬으로 가는 모양이야. 유엔 다리를 건너서.

뺑코들…. 뺑코…. 뺑코….

스물셋

"뺑코가 어쨌냐니까." 이무기가 물었다.

"응?"

용녀는 분명히 똑같은 질문을 한 번 이상 되풀이한 모양이었지만, 언례는 흐트러진 정신이 좀처럼 가다듬어지지를 않았다.

"언니가 지금 뺑코라고 그랬잖아."

"그랬어?"

"뺑코가 어쨌단 얘기야?"

"어쩌긴. 코쟁이가 뺑코지."

언례는 손으로 코가 이만큼 크다는 시늉을 하며 머리가 어찔어찔했다.

"그건 나도 알지만 왜 난데없이 뺑코 얘기는 꺼냈지?"

정신이 혼미하여 말이 헛나간 모양이었다. 길거리에서 현기증을 느낀 언례는 집들과 길바닥과 하늘이, 나무들과 흙과 지나다니는 사람들이 흔들흔들 옆으로 스러지려고 하는 바람에 점점 더 어지러워졌다.

그래, 텍사스 여자들을 찾아가야 해. 이왕 작정을 했으니까. 양갈보가 천하다지만 뺑코들한테 당하고 나서 이런 꼴이 된 나는 뭐가 낫다는 말인가? 빈 속으로 비틀거리며 헤맨다고 누가 쌀을 갖다 주진 않아. 그날 용녀를 찾아온 건 정말 잘한 일이었어. 이무기는 무엇이나 발 벗고 나서서 도와주는 그런 여자였다. 이런 걱정까지도 해주는 여자였다.

"언니 혹시 거기가 이상해지는 병이 걸리거나 잘못해서 애를 가지게 되면 나한테 당장 애기해. 읍내에 내가 잘 아는 의사가 있으니까. 어려운 일 생기면 서슴지 말고 뭐든지 애기하라고."

그리고 용녀가 그녀를 구박했다.

"언니, 조심해. 술 엎지르겠어. 옷 버리면 어떻게 할려구 그래?"

술이 취한 언례는 손에서도 맥이 풀려 잔을 똑바로 가누기가 힘들어 손등으로 맥주가 줄줄 흘러내렸다. 언례가 입은 초록빛 드레스는 가슴팍에 주먹만 한 장미꽃을 공단으로 만들어 붙이고 어깨와 팔뚝이 모두 드러나 벌거벗은 기분이 들어 털이 난 겨드랑이가 무척 신경이 쓰였는데, 물론 이것도 이무기가 빌려준 옷이었다. 언례는 텍사스 타운으로 나오기만 하면 집에서 입고 온 후줄근한 옷은 벗어서, 치마와 저고리는 벗어서, 윗목 옷가방 속에 넣어 두고 용녀가 골라주는 옷으로 갈아입고는, 손님을 받고 숏 타임을 한 다음 집으로 갈 때는 다시 검정 치마에 고무신을 신고 배를 타러 갔다.

"미안해. 조심할게. 난 아무래두 술을 못 마실 팔자인 모양이야."

"언니두. 첨엔 다 그런 거라고 했잖아. 걱정하지 마. 뭐든지 자꾸 하면 뭐든지 다 이력이 붙기 마련이니까."

그렇다. 언례는 이제 뺑코 손님을 받는 데도 그런 대로 이력이 붙은 모양이었다. 처음에는 하고많은 사내들 가운데 하필이면 그녀를 겁탈한 뺑코들을 상대하는 팔자가 되었을까 하는 생각에 알몸이 되기가 역겹기도 하고 자신의 처지가 처량했지만, 술에 취해서 어지러운 정신으로 한 번 두 번 일을 치르는 사이에 이제는 차츰 뺑코들이 요구하는 갖가지 해괴한 짓에도 익숙해지는 중이었다.

하지만 언례로서는 익숙해지기가 결코 쉽지 않은 변화도 적지 않았다. 그러니까 예를 들면 ….

어제 오후에도 나루터로 나오던 길에 사공의 움막 조금 못 미쳐 담배창고의 벽에 어느 아이가 써놓은 낙서를 보고 그녀는 가슴이 얼마나 철렁했던가.

"만식이 엄마 양갈보. 만식이 엄마 똥갈보."

밤나무집에서 가까울 뿐 아니라 나루터로 드나드는 사람들의 눈에 가장 잘 띄는 담배 창고는 물론이요 얼마 전부터 동네 나룻길뿐 아니라 가운뎃섬 여기저기에 누군가 벽이나 길바닥이나 기둥이나 바위에 써놓은 그런 낙서가 점점 더 자주 나타났고, 그럴 때마다 언례는, 가슴을 두근거리고 얼굴이 화끈거리며, 얼른 흙을 한줌 집어다가 숯으로 쓴 낙서를 문질러 황급히 지워버리고는 했다.

그래, 이제는 동네사람들도 다 알게 된 모양이었다. 그녀가 텍사스 타운으로 와서 요즈음 무슨 짓을 하는지를 말이다. 모를 리가 없지. 염 사공은 오래 입을 다물고 버틸 위인이 아니니까.

언례는 사공더러 당분간이라도 비밀을 지켜달라고 부탁하며 드라곤 레이디 구락부에 오는 싸징들한테서 양담배를 얻어다 주었고, 마을사람들을 접하기가 싫고 꺼림칙해서 읍내까지 나가 쌀을 사 가지고 들어올 때면 따로 한 되 퍼 주기도 했지만, 다 소용이 없었나 보다.

그래, 동네사람들이 다 알면 어떻다는 말인가. 처음에는 만식이까지 알게 될까봐 전전긍긍했었지만, 결국 언젠가는 아들도 소문을 듣게 되겠고, 그렇다, 만식이에게 이미 텍사스 얘기를 했을지도 모르고 ….

이왕 온 동네에 소문이 났다면 이무기 말마따나 오후 늦게 나와 숯

타임 싸징 하나 받고 가 봤자 버는 돈도 별로 없으니 아예 본격적으로 나서서 롱 타임 손님도 받아 버릴까 하는 생각도 언례는 해보았다. 그러면 이곳에 와서 살다시피 해야 할 텐데 ….

하지만 언례는 하늘이 무너지더라도 만식이와 만희를 이런 동네에 데려다놓고 싶지는 않았다.

그리고 황 부자 댁에서도 지금쯤은 언례가 이곳을 드나든다는 사실을 알게 되었을 테니까 훈장은, 이무기와 순덕이를 태우지 못하게 했듯이, 염 사공더러 그녀도 배에 태우지 못하게 할지도 모른다. 필시 그럴 것이다. 머지않아서. 그러면 어떻게 하나?

그렇다면 … 그렇다면 … .

맞아. 용녀 말대로 어디서 배를 한 척 구하면 되겠지. 그래서 텍사스 집은 도로 내놓고, 드라곤 레이디 구락부를 땅꾼 집으로 옮기는 거야. 염 사공의 배가 아니면 아무도 강을 못 건너다니냐? 우리 배를 따로 구하면 되지.

그렇게 되면 황 노인과 동네사람들이 분명히 들고 일어나서 언례와 이무기와 순덕이를 쫓아내려고 난리를 치리라. 그러나 언례는 동네사람들이 어떻게 나오건 이제는 걱정도 되지 않았다. 술이 너무 취했기 때문인지는 몰라도 언례는 무서운 것이 하나도 없었고, 세상만사가 아주 단순하고 쉽게만 여겨졌다.

"언니, 우린 저 방으로 건너가 놀 테니까 언니도 재하고 빨랑 놀아줘. 싸징 얼굴 보니까 잔뜩 꼴린 것 같아."

키다리 싸징과 얇은 속치마만 걸친 이무기가 둘 다 얼굴이 벌게져서 거적을 들추고 나갔다.

스물넷

용녀가 양키를 데리고 나간 다음 언례의 방에 단둘이만 남게 되자 뭉툭코 싸징은 "아이 워나 훽" 하면서 당장 바지부터 벗기 시작했다. 저고리부터 벗어야 순서가 맞을 듯싶은데도 싸징은 아랫도리부터 훌렁 벗어 수세미처럼 덜렁 늘어진 물건이 드러났고, 양말과 윗도리를 마저 벗은 다음에야 언례에게로 와서 머리 위로 드레스를 끌어올려 벗겼다. 만식이 아버지는 항상 아내의 옷을 먼저 벗긴 다음에야 자기도 옷을 벗고는 했는데 ….

숏 타임이 시작되려고 했지만 언례는 속이 미식거리고 어지럽기만 했다. 뺑코 손님에게는 적어도 받은 돈만큼이나마 잘 해줘야 한다고 이무기가 아무리 납득을 시키려고 여러 번 설명했어도 언례의 몸은 그런 당연한 가르침을 따르려고 하지를 않았다.

용녀는 기회가 날 때마다 언례더러 "이왕 알몸으로 돈을 버는 바에야 기분을 내고 즐기라"고 늘 권했다.

"여자라고 해서 평생 몸을 고스란히 간직하며 썩으란 법은 없어, 언니. 여자두 허구 싶을 땐 해야 얼굴에 생기가 돌고 사는 맛이 나지. 날마다 마당에서 가지를 따다가 컴컴한 방구석에 누워 오나니*만 할 수야 없는 노릇 아냐? 진짜 맛을 가끔은 봐야 한다구."

뭉툭코 싸징의 물컹한 덩어리가 그녀의 사타구니로 밀고 들어오는구나 몽롱하게 느끼며 언례는 방바닥이 기우뚱거리는 듯 현기증이 났고, 뭉툭코가 밑을 누르니까 육중한 몸무게에 깔려 언례는 뱃속의 창

* 오나니: '자위행위'를 뜻하는 일본말.

자들이 뛰어져 나올 것만 같은 기분으로 속이 울렁거렸다. 그녀에게는 어떤 뺑코라고 해도 숏 타임이 시작되면 숨이 막힐 지경으로 무겁고 힘만 들 따름이었고, 수많은 밤에 만식 아버지를 받아들였을 때처럼 팔다리가 저릿저릿한 기쁨은 찾아오지 않았다.

그럼에도 불구하고 언례는 별로 원하지도 않는데 뭉툭코 싸징의 밑에 깔리면 왜 밑이 저절로 젖어오는지가 오히려 신기할 지경이었다. 그녀는 팔다리를 허우적거리며 몸부림을 쳤고, 이무기가 오늘 낮에 가르쳐 준 얘기가 생각났다. 왜 그 얘기가 생각났는지 모르겠지만 어쨌든 생각이 났는데, 이무기는 이런 충고를 했었다.

"언니도 단골이 생기기 시작하면 손님을 골라서 받아야해. 여기 텍사스에는 깜둥이를 상대하는 애들하고 흰둥이를 상대하는 애들이 따로 있거든. 깜둥이를 한 번이라도 받은 애들하고는 흰둥이 뺑코들이 절대로 같이 자지 않아. 걔네들 보니까 깜둥이는 같은 군인이면서도 돼지 취급을 하더라구. 그래서 흰둥이를 상대하던 애들은 나중에 깜둥이를 받아도 되지만, 깜둥이를 받다가 흰둥이를 받는 건 안 돼. 그러니까 어쩌다 깜둥이하고 붙었다 하면 언니는 그날부터 깜둥이 계집이 되는 거야. 언니를 겁탈한 뺑코들 가운데 한 명은 시꺼먼 사람이었다는 사실도 절대로 아무한테도 얘기하지 말고, 내가 엮어주는 대로 계속해서 흰둥이만 받으라구. 깜둥이는 그게 아주 쎄서 놀기는 좋지만, 무식하고 더러운 애들이 많고, 기마이도 잘 쓸 줄 몰라."

뭉툭코가 들썩들썩 아랫배를 짓눌러 대었고, 더 이상 견디기가 힘들어서 언례는 뺑코를 배 위에 올려놓은 채로 우억우억 토했다.

제 4 부
어둠 속의 아이들

찬돌이는 그 말을 듣고 얼핏 금년 가을쯤이
아무래도 뺑코 쓰레기를 놓고 벌이는
두 마을 사이의 쟁탈전이 되리라는 예감을
느꼈다. 그렇다면 다른 해보다는 금년
싸움이 훨씬 더 치열해지리라. 전에는
무엇을 놓고 서로 빼앗기 위해 싸웠던
적이 없었다. 그러나 이번에는 무엇인가
큰 것을 걸고 악착같이 싸울 테니 보나마나
다치는 아이들도 생기겠고…아무래도
마음 한구석에 걸리는 데가 있었다.

하나

발가벗은 세 아이가 바들바들 떨면서 갈대밭 사이로 난 좁다란 길을 따라 양갈보 마을로 향했다. 뒤에서는 강물이 어둠 속으로 소리죽여 조심스럽게 흘렀고, 앞쪽 텍사스 타운에서는 누가 유성기를 틀었는지 간들간들한 여자의 노랫소리가 바람에 쓸려 커졌다 작아졌다 하면서 들려왔다.

뱃속에 바람이 들어가 배탈이라도 날까봐 오른손으로 배꼽을 가리고 앞장서서 걸어가던 찬돌이가 나지막한 목소리로 말했다. "구경도 좋지만 이거 너무 춥구나."

"캄캄한데 뱀이나 안 나올지 몰라." 가운데 낀 기준이가 말했다. "뱀이라면 질색이야. 꿈틀꿈틀 기어오면 도대체 어느 쪽으로 가려고 그러는지 알 수가 있어야 말이지."

캄캄해서 아무도 볼 사람이 없는데도 두 손을 포개어 조그만 자지를 덮어 가리고 뒤로 조금 처져서 걸어가던 강호는 혼자 골똘히 생각에 잠겨 아무 말도 없었다.

강호는 아무래도 마음이 켕겼다. 이것은 그들이 여태까지 벌였던 어떤 놀이하고도 달랐다. 월송리 아이들하고의 가을쌈도, 뺑코부대 구경이나 쓰레기 뒤지기도 이렇게까지 위험하고 이상한 장난은 아니었다. 만일 이런 구경을 하다가 발가벗은 뺑코한테 붙잡히기라도 하면 총으로 쏴 죽이려고 덤빌지도 모르는데….

세 아이는 밤에 텍사스 섬으로 건너왔다고 사공이 훈장님한테 고자질을 해서 부모와 함께 또 끌려가 야단을 맞고 싶지가 않았기 때문에 오늘은 밤이 늦어 식구들이 잠든 다음 집에서 몰래 빠져나와 강을 헤엄쳐 건너와서 텍사스 타운으로 구경을 가는 중이었다. 봉이는 물론 헤엄을 잘 치지 못하는 데다가 이런 구경을 하기에는 아무래도 너무 어리다는 이유로 찬돌이가 아예 데리고 오지를 않았다.

그들은 한참 걷다가 가끔 멈춰 서서 혹시 누군가 지켜보는 사람이라도 없는지 황량한 풍경을 빙 둘러 살펴보고는, 점점 더 걸음을 빨리했다. 춥기도 했지만 어서 판자촌으로 가서 신기한 구경을 하고 싶어서였다.

가냘픈 그믐달이 텅 빈 하늘에 덩그러니 걸렸고, 시들어 말라죽은 갈대가 아이들의 발밑에 밟혀 바스락거렸다. 쌀쌀한 바람이 제법 세게 불어 눈이 내리기 직전의 겨울 아침처럼 차가웠다. 밤이면 제법 강바람에 콧등이 시릴 정도의 날씨인데 찬물을 건너와 발가벗고 벌판을 걸어가려니까 아이들은 추워서 덜덜 떨릴 수밖에 없었다.

얕은 모래 언덕 하나만 넘으면 텍사스에 다다르는 거리에 이르자 세 아이가 서로 쳐다보았다. 무슨 음모라도 꾸미는 듯 그들의 눈이 빛났다.

뺑코부대 울타리의 경비등과 텍사스 타운 양갈보 집들의 불빛이 어둠 속에 반딧불 덩어리처럼 모여 저만치서 반짝였다.

"내가 먼저 가서 살펴보고 올께."

찬돌이가 속삭이고는 모래 바닥에 엎드려 도마뱀처럼 꿈틀거리며 나지막한 언덕을 기어 올라갔다.

언덕 아래 펼쳐진 텍사스 타운은 이제 판잣집이 거의 50채로 늘어나고 울긋불긋 온갖 그림과 전기불과 간판을 내걸어 제법 큰 마을이 되었다. 찬돌이가 모래 언덕에 엎드려 몸을 숨기고 오늘 밤에는 어느 집으로 갈까 결정하려고 이리저리 살펴보았다.

양쪽으로 올망졸망하게 양갈보 집이 늘어선 골목길에는 종이배처럼 접은 누런 헝겊 모자를 쓴 군인들이 두세 명씩 무리를 지어 마음에 드는 여자를 골라잡으려고 두리번거리며 이리저리 어슬렁어슬렁 돌아다녔다. 젖통이 커다란 여자들이 길바닥에 나무 의자를 내놓고 나와 앉아서 "헤이, 죠, 바이 미 드링크, 바이 미 드링크" 하고 수작을 걸고 장난쳤다. 가끔 어느 집에서 여자가 요란하게 웃기도 하고 뺑코가 "갓뎀" 어쩌고 욕을 퍼붓는 소리도 들려왔다.

찬돌이는 길거리에서 빈둥거리는 사람들 가운데 유난히 눈에 띄는 뺑코 한 명과 양갈보 한 여자를 골라잡아 오늘 밤에는 그들을 구경해야 되겠다고 마음속으로 결정했다. 골목에서 오가는 다른 뺑코들은 히죽거리고 그냥 얘기만 하거나 기껏해야 여자의 손을 잡고 돌아다니는 정도였지만, 이들 한 쌍은 그렇게 시시한 짓은 하지 않았다. 오마하 정문 초소 쪽에서 함께 내려오던 그들은 첫눈에 봐도 어딘가 유별났다.

뺑코는 군복을 말끔하게 다리미질을 해서 입었고, 동행인 젊은 여자는 넓적다리가 거의 다 드러난 짧은 바지에 새빨갛고 얇은 블라우스 차림이었다. 뺑코는 키가 어찌나 큰지 옆에 찰싹 달라붙은 여자의 얼굴이 남자의 어깨에도 못 미칠 정도였다. 호리호리한 뺑코가 왼쪽 팔로 여자의 허리를 휘감았고, 여자도 오른팔로 남자의 엉덩이를 잔뜩 끌어안았다. 무엇이 그리도 즐거운지 자꾸만 킬킬거리며 걸어가던 그들은, 남들이 보건 말건 신경도 쓰지 않고, 뺑코가 여자의 옷 속으로 오른손을 집어넣고는 쇠고기 주무르듯 젖을 막 주물럭거렸다. 그것이 전부가 아니었다. 뺑코의 불룩해진 사타구니를 여자가 계속 쓰다듬어 주더니, 나중에는 아예 허리춤으로 손을 밀어 넣고 움켜잡기까지 했다.

그들은 텍사스 타운 입구의 간판 바로 옆에 지은 판잣집으로 갔고, 머리를 부딪힐까봐 뺑코가 머리를 수그리며 문 대신 염주발을 늘어뜨린 입구로 들어갔다.

찬돌이가 모래 언덕을 미끄러져 내려와 기준이와 강호에게 말했다.
"결정했어. 따라와."

둘

모래 언덕 꼭대기로 올라간 세 아이는 텍사스 골목길에서 지나다니는 사람들의 눈에 띄지 않도록 깔깔한 한삼덩굴이 덮여서 우거진 덤불 뒤에 숨어서 기다렸다. 군인들과 여자들이 저마다 짝을 지어 판잣집 안으로 들어갔고, 유성기 소리와 깔깔거리는 웃음과 영어 욕설이 한바탕 시끄럽다가, 아래쪽 길이 점점 한산해지기 시작했다.

손님을 잡지 못한 양공주 몇 명이 담배를 피우며 서성거릴 뿐, 바깥에서 별로 인적이 보이지 않을 때가 되어서야 세 아이는 수풀과 나무들 사이로 어둠을 타고 언덕을 기어 내려가 판자촌으로 접근했다.

그들은 앞뒤를 살피며 찬돌이가 아까 찍어둔 뺑코와 여자가 들어간 판잣집으로 갔다. 입구 간판 바로 옆에 위치한 염주발 판잣집은 텍사스의 대부분 양갈보 집이나 마찬가지로 울타리가 없었다. 아이들은 두 엄간처럼 어수선하게 생긴 판잣집의 뒤쪽 벽에 몸을 찰싹 붙이고는 다시 사방을 살펴보았다.

찬돌이가 판잣집 모퉁이에서 목을 길게 뽑아 거리 쪽을 이리저리 살펴보며 나지막이 말했다. "누구 하나는 망을 봐야 할 텐데."

기준이가 힐끗 찬돌이의 표정을 살피고는 시선을 피했다. 구경을 잠시라도 포기하고 남들을 위해서 망을 보기가 싫다는 뜻이었다.

아까부터 무엇이 꺼림칙해서인지 자꾸만 뒤로 처지던 강호가 나섰다. "그건 내가 할께."

"좋아." 찬돌이가 지시했다. "강호야, 넌 저기 숨어서 망을 보다가 혹시 누가 나타나면 얼른 와서 알려줘. 두꺼비가 금방 교대하도록 해줄게."

강호는 판잣집에서 조금 뒤쪽으로 떨어진 곳에 두 쪽만 막은 엉성한 변소로 들어가 몸을 숨기고는 벽 대신 둘러놓은 두툼한 천막 헝겊 너머로 사방을 살펴보았다.

판잣집의 뒤쪽 널빤지 벽에는 집을 짓고 남은 부러진 통나무와 흙벽돌을 기대어 쌓아놓았고, 기준이와 찬돌이는 벽돌더미 옆에 바싹 붙어서서 새파란 전깃불이 새어나오는 창문과 창틀의 사이에 벌어진 틈으로 방안을 들여다보았다.

뺑코와 양갈보는 벌써 한참 술을 마시고 상당히 취한 상태였다. 먹다 남은 음식을 그릇에 담긴 채 그대로 버려둔 개다리소반을 한쪽 구석으로 밀어놓고 그들은 킬킬거리며 서로 만져대고 장난을 쳤으며, 거울이 달린 화장대에서 입술연지를 집어들고 여자가 무릎걸음으로 뺑코한테 가서는, 뒤집어놓은 철모를 요강처럼 깔고 앉아 양키의 입을 시뻘겋게 칠해 놓았다. 무슨 뜻인지는 모르겠지만 그들은 짤막짤막한 말을 주고받으며 자꾸 웃었고, 방바닥에 흩어진 술병과 깡통이 그들의 발에 자꾸 걸려 굴러다니는가 하면, 서로 사타구니를 한참씩 만져주기도 했다.

시간이 한참 지나서 찬돌이가 시키는 대로 기준이가 마지못해 강호와 망보기를 교대해주려고 변소로 가는 동안 방안의 두 사람이 다시 낄낄대면서 갑자기 옷을 부지런히 벗어버렸다. 여자는 잠자리 날개처럼 얇은 속옷 하나만 걸친 채로 방바닥에 두 다리를 벌리며 발랑 누웠고, 완전히 발가벗은 뺑코가 여자의 위에 엎드리더니 입을 막 빨아먹기 시작했다.

찬돌이는 방안의 두 사람이 혹시 듣기라도 할까봐 가쁜 숨을 죽여 가며 눈앞에서 벌어지는 신기한 광경을 눈이 빠지도록 열심히 구경했다.

셋

"이 뺑코를 보니까 팔뚝하고 몸에다 구렁이처럼 생긴 괴물을 새겼더라. 그런 그림은 바늘로 살을 찔러서 만든다던데, 왜 그런 아픈 그림을 몸에 그리고 다니는지 모르겠어. 어쨌든 뺑코 군인 밑에 깔려서 양갈보가 막 어흐흐 어흐흐 신음을 하고 야단이더라. 여자가 묘한 소리를 내면서 그거 하는 장면을 밖에서 한참 보고났더니 나도 되게 꼴리더라."

찬돌이는 어젯밤에 텍사스 타운에 가서 보고 온 양갈보 얘기를 하느라고 한참 신이 났고, 그런 광경이 벌어지는 동안 망을 서야 할 차례여서 신기한 대목을 구경하지 못했던 기준이가 궁금한 나머지 다급한 목소리로 재촉했다.

"그래서? 그래서 어떻게 됐니?"

"근데 씨발 양갈보가 뭐라고 그러더니 뺑코를 밀어 내더라고. 뺑코가 옆으로 굴러내려 벌렁 누우니까 여자가 일어섰는데, 보니까 젖통이 땀으로 펑 젖어 번들번들했어. 아래는 새까만 털이 이만큼이나 수북하게 났고. 그런데 글쎄 양갈보가 달칵 전깃불을 끄지 뭐야."

"망했구나. 왜 불들을 자꾸 끄고 그러는지 몰라." 기준이가 실망하는 목소리로 말했다.

"불을 켜놓고 하는 뺑코들도 많아." 찬돌이가 손에 든 막대기로 모래밭에다 길게 금을 긋고 걸어가며 말했다. "두꺼비 너 그저께도 봤잖아."

"불을 끄니까 하나도 안 보이디?" 궁금해진 강호가 찬돌이에게 물었다.

"그래도 밖에서 다른 뺑코들하고 여자가 술을 먹느라고 켜놓은 전기불이 창호지를 통해 방안까지 비쳐서 보일 건 다 보이더라."

"그래? 불을 끄고 나서 어떻게 하디?"

"이번에는 양갈보가 깔깔거리며 뺑코의 배 위에 걸터앉더니 하얀 고무풍선을 꺼내 여기다 끼우더라. 돌돌 말아놓은 풍선을 손가락으로 이렇게, 이렇게 쓰다듬어 내려서 끼웠어."

"어른들이 발가벗고 노는 거 보면 정말 웃겨." 기준이가 말했다.

네 아이는 중도의 강변을 따라 뺑코들이 쓰레기를 버리는 웅덩이로 가는 길이었다. 어디서 날아왔는지 갈색 휴지처럼 구겨진 도토리나무의 낙엽 몇 장이 모래밭에 가만히 놓여 다시 바람이 굴려가 주기를 기다렸다. 맑은 잉크빛 하늘에는 포근한 구름 조각들이 새하얗게 빛나며 떠갔고 건너편 강둑 백양목 밑에서는 현암리 농부 한 사람이 송아지 두 마리를 앞세우고 가마리 쪽으로 한가롭게 가는 모습이 보였다.

다음에는 두꺼비가 구경한 장면을 얘기할 차례였고, 한 번도 밤에 텍사스로 가서 양갈보 구경한 적이 없던 봉이는 무척 시무룩했다.

"그저께 밤에는 여자를 빨가벗겨놓고 뺑코가 아래 위를 막 주물럭거리니까 양갈보가 흥분해서 헐떡거리고 야단이더라." 기준이가 신이 나서 부지런히 설명했다. "그러더니 한참 열이 난 다음에 둘이서 서로 입을 쭉쭉 빨았어."

"입을 빨아?" 봉이가 신기해하며 물었다.

"그래. 막 빨아먹었어."

"왜 그랬지?"

"내가 알게 뭐야? 개도 흘레를 하기 전에 서로 코를 비비잖아?"

"그건 나도 참 이상하다고 생각했어." 기준이가 두꺼비눈을 껌벅이며 말했다. "개들은 코로 냄새만 맡지 입을 빨아먹지는 않잖아."

"사람이 입을 빨아먹는다는 얘긴 난 생전 처음이야." 봉이가 눈을 초롱거리며 말했다. "난 입을 빠는 사람을 한 번도 본 적이 없어."

"나는 양갈보 입을 빠는 뺑코들 많이 봤어." 기준이가 으쓱해서 자랑했다.

"그래서 입을 빨아먹은 다음에는 어떻게 됐니?" 봉이가 얘기를 계속하라고 재촉했다.

찬돌이가 좀 걱정스러운 듯 봉이를 한 번 힐끗 쳐다보았고, 기준이는 저 혼자 신이 나서 얘기를 계속했다.

"뺑코가 양갈보의 치마를 홀딱 걷어 올리고는 빤쓰를 끌어내리더라. 그러더니 자기도 바지를 훌랑 까고 양갈보 위로 올라가서 들썩들썩 방아를 찢더라니까."

이렇게 웃고 떠들며, 솔깃하고 신기해하며, 쓰레기 웅덩이를 찾아가던 금산리 아이들에게는 전쟁의 가을이 즐겁기만 했다.

넷

요즈음 언례는 날이면 날마다 하루도 빠짐없이 해가 지기 무섭게 손님을 받아 술을 마셔 취해버렸고, 무슨 일에나 차차 익숙해지리라던 용녀의 가르침과는 달리 아무리 날마다 마셔도 언례는 항상 정신이 갈팡질팡할 정도로 취했다. 오늘도 역시 정신을 못 차릴 만큼 취했다. 하기야 사실 요즈음에는 이렇게 취하지 않고 말짱한 정신일 때는 만식이와 만희의 얼굴이 눈앞에 어른거리기만 하면 점점 더 죄가 많아지는 듯싶어서 점점 더 마음이 편치 않았고, 그래서 일부러 술을 마시고 싶은 심정이 점점 더 심해지기까지 했다.

순덕이는 오늘도 맥주를 별로 마시지 않고 맨숭맨숭한 정신으로 노랑머리 뺑코를 데리고 조금 아까 자기 방으로 들어가 얼른 불을 꺼버리고는 시시덕거리기 시작했고, 어떻게 해서든지 술값 매상을 많이 올리고 싶은 마음에 용녀는 언례의 방에 끈덕지게 눌러앉아서 두 명의 뺑코에게 자꾸만 잔을 권했다.

짝짝이 눈에 코도 한쪽으로 약간 씰그러져 순덕이가 "삐뚝이"라고 별명을 붙여놓은 싸징 마이크가 "코리안 컨트* 넘버 원" 어쩌고 떠드니까 그의 맞은편에, 언례의 왼쪽에 앉은 뭉툭코 싸징과 용녀가 웃음

---

* 컨트: cunt, '보지'라는 뜻.

을 터뜨렸고, 싸징 마이크가 술을 마시면서 안주로 먹는다고 자꾸만 젖을 빨아 대는 바람에 용녀는 한쪽 젖을 아예 파란 드레스 밖으로 덜렁 꺼내놓은 채로 퍼질러 앉았고, 두 사람이 웃는 바람에 약간 정신을 차린 언례도 같이 때를 맞춰 웃어주려고 했지만, 이미 늦어버렸다.

뒤늦게 웃기는 웃었어도 언례의 웃음은 멋쩍은 선웃음처럼 공허하고 어딘지 한구석이 텅 비었다. 뭉툭코 싸징은 어느덧 언례의 단골손님이 되어 자주, 그러니까 사흘에 한 번쯤은 찾아왔는데, 말도 안 통하면서 왜 언례를 그렇게 좋아하는지 이해가 안 간다고 용녀가 머리를 갸우뚱하며 이렇게 물어보기도 했었다.

"언니가 받치는 걸 워낙 잘해주는 모양이지? 뭔가 따로 마음에 드는 게 없고서야 언니처럼 영어도 못하는 여자한테 그렇게 푹 빠질 리야 없잖아?"

어쨌든 뭉툭코는 언례를 무척이나 좋아했고, 그래서 언례의 비위를 맞춰주려고 항상 열심이었다. 처음 만나고는 얼마 안 되어서 언례의 이름조차 제대로 외우지 못해서 '올래'라고 부르고는 했던 무렵에, 둘이서 발가벗고 슬립 위드 미를 막 시작하려다가 그의 가슴팍에다 언례가 그토록 더럽게 술과 햄과 김치와 밥을 와악 토했는데도 아직까지 언례를 일편단심으로 죽어라고 좋아하는 꼴을 보면, 이무기의 말마따나 분명히 그녀에게는 뭉툭코가 특별히 좋아하는 무엇이 어딘가 숨어 있기라도 한 모양이었다.

"언니, 홀에 나가면 신발장 뒤에 맥주 한 궤짝 더 있지 않아?"

여자들 사이에서 무슨 말이 오가는지 두 양키가 알아듣지 못하도록 이무기가 엉뚱한 창문 쪽을 쳐다보며 나지막하지만 빠른 말투로 물었는데, 그것은 방안에서 마시던 술이 다 떨어졌으면 누가 일부러 시키지 않더라도 드래곤 구락부에서는 막내 노릇을 맡아서 하는 만식 엄마가 눈치껏 알아서 재빨리 슬쩍 들여다 놓아야 하지 않느냐는 짜증이 약간 섞인 꾸지람이었다. 언례는 머리가 어지러워 잘 생각이 나지 않았지만 자꾸 생각해 보니까 신발장 뒤에 숨겨놓은 맥주 상자가 어렴풋하게 기억이 났다.

"아마 한 상자 더 구해다 두었겠지." 언례의 대답이 헷갈렸다. "그래, 신발장 뒤였구나."

뭉툭코 싸징은 두 여자가 주고받는 말에 신경이 쓰이는 듯 갑자기 촉각을 곤두세우고 눈치를 살피며 귀를 기울였다. 그는 걸핏하면 언례를 구박하는 이무기의 말투와 어조에 그동안 제법 익숙해져서 귀가 틘 지가 벌써 오래였다.

"나가서 다섯 병만 가지고 들어올래?"

언례가 술을 가지러 벌써 세 차례나 들락날락했으니, 여섯이서 언제 열다섯 병을 다 마셨나 언례는 공연히 웃음이 나왔고, 오늘 밤에는 왜 이리 시간이 빨리 가는지 거 참 신기하다는 생각도 들었다.

"그래, 알았어. 가지고 들어올게."

언례가 흐느적거리는 다리로 일어서려고 하니까 뭉툭코가 그녀의 팔을 잡아 앉히고는 용녀에게 물었다.

"비어? 모어 비어? 유 원 모어 비어?"

"예아. 아 원 모어 비어." 이무기가 요란할 지경으로 활짝 웃으며 말했다. "화이브 비어. 오케이?"

뭉툭코가 몸을 일으키며 히죽 웃었다.

"오케이. 아이 캔 두, 아이 캔 두."

뺑코가 맥주를 가지러 나간 사이에 조금쯤 어색해진 분위기를 달래느라고 이무기가 언례를 놀렸다.

"참 끔찍이도 언닐 모시는구나. 어디 나 같은 년 샘이 나서 살겠나? 우리 마이크 싸징도 좀 보고 배워야 해. 이 자식은 그저 젖 빨고 올라타는 짓밖에는 모른다니까."

무슨 말인지는 말아듣지 못했어도 공연히 기분이 좋아서 히죽거리며 싸징 마이크가 맥주를 들이키고는 또 용녀의 젖을 주욱 잡아당겨서는 벌컥거리며 빨았다.

뭉툭코가 맥주 다섯 병을 장바구니에 담아가지고 들어와 방바닥에 한 줄로 늘어놓고 싱글벙글하면서 술에 풀어진 목소리로 무슨 소리를 중얼거렸는데, 이번에는 좀 늦기는 했지만 언례가 그래도 상당히 비슷하게 시간을 맞춰 용녀와 싸징 마이크와 함께 웃었다.

무슨 일이나 자꾸 연습하면 이력이 나게 마련이야. 뭐든지 다. 웃는 것도 그렇고.

다섯

유성기를 살 돈을 이무기가 아직 마련하지 못해서 드라곤 레이디 구락부에는 우선 급한 대로 뒤주처럼 뚜껑을 들어 올리는 제니스(Zenith) 라디오를 하나 구해다 홀에 갖춰 놓았는데, 지금은 아무도 듣지 않고 그냥 켜놓은 라디오에서는 신나는 음악이 나오는 대신에 어떤 양키가 계속 쐴라쐴라 소리만 늘어놓았고, 그러더니 용녀가 뭐라고 중얼거렸는데, 나름대로 애교를 부리느라고 맹맹한 콧소리를 했고, 뭉툭코 싸징이 맥주를 마시려고 잔을 들다 말고 갑자기 웃음을 터뜨렸다. 싸징 마이크도 웃고 물론 용녀도 웃었으며, 언례는 모처럼 이번만큼은 정확히 시간을 맞춰 같이 웃는 데 성공했다.

갑자기 조용해졌다.

아무도 말을 하지 않고 침묵이 흘렀다.

그리고 이상하게도 세 사람이 모두 언례를 빤히 쳐다보기만 했다.

싸징 마이크가 뭐라고 말했다.

다시 세 사람이 언례를 쳐다보았다.

그러자 용녀가 갑자기 난처해진 듯한 표정을 지으며 말했다. "언니한테 묻잖아."

이번에는 언례가 당황했다.

"나한테? 무얼 물었는데?"

"못 알아들었어?"

"응."

"그럼 왜 웃었어?"

"남들 웃으면 나더러도 따라 웃으라고 그랬었잖아? 무슨 얘기들을 했는데?"

"그냥 무조건 좋다고 얘기해." 용녀가 말했다.

언례는 시키는 대로 했다.

"예스. 넘버 원. 오케이."

셋이서 또 웃었지만, 언례는 따라 웃어야 할지 어쩔지 판단이 서지 않아 엉겁결에 잔을 들어 맥주를 마셨다. 싸징 마이크가 정색을 하고는 뭐라고 짤막하게 말했다. 뭉툭코가 뭐라고 짧은 질문을 했고, 용녀가 뭐라고 대답했고, 싸징 마이크가 뭐라고 말했고, 그들은 그렇게 웃지를 않으며 얘기를 계속했다.

언례는 머리가 무거워지기 시작했고, 세 사람이 무슨 얘기를 하는지 영문을 모르겠으니까 자꾸 졸음이 왔다. 그런 분위기를 얼른 눈치채고 용녀가 방금 어떤 상황이 지나갔는지를 어리벙벙한 언례에게 재빨리 설명해주었다.

"싸징 마이크하고 난 술 그만 마시고 저 방에 가서 엔조이하기로 합의를 봤어. 언니도 조금 아까 오케이 그랬으니까 대충 방 좀 치우고 재하고 많이 즐겨보시라고."

용녀가 몸을 일으키며 언례의 손님에게 말했다. "베리 레이트. 아이 씽크 유 고 베드. 아이 고 베드. 타임 고 베드. 올 고 베드. 오케이?"

싸징 마이크가 뭐라고 두어 마디 웅얼거리더니 "군나잇" 하고는 용녀의 손에 끌려 옆방으로 건너갔다. 뭉툭코와 언례가 방을 치우기 시작했다.

여섯

뿌리가 뽑혀 한여름 홍수에 떠내려가는 나무에게 목숨을 살려달라고 매달리듯, 언례는 두 발로 사내의 다리를 휘감아 바싹 여미어 당기고는 털이 수북하게 덮은 그의 가슴을 미친년처럼 또 다시 물어뜯었다. 꼬실꼬실한 털 한 가닥이 혓바닥에 붙어 들어와 목구멍에 걸렸고, 칵칵 두어 차례 기침을 한 다음에야 언례는 그것을 손바닥에 뱉어 침과 함께 사내의 어깨에 발라놓았다. 남자가 킬킬 웃었다. 그리고 그녀는 또 깨물었고, 아무리 두 팔로 등 뒤에서 깍지를 끼어가며 남자의 커다란 몸뚱어리를 힘껏 끌어당겨 안아도 웬일인지 허전하고 마음이 놓이지 않는 이유가 무엇인지 모르겠지만, 그래서 그의 가슴을 거듭거듭 물어뜯었고, 그럴 때마다 싸징이 즐거워서 어쩔 줄 모르고 비명을 질렀는데, 그가 뭐라고 소리를 지르는지 알 길은 없었지만, 그까짓 무슨 소리면 어떠냐고 너무 술이 취한 그녀는 하나도 알 바가 아니었고, 뭉툭코가 거듭거듭 헛발질을 하며 영어에 짧은 한국어를 섞어서 비명을 질렀고, 언례도 덩달아 짧은 영어를 한국말에 닥치는 대로 섞어가며 정신없이 온갖 소리를 질렀다.

"너무 그러지 마, 언니." 옆방에서 아까부터 싸징 마이크와 두런두런 얘기도 나누고 깔깔거리며 웃다가 가끔 헐떡이고는 하던 용녀가 벽을 통해 소리쳤다. "세 번이나 하고도 모자라서 또 그러는 거야? 옆방에서 듣는 사람 진짜 민망해서 못 듣겠구먼."

지금까지 꽤 여러 번 만나서 발가벗고 보내는 시간이 거듭되다 보니까 어느덧 언례는 뭉툭코가 뺑코나 외국 군인이라는 생각이 점점 흐려지고 두려움이나 경계심도 저절로 없어진 듯싶었다. 남자 나이가 그녀보다 열 살도 더 아래인 스물하나라는 사실을 알아낸 다음 조금은 만만하다는 생각이 들었는지도 모르고, 미국의 와이오밍과 몬태나 사이에 붙은 어느 외딴 마을에서 농기구를 수리하는 집의 셋째 아들이라니까 아무리 미국인이라고 해도 그리 대단한 남자가 아니라는 판단에 거리감이 사라졌기 때문인지도 모르겠고, 어쨌든 그래서인지 언제부터인가 그녀는 사내의 육중한 무게에 아랫배가 눌리면 요즈음에는 가끔 자기도 모르게 야릇한 기분에 무척 흥분하여 주체하기 힘들 정도로 몸이 달아오르고는 했고, 그래서 오늘 그들은 무척 오랫동안, 거의 두 시간 동안이나 부둥켜안고 뒹굴다가, 잠시 술을 마시고 휴식을 취한 다음 다시 달라붙기를 반복하며, 온몸이 철벅거릴 지경으로 땀을 줄줄 흘렸다.

"롱 타임 오케이? 롱 타임 오케이?"

술에 잔뜩 취해서 속이 울렁거려 또 다시 남자의 품에다 토하게 될지도 모르겠다고 조금은 걱정이 드는데도 언례는 그녀의 몸 어느 구석에 이런 기운이 숨어 있다가 치솟아 나오는지 도대체 알 길이 없었고, 끓어오르는 그녀의 몸이 원하는 바가 무엇인지 잘 모르겠고 그래서 아직도 무엇인가 자꾸만 부족해서인지 입에서 저절로 신음이 흘러나오면 또 얼른 남자를 깨물어서, 뭉툭코의 가슴팍에는 여기저기 시뻘건 얼룩이 온통 뒤덮였다.

홍수에 떠내려가는 나무에 매달리듯 필사적으로 어린 사내에게 매달려 발버둥을 치면서 그녀는 재작년 여름 송아지를 끌어내겠다고 강물로 뛰어들었다가 물살에 휩쓸려 밧줄에 몸이 얽힌 채로 떠내려가던 만식 아버지가, 어디선가 뿌리째 뽑혀 저만치 둥둥 떠내려 오던 통나무로 기어 올라가 목숨을 구하려고 두 팔을 휘젓고 허우적거리더니, 한 번 그리고 두 번 물속으로 잠겼다가 세 번째는 떠오르지 못하고 결국 시야에서 사라졌던 슬픈 순간이 눈앞에서 어릿어릿 지나갔다. 위험하다며 물에 들어가지 말라고 김 서방을 말렸던 동네 남자들이 강둑에서 발을 동동 구르며 "잡아! 잡으라고!" 소리를 지르다가 망연자실하고, 물구경을 나왔던 여자들이 남편을 구하러 강물에 뛰어든다고 발버둥을 치는 그녀의 팔다리를 붙잡고 늘어졌으며, 가장 열심히 울어주면서 그녀를 감싸 안고 위로했던 여편네가 바로 통돼지였다. 그날 밤 언례는 두 아이를 끌어안고 얼마나 펑펑 울었던가.

"롱 타임 하지 않겠느냐고 싸징이 묻잖아."

옆방에서 용녀가 벽을 통해 말했지만, 언례는 갑자기 화가 치밀었기 때문에 이무기가 하는 말이 귀에 들리지 않았다. 언례는 오늘 밤 자꾸만 화가 났다. 아이들이 "양갈보 똥갈보"라고 사방에 써놓은 낙서가 머리에 떠오르기만 하면 그녀는 자꾸 화가 났고, 그런 낙서를 하며 돌아다니는 아이들이 입을 찢어 죽이고 싶을 정도로 미웠고, 그래서 머리가 터질 지경으로 화가 치밀어 오르면 뱃속에서 이상한 기운이 몸부림을 치듯 꿈틀거리며 함께 주먹처럼 치밀어 올랐다.

언례는 어디론가 멀리 가고 싶었다. 양갈보 똥갈보 낙서를 하는 아이들이 없는 머나먼 곳으로, 어딘지는 몰라도 어서 달아나고 싶었으며, 발버둥 쳐서라도 가고 싶었으며, 팔다리로 통나무를 휘감고 이렇게 무작정 떠내려가면, 이렇게 결사적으로 막 가다보면 어디론가는 가겠지, 어딘지는 몰라도 이곳을 벗어난 어디론가 멀리 가겠지, 강원도 춘성군 서면 금산리만 아니라면 어디라도 좋으니까, 와이오밍의 산골처럼 낯선 곳이라도 좋으니까, 온몸으로 휘저으며 어떻게 해서든지 가야 해….

"롱 타임 오케이? 롱 타임 오케이?"

오늘만큼은 숏 타임으로 결코 만족할 수가 없어서인지 아니면 미친 듯 달아 오른 그녀를 보고 이때다 싶어서인지 뭉툭코는 밤새도록 같이 슬립 위드 미 하자고 그녀에게 재촉했지만, 언례는 그녀를 비웃고 놀리는 마을사람들이 미웠고, 낙서를 하는 아이들도 미웠고, 모두 미웠고, 언례가 텍사스를 드나든다는 소문을 틀림없이 가장 먼저 퍼뜨렸을 뱃사공이 제일 미웠고, 그래서 누가 무슨 소리를 하건 앞뒤를 가릴 겨를이 없었다.

 하지만 그녀가 여기 와서 무엇을 하는지 온 세상이 다 알면 또 어떤가. 누가 좋아서 하는 짓도 아니고···.

 "드라곤 레이디!"

 뭉툭코가 언례의 배에서 방바닥으로 미끄러져 내려가며 옆방을 향해 소리쳤고, 그녀는 재작년 여름 홍수에 물살에 휩쓸려 떠내려가던 통나무를 놓치지 않으려고 매달리면서, 털이 수북한 남자의 가슴팍으로 기어 올라가던 그녀의 귀에 어디선가 양갈보 노래가 들려왔다. "헬로, 헬로, 쪼꼬레또 기브 미. 헬로, 헬로, 먹던 것도 좋아요." 옆방에서 들려오는 노래인가 싶더니, 그것은 그냥 언례의 머릿속에서 바람에 실려 흐느적거리며 들려오는 노래였고, "헬로, 헬로, 씨가레또 기브 미. 헬로, 헬로, 피던 것도 좋아요" 물살에 휩쓸리며 이어지는 노래를 아득하게 들어보니, 담배꽁초를 얻어 피우려는 양갈보나, 전쟁 때문에 머나먼 남의 나라에 끌려와서 오늘 죽을지 내일 죽을지 모르는 양키들의 목숨이나 다 그것이 그것이어서, 겨우 스물한 살에 장가도 못가고 언제 죽을지 모르는 싸징이 다시 옆방을 향해 소리쳤다.

 "헤이, 드라곤 레이디!"

 잠시 후에 용녀가 발가벗은 채로 언례의 방으로 건너왔다. 땀으로 흠뻑 젖은 홑이불 위에, 싸징의 배 위에 엎드려 산발을 하고 널브러진 언례를 내려다보고 용녀가 웃었다.

 "오늘 밤엔 정말 굉장하구나." 이무기가 말했다. "언니 진짜로 굉장해. 아예 봇물이라도 터진 모양이지?"

 뭉툭코가 이무기에게 무엇인가 짤막하게 몇 마디 설명하는 눈치였고, 그의 부탁을 용녀가 통역해주었다.

"언니 싸징이 아까부터 롱 타임 하자고 저렇게 야단인데, 만식 엄마도 오늘만큼은 보통 기분이 아닌 모양이니까, 모처럼 청을 들어주지 그래? 오케이?"

언례는 어릿어릿한 정신이면서도 '만식 엄마'라는 호칭에 찬물이라도 한 바가지 맞은 듯 순간적으로 흠칫했지만, 걱정스러운 눈앞에서 잠깐 어른거리던 만식이의 얼굴은 동네 아이들의 양갈보 똥갈보 낙서와 뱃사공의 얼굴과 뒤섞여 어지럽게 흔들리다가 유령처럼 슬그머니 사라졌고, 지금은 일어나서 집으로 가려고 해도 워낙 취하고 지쳐서 몸을 가누기도 쉽지 않겠다는 핑계가 그녀의 머리에 떠올랐고, 천천히 숨을 가다듬던 언례는 사내의 가슴팍에 얹힌 채 게슴츠레한 눈으로 와이오밍 산골 남자를 내려다보고는, 머리를 끄덕였다.

"오케이. 롱 타임 오케이."

사내가 얼른 몸을 뒤집어 언례를 밑에 깔았고, 방을 나가면서 용녀가 다시 한 번 웃고는 두 사람을 놀렸다.

"그만큼 했으면 이제는 대충 마무리를 지으라구. 너희들 비명 지르고 지랄하니까 내 싸징도 덩달아 자꾸 더 하자고 덤비는 통에 나도 힘들어 죽겠단 말이야."

일곱

몸과 마음이 마구 뒤엉켜 함께 미쳐버린 하룻밤을 보내고 뺑코 싸징의 품에 안겨 잠깐 눈을 붙인 언례는, 이른 봄 논바닥 양지에 모여 떼를 지어 교미하는 수십 마리의 뱀처럼 온갖 악몽이 꿈틀거리며 뒤집히기를 끝없이 되풀이하자, 생명의 위협을 느끼고는 온몸에 소름이 끼쳐 퍼뜩 잠이 깨었다. 하지만 두개골 안에서 줄이 모조리 끊어져 뇌가 덩어리째 떨어져나가 물속에서 둥둥 떠다니는 듯 어지럽고 심한 구역질이 나서 머리를 들기조차 힘겨웠고, 알몸으로 잠든 사이에 열린 창문으로 밤새도록 흘러 들어온 강바람에 싸늘하도록 체온을 빼앗겨 종아리의 근육이 고드름처럼 딱딱하게 뭉쳐 피가 통하지 않아서인지 쥐가 난 발가락이 서로 달라붙어 굳어버렸다.

겨우 상반신을 일으켜 두 발을 주무르며 잠시 숨을 돌리고 컴컴한 방안을 둘러보니 뭉툭코는 벌거벗고 가랑이를 벌린 채로 방 한가운데서 편안히 잠들었고, 이무기의 방뿐 아니라 뒤쪽에 붙은 순덕이의 방도 어젯밤의 술판으로 기진맥진 지쳐서 조용했다. 언례는 뭉툭코를 깨우지 않으려고 방구석에 처박아둔 옷가방에서 치마와 저고리를 조심스럽게 꺼내 소리 없이 입고는 밖으로 나갔다. 집으로 가져갈 깡통 따위는 챙길 엄두가 차마 나지도 않았다.

판잣집을 나선 언례는 주위를 둘러보지도 않고 북한강을 향해서 비틀거리는 발걸음을 서둘렀다. 푸르스름한 동녘 하늘에서부터 별들이 하나 둘 스러져 자취를 감추었고 이울어진 반달이 서산 위에 아라비아의 칼처럼 걸렸다. 겨울 기운이 감도는 새벽 공기가 그녀의 뺨을 차갑게 스쳤다.

강변 자갈밭에 이른 언례는 건너편 염 사공의 집에서 한눈에 잘 보일 만한 위치에 자리를 잡고, 무릎으로 턱을 괴고 앉아서 기다리기 시작했다. 이런 시간에 사공더러 배를 저어 건너오라고 소리를 질러 동네사람들을 깨울 만큼은 아직 그녀도 뻔뻔스러운 배짱이 없었다. 찰랑거리는 강물 소리 또한 차갑게 들렸다.

　사공이 우연히나마 밖으로 나왔다가 그녀를 발견하고 데리러 건너와주기를 기다리며 언례는 어젯밤에 텍사스에서 벌어진 상황을 두서없이 생각해 보았다. 미워해야 할 뺑코 싸징에게 갑자기 완전히 무너져버린 자신에 대해서 얼핏 난감한 심정이 들기는 했지만, 그런 감정은 잠깐뿐이었다. 너무나 지친 그녀는 이제 자신의 행동에 대한 부끄러움이나 앞으로 그녀의 처지가 어떻게 될까 하는 걱정 따위는 들지를 않았다.

　언례는 사실 자신의 앞날이 어떻게 될지에 대해서는 퍽 오래전부터 워낙 생각이 많았고, 따지고 보면 어젯밤은 갑작스럽게가 아니라 서서히 조금씩 진행된 결단이었고, 결국 이렇게 되리라고 진작부터 알았으며, 그래서 차라리 마음이 편했다. 일단 저지르고 나서 후회하면, 후회하는 만큼 손해일 따름이었다. 후회는커녕 그녀는 당연히 저질렀어야 하는 모험을 드디어 감행했다는 안도감을 느낄 뿐이었다.

　마을에서 여름에 사실상 추방당한 그녀에게는 텍사스의 용녀와 뺑코들이 마지막 도피처요 유일한 안식처였으며, 마지막으로 붙잡고 매달릴 통나무요 지푸라기였고, 그녀로서는 마지막 희망과 구원이라는 선택을 기피하거나 저항할 마음도 없었고, 마다하거나 거부하며 버틸 힘이 없었다. 그래서 그녀는 스스로 마음을 열기도 전에 모래밭으로 스며드는 물처럼 미움과 경계심이 사라지고 울타리가 무너지기 시작한 셈이었다.

　반 시간가량이 더 지나고 봉의산 너머에서 하늘이 불그레하게 밝아질 때쯤에야 염 사공이 나루에 나타나서 모래밭아 앉아 기다리는 언례를 보았고, 잠시 앞뒤를 살피더니 배를 끌고 북한강을 건너왔다. 마구 헝클어진 언례의 꼬락서니를 보고 사공은 지난밤에 일이 벌어졌는지 빤히 알겠다는 듯 능글맞은 미소를 지으며 무슨 말인가 하려다 언례가 표독스럽게 노려보자 얼른 그만두었다. 감당하기 어려운 호기심을 막아내기에는 독살스러운 눈초리가 매우 효과적인 입막음이었다.

강을 반쯤 건너갔을 즈음에 언례는 어디선가 머나먼 곳에서, 귀신이 나타날 때처럼 매서운 겨울바람이 불어오는 듯한 소리를 들었다. 무슨 소리일까 언례가 궁금해서 두리번거리자 사공이 잽싸게 나섰다.

"댁의 따님 만희예요. 무슨 일인지 새벽부터 저렇게 계속해서 울더군요. 왜 그러나 가볼까 하다가 만식 엄마가 당연히 집에 계시려니 생각해서⋯."

갑자기 긴장하고 조급한 마음으로 나루터에 이르자마자 언례는 허둥지둥 집으로 달려갔다. 만식이는 날이 제대로 밝지도 않았는데 툇마루에 나와 앉아서 기다리다가 황급히 마당으로 들어서는 엄마를 성난 표정으로 쳐다보았다. 어딘가 섬뜩한 표정이었다. 하지만 지금은 만식이의 심정을 헤아리기보다는 만희 때문에 더 마음이 초조한 언례였다.

"만희가 왜 저러니? 어디 아프기라도 한 거야?"

만식이는 대답이 없었다.

방으로 달려가서 문을 열어보니 만희는 얼굴이 새빨개질 정도로 악을 쓰며 울었고, 언례는 시끄러운 울음소리에 혹시 당장이라도 훈장 댁에서 누가 달려오지나 않을까 잠깐 걱정했다. 방으로 들어간 언례는 발악하듯 울어대는 만희를 안고 흔들어주면서 혹시 만식이가 일부러 동생을 울리지나 않았는지 얼핏 의심이 갔다. 일부러 울리지는 않았을

제 4부 어둠 속의 아이들 307

지라도 동생을 얼러주거나 하려는 노력을 조금도 하지 않고 한없이 울도록 방치해두었으리라는 눈치는 분명했다.

"얘가 언제부터 이렇게 울었니?"

만식이는 대답 대신, 어린아이의 표정이 어쩌면 저렇게까지 굳어질 수 있을까 할 정도로 경직된 얼굴로, 언례에게 물었다.

"엄마 어젯밤 왜 집에 안 왔어?"

언례는 만식이의 질문에 대한 준비가 전혀 되어 있지 않았다. 그리고 그녀가 채 우물쭈물할 틈도 주지 않고 만식이가 다시 물었다.

"엄마 양갈보야?"

언례는 할 말이 없었다.

만희는 아무리 달래도 줄기차게 울기만 했다.

여덟

깃털처럼 가벼운 흰 구름 몇 조각이 하늘 언저리에 걸리고 말라 죽기 시작하던 잡초 밭에 벌써 겨울 기운이 서리기 시작하여 서늘하던 가을바람이 차갑게 느껴졌으며, 계절과 더불어 어쩐지 훨씬 쓸쓸해진 중도의 강가를 따라 내려가던 네 아이가 뺑코 쓰레기를 부리는 웅덩이가 저만치 보이는 곳에 이르자, 앞장을 선 찬돌이가 우뚝 걸음을 멈추고는 말했다.

"저거 뭐야?"

뒤따라가던 아이들이 찬돌이의 양쪽으로 늘어서서 보니, 어디서 왔는지 몰라도 두 아이가 구덩이 속에서 온통 커피 찌꺼기를 온몸에 묻힌 채 쓰레기를 파헤치느라고 정신이 없었다.

"저 새끼들 우리 쓰레기 훔쳐가는 거 아냐?" 기준이가 말했다.

"가자. 쫓아버려야 해." 찬돌이가 소리쳤다.

"야, 이 새꺄! 거기 가만히 있어!" 기준이가 소리쳤다.

"너희들 뭐냐! 꼼짝 말고 거기 있어!" 강호도 소리쳤다.

"어디서 온 놈들이냐?"

"죽었다, 새끼들!"

금산리 네 아이가 소리를 지르며 달려가 웅덩이 언저리에 둘러서자 쓰레기를 뒤지던 두 아이도 몸을 일으켜 그들을 올려다보았다. 키가 크고 깡마른 아이는 커피 찌꺼기가 묻은 쇼빵 덩어리를 손에 들었고 나이가 어려 보이는 다른 아이는 빨락종이가 물에 젖은 젤리를 움켜쥐고 더 물러설 자리도 없는 웅덩이 속에서 뒷걸음질 쳤다.

"쟤들 월송리 애들이잖아?" 약간 주춤해서 찬돌이의 눈치를 살피며 기준이가 말했다.

쇼빵을 든 깡마른 아이는 해마다 추수가 끝난 다음에 오돌이와 벌이는 가을쌈에서 월송리 아이들 가운데 두목 노릇을 하는 능욱이였고, 봉이와 나이가 비슷해 보이는 다른 아이는 도토리만큼이나 작은 꼬마였고, 금산리 아이들이 처음 보는 얼굴이었다. 능욱이가 먼저 구덩이에서 기어 올라왔고, 꼬마도 쓰레기 속에 혼자 남기가 무서운 듯 허겁지겁 뒤따라 올라왔다.

찬돌이가 능욱이의 앞을 가로막고 서서 노려보며 말했다. "누가 너희들더러 여기 와서 도둑질하라던?"

능욱이는 찬돌이보다 키가 조금 컸는데, 일부러 더 커 보이라고 가슴을 펴고는 당당하게 맞섰다.

"도둑질? 우리가 뭘 훔쳤다고 그런 소릴 하지?"

"여기 양키 쓰레기 구덩이는 우리 동네에서 더 가까운 곳이니까 당연히 우리 꺼야. 너희들이 뭔데 우리 허락도 없이 여기 와서 우리 물건을 막 집어 가냔 말이야."

"그래서. 남이 버린 쓰레기인데, 우린 좀 주워가면 안 되냐?"

능욱이는 전혀 물러설 눈치가 아니었다. 찬돌이가 재빨리 상황을 따져보았다. 그는 지금까지 능욱이와 단둘이서 맞짱을 붙었던 적이 한 번도 없기는 했지만, 어쨌든 네 명이라면 월송리 아이 둘쯤은 문제가 없으리라.

찬돌이가 어깨를 펴면서 말했다. "괜히 까불지 마, 너. 얻어터지고 싶어?"

능욱이가 상대편 네 아이를 하나씩 둘러보더니 싸워볼 만한 자신이 생겼는지 쇼빵을 꼬마더러 대신 들고 기다리라며 넘겨주었다.

"좋아. 덤벼."

더 이상 무엇을 따지고 어쩌고 할 필요나 겨를도 없이 능욱이의 말이 채 끝나기도 전에 찬돌이가 두발당성으로 들어가 월송리 아이의 사타구니를 냅다 걷어찼고, "어쿠" 하며 고꾸라지는 능욱이의 얼굴을 정통으로 겨냥하며 몸을 조금 뒤로 젖혔다가 앞이마로 들이받았다. 능욱이가 코피를 콸콸 쏟으며 깡통 더미 위로 고꾸라졌고, 깜짝 놀란 월송리 꼬마가 겁에 질린 표정으로 벌벌 떨었다.

싸움이란 늘 그렇듯이 코피가 터지는 쪽이 즉석에서 졌다는 사실을 인정하며 끝나버렸다.

"하지만 이걸로 다 끝났다고 생각하진 마." 능욱이가 검지로 찬돌이를 겨누며 약속했다. "오늘은 그냥 가지만, 우리 동네 다른 아이들 데리고 다시 오겠어. 그때 다시 한 번 정식으로 붙자구."

능욱이가 모래를 한 줌 집어 피를 닦아냈다.

찬돌이는 능욱이의 선전포고를 듣고 얼핏 금년 가을쯤이 아무래도 뺑코 쓰레기를 놓고 벌이는 두 마을 사이의 쟁탈전이 되리라는 예감을 느꼈다. 그렇다면 다른 해보다는 금년 가을의 싸움이 훨씬 더 치열해지리라. 전에는 욕심이 날 만한 무엇인가를 두고 서로 빼앗기 위해 싸웠던 적이 한 번도 없었다. 그러나 이번에는 엄청나게 중요한 대상을 걸고 악착같이 전쟁을 벌여야 할 테니 보나마나 다치는 아이들도 생기겠고….

찬돌이는 약간 비겁하게 선전포고도 없이 그가 능욱이한테 감행한 공격 때문에 아무래도 마음 한구석에 걸리는 바가 있었다. 그러나 이렇게까지 된 판국에 그는 조금이라도 약점을 보이고 싶지는 않았으며, 겁을 먹었다는 인상은 더욱 주고 싶지 않았다.

"어서 꺼져." 찬돌이가 말했다. "너희들 월송리 새끼들은 이 근처에 얼씬거릴 생각은 아예 하지도 말라고. 너희들 다시 여기 와서 우리 쓰레기 훔치다가 나한테 잡히면 작두칼로 손목을 잘라버릴 테니까 그렇게 알아. 꺼지라니까!"

아홉

코피가 터진 대가로 얻은 유일한 전리품인 쇼빵을 들고 월송리 꼬마와 함께 모래밭을 따라 나루터를 향해 걸어 올라가는 능욱이의 뒷모습을 물끄러미 지켜보던 찬돌이의 얼굴에는 어느새 걱정스러운 표정이

번지기 시작했다.

　능욱이는 같은 동네 꼬마 앞에서 코피가 터지는 꼴을 보이고도 순순히 그냥 넘어갈 그런 아이가 아니었다. 오늘은 찬돌이가 재빨리 선수를 쳐서 이기기는 했지만, 팔도 훨씬 길고 눈에는 항상 독기가 서린 능욱이는 오늘 잠시 부주의했던 틈에 당하고 말았으니까, 금산리 찬돌이가 비겁하게 미리 선수를 치고 나간다는 사실도 알게 되었으니, 다음에는 정식으로 붙어 맞장을 뜨게 되는 경우 미리 경계하며 선제공격을 노리겠고, 그러니 아무리 생각해봐도 앞으로는 쉽게 넘어갈 간단한 문제가 아니었다.

　월송리와 금산리 아이들이 패를 지어 벌이는 가을 돌싸움이 금년에는 삼팔선에서 어른들의 전쟁이 터지고 유엔 군대가 서면까지 밀고 들어와 인민군하고 전투를 벌이고 하는 바람에 지금까지 흐지부지되었지만, 오늘 벌어진 대결로 인하여 머지않아 다시 불가피하게 치러야 하게 되었는데, 찬돌이는 막상 동네 전쟁이 붙으면 결과가 어떻게 될지 벌써부터 걱정이었다.

　어느 마을 아이들이 센지를 가을싸움에서 작년에도 금산리는 월송리한테 힘겹게 겨우 이겼었다. 작년 가을에 월송리 패거리는 복숭아나무에 뿌리는 가루약을 진흙과 버무려 폭탄을 만들어 던지며 웃개울 허물어진 물레방앗간까지 쳐내려 왔었다. 입에 가루가 조금이라도 들어가기만 하면 어찌나 쓴지 하루 종일 밥도 먹지 못할 정도였던 복숭아약을 이겨내려면 금산리에서도 금년에는 새로운 폭탄을 만들어내야만 했고, 그리고 찬돌이에게는 월송리 능욱이가 전혀 눈치채지 못한 걱정거리가 하나 있었다.

월송리에는 땅꼬마 두 명을 포함해서 일곱 명이 돌돌 뭉쳐 돌아다녀 지금까지도 금산리에서는 다섯 명으로 버티어 나오기가 퍽 어려웠는데, 이제는 만식이가 빠져 사돌이만 남고 말았다. 따라서 금년에는 전쟁계획을 특별히 잘 짜서 이겨야지, 그렇지 못했다가는 중도의 양키 쓰레기 웅덩이를 월송리 아이들에게 고스란히 빼앗기고 말리라….

월송리 두 아이가 모래언덕 너머로 사라져버리자 기준이와 봉이와 강호는 커피 찌꺼기에서 아직도 김이 모락모락 나는 구덩이로 미끄러져 내려가 쓰레기를 손으로 마구 휘저어 뒤지며 빵조각과 깡통과 먹다 남은 고깃덩어리를 닥치는 대로 호주머니에 쑤셔 넣었다. 그러나 찬돌이는 아직도 쓰레기를 뒤질 생각은 하지 않고 멍하니 서서 상류 쪽을 걱정스럽게 쳐다보기만 했다.

열

"차라리 잘 된 일인지도 몰라."

처음 롱 타임을 치르고 아침이 되어서야 금산리로 돌아가서는 감감무소식이더니 사흘 만에 근심스러운 얼굴로 다시 텍사스 타운에 나타난 언례로부터 자초지종 얘기를 듣고 나서 용녀가 충고랍시고 내놓은 말이었다.

만식이의 입에서 "엄마 양갈보야?"라는 말이 튀어나왔을 때 언례가 받았던 충격은 나루터로 가는 길에 담배창고의 벽에다 어느 아이가 "만식이 엄마 양갈보 만식이 엄마 똥갈보"라고 써놓은 낙서를 처음 보았을 때의 슬프고도 막막한 심정과 비슷했다고 언례는 솔직하게 털어

놓았다.

"결국은 언젠가 들통이 나고 만식이도 알게 될 일 아니었어?" 별로 대단치도 않은 문제를 놓고 뭘 그리 수선이냐고 핀잔을 주는 듯 용녀가 말했다. "그래, 이왕지사 만식이도 알고, 마을사람들도 벌써부터 다 알았던 모양이니까, 이제는 아주 발 벗고 나서봐."

따지고 보면 밤나무집에 틀어박혀 이리저리 한참 고민하던 끝에 언례가 오늘 결국 텍사스로 돌아와야 되겠다고 작정했던 까닭은 용녀가 입버릇처럼 되풀이하던 제안을 받아들이려는 생각에서였다.

"롱 타임도 본격적으로 받고 하면서 일 년만 잘 뛰어도 넉넉할 거야. 차라리 그렇게 돈을 많이 벌어가지고 더 나이가 들기 전에 빨리 어디 먼 곳으로 떠나 포목점을 하나 열든지 해서 새로운 삶을 시작하는 편이 언니뿐 아니라 두 아이에게도 좋지 않겠어?"

언례는 그러마고, 이무기의 생각이 옳았다고 솔직하게 대답하지는 않았지만, 이제는 당연히 그렇게 되리라고 자신도 스스로 생각했으며, 용녀도 그녀의 속마음을 쉽게 읽어냈다.

"충청도나 강원도의 어디쯤 자그마한 읍내에서 자리를 잡든지, 그것도 여의치 않으면 아예 외딴 시골로 들어가 버리라고. 그럼 언니가 어디서 뭘 하다 온 여자인지 누가 알아? 사타구니 속을 헤집고 들여다 볼 수도 없을 테니까."

여태까지 그녀가 저질러온 짓을 천하가 다 알게 되었는데 이제 와서 갈보 짓을 갑자기 그만둔다고 하더라도 그녀의 인생은 조금도 달라지지 않으리라. 그것은 엄마의 형벌을 나눠 받은 만식이에게도 마찬가지였다. 무엇을 바라고 금산리 마을에 더 이상 매달린다는 말인가? 평생

강을 건너다닐 때마다 뱃사공의 눈치를 보고, 사람들의 눈을 무서워하고, 그리고 자식에게까지 냉대받는 신세가 된 바에야 더 이상 거리낄 일도 없었다.

언례는 이제 뺑코들의 희한한 이름들까지도 귀에 퍽 익숙해질 정도로 어엿하고도 당당한 양갈보였다. 전에는 무슨 이름이 그렇게 해괴한지 흉내내어 말하기도 힘들었지만, 이제는 "찌미", "빌리", "덩칸" 해가면서 언례뿐 아니라 용녀를 자주 찾아오는 뺑코들은 거의 다 이름을 알았으며, 이름을 잘 모를 때는 남들이 다 그러듯이 아무에게나 "헤이, 조, 지 아이 조"라고 부르는 데도 전혀 어색함을 느끼지 않았다.

그러나 언례와 아들 만식이의 긴장된 관계는 "엄마 양갈보야?" 라는 갑작스러운 돌출 질문이 튀어나오기 전까지는 정말로 쉽게 풀리지 않는 매듭이었고, 영원히 극복하지 못할 듯싶은 장애물이었다. 아무리 술을 마시고 심하게 취해도, 심지어는 발가벗고 뺑코와 일을 치르는 동안에도 때때로, 언례의 머릿속에서는 만식이와 만희의 존재가 핏줄 속에서 불쑥 돋아난 고드름처럼 차갑게 버티었으며, 모든 신경이 거기에 걸려 멈추고는 했었다.

언제 전쟁이 끝나고, 그래서 미군들이 고향으로 돌아가고, 그래서 더 하고 싶어도 그녀가 양갈보 노릇을 그만두게 될 때까지 두 아이를 어찌 해야 좋을지, 너무나 뒤엉킨 자신의 처지를 어떻게 풀어볼지 통알 길이 없었던 언례는 아이를 둔 다른 여자들을 본보기 삼아 눈여겨

• 지 아이 조: G. I. Joe (Government Issue Joe), 즉 '정부에서 생산하는 보급품 조' 라는 뜻으로 평범한 미군 병사들에게 제2차 세계대전 당시 종군기자였던 어니 파일(Ernie Pyle)이 붙여준 통칭.

살펴보고는 했었다. 그런 면에서 언례가 가장 신기하다고 생각했던 양공주가 매리였다.

　텍사스 타운의 카우보이 구락부에서 우리나라 이름으로는 매리(梅里) 라 하고 매리(Mary) 라는 삥코 이름도 따로 달고 다니며 양키들로부터 인기를 끌던 매리는 절대로 고향과 본디 이름을 밝히지 않았으며, 도대체 어떻게 그토록 일찍 아이를 낳았는지는 몰라도 스물두 살밖에 안 된 나이에 여섯 살 난 딸이 하나 달려 있었다. 양갈보 엄마를 둔 아이의 마음이 어떨까, 혹시 만식이와 만희를 키우는 데 나중을 위해서 조금이라도 참고가 될지도 모른다는 생각에 언례는 우리나라 말로 수선(水仙)이라 하고 영어로는 수전(Susan)이라고 이름을 붙인 매리의 딸을 유심히 지켜보았었다.

　그러나 매리와 수선을 아무리 열심히 살펴봐도 언례와 만식이의 관계에 도움이 될 일은 하나도 눈에 띄지 않았다. 매리가 언제부터 이런 생활을 했는지는 알 길이 없지만 어쨌든 학교에 들어가야 할 나이가 다 된 수선은 기지촌의 삶에 너무나 적응이 잘 되어서, 심지어는 삥코들과 같이 손잡고 텍사스를 구석구석 돌아다니며 놀기도 했고, 엄마가 타임을 받아 알몸 춤을 추거나 접대하는 동안은 저 혼자서 아무렇지도 않게 여기저기 골목길을 기웃거리고 돌아다니며 시간을 보내 텍사스의 모든 여자들과 곧 친해져 마치 무슨 별난 애완동물처럼 귀여움을 받았다.

　언례로서는 만희가 그렇게까지 되리라고는 도저히 상상이 가지도 않았으려니와 만식이나 만희가 양갈보촌에서 그녀와 같이 살기를 전혀 원하지도 않았다. 그리고 그런 생활이 혹시 실낱만큼이라도 가능할지 모르리라는 어렴풋한 희망은 만식이가 "엄마 양갈보야?" 라고 묻는 순간에 언례의 머릿속에서 말끔히 지워졌다.

"만식 엄마." 곁눈질로 언례의 표정을 살피며 이무기가 말했다.

용녀가 이름 대신 진지하게 '만식 엄마'라는 명칭을 사용할 때는 무엇인가 언례의 약점을 건드리고 싶거나, 끈질긴 공격을 계속하다가 목표물을 확실하게 움켜잡으려고 마지막 일격을 가하는 순간이 대부분이었다.

"겨울 싸징하고는 어때?"

'겨울 싸징'은 별명을 붙여주는 작명가로 양갈보촌에서는 벌써부터 명성이 자자한 용녀가 윈드롭 밴더호프 일등병(Pfc. Winthrop Vanderhoff)에게 붙여준 별명이었다. 평상시에 언례와 얘기를 나눌 때는 얼굴 생긴 대로 '뭉툭코'라는 별명으로 잘 통하던 윈드롭의 본명이 몇 차례 연습해도 발음하기가 쉽지를 않아 용녀가 아는 몇 개의 영어 단어 중에서 그나마 가장 비슷하게 들리는 '겨울(winter)'을 갖다 붙여서 이무기가 그런 별명을 즉흥적으로 만들어냈다.

"어떻긴 뭘?" 언례가 되물었다.

"접때 보니까 두 사람 사이가 보통이 아니던데."

"무슨 사이?"

"혹시 또 알아? 운명이 장난을 쳐서 언니가 와이오밍의 어느 마을에 가서 농기구 고치는 양키의 안방마님으로 들어앉게 될지?"

이무기가 그런 말을 했을 때는 틀림없이 겨울 싸징을 미끼로 삼아 언례를 가게에 잡아두려는 속셈이 빤했지만, 언례는 도둑질이라도 하다가 들킨 듯 갑자기 얼굴이 벌겋게 달아올랐다.

열하나

"아무리 우리가 날파리 같은 인생이지만, 개좆 만도 못한 똥파리한테 이렇게까지 시달리며 살아서야 되겠어?"

텍사스 타운 골목길로 막 접어들면서 이미 언례는 화가 잔뜩 난 이무기의 목소리를 멀찌감치서 듣고, 오늘 오마하 부대에 비상이 걸려 장병 외출이 금지되었으니 하루 장사를 공치게 된 용녀의 심기가 퍽 불편해졌으리라는 눈치쯤은 쉽게 챘다. 하지만 드라곤 레이디로 그녀가 들어서는 순간 어쩐 일인지 이무기의 목소리가 한층 높아졌다. 무슨 의도가 숨었는지는 몰라도 언례더러 들으라고 일부러 언성을 높이는 듯했다.

"땅꾼 집을 사느라고 우리 호주머니 사정이 어떻게 되었는지 빤히 알면서도 똥파리가 해운대 우정을 이런 식으로 저버려도 된다고 생각해?" 용녀가 순덕에게, 그리고 동시에 언례에게 소리쳤다.

'똥파리'는 해운대의 삐쩍구 시절에서부터 양키 돈을 긁어모으는 수완이라면 이무기와 쌍벽을 이루었던 인물이었다. 본명이 서동팔인 그에게 "동팔이는 똥파리다"라는 기발한 별명을 달아준 사람도 물론 '작명가' 용녀였다.

부산 미군부대에서 근무하는 한국인 노무자들과 짜고 미제 물건을 훔쳐 국제시장에 내다 팔아먹던 용녀의 기둥서방 뚜룩과 중학교 동창이라고 이무기가 진작부터 밝힌 동팔은 가족을 부산에 남겨두고 이곳까지 병참대를 따라 올라오면서, 지게꾼 노무자들과 빽코까지 여러 명 거느리고는 군복과 전투식량, 가루우유와 커피나 설탕 따위 돈이 되는 보급품을 더플백 자루에 담아 미군부대 울타리 너머로 한밤중에 던져 빼내어 암시장이나 읍내 다방들에 내다가 팔아 크게 한몫 잡고는, 그것도 모자란다고 이곳 텍사스에 판잣집을 여섯 채나 지어놓고 집 없는 양갈보들에게서 세를 받아먹는 모리배였다.

용녀가 계속 늘어놓는 푸념을 들어보니, 전투병들과는 달리 병참부대는 이동을 자주 하지 않으니까, 안정된 근거지를 마련하려는 갈보들이 여기저기서 자꾸 몰려들어 방이 모자라는 기미를 틈타서 똥파리가 집세를 올리려는 모양이었다. 그리고 이무기는 가진 돈이 이미 바닥난 처지여서, 그린백 달러라도 좀 혹시 꿍쳐두었으면 순덕이와 언례에게도 투자를 넌지시 권하는 말투였다.

"그러니까 일단 이곳에 거점을 마련하면 유엔군이 북진을 계속하더라도 우린 그냥 눌러앉아서 비교적 오랫동안 장사를 계속하기가 어렵지 않아. 혹시 병참대가 북으로 올라가는 경우엔, 이렇게 일단 구축해놓은 큰 진지는 쉽게 포기하기가 아까워서 다른 부대가 올라와 새로 주둔하게 마련이라고."

언례는 물론 이무기의 사업 계획에 투자할 만한 자금이 없었다. 하지만 현지사정을 잘 아는 덕택에 멋진 제안을 대신 내놓았다.

"이곳 집세를 더 내기가 어려우면 금산리 땅꾼 집으로 자리를 옮기지 그래?"

"훈장 영감이 배를 못 타게 저 지랄인데 어떻게 강 건너에서 영업을 해?" 용녀가 벌컥 화를 내면서 말했다.

"우리들이 타고 북한강을 건너다닐 배를 따로 하나 구하면 되잖아."

항상 말보다 행동이 빠른 여자답게 이무기는 솔깃한 표정으로 언례의 설명을 열심히 듣고 나서 신속하게 움직였다.
"오늘은 돈벌이도 틀렸고 하니까, 이왕 말이 나온 김에 지금 당장 나들이 삼아 배를 구하러 가보자고."

양담배와 레이션 깡통과 초콜릿을 보자기에 싸들고 그들은, 언례의 안내를 받으면서 읍내를 거쳐 남춘천까지 걸어가서는, 뺑코가 운전하던 미군 보급트럭을 만났고, 양갈보들의 유난스러운 옷차림을 한눈에 알아보고 수작을 걸어오는 양키 덕택에 별로 힘을 안 들이고 삼악산 기슭까지 차를 얻어 타고 건너갔다. 그리고는 강변을 따라 다시 가마리를 향해 올라갔다. 가마리 부근까지 가면 배를 구하기가 쉬우리라는 언례의 판단에 따라서였다.

언례는 어렸을 적부터 조금이라도 안면을 익혔던 강변 어부들을 찾아가 꼼꼼히 물어서 적당한 사람을 물색했고, 결국 다시 삼악산 쪽으로 내려가 강촌 근처의 어느 노인을 만났다. 가마리 사람들과 강촌 사람들은 용녀의 옷차림과 하고 다니는 꼬락서니를 보고는 멀찌감치 경계했지만, 강촌 노인은 삼악산에서 약초를 캐던 시절에 탁주를 주고받을 만큼은 언례의 아버지와 친했었기 때문에, 선뜻 마음이 내키지는 않으면서도 양담배 꾸러미와 "언례와의 각별한 인연"을 생각해서, 고기잡이배를 내주기로 선뜻 동의했다. 물론 용녀가 두 달 동안 배를 빌리기로 하고 선뜻 내놓은 돈이 강에 배를 띄우고 노인이 고기를 반 년 동안은 잡아도 벌기가 쉽지 않은 그런 액수이기는 했다.

늙은 어부는 돈도 돈이지만 귀한 양담배를 선물로 받고 꽤나 기분이 좋았는지 세 여자를 태우고 물살을 거슬러 꽤나 먼 거리를 올라와 가운뎃섬 유엔 다리까지 배를 끌어다 주었다. 해가 질 무렵에 노인이 기차를 타고 집으로 돌아가겠다며 읍내로 나간 다음, 용녀와 순덕이는 앞으로의 계획을 짜느라고 한참 시끄럽게 수다를 떨었고, 의리도 없는 똥파리한테 가서 여봐라고 한 마디 해주겠다며 이무기가 자리에서 일어나자 언례도 어서 집으로 가봐야 되겠다며 텍사스를 나섰다.

어찌 되었든 뺑코들의 섬을 일단 벗어나게 되어 훨씬 마음이 가벼워진 그녀는 배를 타러 나루터로 발길을 서둘렀다.

열둘

고기잡이배를 강촌에 가서 구한 지 이틀 후에 용녀와 순덕이는 미리 싸놓은 옷가방과 드라곤 레이디 구락부의 간판을 떼어 함께 싣고는 늙은 어부가 가르쳐준 대로 삿대를 사부작사부작 옆으로 밀었다 당겼다 하면서 휘저어 아침 일찍 강을 건너왔다. 미리 가서 대충 집을 치워놓고 기다리던 언례와 함께 그들은 짐을 풀었고, 읍내에서 데려온 목수 두 사람이 서둘러 오후부터 땅꾼의 집을 수리하기 시작했다.

간단한 식사쯤은 방에서 해먹어도 되니까 부엌이 따로 필요가 없다면서 용녀는 우선 부엌에다 양키들과 어울려 술을 마시는 자리를 마련했고, 순덕이와 언례가 따로 손님을 받는 방을 뒷마당 쪽에 붙여서 들였다. 간판도 일찌감치 올렸다.

전기가 들어오지 않는 마을이어서 이무기는 홀에다 남포를 네 구석 돌아가며 놓았고, 벽에는 미군들이 좋아하는 영화배우 베티 그레이블*의 사진도 안쪽 벽에 붙여두었다. 출입문과 방에는 촛불 초롱을

---

* 베티 그레이블: Betty Grable, 미군들은 여배우의 사진을 즐겨 관물함이나 내무반

하나씩 만들어 철사로 매달았는데, 하얀 창호지에 빨강과 파랑 물감이 커다란 꽃잎처럼 번지게 적셔가며 예쁘장한 초롱을 만들어내는 용녀의 훌륭한 솜씨에 언례가 감탄했다.

"아니 그림 솜씨가 어쩌면 그렇게 좋아?"

"언니는 뭐 내가 꽃초롱만 잘 만드는 줄 알아?" 이무기가 말했다. "난 마음만 먹으면 음식도 잘 짓고, 바느질도 잘 하고, 정말 여자로선 빠질 데가 없다고. 전쟁만 안 났더라면 재수 좋은 용주골 배밭 총각이 살림솜씨 빼어난 색시 하나 얻을 뻔했지."

그러면서 용녀가 평상시에는 좀처럼 보이지 않는 침울한 표정을 잠깐 지었고, 언례는 건성으로나마 위로의 말을 던졌다.

"뭐 세상사는 거 다 그런 거지."

잠시 무거워지려던 분위기를 금방 바꿔놓은 사람은 방안에서 두툼한 미국 군대신문 〈성조지〉*로 벽을 도배하던 순덕이었다.

"아니 신문 이름이 조지가 뭐야, 언니." 순덕이가 말하고는 혼자서 재미있다고 까르르 웃었다. "조지도 그냥 좆인가? 거룩한 성 좆이라잖아."

"씹쟁이들 본색이 드러나서 그래." 이무기가 말했다. "양키들은 어딜 가나 맨날 생각하는 게 그것뿐이니까."

그러자 바깥에서 문짝을 고치느라고 망치질하던 대머리 목수가 슬

벽에 핀으로 꽂아 붙여놓았는데, 그레이블은 이런 pin-up girl 가운데 제2차 세계대전 중에 최고의 인기를 누렸던 여배우로서, 그녀의 다리를 영화사에서 로이드 회사에 1백만 달러 보험에 들어두기도 했음.

• 성조지(星條紙): The Stars and Stripes.

그머니 집 안으로 머리를 디밀고는, 양갈보들의 농담이 민망해서 피식 웃으며, 이무기를 불렀다.

"아가씨 여기 좀 내다봐야 쓰겠구먼요."

"왜요?"

"강 건너에 양키 두 사람이 와서 아가씨들을 부르는데요."

궁금해진 세 여자가 일손을 멈추고 함께 마당으로 나가서 보니, 뭉툭코와 싸징 마이크가 가운뎃섬 갈대밭으로 공사장 연장과 각목과 밧줄 따위 물건들을 잔뜩 실은 트럭을 끌고 와서 자갈 바닥에 쇠기둥을 두들겨 박는 중이었다. 뭉툭코가 언례를 보고는 배를 타고 어서 건너오라고 그들에게 손짓했다. 수선을 떠는 용녀를 따라 연례가 강을 건너갔더니 싸징 마이크가 무엇인지를 이무기에게 한참 설명했다.

"언니, 이제는 배를 젓는 고생을 안 해도 되겠어." 용녀가 신이 나서 말했다.

"그건 또 무슨 소리야?"

"기계라면 일가견을 뽐낸다던 뭉툭코가 기발한 생각을 해냈어. 저걸 보라고."

별로 큰 도움이 되지는 못해도 열심히 거드는 두 여자와 함께 뭉툭코와 마이크는 쇠기둥 세 개를 서로 엇갈려 엮어서 튼튼한 삼각대를 만들고는, 주먹이 드나들 만큼 커다란 쇠고리를 자갈 바닥에 박아 밧줄을 고정시킨 다음, 뱃머리와 한쪽 뱃전에도 똑같은 쇠고리를 나란히 네 개나 줄지어 붙이더니, 대마 밧줄을 꿰어 배가 강물에 쓸려 내려가지 않게 말끔히 단속했다.

"언니, 이 밧줄 다 어디서 구했는지 알아?" 용녀가 자랑스럽게 설명했다. "뺑코 부대서 빼낸 거야. 저쪽 유엔 다리를 놓으면서 쓰고 남은 물건들이래."

네 사람은 나머지 밧줄과 쇠고리를 몇 개 챙겨 배에 차곡차곡 싣고 건너가면서, 마이크가 배를 젓는 동안 뭉툭코는 한쪽 끝을 중도 삼각대에 묶어놓은 대마 밧줄은 한 타래 무릎에 얹어놓고 조금씩 풀어주었다. 강을 건너온 미군들은 두 목수의 도움을 받아 밧줄의 다른 한쪽 끝을 이쪽 강변의 반 아름이나 되는 버짐나무 밑동에 칭칭 감아서 붙잡아 맸다.

"이거 봐, 언니, 아주 간단해." 이무기가 언례에게 시범을 보여주었다. "노를 저을 필요가 없이 이렇게 편안히 앉아서 밧줄을 슬금슬금 잡아당기기만 하면, 보라구, 배가 슬슬 미끄러져 나가잖아. 그러니 뱃사공도 필요 없고, 노를 저을 필요도 없어."

열셋

누군가를 미워하면 그만큼 더 눈에 잘 띄게 마련이어서인지는 몰라도, 황승각 노인이 아침에 삐걱거리는 대문을 열고 집 밖으로 나서면 밤나무집과 북한강 하류 쪽으로 떨어져 앉은 갈보집이 가장 먼저 가시처럼 눈에 와 박혔다. 물론 두 집은 오래전부터 그곳에 버티고 앉아서도 눈에 거슬린 적이 없었지만, 이제는 사정이 크게 달랐다.

아침마다 우선 이들 두 집부터 쳐다보고 나서야 하루를 시작하자니 노인은 당연히 울화가 치밀어오를 수밖에 없었다. 그래서 그는 두세 번씩이나 대문을 나섰다가 화가 나서 장죽을 뻐끔거리며 다시 마당으로 들어가기를 되풀이한 다음 겨우 마음을 다잡고서야 일을 보러 나가고는 했으며, 사랑방에서 시간을 보낼 때는, 11월로 들어서면서 날씨가 제법 쌀쌀해지기도 했으려니와 괘씸한 두 집을 웬만하면 보지 않으려고, 통 창호지 문을 열지 않았다.

땅꾼 집을 동네사람들이 이제는 "이무기네 집"이라고 불렀다. 언례를 구워삶아 같이 양갈보로 만들어 결국 금산리로 들어오는 데 성공한 구렁이 같은 젊은 계집은 별명이 '이무기'라고 했으며, 그래서 이장 배씨는 "거 뱀이 살던 집이라서인지는 몰라도 이제는 이무기가 들어앉아 잘도 사는군요"라고 어설픈 농담을 했다가 황 노인에게 면박을 당하기도 했다.

"아무렴. 이제 강변에서 용도 날 테니 두 눈 부릅뜨고 잘 봐."

이무기가 하는 짓은 날이 갈수록 눈꼴이 점점 더 시었다. 여봐란 듯 배까지 구해서 밧줄을 꿰어 강 양쪽으로 연결하여 매놓고는, 꽤나 재미가 난다는 듯 장난을 치고 잡아당기며 물을 건너다니는 계집들과 외국 군인들의 꼴을 보면, 황 노인은 비위가 상해서 속이 터질 지경이었다. 더구나 한밤중에 술이 곤드레만드레 취해서 뺑코들이 텍사스 섬으로 돌아가며 고래고래 노래라도 불렀다 하면, 그날 밤은 너무나 화가 나고 신경이 곤두서서 노인은 좀처럼 잠이 오지를 않았다.

그런 밤이면 알아듣지도 못할 꼬부랑말로 강을 건너며 게걸거리는 양키들의 노래 소리가 온 동네를 더러움으로 뒤덮는 듯 노인은 속이 뒤집히고 답답했으며, 마음 같아서는 당장 달려가 버짐나무를 잘라버리고 밧줄을 끊어 배가 가평으로 떠내려가 영원히 돌아오지 못하게 하고 싶은 생각이 불끈불끈 치밀기는 했지만, 떳떳하게 돈을 주고 산 제 집에 와서 살겠다고 버티는 계집들을 그렇다고 해서 몽둥이로 때려 쫓아 내기도 막막한 노릇이었다.

전기가 들어오지 않고 석유도 귀한 마을에 사는 시골 사람들이어서, 금산리에서는 짧아진 초겨울 해가 지기만 하면 모두 일찍 잠자리에 들기 때문에, 어둠이 내린 다음에는 달빛이 창호지 문을 비추는 소리가 눈에 보이고 귀에도 들릴 정도로 조용하기 짝이 없는데, 밤이면 밤마다 땅꾼 집에서 틀어놓은 라디오에서 양음악 소리가 허허 벌판을 타고 사방으로 흩어지면 순박한 이웃 사람들은 잠자리가 뒤숭숭하여 마음이 어지러워지고는 했다.

참다못해서 황 노인이 땅꾼 집으로 석구를 보내 밤에는 라디오를 너무 크게 틀지 말라고 한바탕 야단쳤더니 시끄러운 소리는 요즈음 좀 줄어들었지만, 술을 마시며 놀다가 걸핏하면 까르르 세 여자가 웃어젖히는 소리가 밤의 어둠을 타고 들려오면 황 노인은 귀신을 만난 듯 온몸에 소름이 돋고는 듯했다. 만식 어멈까지 어울려 저렇게 요괴처럼 웃어대다니 ….

유엔 군대가 일단 차지해버린 중도는 그의 힘이 미치지 않는 곳이라서 속수무책이라고 포기했더라도 금산리만큼은 어떻게 해서든지 전쟁의 화를 입지 않도록 자신의 힘으로 지켜보겠다고 작정했던 황 노인은 읍내에 가서 직접 확인한 결과 북한강에는 유엔군이 다리를 놓을 계획이 없다고 해서 그나마 큰 걱정 하나는 덜어버린 셈이라며 한시름을 놓았다. 그런데 이것은 도대체 웬 날벼락인가 ….

이제는 별다른 도리가 없었다. 이무기를 몰아내려면 어떻게 해서든지 집값부터 물어줘야 되겠다고 노인은 생각했다. 그리고 이무기를 쫓아내면서 그는 밤나무집 언례도 이참에 정리를 하리라고 마음을 먹었다.

열넷

오늘 밤에도 좀 유난히 시끄러운 손님이 온 모양인지 이무기네 집에서 웃고 떠드는 소리가 퍽 귀에 거슬려 "어허, 이걸 정말 어떻게 하면 좋다는 말인가" 걱정하며 황 노인이 늦도록 잠을 못 이루고 몸을 뒤척이는데, 어디선가 낙엽이 바람에 쓸리는 소리 같기도 하고 슬금슬금 커다란 구렁이가 짚을 쓸고 지나가는 듯한 소리가 물 흐르듯 들려왔다.

노인은 처음에 그것이 무슨 소리인지 통 알 길이 없어 안채로 들어가 "어흠" 헛기침을 해서 석구를 깨우고는 물어보았다.

"너도 저 소리가 들리느냐?"

석구는 가만히 귀를 기울여 보더니 들린다고 했다.

"예, 아버지, 무엇이 굴러가는 소리 같은 데요."

"아니다. 이건 필시 강물이 흐르는 소리일 게다. 강 쪽에서 흘러오는 이상한 냉기가 느껴지지 않느냐?"

"그럼 강으로 나가 무슨 일인지 살펴볼까요?"

황급히 옷을 챙겨 입고 강으로 나가던 황 노인 부자는 나루터에서 헐레벌떡 달려오던 염 사공을 만났다. 사공이 미처 숨을 돌리고 할 말을 가다듬기도 전에 노인이 물었다.

"강물이 어떻게 잘못된 건 아니냐?"

"글쎄 이런 해괴한 노릇이 어디 있습니까, 훈장 어른." 염 사공이 숨을 몰아쉬며 말했다. "아니, 비가 안 온 지가 언제부터인데, 강물의 수위가 빠른 속도로 올라오고 있습니다요."

강에서 무슨 변괴라도 났는지 걱정이 된 마을사람들이 하나씩 둘씩 강변으로 나왔고, 얼마 후에는 여자들까지도 나와 때 아닌 한밤중의 물난리를 구경했다. 어떤 사람들은 헝겊을 묶어 횃불을 만들어 들고 와서 빠른 속도로 불어나 자꾸만 둑으로 올라오는 강물을 근심스럽게 지켜보았다.

"천지개벽이야, 천지개벽이라고. 전쟁이 터지고 온갖 못된 일이 생기더니 이제는 강물까지 저절로 불어나는구먼."

"이게 다 이무기가 서면으로 들어왔기 때문인지도 몰라. 못된 이무기가 용이 되어 올라가려고 밤중에 사방에서 물을 끌어들이는 모양이라고."

"이러다가 우리 마을이 몽땅 물에 잠기는 거 아닌가?"

물은 밤새도록 계속 불어나서, 한참 홍수가 졌을 때만큼은 아니더라도, 강변 아래쪽 논에는 겨우 두 뼘 정도만 여유를 남기고 시뻘건 흙탕물이 차 올라왔다. 그러더니 동틀녘이 가까워서야 다시 물이 빠지는 기미를 보이기 시작해서, 피곤하기도 하고 마음도 놓여서인지 마을사람들은 하나 둘 집으로 돌아가 늦잠이 들었다.

해가 떴을 때는 언제 물이 불었었냐는 듯 다시 평상시와 수심이 같아지기는 했지만, 빛깔은 아직도 심하게 탁했다. 강둑의 말라죽은 풀과 갈대는 물살에 밤새도록 쓸려 모두 쓰러졌고, 그 위로 물범벅이 된 붉은 흙이 질펀하게 덮였다.

아침 첫결에 황 노인은 석구더러 어젯밤의 변괴가 웬일인지 읍내에 나가 알아보고, 가운뎃섬의 뺑코 부대와 양갈보촌에는 혹시 무슨 일이 없었는지 둘러보라고 했다. 노인은 어젯밤 강물에 텍사스 판자촌과 오마하 부대가 말끔히 휩쓸려 내려가기라도 했으면 좋겠다고 은근히 속으로 바랐었는데, 석구가 돌아와서 하는 얘기를 들으니 섬의 높은 자리에 진을 쳤던 양코 부대는 물론 말짱했고, 아래쪽에 위치한 텍사스 타운도 전혀 물이 들지 않았지만, 그래도 한밤중 물 소동에 뺑코들과 창녀들이 놀라 무척이나 우왕좌왕했다는 것이었다. 하지만 춘천역과 중도를 연결하는 띄움 다리는 물살에 끊겨 반쯤 휩쓸려 내려갔고, 겨우 공사를 끝낸 콘크리트 유엔 다리도 교각 하나가 비스듬히 쓰러져 아무래도 공사를 다시 해야 할 성싶다고 했다.

"그럼 물은 또 어떻게 된 연고라더냐?"

여기저기 나도는 얘기를 읍내 사람들이 뜯어 맞춰 보니까, 뺑코 장군 매가도의 인천 상륙으로 퇴로를 차단당해서 후방에 고립되어 미처 이북으로 도망치지 못한 인민군이 여기저기 남아 유격대로 활동을 벌여왔는데, 그들이 화천댐을 공격하고 수문을 모두 열어놓아 때 아닌 홍수가 졌다는 소문이었다.

어젯밤 물난리로 중도에 들어온 뺑코들이 위험을 느껴 혹시 떠나지나 않을까 눈치를 살피던 황 노인은 끝내 실망하고 말았다.

그리고는 잠자리비행기가 몇 대 날아오고 며칠 소란스럽더니 유엔 다리를 말짱히 고쳐놓았고, 텍사스 타운은 변함없이 흥청거렸으며, 한밤중에 이무기네 집에서 세 여자가 웃는 소리도 또다시 들려왔다.

황 노인은 더 이상 지체할 처지가 아니었다. 못된 계집들에게 돌려줄 집값을 마련하기 위해 그는 우선 급한 대로 읍내로 나가 돈을 취해

보려고 했지만, "이것 보세요, 영감님. 내일이 어떻게 될지 모르는 전쟁 통에 누가 돈을 꿔 준단 말입니까?" 하는 소리만 서너 번 듣고 돌아왔다. 그래서 그는 추수한 곡식을 털어 가마에 담아 광에 쌓아두었던 벼를 부랴부랴 읍내에 내다 팔아 땅꾼이 이무기한테 받아 챙긴 돈을 마련했다.

열다섯

　세상에 태어나서 처음으로 소유하게 된 경대 앞에 앉아서, 거울을 일으켜 세우는 빨간 앉은뱅이 화장대 앞에 양반처럼 책상다리를 하고 앉아서, 언례는 참빗이 아닌 노란 뿔빗으로 머리를 빗으며 자신의 모습을 찬찬히 살펴보았다.

　만식이는 언례가 화장할 때마다, 마치 엄마가 무슨 크나큰 죄를 짓기 위한 준비단계로서 이상한 예식이라도 치른다고 생각해서인지, 만희의 손목을 잡아끌고는 어디론가 휘딱 집에서 나가버리기가 보통이었는데, 날씨가 쌀쌀한 오늘도 집안에서는 두 아이의 모습이 눈에 띄지 않았다. 만식이는 옛날 엄마 얼굴에서 요즈음 부쩍 달라진 엄마의 새로운 모습으로, 그러니까 양갈보로 바뀌는 과정을 한 단계씩 차례차례 보여 주는 얼굴 화장의 예식을 어린 만희에게 보여주지 않으려고 무진 애를 쓰는 듯싶었다.

　아니면 엄마와 만희를 갈라놓으려고 무슨 작정이라도 했을까?

　언례는 요즈음 오후 한나절을 거의 다 얼굴을 다듬어 모양을 내느라고 보냈다. 얼굴 화장이 그렇게 힘들고 번거로운 일이라고는 미처 몰랐던 노릇이, 그녀는 용녀를 만나 양갈보 마을을 드나들기 전까지는 얼굴을 화초처럼 정성껏 가꾸었던 적이 한 번도 없었다. 김 서방에게 시집올 때도 그냥 이것저것 잠깐 찍어 바르는 정도의 싱거운 치레만 거쳤을 따름이었다. 그런데 이제는 좋은 옷을 일부러 찾아 입는 정성과 더불어 얼굴 화장이 그녀의 삶에서는 까다롭고도 어려운 하루의 행사가 되어버렸다.

읍내까지 나가서 미장원에 멀거니 앉아 뜨거운 쇠가위로 오랫동안 지져가며 머리카락을 신식으로 다듬고도 모자라서, 피마자기름이 아니라 맑은 병에 담긴 파르스름하고 향기로운 서양 기름을 날마다 발라주기까지 하는 행위가 과연 그녀에게 어울리는지 어쩐지 언례로서는 전혀 판단이 서지를 않았다. 서면의 보통 여자들은 평생을 가야 처녀 적에는 봉숭아와 백반을 빻아 손톱에 물을 들이고 병에다 죽처럼 퍼 담아서 파는 동동구리무* 정도로 모양을 내기가 고작이었는데, 뺑코들을 손님으로 받으려면 왜 이토록 복잡한 준비를 해야 하는가? 너무나 복잡하고 생소하기 때문에 이름조차 외우기 힘든 여러 가지 화장품이, 이런 모든 화장품이 어째서 나한테 필요하다는 말인가?

매니큐어, 분과 분첩이 함께 담긴 콤팩트, 하얗고 향기가 나는 비누….

이제는 그런 온갖 소품들이, 얼굴 화장의 예식과 더불어, 그녀의 일상생활에서 중요한 부분을 차지하기에 이르렀다.

다른 마을사람들이나 마찬가지로 그녀는 화장이란 뒷골목 기생이나 하는 천박한 짓이라고 생각했었지만, 막상 스스로 해보니까 천박하기

---

* 동동구리무: '크림'의 일본어투 발음. 화장품 장수가 북을 동동 치며 팔았다 해서 동동구리무로 불렸음.

는커녕 한없이 고급스럽게만 여겨졌다. 어쩌면 그것은 그녀가 천박한 신분이 되었기 때문인지도 모른다. 그러나, 용녀의 말마따나 어쩌면, 갈보 짓도 사람들이 얘기하듯이 그렇게 천박하기만 한 노릇이 아닌지도 모른다.

하지만…, 하지만…, 그래도 세상 사람들은 그렇게 생각해 주지를 않았고, 만식이와 시선이 마주칠 때마다 언례는 아직도 경멸과 증오의 날카로운 창에 아랫배가 찔리는 기분이었다.

하얗고 시원한 크림을 얼굴에 발랐다가 그녀는 한참 후에 얇은 종이로 깨끗이 닦아내고, 그리고는 새빨간 연지토막으로 입술을 그렸다. 눈썹도 까맣게 그렸다. 그리고 그녀는 거울에 비친 자신의 얼굴을, 화투 그림처럼 굵은 선으로 조각조각 그려 붙인 듯한 자신의 얼굴을 멍하니 쳐다보았다.

일본 가부키 배우처럼 도랑을 더덕더덕 바르는 촌스러운 화장을 해서는 안 되지만, 눈과 입의 윤곽이 요염하고 육감적이며 관능적으로 드러나게 과장해야 한다고 용녀가 거듭거듭 가르쳐주었어도, 그것이 어떻게 하라는 말인지를 언례는 도저히 알아듣지 못했다. 그래서 날마다 자신의 얼굴 위에 또 하나의 얼굴을 그려놓고 거울을 들여다볼 때마다 언례는 그것이 생판 다른 타인의 얼굴이라는 생각이 들었고, 자꾸만 자꾸만 자신이 어떤 낯선 사람으로 변해간다고 느꼈다.

영원히 익숙해지지 못할 듯싶은 자신의 얼굴과 타인의 얼굴을 날마다 거울에서 겹쳐 마주할 때마다 어딘가 허전하고 허탈해지기는 하면서도 언례는 그런 대로 새로운 생활이 몸에 배어 자리가 잡혀갔다. 조그만 싸구려 사진기를 하나 사서 별로 좋아하는 눈치가 아닌 만식이와 만희를 밤나무 앞에 나란히 세워놓고 사진도 박고, 답답한 스타킹도 허벅지까지 꿰어 신어 보고, 술자리에서 젓가락을 두드리는 짓은 코리안 식이니까 양키 식으로 놀려면 춤도 출 줄 알아야 한다기에 옷은 홀랑 벗지 않더라도 어설프게나마 '스트립 쇼' 흉내도 잠깐 내고, 동네사람들의 눈에 안 띄는 곳에서 걸어갈 때는 가끔 뭉툭코와 팔짱을 끼어보기도 하고, 마시기 싫은데 자꾸 술을 마시라고 지나치게 강요하거나 발가벗겨 놓고는 가죽 끈으로 손목을 묶는다거나 하는 해괴한 짓을 하려는 양키를 만나면 뜻을 잘 모르면서도 "깟뎀 훠킹 싸나비치 깨라리" 하며 소리치다가 그래도 분이 안 풀리면 한국말로 마구 욕설을 퍼붓고, 읍내를 나갈 때는 일일이 갈아입기가 귀찮기도 하려니와 이제는 상당히 익숙해졌기 때문에 그냥 짧은 스커트를 걸친 차림으로 돌아다닐 만큼 언례는 날이 갈수록 버젓한 양공주 생활에 익숙해졌다.

심지어는 이무기가 오마하에서 빼내는 레이션이나 미제 물건들을 처분하는 심부름도 언례는 읍내를 드나들며 암시장에 나가서 제법 능숙하게 혼자 다 처리하고는 했다. 워낙 단골 미군이 많았던 용녀는 최근에 화장비누나 미안수(美顔水) 따위의 잘 팔리는 물품들을 피엑스에서 싸게 사거나 보급계를 통해 뻔질나게 빼왔고, 이것을 언례가 가지고 나가 좋은 값을 받고 잘 팔면 드라곤 레이디에서 술이나 몸뚱어리로 버는 돈 못지않게 짭짤한 수입이 올랐다.

양공주 생활에서 화장 기술 이외에도 언례가 여태까지도 익숙하지 못했던 고민거리를 하나 꼽는다면 그것은 뾰족구두였다. 평생 편편한 고무신만 신고 살아온 그녀로서는 위험하고 비틀거리는 높은 구두를 신으면 강둑이나 자갈밭에서 걸어가기가 보통 힘든 일이 아니었다.

그리고 언례는 끝까지 양산만큼은 사지 않았다. 만일 만식 아버지가 지금까지 살았더라면 틀림없이 벌써 양산을 그녀에게 사 주었을 터이고, 그래서 언례는 양산만큼은 사지 않았다. 양산을 사 주는 권리까지도 죽은 남편에게서 빼앗고 싶지가 않기 때문이었다.

화장을 다 하고 난 언례는 갖가지 화장품 병들을 치우고 거울로 더 가까이 다가앉아서 새 얼굴은 제자리에 잘 그려 넣었는지 확인하려고 눈썹을 아래위로 움직여 보았다. 연지도 잘 발랐는지 입술을 토끼처럼 쫑긋거려 보기도 하고.

가짜 눈썹을 시커멓게 붙여서인지 거울 속의 여자는 졸린 얼굴처럼 보였다. 언례는 눈을 반쯤 감고 그녀의 얼굴을 다시 한 번 찬찬히 살펴보았다.

누구의 얼굴인지 도저히 알 길이 없는 얼굴이었다.

열여섯

"엄마, 훈장님이 나오시래요."

흙투성이가 된 무릎을 개울로 내려가 씻어 주려고 아장거리는 만희의 손목을 잡고 사립문을 나서려던 만식이가 부엌을 향해 소리쳤다.

땔나무를 가지러 마당으로 나오다가 부엌 문턱에 발이 걸리기라도 한 듯 언례가 주춤 얼어붙었다.

올 것이 왔구나….

자기도 모르는 사이에 이 순간을 오래전부터 예상하고 기다려 온 듯한 기분을 느끼며 언례는 옛날에 망각한 무엇을 기억해 내려고 애쓰는데 통 생각이 나지 않아 정신이 혼란에 빠진 사람처럼 황 노인을 멍하니 쳐다보았다.

언례의 모습이 부엌 문간에 비치자 노인은 무슨 일인가 싶어서 불안해하는 만식이에게 말했다. "엄마하고 따로 할 얘기가 있으니까 넌 만희를 데리고 어디 가서 잠깐 놀다가 오너라."

주춤거리는 만식이에게 언례는 노인의 말을 들으라고 머리를 끄덕여 보였고, 바둑껌을 오물거리는 만희를 데리고 만식이는 자꾸 밤나무집 쪽을 뒤돌아보며 개울가로 내려갔다.

언례는 황 노인에게서 무슨 얘기가 나올지는 몰라도 어쨌든 용녀가 위스키 술 한 상자를 구했다며 오전에 가운뎃섬으로 나가고 없어서 오히려 다행이라고 생각했다. 아무래도 요즈음 밤나무집을 둘러싸고 벌어진 변화들을 잠자코 그냥 넘어갈 일이 아니었으므로 언젠가는 황 노인과 한 번은 단둘이 얘기를 나눠야 할 처지였다. 그리고 이런 자리에 이무기가 끼어들면 아무래도 판이 지나치게 커질 위험이 적지 않았다.

훈장이 석구를 데리고 오지 않고 혼자 찾아온 속셈도 어쩌면 단둘이서만 꼭 얘기하고 싶기 때문이었으리라고 나름대로 계산하면서 입을 꼭 다물고 문으로 나가던 그녀의 눈에서는 어느새 불안한 당혹이 사라지고 차가운 도전의 기운까지 보였다.

"안녕하세요, 훈장님."

그나마 드라곤 레이디에 나갈 시간이 아직 멀어 요란한 옷차림이 아니어서 다행이라고 생각하며 언례가 머리를 매만졌다. 그녀는 사립짝에서 옆으로 물러나며 말했다.

"들어오세요."

황 노인이 멀리 수리바위 쪽으로 눈을 돌렸다.

"아니다. 네 집에 발을 들여놓고 싶은 생각이 없구나."

단호한 목소리였다. 예상했지만 막상 노인의 냉담한 태도를 접하니 언례는 가벼운 실망을 느끼면서도 이럴 줄 이미 알았으므로 각오가 되어 있어야 할 듯싶어서 마음을 단단히 다졌다. 따로 할 말이 없어서 언례가 잠자코 기다리자 노인도 아무 말 없이 잠깐 기다렸고, 그러더니 황 노인은 더욱 얼굴이 굳어지며 불쑥 한 마디 던졌다.

"내가 너를 찾아온 이유는 뭐 따로 할 말이 필요해서가 아니니까, 이거나 받아두어라."

그는 두루마기 품으로 손을 넣어 화선지로 차곡차곡 싼 꾸러미를 하나 꺼내서 언례 쪽으로 비스듬히 내밀었다.

경계하는 표정으로 언례가 물었다.

"그게 뭔가요?"

"돈이다. 집값이야. 네가 어울려 다니는 그⋯ 그 여자한테 주고, 땅꾼한테서 집살 때 낸 돈이니까, 이걸 받고 저 집을 비우라고 해."

언례는 노인이 내민 꾸러미를 내려다보고, 당황한 가운데에서도 무엇인지 잠깐 생각해보더니, 돈을 피하려는 듯 약간 뒤로 몸을 젖히며 물러났다.

"그 돈은 훈장님이 용녀한테 직접 주시는 게 좋겠어요." 언례가 말했다. "집을 비우라는 얘기도 훈장님이 하시고요."

"그런 여자를 내가 직접 대하고 싶지 않으니까 너한테 돈을 가지고 온 게 아니겠느냐. 그러니까 언례가 돈과 함께 내 말을 여자한테 전하거라. 어서 저 집을 비우고는 마을을 떠나라고 말이다."

"전 그 심부름은 못하겠어요."

언례는 태도가 분명했다.

"못하다니?" 빤히 쳐다보는 언례의 뻔뻔스러운 시선이 노인은 무척 못마땅했다. "염치만 없어진 줄 알았더니 네가 언제부터 이렇게 도도해지기까지 했느냐? 어딜 그렇게 눈을 치뜨고 빤히 노려봐?"

고구마를 잔뜩 광주리에 담아 머리에 인 기준이 어머니와 파를 한 보퉁이 허리춤에 펜 월송리 여자가 나루터로 가다가 밤나무집 앞에서 황 노인이 만식이 엄마한테 야단치는 소리를 듣고는 걸음을 멈추었고, 기준이 엄마가 월송리 여자한테 뭐라고 귀엣말을 하자 두 여자는 장으로 가져갈 물건을 땅바닥에 내려놓고 서서 눈치껏 구경을 했다. 저만치 실개천 아래쪽으로 내려간 만식이가 초조한 얼굴로 자꾸만 집을 향해 눈길을 던졌다.

언례가 결국 시선을 떨구기는 했지만 표정은 조금도 미안해하는 기미가 보이지 않았다.

"왜 심부름을 못하겠다는 거냐?"

언례가 다시 얼굴을 들었다. 정말 이유를 몰라서 묻느냐고 따지는 표정으로 한참 노인을 쳐다보더니, 그녀가 입을 열었다.

"용녀더러 집을 내놓고 마을을 떠나라는 건, 그건 저한테도 해당되는 얘기 아닌가요?"

노인이 다시 수리바위를 쳐다보았다.

"그런 셈이지."

"그러니까 못하겠다는 거예요."

노인은 언례의 당돌한 반발에 낯빛이 점점 험악해졌다. 그는 입에서 얼른 말이 나오지를 않았다.

"그럼 넌 지금까지 네가 해온 짓이 … 양군인들 하고 그런 짓을 하고도 부끄러운 줄 모르겠다는 말이냐?"

언례는 자기도 모르게 얼굴이 달아오르는 듯싶어서 얼굴을 조금 떨구려다가, 부끄러워하는 자신이 못마땅하게 생각되어서인지 다시 머리를 꼿꼿하게 세우고는 노인을 똑바로 쳐다보았다.

"제가 해온 일이 부끄럽지 않느냐고요?" 언례가 또박또박 말했다. "아뇨. 부끄럽지 않아요. 전에는 부끄러울 게 많았지만, 이제는 그렇지 않아요."

황 노인은 어느새 대여섯 명이 모여 길에서 구경하던 마을사람들을 뒤돌아보고는 얼굴을 찌푸렸다.

"조용히 얘기하고 싶으니 안으로 들어가자."

언례는 길을 비켜주지 않고 황 노인과, 길에 모인 사람들과, 개울가의 만식이와 만희를 번갈아 쳐다보더니, 나지막이 말했다.

"안 됩니다. 안으로는 못 들어오십니다. 아까는 분명히 제 집에 발을 들여놓고 싶은 생각이 없다고 하셨잖아요."

노인은 얼굴이 벌겋게 상기되어 잠깐 숨을 몰아쉬더니, 나룻길 쪽으로 돌아서서 길에 모인 사람들더러 가던 길을 어서 가라는 시늉을 했다. 기준이 엄마와 다른 여자들이 짐을 챙겨 들고 몇 발자국 가는 체하더니, 훈장이 언례에게로 돌아서자 멀찌감치 다시 멈춰 서서 구경을 계속했다.

노인은 돈을 어색하게 손에 든 채로 말했다. "그렇다면 이왕 하려던 얘기니까 그냥 하겠는데, 난 네가 우리 마을에서 더러운 짓을 하는 꼴을 그냥 구경만 하거나 용서할 수가 없다. 그러니까 오늘부터 당장 너는 양군인들을 마을로 데리고 들어오는 짓을 그만두든지 아니면 여기서 떠나든지 양자택일을 하거라. 생각해 봐라. 뺑코들이 발을 들여놓음으로 해서 마을이 어떻게 되었으며 앞으로는 또 어떻게 되겠는지를 말이다. 더구나 뺑코라면 금산리 마을에서 네가 어느 누구보다도 더 한이 많을 텐데 어찌 이럴 엄두가 난다는 말이냐? 난 너 때문에 마을이 절단 나는 꼴을 더 이상 가만히 구경만 하지는 않기로 했으니 그리 알고, 내 뜻을 거역하지 않기 바란다."

"저더러 정말로 마을을 떠나라는 말이로군요."

이것은 질문이 아니라 언례가 자신을 납득시키려는 혼잣말에 더 가까웠다.

"그것이 서로를 위해서 좋겠다. 이런 꼴을 더 이상 안 보는 편이 말이다."

"서로를 위해서 좋다고요?" 역시 혼잣말에 가까운 투로 언례가 말하더니 정색을 하며 노인을 쳐다보았다. "그게 어째서 서로를 위한 처사인가요? 저는 그냥 쫓겨나는 신세가 아닌가요? 그것이 어째서 저를 위하는 건가요?"

"내 앞에서 자꾸 따지지 마라." 황 노인이 더 이상 참지 못하고 화를 벌컥 냈다. "넌 그냥 양자택일만 하면 그만이야. 금산리를 뺑코들이 드나들지 않고 옛날처럼 조용한 마을로 돌아가게 하기 위해서 말이야."

언례가 머리를 저었다.

"그렇게는 못합니다."

"못하다니?"

"훈장님한테는 심히 미안한 일이지만 전 그런 양자택일을 할 입장이 아니니까요."

노인은 난생 처음으로 반발을 해오는 언례를 앞에 놓고 또다시 발밑이 꺼져 내리는 기분을 느꼈다. 언례까지도…. 언례까지도…. 이제 노인은 언례까지도 마음대로 할 힘이 없는 듯싶었다.

"그건 어째서냐?"

언례는 이미 오래전부터 두고두고 생각해서 얻은 결론인 듯, 하는 말이 조금도 거침이 없었다.

"이곳을 떠나지 못할 이유는 여기가 제 집이고, 여기서 떠나면 어딜 가서 살아야 할지 모르기 때문입니다. 그리고 양군인을 손님으로 받아야만 하겠다는 건, 그런 짓을 하지 않으면 난 어떻게 먹고 살아야 할지를 모르기 때문이고요."

"아니 네가 먹고 살 길이 그것뿐이란 말이냐?"

언례는 너무나 가당치도 않은 질문을 받았다는 듯 어처구니없는 표정을 지었다.

"그럼 제가 먹고 살아갈 다른 방법이 있기라도 하다는 말씀인가요?"

언례의 태도와 목소리가 점점 도전적으로 변해갈수록 노인의 표정은 그만큼 더 굳어졌고, 벌겋게 상기되었던 얼굴이 이제는 창백해졌다.

"점잖은 방법이 얼마든지 있지 않겠느냐. 이 마을과 너 자신을 더럽히지 않는 생계 방법이 말이다."

이것은 설명이 아니라 명령이었다.

"점잖은 일요?" 언례의 목소리가 이제는 코웃음까지 비칠 정도로 거세어졌다. "제가 도대체 어디서 점잖은 일을 구할 길이 있을까요? 이곳 금산리 마을에서 말입니다. 훈장님 생각에는 제가 이곳에서 점잖은 일을 하며 먹고 살아갈 방법이 있다고 생각하세요?"

언례는 가까이 모여든 사람들을 향해서 큰소리로 물었다.

"여기 모인 구경꾼들 가운데 나한테 혹시 점잖은 일거리를 줄 사람이 한 명이라도 있나요?"

언례는 다시 노인에게로 시선을 돌렸다.

"만일 제가 부탁한다면 훈장님은 집안 허드렛일 하나라도 저한테 맡기시겠어요?"

"전에는 늘 맡겼잖느냐."

"아뇨. 전에 어쨌다는 얘기가 아닙니다. 지금 말예요. 저한테 그런 사고가 생기고 난 다음에 말예요."

노인은 말귀를 잘 알아듣지 못한 사람처럼 잠시 멍한 표정을 짓다가 또다시 화를 벌컥 냈다.

"네가 누구를 시험하겠다는 거냐?"

언례는 전혀 주저하지 않고, 두려움이 사라진 목소리로 말했다.

"시험이라뇨. 아닙니다. 전 감히 누구를 시험하는 게 아녜요. 전 그냥 저한테 벌어졌던 일을 그대로 말씀드릴 따름이니까요. 잘 아시겠지만, 그날 밤에 일이 생기고 나서는 마을사람들이 아무도 저를 전과 같이 대해 주지를 않았어요. 훈장님까지도요. 훈장님은 일거리가 없으면 제가 굶어 죽을까 봐 걱정이 되어 일거리를 줘야 되겠다고는 생각조차 하지 않으셨죠."

"그렇다면 넌 앞으로도 계속해서 지금처럼 뺑코들을 마을로 데리고 오겠다는 소리로구나." 노인이 무슨 결정을 내린 듯 단호하게 말했다.

"그런 식으로 나오겠다면 할 수 없지. 마을 전체를 더럽히고 싶지 않으니까 나도 내 나름대로 손을 쓸 수밖에."

갑자기 언례가 발작적으로 웃었다.

"저를 강제로 이 마을에서 쫓아낼 생각을 하시는군요. 그렇죠?"

언례가 다시 웃었다.

"하지만 그렇게는 안 됩니다, 훈장님. 저한테는 그렇게 마음대로 하시기가 쉽지 않을 테니까요. 전 이곳에서 떠나지 않으리라고 작정했고, 그러니까 훈장님은 절대로 저를 내쫓지는 못합니다. 저는 살고 싶을 때까지 언제까지라도 이곳에서 살고, 만일 이 집에다 누가 불을 싸지르더라도 전 다시 흙을 지게로 져다 쌓아서 집을 지어 끝까지 버티며 살겠어요."

"넌 마을사람들이 어떻게 되건 상관도 없다는 말이지?"

"마을사람들요? 제가 왜 마을사람들을 걱정합니까? 전 금산리 마을 사람들에게 벌써 진이 빠질 대로 다 빠졌어요. 이곳 사람들은 저를 더러운 잡년 취급을 하면서 비웃었습니다. 저를 똥처럼 취급했죠. 마치 제가 무슨 악마이기라도 한 것처럼 말입니다. 하지만 누가 진짜 악마인가요? 좋아요. 다 좋습니다. 마음대로 저를 경멸하고 비웃으라고요. 하지만 저더러 이래라 저래라 간섭은 말아요. 뺑코들이 저한테 그런 짓을 저질렀던 까닭은 제가 그렇게 되길 원해서가 아니었고, 수많은 마을 여자들 가운데 하필이면 내가, 우연히 내가 걸려들었을 뿐입니다. 제가 아니었다면 누군가 다른 사람이 당했겠죠. 기준이 엄마나 강호 엄마가 말입니다. 아니면 훈장님 며느리라든가요. 그런데도 사람들은 마치 제가 태어날 때부터 무슨 더러운 버러지여서, 작심하고 그런 짓을 저지른 여자처럼 취급했어요. 당신들은 그것이 어쩌다가 하필이면 나에게 닥친 단순하고도 불운한 사고였다고는 믿고 싶지가 않았고, 마치 내가 간음이라도 한 여자라는 듯 생각하고 싶어 했어요. 재미있고 고소하다고 생각했단 말입니다.

그런 일이 생기고 난 다음에 이 알량한 마을에 사는 여러분들 가운데 누구 한 사람이라도 날 찾아와 빈말이나마 안 되었다고, 뭐 쌀 한 톨이라도 도움이 필요하냐고 위로의 말을 했던 사람이 있었나요? 나를 동정해서 끔찍한 악몽으로부터 벗어나도록 조금이라도 도와주고 싶어 한 사람이 누가 있었느냔 말예요.

어쨌든 그래도 다 괜찮아요. 난 당신들을 탓하지는 않겠어요. 그럴 만한 이유도 없고, 그럴 생각도 없으니까요. 하지만 당신들이 나를 냉대하고 멸시했기 때문에 어쩔 도리가 없어서, 정말로 먹고 살 길이 없어서 취한 행동을 놓고 나를 욕하지는 말아요. 그리고 나더러 떠나라는 소리도 하지 말고요. 난 죽을 때까지 이곳에 남아서, 마을사람들을 두고두고 미워할 결심을 했어요. 그러니까 날더러 이곳을 떠나라는 얘기는 입 밖에 꺼내지도 말라고요."

황 영감은 얼굴이 또다시 새빨갛게 달아올라서 주먹을 움켜쥔 손을 부르르 떨었다.

"이럴 수가. 네가 나한테, 금산리 사람들한테 어디 이럴 수가 있느냐."

그러더니 그는 몸을 획 돌려 어느새 나룻길에 가득 모여선 사람들 사이를 헤치고 혼잣말을 하며 집으로 돌아갔다.

"이럴 수가, 어쩌다 이럴 수가."

그의 등 뒤에서 언례가 바락바락 소리를 질렀다.

"그리고 땅꾼 집값은 용녀한테 갖다 내밀 생각도 하지 마세요. 이제는 이곳을 떠날 마음이 싹 없어졌을 테니까요. 우린 동네사람들이 모두 금산리를 떠나더라도, 그런 다음에도 우린 끝까지 여기 눌러앉아 악착같이 오래 살 테니까요."

열일곱

만식이는 어둠 속에 앉아서 이무기를 미워했다. 고무신이 차가워서 발가락이 자꾸만 시려와도 그는 호두나무 그루터기에 그냥 버티고 앉아 이무기네 집을 노려보며, 그곳에서 엄마를 자꾸 나쁜 여자로 만드는 용녀를 미워했다.

집안이 썰렁하여 초저녁에 청솔가지로 군불을 때어 훈훈해진 방에는 들어가지도 않고 만식이는 바깥에 나와 앉아 용녀를 미워했다. 적막한 공간에 갇혀 그가 이렇게 혼자만 살아가야 하는 이유가 처음에는 뺑코들 때문이었다고 외국 군인들을 미워했었고, 그리고는 세상이 이렇게 변한 까닭이 모두가 엄마의 탓이라고 엄마를 미워했었는데, 이제 만식이는 어둠 속에 앉아 용녀만 미워했다.

엄마에 대한 미움이 이만큼이나마 삭아 내리기 시작한 까닭은 훈장님과 맞서서 악착같이 싸우는 엄마의 모습을 만식이가 지켜본 다음, 나보다는 엄마의 아픔과 슬픔이 훨씬 깊은지도 모르겠다는 생각이 들면서부터였다.

서리가 내리는 들판에 달빛이 허옇게 덮였고, 잎사귀가 다 떨어져

가지들만 앙상한 나무들이 능선을 타고 줄지어 늘어선 산등성이에도 달빛이 깔렸다. 장군봉 기슭 현암리 쪽 어느 집에서는 새어나오려고 하는 불빛이 차마 아까운지 문마다 모두 꼭꼭 닫아 가두었지만, 그래도 노랗고 따스한 불빛이 바깥을 구경하고 싶어서 네모난 창호지 문을 통해 스며 나왔다.

소슬한 바람이 가끔 휘이 소리를 내며 허공을 돌았고, 방에서는 엄마가 구해다 놓은 배터리로 아주 나지막이 켜놓은 라디오에서 처량한 노래가 지글거리는 소음에 섞여 흘러나왔다.

꽃잎은 하염없이 바람에 지고
만날 날은 아득타 기약이 없네

만희는 어느 양키가 선물로 가져왔다는 장난감을 팽이로 잘못 알고 막대기로 탁탁 치며 혼자 방안에서 옹알거리고 놀았다. 여동생에게 새로 생긴 신기한 장난감은 동그란 나무를 실로 말아 올렸다 내렸다 하면서 가지고 노는 요요였다.

만식이는 이무기가 배를 끌고 순덕이와 함께 다시 땅꾼 집으로 찾아오던 첫날부터 그녀를 본격적으로 미워했다. 만식이는 용녀의 모든 구석이 싫었고, 말과 행동 또한 하나같이 못마땅했다. 도대체가 이무기는 갈보 짓이 무슨 자랑스러운 일이기라도 된다는 듯 행동했다. 가끔 밤나무집으로 놀러 와서 밥을 지어 먹거나 빨래를 하며 시간을 보낼 때면 그 여자는 웃기도 너무 자주 웃었고, 웃는 소리가 언제나 너무 컸으며, 상스러운 말을 아무데서나 함부로 했다.

엄마나 마찬가지로 아침에는 늘 늦잠을 자느라고 이무기가 밥을 먹으러 오는 적이 별로 없었지만, 땅꾼 집 양갈보들은 점심과 저녁을 자주 밤나무집으로 와서 먹었고, 용녀 아줌마는 가끔 엄마 화장품으로 얼굴 손질도 여기서 하고 갔다. 그럴 때마다 허연 젖통과 허벅지를 거의 다 드러내고 경대 앞에 앉아 눈썹과 입술을 그리는 이무기를 보면 만식이는 바로 저런 꼴을 날마다 옆에서 보기 때문에 엄마가 자꾸 못된 여자가 되어간다고 점점 더 확실히 믿게 되었다.

용녀는 뺑코들하고 같이 자면서 무엇을 어떻게 했다는 얘기를 만식이가 옆에서 듣건 말건 거침없이 했고, 엄마도 처음에는 입조심을 하라고 몇 차례 눈치를 주기는 했었지만, 이제는 포기하고 내버려두는 정도였다.

"짜식 좆이 벌떡 섰길래 내가 보기 싫다고 손바닥으로 탁 쳤더니 용수철처럼 튀어 오르더라니까."

밤마다 양키들과 술을 마시는 짓은 물론이려니와 이무기는 대낮에 여기저기 돌아다니면서 담배도 피웠다. 담배는 몇몇 늙은 마을 여자들처럼 배앓이 때문에 풍년초를 창호지나 신문지에 말아 변소에 몰래 숨어서 피우는 식이 아니라 아예 재미로 삼아서, 남들이 보건 말건 나룻길이나 강둑에서 걸어 다니는 동안에도 대놓고 피웠다.

다행히도 날이 갈수록 용녀 아줌마와 순덕이 아줌마가 집으로 놀러 오는 발길이 훨씬 뜸해져서 눈꼴사나운 경우도 그만큼 적어졌다. 요즈음에는 엄마가 집에 와서 자는 날도 별로 없어졌다. 혹시 오더라도 엄마는 자정이 다 되어서야 술 냄새를 돼지우리처럼 풍기며 비틀거리는 걸음걸이로 돌아왔다. 그래서 밤나무집에서는 아침 먹는 시간이 점점 더 늦어졌고, 엄마가 기진맥진해서 해가 동산 위로 떠오를 때까지도 일어나지를 못하면 만식이는 그냥 밥을 굶고 윗목 광주리에 엄마가 수북하게 담아 놓은 깡통을 두어 개 따서 빵이나 과자나 설탕에 절인 과일 따위로 만희와 함께 끼니를 매우는 때가 많아졌다.

만식이는 이무기 아줌마가 어디 멀리 다른 고장으로 빨리 떠나주기를 바랐지만, 도저히 그럴 기미가 보이지를 않았다. 엄마를 점점 더 나쁜 여자로 만들지 말고 이제는 어디론가 그냥 가 주었으면 했지만, 뺑코들이 중도에서 눌러 앉아 버티는 한 그것은 어림도 없는 소망이었다.

요요를 가지고 놀기에도 싫증이 났는지 만희가 방문을 열고 내다보며 칭얼거렸다.

"엄마. 졸려. 코오 잘래."

천천히 몸을 일으킨 만식이는 방으로 들어가 라디오를 끄고, 이부자리를 펴고, 옷을 갈아입힌 다음 만희를 눕히고는 토닥거려 재웠다.

만희는 곧 잠들었다.

만식이는 옷을 입은 채로 누워 천정을 올려다보았다. 며칠 전에 새로 바른 종이의 주홍빛 무늬가 희미한 등잔 불빛을 받아 아롱거리며 희미하게 드러났다. 주홍빛 무늬가 느릿느릿 물결을 치는 듯싶었다.

열여덟

천정의 주홍빛 무늬가 희미한 등잔 불빛을 받아 아롱거리며 희미하게 느릿느릿 물결을 치는 듯 조금씩 흔들리더니 강물을 이루어 천천히 한쪽으로 흘러가기 시작했고, 만식이는 끝없이 구불구불 흐르는 붉은 강물을 따라 둥실둥실 떠내려가는 작은 배 한 척을 보았고, 종이로 접은 하얀 배는 사공을 태우지 않은 채 까딱거리며 하얀 모래가 깔린 강변을 따라 흘러 내려가고 또 흘러 내려갔으며, 산들을 지나서 흘러가고, 초겨울의 하얀 하늘에 태양도 하얗고, 삼악산 쪽 쐐기 모양으로 갈라진 골짜기를 향해 배는 계속해서 떠내려갔고, 은빛 안개 속으로 배가 떠내려가서 멀리 멀리 멀리 사라지려고 … 하는데, "걔네들 얼마나 큰지 언니도 잘 알잖아? 말좆 같다니까" 하며 이무기가 까르르 웃는 소리가 귓전에 울렸고, 만식이는 퍼뜩 정신이 들었다.

잠이 깬 만식이가 둘러보니 그는 방안에 누워 잠깐 잠이 들었던 모양이고, 옆에서 만희가 잠을 자는 숨소리가 편안하게 들렸다. 불을 켜 놓은 채로 어렴풋이 잠이 들어 꿈을 꾼 모양이야 ….

마음을 가라앉히며 만식이가 다시 귀를 기울여 들어보았지만 이무기는 어디에도 없었고, 사방은 한없이 고요하기만 했다. 그러나 잠은 쉽게 올 것 같지가 않았다.

만식이는 등피를 들어 올리고 훅 불어서 남포 등잔불을 끄고는 마당으로 나가 써늘한 바람을 무릎과 뺨에 느끼며 서서 고요한 들판을 둘러보았다. 그리고는 호두나무 그루터기에 앉았다.

강변에 웅크린 이무기네 집에서는 불그스름한 불빛이 흘러나왔다. 주변의 강과 들판은 캄캄했으며, 가운뎃섬 쪽은 늘 그렇듯이 오마하의 불빛으로 아직도 환했다. 만식이는 땅꾼 집에서 지금 엄마가 이무기와 뺑코들과 같이 무엇을 할까 상상해 보았다. 술을 마시고, 담배를 피우고, "캔 두, 노 캔 두" "오케이" "허바 허바" 해가면서 떠들고, 또 술을 마시고 ….

만식이는 어디론가 멀리, 아주 멀리 도망치고 싶었다. 밤나무집과, 이무기네 집과, 금산리와, 중도와, 모든 것을 버리고, 아주 멀리, 장군봉의 끝없는 동굴을 찾아내어 땅속으로 깊이 들어가 어디로 사라지고 싶었다. 한없이 넓은 어둠의 사막에서 혼자 표류하기에도 지치고 지쳐서, 그는 나루터의 배를 훔쳐 타고, 꿈속에서 흘러가던 하얀 종이배처럼, 한없이 강을 따라 내려가 영원히 어디론가 사라지고 싶었다.

그러자 만식이는 반쯤 무너진 임자 없는 물레방앗간 쪽 개울가에서 무엇이 움직이는 기미를 눈치챘다. 잠깐 기다리며 자세히 살펴보니 논둑을 따라 누군가 개울을 타고 내려오는데, 누구인지는 몰라도 남의 눈에 띄지 않으려고 길을 벗어나 몸을 숨겨가며 오고 있었다.

만식이는 긴장했다. 그는 뺑코들이 겁탈할 여자를 찾아서 밤에 마을로 찾아오던 때가, 엄마가 능욕을 당했던 밤이 생각났고, 가슴이 울렁거리며 어느새 추위가 온몸에서 사라졌다.

만식이는 밤나무 뒤에 몸을 찰싹 붙였다. 그는 어둠 속에서 움직이는 그림자를 지켜보며 기다렸다.

한참 기다렸다.

그림자는 만식이가 아침마다 내려가서 세수를 하는 실개천 너머 그루터기들만 남은 텅 빈 논바닥까지 내려왔고, 그제야 그는 두꺼비를 알아보았다. 망할 자식 때문에 공연히 겁먹었다고 화가 나기도 했지만, 만식이는 새로운 의심이 떠올랐다. 이렇게 늦은 시간에, 이런 한밤중에 쟤가 무엇을 하려고 논바닥에 나와서 저렇게 몸을 숨기며 돌아다니는 것일까?

만식이는 밤나무 뒤에 숨은 채로 계속해서 지켜보았다. 동네 개울과 강물의 합수머리에 이르자 기준이가 둔덕 밑에서 걸음을 멈추고는 사방을 살펴보았고, 잎을 모두 떨군 수양버들 밑에 숨어서 기다리던 다른 아이 하나가 밖으로 나왔다. 나무가 가려서 잘 보이지는 않았지만, 이쪽으로 따라 오라고 손목을 까딱거리는 몸놀림이 찬돌이 같았다.

두 아이는 잠깐 무엇인지 의논하더니 계속해서 강둑 아래쪽 그늘진 도랑을 타고 이무기네 집을 향해 서둘러 갔다. 만식이는 한밤중에 두 아이가 밖에 나와서 무엇을 하러 돌아다니는지 궁금했다. 분명히 그들은 북한강 아래쪽을 향해서 갔는데, 도대체 무엇을 하러 저곳으로 내려갔을까?

방향을 보니까 건너편 뺑코 쓰레기 웅덩이로 가는 듯싶기도 했지만, 이제는 강물이 너무 차가울 테니 헤엄쳐 건너가기가 힘들 텐데. 그렇다면···.

그렇다, 그들은 이무기네 집 앞에 대놓은 밧줄배를 몰래 타고 강을 건너려는 모양이었다.

만식이는 전에도 한밤중에 가슴이 답답하여 마당에 나와 앉아서 멍하니 달구경을 하다가 금산리 네 아이가 발소리를 죽여 가며 몰래 합수머리 둔덕으로 함께 몰려가는 장면을 먼발치서 두 번이나 목격했었다. 그리고 그들은 한참 시간이 지난 다음에 온갖 쓰레기 전리품을 거둬 손에 들고 마을로 돌아왔다. 왜 낮에 강을 건너지 않고 아이들이 한밤중에 섬을 다녀와야 하는지 이유는 알 길이 없었지만, 어쨌든 그들은 한밤중의 탐험을 시작한 모양이었고, 겨울이 되어 날씨가 차가워져 헤엄쳐서 강을 건너다니기가 여의치 않아지자 배를 훔쳐 타기로 했으리라.

그래. 동네 나룻배를 몰래 훔쳐 타다가 사공이나 마을 어른들한테 들켰다가는 꼬치꼬치 추궁을 당하고 엄청나게 혼이 나게 생겼으니까 저 자식들은 이무기네 밧줄배를 노리게 되었을 거야. 틀림없어. 배를 훔쳐 타다가 이무기한테 붙잡혀봤자 꿀밤 몇 개만 맞으면 그만이라고 생각했겠지. 어쩌면 다른 두 아이 강호와 봉이는 벌써 저기 가서 아까부터 기다리는지도 몰라. 그래. 밧줄배를 타고 일단 강을 건너면, 다른 아이들이 쓰레기를 뒤지러 웅덩이로 간 사이에 한 아이가 배를 끌고 도로 건너와 기다리며 망을 보다가, 모험이 끝나고 아이들이 마을로 돌아올 때가 되면 배를 끌고 데리러 다시 건너가서 …….

만식이가 벌떡 일어섰다.

핏발이 곤두서게 만드는 어떤 소리가 갑자기 그의 귓전에 울렸기 때문이었다. 그는 오돌이 아이들과 같이 쓰레기를 뒤지러 가자던 강호의 말을 듣고 바보처럼 가운뎃섬까지 찾아갔다가 찬돌이한테 창피만 당하고 쫓겨 오던 그날, 등 뒤에서 두꺼비가 "야앙갈보, 또옹갈보" 놀려 대던 소리를 좀처럼 잊을 수가 없었다. 그리고 그를 똥갈보 자식이라며 그토록 놀려 대고 쫓아 버린 아이들이 이무기네 배를 몰래 타고 강을 건너도록 그냥 내버려둘 마음이 만식이에게는 추호도 없었다.

만식이는 나룻길을 내려가 두 아이가 사라진 방향을 향해 개울가를 따라 뛰어갔다.

가슴이 두근거렸다. 그에게 드디어 기회가 왔기 때문이었다. 보복이라고 할까, 어쨌든 찬돌이와 기준이에게 어떤 방법으로나마 분풀이를 할 기회가 그에게 마침내 찾아왔다. 드디어 ……. 드디어 …….

잘 걸렸다. 우리 배를 훔쳐 타려고 하다니.

그러나 참으로 이상한 일이었다. 라디오로 음악을 틀어놓고 안에서 웃고 떠드는 소리가 나는 이무기네 집까지 숨을 헐떡이며 달려가서 보니, 아래쪽 강가에는 배가 그대로 있었고, 아무리 둘러봐도 두 아이는 눈에 띄지 않았다.

어디로 갔을까?

강가를 오르락내리락 살펴봐도 아이들이 벗어놓은 옷이 어디에서도 눈에 띄지를 않았고, 두 아이가 강을 헤엄쳐 건너가거나 가운뎃섬의 모래밭을 따라 걸어가는 모습도 보이지 않았다.

만식이가 집 주위를 빙빙 돌며 찬찬히 살펴보았지만 두 아이는 자취도 보이지 않았다. 다시 한 번 집 주위를 샅샅이 뒤져 보았다. 논과, 강둑과, 모래밭을 다 찾아보았지만, 역시 두 아이는 사라지고 없었다.

열아홉

"갔어?"

미꾸라지 둠벙 옆 움푹한 배수로에 엎드려 몸을 숨겼던 기준이가 머리를 조금 들고 물었다.

허리를 반쯤 들고 밤나무집 쪽을 넘겨다보던 찬돌이가 말했다.

"다리를 건너가니까, 이젠 안심해도 되겠다."

"하마터면 들킬 뻔했지?"

"어떻게 알고 쫓아왔을까?"

기준이가 손바닥에서 흙을 털며 몸을 일으켰다.

"지 엄마를 우리들이 구경온다는 걸 만식이가 어디선가 알아냈나 봐. 분명히 어디 숨어서 기다리다가 우릴 쫓아온 것 같아."

찬돌이는 멀리서 다리를 건너 밤나무집으로 올라가는 만식이를 지켜보며 혼잣말처럼 중얼거렸다.

"정말 알고 왔을까?"

"틀림없다니까."

"아냐, 그건 아니겠지." 잠깐 말을 끊었던 찬돌이가 말했다. "어딘가 숨어서 기다리다 쫓아올 바에야 처음부터 이곳에 숨어서 기다리는 편이 쉽지 않았겠어?"

"어쨌든 만식이가 우릴 일부러 쫓아온 건 분명해."

"앞으로는 조심해야 되겠어. 만식이한테 들키면 그땐 구경 다 끝장이니까."

찬돌이가 몸을 일으켰다.

"만식이가 눈치 챘다면 이무기네 집 구경은 이제부터 끝장 아니니?" 기준이가 걱정스럽게 물었다. "그렇다고 해서 다시 텍사스 타운으로 구경갈 수도 없잖아. 강물이 너무 차갑거든. 요샌 밤이 어디 보통 추워야지."

"뭔가 수를 내야 되겠어." 찬돌이가 말했다. "생각해 보면 무슨 수가 나오겠지. 가자."

"왜 그쪽으로 가니? 구경 안 하려고?"

"오늘은 그만두자. 위험하니까. 만식이가 혹시 다시 올지도 몰라."

스물

　어른들의 전쟁에 밀려 금년에는 너무 늦어져서 가을쌈이라기보다는 차라리 겨울쌈이 되어버렸지만, 어쨌든 월송리에서는 신병 꼬마전령을 통해 금산리로 선전포고를 전해왔다. 찬돌이가 당장 아이들을 소집했고, 기준이와 봉이는 지체 없이 물레방앗간으로 달려갔다.

　예상했던 대로 강호는 나타나지 않았다.

　해마다 두 마을 아이들이 싸움을 벌이면 항상 금산리 아이들의 본부 노릇을 해왔던 물레방앗간은 비록 반쯤 무너진 몰골이 지금은 퍽 초라해 보여도, 알고 보면 나름대로 서면에서는 별난 역사를 자랑하는 일종의 문화유산이었다. 대부분의 마을에서는 계를 만들어 물레방아를 지어 공동으로 운영하기가 보통이지만, 금산리의 경우는 왜정시대에 이곳 면사무소에서 주사를 지낸 야심만만한 민동하라는 인물이 개인적으로 건축한 '사업체'였다.

　금산리를 가로질러 북한강으로 흘러드는 작은 개울에서 지극히 작은 양의 사금이 발견되었을 때, 민 주사는 황 면장의 일방적인 묵인 하에 직권을 남용해가며 사금 채취 영업권을 사실상 독점했었는데, 조금 비치는 듯하던 사금이 전혀 나오지 않아 크게 손해를 보고 말았다. 그리고는 경솔하게 큰돈을 들인 사금 투자 때문에 축난 재산을 조금이나마 만회하겠다고 물레방앗간을 지었지만, 사람까지 하나 두고 애를 쓰던 정미업이 별다른 재미를 챙겨 보기도 전에 강호 아버지가 발동기를 들여와서 다리 건너편에다 번듯한 방앗간을 차리는 바람에 손님이 뚝 끊어져 결국 문을 닫았다.

해방 직후에 민동하가 차라리 숯이나 굽겠다면서 독가마골로 이사 간 다음에는 주인이 없어 비어 버린 물레방앗간이 동네 아이들에게 좋은 놀이터가 되었고, 개울 위쪽 월송리 가까운 곳에 위치했기 때문에 가을쌈이 났다 하면 오돌이의 단골 전진기지 노릇을 했다.

물레방앗간에 들여놓았던 쓸 만한 물건들을 뱁새 영감이 슬금슬금 모두 뜯어가지고 갔기 때문에 방앗간은 내장을 긁어낸 폐가처럼 허전하고 지저분했었지만, 그동안 아이들이 나무칼 따위의 무기와 헌 양은 냄비, 물통, 몽둥이, 깔고 앉을 가마니, 사과 궤짝 따위의 잡동사니를 가져다 늘어놓고 다듬어 꾸몄기 때문에 으스스한 분위기가 가시고 이제는 제법 낯익은 기분까지 들었다.

찬돌이가 사과 궤짝에 걸터앉아 나무칼로 흙바닥을 긁으며 말했다.

"안 오는 모양이야."

"누구?" 문간에서 봉이와 나란히 가마니를 깔고 앉아 고무총을 만들 나무를 깎던 기준이가 건성으로 묻고는 곧 생각이 나서 말했다. "아, 강호 말이니? 걘 요새 통 우리들하고 안 놀잖아."

기준이의 목소리는 전혀 실망한 기색을 보이지 않았고, 강호가 오지 않아서 오히려 다행이라고 느끼는 눈치가 역력했다.

강호가 그들과 사이가 멀어지게 된 계기는 아이들이 뺑코 사건 이후로 갑자기 만식이와 놀지 않기로 했었기 때문이었다. 만식이가 따돌림을 받게 되고 나니까 학교에서도 유난히 그와 친했던 강호로서는 당연히 못마땅할 수밖에 없었다. 그래서 가운뎃섬으로 쓰레기를 뒤지러 갔다가 찬돌이가 만식이를 양갈보의 자식이라고 몰아세우며 쫓아버렸을 때는, 집으로 돌아오는 길에 강호가 정색을 하며 찬돌이한테 "너 정말

개한테 그래도 되느냐"고 따지기까지 했다.

그렇게 대들었어도 강호는 찬돌이한테 감히 주먹을 휘두르지 못했고, 기준이가 도망치는 만식이의 등 뒤에다 대고 "야앙갈보⋯ 또옹갈보⋯" 하며 소리 지르자 대신 분풀이하겠다는 생각에서였는지 강호가 달려가 두꺼비의 면상을 냅다 후려갈겨 코피를 터뜨려주었다.

강호가 다른 아이들과 극도로 사이가 나빠진 계기는 북한강 이쪽 땅꾼 집에 들어선 이무기네 집 때문이었다. 이제는 날씨가 춥고 배를 훔쳐 타기가 어려우니 텍사스 타운까지 건너갈 필요가 없다면서 만식이 엄마가 발가벗고 뺑코들과 노는 방을 몰래 구경하자고 찬돌이가 아무렇지도 않게 제안하자 강호는 어떻게 친구 엄마한테 그런 짓을 하느냐고 핏대를 올리며 반대했다.

만식이 엄마면 어떻고 누구면 또 어떠냐고 찬돌이와 기준이는 밤이 되면 몰래 이무기네 집으로 구경을 다녔고, 강호는 차츰 그들과 멀어져 나중에는 현암리 수리바위 아이들하고만 어울려 놀고는 했다.

"아무래도 네가 가서 강호를 불러와야 되겠어." 찬돌이가 기준이게 말했다.

"내가? 싫어. 난 그 새끼 싫단 말이야."

"지금은 싫고 좋고 그런 문제를 따질 때가 아냐. 우린 선전포고를 받았잖아. 월송리 애들하고 싸우려면 우리 셋으론 어림도 없을 정도로 꿀려."

"그래도 난 강호하고는 얘기하기 싫어. 봉이더러 가서 데리고 오라고 하면 되잖아."

"봉이가 부르러 가서는 절대로 안 올 거야. 우리들한테 대한 감정이 보통 정도가 아니니까. 네가 가서 좀 구슬려 달래기 전에는 따라올 애가 아냐."

"그래도 난 안 가겠어. 난 월송리한테 지는 한이 있어도 강호하고 놀기는 싫어. 접때 강호 새끼가 섬에서 내 코피 터뜨리는 거 봤지? 그러니까 정 불러오고 싶으면 네가 직접 가서 얘기해."

찬돌이가 벌떡 일어나 험악한 표정으로 소리쳤다.

"너 말 다했어?"

기준이가 움찔했다.

"아니, 뭐 … 있잖아. 난 강호가 너무나 싫은 걸 어떡해."

"아무리 싫어도 네가 가야 해. 뺑코 쓰레기를 몽땅 빼앗기고 싶지 않으면 우린 월송리 애들하고 악착같이 싸워서 이겨야 하고, 그럴려면 우리 셋으로는 상대가 안 되니까, 강호도 필요하고 만식이도 필요해."

"만식이?" 봉이가 눈에 생기가 돌며 찬돌이를 쳐다보고 물었다. "만식이도 부를 셈이야?"

"만식이?" 기준이가 갑자기 긴장해서 말했다. "아니, 만식이 자식은 왜 불러? 우리들이 양갈보 아들하고 노는 걸 만일 어른들한테 들켰다간 어떻게 될지 너 모르니?"

"그런 걱정은 하지 않아도 돼." 찬돌이가 다시 사과 궤짝에 앉으며 누그러진 목소리로 말했다. "내가 다 생각해 놨으니까."

"뭘 생각해 놨다는 소린지 모르겠지만, 난 만식이 자식을 불러오는 일은 진짜로 못하겠어."

그러더니 두꺼비가 켕기는 구석이라도 생겼는지 슬그머니 눈치를 살피며 한 발자국 양보했다.

"강호를 불러오라면 그래도 가 볼지 모르지만."

"만식이를 불러오는 일은 강호를 시키면 돼. 그 새끼들 본래부터가 짝짝 볼기짝이니까."

그러더니 찬돌이가 기준이를 쳐다보고 빙그레 웃었다.

"그리고 만식이만 왔다하면 우리 고민은 끝나는 거야."

"아무리 다섯이 다 모여도 월송리 애들한테 꼭 이길지 어쩔지는 모르는 일이잖아. 작년에 이렇게 됐었는지 몰라서 그래? 자식들이 복숭아약 폭탄을 던지며 이 물레방앗간 본부까지 막 쳐들어왔던 날 잊어버렸니?"

"내 얘긴 월송리 애들하고 싸우는 얘기가 아냐."

스물하나

오후가 되니 하얀 태양이 따뜻하게 영글어 추위가 가시고 양지에서는 잔등과 뺨이 기분 좋게 따스했으며, 라디오에서는 "사랑을 팔고 사는 꽃바람 속에 나 혼자 지키려는 순정의 등불" 노래가 나왔고, 만식이가 툇마루 끝에 걸터앉아 햇볕을 쬐려니까 또다시 딸그락 소리가 들려왔다.

벌써 세 개째나 작은 돌멩이가 앞마당으로 날아와 토끼장과 울타리를 때렸다. 누군가 무슨 신호를 보내려고 집 뒤쪽에서 일부러 돌멩이를 던지는 것이 분명했다.

만식이가 천천히 몸을 일으켜 고무신을 신고 집 모퉁이로 가보니 장독대 뒤편 울타리 너머에 몸을 숨긴 강호가 겨우 콧등이 보일 정도로 얼굴을 조금 들어 올리고는 만식이더러 이리 오라는 손짓을 했다.

굴뚝 옆까지 가서 멈춰선 만식이가 물었다. "너 거기 숨어서 뭐하니?"

"너하고 얘기 좀 하려고 왔어." 강호가 숨 죽여 말했다. "엄마 집에 계시니?"

"만희 데리고 약 지으러 읍내 나가셨는데. 만희가 설사를 해."

"그럼 잘 됐다. 너 나하고 물레방앗간으로 가자."

"왜?"

"찬돌이가 널 데려 오래."

"찬돌이가?" 흠칫 놀란 만식이가 갑자기 경계하는 태도로 말했다. "걔가 왜 날 갑자기 오래?"

"뭔가 얘길 하고 싶다더라."

"너 지난번처럼 나더러 오라고 해놓고는 또 사람 병신 만드는 거 아냐?"

"그렇지 않아. 이번에는 진짜로 찬돌이가 널 만나고 싶어 해."

"그럼 왜 앞문으로 와서 떳떳이 얘기하지 않고 이러니? 무슨 죄라도 지었어?"

"그게 아니고, 아직은 우리들이 너하고 만나는 걸 사람들이 모르게 해야 되어서 그래. 어쨌든 남의 눈에 띄기 전에 물레방앗간 본부에 가서 얘기하자."

만식이가 굴뚝 옆에 세워놓은 삽을 발로 툭툭 차며 잠깐 생각해 보더니 물었다.

"헌데 왜 나더러 오라고 그러지? 갑자기 말이야. 같이 놀지 않은 지가 벌써 두 달이나 되는데."

"사실은 월송리 애들이 선전포고를 했대. 선전포고 알지? 싸우자고 연락하는 거. 그래서 싸움을 해야 하는데, 금산리가 너무 꿀리니까 너도 와서 같이 싸워달라는 얘기야."

만식이는 갑자기 솔깃해졌다. 아쉬우니까 불렀구나 하는 괘씸한 생각보다도, 그렇지, 드디어 날 부르는구나 하는 기쁨에 그는 무엇을 판단하고 구태여 따질 겨를이 없었다. 땡볕이 내려쬐는 아침 내내 호두나무 그루터기에 앉아서 들판을 멍하니 쳐다보며 기나긴 하루를 보냈던 수많은 나날이, 실개천과 밤나무 사이를 오락가락 바장이던 수많은 늦여름 오후들이, 어둠이 깊고도 깊은 밤에 호두나무 그루터기에 앉아서 들판을 멍하니 쳐다보며 흘려보낸 밤과 밤 그리고 또 더 많은 밤이, 양갈보의 아들이어서 외톨박이가 되었던 지루하고도 심심했던 가을이, 그리고 온갖 두서없는 생각들이 눈앞에서 어른거렸고, 그래서 그는 가슴이 두근거렸고, 그래서 다시 입을 열었을 때는 그의 목소리가 비밀스러운 흥분감으로 떨렸다.

"너 찬돌이하고 직접 얘기해 봤어? 내 얘기를?"

"그래."

"그럼 네가 보기에 찬돌이가 진짜 나더러 같이 놀자고 하는 것 같디?"

강호가 머리를 끄덕였다.

"사실은 나도 요새 개네들하고 잘 안 놀았어." 강호가 설명을 덧붙였다. "헌데 아까 두꺼비가 방앗간으로 와서 날더러 갈쌈에 도와달라고 하더라. 첨엔 별로 마음이 안 내켜서 싫다고 했는데, 얘기를 더 들어보니까 찬돌이가 너도 끼워 주기로 했다는 거야. 그래서 물레방앗간으로 가서 내가 찬돌이를 만났는데, 걔 갈쌈에서 질까봐 꽤 걱정하면서 널 데려오는 일을 나한테 맡기더구나. 너한테는 지들이 얘기하면 지난번 가운뎃섬에서 그런 일도 생겼고 해서 말을 잘 안 들을 테니까 나더러 너한테 잘 얘기해서 데려오라는 부탁이었어. 싸움작전을 세우고 무기도 새로 만들기 위해 다른 아이들은 지금 본부에 모여 기다리니까, 너도 나하고 같이 가자."

스물둘

사람들의 눈길을 피해 인적이 드문 도토리 골짜기를 타고 앞장서서 언덕을 넘어가며 강호는 무척 발걸음을 서둘렀다. 만식이가 다른 생각을 못하도록 몰아대려는 듯 말도 평상시보다는 퍽 많았다. 본부로 같이 가자고 겨우 설득해놓은 만식이가 마음이 달라져 돌아서기라도 할까봐 초조한 모양이었다. 그러면서도 모처럼 설레는 기쁨을 강호는 얼굴에서 감추려고 하지 않았다.

양쪽에 큰 바위가 마주보며 벽처럼 막아선 좁은 개천의 한쪽으로 걸친 물레방앗간은 굴피지붕과 바깥 판벽이 거무죽죽 물기로 축축하여 버려진 곳집처럼 음침했지만, 참으로 오래간만이면서도 워낙 낯이 익어 만식에게는 정말로 반가운 모습이었다.

일부러 힘을 주어 조금 들어 올려야만 겨우 열리는 낡은 문짝을 조심스럽게 밀치고 강호가 먼저 안으로 들어갔다. 머리를 숙이며 뒤따라 들어간 만식이는 갑작스러운 재회에 대해서 미처 마음의 준비가 덜 되어서인지 문간에서 잠깐 멈칫했다. 조심스럽게 안으로 한 발자국 들어선 그의 눈이 어둠에 곧 익숙해지자 구석구석 두툼하게 늘어진 거미줄이 보였고, 널빤지 덧문이 떨어져나간 창문으로 창백한 햇살이 쏟아져 들어와서 까만 흙바닥을 비추었다.

비스듬히 기울어진 빛의 기둥을 따라 먼지가 뛰놀았고, 반쯤 썩은 가마니 더미 옆에서 사과 궤짝을 깔고 앉아 기다리던 찬돌이가 나무칼을 지팡이처럼 앞으로 짚고 일어나면서 반쯤 진심으로 반색을 했다.

"왔구나, 만식아." 찬돌이가 말했다. "난 혹시 네가 안 올까봐 걱정 많이 했어. 여기 앉아라."

그는 항상 두목이 앉는 자리를 양보하느라고 사과 궤짝을 가리켰다.

만식이는 지난번 쓰레기 웅덩이에서 만났을 때와는 태도가 완전히 돌변한 찬돌이를 아직은 믿지 않아야 옳을 듯싶어서 그냥 서서 버티기로 작정했다.

"오래간만이야."

의심과 경계를 늦추지 않는 태도로 만식이는, 생전 처음 만나듯이 서먹서먹하게, 오돌이 아이들과 돌아가며 어색한 인사를 나누었다. 두꺼비는 가운뎃섬에서 만났을 때 만식이를 노골적으로 뒤통수에 대고 비겁하게 놀려대기도 했으려니와, 비록 아무도 그가 낙서하는 현장을 보지는 못했더라도, 어쨌든 만식이의 양갈보 엄마에 대한 욕을 동네 여기저기 써놓고 돌아다녔기 때문에 켕기는 바가 커서인지 슬금슬금 곁눈치를 살폈고, 찬돌이의 눈치도 열심히 함께 살피며 자꾸 뒤로 빠지려고 했다. 강호는 어느 쪽으로도 기울지 않은 신중한 태도로 찬돌이와 만식이의 사이가 어떻게 되어가는지를 유심히 살펴보았고, 봉이는 호기심이 생겨 신기해하는 표정으로 둘둘 만 가마니를 깔고 앉아 아직도 약간은 두려워하는 눈으로 만식이를 올려다보았다.

오돌이 소년들은 서로 이가 맞지 않는 얘기를 띄엄띄엄 주고받았고, 말을 삼가는 만식이와는 대조적으로 찬돌이는 "그렇잖니? 그렇지?" 해 가며 부지런히 만식이에게 조금씩 따리를 붙이기 시작했다. 그러다가 지나치게 말을 삼가는 짓도 이상하다는 기분이 들어 만식이가 불쑥 한 마디 던졌다.

"그저께 밤에 너하고 두꺼비가 저기 …."

그는 이무기네 집을 무엇이라고 불러야 좋을지 몰라서 막연히 손으로 방향만 가리키고는 잠깐 주춤했다.

"강변으로 가는 거 봤어." 만식이가 말을 이었다. "헌데 내가 쫓아가 보니까 너희들 어디로 갔는지 보이지 않더라."

기준이와 찬돌이는 흠칫해서 서로 쳐다보기만 하고 대답이 없었다. 강호가 긴장한 표정으로 두 아이를 빤히 쳐다보았다.

"너희들 그날 어디로 갔니? 그런 한밤중에?" 만식이가 물었다.

"응, 그거." 찬돌이가 어물어물 말했다.

그는 무엇인지 거짓말을 꾸며 대려고 부지런히 궁리를 했다.

"가마리 어느 집으로 오리 알을 훔치러 갔었는데, 그 얘긴 나중에 할께." 찬돌이가 어물쩡 넘어갔다. "그럼 이제 우리 오돌이가 다 모였으니까, 월송리 애들 쳐부술 계획을 세우자. 만식이 너 그동안 우리들이 무슨 무기를 구해 놓았는지 모르지? 월송리 새끼들 작년에 복숭아 약 폭탄 가지고 우리 애먹였지만, 금년에는 어림도 없을 거다."

스물셋

찬돌이는 자랑스럽게 물레방앗간의 무기창고를 만식이에게 보여주었다. 이번 가을쌈에서는 월송리 아이들의 코를 납작하게 만들어 버리겠다고 큰소리 친 찬돌이의 엄포는 단순한 허풍이 아니었다.

금산리 본부의 무기고는 물레방앗간 안쪽 구석에 허리까지 빠지게 깊이 파놓은 구덩이를 개조한 공간이었다. 왜정시대에 사금을 캐던 연장과 도구들을 혹시 나중에라도 다시 쓰게 되지 않을까 싶어서 차마 버리지 못하고 보관해 두기위해 면사무소의 민동하 주사가 방앗간지기를 시켜 파놓았다고 전해지는 구덩이를 아이들은 멀리 독가마골에서 훔쳐 굴려온 우물 뚜껑을 덮어 감쪽같이 은폐하여 감추었다. 그러고도 눈에 띄지 않을까 걱정되어서 오돌이는 다시 나뭇가지를 얼기설기 엮어 큼직한 뚜껑을 하나 더 만들어 덮고는, 그 위에다 흙까지 깔았다.

지하 무기고로 기어 들어가는 작은 비밀 출입구는 망가진 통방아 굴대 아래쪽에 미닫이처럼 따로 짜서 눕혀 달아 옆으로 밀어 열도록 해서는 짚단으로 가려 감추었다. 찬돌이가 직접 땅굴로 내려가서 꺼내 땅바닥에 늘어놓는 여러 가지 비장의 무기를 하나씩 살펴보고 만식이는 눈이 휘둥그레질 정도로 놀랐다. 시커먼 기름이 잔뜩 묻은 쇠사슬, 군인들이 소총 끝에다 꽂아서 적병의 배를 찔러 죽인다는 칼, 기관포 총알을 담는 국방색 탄약통, 세 개의 손가락처럼 이어 붙여 총알을 나란히 끼우는 연결쇠, 개머리판을 붙이기만 하면 말짱해질 듯 보이는 딱콩총의 구부러진 총신, 놋쇠로 만든 동그랗고 높다란 포탄 껍질, 이를 잡는 데 쓴다는 하얀 DDT 가루가 담긴 조그만 녹색 통, 레이션 깡통에 담긴 콩을 떠서 먹는 뿔 순갈, 그리고 아직 사용하지 않은 진짜 총알도 소쿠리로 하나 가득이었다.

"이건 엠왕 총알이고, 이건 카빙 총알이야." 찬돌이가 신이 나서 설명했다.

"너희들 이런 거 다 어디서 났니?" 뾰족하고 반짝거리는 차가운 M-1 실탄을 만지작거리며 만식이가 물었다.

"다 장군봉하고 금산리 부근의 야산에서 주웠어." 찬돌이가 설명했다. "지난번에 뺑코들이 서면으로 건너와 인민군하고 전투를 벌였잖아? 이게 다 그때 생겨난 쓰레기야. 우린 어른들이 전쟁하고 버린 쓰레기만 가지고도 갈쌈에서 넉넉히 이길 테니까 두고 보라구."

찬돌이가 웃었다. 기준이도 덩달아서 선웃음을 쳤다.

"하지만 이런 군용장비 따위를 가지고 놀 때는 너 항상 조심해야 한다." 찬돌이가 친절한 설명을 계속했다. "화약이나 폭발물은 위험하거든. 읍내로 나가면, 봉의산 밑 고물상에서 이런 전투장비를 뭐든지 다 산다더라. 신쭈,˙ 강철, 구리, 뭐든지 쇠붙이를 가져가기만 하면 고물상 영감이 돈을 준대. 근데 얼마 전에 꽁지천 동네 애들이 맷돌짝처럼 생긴 쇳덩이를 주워 가지고 고물상으로 찾아갔다는구나. 속에 신쭈가 많이 들었으니까 사라고 말이야. 그랬더니 고물상 할아버지가 맷돌짝 쇳덩이를 이리저리 뒤집어 보고는 속에 정말로 신쭈가 들었으면 가서 꺼내오라고 했대. 그러면 돈을 주겠다면서. 그래서 애들이 춘천중학교 마당으로 가서는 맷돌짝을 깨고 신쭈를 꺼내기 위해 돌멩이로 짓

• 신쭈: '황동'을 뜻하는 일본말.

쩔다가 뻥 터져버렸어. 알고 보니까 그게 대전차 지뢰였대."

"대전차 지뢰가 뭔데?"

"땡크 터뜨려 버리는 폭탄이야. 무시무시한 땡크를 한방에 없애는 폭탄이 터졌으니 어땠겠니? 여섯 명의 아이들이 흔적도 없이 사라지고 학교의 콘크리트 담에 갈기갈기 찢어진 살점들만 잔뜩 붙어버렸더래. 그걸 보고 동네사람들이 그랬다는구나. 짜식들 이왕 불고기가 되려면 고추장 독에 들어갔다 나와서 터져야 양념이 잘 되지 하고 말이야. 너도 앞으로 산이나 어디 돌아다니다 이상한 쇳덩이를 보면 함부로 건드리지 말고 일단 나한테 먼저 가지고 와서 보여줘. 알았지?"

찬돌이는 지금까지 모아들인 화약도 몇 가지 만식이에게 보여주었다. 그는 우선 소총의 실탄에서 화약을 뽑는 방법부터 자세히 설명했다. 뇌관이 달린 탄피의 꽁무니를 손가락으로 꼭 잡고 실탄을 돌맹이에 얹고는 다른 돌맹이나 망치로 가볍게 한참 톡톡 두드리면 단단히 물렸던 총알이 헐거워진다고 했다.

"그래서 이렇게 손으로 탄알을 비틀어 뽑으면, 봐라, 탄피 속에 담긴 화약이 쏟아져 나오지?"

찬돌이는 좁쌀 같은 까만 화약 알갱이들을 손바닥에 쏟아서 보여주었다.

"그리고 이것 봐."

찬돌이는 탄약 상자에서 종이에 싸 두었던 꾸러미를 하나 꺼내더니 만식이의 코앞에 펼쳐 보였다. 속에서는 생미역처럼 파르스름하고 말랑말랑한 얇은 낱장을 네모난 조각으로 잘라서 차곡차곡 묶은 자그마한 책이 나왔다.

"이건 박격포나 커다란 대포에 쓰는 공책 화약이라는 건데, 한 번 핥아 봐."

만식이는 찬돌이가 시키는 대로 했다.

"맛이 들척지근하지? 이것도 불을 붙이기만 하면 화르륵하면서 순식간에 몽땅 타버려. 그리고 이런 화약도 있단다."

그는 가느다란 연필처럼 생긴 까만 대롱들을 한 줌 내놓았다.

"이건 약간 물렁물렁해서 이렇게 구부리면 이리저리 휘어지기도 하는데, 불을 붙이자마자 지지직거리면서 굉장히 쎄게 타버려. 발로 밟아도 불이 꺼지지 않을 정도로 말이야."

만식이는 그가 오돌이 아이들과 같이 놀지 못했던 지난 두 달 사이에 찬돌이가 수집한 무기들이 참으로 엄청나고 신기해서 마치 무슨 만화에나 나오는 얘기를 듣는 기분이었고, 어서 이런 전쟁 장난감들을 가지고 밖에 나가서 놀아봤으면 좋겠다고 생각했다.

"나도 어서 이런 무기를 가지고 놀아봤으면 좋겠다." 만식이가 솔직하게 말했다. "젓가락 화약 이거 가지고 놀면 재밌겠는데 … 근데 화약은 어떻게 터지니?"

찬돌이가 무엇인지 아까부터 기다리던 해답을 찾아내려는 듯 만식이의 표정을 한참 뜯어보았다. 그리고는 말했다.

"좋아."

찬돌이가 탄약통을 하나 집어 들고 일어섰다.

"이리 따라 와."

두 아이가 창문이 뚫린 쪽의 벽 앞으로 갔고, 찬돌이는 한 뼘 높이가 되는 기관포 탄피를 하나 꺼내 호미로 흙을 조금 파서 땅바닥에 똑바로 꽂아놓더니, 조금 아까 엠원 실탄에서 뽑아낸 좁쌀 화약을 반쯤 차도록 털어 넣었다. 그리고는 탄약통 속에 감춰 두었던 성냥을 꺼내 만식이에게 건네주었다.

"불을 켜서 요기다 붙여봐." 찬돌이가 말했다.

강호와 기준이와 봉이가 슬그머니 뒤로 물러나 벽에다 몸을 바싹 붙였지만, 찬돌이는 그냥 제자리에 서서 기다렸다. 겁이 좀 나기는 했어도 무서워하는 꼴을 다른 아이들에게 보이고 싶지 않았던 만식이는 잠시 주저하다가 성냥을 그어 찬돌이가 얘기한 대로 탄피의 꼭대기 구멍으로 가져갔다. 갑자기 화약이 폭발하여 침침한 어둠 속에서 "슈욱" 소리를 내며 파란 불길이 위로 힘차게 뿜어 올라가더니, 금방 꺼졌다.

방앗간 안에는 매캐한 냄새가 가득 찼고 천정 밑으로 안개처럼 엷은 연기가 한 가닥 끼었다. 너무나 순식간에 벌어진 일이어서 만식이는 정신을 못 차리고 어리둥절했다. 찬돌이가 빙그레 웃었다.

"멋있지?"

"응, 멋있어." 만식이가 엉겁결에 대답했지만, 찬돌이의 장황한 설명이 어딘가 미덥지 않았다. "하지만 이런 화약으로 갈쌈에서 어떻게 월송리를 무찌른다는 얘긴지 난 잘 모르겠어."

스물넷

가을쌈에서 월송리 아이들을 물리칠 결정적인 무기를 만식이에게 보여주겠다며 찬돌이가 다시 구덩이로 내려가더니, 기름종이와 헝겊으로 둘둘 말아 탄약통 바닥에 따로 숨겨두었던 권총 한 자루를 들고 올라왔다.

"이건 내가 혼자서 만든 진짜 총이야." 찬돌이가 의기양양하게 말했다. "읍내에 가면 거기 아이들 이거 비슷한 권총 많이 가지고 놀아. 만져보고 싶으면 만져도 돼."

만식이는 권총을 받아 들고 이리저리 뒤집어가며 살펴보았다. 압정을 박거나 아니면 강철 태엽을 잘라 붙인 흔한 수제 딱총처럼 엉성한 찬돌이의 권총에는 두꺼운 널빤지를 톱으로 잘라 직사각형 손잡이를 만들어 밑에다 달았고, 짤막한 수도관(水道管) 토막이 총신 노릇을 했다.

"그 수도 파이프는 내가 중앙시장 철물점에서 훔쳐왔지." 찬돌이가 자랑했다.

한 뼘이 조금 넘는 파이프 총열의 뒤쪽 끝에는 고무줄을 새총처럼 팽팽하게 당겨 살짝 걸도록 아주 굵은 철사를 달았다. 철사의 아래쪽 끝은 방아쇠 역할을 맡아서, 이것을 당기면 고무줄이 벗겨지며 앞으로 튀어나가서, 날카로운 못을 박은 나무토막을 때려 격발시키는 지극히 원시적인 구조였다.

"못을 뾰족하게 갈아서 박은 요걸 공이라고 해." 권총을 돌려받은 찬돌이가 설명했다. "총알을 뽑아낸 탄피에 다시 화약을 쟁여 넣고, 자전거의 바퀴살 끝에 붙은 고리를 잘라 만든 탄알을 탄피 구멍에 끼운 다음 양초를 짓이겨 꽉 막으면, 갈쌈에서 쓸 탄알은 준비 완료야. 그리고 탄알을 파이프에 장전한 다음 뇌관을 이렇게 공이로 치면 화약이 폭발해서, '탕!' 하고 총알이 나가지."

찬돌이는 아까 총알을 뽑아낸 탄피를 파이프 총열에 끼우고는, 뇌관을 공이로 쳐서 격발시키는 방법을 순서대로 보여주었다.

만식이가 그래도 못 미더워서 물었다. "얼른 보면 보통 딱총처럼 생겼는데 그렇게 엉성한 총에서 총알이 진짜로 나간단 말이야?"

"그럼." 찬돌이가 말했다. "우린 이 총을 가지고 사냥도 갔었어. 두껍아, 까치 잡은 얘기 만식이한테 해 줘."

기준이는 동강난 눌림대를 밀쳐둔 한쪽 구석에 움츠리고 앉아 지금까지 만식이의 눈치만 살피며 시선이 마주치지 않도록 슬금슬금 피하다가, 이제는 더 이상 물러설 길이 없어지자 체념한 표정으로 마지못해서 찬돌이의 설명을 거들었다.

"이거 처음 만들었을 때 우린 신무기의 위력을 실험해 보려고 수리바위로 가서, 말총으로 까치 한 마리를 잡아 바위에 올려놓고 한 방 쏴봤는데, 새가 곤죽이 되어 없어져버리더라."

"이 총으로 정통 맞았다 하면 아마 사람도 죽을 거야." 찬돌이가 흐뭇한 표정으로 말했다. "자전거살의 고리 대신 납덩어리를 넣으면 말이야."

"너희들 월송리하고 싸울 때 이거 진짜로 가지고 가서 개들 쏘려고 그러니?" 만식이가 걱정스럽게 물었다. "혹시 그러다 누가 죽기라도 하면 어쩌려고."

"권총은 물론이고, 대검이랑 딱콩총도 다 가지고 갈 작정이야." 찬돌이가 말했다. "하지만 처음에는 이런 신무기는 쓰지 않겠어. 만식이 너까지 왔으니까 그냥 옛날식으로 싸워도 우린 거뜬히 이기겠지 뭐. 하지만 이번에도 짜식들이 치사하게 복숭아약 폭탄을 가지고 와서 터뜨리고 덤비면, 우리들도 이런 비밀 무기를 써볼 계획이야. 싸움을 어디서 할 건지 장소가 결정만 났다 하면, 이것들을 거기로 가져다 미리 모래 속에 파묻거나 덤불 속에 숨겨 두었다가, 결정적인 순간에 꺼내서 맛을 톡톡히 보여줘야지. 너 쌈할 때 꼭 오는 거지?"

만식이가 머리를 끄덕였다.

스물다섯

금산리 다섯 아이와 월송리 일곱 아이가 뺑코 쓰레기를 버리는 웅덩이 옆 모래밭에서 한데 어울려 나무칼을 휘두르고, 서로 붙잡고 뒹굴며, 머리로 받고 발로 차고 주먹으로 패면서, 마구 싸웠다.

"항복해!"

"죽어, 새끼들아."

"돌겨어억!"

만식이는 신이 났다. 얻어맞으면서도 신이 났다.

코피가 터지고 대가리가 깨져도 그까짓 정도는 상관이 없었다. 그래서 그는 월송리의 대장 능욱이와 맞붙어 치고받으며 신이 나서 싸웠다. 무서울 것도 없었다. 아무리 맞아도 하나도 아프지가 않았고, 이를 악물고 덤비는 능욱이가 밉지도 않았고, 그저 마구 웃고 싶은 기분으로 그는 줄기차게 싸웠다.

"패라, 패!"

"야, 저쪽에서 한 놈 온다."

"이새꺄, 이새꺄!"

진짜 군인처럼 말라 죽은 상수리나무 잎사귀와 나뭇가지들을 온몸에 꽂은 준이가 칼을 휘둘렀으며, 종이모자를 접어 쓴 봉이는 용감한 만식이 뒤로 자꾸만 몸을 숨겼다.

능욱이는 찬돌이와 대장끼리 맞붙고 싶어서 가까이 가려고 애를 썼지만, 찬돌이는 능욱이를 피하려는 눈치가 역력했으며, 그럴 때마다 만식이가 앞을 가로막고 나서서 대신 덤벼들었다.

그래서 만식이는 더욱 신이 났다. 월송리 대장을 자기가 맡았다는 사실이 그는 자랑스럽기 짝이 없었다. 그리고 만식이는 젖 먹은 힘을 다해 싸워서 꼭 능욱이한테 이기고 싶었다. 그까짓 쓰레기 웅덩이야 어느 마을이 차지하거나간에 만식이는 사실 관심이 없었다. 금산리가 월송리한테 지더라도 만식이는 상관이 없었다. 그냥 이렇게 동네 아이들과 같이 어울려 소리를 지르며 월송리 군대와 용감하게 싸운다는 것만이 즐거웠다.

찬돌이를 겨냥한 돌멩이 두어 개가 모래바닥에 떨어졌고, 만식이가 갈대밭으로 뛰어들어 엎드리며 소리쳤다.

"안 맞았어?"

찬돌이가 갈대밭으로 뛰어들어 그의 곁에 엎드리며 소리쳤다.

"괜찮아!"

서로 뒤엉켜 싸우던 양쪽 편 아이들이 어느새 모래 언덕을 사이에 두고 뿔뿔이 흩어져 몸을 숨기고 땅바닥에 엎드려 서로 돌멩이를 던졌다. 능욱이가 고함치는 소리가 들려왔다.

"금산리 쌔끼들아 항복해라!"

찬돌이가 마주 고함쳤다.

"너희들이나 항복해라, 월송리 똥개들아!"

"공겨어억!"

"공겨어억!"

양쪽 동네 아이들이 자갈과 돌멩이를 던지며 모래언덕을 넘어 뛰어나와 또다시 맞붙어 싸웠고, 고무총을 쏘아대던 강호가 머리를 빡빡 깎은 월송리 아이한테 몽둥이로 허리를 얻어맞고 모래밭으로 나뒹굴며 쓰러졌다. 봉이는 겁이 나서 눈을 감은 채로 나무칼을 사방으로 휘둘렀다.

"공겨어억!"

모래 먼지 속에서 만식이는 정신없이 싸웠고, 어느 쪽이 이기는지, 누가 얻어맞는지 돌아볼 겨를도 없이 닥치는 대로 치고받았으며, 가끔 돌멩이가 날아와 퍽 소리를 내면서 어깨와 무릎을 때렸고, 그러더니 갑자기 월송리 아이들이 도망치기 시작했다.

기준이와 강호와 봉이와 찬돌이 그리고 만식이가 함성을 지르며 도망가는 아이들을 뒤쫓았다. 어젯밤에 미리 와서 모래 속에 몰래 파묻어 두었던 비밀무기는 전혀 건드리지도 않고 금산리 오돌이는 그렇게 금년 가을쌈의 첫 전투에서 월송리를 무찌르는 혁혁한 승리를 거두었다.

스물여섯

이마에 돌멩이를 맞은 상처 때문에 얼굴이 온통 피투성이가 된 만식이는 모래밭에 길게 누워서 실컷 웃었다. 다른 아이들도 웃었다.

"야, 만식아, 너 굉장하더라." 찬돌이가 히죽 웃으며 말했다. "능욱이가 아주 묵사발이 됐어."

"그래. 너 때문에 우리가 이겼어." 늘 그러듯이 찬돌이의 옆에서 준이가 말을 거들었다. "어떤 자식은 하도 급하니까 강으로 막 뛰어 들어가 허부적허부적 헤엄쳐 달아나더라."

부어오른 입술에 강물을 찍어 바르고 허리를 펴면서 강호가 말했다. "하여튼 싸움 한 번 신나게 했다."

모래 먼지에 얼굴이 보얗게 덮인 봉이가 찬돌이한테 물었다. "이젠 쓰레기 뒤지는 거야?"

"그래, 마음 푹 놓고 뒤져. 월송리 애들은 당분간 여기 얼씬도 못할 테니까, 걔들 걱정은 안 해도 괜찮아."

기준이와 봉이는 심하게 다친 곳이 없는지 온몸을 대충 확인하고는 커피 찌꺼기에 무릎까지 푹푹 빠지며 웅덩이로 내려갔다. 강호는 허리가 결리는지 두어 번 몸을 좌우로 비틀어 보고는 두 아이를 따라 커피 더미 속으로 들어섰다. 만식이도 몸을 일으켰고, 무릎이 돌멩이에 맞아 깨져서 쓰렸지만 그까짓 무릎쯤은 열 번 깨져도 좋다는 기분으로 쓰레기를 뒤지러 내려가려고 했다.

월송리 아이들이 모두 도망쳤는데도 어딘가 아직도 찜찜한지 쓰레기를 뒤지러 내려갈 눈치를 보이지 않고 머뭇거리던 찬돌이가 만식이를 불렀다.

"만식아, 잠깐 보자."

"나? 왜?"

찬돌이의 심상치 않게 심각한 표정을 보고 만식이는 가슴이 철렁했다.

"사실 뭐 너한테 이런 얘기 하긴 좀 미안하지만 말이야, 너 쓰레기 뒤지는 거 관두고 지금 그냥 집으로 가줬으면 좋겠는데."

찬돌이가 힐끗 만식이의 눈치를 봤다.

"그건 왜?" 만식이가 물었다. 그러더니 이해가 간다는 듯 얼른 덧붙여 말했다. "내가 찾아내는 건 다 너 주고 난 하나도 안 가질 테니까 걱정하지 마. 우리 집에 가면 레이션 깡통이니 뭐 그런 거 많거든. 쓰레기 뒤져서 근사한 게 혹시 나오더라도 난 필요가 없으니까 모두 너한테 줄게."

찬돌이가 잠깐 머뭇거리더니 솔직하게 얘기했다.

"만일 우리들이 너하고 같이 이렇게 어울려 노는 현장을 누가 보기라도 하면 우리들 입장이 곤란해져. 그러니까 너만 먼저 집으로 가고, 우리들은 쓰레기를 다 뒤진 다음 나중에 따로 돌아가면, 마을사람들은 우리들이 너하고 같이 놀았다는 사실을 모르지 않겠니? 숲이나 어디 동네에서 멀리 떨어진 데 가서 놀 땐 넌 언제라도 우리들하고 어울려도 괜찮아. 하지만 아직은 사람들 눈치를 좀 봐야 하잖아? 뭐 좀 지나고 나면 다 괜찮아지겠지만, 아직은 사정이 그렇다고. 그래서 너더러 먼저 가라는 소리야."

그는 다시 만식이의 표정을 힐끔 훔쳐보았다.

"내가 이런 말 하니까 기분 나쁘지?"

만식이로서는 그것을 기분 나쁘게 생각하고 어쩌고 할 처지가 아니었다.

"그게 뭐 내가 기분 나쁘게 생각하고 어쩌고 할 문제니?" 애써 아무렇지도 않은 듯한 목소리로 만식이가 말했다.

"이해해줘서 고마워."

"나 먼저 간다."

"내일이나 모레라도 너하고 같이 놀게 되면 강호를 보내서 연락할께."

스물일곱

만식이는 사막처럼 끝없이 멀게만 여겨지는 모래밭을 한없이 걸어갔다.

늦가을 내내 시끄럽던 제비들도 모두 남쪽으로 가버렸고, 적막한 강변은 투명한 감옥이었고, 강물은 소리를 내지 않고 흘렀으며, 낮과 밤을 거꾸로 사는 사람들의 마을인 텍사스 타운은 잠이 들었는지 고요했다.

겨울 하늘은 빛이 바랜 하얀 빛깔, 차가운 하늘에는 구름이 없었고, 웃고 떠들며 쓰레기를 뒤지는 아이들의 소리도 어느덧 멀어져 이제는 들려오지 않았다.

염 사공의 눈치까지 살펴가면서 동네 나룻배를 타기도 거북하고 또 그럴 필요가 없었기 때문에 만식이는 혼자 타고 건너온 이무기네 집배를 다시 타고 금산리로 들어갈 작정이었다. 밧줄배를 타는 곳은 염 사공의 나루터보다 훨씬 가까웠지만, 그래도 지금은 한없이 멀기만 했다.

만식이는 적막한 모래밭을 끝없이 걸어갔다.

제 5부

떠나가는 마을

그렇게 장작개비로 두들겨 맞았으면서
만식이는 이상하게 기분이 좋았다.
지금도 기분은 상쾌했다.
뺨과 손등에 닿은 눈이 녹아 차갑게 젖어 와도,
이제는 기운을 차려 일어날 힘이 넉넉했어도,
만식이는 그냥 논바닥에 엎드린 채로 기분이
좋았다.
그는 마음속이 흐뭇함으로 뿌듯하게 가득
차왔다. 늘 찌뿌듯하던 죄의식도 걷히고,
이제는 아이들과 다시는 같이 놀 수가 없게
되어 혼자만 지내리라는 사실이 분명해졌어도,
그는 조금도 걱정이 되거나 슬프지 않았다.

하나

  이틀째 눈이 내려 방안에만 갇혀 지내기도 답답해진 석구는 저녁을 일찍 치우고 마루에 나와 앉아 얕은 담장너머 하얀 눈 속으로 가라앉는 안동네를 물끄러미 쳐다보았다. 날이 저물 무렵이었어도 은행나무 밑에서 주먹밥 같은 눈뭉치를 던지고 싸우며 노는 금산리 네 아이와, 새하얀 들판을 줄렁줄렁 뛰어가는 개 한 마리, 그리고 팔랑거리며 쏟아지는 눈송이 이외에는 아무것도 움직이지 않는 고요한 풍경이었다.

  사방에 눈이 내리니 모든 물체의 빛깔이 없어졌고, 하얀 눈이 벽처럼 가려 뒤쪽 산들이 공간에 묻혀 사라지고 하늘도 보이지를 않았다. 포근하게 시야에 담기는 안동네의 풍경조차도 눈송이들이 자꾸만 눈앞에서 조금씩 더 지워버리려고 안달이었다. 길을 덮고 차곡차곡 쌓인 눈에 찍혔던 발자국도 흔적조차 남기지 않고 말끔히 지워져 사라졌다. 집과 사람들을 다시 그려 넣으라는 듯 새로운 공간을 만들기 위해 눈이 하얗게, 하얗게 온 마을을 지워버렸다.

  우물가에 우뚝 선 오동나무의 높고 낮은 가지에는 솜을 새로 틀어 한 줌씩 뜯어 얹은 듯 보드랍고 하얀 눈이 덮였고, 더러운 땅바닥과, 담에 기대어 놓은 쟁기와, 장독과, 댓돌과, 잘못 벗어 놓은 고무신 한 짝과, 논둑과, 길과, 초가지붕들과, 동네 개울을 건너는 다리에도 눈이 하얗게 덮였다.

  하얀 눈이 내려 마을은 눈앞에서 점점 깨끗해지기만 하는데, 세상은 날이 갈수록 자꾸만 더 어수선해졌고, 석구는 하얀 풍경 속에서 어쩐지 음산한 기운이 뿜어 나오는 듯 수상한 기분을 느꼈다. 날이 저물어

어두워지는 하얀 빛깔 속에서 금산리 마을은 순한 개처럼 웅크려 엎드린 채로 눈앞에 다가오는 죽음을 기다리는 모습이었다.

석구는 전쟁이 어떻게 돌아가는지 종잡을 길이 없었다. 연합군이 분명히 북진을 계속한다는데도 인민군 잔류 병력이 뒤에서 화천 댐을 열어 물난리를 일으켰다는 소문이 여태까지도 뒤숭숭하게 들려오는가 하면, 10월부터 중국 군대가 만주에서 북한 땅으로 들어오기 시작했다는 풍문이 읍내에 파다한데도 국군은 계속해서 원산과 평양을 거쳐 함흥으로까지 진격했다는 얘기도 라디오에서 들려오고, 12월 초순에 미군이 압록강에 접한 혜산진에 도착했다고도 하고, 10월 초에 중공 인민 의용군 75만이 압록강을 넘어왔다고도 하고, 그런가 하면 유엔군의 전면 후퇴가 벌써 시작되었다는 불길한 소식도 숨 죽인 목소리를 타고 나돌았다.

어쨌든 요즈음 서로 엇갈리는 온갖 소문을 들어보면, 전쟁이 곧 끝나리라던 큰소리는 믿을 바가 못 되었고, 연합군이 중공군에게 밀려 아무래도 금년을 다 넘기지 못하고 이 나라는 다시 인민군 천지가 될 모양이었다. 그래서 겉으로는 아무렇지 않은 체하며 옛날부터 살던 그대로 살아가기는 하면서도 서면 사람들은 언제부터인가 은근히 술렁이기 시작했다. 지난번 연합군이 올라올 때만 해도 서면에서 총질 싸움이 벌어지는가 하면 밤나무집과 독가마골에 그런 불상사까지 생겼는데, 중국 군대가 인해전술로 밀고 내려와 자꾸 싸움이 커지기만 하는 전쟁의 물결이 다시 금산리를 한 번 쓸고 내려간다면, 그때는 이곳 사람들에게 무슨 재앙이 닥칠지 그것은 아무도 모를 노릇이었다.

둘

눈치를 보니 아무래도 전쟁이 곧 끝날 기미는 없었고, "싸움이 오래 가면 결국 젊은이들이 모두 군대에 끌려 나갈 일은 빤한 이치니까 그럴 바에야 아예 지원 입대를 하자"고 현암리에서 먹수와 치환이가 의논하러 왔을 때, 석구는 혹시나 이것이 그가 은근히 기다리던 기회라도 되지 않을까 하는 마음에 아버지에게 뜻을 물었다.

"동네 청년들이 공감한 바입니다만, 너도나도 모두들 나가 힘을 합쳐 싸워서 전쟁을 빨리 끝내는 편이 이 마을과, 이 나라와, 모든 사람을 위해서 좋지 않을까 싶어서요."

아버지의 반응은 석구가 예상했던 대로 단호했다.

"네가 군대에 가서 싸워 전쟁을 빨리 끝내겠다고? 그게 올바른 정신으로 하는 소리냐? 이제는 중국에서까지 끼어든 큰 전쟁이라는데, 모두들 군대에 가서 군인들만 자꾸 늘어나면 도대체 이놈의 전쟁이 언제 끝나겠느냐? 군대가 늘어나면 전쟁도 늘어나는 법이니라. 손에 칼을 쥐면 사람을 찌르고 싶은 것이 인간의 솔직한 마음인데, 네가 군대에 간다면 그것은 전쟁을 하기 위해서이지 전쟁을 막기 위한 행동은 아니다. 먹수와 치환이도 내가 따로 불러서 얘기하겠다만, 넌 군대에 자원해서 가겠다는 생각은 아예 말아라."

물론 먹수와 치환이는 아버지의 훈계를 깍듯이 귀담아 듣기는 했으면서도 결국 군에 입대하기 위해 추수가 끝난 직후에 금산리를 떠났다.

석구는 아버지가 그를 붙잡아두는 빤한 이유가 무엇인지도 물론 잘 알았다. 그것은 집안을 지켜나갈 하나뿐인 아들을 전쟁에 빼앗기고 싶지 않다는 지극히 단순한 이유 때문이 결코 아니었다.

그는 마루에 앉아서 아버지의 방을 물끄러미 건너다보았다. 아까부터 무슨 책을 읽는지 일찍 호롱불을 밝혀 발그레한 창호지 문 앞에서 눈송이들이 어지럽게 흩날리며 떨어져 땅바닥에 하얀 낙엽처럼 두툼하게 쌓였다.

겨울이 들면서 아버지가 시름시름 앓는 듯 마는 듯 몸이 온전치 못한 까닭은 꼭 날씨가 추워서 뿐이 아니라, 살아가는 기력을 잃고 허탈한 상태에 빠져 숨의 끈기가 모자라기 때문이리라고 석구는 생각했다. 살려는 욕망, 살기 위한 기력이 모자라기 때문이리라.

석구는 전쟁이 난 다음, 특히 금년 여름부터, 아버지의 발밑에서 힘없이 땅이 꺼지는 듯한 기분을 자주 느꼈다. 아버지 주변의 모든 상황이, 아버지의 세계 전체가 서서히 무너지는 중이었다. 석구는 얼마 전에 이무기네 집을 되사들이려고 돈을 싸들고는 만식이 엄마를 찾아갔다가 변변히 말도 못하고 아버지가 동네사람들이 잔뜩 모인 앞에서 오히려 창피만 당했다는 얘기를 들었을 때도, 무엇인지 황씨 가문의 대문 앞에서 통째로 무너지고 가라앉는 기분을 느꼈었다.

아무래도 최근 북녘의 전황이 심상치 않아 도청에서 근무하는 친구에게 답답한 사정을 물어보기라도 하려고 석구가 읍내에 나간 사이에 황 노인이 그런 모욕을 당했다는 소리를 듣고 그는 아버지가 불쌍하기도 했고, 만식이 엄마가 괘씸하기도 했지만, 석구 역시 밤나무집으로 나중에 찾아가 제대로 한마디 하겠다는 엄두조차 내지 못했다. 뒤늦게 찾아가 따질 만한 명분도 없었으려니와, 이미 아버지가 한 얘기 이외에는 석구로서 덧붙여 지적할 말도 없었기 때문이었다.

사실상 지금까지 석구는 늘 아버지의 뒤꽁무니에 끌려다니기만 했지 남들 앞에서 나름대로 변변히 자신의 주장을 내세워 본 적도 없었다. 무슨 그림자처럼 아버지는 항상 그를 뒤에 붙이고 다녔지만, 그렇다고 해서 두드러지게 무슨 일을 하나라도 시키느냐 하면 그것도 아니었다. 가끔 석구는 아버지가 그를 데리고 다니는 까닭이 그냥 마음이 든든하기 위해서 그러는 일종의 버릇이라는 생각까지 들기도 했었다.

　그렇다고 해서 군대에 가겠다고 뜻을 솔직하게 밝혔을 때처럼 막상 석구가 무슨 결정을 내리고 행동이라도 취하려고 하면 아버지는 그것을 못마땅하게 느끼는 모양이었는데, 아마도 아버지는 자신의 무기력함을 알면서도 아들 앞에서만큼은 그런 사실을 시인하고 싶지 않아서이리라고 짐작했다.

　황 노인이 아들을 전쟁터로 보내주려고 하지 않았던 진정한 이유는 대를 이어 집안을 이끌어갈 귀한 자식을 잃을까봐 걱정이 되어서가 아니라, 그냥 겁이 나서였다. 그것은 마을에서 대부분의 사람들로부터 숨기려고 아버지가 그토록 애를 썼고, 어느 정도는 숨기는 데 성공했지만, 자신과 석구에게는 감출 길이 없는 그런 두려움이었으며, 아버지 당신이나 마찬가지로 석구도 진심으로 외면하거나 잊고 싶어서 사실은 의식적으로 인정하지 않으면서 살아온 뼈아픈 약점이었다.

셋

　해방을 전후하여 집안의 토지와 재산이 어디론가 자꾸만 흔적도 없이 사라진다면서 석구의 형들은 처음에 늦바람이 난 아버지가 혹시 읍내에다 샛살림이라도 차리지 않았을까 갖가지 엉뚱한 의혹과 의심을 품었다. 형들과는 달리 석구는, 황씨 가문의 구체적이고도 표면적인 붕괴가 시작되기 훨씬 전부터, 아버지가 아주 빠른 속도로 무기력해지는 과정으로 빠져든다는 어렴풋한 징후들을 육감으로 진작 의식했다. 그런 인식은 여러 해에 걸쳐서 꽤 오래 지속되었고, 날이 갈수록 점점 더 뚜렷해졌다.

구태여 그럴 필요가 없었는데도 "너는 가족을 거느렸고 나는 혼자 몸이니까 괜찮다"면서 아버지가 굳이 사랑채로 나앉은 작심도 어쩌면 이제는 더 이상 집안의 어른노릇을 할 자신이 없다는 은근한 뜻을 확실하게 드러내려는 종결적인 행동이었는지도 모를 일이었다.

힘을 잃은 아버지가 다잡기를 끝내 포기했기 때문에 가문의 몰락이 훨씬 가속화되었는지는 몰라도, 어쨌든 대처로 흘러나간 형제들에게서 웬일인지 자손이 뚜렷하게 드물어지고 어느 쪽에서도 재물이 붙지 않아 가세가 곤두박질을 하는 형국으로 기우는 품을 보고, 석구는 어쩌면 금산리 고장이 이제는 황씨 집안과 인연이 다 하여 운이 맞지 않으니까 머지않아 타처로 떠나야 할 듯싶은 막연하고도 엉뚱한 걱정이 벌써부터 들고는 했었다.

황 노인이 지금처럼 소심하고 비겁한 늙은이가 된 근본적인 까닭은 물레방앗간 주인이었던 면 주사 민동하의 농간에 넘어갔기 때문이었다.

도대체 황승각 노인이 어쩌다 그런 일에 손을 댔는지 석구로서는 통 이해가 가지 않았고, 설사 물어 본다고 해도 아버지가 시원스럽게 대답해 줄 눈치가 아니기는 했지만, 어쨌든 천성적으로 이재(理財)가 그리 밝지 않았던 황 노인은 해방을 맞기 얼마 전부터 독가마골에서 별로 멀지 않은 춘성군 어느 산골에서 광산을 개발하느라고 집안재산을 거의 다 털어내다시피 해가면서 식구들과 동네사람들조차도 모르게 서투른 투자를 계속했었다.

고향을 떠나기 몇 달 전에 맏형 상구가 "최근에야 도청의 고위관리를 통해 알아냈다"면서 동생들에게 귀띔했던 바로는, 황 면장에게서 환심을 사고 총애를 받아 금산리 개울의 사금을 채취할 독점권을 따내어 투자했다가 크게 낭패를 본 민동하가 한몫을 잡으려고 서면에서 마지막으로 노렸던 대상이 하필이면 면장의 아들이었다.

민 주사는 가짜 지관까지 대동하고 어느 사기꾼 광산주와 함께 아버지를 비밀리에 읍내에서 만나고는, 한때 금산리 개울로 흘러 내려왔던 사금의 근원을 지리적으로 되짚어 올라가면 노다지 광맥을 찾아내기가 어렵지 않으리라고 장담했다. 묏자리를 잡을 일도 없는데 도대체 지관이 왜 끼어들었는지는 모르겠지만, 어쨌든 아버지는 한심하게도 그들의 말에 어린애처럼 속아 넘어갔고, 도포를 걸친 양반 체면에 산속에서 땅을 파는 현장까지 답사나갈 처지가 아니었던 황 노인은 민동하가 독가마골 재산을 몰래 정리하고 종적을 감출 때까지는 그의 등 뒤에서 무슨 수작이 벌어지는지를 물론 까맣게 몰랐다.

혹시 투기꾼들이 낌새를 눈치 채고 사방에서 몰려들면 안 된다며 민동하 일당이 광산개발을 극비리에 추진했었기 때문에 서면에서는 소문이 나지 않아 그나마 황씨 집안이 손가락질 망신을 당하는 꼴만큼은 겨우 면했지만, 지금까지 행방이 묘연한 민 주사와 광산주를 붙잡아 돈을 받아 내거나 형무소로 보내겠다고 아버지가 적극적으로 찾아 나서지 못하는 이유 또한 그놈의 무서운 체면 때문이었다.

꼿꼿하기 짝이 없는 선비였던 면장 할아버지와는 달리 잠시나마 어리석은 물욕에 눈이 어두워졌다가 패가망신을 당하게 된 아버지는 장군봉 기슭의 논을 포함한 많은 땅을 내놓아야만 했다. 물론 황 부자댁 땅을 바깥사람들에게 처분했다가는 아무래도 집안이 망했다는 흉한 소문이 분분하게 퍼지겠기에, 황 노인은 동네 알부자라고 알려진 방앗간 한 씨에게 대부분의 알짜배기 전답을 아무도 모르게 넘겨주고 말았다.

이러한 몰락의 수모를 거치면서 몇년 사이에 극도로 소심해진 황 노인은 부끄러운 실패를 훌훌 털어 내놓고 타향으로 나가 살다가 낯선 땅에 묻힐 용기나 배짱이 없었고, 그래서 한 씨에게는 "내가 죽을 때까지 토지를 거래한 사실을 아무한테도 발설하지 말라"는 다짐까지 신신당부하여 받아두었다. 워낙 착하고 말수가 적은 사람이어서 강호 아버지는 지금까지 황 씨 집안의 땅을 대부분 자신이 소유하게 되었다는 비밀을 어느 누구에게도 털어놓지 않고 겉으로는 계속해서 소작을 부쳐 먹는 체했지만, 그런 비밀이 영원히 묻힐 리야 없는 노릇이었다. 아버지가 돌아가시고 나면 아무래도 석구는 그래서 숨겨온 진실을 온갖 억측까지 보태가면서 이웃들이 수군거리며 비웃기 전에 아들과 아내를 데리고 이곳을 떠날 작정이었다.

간직하고 지켜야 할 땅 다 잃어버린 황 노인에게 금산리는 이제 버티고 머물러야 할 의욕이나 명분조차 변변치 못한 고향이었다. 의욕과 보람이 없는 곳은 당연히 지켜내기가 힘겹기 마련이었다. 아들이 아버지에 대하여 느끼는 적절한 감정은 아니겠지만, 그래서 석구는 태연하게 동네 어른노릇을 억지로 계속하는 황 노인이 불쌍하다는 지경을 넘어 가엾다는 생각까지 들었다.

그렇다고 해서 아버지를 제대로 보호하거나 도울 능력이 석구에게는 없었다. 대대로 눌러앉아 살아온 둥지의 경계를 벗어나 타향으로 나가서 새 출발을 시도할 엄두가 도저히 나지 않았던 아버지보다 아들 석구의 처지 또한 조금도 나은 구석이 없었다. 눈치껏 이미 떠나버린 형들과는 달리 마지못해서 홀로 고향에 남은 막내에게서 집안을 다시 일으켜 세울 능력을 기대한다면 그것은 물론 무리였다.

그럼에도 불구하고 석구가 군대에 자원입대를 하지 못하게 아버지가 막았던 까닭은 가문이 되살아나리라는 희망 때문이 아니라, 하나밖에 남지 않은 막내아들마저도 당신을 버리고 떠날까봐 걱정이 되어서였다.

넷

찬돌이와 기준이가 걸음을 옮길 때마다 얼어붙은 눈이 발밑에서 뽀드득 뽀드득 밟히는 소리가 났다. 식구들이 다 잠든 다음에 몰래 집을 빠져 나오느라고 시간이 꽤 늦어서 안동네 바깥동네 어디를 봐도 캄캄했고, 달빛도 어스름하여 앞에 보이는 온갖 사물의 형체가 희끄무레하게 눈으로 덮인 윤곽만 남았다. 오늘은 만식이가 일찍 잠자리에 들었는지, 밤나무집도 호롱불을 끄고 어둠 속에 잠겼다.

어쩌다 밤늦게 나와서 돌아다니는 마을사람들의 눈에 띄기라도 할까봐 조심하느라고 두 소년은 휑하게 드러난 길을 버리고 논바닥을 가로질러 이무기네 집을 향했다.

뻣뻣하게 언 귀를 토끼털 귀마개째 두 손으로 비비며 찬돌이가 앞장서서 부지런히 걸어갔다. 기준이는 아버지가 겨울에 나무를 하러 산에 갈 때 쓰는 털벙거지를 꺼내 쓰고 나왔는데도 눈꺼풀과 콧등이 시려 눈물과 콧물이 질금거렸다.

"인제 며칠만 더 기다리면 강이 얼어붙겠지?" 준이가 입으로 숨을 쉬느라고 헉헉거리며 말했다. "그럼 강을 건너 텍사스로 구경하러 가자고."

"너나 강 건너로 가."

"나 혼자?"

"추운데 뭘 거기까지 가냐? 이무기네 집에 가면 구경거리가 얼마든지 많은데."

"아냐. 저긴 구경할 게 별로 없어. 텍사스에는 집도 많고, 양갈보도 많고, 뺑코도 많으니까 구경거리도 그만큼 많고, 구경하기도 훨씬 쉬워. 허지만 이무기네 집은 다르단 말이야."

"다르긴 뭐가 달라? 올라타고 하긴 다 마찬가지지."

"내 얘긴 그게 아냐. 땅꾼 집에는 구경할 방이 전부해서 겨우 세 개뿐인데, 그나마도 양갈보들이 아무 때나 항상 하는 게 아니잖아. 이무기는 술 팔기에 바빠서 자리를 지키느라고 방엔 잘 들어가지도 않아. 뺑코가 술에 잔뜩 취해 기진맥진한 다음에야 방으로 끌고 가서는, 하는 건 또 왜 그렇게 빨리 끝내는지, 이무기 방에서는 정말이지 볼 만한 게 별로 없다고."

두 아이는 갈대가 무성하게 덮여 숨기 좋게 그늘이 진 도랑으로 내려가 강둑을 타고 발길을 재촉했다.

"다른 방에서 구경하면 되잖아."

"빨래판 갈보는 꼭 불을 끈 다음에야 하기 때문에 아무것도 보이질 않아. 그래서 소리만 요란하지 볼 게 없다니까."

'빨래판'은 순덕이가 요즈음 텍사스나 읍내를 다녀올 때 자주 입고 나와 돌아다니는 누빈 저고리가 빨래판 같다고 해서 기준이가 붙여놓은 별명이었다.

"만식이 엄마도 걸핏하면 불을 끄긴 마찬가지야." 두꺼비의 불평이 계속되었다. "그리고 왜 그런지 이상하게 만식이 엄마는 요새 뺑코하고 입만 쭉쭉 빨아먹지 빨가벗고 노는 건 별로 안 하더라고. 그래서 요즘엔 난 별로 구경한 게 없다니까."

"잔말 그만 하고 빨리 따라 와."

"근데 땅꾼 집에 갈 때마다 망은 그렇게 꼭 봐야 하니? 넌 걸핏하면 날더러 망이나 보라면서 구경은 혼자 하잖아."

"갈 때마다 보초는 꼭 서야 돼. 지난번에 만식이한테 걸릴 뻔했던 거 벌써 잊어버렸어?"

"기껏 망을 보고 나서 내가 구경할 차례가 되면 방마다 다 끝나서 공을 친 적이 한두 번이어야 말이지."

"다 왔으니까 입 닥쳐. 그러다 누가 듣겠다."

두 아이는 눈이 두툼하게 덮인 어둠 속에서 이무기네 집으로 접근했다.

다섯

그저께 밤이었다.

문틈으로 써늘한 냉기가 새어 들어와서 잠도 잘 안 오는데다가 배도 고파 고기 깡통이나 하나 따서 납작보리밥에 비벼 밤참이라도 먹으려고 부엌으로 나가던 만식이는 또 다시 한밤중에 개울가를 따라 몸을 숨기며 어디론가 가는 찬돌이와 기준이를 보았다.

벌써 세 번째였다.

이것은 우연이 아니라, 두 아이가 대놓고 밤이면 찾아가는 곳이 어딘가 분명히 따로 있으리라고 만식이는 짐작했다. 도대체 늦은 밤에 쟤들은 어디로 가서 무엇을 할까?

이튿날 아침까지도 궁금증이 개운하게 가시지 않았던 만식이는 이리저리 궁리하다가, 눈바닥의 발자취를 따라가 보면 어젯밤에 아이들이 어디를 갔었는지 알아내기가 어렵지 않겠구나 하는 생각이 들었다. 그래서 그는 실개천을 건너 논바닥으로 내려가 두 줄로 뻗어나간 발자국을 따라갔다.

선명하게 찍힌 발자국은 곧장 땅꾼 집으로 향했고, 이무기네 집 뒤쪽에 이르러서는 오락가락 돌아다닌 흔적이 어지러웠다. 거기에서부터 강변이나 가마리로 이어져 나간 발자취는 없었다.

그렇다면 찬돌이와 기준이는 전에 가마리로 오리 알을 훔치러 갔다고 했을 때도 사실은 이무기네 집을 다녀갔다는 말인가? 무엇하러? 한 두 번도 아니고, 아이들은 밤이면 몰래 이무기네 집으로 찾아와서 무엇을 했을까?

곰곰이 따져 봐도 만식이는 영문을 알아낼 길이 없었다. 그러다가 만식이는 오후가 되어서야 겨우 무엇인지 어렴풋하게 짚이는 바가 있었다.

두 달 동안이나 멀리하며 통 같이 놀아주지 않던 찬돌이가 왜 갑자기 그를 불렀을까 만식이는 요즈음 문득 의아한 생각이 들고는 했었다. 가을쌈에서 월송리를 이기려면 만식이의 실력이 필요하다는 찬돌이의 핑계가 처음 얼마 동안은 그럴듯하게 여겨지기는 했지만, 그래도 어쩐지 찜찜한 구석이 좀처럼 가시지를 않았다.

그렇다면 ⋯.

두 아이가 이무기네 집을 밤마다 몰래 찾아간다는 사실과, 이무기네 집으로 뺑코들이 놀러 오기 시작한 직후에 찬돌이가 강호를 보내 그를 월송리와의 가을쌈에 느닷없이 끼어 주었다는 사실이 혹시 서로 무슨 관계가 있을지도 모른다는 묘한 의심이 만식이의 머리에 불현듯 떠올랐다.

물레방앗간 본부에서 만난 이후로 만식이는 동네사람들의 눈을 피해가면서 아이들과 네 차례나 같이 놀았다. 비록 집으로 돌아올 때는 처음처럼 따로 오기는 했어도 뺑코 쓰레기 구덩이에도 한 번 더 같이 갔고, 능참봉 집 광에 따놓은 밤을 훔치러 장군봉을 같이 넘어간 적도 있으며, 물레방앗간에는 두 번이나 찾아가서 돌맹이로 두드려 총알을 뽑아 보기도 했고, 실험은 아직 못해 보았지만 빈 술병에다 화약을 넣고 석유에 적신 헝겊으로 구멍을 막아 터뜨리게 하는 폭탄도 같이 만들었다. 비록 지금까지도 떳떳하게 바깥에서 같이 노는 처지가 못 되기는 했어도 만식이는 어느새 네 아이와 옛날처럼 친한 사이로 어느 정도는 되돌아갔다고 느꼈으며, 그래서 만날 때마다 그들에게 엄마가 뺑코한테서 선물로 받은 레이션 깡통이나 껌이나 쩨리를 보자기에 싸서 갖다 나눠주기까지 했다.

그런데 ⋯.

만식이가 아이들에 대해서, 적어도 찬돌이에 대해서, 그리고 기준이에 대해서, 무엇인지 착각했었는지도 모르겠다는 무서운 생각이 문득 머리를 들었다. 같이 놀기는 하면서도 겁이 나서인지 자꾸만 슬금슬금 그를 피하며 곁눈질을 하던 기준이의 눈치도 이제 생각하니 어딘가 이상했으며, 무엇인지 훤히 알면서도 반쯤만 얘기하고 나머지는 숨기려는 듯한 찬돌이의 표정이나 태도 역시 마찬가지였다. 그런 어색한 분위기와 몸짓은 이무기네 집을 밤중에 몰래 찾아가는 그들의 행동과 분명히 어떤 연관이 엿보였다.

그래서 어제 하루 종일 만식이는 날이 저물기를 초조하게 기다렸고, 그들이 들판에 나타날 시간이 가까워지자 일찍 불을 끄고 방안에 앉아서 문틈으로 바깥 동정을 살폈다.

찬돌이와 기준이는 새벽이 다 되도록 들판에 나타나지 않았다.

오늘도 만식이는 불안하게 하루 종일 기다렸고, 날이 저물자 다시 일찍 불을 끄고 방안에 쪼그리고 앉아서, 문틈으로 바깥 동정을 살폈다. 그리고 찬돌이와 기준이가 밤늦게 들판에 나타나자, 만식이는 살그머니 방에서 나와 그들을 뒤쫓아 갔다.

여섯

짐승처럼 노르스름한 털이 온몸을 뒤덮었고 살은 물에 빠져 죽은 송장처럼 허연 색깔인 싸징이 그녀의 배 위로 기어 올라가자 이무기는, 이불을 깔고 방바닥에 누워 가랑이를 활짝 벌린 채로 간지러운지 자꾸 킬킬거리면서, "다링, 허니, 아이 러브 요 칵. 요 칵 넘버 원 칵. 아이러브 휙" 어쩌고 해가면서 유엔말로 부지런히 떠들어대었다.

바깥 뒷마당 처마 밑에서는 찬돌이가, 벽에 바싹 붙어 어둠 속에 몸을 숨기고, 창틀에서 옹이가 빠진 작은 틈으로 방안의 두 남녀를 구경했다.

이무기와 뺑코는 서로 번갈아 올라타며 방바닥에서 이리저리 굴러다녔고, 아랫목이나 윗목 또는 한쪽 귀퉁이로 그들이 굴러갈 때마다 찬돌이는 그들을 더 잘 보려고 머리를 들었다 내렸다 하면서, 발돋움을 하거나 목을 움츠리기도 했다.

"러브 미, 허니? 러브 미 키스?"

이제는 방바닥에 벌렁 누운 양키 위로 몸을 수그린 이무기가 군인의 코끝과 눈꺼풀을 입으로 쪼고는 귓밥을 씹었으며 쉴 새 없이 뭐라고 미친년처럼 계속 떠들었다.

"유 라이크 잇? 와싸 매러. 유 라이크 넘버 원? 와싸 매러."

잠시 후에는 남자가 여자의 가슴을 두 손으로 밀가루를 반죽하듯 주물럭거렸고, 여자가 입을 크게 벌리고는 남자의 입을 빨았고, 두 사람은 침이 질질 흐르는 혀를 휘둘러가며 서로 열심히 입을 빨았고, 그렇게 입이 달라붙은 남녀를 보고 찬돌이는 사타구니가 긴장하면서 온몸이 짜르르 떨렸다. 그러자 누군가 그의 어깨를 툭툭 건드렸고, 찬돌이는 가볍게 짜증을 부리며 몸을 움츠리고는 창틈 구멍에서 눈을 돌렸다.

뒤를 돌아다본 찬돌이는 어깨를 두드린 사람이 기준이가 아니라는 사실을 깨닫고 흠칫했다. 만식이였다.

기준이는 잔뜩 주눅이 들린 자세로 옆으로 물러나 불안해하며 서서 기다렸고, 만식이가 찬돌이를 잠깐 노려보더니, 아무 말도 않고 "이리 따라오라"는 손짓 시늉만 하고는, 돌아서서 미꾸라지 웅덩이 쪽으로 걸어갔다. 뒤에 남은 찬돌이와 기준이가 서로 쳐다보았다. 기준이는 두 주먹을 돌리며 찬돌이더러 얼른 도망치자는 손짓을 해 보였다. 찬돌이는 잠깐 무엇인지 생각하더니, 준이더러 만식이를 그냥 따라가자고 했다.

 기준이가 풀이 죽은 모습으로 발목까지 눈에 빠지며 만식이를 따라갔고, 맨 뒤에서 따라가던 찬돌이는 조금도 당황한 기색이 없었다.

 만식이는 웬만큼 큰 소리로 얘기를 주고받아도 땅꾼 집에서 아무도 듣지 못할 만큼 멀리 떨어진 짚더미 앞에까지 가서 걸음을 멈추었다. 두 아이도 두어 발자국 떨어진 곳에 엉거주춤 섰다.

 "만식이가 우릴 패려고 그러나봐." 기준이가 겁을 먹어 떨리는 목소리로 말했다. "만식이가 우릴 때릴려고 그래."

 "시끄러."

 찬돌이에게 면박을 당하자 기준이는 얼른 만식이에게 대신 구원을 청했다.

 "만식아, 잘못했어. 정말 미안해. 내가 잘못했어. 너 혹시 오해했는지 모르지만…."

 "시끄럽다고 그랬잖아!"

 찬돌이가 다시 소리를 지르자 기준이는 움찔해서 입을 다물었다. 만식이가 두 아이를 차례로 노려보았다.

 "너희들 거기서 뭐했어?"

 다부지게 매듭진 목소리로 만식이가 물었다.

찬돌이가 미처 무슨 말을 꺼내기 전에 기준이가 우는 소리를 했다.

"정말 우리 아무것도 안 봤어. 정말이야. 그치, 찬돌아, 우리 아무것도 안 봤지?"

만식이가 갑자기 준이를 후려갈기려는 시늉을 했고, 기준이는 얼른 몸을 피해 찬돌이 옆으로 갔다.

"만식이가 나 못 때리게 해. 찬돌아, 쟤가 나 때리지 못하게 해."

"너 정말 아가리 못 닥치겠니?"

찬돌이가 기준이를 멀찌감치 밀쳐버리고는 만식이를 빤히 노려보며 마주섰다.

"너 아마 한판 붙고 싶어 하는 모양인데, 그렇다면 나하고 단둘이 얘기하자."

만식이는 두 주먹을 꽉 움켜쥐고 허리를 폈다.

"아냐. 둘이 다 덤벼도 좋아."

"내 말은 그런 뜻이 아니고, 이건 너와 나 단둘이서만 처리해도 될 문제 같으니까, 울고불고 시끄러운 두꺼비는 보내주는 게 어떠냐 이거야. 정 싸움을 하고 싶다면 지금은 나하고 해. 두꺼비는 네가 나중에 아무 때라도 따로 장군봉 같은 곳으로 다시 불러내어 후줄근하도록 실컷 두들겨 패면 될 테니까. 만일 네가 불렀는데 두꺼비가 안 간다면, 내가 책임지고 물레방앗간으로 끌어다 주기로 약속하지. 너 저런 애들까지 지금 상대할 필요는 없잖아."

만식이는 두꺼비를 노려보며 무엇인가를 잠깐 마음속으로 따져보았다. 물론 만식이는 찬돌이의 얘기가 옳다는 결론을 내릴 것이 분명했다. 찬돌이 하나만 상대해서 싸우기도 버거울 텐데, 아무리 병신 같은 자식이라고 해도 두꺼비까지 덤벼들어 다리 한쪽을 잡고 늘어지면 그만큼 거추장스럽기만 할 따름이었다. 그리고 찬돌이가 이렇게 느긋한 태도를 보이면, 기준이가 없는 자리에서 단둘이 무슨 중요한 얘기를 나누고 싶어 한다는 사실을 만식이가 쉽게 눈치 채리라.

"좋아." 만식이가 말했다.

다급해진 기준이가 찬돌이에게 물었다. "그럼 난 어떻게 되는 거니?"

"먼저 집으로 가." 찬돌이가 말했다. "내일 물레방앗간 청소 잊지 말고."

기준이는 더 이상 아무 설명이나 명령을 기다리지 않고 냅다 도망쳤다. 그는 달빛이 푸르스름하게 비친 들판을 가로질러, 온통 눈으로 하얗게 뒤덮인 마을을 향해서 도망쳤다. 두어 번 뒤를 돌아보며 허겁지겁 논바닥을 달려가던 기준이는 다리께에 다다라서야 아무도 그를 뒤쫓지 않는다는 사실을 확인하고는, 안심이 되었는지 걸음을 늦추었다.

일곱

기준이가 그들의 시야에서 사라진 다음에 찬돌이가 만식이를 향해 돌아섰다.

"만식아."

뜻밖에도 부드러운 목소리였다.

당장 주먹이 날아오면서 싸움이 벌어지리라고 예상했던 만식이로서는 돌변한 그의 태도를 보고 영문을 모르겠어서 말문이 막혀 아무 말도 꺼내지 못했고, 찬돌이가 의도하는 속셈이 무엇인지를 스스로 밝히도록 차라리 잠자코 그냥 기다리기로 했다.

"사실 솔직히 얘기하면 미안해."

조금 아까까지의 당당하던 태도를 조금도 누그러트리지 않은 채로, 그러나 상대방의 비위를 거스르지 않으려고 애써 목소리를 부드럽게 가누면서, 찬돌이가 힐끔 만식이의 기분을 곁눈질해 살폈다.

"우리들이 여기 와서 뭘 했는지 물론 넌 잘 알 테고, 그래서 화가 났겠지. 하지만 양심적으로 밝히겠는데, 우린 니 엄마 방은 한 번도 들여다보지 않았어. 아까 네 눈으로 직접 확인했으니까 알겠지만, 우리 둘 다 이무기하고 빨래판만 구경했단 말이야. 다른 날도 마찬가지야. 너 기분 나빠하리라는 건 알지만, 따지고 보면 우리들이 뭔가 잘못했다고 너한테 꼭 사과할 필요가 없고, 너하고 나하고 싸울 만한 이유도 없어. 따져보자고. 내가 너한테 뭘 잘못했지?"

찬돌이는 이런 상황이 언젠가는 벌어지리라고 벌써부터 미리 예상하고는, 만식이와 대결해야 하는 순간이 닥치면 어떤 태도로 무슨 말을 해야 할지를 오랫동안 준비해온 듯 여유만만한 태도였다. 그리고 찬돌이가 그런 식으로 강경하게 따지고 나오니까 만식이는 갑자기 당황해서 마음이 흔들리기 시작했다. 미리 선수치며 입막음을 하려는 찬돌이의 반박을 전혀 예상하지 못했고 따라서 아무런 대비를 갖추지 못한 만식이는 자기도 모르게 순식간에 수세로 몰리는 입장이 되고 말았다.

찬돌이의 말마따나 정말로 두 아이가 엄마의 방을 — 엄마가 뺑코와 하는 짓을 진짜 '양심적으로' 본 적이 없다면, 만식이로서는 성을 내며 그들에게 따지고 덤빌 아무런 건더기가 없는 형편이었다. 무엇을 어떻게 판단해야 할지 갈피를 잡지 못한 만식이는 혼란에 빠져 갈팡질팡 정신이 어지럽게 헤매기 시작했다.

찬돌이와 기준이가 정말로 엄마의 방을 구경하지 않았다면 ….

"너희들 전에도 정말 우리 엄마는 … ." 만식이가 말끝을 맺지 못했다.

"니 엄마 그러는 건 우리 한 번도 본 적이 없다니까." 찬돌이가 태연히 거짓말을 했다. "그건 내가 양심적으로 밝혔잖아."

엄마의 방을 그들이 정말로 본 적이 없다면 …. 빤한 거짓말 같기는 하지만 만식이는 찬돌이의 얘기를 믿고 싶었다. 그래야 훨씬 마음이 편할 듯싶어서였다. 그리고 가만히 생각해 보니 아까 두 아이는 정말로 이무기 방과 빨래판 방을 들여다보고 있었고 엄마 방에는 불이 꺼져 있었기 때문에 … .

하지만 그들은 다른 날 밤에 와서, 혹시 방에서 불을 끄지 않았을 때, 엄마를 봤을지도 모른다. 비록 오늘은 그들이 벌거벗은 엄마를 보지 않았다고 해도, 전에 언젠가 봤을지도 모른다. 그리고 엄마가 뺑코들과 마주 앉아 술을 마시고, 발가벗는 춤도 가끔 추고, 싸징들과 이상한 짓을 하는 집으로 동네 아이들이 밤에 몰래 구경하러 오는 줄을 빤히 알면서도 만식이로서는 그대로 내버려 둘 수야 없는 노릇이었다.

안 된다. 그럴 수는 없다. 만식이는 더 이상 생각하거나 따질 필요가 없었다. 하지만 … 하지만 … .

지금 여기서 찬돌이와 한 판 붙어서 싸움을 벌인다면, 바로 그 순간부터 오돌이와 물레방앗간 본부와 갈쌈과 가운뎃섬의 양키 쓰레기와 다른 모험이나 탐험은 영원히 끝나버리고, 그는 다시 호두나무 그루터기에 홀로 앉아 밤낮으로 울타리 너머의 세상을 멍하니 쳐다보면서 ….

 "좋아. 네 말을 믿기로 하겠어." 만식이가 일단 한 발자국 물러서서 새로운 경계선을 마음속에 긋고는 다시 공격을 시도했다. "그래서 오늘은 그냥 보내 주겠지만, 내일이나 언제 또 여길 오면 너희들 재미없어."

 찬돌이는 아무 대답이 없었다.

 "다시는 이곳에 얼씬거리지 않겠다고 약속하겠지?"

 잠깐 멈칫거리더니 찬돌이가 냉정한 목소리로 대답했다. "그런 약속은 못하겠는데."

 "못하겠다니? 왜?"

 "난 구경하고 싶어. 그러니까 구경하러 올 거야."

 찬돌이는 전혀 물러날 기미를 보이지 않았다.

 "그렇다면 내가 너희들을 가만히 내버려 두지 않겠어."

 "가만히 안 내버려 두겠다면 그건 다 네가 알아서 할 일이지만, 생각 좀 해 봐. 내가 구경하려는 건 이무기하고 빨래판이지 니 엄마가 아냐. 너희 엄만 별로 구경하고 싶지 않아. 너희 엄마는 이무기만큼 재미가 없으니까."

 찬돌이는 말실수했다는 사실을 뒤늦게 깨닫고 재빨리 설명을 덧붙였다.

 "텍사스에서 난 양갈보를 여러 명 구경했는데, 그 가운데 이무기가 제일 볼 만해. 그러니까 이무기만 보면 되지 너희 엄만 구경할 필요도 없단 말이야."

 "너 그딴 소리 더 하면 없애버리겠어."

 "좋아. 사실은 더 할 얘기도 없으니까 난 그만 가겠어. 하지만 이거 하나 잘 생각해 봐. 만일 이무기 구경을 못하게 네가 막으려고 덤빈다면, 그때부터 넌 우리들하고 다시는 놀지 못하는 거야. 알겠지?"
 갑자기 주먹으로 콧등을 얻어맞은 듯 멍해진 만식이를 눈이 푸석푸석하게 얼어붙은 짚더미 옆에 혼자 남겨두고 찬돌이는 아무 일도 없었다는 듯 조금도 서두르지 않고 한낮에 이웃집으로 심부름을 갈 때처럼 어슬렁거리며 방앗간 쪽을 향해 걸어갔다.
 눈을 밟는 발자국 소리가 퍼석거리며 천천히 멀어졌다.

여덟

"쫘! 쫘! 쪼란 말이야!"
 허리가 부러진 허수아비를 두 손으로 나무칼처럼 말뚝 아래쪽을 움켜잡고 자꾸만 앞으로 내밀면서 만식이가 소리를 질렀다. 한쪽 발이 토끼장 다리에 끈으로 묶인 닭이 도망치려고 정신없이 퍼덕거렸다.
 "여기를 쪼란 말이야! 여기를!"
 논바닥에 버려진 누더기 허수아비를 하나 주어다가 만식이는 수탉에게 맹렬히 훈련을 시키는 중이었다. 그는 허수아비의 눈을 손으로 짚어 보이며 닭에게 다시 야단쳤다.
 "여기, 여기를 쪼라니까!"
 노끈으로 발이 묶인 닭은 만식이가 허수아비를 가까이 들이댈수록 겁에 질려 꼬꼬댁거리며 자꾸 퍼드득 도망치기만 바빴다.
 결국 만식이가 포기했다.
 맥이 빠진 만식이는 천하대장군 얼굴을 그려 넣은 허수아비를 담에다 기대어놓고 햇살이 따스한 툇마루로 가서 끄트머리에 엉덩이를 반쯤만 얹고 걸터앉았다. 담장 너머로 저쪽 안동네 은행나무 밑에서 찬돌이와 두꺼비와 봉이가 눈사람을 굴리는 까마득한 모습이 보였다. 방에서는 만희가 순가락으로 양재기를 또각또각 두드리며 혼자서 노는 소리가 들려왔다.

축 늘어져 앉은 만식이는 월송리 아이들과의 양키 쓰레기 가을싸움 이후 지금까지 몇 주일 동안이나마 그가 얼마나 즐겁게 지냈는지를 생각해 보았다. 능참봉 집의 광으로 밤을 훔치러 오가던 길에는 장군봉 기슭에서 바위와 나무들 사이에 떨어진 탄피를 찾아 줍고, 숲속에서 지저귀던 작은 새들과 높고 맑은 늦가을 하늘, 분주히 겨울 준비를 하던 청설모, 산속의 졸졸거리는 개울, 시원한 산등성이의 바람, 들국화와 산나리꽃, 가운뎃섬 모래밭에서 월송리 아이들을 쫓아버리던 흥분감, 마구 소리를 지르고, 강변의 노란 먼지와 하얀 먼지, 아이들이 웃는 소리, 다시 찾아온 옛날 — 이런 모든 즐거움이 그에게 되돌아왔고, 같이 놀던 아이들도 그에게 모두 되돌아왔다. 이제 그는 외톨이가 아니었고, 한없는 정적과 적막한 햇빛이 활기찬 웃음소리로 바뀌었고, 온 세상이 몽롱한 꿈같기만 했는데 ….

찬돌이가 한 말이 생각나자 만식이는 섬뜩 제정신이 들었다.

"하지만 이거 하나 잘 생각해 봐. 만일 이무기 구경을 못하게 네가 막으려고 덤빈다면, 그때부터 넌 우리들하고 다시는 놀지 못하는 거야. 알겠지?"

이제는 또다시 세상이 뒤집히고 달라지려는 참이었다. 찬돌이가 밤중에 이무기네 집 뒤에서 기웃거리지 못하게 만식이가 막는다면, 유엔

군의 능욕이 벌어진 직후에도 그랬듯이 너무나 갑작스럽게, 너무나 철저하게, 다시금 적막함이 겨울을 가득 채우리라. 두 달 동안 계속되었던 따돌림이, 고요하고 지루하고 단조로운 생활이 그래서 끝없이 계속되고, 만식이는 날마다 마당에서 오락가락 한없이 기다리기만 하고, 그리고는 아무것도 없으리라.

찬돌이가 이무기를 구경하더라도 나하고야 무슨 상관이겠느냐고 만식이는 몇 차례 자신을 납득시켜 보려고도 했지만, 그럴 때마다 두꺼비와 찬돌이가 틀림없이 엄마도 구경했으리라는 생각이 들면 머리가 쭈뼛 일어서고는 했다. 그리고 왜 갑자기 강호를 보내 찬돌이가 같이 놀자고 그를 불렀는지도, 그리고 물레방앗간 본부로 처음 돌아갔던 날 찬돌이와 두꺼비의 표정에서 왜 늘 어딘가 미심쩍은 기미가 보였었는지 만식이는 이제야 이해가 갔다.

만식이는 엄마가 뺑코들과 이상한 짓을 하는 동안 찬돌이나 두꺼비가 뒷마당 담벼락에 달라붙어 구멍으로 몰래 방안을 구경하는 장면을 상상하고는 소름이 끼쳤다. 그는 이무기네 집에서 엄마가 무엇을 하는지 훤히 알았다. 만희가 한밤중에 설사를 하며 어찌나 울어 대는지 어찌할 바를 몰라서 들쳐 업고 이무기네 집을 갔던 만식이는, 싸징 두 명과 이무기가 앉아서 박수를 치고 큰 소리로 웃어대는 앞에서, 라디오를 크게 틀어놓고 거기에서 나오는 음악에 맞춰 엄마가 속옷까지 홀랑 발가벗는 광경을 보았고, 이무기가 밤나무집에 가끔 놀러와서 툭툭 내뱉는 얘기만 들어봐도 찬돌이가 어떤 상황들을 구경했는지 쉽게 짐작이 가고도 남았다.

엄마의 그런 꼴을 아이들이 재미있다고 구경한다는 생각만 하면 속이 뒤집히기는 했지만, 그렇다고 해서 날마다 밤이 꼬박 새도록 추위에 떨며 만식이가 이무기네 집 뒤에 버티고 서서 아무도 오지 못하게 지키기는 힘든 노릇이었다. 그래서 만식이는 엄마더러 개를 한 마리 기르자고 했었다.

"왜? 만희하고 단둘이만 집에서 지내니까 밤에 무섭더냐? 그렇다면 한 마리 사다 기르려무나."

"우리 집에서 기르자는 소리가 아녜요. 저쪽 집에 말예요."

"거긴 왜? 누가 라디오라도 집어갈까 봐?"

만식이는 그의 의도를 솔직하게 설명할 방법이 없었다.

"땅꾼 집엔 그래도 좋은 물건이 많잖아요. 이무기 아줌마 사진기하고, 피엑스에서 가져온 물건들하고, 접때 보니까 비싼 거 무척 많던데요. 혹시 도둑이라도 들면 어떡해요?"

"도둑은 이런 동네 무슨 도둑이 들겠니?"

그러면서도 두 아이에게 늘 미안한 마음이었던 엄마는 그럼 한 마리 사다 묶어 놓으라고 만식이에게 선뜻 돈을 주었다. 만식이는 당장 읍내로 나가 제일 크고 사나운 개를 사서 금산리로 끌고 들어와 이무기네 집 뒤에다 말뚝을 박고 새끼줄로 목을 묶어 두었다. 어느 놈이라도 집 뒤에 얼씬거리기만 했다가는 당장 물어 버리라고 끈도 무척 길게 늘여 주었다.

하지만 이놈의 사나운 개가 동네 아이들을 쫓아버리는지 어쩐지는 잘 모르겠지만, 낯선 싸징들이 밧줄배로 강을 건너오기만 하면 어찌나 사납게 짖으며 미친 듯 덤벼드는지, 며칠 만에 만식이더러 개를 치워 버리라고 엄마가 잔소리를 했다.

만식이는 개를 끌고 읍내 장터로 나가 다시 팔고는 가장 힘이 세고 사나와 보이는 수탉을 한 마리 사다가 훈련시키기로 계획을 바꿨다. 근처에 누가 얼씬거리기만 하면 당장 덤벼들어 눈을 쪼아 장님으로 만들도록 길을 들여 이무기네 집 뒤에다 묶어놓을 생각이었다. 하지만 새로운 작전도 뜻대로 되지를 않았다. 닭은 허수아비의 눈을 쪼기는커녕 퍼덕거리며 정신없이 도망치기에만 바빴다.

만식이는 은행나무 밑에서 눈사람을 만드는 세 아이를 담장 너머로 다시 쳐다보았다. 방앗간 아이의 모습은 눈에 띄지 않았다. 아마도 강호는 요즈음 다른 아이들과 또다시 사이가 멀어진 모양이었다.

겨울은 가을보다도 훨씬 더 지루할 것만 같았다.

아홉

"그래, 잘 생각했어." 지난번 이무기네 집에서 잘 생각해 보라고 엄포를 놓은 다음 만식이가 어떤 결정을 내렸는지 알아보려고 초저녁에 몰래 밤나무집으로 찾아온 찬돌이가 담장에 몸을 붙이고 길 쪽을 살펴보며 말했다. "나도 약속은 꼭 지킬게."

"이무기하고 빨래판만 구경하는 거다." 만식이가 다짐을 받아내려고 말했다. "어떤 경우라도 말이야."

"알았다니까."

"그리고 강물이 얼어붙으면, 그때부턴 땅꾼 집에는 얼씬도 하지 않고 텍사스로 가야 해. 약속한 대로."

"알았어. 알았다니까."

"그리고 두꺼비 자식은 네가 못 오게 하겠다고 했으니까, 그것도 약속을 꼭 지켜야 해."

"두꺼빈 걱정하지 마. 내가 한 마디 하면 꼼짝도 못하는 놈이니까."

"만일 네가 우리 엄마를 구경하거나 두꺼비 새끼가 땅꾼 집 근처에 얼씬거렸다 하면 지금 약속은 다 무효야."

"그래, 알았어."

찬돌이는 만식이의 마음이 달라질까봐 조바심이라도 나는지 무척 서두르는 목소리였다.

"그리고 우리 내일 족제비 사냥 가기로 했으니까 너도 점심 먹은 다음에 수리바위로 와. 알았지? 그럼 나 갈께. 내일 만나."

열

산비탈을 미끄러져 내려가다가 발이 걸리기라도 한 듯 장군봉 중턱에 걸린 수리바위를 둘러싸고 여기저기에 금산리 오돌이 다섯 아이가 말라죽은 덤불들 사이에 엎드려 굴에서 족제비가 나오기를 기다렸다. 월송리 나무꾼이 처음 찾아낸 수리바위 굴은 본디 아기장수가 태어난 곳일지도 모른다고 한때 아이들의 관심을 끌었다가, 며칠 전 근처에서 강호와 기준이가 족제비를 보았다는 보고를 한 다음, 그렇다면 족제비 굴인지 아닌지 확실히 밝히는 탐험을 하자고 찬돌이가 결정을 내렸다. 여우가 나와도 좋고 살쾡이가 나와도 좋고, 스라소니나 무슨 다른 산짐승이 나오더라도 상관이 없었다. 그들은 납을 녹여 양초에 짓이겨 총알로 넣은 권총의 위력을 직접 실험해 보기 위해 어서 아무

동물이라도 나타나기만 기다리며 비탈에 엎드려 기다렸다.

이처럼 오랫동안 눈 위에 엎드려 기다리게 될 줄은 몰랐기 때문에 제대로 겨울옷을 차려 입지 않았던 만식이는 팔꿈치와 배와 넓적다리가 차츰 척척하게 젖어 들어오기 시작했다. 그리고 그는 마음이 허전했다. 아이들과 같이 장군봉을 올라왔는데도, 산으로 족제비 사냥을 왔는데도, 그는 자꾸만 마음이 허전할 따름이었다.

태양은 하얀 빛깔이었다. 태양은 여름의 열기와 타오르는 가을의 붉은 광채를 잃었고, 창백한 하늘에 쓸쓸하게 걸린 채로 힘없이 떠다녔다. 몇 조각 구름 역시 본디 지녔던 흰 빛깔이 차갑도록 투명해 보였다.

들판과 마을에는 눈이 며칠째 그대로 하얗게 덮였고, 골짜기에 쌓인 두툼한 낙엽 위에도 폭신하게 눈이 얹혔고, 앞쪽 바위벽에 달라붙어 말라죽은 담장이 잎사귀에는 희끗희끗 눈가루가 덩어리를 이루어 묻었고, 산기슭 논바닥에 줄줄이 세워놓은 볏단들은 이제 모양뿐 아니라 빛깔까지도 줄지어 기어가는 거대한 누에들의 하얀 행렬처럼 보였다.

어디로 눈을 돌리고 둘러봐도, 여기 엎드려 무엇을 하고 있어도, 만식이는 무엇인지 마무리 짓지 못한 듯 마음이 허전했고, 어디 다른 곳에 가서 무엇인지 다른 일을 해야 옳을 듯한 기분이었다.

만식이는 아무 소리도 내지 않고 가만히 엎드려 기다리는 다른 아이들을 하나씩 살펴보았다. 도토리나무 밑에 웅크린 봉이는 추위를 못 참겠는지 두 손을 마주 비비면서 바들바들 떨었다. 나이가 어려서이겠지만 봉이는 아무 눈치도 채지 못하고, 그냥 만식이가 이렇게 같이 어울려 다니게 되었다는 사실이 그냥 기쁘기만 한 모양이었다.

찬돌이와 기준이는 달랐다. 딴에는 시치미를 뗀답시고 태연한 척 행동하면서도 찬돌이는 잠시 만식이에게 자칫 남들의 눈에 거슬릴 정도로 애써 친한 체하다가도, 갑자기 제자리를 되찾으려는 듯 의식적으로 거리를 멀리 두는 태도가 오히려 어색하기만 했다. 기준이는 그와 대조적으로 불만과 시기와 앙심이 표정과 태도에 그대로 드러나서, 한 마디만 말을 잘못 걸었다가는 당장 덤벼들기라도 할 기세였다.

강호는 본디 말수가 적은 아이였지만, 무엇인지 이상한 낌새를 눈치챈 모양인지 말이 부쩍 더 드물어졌고, 오늘만 해도 여기저기 말총 덫을 놓으며 올라오는 동안 그는 만식이에게 단 한 마디도 먼저 얘기를 걸어오지 않았다.

만식이는 어딘가 음산한 기운이 감도는 분위기 속에서 이렇게 아이들과 같이 눈바닥에 엎드려 무엇인지 나타나기를 기다리며 시간을 보내는 어색한 상황이 불편했다. 서로서로 무엇인지 숨기고, 눈치를 살피고, 속이고, 그래서 솔직하지 못한 분위기가 그는 불안하고 허전했다. 만식이는 주변에서 벌어지는 상황들로부터, 그에게 그리고 주변의 모든 사람에게 벌어지는 온갖 일들로부터 자신이 멀리, 멀리 그리고 서서히 떨어져 나가는 듯한 기분이 들었다.

그에게는 모든 일이 이미 끝난 셈이라고 그는 생각했다. 그리고 한 번 끝난 세상이 되살아나거나 새로운 시작이 찾아오리라고 기대하는 헛된 욕심은 전혀 가능한 바람이 아니었으며, 그렇다고 해서 만식이와 밤나무집에만 종말이 찾아온 것도 아니었다. 다른 모든 사람들의 세상 또한 분명히 달라졌고, 지나간 세상과 새로운 세월은 그들 가운데 어느 누구에게도 찾아오지 않으리라고 그는 믿었다. 비록 금산리와 현암리와 월송리에 사는 다른 아이들과, 그의 어머니와, 이무기 아줌마와, 이웃집 훈장과, 어느 누구라도 아직은 잘 모르는 사실이었지만, 다른 사람들의 세상은 그의 세상과 함께 머지않아 다 끝나 사라져 버리고 말리라는 기분을 만식이는 느꼈다.

늘 혼자 지내왔기 때문인지는 몰라도 지난 몇 달 동안 만식이는 어째서 세상이 달라졌는지를 따져보려는 듯 지나간 일들을 자꾸 마음속으로 되새겨보고는 했었으며, 지금도 역시 지나간 사건들이 또다시 줄지어 그의 눈앞에서 물이 흐르는 듯 소리 없이 지나갔다. 하나씩 흘러가는 장면들은 단조롭고 따분했으며, 머릿속에서 흐르는 그림들은 아무런 빛깔도 없었고, 아무런 감정 그리고 어떤 의미와도 연결이 되지 않았다. 그가 되새기는 그림들은 그냥 무턱대고 순식간에 죽어버린 사소한 사건들이었으며, 한겨울 찬바람에 휩쓸리는 가랑잎처럼 어디론가 멀리 굴러가서 사라졌다. 줄지어 지나가 사라진 그림들에는 아무런 삶이나, 기쁨이나, 슬픔도 없었고, 거기에는 분노조차도 없었다. 그냥 맥이 풀린 적막감 — 막연한 불만과, 깊고도 공허한 허전함만이 남았을 따름이었다.

아이들은 눈바닥에 엎드려 한없이 기다렸다. 그러나 아무리 기다려도 족제비는 나타나지 않았다.

열하나

용녀가 방안에서 연거푸 피워 대는 담배 연기를 빼내려고 문을 반쯤 연 언례는 머리를 빗다 말고 추녀 끝에 줄줄이 매달린 고드름을 올려다보았다. 이엉의 짚이 녹아 들어가서 싯누런 빛을 먹은 고드름들이 따스한 햇살을 받아 천천히 녹아내려 댓돌로 떨어져서는, 물망울이 구슬처럼 반짝이며 깨져 흩어졌다.

깡통에다 끓인 커피를 씨 레이션 뿔숟갈로 휘휘 저으며 경대 옆에 기대고 앉아 이무기가 물었다. "이젠 뜨끔뜨끔한 건 다 없어졌지?"

언례는 방바닥에 엎드려 요요를 굴리며 혼자서 노는 만희를 힐끗 쳐다보았다. 만식이는 어디로 갔는지 집에 없었고 만희는 너무 어려 무슨 얘기인지 알아듣지도 못하겠지만, 그래도 언례는 조심이 되었다.

다시 거울로 돌아앉아 푸석푸석한 자신의 얼굴을 쳐다보고 언례가 말했다. "주사 덕택인가 봐. 이제는 고름도 그치고, 말짱해진 기분이야."

어느 날 오후 갑자기 밑에서 푸르스름한 고름이 펑펑 쏟아지기 시작했을 때 언례는 청천벽력이라도 맞은 듯 너무나 놀랐고, 이것이 어쩐 일이냐고 달려가 물었더니 "바로 그게 내가 얘기하던 그런 병이야"라고 용녀가 대답했을 때, 언례는 눈앞이 캄캄할 정도로 현기증을 느꼈었다. 화류병 ― 화류병이라면 세상에서 가장 더럽고 부끄러운 병인데, 드디어 언례는 그런 추잡한 병까지 걸리는 몸이 되고 말았기 때문이었다.

언례는 처음에 무섭고 소름이 끼치는 와중에도 도대체 어느 싸징이 이토록 더러운 병을 그녀에게 옮겨 주었는지 화가 나고 분했다. 그녀는 그동안 같이 숏 타임이나 롱 타임을 잤던 뺑코들을 머릿속으로 하나씩 되새겨 보았지만, 아무리 생각해도 작달막한 허만이라는 싸징이 분명했다. 뺑코들은 누구나 다 몸에서 털이 불에 그슬리는 듯한 노린내가 났지만, 그중에서도 허만의 몸에서 제일 지독한 냄새가 났다. 더구나 입으로 해 달라고 지겨울 정도로 못 살게 굴던 그의 사타구니에서 나던 썩는 냄새를 생각하면, 싸징 허만 이외에 그녀에게 이런 병을 옮겨줄 뺑코가 없었다.

누구한테서 '씨필리스'라는 병이 옮았는지, 그런 사실은 구태여 따져봤자 아무 소용도 없는 일이었다. 더럽고 괴로운 병이라면 어서 치료를 해야 상책이었고, 그래서 언례는 이무기더러 이런 병을 전문적으로 고치는 의사가 누구이며 읍내 어디로 가야 그를 만날지 가르쳐 달라고 했다. 언례의 초조하고 불안한 마음은 아랑곳하지도 않고 이무기는 한없이 느긋하기만 했다.

"언니, 그런 병 걸렸다고 해서 조금도 걱정할 필요 없어. 옛날엔 씨필리스 같은 병 걸리면 사람들이 턱턱 죽어 자빠졌다고 하지만 요샌 좋은 주사가 많아서 금방 고치니까, 조금도 염려하지 말라구. 그리고 우리 직업에선 그런 병도 두어 번 걸려봐야 제대로 딱지가 떨어지는 법이야."

텍사스 타운의 양갈보들이 단골로 찾아간다는 의사를 이무기가 그려준 지도를 들고 찾아간 언례는, 급한 김에 읍내까지 내달아 나오기는 했지만, 막상 병원으로 들어서기가 마음이 선뜻 내키지를 않았다. 말로만 병원이었지 "제네랄 구리닉(General Clinic)"이라는 허름한 널빤지 간판 하나만 내건 시장 뒷골목의 단층 기와집 앞에 다다른 언례는 안으로 들어가면 웬일인지 다시는 살아서 나오지 못할 듯 무서웠고, 혹시 이런 이상한 집으로 들어가서 그녀가 죽더라도 어느 누구 눈 하나 깜짝하지 않을 듯 불안했다. 더구나 몸에 지니고 온 병도 병인지라 문을 열고 들어가 왜 찾아왔는지를 솔직히 의사한테 털어놓을 용기가 그녀에게는 없었다.

한참 밖에서 서성거리기만 하고 차마 안으로 들어갈 엄두가 나지 않았던 언례는 다시 이무기네 집으로 돌아와 용녀더러 같이 가자고 부탁했다.

"참, 언니두, 우리 팔자에 도대체 창피가 어디 있고 눈치는 또 뭐 말라 죽을 눈치라고 그래? 그만큼 갈보 생활을 했으면 이제는 이력도 났을 텐데."

용녀를 따라 함께 찾아간 제네랄 구리닉 의사는 전쟁 통이라 남들은 다 굶는데 혼자만 열심히 먹어서인지 엉덩이가 옆으로 퍼질 정도로 뚱뚱한 50대 후반의 남자였다. 의사와 용녀는 무척 가까운 사이여서인지 "썩은 구멍"이니 뭐니 해가면서 온갖 노골적이고 추잡한 농담까지 주고받았지만, 언례는 낯선 집에 놀러가서 발가벗고 앉은 듯 여전히 초조하고 거북했다.

아무리 여러 남자한테 온몸을 하루가 멀다 하고 내보이기는 했어도 더러운 병이 걸렸노라고 대낮에 의사를 찾아가 밑을 벌리고 보여준다는 짓은 참으로 부끄럽고 속상한 일이었다. 더구나 주사 맞으러 언례 혼자 다시 찾아갈 때마다 의사가 "나는 다 안다"는 듯 시도 때도 없이 능글맞게 자꾸 웃으면, 창문의 빛을 안경알이 반사하여 시선이 어디를 향했는지조차 알 길이 없는 저놈의 의사가 죽이고 싶도록 미워졌다. 그래서 갈 때마다 이상한 질문을 늘어놓는 음탕한 의사의 얼굴을 한 번이라도 더 대하느니 언례는 "차라리 죽으면 죽었지 주사 맞으러 다시는 오고 싶지는 않다"는 생각이 불끈불끈 치밀고는 했지만, 양갈보 "팔자에 도대체 창피가 어디 있고 눈치는 또 뭐 말라 죽을 눈치"냐고 참아내는 수밖에 다른 도리가 없었다.

열둘

병이 걸린 언례에게 가장 난처했던 문제는 빽코 손님을 계속해서 받아야 한다는 사정이었다. 치료가 끝날 때까지 얼마 동안이나마 쉬고 싶기는 했지만, 머지않아 연합군이 후퇴하리라는 소문이 벌써부터 나돌아 다니는 판이어서, 그녀는 한 푼이라도 어서 돈을 더 벌어야 할 처지였고, 이무기는 이무기대로 그녀에게 "단골이 자꾸 늘어나는 지금이야말로 진짜 대목인데, 그까짓 병 때문에 집안에 들어앉아 쉬면 어쩌겠느냐"면서 '썩은 구멍' 쯤은 시치미 떼고 일을 계속하라고 부추겼다.

"병에 걸렸다고 해서 뭐 다른 애들이 번번이 쉬는 줄 아우? 언니, 그런 걱정 다 상관없는 일이야. 병 걸릴 때마다 쉬었다간 양갈보들 모조리 굶어 죽겠다. 다 눈치껏 하면 돼."

"그렇지만 단골한테 병을 옮겨줄 수는 없잖아."

"단골이 찾아올 경우에는 다른 싸비스를 손하고 입으로 다 해 주고, 다음에 다시 만날 때까지 참으라면서 그것만 안하면 괜찮아. 그래도 자꾸 달라붙는 싸장한테는 '아이 해브 비디'라고 그러라구. '비디(VD)'가 화류병이야. 그렇게 얘기하면 지들이 먼저 겁이 나서 안 할 테니까. 그리고 병에 걸리지 말라면서 그런 사실을 갈보들이 미리 가르쳐 주는 걸 어떤 빽코들은 오히려 더 고마워하지."

"하지만 일단 꼴린 다음에는 싸징들 물불을 안 가리잖아."

"그런 경우엔 삿꾸*를 쓰도록 해. 혹시 개들이 안 가지고 올 때를 생각해서 풍선은 늘 집에 충분히 준비해 둬야 해. 병을 옮겨 주면 그건 손님을 영원히 쫓아버리는 짓이니까 조심해야지. 처음 찾아오는 하루치기 뺑코는 병을 옮겨줘도 뒤탈이 별로 없지만, 단골한테는 신경을 써야 해. 아무리 유엔군이 후퇴를 한다고 해도 우리들이 부대를 쫓아가면 결국 또 만나게 될 사이니까, 손님 간수 정말 잘 하고, 내 말 잘 새겨들어."

그래서 언례는 손님을 받기는 하면서도 잠자리는 가능한 한 삼갔으며, 그럼에도 불구하고 사정이 여의치 않아 싸징 손님이 집요하게 요구하는 마지막 과정을 어떻게 해서든지 충족시켜 줘야 할 처지가 닥치면, 이무기와 순덕이 가운데 먼저 한 차례 끝난 여자가 언례의 싸징을 대신 받아주기로 하고 언례를 집으로 보내주기도 했다.

성병이야 읍내를 드나들며 열심히 주사 맞고 치료하면 끝난다고 해도, 언례를 더욱 괴롭히는 일은 그대로 남았으니, 그것은 밤이면 밤마다 술을 마셔야 하는 고역이었다. 술을 마시기 때문에 계속되는 숙취와 고통이 언례로서는 정신적인 절망감이나 죄의식 못지않게 견디기가 어려웠다. 술을 이기지 못해 내장을 못으로 긁어내는 듯 뱃속이 아파오면 언례는 뺑코들과 같이 마시다가 슬그머니 자리에서 빠져나가 집 뒤로 돌아가서 어둠 속에 웅크리고 앉아 우억우억 토한 적이 한두 번이 아니었다.

뒷마당에서 토하고 토하다가 나중에는 신물과 똥물이 목구멍으로

• 삿꾸: '콘돔'을 뜻하는 일본말.

올라오기까지 했고, 눈물까지 흘리면서 그렇게 뱃속을 비우고 나면 그녀는 눈을 한 움큼 집어 얼굴에 문질러 세수를 해서 겨우 정신을 차리고는, 비척비척 안으로 들어가 또다시 술을 마셨다. 언례는 낮이 되면 집 뒤쪽으로는 그래서 일부러 자꾸만 시선을 피했다. 어젯밤에 그곳에서 눈알이 허옇게 뒤집힐 정도로 창자를 토해내던 생각을 하면 뒷마당 쪽은 쳐다보기만 해도 배알이 뒤틀렸기 때문이다.

그리고 잠자리에서뿐 아니라 술자리에서 싸징 손님의 비위를 맞춰 준다는 일 자체가 그녀에게는 아직까지도 간단한 문제가 아니었다. 물론 이무기의 말마따나 그런 짓을 하고 싶어서 돈까지 주겠다며 찾아오는 손님들이니, 아무리 해괴한 요구라고 해도 양갈보들은 고분고분 들어주는 수밖에 없었지만.

"언니두 참 딱해. 어디 양갈보 신세에 손님을 골라 먹을 처지가 되겠수? 해 달라는 대로 다 해 주는 게 우리 직업인데."

그렇지만 언례로서는 아무리 여러 번 겪어도 '이력'이 붙지 않는 그런 손님들을 상대하기는 보통 문제가 아니었다. 이상한 물건을 가지고 와서 그녀의 다리 사이에다 집어넣으며 좋아하는 뺑코, 순덕이와 언례더러 발가벗고 둘이서 여자끼리 하는 흉내를 내라고 하고는 구경하며 좋아하는 뺑코들, 입으로 어떻게 해 어떻게 달라는 정도라면 보통이었고, 가랑이를 벌려놓고 사진을 찍어가거나 털을 몇 개 뽑아 봉투에 담아가지고 가는 싸징, 처음 찾아와서 온갖 힘들고 괴로운 짓을 시켜놓고는 지갑을 빠뜨리고 와서 돈이 하나도 없다며 슬금슬금 도망치는 양키를 내보내고 나서, 잔뜩 허물어진 몸으로 발가벗은 채 방에 멍하니 누워 있으면, 언례는 깊고도 깊은 우물 밑바닥으로 가라앉는 듯한 기분이 들고는 했다.

그러나 이런 일들은 모두가 머지않아 지나간 걱정이 될 조짐이었다. 유엔군 전군에게 후퇴하라는 명령이 시달되었다는 소문에 텍사스 타운은 벌써부터 어수선했고, 좋건 싫건 간에 뺑코들이 이곳을 떠나리라고 하니 어쩐지 무슨 한 세월이 끝나고, 앞에 절벽이 가로막아 그 뒤쪽의 미래가 잘라져 나가는 듯, 무엇인지 잘라져 없어지는 듯 막막한 기분을 언례는 느꼈다.

열셋

미군의 후퇴가 임박했다는 소문이 파다해질수록 이무기는 드라곤 레이디 구락부로 놀러 오는 싸징마다 붙잡고 술을 열심히 퍼 먹이며 중도의 병참부대가 언제쯤 후퇴를 하겠고, 그러면 우리들은 어디쯤 미리 가서 기다려야 되겠느냐고 캐묻고는 했는데, 뺑코들의 대답이 저마다 갈팡질팡하는 꼴을 보니 후퇴 여부가 아무래도 지금까지는 분명하지 않은 모양이었다. 그래서 이무기는 언례더러 내친 김에 아예 안전하게 부산까지 곧장 내려가 해운대 삐쭉구로 돌아가서 자리를 잡고 싶은데 같이 가지 않겠느냐고 슬그머니 마음을 떠보고는 했다.

언례는 지금까지 이무기를 무척 못마땅하게 생각한 적이 여러 번이었다. 텍사스에서는 밥 시중까지 해주고 엠피들의 눈을 피하며 암시장 출입도 언례가 도맡아서 대신 수고했는데, 뺑코를 치르고 받은 돈을 용녀가 어째서 절반씩이나 빼앗아 가는지, 그것이 억울하고 불쾌하다는 생각이 슬그머니 들기 시작해서였다. 그러나 이제 막상 뺑코들이 후퇴한다고 하니, 용녀가 양키들을 따라 이곳을 떠나버린 다음에는 어찌해야 좋을지 다시 앞일이 걱정되어 잘라 먹힌 돈쯤은 언례의 관심 밖으로 밀려나고 말았다.

군인들과 양갈보들이 남쪽으로 내려간 다음에, 만식이와 만희 두 아이와 함께 뒤에 남을 그녀는 어떻게 되는 것일까? 그리고 황 부자와 동네사람들은 나에게 이제부터 어떤 행동을 할까? 마치 아무 일도 없었다는 듯 무사히 넘어갈 리는 없는데 ….

언례는 이무기를 따라 부산으로 내려가려는 생각을 반쯤은 진지하게 해보았다. 하지만 양갈보 패거리와 어울려 만식이와 만희를 데리고 타향을 떠돌아다닐 생각을 하면 앞날이 아득하기만 했다. 그래, 만식이가 문제야. 그리고 만희하고.

만희는 데굴데굴 굴러가는 요요를 쫓아서 방바닥을 타박타박 기어가며 혼자 옹알거리고 웃었다. 아이들을 끌고 타향으로 돌아다니면서까지 그런 짓을 하며 돈을 벌겠다고 할 수야 없는 노릇이었다.

그동안 이무기한테 절반씩 떼어주기는 했지만 이제는 언례도 꽃값으로 받은 돈을 빈 고추장 항아리 속에다 상당히 많이 모아두었다. 그만한 돈이면 아이들을 데리고 어디론가 머나먼 타향으로 흘러가서 새로운 생활을 시작할 여유가 넉넉할지도 모른다. 그런데 도대체 만식이는 어디로 갔을까? 아침부터 통 종적이 보이지를 않으니 ….

"어딜 갔나 모르겠어." 입술에 바르는 빨간 연지토막을 찾으려고 경대 서랍을 뒤지며 언례가 혼잣말을 했다.

"뭐가?" 속치마를 갈아입으려고 문을 닫던 용녀가 물었다.

"만식이 말이야. 아까부터 안 보이던데. 얘가 어딜 갔지?"

"아까 언니가 아직 자고 있을 때 나갔어. 아침밥을 먹고 나서 금방."
"나가? 어딜 간다고?"
"아무 얘기 없던데. 나도 물어 보지 않았고. 만식인 본래 나하고 얘길 잘 안 하잖아."
"어딜 갔을까?"
"뭐 잘못됐어? 걱정되는 모양인데."
"만식이가 요새 너무 자주 나가서 돌아다닌다는 생각이 들지 않아? 왜 그렇게 자꾸 나가는지 모르겠어."
"애들하고 놀러 나가겠지."
"만식인 동무가 하나도 없어."
"그래?"
"동네 애들은 내가 일을 당한 이후로 만식이하고 같이 놀지를 않았어. 그러니 어딜 갔는지 몰라도 뭔가 다른 일 때문이었겠지."
"하긴 얘길 듣고 보니 아까 만식이 나갈 때 표정이 좀 시무룩했던 것 같았어."
"그앤 요즈음 늘 시무룩해 있는 걸."
언례는 한참 동안 거울에 비친 자신의 모습을 멀거니 쳐다보다가 입술을 그리기 시작했다.

열넷

만식이는 아무래도 마음이 놓이지 않아서 찬돌이와 기준이를 자신이 직접 감시해야 되겠다고 판단하고는, 땅꾼 집으로부터 백 미터쯤 떨어진 논바닥에 누군가 나중에 달집을 만들려고 쌓아둔 볏단 더미에서 한쪽 옆구리를 호미로 둥그렇게 파내어 몸을 숨기고 들어가 앉아서 망을 볼 자리를 마련했다. 스스로 무엇인지 대책을 취하지 않고는 어딘가 구멍이 뚫린 듯 허전한 느낌을 감당하기가 힘들기 때문이었다.

짧은 낮이 기울고 겨울밤이 일찍 깊어 마을이 캄캄해진 다음, 그리고 만희가 새근거리며 옆에서 잠든 훨씬 뒤에까지도, 만식이는 자리에 누워 한참씩 잠을 청했지만, 통 소용이 없었다. 눈과 달빛이 하얗게 덮인 들판을 건너 이무기네 집으로 살금살금 다가가는 찬돌이 그리고 기준이의 밉살스러운 모습을 상상하면 신경이 잔뜩 곤두서서 잠이 한꺼번에 저만큼씩 달아나버리고는 했다.

동네 아이들이 땅꾼 집 뒷마당에 와서 무엇을 하는지 빤히 알면서 그냥 내버려둔다면 그것은 자신도 아이들의 행위에 참여하거나, 아니면 그들을 도와주는 셈이어서, 만식이는 속 편히 집에 누워 잠을 자기가 불가능했다. 그는 이런 더러운 현실을 태연하게 뒷짐을 지고 구경이나 할 입장도 아니었고, 그렇다고 해서 조심하라고 엄마와 양갈보 아줌마들한테 일러바칠 처지가 아니었다. 사실 그는 이무기한테야 별로 미안한 생각조차 없었지만, 엄마한테 밤마다 죄를 짓는 듯한 기분만큼은 도저히 쫓아버리기가 힘들었고, 그래서 그는 이렇게 들판으로 나와 스스로 망이라도 봐야 그나마 마음이 조금 놓였다.

짚더미를 속으로 밀어 넣고 다져서 사람이 겨우 들어가 앉도록 만든 자리에 웅크리고 앉아서, 추위를 이겨내기 위해 머리에는 검정 물감으로 염색한 미군 벙거지를 쓰고, 발에는 큼직한 '워커' 군화를 신고, 군용 모포를 어깨에 둘러쓰고, 그는 이무기네 집과 들판과 냉랭한 겨울

밤하늘과 마을을 둘러보며 살폈고, 종아리와 발가락이 시려 가끔 두 무릎을 부채질하듯 벌렸다 오므렸다 했으며, 콧물 한 방울이 코끝에 맺혀 싸늘했다.

추워서 문을 모두 여미어 닫아 땅꾼 집에서는 불빛이 거의 새어 나오지 않았고, 방마다 뒤편으로 하나씩 낸 들창에서만 노란 기운이 따뜻하게 창호지를 밝혔다. 가끔 집안에서 요란하게 웃거나 노래 부르는 세 여자와 뺑코들의 소리가 닫힌 문을 통해 둔감하게 조금씩 한겨울 바깥으로 흘러나올 따름이었다. 납작하게 주저앉은 땅꾼 집은 어둠 속에 웅크린 채로 뱃속에서 이상한 소리를 내는 무슨 커다란 짐승처럼 보였다.

"헤이, 유 깟뎀. 노 터치 미."

까르르…. 짤그랑거리는 술병 소리. 라디오에서 나오는 노래. 콩닥콩닥 반주하는 음악에 맞춰 어떤 여자가 무슨 소린지 잘 알아듣기도 힘든 노래를 불렀다.

"여기는 조흔 곳…."

밤바람에 실려 흘러오는 노래를 건성으로 듣던 만식이는 벌써 두 시간째 이렇게 지푸라기 속에 파묻혀 앉아 망을 보느라고 얼어버린 몸이 피곤하여 스르르 졸음이 왔고, 달빛이 점점 밝아져 바알갛게 태양이 되어 들판을 따스하게 비추는 여름에 동네 개울에 띄운 종이배가 촐랑거리며 삼악산 쪽으로 동동 떠내려갔고, 투덕투덕 어디선가 누가 도리깨질하는 늦가을 소리가 들려왔고, 방앗간 앞에는 대낮인데 마을사람들이 모여 화톳불을 피웠고, 다섯 아이가 은행나무 밑에 모여 앉아 "나 이런 옛날얘기 안다" 해가며 여우와 귀신 얘기를 했고, 여자들이 노란 초가지붕에다 새빨간 고추를 널었고, 그러더니 어느새 새하얗게 눈이 내렸는데 만식이는 어딘지 한없이 걸어가다가 모래가 움푹 패인 곳에 발이 쑥 빠져 깜짝 놀라서 잠이 깨었다.

사방을 둘러보았지만 아무도 눈에 띄지 않았고, 이무기네 집에서는 콩닥콩닥하는 반주 음악 소리가 아직도 계속되었다.

열다섯

만희와 온 마을이 잠든 다음 만식이가 이렇게 망을 보러 나온 지가 오늘로서 벌써 사흘째였다.

첫날은 땅꾼 집 뒷마당에 아무도 얼씬거리지 않았다. 만식이가 볏단 더미에서 좌우를 살피며 조심스럽게 나와 두어 번 집 가까이 가서 살펴보았지만, 뒷마당에는 뺑코들이 아무렇게나 내놓고 싸갈긴 오줌이 눈을 파먹고 들어간 자국이 났고, 누군가 여기저기 토해놓은 밥알이 얼어붙었을 뿐, 아이들은 없었다.

어제는 찬돌이가 왔었다. 다리께서 이무기네 집으로 가는 길목에 볏단 더미가 위치했기 때문에 찬돌이는 그곳에 숨어서 망을 보던 만식이의 바로 앞을 지나가야 했고, 움푹한 구멍에서 만식이가 주춤거리며 일어서자 찬돌이는 깜짝 놀라 걸음을 멈추었다.

"너 만식이구나. 짜식, 호물호물 일어서길래 난 귀신이라도 나타나는 줄 알았잖아. 거기서 뭐하냐?"

만식이는 할 말이 생각나지를 않아서 건성으로 확인 경고만 했다.

"너 나하고 한 약속 잊어버리지 마."

"알았다고. 그럼 망이나 잘 봐라."

울타리가 없는 땅꾼 집의 뒷마당으로 어슬렁거리며 들어가서 찬돌이가 담벼락에 박쥐처럼 붙어 집안을 구경하는 동안, 만식이는 저 자식이 어서 다 보고 빨리 돌아가 주기만을 초조하게 기다렸다.

찬돌이는 정말로 오랫동안 구경했다. 저러다가는 날이 밝을 때까지 구경만 하고 아무리 기다려도 돌아가지 않을 듯싶었다. 그리고 그렇게 한없이 긴 시간이 지나서야 찬돌이가 뒷마당에서 나와 볏짚 더미 앞을 지나가며 말했다.

"나 간다. 낼 물레방앗간서 만나."

찬돌이가 개울 쪽으로 사라진 다음 만식이는 모포를 둘둘 말아 가슴에 안고는, 꽁꽁 얼어 당장이라도 퍼석거리며 부스러질 듯싶은 몸을 끌고 밤나무 집으로 돌아갔다.

오늘은 아직 찬돌이가 나타나지 않았고, 그래서 그가 다녀가거나, 아니면 이무기네 집 뼁코 손님들이 강을 오마하로 건너가 망을 볼 필요가 없어질 때까지 만식이는 그냥 기다릴 수밖에 없었다.

누군가 이무기네 집에서 웃는 소리가 들려왔고, 종아리의 감각이 자꾸 얼얼해지는데, 만식이는 언제부터인가 새하얗게 눈이 내린 벌판을 어딘지 걸어갔으며, 여기가 어디인지 그리고 그가 어디로 가는지 알 길이 없었지만, 왼쪽으로 북한강이 흘렀고, 분명히 그는 모래밭을 따라 걸었으며, 여름 햇살이 쏟아지는 강에서 파아란 물이 흐르는데도 강변에는 종아리까지 빠지는 눈이 두툼하게 쌓였고, 눈송이들이 주먹만 한 솜 덩어리처럼 사방에서 흩날려 가마리 쪽으로는 아무것도 보이지 않았고, 강에서는 두 척의 나룻배가 오락가락, 오락가락, 그는 자꾸만 걸었고, 한없이 걸었고, 논둑이 나타나자 휘몰아치는 눈 속에서 논둑을 따라 걸었고, 졸랑거리는 좁다란 개울도 건넜고, 집이 한 채도 없는 넓은 벌판이 나오자 눈이 그치고 논과 밭뿐이었으며, 왜 사람이 아무도 없을까 … .

그러다가 얼마나 잠을 잤는지 모르겠지만 엉덩이가 축축해져서 써늘한 기운에 퍼뜩 잠이 깨어 사방을 둘러보니, 달은 어느새 비스듬히 기울었고, 하얗게 얼어붙은 들판이 쓸쓸한데, 이무기네 집에서는 노래 소리가 그쳐 사방이 적막했다.

꽤 늦은 시간이라는 기분이 들었다. 어둠이 눈을 검게 뒤덮은 들판이 아까 꿈속에서와 마찬가지로 텅 비었고, 만식이는 웅크린 채로 얼어붙은 몸을 조금 펴서 이무기네 집을 살펴보았다.

누가 있었다.

와락 정신이 들어 만식이가 다시 살펴보니 집 뒤쪽 담벼락에 몸을 붙이고 추녀의 그늘 속에 숨어서 누가 작고 노란 들창으로 몰래 방안을 들여다보았다. "찬돌이 자식이 오늘도 또 왔구나" 하는 생각에 만식이는 불끈 화가 치밀면서도 "아냐, 차라리 모르는 체하는 편이 좋아" 하며 다른 생각으로 관심을 돌리려고 노력했다.

만식이는 작년인지 재작년인지 초여름에 가운뎃섬으로 아이들과 물새 집을 찾으러 갔다가 갈대밭 속 어디에선가 남자와 여자가 킬킬거리는 소리가 들려왔던 오후를 생각했다. 아이들은 숨을 죽이고 땅바닥을 살금살금 기어 소리가 나는 곳으로 다가갔다. 모래 바닥의 풀을 다져 옴팍하고 아늑한 둥지처럼 만들어놓은 자리가 갈대 사이로 보였고, 그곳에서는 현암리 떡보네 집 막내딸이 읍내에서 온 듯싶은 어떤 낯선 남자와 서로 뒤엉켜 몸을 만지작거리며 장난을 쳤다. 햇살이 목덜미에 무척 따갑던 한낮이었다고 만식이는 기억했고, 어른 남녀가 갈대밭에 숨어서 서로 만지작거리며 노는 광경이 무척이나 신기해 보였던 기억도 생생했다. 그러다가 근처에 아이들이 숨어서 그들을 구경한다는 사실을 눈치 챈 남자가 바지의 허리춤을 움켜잡은 채로 쫓아오며 돌멩이를 마구 집어던졌다. 아이들은 화가 나서 쫓아오는 남자가 재미있다고 깔깔거리며 도망치다가, 더 이상 쫓아오지 않으면 다시 갈대밭으로 들어가 남녀를 구경했고, 두어 번 이렇게 쫓고 쫓기다가 더 이상 못 참겠는지 여자는 갈대를 헤치고 금산리 나루터 쪽으로 도망쳐 사라졌고, 화가 잔뜩 난 남자는 한참 동안이나 아이들에게 돌멩이를 던지며 쫓아왔었다.

지금 땅꾼 집 뒷마당에서 찬돌이는 그때 금산리 아이들이 가운뎃섬에서 구경했던 것보다 훨씬 더 희한한 구경을 즐기는 중이었다.

열여섯

이무기 아줌마가 쓰는 오른쪽 방의 불이 마침내 꺼졌다. 찬돌이가 잠깐 머뭇거리더니 창문에서 물러났다.

이제는 찬돌이가 집으로 가려니 싶어서 만식이는 오늘 밤의 파수꾼 노릇이 끝났다고 마음이 놓였다. 그는 깔고 앉았던 볏단에서 몸을 일으켜 길게 기지개를 켰다.

하지만 몸을 돌려 뒷마당에서 나오려니 했던 찬돌이가 발돋움을 하고는 살금살금 엄마의 방 쪽으로 옮겨갔다. 그는 아직 불이 켜진 엄마의 방 뒤쪽 들창으로 안을 들여다보았다.

만식이가 벌떡 일어섰다. 아니 저 자식이! 내가 여기 앉아서 감시한다는 사실을 뻔히 알면서도 약속을 어기고 엄마의 방을 들여다보다니. 저, 개새끼!

'저 자식 죽여 버리겠어!'

마음속으로 소리치며 더 이상 주저하지 않고 만식이는 옆에 미리 준비해 두었던 장작개비를 들고 땅꾼 집으로 뛰어갔다.

마구 뛰어갔다.

한시라도 더 빨리 가서 엄마가 발가벗고 뺑코와 장난하는 꼴을 보지 못하게 어서 막으려고 만식이는 굵직한 장작을 불끈 움켜쥐고 마구 달려갔다.

집까지 거의 다 달려온 만식이가 우뚝 멈춰 섰다. 방을 들여다보던 아이는 찬돌이가 아니라 두꺼비였다. 두꺼비가…. 엄마를 훔쳐보던 놈은 두꺼비였다.

만식이가 장작으로 옆구리를 쿡 찌르니까 두꺼비는 질겁하며 옆으로 물러나 벽에다 등을 붙이고 만식이를 쳐다보았다. 만식이가 두꺼비더러 짚더미가 쌓인 곳으로 가라고 손가락으로 가리켰다. 잠시 주춤거리던 두꺼비가 만식이의 손에 들린 장작과 들판을 번갈아 보더니 아무래도 안 되겠다는 듯 포기하고 짚더미를 향해 주춤거리며 걸어갔다. 도망치려고 하면 당장 후려갈기려고 장작을 단단히 쥐고 만식이가 그 뒤를 따라갔다.

"거기 서." 만식이가 말했다.

두 아이는 군용 담요가 깔린 짚더미 앞에서 마주섰다. 만식이는 두꺼비를 한참 노려보기만 했다. 어두워서 표정은 잘 알아보기 어려웠지만, 이상하게도 두꺼비는 별로 겁을 내는 눈치가 아니었다.

"너 찬돌이한테 얘기 못 들었어?" 만식이가 물었다.

"무슨 얘기?" 두꺼비가 태연하게 말했다. "아, 그거. 들었어."

"그렇다면 너 땅꾼 집 근처에서 얼씬거리다가 나한테 또 걸렸다 하면 어떻게 될지 각오는 충분히 되었겠지?"

"날 어떻게 하려고?" 두꺼비가 두어 발자국 뒤로 물러나며 말했다. "너 날 때릴 생각이니?"

만식이가 장작개비를 들어 올려 보였다.

"이걸 내가 왜 가지고 왔겠어?"

"안 때리는 게 좋을 텐데." 역시 겁이 나기는 했으면서도 도전적인 목소리로 두꺼비가 말했다.

만식이가 팔을 높이 치켜들었다.

"잠깐만, 만식아, 잠깐 내 말부터 들어."

"난 너한테 듣고 싶은 말 없어."

당장이라도 후려치려는 만식이를 피하려고 몸을 움츠리며 두꺼비가 황급히 말했다. "니가 나 때리면 니 엄마한테 이르겠어."

"뭘 일러?"

"너하고 찬돌이하고 한 약속. 찬돌이더러 이무기네 집 구경해도 괜찮다고 네가 약속했다며? 너 만일 나만 때렸다 하면 그 얘기 니 엄마한테 이르겠어."

만식이가 주춤했다. 머리가 갑자기 아찔해지면서 그는 다리가 휘청거리는 기분을 느꼈다. 두꺼비는 그들이 혹시 마주치게 되는 이런 상황에 대해서 무엇인지를 미리 단단히 준비해 둔 듯싶었다. 그래서 그는 만식이를 대하는 태도가 분명했고, 무엇인지 속셈이 도사린 듯한 인상을 주었다.

"네가 찬돌이더러 방을 구경해도 좋다고 허락했다던데, 이왕 찬돌이한테 보여줄 바에야 나한테는 왜 안 보여주지?" 두꺼비가 곁눈질로 만식이의 표정을 살피며 말했다. "만일 찬돌이한테는 보여주면서 나한테만 못 보여주겠다고 막는다면, 그땐 너하고 찬돌이가 한 약속을 사람들한테 모두 고자질하겠어. 그러면 너희 엄마도 알게 되고, 훈장님도 알게 되고, 온 동네가 너희들의 비밀을 다 알게 되겠지. 그러면 넌 어떻게 될까?"

퍽 소리를 내며 만식이가 장작으로 두꺼비의 어깨를 후려쳤다. 기준이가 "어쿠!" 숨을 들이키며 비틀거렸다.

"이새꺄, 뭐가 어째? 너 그따위 아가리질만 했다 하면 뼈다귀도 못 추릴 줄 알아. 이새꺄! 이새꺄!"

기준이는 만식이가 내려치는 장작을 피하며 개울을 향해 도망쳤다. 만식이는 욕설을 퍼붓고 쫓아가며 두꺼비를 타작하듯 후려갈겼다.

열일곱

이튿날 밤 짚더미에 웅크리고 앉아 기다리던 만식이는 찬돌이가 이무기네 집을 구경하러 찾아오자 얼른 나가서 그를 붙잡아 세웠다.

"어, 너 오늘도 나왔구나." 찬돌이가 말했다. "왜, 나한테 뭐 할 얘기라도 있니?"

"두꺼비가 왔었어." 만식이가 다짜고짜 말했다. "어젯밤에."

"그래?"

약간 불쾌한 목소리이기는 했지만 찬돌이는 별로 놀란 기색이 없었다.

"너 걔한테 얘기 안했니?" 만식이가 물었다. "여기 오지 말라는 거."

"했지."

찬돌이가 귀찮은 듯 한 마디 툭 던지고 더 이상은 설명이 없었다.

"근데 두꺼비 새끼 여길 왜 왔어?"

찬돌이는 만식이의 질문에 대답하는 대신 잠깐 침묵을 지키더니 곁눈질로 살피며 물었다.

"그래서 어떻게 됐어? 싸우기라도 했니?"

말투를 들어 보니 그는 어젯밤에 여기서 무슨 일이 벌어졌었는지를 이미 훤히 아는 듯싶었다.

"싸워?" 만식이가 말했다. "그런 자식하고 내가 싸워? 그냥 두들겨 패서 보냈지."

찬돌이는 대답이 없었다. 무엇인지 잘못 돌아간다는 느낌이 든 만식이가 목소리를 조금 낮춰 물었다.

"너한테는 여기 구경하러 오라고 내가 허락했다는 사실을 두꺼비가 알던데."

"응, 그건 내가 얘기했어. 그게 왜 잘못됐니?"

"두꺼비가 나한테 공갈까지 치더라고. 저한테도 방을 구경시켜 주지 않으면 너하고 나하고 약속한 내용을 사람들한테 얘기하겠대."

찬돌이는 대답이 없었다. 이번에도 만식이가 먼저 다급해져서 물었다.

"사람들한테 얘기를 못하게 해야 되는데, 어떻게 하면 좋지?"

찬돌이는 지금 그들이 따지는 문제가 자기하고는 아무 관계가 없다는 듯 태연한 목소리로 말했다. "그건 네가 알아서 처리해야지."

이번에는 만식이가 대답을 못했다. 찬돌이의 대답이 너무나 뜻밖이었기 때문이었다.

찬돌이가 물었다. "그래서 넌 두꺼비한테 뭐라고 그랬니?"

"아까 얘기했잖아." 만식이가 짜증스럽게 말했다. "두들겨 패서 쫓아버렸다고."

찬돌이는 이번에도 별다른 반응을 보이지 않았다.

"헌데 내가 보기에 두꺼비 자식이 또 올 눈치야." 점점 초조해지는 목소리로 만식이가 말했다. "말하는 태도가, 뭐랄까, 방을 내가 안 보여주면 정말 사람들한테 우리 얘기를 하겠더라고."

"너 어떡할래?"

"뭘?"

"두꺼비가 다시 오면. 구경 못하게 할 생각이니?"

찬돌이가 다시 만식이의 눈치를 살폈다.

"그럼. 다시 오면 또 두들겨 패서 쫓아버릴 테야. 그러니까 너도 개한테 다시 한 번 얘기해 봐. 여기 오지 말라고. 그리고 사람들한테 이런 얘기 입도 뻥긋하지 말라고."

찬돌이가 잠시 무엇인지 생각해 보고는 말했다. "두꺼비한테 방을 보여주면 문제가 훨씬 쉽게 풀리지 않을까?"

만식이는 찬돌이의 말이 믿어지지 않았다.

"뭐? 뭐라고?"

"두꺼비한테도 방을 보여주는 게 좋겠다고."

"너 지금 그거 진담으로 한 얘기야?"

"잘 생각해 봐. 그게 제일 좋겠어. 한 아이한테 더 방을 구경시켜준다고 해서 무슨 차이가 나니? 두꺼비만 구경하게 해주면 아무 걱정도 없어지잖아."

"두꺼비 자식이 어제 우리 엄마 방을 들여다봤단 말이야!"

"그건 내가 주의시키고 다짐을 받아둘게. 이무기하고 빨래판 방만 구경하라고 내가 단단히 타이르겠어. 그리고 네가 밤마다 여기 나와서 지키잖아? 이제는 그걸 아니까 두꺼비도 앞으로는 조심하겠지."

"난 그렇게 못해. 그 자식까지 와서 구경하는 꼴 난 그냥 놔두진 않겠단 말이야."

"정신 차리고 잘 생각해 봐. 만일 우리들이 여기서 벌인 일을 사람들이 알게 되면 어떻게 되겠어? 우리 엄마가 이런 거 알게 되면 날 때려죽이려고 덤비겠지."

"그러니까 네가 알아서 두꺼비를 잘 단속하란 말이야."

"이건 너도 신경을 많이 써야 할 문제라고. 네가 나한테 방을 구경시켰다는 사실을 너희 엄마가 알게 되면 넌 어떻게 되겠니? 사람들은 네가 우리들하고 놀고 싶어서 엄마가 뺑코들하고 장난치는 장면을 우리들한테 구경시켜 줬다 할 테고, 그럼 나하고 두꺼비보다도 네가 더 혼이 날 텐데."

"하지만 내가 너희들을 불러다 구경시킨 건 아니잖아. 이런 건 다 너희들이 텍사스에서부터 시작한 짓이지."

"아냐, 만식아, 사람들은 그렇게 생각하지 않아. 사람들은 두꺼비하고 내가 하는 얘기를 믿을 테니까.”

"그게 무슨 소리야?"

"만일 소문이 퍼지고 입장이 난처해지면 두꺼비하고 내가 그럴 거야. 우리들은 아무 소리도 안 했는데, 같이 놀아주면 대신 우리들한테 엄마가 양키하고 씹하는 방을 구경시켜 주겠다며 네가 우릴 불렀다고 말이야. 그러면 넌 입장이 어떻게 되겠니?"

"너 진짜로 그런 거짓말을 할래?"

찬돌이는 대답하지 않았다.

머리가 어지러워진 만식이는 속으로 무엇인지를 부지런히 따져보느라고 한참 잠자코 골몰하다가 불쑥 물었다.

"헌데 너 왜 이러니? 왜 그렇게 두꺼비 편만 들지?"

찬돌이가 힐끗 만식이를 곁눈으로 쳐다보았다.

"솔직히 얘기하면 두꺼비 새끼가 나한테도 와서 공갈을 쳤어. 같이 구경하지 않으면 사람들한테 다 불어버리겠다고."

"그걸 그냥 내버려 두었어? 그런 소릴 듣고도 자식을 그냥 내버려 두었냐고. 차라리 죽여 버리기라도 하지."

"나도 새끼 그냥 혼낼까 생각해 봤지만, 그것보단 네가 두꺼비한테 구경시켜주는 편이 더 간단하게 일을 해결하는 방법이라는 결론을 내렸어. 안 그러니? 아까 얘기했지만…."

"시끄러." 만식이가 말을 가로막았다. "이런 식으로 나오려면 앞으로는 너도 오지 마. 두꺼비 새끼가 소문을 퍼뜨린다면 일은 다 끝장나는 거니까, 좋아, 그러니까 너도 앞으로는 땅꾼 집 근처에 나타날 생각을 하지 말라고. 두꺼비가 못 오게 네가 막고, 아니면 입이라도 틀어막을 방법이 없다면, 그럼 너도 오지 말란 말이야."

"네가 이러면 앞으로 어떻게 될지 알고나 하는 소리야?"

"어떻게 되건 다 좋아. 내가 무슨 일을 당하더라도 상관없어."

만식이는 자기도 모르게 한쪽으로 자꾸만 마음이 굳어져 갔다.

"만일 두꺼비를 처리하지 않고 네가 다시 여길 온다면 그땐 내가 가만 놔두지 않겠어."

찬돌이가 만식이를 빤히 쳐다보았다.

"그럼 구경을 못하게 네가 날 막아 보겠다는 소리야?"

"그래."

"그러다가 너 다칠 텐데."

"누가 다칠지는 두고 봐야지."

찬돌이가 잠깐 무슨 생각을 하더니 후우 길게 숨을 내쉬었다.

"좋아. 어디 누가 다치는지 보자고."

그러더니 그는 돌아서서 개울을 향해 나지막이 휘파람을 불며 천천히 걸어갔다.

들판에 혼자 남은 만식이는 그제야 겨울밤의 차가운 바람이 뺨에 느껴졌다.

열여덟

이튿날 밤에는 일부러 만식이의 마음을 떠보려는 듯 찬돌이가 아예 두꺼비를 데리고 함께 왔다. 두 아이는 이무기네 집으로 가지 않고 만식이가 웅크리고 앉아 기다리는 짚더미로 곧장 왔다.

만식이가 장작을 움켜쥐고 일어섰다.

찬돌이가 만식이의 앞에 버티고 서자 두꺼비는 두어 발자국 뒤에 떨어져 그들을 지켜보았다.

"우리들 구경하러 왔어." 찬돌이가 다짜고짜 말했다. "정말 네가 우리들을 막을 생각이니?"

만식이는 이제 와서 무엇을 따질 필요도 없었기 때문에 찬돌이를 후려갈기려고 장작을 번쩍 치켜들었고, 그보다 훨씬 재빨리 찬돌이가 두 발당성으로 아랫배를 차고 들어왔으며, 만식이는 배를 움켜잡고 고꾸라졌다. 미처 정신을 차릴 겨를도 주지 않고 찬돌이가 덤벼들어 장작을 빼앗아 들고 만식이의 어깨와 다리를 마구 후려갈겼다.

"너 다칠 거라고 내가 그랬잖아." 찬돌이가 이를 악물고 말했다.

"나도 때릴게." 두꺼비가 뒤쪽에서 속삭이는 소리가 들여왔다.

"넌 저리 비켜!" 찬돌이가 소리쳤다. 그리고는 만식이에게 말했다. "너 다친다고 내가 그랬잖아."

"죽여 버려. 저 새끼 죽여 버려!" 뒤에서 두꺼비가 이를 악물고 말했다.

만식이는 제대로 대항도 못하고 그렇게 쓰러져서 한참 얻어맞기만 했다. 찬돌이가 장작을 집어던지고 허리를 펴더니 무릎과 손에서 눈을 털었다.

"만식이 너 내 말 똑똑히 잘 들어." 찬돌이가 말했다.

만식이는 몸을 일으킬 기운도 없이 신음소리만 냈다.

"너 내일부터는 여기 나와서 버티고 앉아 망을 볼 생각 따위는 하지도 말라고. 알았지? 이제부턴 매번 우리 둘이서 같이 구경하러 올 테니까 우릴 막겠단 생각은 아예 하지도 말란 말이야. 오늘은 구경 안하고 그냥 가겠지만, 내일부터는 순순히 내 말대로 해. 알았어? 가자, 두껍아."

열아홉

그렇게 장작개비로 두들겨 맞았으면서 만식이는 이상하게 기분이 좋았다.

지금도 기분은 상쾌했다.

뺨과 손등에 닿은 눈이 녹아 차갑게 젖어 와도, 이제는 기운을 차려 일어날 힘이 넉넉했어도, 만식이는 그냥 논바닥에 엎드린 채로 기분이 좋았다.

그는 마음속이 흐뭇함으로 뿌듯하게 가득 차왔다. 늘 찌뿌듯하던 죄의식도 걷히고, 이제는 아이들과 다시는 같이 놀 수가 없게 되어 혼자만 지내리라는 사실이 분명해졌어도, 그는 조금도 걱정이 되거나 슬프지를 않았다.

만식이는 입으로 심호흡을 했다. 입안이 찝찔해서 피가 섞인 침을 뱉고는 다시 천천히 입으로 숨을 쉬었다.

온몸에 멍이 들었겠지만, 묵직한 아픔도 어느새 천천히 가시기 시작했다. 아주 천천히.

그리고 그는 기분이 좋으면서도 소리 없이 흐느껴 울었다. 눈 위에 엎어진 채로 그는 평온하게 흐느껴 울었다.

스물

"게 앉거라."

석구가 방으로 들어오자 힘겨운 듯 자리에 일어나 앉아서 황 노인이 석유등잔의 심지를 조금 올렸다.

"무슨 일로 부르셨나요?"

밤늦게 갑자기 사랑으로 건너오라고 한 아버지가 하려는 얘기의 내용이 무엇인지 반쯤 짐작이 가기는 하면서도 석구가 근심스럽게 물으며 문 앞에 무릎을 꿇고 앉았다.

"오늘 초저녁에 방앗간 한 씨가 다녀갔단다."

"압니다."

아버지가 더 이상 설명하지 않고 침묵을 지키자, 석구는 "강호 아버지가 왜 왔었느냐"고 아들이 질문해 주기를 노인이 바라는 모양이라는 생각이 들었다. 그래서 물었다.

"강호 아버지가 왜 왔었나요?"

"떠나겠다고 하더라."

그러하면 방앗간 식구들이 금산리에서는 피난을 떠나는 첫 가족이 될 터였다. 독가마골에서는 벌써 여러 가구가 보따리를 챙겨 남쪽으로 떠났다지만 금산리 사람들은 그래도 서로 눈치를 살피며 차일피일 미루어 왔는데, 드디어 첫 가족이 떠나리라는 얘기였다. 한 가족이 떠나면 다른 집들이 기다리기라도 했다는 듯 우르르 뒤따라 이곳을 떠나리라.

"언제 떠난답니까? 강호네 식구 말예요."

"오늘밤으로 짐을 꾸려 내일 아침 일찍 떠나겠다고 하더구나. 제일 먼저 도망간다는 꼴이 좀 창피한 모양인지 마을의 다른 사람들한테는 인사도 없이 절을 바꾸는 중처럼 몰래 마을에서 빠져나갈 모양이더라."

노인과 아들은 서로 시선을 피하고 잠깐 침묵을 지켰다. 상대방에게 무슨 심한 죄를 짓기라도 한 사람들처럼 노인은 겨울바람에 달달거리는 문의 창호지를 물끄러미 쳐다보았고, 석구는 주둥이가 연기로 까맣게 그은 석유등잔의 등피 속에서 나른히 타오르는 불꽃을 응시했다.

오늘이냐 내일이냐 시간은 다를지언정 어쨌든 이제는 마을사람들이 거의 다 피난을 떠나리라는 점만큼은 분명한 사실이었다. 어쩌면 금산리 마을도 다른 마을들처럼 며칠 사이에 텅 비어 버릴지도 모른다. 사람이란 무리를 지어서 서로 의지하며 살게 마련이어서, 놀란 짐승의 떼처럼 남들이 도망치면 너도나도 덩달아 뒤쫓아서 도망치게 마련이었고, 그래서 석구는 금산리가 곧 버림받은 마을이 되리라고 생각했다.

자주 읍내를 드나들어 얻어들은 애기도 많았으려니와, 텍사스 타운에서 미군들의 입을 통해 흘러나오는 소문들을 들어 정리해 보면, 전황은 분명히 연합군과 국군에게 불리했다. 10월 초순에는 중공군이 국경지대로 집결한다는 첩보에 따라 적군의 월경(越境)을 막으려는 선제공격을 가하느라고 신의주에서 대규모 공습이 벌어졌다 했다. 이렇게 미군들이 압록강 다리를 폭격한 다음에는 여차하면 유엔군이 국경을 건너 중국 본토로 진격할지도 모른다고 크게 걱정이 된 중국에서는 군대를 더 많이 보내기로 했다는 소문도 들려왔다.

얼마 후에는 점점 더 불길한 소식이 전해졌다. 중공군이 결국 전쟁에 뛰어들었다. 대포와 비행기와 탱크가 훨씬 많기는 해도 유엔 군대는 개미떼처럼 덤벼드는 중공군의 인해전술에 정신없이 밀려 내려오기 시작했다. 라디오에서는 어느새 평양을 도로 공산군에서 내놓았다는 소식도 전했다. 그러더니 다시 아군이 황해도와 강원도까지 후퇴하는가 하면, 흥남 부두에는 피난민이 수십만 명이나 몰려 아수라장을 이루었다는 소문도 나돌았다.

그런가 하면 국군과 연합군이 인천 상륙 이후 너무 서둘러 북진하는 바람에 뒤로 처진 공산군이 후방에서 유격대 활동을 벌여 태백산맥을 근거지로 삼고 4천 명의 공산 빨치산이 준동했으며, 화천 댐의 수문을 열었을 때는 그들 가운데 일부가 후방 교란 공작을 벌이려고 춘천 읍내까지 침투했었다는 소문까지도 뒤늦게 사람들을 긴장시켰다. 새해에 들어서면 공산군이 개성, 문산, 춘천, 양양을 연결하는 전선을 강력히 구축하여 한꺼번에 쳐내려 오리라는 얘기까지 들려오는 추세로 미루어 보아, 피난을 가려면 아무래도 금년이 다 가기 전에 떠나야만 할 듯싶었다.

"전세가 워낙 불리하니 모두들 뒤숭숭해서 더 이상 버티지 못하고 떠나려고들 하는 모양이죠."

석구가 아버지의 표정을 살폈다. 황 노인은 시원한 대답을 하지 않고 샛바람에 팔랑거리는 문풍지만 물끄러미 쳐다보았다. 석구는 아무래도 아버지가 따로 하고 싶은 얘기를 입 밖에 꺼낼 분위기를 마련하느라고 뜸을 들이는 듯한 인상을 받았다. 무척 거북하고 난처해서 차마 선뜻 말을 꺼내지는 못하지만 그래도 꼭 해야 할 무슨 얘기가 부담스러워서 필시 저렇게 침묵을 지키는 모양이었지만, 그는 아버지가 말문을 열도록 도와줄 마음은 아직 없었다.

답답할 정도로 긴 침묵 끝에 이윽고 황 노인이 입을 열었다.

"피난을 안 갈 수도 없지 않겠느냐."

석구는 아버지가 무슨 뜻으로 그런 말을 했는지 얼핏 판단이 서지 않았다. 마을사람들이 피난가려고 조바심하는 심정을 이해한다는 뜻이었을까, 아니면, 아니면 … 아버지는 당신이 피난을 떠날 생각이라는 뜻이었을까? 석구는 뭐라고 대답해야 좋을지 판단이 서지 않았고, 그래서 두 사람은 다시 시선을 피하며 침묵을 지켰다.

지난번에는 공산군이 어찌나 빨리 치고 내려왔는지 미처 피난은 생각도 못했었지만, 지금은 이남뿐 아니라 이북에서도 사람들이 줄지어 피난을 내려오는 판국이었으며, 전쟁은 이제 강 건너 금산리라고 해서 고스란히 남겨둘 리가 없었다. 서면은 어느새 전쟁의 상처를 많이 받았고, 또다시 땅의 주인이 바뀌고 나면 이번에는 마을사람들이 어떤 변을 당할지 알 길이 없었다. 더구나 중도에 외국 군인들이 들어와 진까지 치고 지냈으니, 그들이 떠나고 공산군이 들어온 다음에는 아무래도 서면 사람들은 무사하기가 어려울 사정이었다. 그러니 가만히 앉아서 기다리다가 뜻밖의 변을 당하느니보다는 아예 난을 피하는 쪽이 현명하리라. 아마도 아버지는 그런 생각을 했는지도 모른다.

"우리들도 떠나야 할까요?"

마침내 아버지로 하여금 말문을 열도록 도와드려야 되겠다고 작정한 석구가 노인에게로 시선을 돌리고 물었다.

황 노인은 여전히 대답하지 않았다. 그것은 피난가지 않겠다는 쪽보다는 떠나고 싶다는 뜻을 간접적으로 시인하는 침묵이었다.

피난을 떠나다니 … . 그렇다면 아버지가 마침내 고향을 떠나기로 결심했다는 뜻일까? 석구는 부자간에 서로 거북한 화제는 잠시 더 뒤로 미뤄야 좋을 듯싶어서 말머리를 돌려보려고 했다.

"읍내에 나가 보니까 피난민들이 꽤 많더군요."

읍내 한길에는 요즈음 몸에 붙일 만한 물건들만 챙겨서 머리에 이고, 짊어지고, 양손에 들고 남쪽으로 도망가는 피난민들이 날마다 줄을 지었다. 몸에 달고 다닐 수가 없는 집과 고향과 재산과 이웃들을 버리고 달아나는 사람들. 어디로 가서 언제까지 목숨을 부지해야 하는지 알지도 못하면서 무작정 길로 나서는 사람들. 어머니와 할머니들은 아기를 업고, 조금 큰 아이들은 엄마 꽁무니에서 아장거리며 걸어서 따라가고, 쌀과 이부자리와 옷과 그릇, 그리고 닥치는 대로 목숨을 살려 나가는 데 필요한 물건을 싸들고 무작정 남쪽으로 가는 사람들이 밤낮으로 줄지어 지나갔다.

이윽고 머리를 들어 아들을 마주 쳐다보며 황 노인이 말했다.

"중도에 주둔한 외국 군인들도 곧 떠난다지? 방앗간 한 씨가 그러더구나."

"저도 그렇게 들었습니다. 다음 주일 안으로 부대가 가운뎃섬을 떠난다는군요. 그래선지 그곳 판자촌 양공주들도 절반가량은 벌써 남쪽으로 떠났고, 나머지 여자들도 짐을 싸는 중이랍니다."

"그래서 그런 모양이구나." 황 노인이 다시 문풍지로 시선을 돌리며 혼잣말처럼 중얼거렸다.

"예?"

"그저께 저녁에 땅꾼 집에 들어와서 사는 타관 여자가 사람들 눈을 피해서 아침 일찍 날 찾아왔었단다."

잠깐 무슨 생각을 하고 나서 노인이 말을 이었다.

"언례 몰래 왔으니까 아무한테도 얘기하지 말라면서 나더러 땅꾼 집을 사라고 그러더라. 이곳을 떠나 부산으로 가겠다면서 말이다. 못된 계집 같으니라고. 떠나고 싶어서 떠나는 것도 아니고, 이곳 사람들을 생각해 주느라고 떠나는 것도 아닌데, 나더러 집을 사라니."

"그래서 그냥 보내셨군요."

"그냥 보냈다. 나중에는 반값이라도 달라고 별의별 입에 발린 소리를 다 하더라만, 그토록 날뛰던 독살스러운 성미는 어딜 갔는지 …."

그러나 아무래도 아버지가 그를 부른 이유는 땅꾼 집이나 양갈보들 얘기를 나누기 위해서는 아니었으리라. 석구는 점점 더 속이 답답해졌다. 그리고 아버지가 입 밖에 꺼내기를 그렇게 거북하다고 느낀다면, 석구가 도와주는 편이 오히려 바람직했다.

"혹시 저한테 따로 무슨 하실 말씀이 없으시다면 그만 제 방으로 건너가 봤으면 좋겠는데요?"

노인이 자세를 고쳐 똑바로 일어나 앉아서 아들을 빤히 쳐다보았다. 그러더니 불쑥 말했다.

"우리도 떠나기로 했다."

"예?"

하지만 그런 얘기가 나오리라고 반쯤은 예상했던 터라 석구는 별로 놀라지를 않았다.

"우리도 피난가야 되겠다는 말이다."

"아버님 몸도 편치 않으신데 어떻게 험한 길에 나서려고 그러십니까? 공산군이 다시 온다고 해도 뭐 별일 있으려고요."

"아니다. 떠나야 해. 떠나야 할 이유가 생겼으니까."

"무슨 이유 말인가요?"

"우린 어차피 금산리 마을을 떠나야 할 처지가 아니냐. 너도 알다시피 … ."

더 얘기하지 않아도 석구는 알아들을 만했다. 보나마나 노다지 금광에 관한 비밀, 모두들 다 알지만 아무도 모르는 체했던 비밀을 마침내 아버지가 당신 입으로 직접 밝히려는 모양이었다.

노인은 다시 아들의 시선을 피해 문풍지를 쳐다보며 얼른 얘기하고는 잊어버리고 싶기라도 한 듯 툭 한 마디 던졌다.

"이 집도 이제 우리 집이 아니다."

뜻밖의 얘기에 석구가 놀랐다.

"예? 그건 무슨 말씀이세요?"

"떠나는 사람이긴 하지만 방앗간 한 씨한테 이 집도 팔았어."

석구는 언뜻 납득이 가지 않아 머리가 띵한 기분을 느꼈다. 너무나 갑작스럽게 밀어닥치는 종말.

"이런 전쟁 통에, 그것도 더구나 모든 재산을 버리고 피난가는 판국에, 강호 아버지가 집을 사겠다고 했단 말인가요?"

"사겠다고 동의했다기보다는, 우리 사정을 알고 내 체면을 지켜준 셈이지." 노인이 한숨을 지었다. "내가 미련한 짓을 했다가 낭패를 본 다음 한 씨한테 얼마나 신세를 졌는지는 한 번도 얘기한 적이 없지만, 어쨌든 너희들이 다 잘 알겠거니 생각한다. 이번에도 그런 식으로 도움을 받았지. 마을사람들은 아무도 모르게 말이다."

노인의 시선이 다시 애꿎은 문풍지를 향했다. 그리고는 말을 이었다.

"얼마 안 남은 재산에 미련을 가지고 집안이 망한 고장에서 며칠 더 버틴들 무슨 소용이겠니? 그래서 아예 다 털어버리고 떠나야 되겠다는 생각이 들더구나. 모두들 피난을 떠나려는 눈치이니, 핑계 김에 그런 와중에 묻혀 이 고장을 떠나잔 말이다."

"하지만 … ."

"동네사람들한테는 아무 얘기도 하지 말고, 조용히 떠날 준비를 해라. 소에다 싣고 갈 만한 짐을 한 바리 챙겨 외양간에 두었다가, 날씨를 봐서 어느 날 동틀 녘에 조용히 떠나도록 미리미리 채비해 두어라."

"여길 떠나면 어디로 가시려고요?"

"아무래도 부산 쪽으로 가야 되겠지. 국군이 어디까지 후퇴할지 모르니까 아예 남쪽 끝까지 내려가야 안전하지 않겠냐?"

"막상 부산으로 내려간다고 해도 거길 가서 어떻게 살아갈지 생계가 막막하잖아요?"

"돈을 좀 가지고 가니까 그럭저럭 길을 찾게 되겠지. 방앗간 한 씨에게서 받은 돈에다가 땅꾼 집을 되사려고 곡식을 팔아 마련해 둔 돈도 마침 남았으니 얼마 동안은 무사히 견디리라는 요량이다."

"그럼 언제쯤 떠나는 것으로 알고 준비할까요?"

"글쎄, 빠를수록 좋겠다. 아무래도 며칠은 준비해야 할 테니 … 다음 주일쯤에는 떠나야 하지 않겠니?"

"알겠습니다."

"그럼 건너가 봐라."

석구가 자리에서 일어섰다.

"주무세요. 길 떠나면 고생일 텐데, 몸이 성하셔야죠."

"알았다." 그리고는 방을 나서려는 석구의 등 뒤에서 노인이 힘겨운 듯 나지막이 말했다. "혹시 내가 피난길에서 죽더라도 나야 타향에 묻히겠지만, 전쟁이 끝나거나 하면 너라도 잊지 말고 가끔 찾아와 마지막 남은 우리 땅인 선산이나마 정성껏 살펴보도록 해라."

스물하나

캄캄한 물레방앗간 본부로 두 손을 뻗어 더듬거리며 들어간 만식이는 바깥으로 불빛이 새어나가지 않도록 한쪽 구석에다 바싹 붙여 양초를 켜서 세워놓고는 지하무기고 뚜껑을 열고 내려가 탄약통을 꺼냈다. "더 이상 그냥 내버려 두지 않겠어. 어떻게 해서든지 아무도 이무기네 집으로 구경을 오지 못하게 막아야 해." 이렇게 급한 마음이 자꾸만 앞서는 속에서 그는 기관포 탄약통을 뒤져 권총을 꺼냈다. 고무줄과 명주실로 손잡이에다 단단히 붙잡아 맨 파이프 총열이 촛불을 받아 파랗게 빛났다.

여기까지 오기 전에 벌써 여러 번이나 마음속으로 다지고 또 다진 바였으므로 만식이는 우물쭈물 무엇을 생각하고 따지거나 시간을 낭비할 필요가 없었다. 찬돌이와 두꺼비는 지금쯤 벌써 이무기네 집에 가서 틀림없이 훔쳐보기를 하는 중이었다. 몽둥이를 휘둘러 대며 힘으로 그들을 쫓아내기란 불가능했으며, 그들은 이제 만식이를 완전히 만만하게 보고는 그가 무슨 말을 하건, 어디서 지키고 망을 보든 아랑곳하지를 않고 버젓하게 땅꾼 집으로 갔다. 오히려 약을 올리느라고 만식이를 어디서 만나면 훙얼훙얼 콧노래까지 부르며 지나갔다. 지난 며칠 날씨가 바짝 추워져 북한강이 꽁꽁 얼어붙었어도, 강물이 얼기만 하면 텍사스로 건너가고 이무기네 집에는 얼씬도 하지 않으리라던 약속조차도 그들은 지키려고 하지 않았다.

"야, 저기 가면 구경거리가 얼마든지 많은데 왜 덜덜 떨며 텍사스까지 고생하며 간다냐? 너 누굴 바보로 알아?"

남은 방법이라고는 이것밖에 없다고 아까 낮에 이미 결정을 내린 만식이었다.

그는 파이프 권총의 공이를 젖히고 총열에다 뇌관이 말짱한 엠원 탄피의 좁다란 목을 꽉 끼웠다. 장군봉 수리바위로 사냥갔던 날은 끝까지 족제비가 나타나지 않아 현장에서 성능을 확인하지 못했지만, 집으로 돌아오는 길에 찬돌이는 만식이한테 자랑을 하느라고 산기슭의 어느 바위에다 대고 권총을 쏘아 효력을 보여주었다.

"내가 한 번 쏠 테니까 얼마나 쎈지 보라구. 귀 막아!"

총성은 꼭 귀를 막아야 할 정도로 그렇게까지 크지는 않았지만, 바위는 총알이 맞은 자리가 하얗게 부서져 벗겨졌다. 그런 정도의 위력이라면 찬돌이의 말마따나 족제비쯤 죽이기는 간단한 일이었다. 그리고 이런 총이라면 아이들을 땅꾼 집에서 쫓아버리기에도 충분했다.

탄피가 총열에 단단히 물린 다음에 만식이는 팔을 길게 뻗고 머리를 옆으로 돌리고는 짚더미 속에다 권총을 쑤셔 넣고 방아쇠를 당겨 격발시켰다. "빡!" 소리가 나며 뇌관이 터졌다.

"알았어. 이렇게만 하면 되는 거야." 만식이가 혼잣말을 했다.

만식이는 뇌관에 공이로 맞은 자국이 없는 탄피를 찬찬히 골라서 찬돌이가 설명했던 대로 깨알 화약을 단단히 다져 넣었다. 그리고는 따로 준비해온 양초를 물렁물렁하게 녹여 자전거 바퀴살의 고리와 짓이겨서 탄피 구멍을 단단히 막았다. 이렇게 새로 준비한 실탄을 총열에 끼운 다음 만식이는 나중에 더 필요할지도 모른다는 생각에 화약 한 주먹과 자전거 고리를 추려 저고리 호주머니에 넣고 물레방앗간을 나왔다.

스물둘

 잔등을 벽에 찰싹 붙이고 머리만 옆으로 돌려 이무기의 방을 창틈으로 들여다보던 찬돌이가 가쁜 숨을 몰아쉬며 나지막이 말했다. "사람 죽이는구나, 사람 죽여."
 "이쪽도 진짜 볼만해." 언례의 방을 훔쳐보던 기준이가 역시 볼멘 목소리로 숨죽여 말했다.
 지난번에 찬돌이한테 한 차례 당하고 나서 정신을 차려서인지는 몰라도 오늘은 만식이가 망을 보러 볏짚 더미로 나오지 않았기 때문에 두 아이는 마음을 놓고 아무 방이나 옮겨가며 신이 나서 구경을 계속했다.
 벌거벗은 빵코 군인이 발랑 자빠진 이무기의 납작하게 주저앉은 젖가슴을 주물럭거리며 뭐라고 술이 취해 쏼라쏼라 중얼댔다. 가랑이를 활짝 벌려 시커멓게 드러낸 채로 이무기가 깔깔거리더니 몸을 굴려 빵코의 배 위로 기어 올라갔다. 잠시 후에 그들은 숨을 헐떡이며 들썩거리기 시작했다. 빵코가 두 손으로 이무기의 엉덩이를 잡아 눌러 댔고, 그러면서 두 사람은 한참 동안 서로 입을 빨아먹었다. 여자가 신음했는데, 그것은 아파서 나는 신음소리가 아니라 기분이 좋을 때면 내는 그런 소리였다. 찬돌이는 눈을 감고 듣기만 해도 이제는 그런 소리를 구별할 줄 알았다.

장작개비가 찬돌이의 잔등을 쿡 찔렀다.

뒤를 돌아다보기도 전에 찬돌이는 만식이가 다시 나타났다는 사실을 직감으로 알았다. 찬돌이가 창문에서 물러나 만식이를 향해서 돌아섰다. 기준이는 벌써 들창으로부터 여러 발자국 물러나 논두렁 옆에 엉거주춤 서서, 도망쳐야 좋은지 아니면 그냥 버티어야 할지 갈피를 못 잡은 채로 찬돌이의 눈짓 지시를 기다렸다.

만식이가 따로 손짓하지 않았어도 세 아이는 아무 말 없이 짚단 더미 쪽으로 향했다. 아직 짚더미까지 이르지는 않았어도 얘기를 주고받기에 안전할 만큼 이무기네 집에서 멀어진 다음 찬돌이가 걸음을 멈추었다.

"만식이 너 아직 정신을 못 차린 모양이구나."

만식이가 돌아서서 장작개비를 밭에다 버렸다. 전에도 그랬듯이 찬돌이가 두발당성으로 갑자기 차고 들어오는 공격을 피하기 위해 미리 몇 발자국 떨어져 선 만식이가 허리춤에서 권총을 뽑아 들고 찬돌이를 겨누었다.

"정신을 못 차린 건 내가 아니고 너희들이야. 이거 뭔지 알겠지?"

"그거 우리 권총이잖아? 이 새끼 너 물레방앗간으로 쌔벼 들어가서 우리 무기를 훔쳤구나." 찬돌이가 말했다.

"그냥 거기 서 있어." 만식이가 경고했다. "뒤로 물러나라고. 덤벼들면 쏴버릴 테니까."

"찬돌아, 가자." 기준이가 슬금슬금 물러나며 말했다. "쟤 미쳤나 봐. 정말 우릴 쏠지도 몰라."

"쏴? 우릴 쏴? 쟤가?" 찬돌이가 손을 내밀고 말했다. "새끼 너 만식이 죽고 싶지 않으면 총 이리 내놔."

"안 돼. 이건 내가 보관하겠어. 화약도 많이 가지고 왔으니까, 앞으론 내가 이걸 들고 여기 와서 기다리며 너희들이 오는지 안 오는지 계속 망을 볼 생각이야. 만일 너희들 다시 땅꾼 집 근처에 얼씬거리기만 하면, 그땐 두 말 않고 쏴 갈기겠어."

"권총 이리 내라니까."

"물러서. 가까이 오지 말라고."

"총 이리 내놔."

"물러서라니까."

"못 내놓겠어?"

"물러서!"

"못 내놔?" 찬돌이가 자꾸 앞으로 다가오자 총을 겨눈 채로 뒷걸음질을 치던 만식이가 방아쇠를 당겼다.

스물셋

아무래도 새해가 오기 전에 병참부대가 가운뎃섬을 떠나 남쪽으로 이동할 조짐이 워낙 뚜렷하니까, 후퇴하기 전에 미리 성탄절을 함께 지내자고 싸징 마이크와 뭉툭코가 오늘은 독한 양키 술과 연하게 삶은 쇠고기를 잔뜩 싸가지고 일찌감치 해가 지기도 전에 드라곤 레이디 구락부로 건너왔다. 세 여자는 어떻게 해서든지 오늘 안으로 부대이동에 관한 정보를 알아내야 되겠다고 작정하고는, 매서운 며칠 추위에 얼어붙은 강을 걸어서 건너온 다른 세 명의 싸징 손님은 "우리끼리 생일잔치를 하는 날"이라면서 텍사스로 쫓아보냈다. 그리고는 다섯이서 초저녁부터 한참 질펀하게 마시고 놀다가, 언례와 이무기를 하나씩 데리고 두 뺑코가 저마다 방으로 들어가서 발가벗고 막 놀기 시작하려던 참이었는데, 어디선가 총성이 울렸다.

앞방에 혼자 남아서 술상을 정리하던 순덕이는 뒷마당에서 나는 총소리를 듣고 기겁하여 두 언니의 방으로 얼른 달려가서 차례로 문을 두드렸다.

"총소리야, 언니, 총소리가 났어! 인민군이 내려왔나 봐. 어서 나와 보라구!"

그것은 군인들이 늘 들어보던 그런 총성이 아니라, 함석판이 찢어지는 듯 이상한 소리였고, 그래서 더욱 놀란 뭉툭코는 여자를 깔고 허우적거리다 말고 벌떡 일어나 벽에 걸어 두었던 철모만 쓰고는 발가벗은 알몸으로 방에서 튀어나왔다. 그는 술을 마시던 탁자 위에 놓아둔 칼빈 소총을 집어 들고 찬바람이 사나운 바깥으로 달려 나갔다.

눈으로 덮인 들판을 달빛이 싸늘한 파란 빛으로 비추었고, 뭉툭코가 사주경계를 하며 재빨리 둘러보니 저쪽 개울을 건너는 다리를 향해 도망치는 두 사람이 눈에 띄었다.

다른 방에서 술이 잔뜩 취해 이무기와 낄낄거리며 놀던 싸징 마이크도 허둥지둥 방문을 열고 나오더니, 발가벗은 몸에 철모를 쓰고 가슴팍에서 군번만 덜렁거리며 총을 들고 튀어나가는 뭉툭코의 뒷모습을 보고는, 갑자기 위험을 느껴 정신이 번쩍 드는 모양이었다. 그는 맨살에 바지와 저고리만 걸치고는 어디다 두었는지 철모를 찾지 못해 잠시 두리번거리다가, 그냥 문간으로 달려가서는 옷걸이 못에 걸어두었던 엠원 소총을 집어 들었다.

그런 혼란 속에서도 언례는 뭉툭코의 군복 바지를 찾아 둘둘 말아서 군화를 신으려고 정신없이 서두르던 마이크에게 집어던져 주며 재촉했다.

"허바 허바, 허바 허바!"*

빨리 나가서 뭉툭코더러 입으라고 바지를 전해주라는 뜻이었다.

싸징 마이크가 소총과 바지 뭉치를 들고 바깥으로 나갔을 때는 벌거벗은 뭉툭코가 맨발로 눈 속에 서서, 도망치는 두 사람의 머리 위로 위협사격을 십여 발 쏘아갈겼다.

"타앙— 타앙! 탕! 탕!"

적막한 마을에 총성이 울려 검은 하늘이 유리알처럼 깨어져 쏟아지는 듯싶었고, 어디선가 총성이 메아리쳐 차가운 겨울밤의 대기를 타고 되울려왔다.

"타앙— 타앙! 탕! 탕!"

도망치는 두 사람은 결사적으로 다리를 향해서 뛰어갔고, 뭉툭코는 다시 총을 쏘며 "거기 서!"라고 영어로 소리를 질렀다.

"홀트! 홀트!"

필사적으로 도망을 치는 두 사람은 분명히 영어를 알아듣지 못했지

• 허바 허바: '빨리 서두르라'는 뜻으로 제 2차 세계대전 때부터 미군들이 자주 사용하던 속어.

만, 그런데도 자꾸 총을 쏘아 대니까 워낙 겁이 났는지 두 사람 가운데 하나가 두 손을 번쩍 들고 눈이 덮인 논바닥 한가운데 멈춰 서서 비명을 질렀다.

"사람 살려! 사람 살려! 뺑코가 총 쏴요! 사람 살려!"

다른 한 사람은 그냥 계속해서 달려가 개울둑 밑으로 뛰어내리더니 순식간에 시야에서 사라졌다. 뭉툭코는 기준이가 살려달라고 외치는 소리를 듣고서야 도망치던 두 사람이 야음을 타고 마을로 잠입한 공산군이 아니라 동네 아이들이라는 사실을 뒤늦게 알았다.

싸징 마이크가 나와서 바지 뭉치를 넘겨주자 뭉툭코는 총을 담에다 기대어 놓고는 바지를 입으며 마이크에게 뭐라고 부지런히 설명했다. 마이크가 어둠 속의 들판을 살펴보니까 한 소년이 두 손을 번쩍 치켜든 채로 울면서 논바닥에 그대로 서 있었다. 마이크는 뭉툭코가 시키는 대로 기준이를 잡으러 달려갔다.

현암리와 금산리, 그리고 산굽이를 돌아 저 멀리 월송리에서도 총성을 듣고 놀란 마을사람들이 여기 한두 집 저기 한두 집 조심스럽게 불을 밝혔다. 개울 건너 기와집 사랑채에서도 불이 켜지고 툇마루 쪽 방문이 열렸다. 황 노인이 문을 열고 바깥을 살펴보았다.

스물넷

황급히 옷을 찾아 입고 언례와 용녀와 순덕이가 뒷마당으로 달려 나왔더니, 추워서 덜덜 떨던 뭉툭코는 옷을 마저 챙겨 입겠다며 집으로 들어갔고, 기준이를 잡으러 달려가던 싸징 마이크는 집의 뒤쪽으로 조금 떨어진 곳에 쓰러져 신음하는 또 다른 소년을 발견하고는 잠깐 멈춰서, 허리를 숙여 한참 살펴보더니 여자들더러 빨리 오라고 조급하게 손짓했다.

"헤이! 커몬 히어! 커몬 히어! 유어 싼 만식, 유어 싼 이스 허트!"

그리고는 저만치 서서 울고 있는 기준이를 잡으러 싸징 마이크가 달려갔고, 만식이의 이름을 듣고 깜짝 놀란 언례가 가슴이 철렁해서 땅바닥에 쓰러진 아이에게로 뛰어가 허리를 숙이고 살펴보았다. 만식이가 무척 괴로운 듯 꿈틀거리며 신음했다.

"만식아! 만식아! 너 웬일이니?"

언례가 만식이를 붙잡아 일으키려고 하다가 보니 아들의 오른쪽 손이 온통 피투성이였다.

"만식아! 너 다쳤구나! 피야, 피! 손이 온통 피투성이야! 왜 이랬어? 왜 이렇게 되었어?"

만식이는 신음을 계속했고, 상처가 얼마나 심한지 살펴보려고 언례가 만식이의 손을 치켜들어 달빛에 비춰보았더니, 손가락이 셋뿐이었다. 손으로 만져가며 다시 헤아려 보았지만, 손가락이 역시 셋뿐이었다. 둘째와 셋째 손가락이 흔적도 남기지 않고 완전히 잘려나갔으며, 끈끈하고 뜨거운 피만 한줌 언례의 손에 잡혔다.

"너 손가락이 이게 웬일이냐? 왜 손가락이 없어? 어떻게 된 거야?"

뭉툭코가 저고리를 걸치고 군화를 신은 다음 집에서 다시 나와 언례에게로 오더니 옆에서 허리를 숙이고 만식이를 살펴보았다.

• 유어 싼 이스 허트: 당신 아들 만식이 다쳤어요!

"지포! 지포! 기브 미 지포!"

언례가 다급하게 소리치자 뭉툭코가 여기저기 호주머니를 뒤져 지포 (Zippo) 라이터를 꺼내 주었다. 너무 놀란 나머지 심하게 손이 떨려서인지 아니면 피로 범벅이 되어 미끄러워서인지는 몰라도 서너 번이나 불똥만 튀기다가 겨우 라이터에 불이 붙었고, 언례가 여기저기 찾아보았지만 떨어져나간 두 손가락은 찾을 수가 없었다. 덩달아 여기저기 찾아보던 뭉툭코가 밭고랑에 떨어진 엉성하게 손으로 만든 권총을 발견하고는, 뭐라고 소리치더니 그것을 집어 들어 언례에게 보여주었다.

싸징 마이크가 기준이의 목덜미를 움켜잡아 대롱대롱 반쯤 치켜들고 땅꾼 집으로 돌아왔다. 기준이는 남들이 알아듣기 힘든 소리를 혼자 횡설수설하며 엉엉 울었다.

"나만 그런 거 아녜요, 만식이 엄마. 나 혼자만 구경하진 않았어요. 찬돌이가 보자고 그래서 난 그냥 따라오기만 했어요."

"구경하다니?" 황망한 속에서 기준이가 너무 시끄럽게 소리를 지르며 울어대니까 더욱 영문을 몰라서 언례가 물었다. "뭘 따라 오고, 뭘 구경했다는 소리야?"

뭉툭코가 엉터리 권총을 잠시 이리저리 돌려가며 살펴보더니 허리춤에 쑤셔 넣었고, 그리고는 만식이의 손을 자세히 살펴보고는 무척 놀란 듯 싸징 마이크를 소리쳐 불렀고, 다시 용녀를 부르더니 뭐라고 다급하게 얘기했다.

"찬돌이가 자꾸 구경하러 오자고 그랬단 말예요. 그래서 난 멋도 모르고 그냥 따라오기만 했어요." 기준이의 횡설수설이 계속되었다.

"언니, 만식이를 얼른 가운뎃섬으로 데리고 가서 부대 의무병한테 보이고 치료받게 해야 되겠대." 뭉툭코가 한 말을 용녀가 통역했다.

뭉툭코가 만식이를 들쳐 업고는 강을 향해서 서둘러 내려갔다.

"뭘 구경했느냔 말이야!"

"언니, 언니도 가야지! 쟤하고는 나중에 얘기해도 되잖아? 만식이가 피를 너무 심하게 흘려. 빨리 가자니까."

"기준이 넌 만식이 손 치료하고 온 다음에 나하고 얘기 좀 하자."

"잘못했어요. 용서해 주세요. 하지만 내 탓은 아녜요."

"언니! 빨리 가자니까!"

스물다섯

순덕이만 집에 남겨두고 강을 건너 가운뎃섬으로 간 그들은 곧장 오마하 병참부대로 달려가 문간을 지키는 헌병에게 피가 흐르는 만식이의 손을 보이며 뭉툭코가 뭐라고 한참 설명했다. 그들은 부대 안으로 들어가 의무실에서 치료받아 볼 생각이었지만 헌병이 안 된다고 하는 눈치였다. 마지못해서 어딘가 전화를 걸어 보고는 정문 초소의 헌병이 다시 머리를 설레설레 흔들고 "노, 노"라는 소리만 계속했다.

"안 되겠어, 언니." 용녀가 언례에게 말했다. "읍내 병원으로 나가자고. 그러지 않아도 전황이 뒤숭숭한 요즈음이라 한밤중에 민간인을 출입시키기가 어렵다는 소리 같아. 더구나 아까 겨울 싸징이 금산리에서 쏘아댄 총소리 때문에 비상까지 걸렸으니까 말이야. 시간이 좀더 걸리더라도 읍내 병원으로 나가자구."

싸징 마이크는 여기에서 "아 엠 쏘리" 뭐라고 미안하다는 설명을 한 다음 비상이 걸린 부대로 들어가 버렸고, 나중에 귀대하겠다고 상관에게서 특별허가를 받아낸 뭉툭코는 겨우 빌린 보급차에 만식이를 태우고 두 여자와 함께 유엔 다리를 건너 춘천역으로 나갔다. 보급차는 더 이상 못가겠다고 해서 섬으로 돌려보낸 다음 역전에서부터 시장 뒷골목의 병원까지는 뭉툭코가 만식이를 들쳐 업고 갔다.

팔뚝을 두 군데나 끈으로 묶고 손을 헝겊으로 단단히 감쌌는데도 피가 여전히 줄줄 흘러내려서, 뭉툭코의 군복 잔등이 만식이의 끈끈한 피로 펑 젖었다. 병원이 가까워질수록 만식이는 정신이 좀 드는지 자꾸만 나지막한 소리로 흐느껴 울기 시작했다.

"만식아, 이게 어떻게 된 일이냐? 손은 왜 다쳤고, 기준이와 찬돌이가 땅꾼 집에 와서 무얼 구경했다는 소리니? 그리고 또 넌 그 애들하고 무슨 일이 있었지?"

언례가 자꾸 물어 보았지만 만식이는 장터거리로 들어설 때까지 훌쩍훌쩍 울기만 하고 아무런 대답을 하지 않았다. 용녀가 앞장서서 찾아간 곳은 다른 병원이 아니라 화류병을 고쳐주는 제네랄 구리닉이었다. 뚱뚱한 의사는 뭉툭코 싸징이 칼빈 소총의 개머리판으로 하도 시끄럽게 문을 두들겨 대어 깜짝 놀라 뛰어나오기는 했지만, 만식이의 피투성이 손을 보고는 대뜸 신경질을 부렸다.

"난 이런 건 치료할 줄 몰라!"

"좆병은 그렇게 잘 고치면서 다친 손가락 하나 못 고친단 말이야?" 용녀가 발끈 대들었다. "어서 고쳐."

"안 된다니까. 그러니 다른 병원으로 가 봐."

"하지만 읍내 의사들이 다 도망간 걸 어떡해? 아저씨 아니면 봐 줄

사람이 없단 말이야. 양키 부대도 가봤는데, 아예 출입을 안 시켜."

"허바 허바!" 사정이 여의치 않다는 눈치를 채고 뭉툭코가 재촉했다.

의사는 무척 못마땅하면서도 총을 든 뭉툭코가 겁이 나서인지 힐끔힐끔 쳐다보며 만식이의 손을 치료하기 시작했다. 손가락 두 개가 없어진 손을 환한 곳에서 보니 더욱 끔찍하게 여겨졌고, 그래서 언례는 머리끝으로 피가 끓어올랐으며, 만식이는 큰 소리로 울기 시작했다.

"얘기해 봐, 만식아, 어쩌다가 손이 이렇게 됐어? 너 왜 손이 이렇게 됐는지 얘기하라니까."

만식이는 뭉개진 손을 보고 나서야 충격을 받고 말문이 터졌는지 띄엄띄엄 두서없는 얘기를 늘어놓기 시작했다.

"찬돌이 새끼 쏴 죽이려고 그랬어요. 내가 권총으로 찬돌이 새끼 쏴 죽이려고 그랬어요, 엄마."

"그래서? 그래서?"

"헌데 총알이 나가질 않았나 봐요. 어떻게 되었는지 잘 모르겠지만, 권총이 터져 부서지고, 손이 굉장히 아팠어."

"권총이? 권총이 터지다니?"

그러자 이무기가 뒤늦게 기억이 났는지 뭉툭코를 가리키며 말했다. "그래, 얘가 아까 밭고랑에서 권총을 주웠어."

권총은 아직도 뭉툭코의 허리춤에 그대로 꽂힌 채였다. 세 사람이 권총을 돌려가며 살펴보니 공이가 달린 뒤쪽 토막이 터져 날아갔고, 폭발이 일어난 듯 파이프 총열의 끝이 갈기갈기 찢어졌다.

"찬돌이는 왜 쏴 죽이려고 했니?" 언례가 다그쳐 물었다. "기준이도 이상한 소리를 했어. 찬돌이를 그냥 따라왔다면서 뭔가 구경했다던데, 그건 또 무슨 소리니? 만식아, 만식아, 정신 차리고 어서 얘기해 봐."

스물여섯

아프다고 비명을 지르고 울기도 하는 틈틈이 만식이가 몇 마디씩 털어놓는 자초지종을 꿰어 맞춰 뺑코들이 밤나무집을 능욕했던 여름밤부터 지금까지 아들에게 무슨 일이 벌어졌는지 사태를 대충 파악하고 난 언례는 어느 순간부터인가 갑자기 입을 다물고는 깊은 생각에 잠기며 침잠하기 시작했다.

만식이가 온몸이 피투성이여서 처음에는 손가락만 잘려나간 줄 알았지만, 자꾸 신음을 하며 "엄마, 여기도 아파요"라고 칭얼거리기에 저고리를 들추고 살펴보니, 옆구리에도 파편에 찢긴 상처에 피가 잔뜩 덩어리져 엉겨 붙었다. 치료가 길어지자 뭉툭코는 "부대에 비상이 걸렸기 때문에 이제는 귀대해야 한다"고 미안한 얼굴로 말했지만, 언례는 대답하지 않았다. 죄를 지은 듯 미안하다며 총을 메고 뒷걸음질로 병원에서 나가는 뭉툭코에게 언례는 작별인사조차 하지 않았다.

의사가 치료를 끝낼 때까지 언례는 잠자코 침묵을 지켰다. 말을 붙이려고 몇 차례 농담을 하던 의사는 물론이요, 결국 용녀까지도 덩달아 입을 다물었다. 언례는 고치를 틀고 그 속으로 숨어버리는 누에처럼, 점점 더 자신의 내면으로 가라앉기만 했다.

치료를 끝낸 만식이를 업고 유엔 다리를 건너, 가운뎃섬을 지나, 얼어붙은 북한강을 건너는 동안에도 언례는 침묵을 지켰다.

밤나무집으로 가서 용녀의 부축을 받으며 안방으로 들어가 만식이를 자리에 눕히고 나서, 한참 멍하니 앉아 계속 침묵을 지키던 언례가 마침내 몸을 일으키며 입을 열었다.

"용녀 오늘은 저쪽 집에 가지 말고 여기서 우리 만식이 좀 돌봐줘." 언례가 용녀에게 말했다. "나 잠깐 나갔다 올 테니까."

밤나무집을 나와서 둘러보니 방앗간과 금산리의 두어 집은 아까 울린 총소리 때문에 놀라서인지 아직도 불을 켜놓은 채였다. 언례는 곧장 찬돌이가 사는 집으로 갔다.

언례는 침묵 속에 갇혀 자꾸만 끓어오르는 분노를 가라앉히려고 몇 차례 심호흡을 한 다음, 문짝도 없는 대문 앞에 서서, 캄캄하고 납작한 초가집에다 대고 소리쳐 불렀다.

"찬돌아."

두 번이나 불러도 대답이 없더니, 세 번째 더 큰 소리로 외치니까 캄캄한 방에서 인기척이 나고는 찬돌이 엄마가 대답했다.

"누구유?"

"나예요. 만식이 엄마."

누군가 잠자리에서 투덜거리는 남자의 목소리가 들려왔다. 잠깐 조용하더니, 찬돌이 엄마가 경계하는 목소리로 말했다.

"옷 입고 나갈 테니까 잠깐만 기다려."

그냥 옷만 걸치기에는 지나치게 오랜 시간을 끈 다음에야 방안에 불이 켜지고는, 후줄근한 차림으로 찬돌이 엄마가 문을 열고 나왔.

"오래간만이구먼."

이런 상황에는 너무나 어울리지 않는 인사였지만 두 사람 다 그런 치레에는 아무런 신경을 쓰지 않았다.

"아까 저쪽에서 총소리도 나고 한참 시끄럽던데 무슨 일이야?"

"별일 아녜요." 언례가 집안의 동정을 기웃거려 살피며 말했다. "헌데 찬돌이는 안에 있어요?"

"그야 물론이지. 제 방에서 자. 건 왜?"

"나 찬돌이하고 얘기 좀 하려고 왔는데, 좀 깨워서 내보내줘요." 언례가 명령을 내리듯 단호하게 말했다.

"도대체 밤중에 찬돌이는 왜 찾아?"

찬돌이 엄마가 미심쩍어하며 눈치를 살폈다.

"아무튼 좀 내보내 주세요. 뭘 물어 보고 싶어서 그러니까요."

찬돌이 엄마가 잠깐 머뭇거리더니, "알았어" 하고는 불이 꺼진 방으로 더듬거리며 들어가 아들을 깨웠다.

"찬돌아, 일어나라. 찬돌아."

"응? 왜 그래?" 유난히 졸린 목소리로 찬돌이가 물었다.

"너 일어나서 좀 나가 봐. 만식이 엄마가 찾아왔어."

"누구?"

"만식이 엄마."

"만식이 엄마가 왜 날 찾아와?"

"모르겠어. 어서 옷 입고 나가 봐."

"알았어."

또다시 한참 걸린 다음에야 어슬렁거리며 찬돌이가 문으로 나왔다.

"왜 그래요?" 힐끗 언례를 올려다보며 소년이 물었다.

"너 나하고 둘이서 얘기 좀 해야 되겠는데."

구원을 청하는 듯 찬돌이가 뒤를 돌아다보았다.

"엄마."

"늦은 시간이니까 할 얘기 있으면 간단히 하고 애는 돌려보내요." 찬돌이 엄마가 안방으로 들어가며 말했다. "얘기 곧 끝내고 들어와서 자야 한다. 내일 아침 일찍부터 짐을 싸야 하니까."

스물일곱

언례는 마지못해 따라오는 소년을 데리고 집에서 조금 벗어난 오리나무 밑으로 갔다. 언례가 걸음을 멈추고 찬돌이와 마주서자, 다짜고짜 물었다.

"너 만식이하고 왜 싸웠니?"

"만식이하고 싸워요?" 소년은 언례를 힐끗 쳐다보고 태연하게 말했다. "한밤중에 그게 무슨 뚱딴지같은 소리예요? 내가 만식이하고 싸우다니."

소년이 워낙 당돌하게 나오니까 오히려 언례가 당황했다. 이렇게 못된 아이를 어떻게 처리해야 좋을지 갑자기 막막한 기분이 들어 언례는 잠시 어리벙벙해서 침묵을 지켰다.

"아까 너하고 저기서 싸웠다고 만식이가 그러던데."

"뭔가 얘기를 잘못 들으셨나 봐요." 찬돌이가 순진한 목소리로 말했다. "난 오늘밤 아무하고도 싸우지 않았어요."

"너 정말 만식이하고 안 싸웠니?" 예기치 못한 반격에 어찌할 바를 모르고 언례가 물었다. "만식이가 많이 다쳤어. 아까 너하고 싸우다가 그랬다던데."

그러더니 언례는 좀더 구체적으로 설명했다.

"너한테 총을 쏘다가 그랬대. 만식이는 손가락이 두 개가 잘려나갔고, 옆구리도 다쳤어. 너하고 싸우다가 말이야."

"만식이가 그런 소리를 해요? 나하고 싸웠다고요?"

기가 막힌다는 듯 소년이 웃었다.

"솔직히 말씀드리면 난 만식이하고 만나서 마지막으로 얘기한 지가 벌써 석 달은 돼요. 아시잖아요. 왜, 그때 밤에 뺑코들이···. 뺑코들이 밤나무집에 왔던 날 이후에 난 만식이하고 얘기라고는 한 적이 없어요."

언례는 갑자기 등골이 오싹해지며 뺨에 소름이 끼쳤다. 만식이가 거짓말을 했을 리는 없었다. 싸징 마이크한테 붙잡혀 왔을 때 기준이도 그런 말을 하지 않았던가? 찬돌이가 구경오자고 해서 따라왔을 뿐이라고. 그런데 찬돌이가 어쩌면 이토록 태연하게 거짓말을 할까?

언례는 말문이 막혔지만 오히려 소년은 아무런 거침이 없었다.

"글쎄요, 만식이가 누구하고 쌈을 했는지 어쩐지는 잘 모르겠어요. 손까지 다치고 그랬다면 말예요. 하지만 나하고 싸우지는 않았어요. 그러니까 날 보내줘요. 우리 집은 피난 떠난다고 내일 아침 일찍부터 짐을 싸기로 했어요. 난 빨리 집에 가서 자야 된단 말예요."

"기가 막히는구나." 언례가 허탈한 목소리로 말했다. "너처럼 어린 아이가 이렇게 뻔뻔스럽다니. 눈 하나 깜짝하지 않고 거짓말을 어쩌면 그렇게 술술 늘어놓을 수가 있을까?"

"왜 이래요? 내가 무슨 거짓말을 한다고 자꾸만 그러세요?" 소년이 화를 냈다. "알지도 못하면서 자꾸 이러지 마세요. 거짓말하는 사람은 내가 아니라 만식이 같아요. 의심이 가면 우리 어머니한테 물어 보세요. 내가 오늘밤 언제 집에서 나갔었는지를요. 집에서 멀쩡히 쿨쿨 자는 동안에 내가 어떻게 만식이하고 싸워요? 만식이가 손을 다치고 허리도 다쳤다면 싸움을 하기는 했겠죠. 하지만 나하고 싸웠다는 얘긴 분명히 거짓말예요."

"만식이가 왜 그런 거짓말을 하겠니?"

"그걸 내가 어떻게 알아요? 아마 다른 아이하고 싸우다가 다치고는 창피하니까 나하고 싸웠다며 둘러대는지도 모르죠."

"둘러대다니?"

"그것도 모르세요? 만식이는 기운도 쎄지 않고 정말 별것도 아닌 어떤 애하고 싸워서 다쳤을지도 몰라요. 하지만 시시한 애하고 싸웠다는 얘긴 창피하니까 안 하고 내 이름을 둘러다 붙였을 거예요. 애들은 그런 짓을 잘 해요. 우리 동네선 내가 제일 쎄니까 말예요. 나하고 싸워서 얻어맞았다고 하면 창피하기는커녕 오히려 자랑거리가 된다구요. 무슨 얘긴지 아시겠어요?"

"더 이상 못 듣겠구나. 거짓말 그만두지 못하겠니?"

"거짓말이 아니라니까요."

"진짜 얘기는 내가 알아. 너희들, 너하고 기준이가 저기 … 저기 와서 뭘 했는지를 난 알아. 만식이가 다 얘기했으니까. 그리고 만식이가 왜 너한테 총을 쐈는지도 얘기를 들었어. 만식이는 너더러 방을 엿보러 오라고 허락했었다는 얘기까지 다 했으니 아무리 네가 거짓말을 하려고 해도 소용없어."

찬돌이가 잡아뗴었다.

"방을 엿보다뇨? 그런 터무니없는 얘긴 더 듣고 싶지 않으니까 나 집에 가서 잘래요."

"못 간다. 전부 솔직하게 자백하기 전에는 안 보내주겠어."

"안 보내다뇨? 내가 가면 그만이지 만식이 엄마가 뭔데 날 보내고 안 보내고 그래요?"

"이리 와." 돌아서려는 찬돌이의 팔을 움켜잡고 언례가 말했다.

"이거 놓지 못해요?" 소년이 독을 머금고 말했다.

스물여덟

"더럽게 양갈보가 왜 사람을 건드리고 이래요?"

언례는 소년이 내배앝은 말을 듣고 갑자기 손에서 맥이 풀렸다. 더러운 진실은 입을 옮길 때마다 더욱 때를 타기 마련이었고, 그러면서 온갖 더러움에 뒤섞여 차츰 그리 더럽게 느껴지지를 않다가, 어느 한 순간에 엄청난 더러움이 한꺼번에 새삼스러운 모습을 통째로 드러낸다. 바로 지금처럼….

어지러운 충격에 온몸에서 기운이 빠져 언례가 힘없이 그를 놓아주자, 찬돌이가 집으로 가려고 돌아섰다. 하지만 다음 순간, 언례가 다시 정신을 가다듬고 소년의 팔을 움켜잡고는 소리쳤다.

"그래, 너 말 잘했다." 그녀의 목소리가 모질었다. "그래, 네 말이 맞아. 난 더러운 양갈보야. 그리고 넌 밤이면 양갈보의 방을 훔쳐보려고 도둑고양이처럼 살금살금 기어오고는 했지. 그래, 좋아, 난 양갈보야. 그리고 난 네가 얼마나 더럽고 흉악한 아이인지를 세상 사람들에게 보여주겠어. 이리 날 따라와."

언례의 손아귀에서 빠져나가려고 팔을 잡아채며 소년이 말했다.

"이거 놔요."

"이리 오라니까."

"난 양갈보는 안 따라가요!"

"이리 와!"

"도대체 날 어디로 데리고 가겠다고 이래요?"

"기준이한테 가자. 걔가 나한테 한 얘기를 너한테 들려줄 테니까."

"이거 놔요!"

그들은 서로 끌어당기며 승강이를 벌였다.

"어디 누가 진짜로 더러운 인간인지 보자고." 언례가 이를 악물고 소리쳤다. "아무리 네가 잡아떼려고 해도 소용없어. 기준이가 다 얘기해 줄 테니까, 우리 동네사람들을 다 모아놓고 함께 물어보잔 말이다."

그러자 찬돌이가 신경질적으로 불쑥 말했다. "두꺼비한테 물어 봐도 아무 소용이 없을 텐데 왜 이래요?"

언례는 순간적으로 찬돌이를 기준이한테 끌고 가서 물어봐도 정말 소용이 없으리라는 섬뜩한 기분이 문득 들었다. 두 아이는 언례가 만식이를 데리고 읍내까지 다녀오는 사이에 어디서 몰래 만나 무슨 계략을 미리 꾸며놓았을 것이라는 것을 소년의 당당한 태도에서 감지했다. 그리고 찬돌이도 말을 실수했다고 깨달았는지 얼른 입을 다물어버렸다. 그러나 이제는 무엇인지 그녀의 힘으로는 도저히 가누기가 어려운 격렬한 기운이, 격앙한 분노의 기운이 응어리로 뭉쳐서 그녀의 몸에서 갑자기 밖으로 빠져나갔고, 무서운 귀기(鬼氣)가 그녀를 휘감아 싸고는 앞에서 끌고 뒤에서 밀어 그녀로서는 저항할 능력이 없는 허공으로 몰아갔다. 언례로서는 그녀의 뱃속에서 쏟아져 나오는 증오의 불길로부터 한 치도 뒤로 돌아설 만한 여유가 없어졌다.

"아무튼 가자. 나하고 같이 가서, 동네사람들한테 지금까지 벌어진 일을 다 털어놓고 따져보기로 해."

언례가 팔을 낚아채고 잡아당기자 소년은 손목을 비틀어 빼려고 했다.

"나 집에 갈래요. 미친년처럼 왜 이래요?"

"미친년? 미친년이라고? 그래, 네 말마따나 난 아마 미친년인지도 모르지. 그리고 이왕 미친년이란 소리를 들었으니 한 번 더 미친 짓을 해야 되겠구나."

"이거 놓으라니까요!"

찬돌이가 팔을 잡아채어 그녀의 손아귀에서 빼냈지만 언례가 재빨리 소년의 목덜미와 왼쪽 팔목을 한꺼번에 움켜잡았다. 아이가 발버둥을 쳤지만 언례는 온몸에서 치솟아 오르는 엄청난 힘으로 붙잡고 늘어졌다. 결사적으로 붙잡고 늘어졌다.

"가자!"

"이러면 발길로 차겠어요."

"찰 테면 차!" 언례가 이를 악물고 소리쳤다.

찬돌이는 박치기를 하려고 마구 머리를 휘두르며 이리 뛰고 저리 몸을 뒤틀기 시작했다. 언례는 잡아당기다가 힘이 부치자 아이를 뒤에서 두 팔로 끌어안았다. 만식이의 없어진 두 손가락을 생각하며, 그녀에게 붙잡힌 어린 괴물이 창밖에서 훔쳐보는 줄도 모르고 벌거숭이로 뻥코들과 온갖 이상한 짓을 하고 있었던 수많은 밤을 생각하며, 죽으면 죽었지 너는 놓아주지 않겠다고 생각하며, 언례는 결사적으로 매달렸다.
"놔요!"
"놓다니, 어림도 없다."
찬돌이가 머리로 들이받으며 길길이 뛰었다. 언례는 턱을 들이받혀 혀가 찢어져 입안에 찝찔한 피가 금방 괴었지만, 그래도 아이를 놓아주지 않았다.
"이거 놓지 못해, 똥갈보야!"
언례는 찬돌이가 너무 날뛰니까 더 이상 붙잡고 버티기가 어렵겠음을 깨달았고, 그래서 마지막 힘을 다 해서 온 동네사람들이 다 들으라고 밤하늘을 향해 고함을 질렀다.
"모두들 나와요! 금산리 사람들 모두 이리 나와요!"
찬돌이가 깜짝 놀라 발버둥을 멈추었다.
"뭐하는 거예요?"
"기준이를 불러내 물어볼 필요도 없어. 넌 가만히 구경만 해. 내가 어떤 미친년인지 보여줄 테니까. 나와요! 금산리 사람들 모두 나와요!"
아이는 갑자기 겁이 나서 저항할 생각도 하지 않고 여기저기 불이 켜지는 집들을 둘러보았다.
"금산리 사람들 이리 나와서 나 좀 봐요! 여기 양갈보가, 미친년이 지랄발광을 벌이니, 다들 나와서 구경하라고요! 여기 보여줄 구경거리도 준비했으니 어서 나와요! 어서 모두들 나와요! 어서요!"
가장 먼저 길로 나온 사람은 찬돌이 엄마였고, 하나씩 둘씩 금산리 사람들이 문을 열고 나왔으며, 소년은 더 이상 발버둥을 쳐도 아무 소용이 없으리라고 포기했는지 얌전히 그녀의 손아귀에 붙잡힌 채 기다렸다.

"여기 내가 희한한 짐승을 한 마리 잡아놓았으니까 모두 나와서 구경해요! 어서 이쪽으로 와요!"

스물아홉

힘겹게 사냥해서 잡은 짐승처럼 찬돌이를 단단히 움켜잡고 언례가 길에 서서 기다리는 동안 바깥에서 시끄럽게 무슨 소란인가 의아해서 바깥으로 나온 사람들이 주춤거리며 사방에서 그들의 주위로 모여들었고, 찬돌이 엄마는 아들이 언례의 손에 잡혀 축 늘어진 꼴을 보고는 놀라서 가장 먼저 달려왔다.

"아니, 만식이 엄마, 이게 무슨 짓이야? 찬돌이를 어쩌려고 이래?"

"뒤로 물러서요." 언례가 손을 저으며 찬돌이 엄마에게 말했다. "저리 물러나라고요. 그래요. 거기 서서, 동네사람들하고 같이 내 얘기를 들어요."

영문을 몰라서 뒤로 물러서며 찬돌이 엄마가 아들에게 물었다. "이게 한밤중에 무슨 소동이냐? 너 왜 만식이 엄마한테 붙잡혀서 그러니?"

"엄마, 만식이 엄마가 미쳤어. 이 여자 미쳐서 헛소리를 하나 봐."

"헛소리? 내가 미쳐서 헛소리한다고?"

"무슨 일인지는 몰라도 우리 애 좀 놔주지 못하겠어?"

"놔주지. 놔주고 말고요. 하지만 우선 내가 하고 싶은 얘기부터 할 테니까 금산리 사람들은 잘 들어요." 언례가 마을사람들을 향해 소리쳤다. "금산리에 사는 사람이라면 다 알겠지만 난 양갈보예요. 한두 달쯤 전에 양갈보가 되었죠. 당연한 일이었겠지만, 난 더러운 계집이라고 모든 사람들한테 손가락질 당하며 여기서 살아왔어요. 여기저기 담벼락에는 '만식이 엄마 양갈보 똥갈보'라는 글도 나붙었고, 그래서 난 서면 사람들하고는 떳떳하게 나룻배도 같이 탈 자격이 없는 신세였어요."

한참 동안 계속해서 고함을 지르는 바람에 갑자기 쉬어버린 목소리로 바락바락 악을 쓰는 여인을 둘러싸려고 동네사람들이 천천히 모여들었다. 그들은 영문을 몰라 서로 쳐다보고, 무슨 일이냐고 수군거리며 물었고, 남들이 속삭이는 짤막한 대화를 어깨 너머로 들어보려고 머리를 갸웃거렸고, 그리고는 저마다 나지막이 투덜거리거나 머리를 끄덕였다.

"나는 이제 창피도 모르는 더러운 여자가 되었고, 그러니까 부끄러운 줄 모르고 얘기를 다 하겠어요. 모든 얘기를요."

언례의 손에 붙잡혀 움츠린 아이가 누구인지 잘 보려고 허리가 굽은 방아벌레 영감이 등피 꼭대기로 바람이 들어가지 않게 손으로 가리며 석유등잔을 들이대자 소년이 한쪽 팔로 이마를 가리며 머리를 돌렸다. 노인이 뒤로 물러서더니 옆 사람에게 그렇다고 머리를 끄덕였다.

"찬돌이가 맞는구만."

"예, 찬돌이가 맞아요."

한참 소리를 질러 숨이 차오기 시작하자 땀을 흘리고 헐떡이며 언례가 설명을 계속했다.

"그런데 얘는 뭘 했는지 아세요? 얘하고 기준이가 … 기준이는 어디로 숨었나요? 기준이가 어디로 도망갔는지 누가 좀 찾아봐요. 애하고 기준이가 밤이면 몰래 저기 땅꾼 집으로 와서, 내가 뺑코들한테 몸을 파는 걸 집 뒤에 숨어 들창으로 밤마다 구경했대요. 애 찬돌이하고 기준이가요."

마을사람들이 갑자기 웅성거리기 시작했다.

찬돌이는 눈을 내리깔고는 주변에 모인 스무 명쯤 되는 마을사람들을 슬그머니 살펴보았다. 그리고는 순진한 어린아이처럼 훌쩍훌쩍 울기 시작했다.

"울기는 왜 울어? 어서 바른대로 말해! 찬돌이는 오늘밤에도 내가 외국 군인들하고 그런 짓을 하는 걸 훔쳐보려고 몰래 저기 강변 집으로 왔었어요. 그래서 방을 들여다보지 못하게 말리는 만식이하고 싸움이 붙었고, 급기야는 만식이가 애하고 기준이한테 권총을 쏘게 되었던 거예요."

마을사람들이 점점 더 큰 소리로 웅성거리는 얘기가 언례의 귀에도 들렸다.

"도대체 저건 무슨 소리야?"

"그럼 동네 애들이 밤이면 몰래 모여서 갈보 짓 구경을 다녔다는 애긴감?"

"만식 어멈이 왜 저리지? 한밤중에 어린애를 붙잡고 도대체 무슨 소릴 하는지 모르겠구먼."

언례가 잠깐 입을 다문 사이에 심지어는 이런 소리도 들려왔다.

"지난번에는 훈장님을 잡고 온갖 입에 담지 못할 소리를 늘어놓더니 이번에는 어린아이를 붙잡고 야단이잖아."

"양놈들과 붙더니 만식 어멈이 정말 발광한 모양일세."

언례는 이웃 사람들이 하는 말을 듣지 않으려고 다시 소리를 질러댔다.

"그런데 얘가, 이렇게 어린 아이가 무슨 거짓말을 했는지 아세요? 그런 적이 없었다고 잡아떼는 거예요."

찬돌이가 점점 더 큰 소리로 울었다.

동네사람들의 웅성거림도 이어졌다.

"만식이가 권총을 쐈다구? 저 애한테 말이야?"

"아까 총소리가 나서 혹시 빨갱이들이 돌아왔나 했더니, 듣고 보니까 그게 다 만식이가 쐈다는 얘기로구만."

"아냐. 양코백이 군인들이 쏜 총소리였어."

"하마터면 동네 아이들 사이에서 살인이 날 뻔했구먼 그려."

사람들이 웅성거리는 것도 아랑곳하지 않고 언례는 계속해서 소리를 질렀다.

"방을 훔쳐보기는커녕 땅꾼 집 근처에는 얼씬도 하지 않았다는 거예요. 그리고는 나더러 미친년이라더군요."

그녀를 둘러싼 사람들이 웅성거렸다.

"동네 한가운데 양갈보 집이 생겨났으니 이제 무슨 일은 안 생기겠나?"

"두고 보게나. 공산군이 내려오면 뺑코들한테 몸까지 바친 여자들이 여기서 살았다고 금산리 마을을 쑥밭으로 만들어버릴 테니까."

언례는 자신이 지금 왜 이렇게 한없이 소리를 지르는지, 그녀가 따져 가리고 싶은 바가 구체적으로 무엇인지, 그리고 그것을 따져 무엇을 어떻게 하고 싶은 생각이 조금이라도 있기나 한지 알 길이 없었다. 언례는 아무런 생각도 하지 않았고, 아무 생각도 할 수가 없었고, 그냥 가슴속에 응어리졌던 단단한 핏덩이를 토해 버리고 싶은 심정으로, 창자를 모두 쏟아내고 싶은 심정으로, 세상에 태어나서 지금까지 시달리며 참아온 온갖 아픔을 뱉어 버리고 싶어서 그냥 자꾸만 자꾸만 소리를, 발작한 여자처럼 자꾸만 자꾸만 소리를, 눈에서는 눈물이 나오지 않아도 가슴 속에서는 눈물을 콸콸 쏟으며, 자꾸만 자꾸만 소리를 질렀다.

"얘가 나한테 그러더군요. 나는 더러운 양갈보 년이니까 제 몸에 손을 대지도 말라고요. 나더러, 얘가 나더러, 내 면전에다 대고 양갈보라고, 미친년이라고 그랬어요."

누구인지는 잘 모르겠지만 어둠 속에서 언례더러 들으라는 듯 일부러 목소리를 조금 높여서 투덜거렸다.

"그 말 한 번 제대로 했구만 그래."

그러더니 지금까지 의기소침해서 언례의 비방을 잠자코 듣기만 하던 찬돌 엄마가 이웃들의 수군거림에 힘을 얻은 듯 갑자기 앞으로 튀어나와 아들을 언례에게서 빼앗아가며 소리쳤다. "양갈보더러 양갈보라고 한 건 당연하지 뭘 그래!"

언례는 아이를 더 이상 붙잡으려고 하지 않았다. 그럴 필요가 없어졌기 때문이었다. 찬돌이는 엄마의 엉덩이를 껴안고 더욱 큰소리로 울었다.

"만식 엄마가 한 얘기 정말이니?" 찬돌이 엄마가 분해서 떨리는 목소리로 아들에게 물었다. "너 정말 이무기네 집으로 갈보들 구경하러 갔었어?"

"아냐. 안 갔어." 찬돌이가 울면서 대답했다.

"이것 봐, 만식 엄마. 찬돌이는 거기 안 갔대잖아. 아니 왜 한밤중에 이런 난리를 치고 그래? 왜 멀쩡한 아이를 붙잡아다 동네사람들 모아놓고 엉뚱한 소리를 늘어놓고 이러느냐고? 왜 생사람 잡아?"

찬돌이가 서럽게 울었다.

기가 막힌 언례가 말문이 막혀 힘없이 땅바닥에 주저앉았다.

바로 그 순간이었다.

서른

언례가 어찌할 바를 몰라서 망연자실하여 길바닥에 주저앉는 바로 그 순간에, 언제 밤나무집에서 나왔는지는 몰라도 동네사람들 뒤쪽에 서서 아까부터 벌어지던 짓거리를 말없이 한참 구경하던 용녀가 소리를 질렀다.

"잘들 노는구나."

동네사람들이 옆으로 비켜서며 뒤를 돌아다보았다. 이무기가 찬돌이 엄마 앞으로 나와서 버티고 섰다.

"생사람 잡는다고? 진짜로 생사람 잡는 년놈들이 누군지 알기나 해, 이년의 들창코 여편네야. 양갈보들더러 더러운 년이라고 하지만 내 못나고 더러운 눈깔로 보기에는 만식이 엄마보다 금산리 인간들이 훨씬 더 드럽더라. 뭐? 생사람을 잡아? 그럼 아까 벌어진 총질은 뭐라고 생각해? 아무도 없는 하늘에다 만식이가 공연히 쏜 줄 알아? 땅꾼 집 근처에는 누구 하나 얼씬도 하지 않았는데 싸징들이 마을에 대고 총을 쐈단 말이야?"

"저년, 저년 입 놀리는 거 들어보라지." 찬돌이 엄마가 입에 거품을 물었다. "저년이, 저 새파란 년이 어디다 대구 반말이야?"

"저년이라니." 용녀의 목소리에 살기가 돋았다. "이 똥물에 데칠 씨발년이 양갈보 맛을 제대로 못 봐서 소식이 깡통이구나."

용녀가 칼처럼 뾰족하고 새빨갛게 매니큐어를 바른 손톱 열 개를 모두 앞세우고 찬돌이 엄마의 얼굴을 겨냥하며 할퀴려고 덤벼들었다. 깜짝 놀란 동네사람들이 두 여자를 뜯어말렸을 때는 찬돌이 엄마의 얼굴에 벌써 서너 군데 손톱자국이 시뻘겋게 났다. 모두들 진정하라고 저마다 소리를 질러 대었지만 입을 가만히 다물고 진정하는 사람은 아무도 없었다. 덤벼들고, 떼어놓고, 소리를 지르고, 욕설을 퍼붓고, 손톱이 번득이고, 먼지가 일고, 등잔이 오락가락하는 속에서 누군가 훈장님이 오셨다고 외쳤다.

사람들이 주춤주춤 물러나며 잠잠해졌고, 서로 뒤엉켜 붙었던 찬돌이 엄마와 용녀도 떨어져 물러났고, 언례가 천천히 몸을 일으켰다.

"한밤중에 이게 무슨 난장판인고?" 황 노인이 꾸짖었다.

그러나 노인의 목소리에서는 누구의 잘못인지를 가려 벌하려는 단호함이 엿보이지 않았고, 어쩐지 여기 모인 사람들하고는 생면부지인 타향 사람이 지나가다가 건성으로 한 마디 건네는 말처럼 들렸다. 멀리서 굽어보는 듯 서먹서먹하고 차분한 그런 태도가 오히려 마을사람들에게는 보통 때보다도 더 위압감을 주어서인지 어느새 사람들이 입을 다물어 조금 아까 벌어졌던 악머구리 소음의 먼지만 허공에 남았을 뿐, 마을은 여느 밤이나 마찬가지로 고요해졌다.

너무나 갑자기 조용해지니까 언례가 아까 악을 쓰던 소리들이 갑자기 캄캄한 하늘에 떠서 돌아다니다가 당장이라도 메아리쳐 쏟아질 듯 이상한 분위기가 감돌았다. 아직 분이 제대로 풀리지를 않아 씨근덕거리던 용녀까지도 입을 다물었고, 언례는 한참 얘기하다가 줄거리를 잊어버린 사람처럼 무슨 말을 해야 좋을지 생각이 나지 않아 가만히 서서 기다렸다.

그러자 찬돌이 엄마가 설명을 하려고 나섰다. "글쎄 저년이 한밤중에 찾아와 찬돌이를 끌어내고는…."

"어허." 황 노인이 말을 가로막았다. "무엇이 어떻게 되었고 누가 잘났는지 따지는 얘긴 듣고 싶지 않다. 지금 그런 걸 따져서 무얼 하겠나? 오늘밤은 그만큼 시끄러웠으면 됐으니까 모두들 집으로 돌아가고, 따질 일이 아직 남았으면 내일 환한 시간에 조용히들 마주앉아 따지도록 해라. 어서 집으로들 가라고."

"어서들 가세요." 노인의 뒤에 잘 보이지도 않는 자리에 서 있던 석구가 동네사람들에게 말했다.

그러나 언례는 아직 가려고 하지 않았다. 무엇인지 한참 얘기하는 도중에 갑자기 입을 다물게 되어 더 하고 싶은 얘기가 남아 아쉽기는 했지만, 언례는 황 노인의 이상한 태도 때문에, 세상만사를 다 초월한 사람처럼, 아니, 세상을 통째로 체념한 사람처럼 이상하고도 평온한 태도 때문에 어리둥절해져서 어떤 얘기를 어떻게 해야 좋을지 판단이 서지를 않았다.

"하지만 너무나 분합니다. 훈장님, 만식이가 손가락을 두 개나…."

"언례야, 그만하라고 그러지 않았느냐."

언례는 흠칫했다.

언례야⋯. 황 노인의 입에서 그 이름을 마지막으로 들어본 적이 언제였던가?

그렇다, 느닷없이 뺑코들한테 그런 일을 당하고 나서 따돌림을 받게 된 다음 지금까지 그녀는 황 노인이 이렇듯 온화한 목소리로 자신을 '언례'라는 이름을 불러주는 소리를 들어본 적이 없었다. 그리고 언례는 그 소리를 듣고 왜 갑자기 슬퍼지는지 까닭을 알 수가 없었다.

"너도 어서 집으로 돌아가거라." 황 노인이 말을 이었다. "이제 곧 모두들 피난을 떠나면 뿔뿔이 헤어져 언제 다시 만날지도 모르는 사람들인데, 그렇게 서로 악착같이 싸워서 무엇 하겠느냐? 이놈의 전쟁만 가지고는 싸우는 게 모자라서 이런다는 말인가? 자꾸 싸워서 그게 다 무슨 소용이겠니? 어서 모두들 마음을 거두고 집으로 돌아가거라."

서른하나

가끔 "쿠웅 쿠웅" 북쪽에서 아득하게 들려오는 포성을 뒤로 남겨두고 언례는 두 아이와 함께 피난 행렬에 끼었다.

미장원에서 불로 지진 머리는 그냥 두었어도 울긋불긋한 양장 대신 속에다 다시 헐렁이 통바지를 입고 그 위에다 추위를 이기려고 긴 치마를 또 겹쳐 걸친 언례는 만희의 얼굴을 두 눈만 내놓고 목도리로 칭칭 감아 처네로 들쳐 업고는 고향을 떠나 남쪽으로 내려가는 사람들의 행렬에 끼었다.

가슴 속에는 돈을 차곡차곡 접어 넣고, 머리에는 옷 몇 가지와 밥 지을 그릇 몇 개와, 라디오와, 돈이 될 만한 미제 물건 몇 가지를 챙겨 이고, 언례는 고향을 떠나 얼어붙은 강을 건너 읍내로 나가서, 피난민들의 행렬에 끼어 남쪽으로 남쪽으로 내려갔다.

만식이도 쌀과 옷을 이불로 싸서 짊어지고, 찬돌이의 눈을 쪼라고 훈련을 시켰던 닭을 품에 안고, 엄마를 따라 걸어서 피난길을 떠났다.

피난민 행렬은 끝이 없었다.

두 살 계집아이를 업고 가는 열 살 계집아이. 건질 만한 재산을 모두 챙겨 달구지에 싣고 가는 한 가족. 길에 멍하니 서서 누구를 기다리는지 보퉁이를 이고 줄지어 지나가는 사람들을 멍하니 쳐다보는 쪽진 여자. 괴나리봇짐을 짊어진 서너 살 난 사내아이. 찌그러진 냄비가 대롱거리는 보퉁이를 이고 가는 단발머리 계집아이. 네 바퀴 마차에 쌀가마니와 짐을 산더미처럼 싣고는 맨 꼭대기에다 아이들을 올려 앉히고 가는 시골 부잣집 식구들⋯.

언례가 만식이와 만희 두 아이를 데리고 금산리를 떠난 날은 마을에 서너 집만 남고 사람들이 모두 피난을 떠난 다음이었다.

나처럼 늙은 송장을 누가 죽이기나 하겠느냐면서 그냥 눌러앉기로 한 방아벌레 영감, 미처 짐을 다 꾸리지 못해서 아직 떠나지 못한 이장댁, 그리고 피난가야 할지 그냥 남아야 할지 판단이 서지 않아 우물쭈물 하던 몇몇 사람만 남기고 온 마을이 떠나버렸다. 무슨 죄라도 지은 듯 누구한테 인사 한 마디 없이 방앗간 식구들이 몰래 사라진 다음 너도나도 한꺼번에 마을사람들이 떠나는 바람에 금산리는 삽시간에 텅 비어버렸다. 하지만 언례는 황 씨 댁 식구들도 야반도주를 하듯 몰래 마을을 떠난 이유는 도저히 납득이 가지 않았다.

언례는 만식이의 손과 옆구리가 좀 아물 때까지 기다렸다가 늦게 마을을 떠났다. 인간이 없어진 황량한 들판을 남겨두고, 오마하 부대와 텍사스 타운에서 사람들이 사라져 파괴된 찌꺼기만 남은 가운뎃섬을 하얗게 뒤덮은 눈을 밟고 지나와서, 그녀도 결국 피난길에 오른 것이다.

피난민 행렬은 끝이 없었다.

묵은 때에 절고 얼어서 터진 주먹으로 눈물을 닦으며 흑흑 흐느껴 우는 아이. 사과 궤짝에다 짐을 꾸려서 여섯 개나 지게 위에 쌓아올려 지고 가는 중년의 벙거지 남자. 어미 오리처럼 아이들을 줄줄이 이끌고 가는 야윈 엄마. 어디서 부모와 가족을 잃었는지 혼자 떨어져 길바닥에 앉아 흙장난을 하는 계집아이. 부모를 잃은 아이를 거들떠보지도 않고 허둥지둥 지나가는 수많은 사람들. 머리에 허옇게 기계충 부스럼이 난 사내아이. 길바닥에서 연기로 새까맣게 그은 반합을 돌멩이로 받쳐놓고 밥을 짓는 아낙. 아기의 머리를 비단 보자기로 씌운 채 업고 가는 젊은 여자. 발에 동상이 걸려 절름거리는 소년. 머리를 빡빡 깎아 유난히 추워 보이는 아이들….

그런 사람들 틈에 끼어 언례는 돈을 가슴 깊이 품고, 만식이와 만희 두 아이를 데리고, 밤낮으로 걸어 남쪽으로 내려갔다. 그녀가 가슴에 품은 돈, 양갈보를 해서 번 돈이 이제는 세 사람의 목숨을 지켜줄 가장 큰 재산이었으므로 언례는 어떻게 해서든지 그 돈을 지켜낼 작정이었다. 어디 가서 장사해서라도 먹고 살려면 돈이 필요했다. 어떻게 번 돈인데, 이 돈이….

서른둘

아무리 걸어서 쫓아가도 피난민 행렬은 끝이 없었다.

앞니가 두세 개만 남은 늙은 나이였어도 엄청나게 큰 짐을 지게에 거뜬히 지고 가는 건장한 노인. 신발을 새끼줄로 둘둘 묶은 아이. 겨울인데도 밀짚모자를 쓴 농사꾼 할아버지. 솜을 넣은 뾰족한 고깔모자를 쓰고 아장아장 어른들의 꽁무니를 따라가는 계집아이. 검정 치마와 해진 바지 차림의 부부. 농번기에 새참을 먹듯 길바닥에 둘러앉아 밥을 먹고는 솥을 씻어 다시 짊어지고 걸어가는 가족….

비교적 큰 읍내나 도시를 지날 때면, 아기를 업은 채로 순대를 팔아 돈을 벌며 피난가는 악착같은 여자, 그리고 풀빵이나 전병이나 꿀꿀이죽이나 비지밥을 늘어놓고 팔다가 다시 짐을 싸서 짊어지고 피난을 계속하는 가족들이 언례의 눈에 자주 띄었다. 어디로 가야 할지, 얼마나 가야 할지, 그리고 머나먼 길을 가면서 어떻게 먹고 살아야 할지 아무런 대책이 없는 수많은 사람들, 그들 속에 섞여서 언례는 만희를 업고 만식이를 데리고 한없이 걸었다.

"엄마, 우리 어디로 갈 거예요?"

금산리에서 피난길을 떠나려고 짐을 꾸릴 때 만식이가 물었던 질문이었다.

"글쎄. 어쨌든 다른 사람들이 모두 가는 쪽으로 가야 살지 않겠니?"

별다른 대책을 세울 길이 없었던 언례가 한 대답이었다.

미군 병참부대나 동네사람들보다 먼저 순덕이와 다른 양갈보 몇 명과 함께 서면을 떠나며 용녀는 언례더러 정 갈 곳이 없으면 부산으로 내려오라고 했었다.

"해운대에서 삐쭉꾸라는 곳만 찾아가면 내가 어디서 일하는지 쉽게 찾아내겠지. 이런 짓은 이제 그만두겠다고 했으니 만식 엄마가 우리들하고 일을 같이 하기야 어렵겠지만, 그래도 부산 바닥 어디엔가 발을 붙이고 살려면 이무기가 제법 힘이 될 테니, 걱정하지 말고 찾아와서 신세를 지라고."

용녀는 헤어질 때까지도 이렇듯 언례한테 고맙게 해주었다. 만식이가 손가락이 두 개나 없어졌던 그날 밤, 찬돌이 엄마와 싸울 때도 이무기는 온 동네사람들과 맞서 싸울 기세로 언례의 편을 들어주지 않았던가. 그리고 밤나무집으로 돌아가 언례가 펑펑 울면서 용녀한테 진심으로 고맙다는 말을 했더니, 이무기는 오히려 대수롭지 않은 일을 놓고 무슨 수선을 떠느냐고 핀잔을 주기까지 했다.

"고맙긴 그까짓 게 뭘 고마워, 참, 언니두. 동네 떨거지들한테 언니가 그런 꼴 당하는데, 내가 가만히 구경만 할 줄 알았남?"

하지만 언례는 부산으로 용녀를 찾아 내려갈 마음은 없었다. 금산리에서 양갈보질을 해서 모은 돈으로 그녀는 이제부터 만식이에게 어디에선가 새로운 삶을 마련해줘야 했다. 그래도 언례는 언젠가 먼 훗날 이무기를 틀림없이 다시 만나게 되리라고 믿었다. 땅꾼 집 때문이었다.

"훈장 영감탱이더러 똥값에 사라고 해도 안 사겠대. 그래서 그냥 두기로 했어. 여기다 구락부 열어서 본전은 뽑고도 남았으니까, 재산 하나 묻어두는 셈 치려고. 그러니까 한참 세월이 지나고 나면 내가 집을 처리하거나 아예 이곳에 정착하고 싶다는 생각이 들 때, 다시 언니를 만나러 돌아올지도 몰라."

그것은 어림도 없는 약속이었다. 타향에 나가 굶어죽는다고 하더라도 언례는 결코 금산리 고향으로는 돌아오지 않을 테니까….

양갈보 돈을 가슴에 품고 끝없는 피난행렬에 섞여 추운 길을 가면서, 입김을 하얗게 뿜으며, 언례가 아들에게 물었다.

"내가 양갈보 해서, 너 엄마 미워했지?"

만식이가 고개를 끄덕였다. 그것은 당연한 대답이라고 언례는 생각했다.

그것은 곰곰이 따져볼 만한 문제가 아니었다. 지난 여름부터 만식이가 금산리에서 미워했던 사람은 언례뿐이 아니었다. 아들은 뺑코들과, 마을사람들과, 오돌이 아이들까지, 금산리라면 무엇이나 다 미워했다.

서른셋

아무리 걸어서 쫓아가도 피난민 행렬은 끝이 없었다.

지친 걸음을 쉴 겸 얼음을 깨서 강물을 떠다가 커다란 유엔군 우유 깡통에 잡탕 죽을 끓이는 할머니. 물지게에다 조금이나마 곡식을 담아지고 가는 허약한 사내아이. 걷다가 피곤하여 길바닥에 쓰러져 옷 보퉁이를 안은 채로 잠을 자는 젊은 여자. 지게를 진 키다리 머슴. 자전거를 개조한 수레를 힘들게 끌고 가는 작은 남자….

어디로 가야 하는지를 모르지만 그래도 쉬지 않고 앞뒤에서 줄지어 정처 없이 흘러가는 사람들 틈에 끼어 만식이는, 어딘지 알 길이 없는 어딘가를 찾아서, 엄마와 함께 어린 걸음으로 한없이 걸었다. 남쪽으로 그렇게 무작정 한없이 가기만 하면 그들은 밤중에 빽코들이 들이닥쳐 엄마를 양갈보로 만들지 않는 그런 마을에 언젠가는 다다르리라고 소년은 믿었다. 그곳이 어느 마을 어느 도시가 될지는 모르겠지만 어쨌든 그곳에서는 엄마가 양갈보를 하지 않을 테니까 이웃 사람들이 엄마를 더러워하지 않을 거고, 밤마다 아이들이 엄마를 훔쳐보러 오지 않을 거고, 그래서 그는 아이들을 미워할 일이 없을 거고, 그러면 만식이는 세상을 미워하지 않겠고, 그러면 그는 엄마를 미워하지 않겠고….

기나긴 피난길의 행렬에 끼어, 솜을 꾸역꾸역 채운 커다란 이불 보퉁이를 짊어지고, 가슴에는 닭을 안고 걸어가던 만식이는 이제 굽이굽이 산을 돌아 벌써 시야 밖으로 사라진 고향을, 머나먼 고향 쪽을 뒤돌아보았다. 앞으로 어디에 가서 무엇을 하고 살게 될지는 모르겠지만, 엄마는 절대로 고향 금산리에는 돌아가지 않겠다고 했다.

"돌아오고 싶어도 우린 영원히 돌아오지 못하는 거란다." 얼어붙은 소양강을 건너올 때, 공연히 자꾸 뒤를 돌아다보던 만식이에게, 엄마는 그래도 아직 무엇인지 미련이 조금 남은 듯한 목소리로 말했었다.

그리고 만식이도 그곳을 떠난다는 사실만이 기쁘고 속이 시원해서 다시 고향으로 돌아온다는 상상은 아예 하고 싶지도 않았었다. 그리고 이렇게 밤낮으로 사람들 틈에 끼어서 어디론가 휩쓸려 내려가는 동안, 만식이는 그가 느꼈던 모든 사람들에 대한 미움 또한 금산리 마을에 내버리고 온 듯 홀가분한 기분이 들었다. 고향, 이무기 아줌마, 훈장님, 찬돌이와 두꺼비, 강호와 봉이, 능참봉 집, 장군봉의 수리바위, 가운뎃섬과 빽코들과 양공주들이 이제는 모두 세상에서 사라졌으며, 그에게 남은 세상이라고는 한없이 앞으로 뻗어나간 피난길, 사람들이 흘러가는 외길 하나뿐이었다.

이제 그에게는 아이들을 다시 만날 미래가 없었고, 월송리 아이들과의 갈쌈도 다시는 못하리라. 가을마다 들판에서 패를 지어 함성을 지르며 두 마을 아이들이 벌이던 싸움을 생각하며 만식이는 갑자기 억지로 어른이 된 듯 잠깐 아찔한 기분이, 웬일인지 무섭고 섬뜩한 기분이 들었다. 그렇다, 동네 아이들이 가을마다 벌이던 싸움, 그들의 전쟁 장난은 이제 어른들의 진짜 전쟁이 마을을 휩쓸어버리는 바람에, 뿔뿔이 흩어질 아이들과 더불어 영원한 피난길에 오르고 말았다.

만식이는 갑자기 코끝이 시큰했다. 하지만 그것은 금산리에서 이른 봄에, 옷 속으로 스며드는 모래 바람이 강 건너에서 불어와 장군봉을 오르는 아이들의 콧등을 시리게 했던 그런 차가움 때문이 아니었다. 오돌이 소년들은 이른 봄이 오면, 진달래가 골짜기마다 터지기 훨씬 전부터, 겨울옷을 벗어던지고 산에 올라 땀을 흘리며 칡뿌리를 캐내어, 꼭꼭 씹어서 은근하고도 달착지근한 단물을 입안 가득히 빨아먹고는 했다.

그런 칡뿌리 봄은 다시는 돌아오지 않는다. 여름에 뺑코 군인들이 전쟁을 몰고 강을 건너오면서 그런 봄은 사라졌고, 그리고 또 다른 많은 금산리가 영원히 사라졌다. 잔물결이 은빛으로 반짝이는 한낮의 북한강, 미끄러지는 거울처럼 하얀 구름을 고스란히 담고 흐르는 소양강의 맑은 강물, 미친 듯 불타면서 녹아내리는 황혼, 비가 내리는 들판의 고요한 소리, 슬픈 가을 하늘에서 무리를 지어 비행연습을 하다가 남쪽으로 날아가는 제비들, 달빛에 젖어서 잠든 초가지붕들….

피난길을 언제까지 그리고 어디까지 가야 할지, 전쟁이 언제 어떻게 끝날지, 어린 만식이는 알 길이 없었다. 추수가 끝나서 온 마을이 한가해지는 가을을 기다리지도 않고, 계절도 가리지 않고, 어른들의 갈쌈은 한없이 계속되었다. 봉의산에서 튀어 나온 은빛 말을 타고 전설의 장군이 하늘을 날아서 다시 돌아오기만 했더라면 아마도 어른들의 가을 전쟁은 벌써 끝나버렸으리라고 만식이는 생각했다. 그러나 은마 전설의 장군은 오지 않았다. 봉이산 백마도 나타나지 않았고, 장군봉의 바위굴도 터지지 않았다. 그래서 세계 군대의 뺑코 장군이 대신 왔지만, 유엔 장군이 데리고 온 껵다리 군인들은 금산리에서 무엇을 했던가?

어른들의 전쟁은 서면 아이들의 갈쌈하고는 무척 달랐다. 그리고 줄창 싸우기만 하는 어른들 때문에 만식이는 아이들과, 가을철 전쟁놀이와, 모든 미움을 고향에 가지런히 남겨두고, 이불 보퉁이를 등에 메고 품에는 닭 한 마리를 안고, 사람들 속에 섞여서 한없이 흘러갔다.

이렇게 모든 사람을 추운 시골길로 몰아낸 어른들의 갈쌈은 언제 끝날지도 모르는데, 언제 어디에 가서 새로운 고향을 어떻게 찾아야 할지 아득하기만 한데, 그런데 그는 지금 무슨 이유로 엄마를 미워한다는 말인가? 세상에서 무엇인지를 미워해봤자 무슨 소용이겠는가?

그래서 양갈보 엄마가 밉다고 고개를 끄덕였던 만식이가 혼잣말처럼 언례에게 말했다.

"지금은 안 미워."

그냥 앞사람만 보고 허위적 허위적 쫓아가며 무작정 걷기만 하던 언례가 물었다. "뭐가?"

만식이는 대답하지 않았다. 그가 엄마를 미워하는지 안 미워하는지, 이제는 그따위 하찮은 사실을 엄마가 알거나 모른다는 것조차도 별로 중요하지 않았고, 그래서 만식이는 왜 이제는 엄마를 미워하지 않게 되었는지 구태여 설명하고 싶지가 않았다.

언례가 뒤늦게 알아듣고 말했다.

"아, 그거."

그리고 언례는 한참 동안 입을 열지 않았다. 엄마는 수탉을 안고 옆에서 타박타박 걸어 따라오는 만식이의 손을, 손가락이 세 개만 남은 불쌍한 손을 잠깐 물끄러미 쳐다보았다. 그리고는 다시 앞서가는 여자가 부지런히 씰룩거리는 엉덩이로 시선을 돌리고는, 역시 부지런히 발걸음을 놀렸다.

아무리 걸어서 따라가도 피난민 행렬은 끝이 없었고, 피난길도 끝이 없었다. 유난히 춥고도 눈이 많은 겨울에, 마을이나 길의 이름도 알 길이 없이, 그냥 물 흐르듯 흘러가는 사람들을 따라, 군용차량들의 행렬과 뒤섞이기도 하고, 밤이면 주인들이 남쪽으로 떠나버린 빈 집을 찾아 온돌방에 불을 넣고 낯선 사람들과 뒤엉켜 잠을 자고, 뒤에서 따라오며 점점 잦아지는 포성과 야간 후퇴를 하는 군인들을 태운 트럭들이 바깥 한길에서 씽씽 달아나는 소리에 귀를 기울이며, 초조하게 날이 밝아 다시 도망칠 시간이 오기를 기다리고, 그렇게 날이면 날마다 못된 거인 어린아이가 장난삼아 일일이 망치로 두드려 부숴 가루를 낸 듯한 여러 도시의 폐허를 지나, 논두렁이나 길거리에서 얼어 죽은 사람들을 가끔 먼발치에서 보고, 폭격을 맞아 죽어서 밭에 버림을 받은 시체들을 보고, 죽은 사람의 신발과 옷을 누가 벗겨갔는지 발가벗고 꽁꽁 얼어버린 시체를 보고, 온갖 한을 피난 보퉁이에 담고 남쪽으로 가는 사람들 틈에 끼어, 언례는 두 아이를 데리고 자꾸만 고향에서 멀어져 갔다.

작품리뷰 ①

반미(反美)가 아니라 반전(反戰)을 애기하는 한국인의 소설

허버트 미트갱 Herbert Mitgang

('맥아더'의 한국식 발음인) '매가도'라는 대단한 미국 장군이 군대를 이끌고 인천에 상륙하면서부터 한국전쟁을 다룬 이 소설이 시작된다. 때는 1950년으로, 제2차 세계대전에서 일본이 패망한 지 5년이 되었다. 읍내 사람들 사이에는 일본군의 한국 점령에 대한 슬픈 기억들이 아직도 생생하다. 그런데 이제 주로 미군으로 이루어진 국제연합 군대가 도착하여 마을 근처의 섬에는 탱크들과 천막들이 들어선다. 역사상 처음으로 금산리 마을에 전쟁이 찾아왔고, 그들의 자그마한 세계는 영원히 달라지고 만다.

〈은마〉(銀馬)의 내용이 실감나게 들리게끔 만드는 힘은 한국의 언론인 출신 작가인 안정효가 마을사람들의 관점에서 이야기를 전하기 때문이다. 마을사람들은 전쟁이 추구하는 보다 큰 목적들 따위에는 관심이 없다. 지금처럼 변함없이 살아가라고 그냥 내버려두기만 한다면 그들은 온 나라에서 공산주의 통치를 강행하려는 북한군을 남한군이 막아내려고 싸운다는 사실에 대해서 아무런 신경도 쓰지 않는 듯싶다. 그들은 전쟁에서 자신들이 조연배우 노릇을 하고 있다는 현실을 의식하지 못한다. 농부들은 그들의 가족이 지켜온 전통과 추수한 곡식과 변하지 않는 그들의 생활방식에만 관심을 보인다.

묵직한 군화에 헐렁헐렁한 옷을 걸치고, 맛좋은 통조림 음식과 병맥주와 더불어, 코가 크고 음흉한 인종으로 보이는 미국 군인들이 등장한다.

• 1990년 2월 21일자 〈뉴욕타임스〉(*The New York Times*).

그들은 아이들에게 미소를 짓고, 초콜릿을 던져 주고, 좋은 물건과 돈으로 농부들을 유혹한다. 밤이 된 다음, 전투가 없어 야영하는 동안, 이들 미국 군인 몇 명이 마을로 들어가 여자들을 강간한다. 안정효는 마치 몽골이나, 중국이나, 일본의 침략자들, 그리고 유엔군에게 한국 같은 작은 나라가 시달림을 당하는 경우, 그런 끔직한 일들은 당연히 일어나는 현상이라는 사실을 납득시키기라도 하려는 듯 거의 아무런 언급도 없이 직설적으로 그런 사건들을 서술한다. 그래서 그는 반미 소설이 되었을지도 모르는 주제를 그렇지가 않는 반전 소설로 발전시키는 데 성공했다.

안정효는 그의 소설을 3부로 나누었는데, 1부에서는 옛날의 삶을 그대로 유지하려고 노력하지만 외국인들의 등장에 따른 압력에 밀려 달라지기 시작하는 한국의 한 시골 마을을 관찰하고, 미국인들이 그의 권위를 인정하지 않아 정체성을 잃게 되는 촌장을 묘사하고, 2부에서는 "양키 와이프(洋公主)"라고 알려진 한국 창녀들이 금산리에서 강 건너편에 위치하는 섬에다 이루어 놓은 매춘지역 이름인 "텍사스 타운" 이야기를 다루며, 마지막 3부에서는 어머니가 양키 와이프로 일하는 아이를 포함한 어린 동네 아이들에게 전쟁이 어떤 영향을 끼치는가 하는 문제를 다룬다.

마을 아이들은 패를 지어 서로 대결한다. 그들의 영웅은 매가도 장군이 아니라 한국의 어느 왕을 구하기 위해 산신령들이 보낸 전설적인 용사다. 나라가 위급한 때를 만나면 옛날의 영웅이 은빛 말을 타고 돌아와서, 주인공들을 대신하여 작가가 암시하는 바에 의하면, 유엔군의 도움이 없이도 나라를 해방시켜 주리라고 소년들은 상상한다.

일본, 중국, 라틴 아메리카의 마술적인 현대문학에서 가끔 나타나듯이 여기에서 안정효는 그의 얘기를 시대적으로 융합시키고 이상화하기 위한 신화적인 요소를 소개하기 위해 현대의 위기를 제시한다.

전해 내려오는 얘기에 의하면 옛날 옛적 고려 왕조시대에 몽골의 야만인들이 쳐들어와서 아름다운 궁전들과 사찰들을 모두 불지르고, 무시무시한 전투를 벌여 용감한 고려 무사들을 무더기로 죽이고, 수도 송악을 향해 진군해 나아가면서 모든 큰 도시를 파괴했다고 한다. 나라가 이런 존망의 위기에 처했을 때 자비로운 산신령들이 7척 장신의 장군을 이 세상으로 보내 비탄에 빠진 임금님과 비참한 백성을 구하게 했다.

여기에 등장하는 한국의 영웅은 거대한 칼을 한 번 휘둘러 나라 전체를 구할 능력을 갖추었다. 그래서 전투기와 폭격기가 하늘에서 날아다니고 가끔 그들의 논밭에다 폭탄을 떨어트리는 동안 소년들은 불굴의 영웅이 숨어 산다는 전설의 동굴을 찾아 나선다. 만일 은마를 탄 장군이 다시 돌아와야 할 필요가 생길 정도의 또 다른 위기를 나라가 맞게 되면 동굴의 입구가 다시 열리리라고 농부들은 대대로 부모로부터 얘기를 들어 왔었다. 그러나 일본인들이 나라를 침략하여 한국인들을 40년 동안이나 노예로 삼았을 때도 그는 돌아오지를 않았다. 어쩌면 한국 전쟁은 은마 장군이 다시 한 번 말을 타고 달려 나와 적을 무찔러야 할 만큼 중대한 위기일지도 모르지만 … 작가는 한국전쟁에서 이 어린 소년들이 누구를 적이라고 생각하는지를 얘기하지 못하도록 냉엄하게 억제한다.

〈은마〉는 (자신의 작품을 한국어에서 영어로 직접 번역하는) 안정효가 미국에서 10개월 사이에 출판하게 된 두 번째 소설이다. 전에 그가 이곳에서 발표한 소설 〈하얀 전쟁〉(*White Badge*) 은 베트남에서 미국인들과 더불어 싸웠으며 한국 참전병들이 그들 나름대로의 전후충격 증후군 (*postwar syndrome*)에 시달리는 한국군 사단을 다룬 작품이다. 그의 두 소설 모두 문학적으로는 거의 알려지지 않은 아시아의 한 귀퉁이에 빛을 밝히는 역할을 하기 때문에 읽을 만한 가치를 지닌다.

작품 리뷰 ②

안에서 내다본 한국

제프 댄지거 Jeff Danziger

소호 출판사에서 전에 출판한 안정효의 소설은 한국의 월남전 참전을 다룬 〈하얀 전쟁〉(*White Badge*) 이었다. 그가 표출시킨 가장 놀라운 고발은 한국 정부가 존슨 행정부로부터 혜택을 받기 위해, 미국과의 유리한 무역 조건 이외에는 아무런 다른 이해관계도 없는 전쟁의 터전으로 병사들을 보내 싸우게 했다는 사실이었다. 존슨으로서는 공산주의와의 싸움에 다른 국가들도 미국에 분명히 호응한다는 주장을 내세울 만한 근거가 필요했던 처지였다. 전의(戰意)를 알지 못했던 한국 군인들이 흘린 피 속에서 현대자동차와 금성마이크로웨이브의 성공이 탄생했다. 그 소설은 강렬한 주제를 다루었고, 환태평양 지역에서 벌어지는 정서적 및 정치적 힘들의 역학을 이해하고 싶다면 꼭 읽어야 할 중요한 작품이다.

그의 최신작이지만 사실은 〈하얀 전쟁〉보다 먼저 집필했던 〈은마〉(*Silver Stallion*)에서 안정효는 어린 소년의 눈을 통해 북쪽에서 쳐내려온 공산주의의 확산을 막으려고 1950년대의 한국에다 (그 허구성을 고집하고 싶다면 국제연합이라는 표현을 써도 되겠지만) 미국의 군대를 데려다 놓음으로 해서 치러야만 했던 대가를 얘기한다. 그리고 안정효뿐 아니라 아마도 대단히 많은 다른 한국인들이 생생하고도 자세히 기억하듯이 그들이 감당해야 했던 대가는 정말로 컸다.

소설의 무대가 되는 작은 마을 금산리에서는 바깥 세계, 심지어는 서울에서 벌어지는 사건들까지도 거의 알지 못한다. 일본인들은 제 나라로

• 1990년 4월 5일자 〈크리스천 사이언스 모니터〉(*The Christian Science Monitor*).

돌아갔고, 공산주의자 집단들이 가끔 벌이는 약탈행위 이외에는 삶의 모든 양상이 정상적으로 돌아가는 중이다. 금산리라면 워싱턴에서 까마득하게 떨어진 캔자스의 작은 마을만큼이나 한국의 정치적인 중심지로부터 멀리 떨어진 곳이다. 그러다가 이해하기가 불가능할 정도로 갑작스럽게 "세상 군대(World Army)"라고 알려진 유엔군이 난데없이 나타난다. 경제적인 붕괴 못지않게 마을의 생활양식도 무참하게 붕괴된다.

과부가 된 어머니와 단둘이서 살아가는 소년 만식이는 친구들이나 다른 마을사람들에게서 자질구레한 갖가지 얘기를 듣게 된다. 그는 증오의 대상인 일본인들을 무찔렀던 미국의 위대한 매가도 장군이 온다는 얘기도 듣는다. 공산주의자 간부들은 조금이라도 정치색을 띤 사람이면 모조리 처형하여 인근 읍내를 휩쓸었다. 그러나 그들은 미군이 오기도 전에 그곳에서 도망쳤다. 세상 군대가 오래 주둔하려고 섬에 눌러 앉았는데, 그들과 더불어 서양의 낯선 양상들이 묻어 왔다. 근무시간 후에 장병들이 즐거운 시간을 보내기 위한 "텍사스 타운"이 생겨났고, 미군 병사들에게 강간을 당해서 마을 남자들로부터 더러운 여자라고 낙인이 찍힌 만식이의 어머니는 가난을 못 이겨 매음을 해야 하는 처지로 몰린다.

안정효의 문체는 담백하고, 구차한 얘기를 늘어놓지 않는다. 그의 공감대가 어디에 위치하는지를 알아내려면 우리들은 지극히 미세한 목소리에도 귀를 기울여야 한다. 그는 자신이 쓴 한국어에서부터 스스로 번역을 하기 때문에, 미국어의 용법상에서 그가 동원하는 변형 표현들은 의도적인 것이라고 이해해야 할 듯싶다. 그들이 야기하는 파괴에 대해서 미국인들에게 조금이라도 맹렬한 비난을 퍼붓지 않고 그냥 넘어갔다는 점은 중요한 사실이며, 아마도 의도적이었으리라고 본다. 한국인의 논리에서 본다면 날마다 죽음을 직면한다는 상황은 일차적인 행동의 결과들에 대해서 거의 생각조차 하지 않는 자세를 정당하다고 변호해 주는 구실을 한다. 그래서 텍사스 타운은 철저한 타락과 퇴폐의 지옥이 된다. 소설이 끝날 때쯤에는 아이들이 패를 짜서 미군부대 쓰레기장을 놓고 작은 전쟁을 벌인다.

만식의 어머니가 맞는 몰락은 강간한 미국 병사들 못지않게 촌장과 마을 농부들의 편협한 태도의 결과라고 하겠다. 한국 남자의 독선적인 태도를 작가는 방자하고 우매한 면모로 묘사했다. 예를 들면 아버지들은 어느 편에서도 쌀을 얻어먹지 않으려고 하면서도 아내와 자식들이 훔치거나 구걸을 해도 그냥 내버려둔다.

그런 성품이란 남자만 지녔다고 믿었기 때문에 여자들은 자존심이나 체면 따위는 아랑곳하지도 않았다. 여자들은 명예 따위의 어처구니없는 핑계 때문에 굶어 죽을 여유가 없었다.

안정효는 조셉 헬러(Joseph Heller)의 걸작 〈캣치 22〉도 한국어로 번역했으며, 어쩌면 그런 결과인지는 몰라도 재난의 한가운데서 가소로운 양상을 꼬집어내는 섬세한 감각을 지녔다.

작품의 제목은 한국 민족이 곤경에 처했을 때 은빛 말을 타고 그들을 구하러 나타날 용사로서 한국의 어느 설화에 등장하는 인물에서 연유한다. 공산군의 겨울 공세를 앞두고 만식이와 그의 어머니가 (세상 군대와) 나머지 다른 마을사람들과 함께 남쪽으로 피난을 갈 수밖에 없게 되었을 때, 은빛 말과 그 말을 탄 장군은 나타나지를 않았다. 그렇다면 은마 장군은 위대한 매가도였을까? 대부분의 한국인들은 이 질문에 아직 대답을 하지 못한다. 이미 출판된 안정효의 두 소설과 1980년대의 한국을 무대로 해서 현재 그가 집필중인 세 번째 소설은 꼭 읽어야 할 작품이다.

작품 리뷰 ③

한국인이 쓴 한국전쟁 소설

브라이언 알렉산더 Brian Alexander

텔레비전 시리즈 〈매슈〉(M*A*S*H)에 대해서 흠을 잡으려고 한다면, 호크아이와 다른 미군 병사들이 걸핏하면 농담거리로 여기는 전쟁을 삶으로서 실제로 경험했던 한국인들의 경험을 충분히 반영하지 못했다는 결함을 들어야 하겠다. 시청자들은 한국 사람들을 이름조차 없는 천편일률적인 '동양인'의 우스꽝스러운 모습으로 대부분 묘사하는 장면들만 보아왔다. 안정효의 소설 〈은마〉(Silver Stallion)는 동양인들을 판에 박힌 인물로 보려는 미국인들의 경향에서 주객을 전도시켜 놓고, 그러는 과정에서 그는 하나의 생활양식이 붕괴되는 현상을 감동적으로 그려낸다.

〈은마〉의 도입부 몇 장면은 아주 동양적이라고 여겨져서, 어떤 독자들은 자칫 속아 넘어갈지도 모른다. 쌀농사를 짓는 농부들과 방앗간 주인, 그리고 마을의 지도자격인 황 노인이 사는 어느 작은 마을을 둘러싼 자연과 풍광을 소개하는 갖가지 묘사가 이어진다. 마을의 어린 소년들은 함께 어울려 놀고, 이웃 마을의 아이들과는 행사를 치르듯 전쟁놀이를 벌인다. 그들은 나라가 위기를 맞으면 백성을 구해주려고 나타난다는 은마를 탄 위대한 전설적인 장군이 태어난 굴을 찾아다닌다.

그러나 유엔군을 구성하는 미국과 다른 여러 나라에서 온 "뺑코"들이 서서히 침범하면서 마을의 영원한 면모는 덧없이 사라진다. 소박한 마을사람들이 보기에 이 군인들은 외계에서 온 인간들과 별로 다를 바가 없다.

・ 1990년 1월 19일자 〈샌디에고 트리뷴〉(The San Diego Tribune).

> 하지만 그들이 도착했을 때는 아무도 뺑코 군인들에게 가까이 가지를 않았고 만세를 부르는 사람도 없었다. 마을사람들은 외국 군인들의 해괴한 모습을 보고 놀랐거나 겁이 났기 때문이었다. … 헐렁헐렁한 풀빛 군복을 걸치고 키가 큰 뺑코들은 눈과 머리카락이 이상하고도 요란한 빛깔이었으며, 특히 살갗이 숯처럼 새까만 사람들은 하얀 이를 드러내고 히죽 웃을 때면 흉악한 짐승처럼 보였다.

마을과 더불어 그곳에서 살아가는 사람들은 변화를 거친다. 안정효는 황 노인과, 젊은 과부 언례와, 그녀의 아들 만식에게 초점을 맞춘다. 언례는 두 명의 미군에게 강간을 당하고, 그런 폭력의 경험도 모자라다는 듯 나중에는 그녀를 더러운 여자라고 생각하는 이웃들에게 따돌림까지 당한다. 어린 소년들은 만식이하고 같이 놀지를 않는다. 얼마 후에는 마을에서 강을 건너 저편에 미군부대가 들어선다. 미군부대의 외곽에는 짙은 화장을 한 한국 여자들이 우글거리는 값싼 매음굴의 판자촌이 어느새 들어선다. 언례는 남들이 꼬드기는 바람에 "양공주"가 되어 밥벌이를 한다.

군인들과 창녀들의 존재는 마을의 삶을 좀먹어 들어간다. 마을에서 일어나는 갑작스러운 변화는 특히 황 노인한테 뼈아픈 경험이 된다.

> 군인들이 너무 많아서 그로서는 어떻게 손을 써 볼 힘이 없었기 때문에, 미군 부대가 너무 커서 그로서는 어떻게 해 볼 도리가 없었기 때문에, 그리고 세상이 갑자기 너무나 어지럽고 복잡해져서 그로서는 아무런 영향력을 미칠 여지가 없었기 때문에 노인은 답답하기만 했다.

황 노인과 다른 마을사람들은 그들의 세계에서 이제는 자연의 풍경이나, 논밭이나, 별들을 보려고 하지 않게 된다. 대신에 그들은 "판잣집마다 안팎으로 매달아놓은 노랗거나 빨간 전구들을 보았다. 어느 집을 들어가더라도 안에는 벽에다 못을 잔뜩 박고는 거기에다 값싸고 야한 빛깔의 아슬아슬한 여자 옷들을 걸어 놓았다. 어떤 판잣집의 뒤에 매놓은 빨랫줄에는 속이 비치거나 선정적인 검은 천으로 만든 유혹적인 속옷들과 브래지어들이 죄악의 깃발처럼 매달려 나부꼈다."

마을 아이들은 군인과 창녀가 즐기는 해괴한 장난을 구경하면서 성의 세계에 눈을 뜨기 시작한다. 그의 어머니가 손님을 치르는 방을 다른 아이들이 몰래 들여다보지 못하게 만식이가 막으려고 하자 격렬한 대립이 이루어지고, 마을도 균열이 가기 시작하여 사람들은 그들이 공유하던 세계가 더 이상 존재하지 않는다는 사실을 깨닫는다.

우리들이 작품에서 접하게 되는 미국인이라고는 "싸징 뭉툭코"와 언례의 매음굴을 단골로 드나드는 손님인 그의 친구들뿐이다. 〈은마〉에서는 미국인들이 우스꽝스러운 존재가 된다.

안정효의 글은 훌륭하지만, 때로는 빈틈이 보이거나 무미건조하게 여겨진다. 그 이유는 그가 자신의 작품을 스스로 번역했기 때문인지도 모르겠지만, 그는 영자신문 《코리아 타임스》에서 기자와 부장으로 근무한 경력으로 미루어보아 번역상의 문제는 없었으리라고 여겨진다. 아마도 산문의 생동감이 모자란다는 인상은 단순히 문체상의 면모 때문인지도 모른다. 그렇기는 해도 〈은마〉는 읽을 만한 가치가 충분한 작품이다. 저 멀리에는 인간들이 존재한다. 파나마와, 한국과, 베트남과, 루마니아와, 중동에는 인간이 존재한다. 흔히 우리들은 그들을 이름도 없는 집단으로 파악한다. 우리들이 뉴스에서 보게 되는 사건들이 그들의 삶과 그들의 사회에 엄청난 영향을 끼친다는 사실을 우리들은 잊고 살아간다. 안정효의 소설은 우리들로 하여금 정신을 차리고 일어나 다른 사람들을 직시해야 한다고 상기시킨다.

작품 해설

소설도 진화(進化)한다

고승철 소설가

생물은 환경에 적응하려 제 몸을 바꾼다. 메마른 사막에서 밤이슬만으로 수분을 얻어 살아가도록 진화한 선인장이 있다. 그 선인장 즙을 빨아 먹는 무당벌레도 산다. 수압이 엄청난 해저 수천 미터에서도 그런 악조건에 맞게 진화한 물고기가 헤엄친다.

소설도 진화한다. 처음 발표될 때의 모습에서 탈각(脫殼)해 새로운 면모를 보이는 작품이 더러 있다. 한국에서는 이 사례로 흔히 최인훈의 〈광장〉이 손꼽힌다. 1960년 처음 발표된 이후 2010년까지 10번이나 개작(改作)되었다. 첫 발표 때는 200자 원고지 기준 600매의 경장편 소설이었으나 개작될 때마다 조금씩 분량이 늘어 지금은 제법 두툼한 장편소설로 변모했다. 4·19혁명이 일어난 7개월 후 무렵인 1960년 11월《새벽》지에 첫선을 보인 〈광장〉은 발표 직후 문단 안팎에 적잖은 충격을 던졌고 그 파문은 지금까지도 이어진다. 좌우 이데올로기가 대립하는 한국의 처절한 현대사를 증언하는 명작이어서 '현대판 고전'으로 평가받는다.

김동리가 1936년《중앙》지에 발표한 단편 〈무녀도〉는 한국 샤머니즘의 원형을 절묘하게 그린 수작이다. 발표 당시 작가는 23세 청년이었다. 김동리는 40여 년이 흐른 1978년, 이 작품을 장편으로 고쳐 〈을화(乙火)〉로 내놓았다. 〈무녀도〉의 주인공 모화보다 〈을화〉의 주인공 을화는 더욱 신산(辛酸)한 삶을 사는 무당으로 묘사된다. 미신을 타파하려는 박 장로, 기독교인이 돼 나타난 아들 영술 등과 을화가 벌이는 신앙적, 심리적 갈등은 소설문학의 묘미를 느끼게 한다. 작가는 〈을화〉를 집필한 동기에 대해 "샤머니즘 세계를 더욱 자세하게 형상화함은 물론 죽음과 삶에 관한 문제의식을 한국문학과 세계문학에 제의하고자 한 것"이라 밝힌 바 있다. 〈을화〉는 작가의 문학적 원숙기에 개작되었기에 완성도가 훨씬 높아졌다.

안정효의 〈은마〉는 어떤가. 가히 '현대판 고전'의 반열에 오를 만한 작품이라고 본다. 작가는 이 작품의 소재가 되는 원(原) 체험을 초등학생 소년시절에 자신의 온몸으로 겪었다. 바로 6·25전쟁이라는 한민족 역사상 최대의 비극 현장에서였다. 그는 대학 3학년생일 때, 문학 열병(熱病)으로 온몸이 불덩이처럼 후끈 달아오를 청년시절에, 강원도 춘성군(현재 춘천시) 서면 금산리에 칩거하며 초고를 완성했다. 소설의 무대인 곳이다. 숲이 울창한 이 마을은 북한강을 굽어다보는 절경지역이다. 요즘엔 붉은 단풍이 절정을 이루는 가을마다 춘천마라톤 대회 참가자 2만여 명이 이 앞을 지난다.

작가는 초고 완성 이후 틈날 때마다 거듭 고쳤다고 한다. 세월이 흘러 작가의 나이 45세 때인 1986년 〈갈쌈〉이라는 제목으로 발표했다. 착상에서 발표까지 30여 년이란 오랜 시간이 걸렸다. 이 작품은 미국에서 1988년에 영문판 Silver Stallion으로 간행된 데 이어 1990년 한국에서 〈은마는 오지 않는다〉라는 제목으로 개작돼 나왔다. 이 작품은 큰 반향을 불러일으키며 일약 베스트셀러로 자리잡았다. 그 여세를 몰아 1991년 장길수 감독이 영화로 만들어 국내외 여러 영화제에서 상을 받았다. 원작의 탁월한 문학성이 입증된 셈이다. 당시 주연배우 이혜숙(언례 역)과 김보연(용녀 역)의 연기력도 관객들의 눈길을 끌었다.

이번에 25년 만에 제목을 〈은마〉로 고치고 내용을 대폭 손질한 증보판이 나왔다. '완벽(完璧)'을 향한 작가의 치열한 구도(求道) 정신이 반영되었다고 봐야 할 것이다. 초판에 비해 분량도 200자 원고지 기준으로 500매 가량 더 늘어나 질과 양에서 환골탈태했다.

〈은마〉란 제목을 살펴보자. 금산리에는 마을이 위기에 빠질 때 번쩍이는 은빛 말을 탄 장군이 홀연히 나타난다는 전설이 전해져왔다. 실제로 장군봉이 마을 뒷산에 있다. 장군과 은마(銀馬)는 메시아의 상징이었다. 고난에 빠진 사람들은 메시아가 출현해 자신들을 고통 속에 몰아넣는 악마를 물리쳐 줄 것을 애타게 바란다. 금산리 마을에 '은마'는 찾아오지 않았다. 초판에서는 이 점이 부각돼 〈은마는 오지 않는다〉라고 작명된 듯하다. 그러나 제목에 작품내용을 너무 정직하게 표시하면 신비감이 반감된다. 〈은마〉라고만 하면 은마가 오는지, 안 오는지 짐작하기 어려워 호기심을 자극시킨다. 또 제목에 '않는다'라는 부정적 의미의 어휘가 들어가는 것은 예술작품에서 일종의 금기(禁忌)이기도 하다. 물론 육체파 여배우 마릴린 먼로가 주연한 〈돌아오지 않는 강〉(River of No Return)이나 이만희 감독, 장동휘 주연의 한국 전쟁영화 〈돌아오지 않는 해병〉 같은 명작이 있긴 하지만….

노벨문학상 수상자인 사뮈엘 베케트의 희곡 〈고도를 기다리며〉에서는 고도(Godot)를 애타게 기다리는 등장인물들의 지루한 일상이 그려져 있다. 고도가 누구인지 명확하지도 않다. 블라디미르와 에스트라공이라는 두 방랑자는 한적한 시골길에서 그저 무의미한 대사를 주고받으며 고도를 기다릴 뿐이다. 비루한 삶을 이어가는 고독한 현대인에게 고도는 메시아인 셈이다. 이 작품에서 고도는 끝내 나타나지 않는다. 어느 소년이 와서 고도가 오늘 오지 못하는데 내일 오겠다는 말을 전하며 1막이 끝난다. 2막에서도 마찬가지 상황이 반복된다. 아마 제목을 〈고도는 오지 않는다〉라고 달았다면 문학적 메타포 효과가 훼손되지 않았을까.

〈은마〉와 〈은마는 오지 않는다〉를 비교해 보니 여러 모로 진화했다. 6·25 전쟁이 발발한 지 62년이 흘렀으니 작가의 원체험이 한 갑년(甲年, 60년) 이상 숙성한 셈이다. 그 세월 동안 작가의 인간관, 세계관, 우주관은 얼마나 넓어졌겠는가. 문학적 상상력은 얼마나 확장되었을까. 체험의

폭(幅)은 얼마나 확대되었을까. 문장은 어떻게 변했을까.

〈은마는 오지 않는다〉는 제1부 전쟁이 오는 마을, 제2부 무인도로 오는 사람들, 제3부 어둠 속의 아이들, 제4부 떠나가는 마을 등으로 구성됐다. 〈은마〉는 제1부 전쟁이 오는 마을, 제2부 무인도로 찾아오는 사람들, 제3부 텍사스 타운, 제4부 어둠속의 아이들, 제5부 떠나가는 마을 등으로 제3부 텍사스 타운이 추가됐다. 외국인 병사들에게 몸을 파는 양공주들의 생활상을 적나라하게 묘파한 부분이 돋보인다.

뺑코들에게 겁탈당한 주인공 언례에게 나타난 양공주 용녀는 더욱 복합적인 인물로 설정됐다. 언례에게 양갈보 역할을 하도록 해 밥벌이를 해결해줄 뿐 아니라 새로운 세계로 인도하는 구원자 역할까지 한다. 작가는 이를 강조하려 제3부 텍사스 타운의 전문(前文)을 다음과 같이 썼다.

> 용녀의 끈질긴 유혹에 대해서 언례는 언제부터인가 묘한 기대를 품기 시작했다. 어쩌면 처음 밤나무집을 사겠다고 두 여자가 찾아왔을 때부터 이미 언례는 어렴풋한 구원의 불빛을 용녀에게서 보았는지도 모른다. 그리고 텍사스 타운에서 벌어진다는 별의별 희한한 얘기를 다 늘어놓는 동안에도, 용녀는 언례가 스스로 상상이나 예측을 전혀 하지 못했던 세계를 보여주는 길잡이처럼 여겨졌었다. 용녀는 언례의 삶을 언례 자신보다도 훨씬 더 멀리, 훨씬 훤히 내다보고는 언례를 상상도 못할 신비한 곳으로 데려가려고 머나먼 다른 세상에서 찾아온 고마운 구원자일지도 모르겠다고 그녀는 생각했다.

용녀가 마을에 처음 나타나는 장면도 더욱 서정적으로 묘사되었다.

> 두 여자는 다리를 건너더니 과꽃이 무성하게 흐드러진 길을 따라 안동네로 향했다. ―〈은마는 오지 않는다〉

두 여자는 다리를 건너더니 과꽃이 무성하게 흐드러진 길을 따라 안동네로 향했다. 전혀 서두르지 않고 한가하기 짝이 없는 걸음걸이였다.
— 〈은마〉

얼핏 보면 별 차이가 없지만 '전혀 서두르지 않고 한가하기 짝이 없는 걸음걸이였다'라는 문장 하나가 들어감으로써 탐미적(耽美的)인 분위기가 확연히 드러난다. "씨발놈"이라는 욕설을 입에 달고 살며 양갈보를 천시하는 여인들과 머리채를 붙들고 싸우는 용녀의 캐릭터에서 역설적으로 일말의 성녀(聖女) 분위기마저 느껴진다. 마리아 막달레나와 비슷한 이미지라 할까.

〈은마는 오지 않는다〉의 문장을 더욱 읽기 쉽고, 문장에서 시각적 효과까지 나타나도록 다듬은 점도 〈은마〉가 진화한 부분이다. 예를 들면 아래와 같은 글처럼 적절하게 행을 나눔으로써 운율을 살렸다.

내가 강간을 당하다니, 내가 … 내가 강간을 당하다니. 그것도 한꺼번에 두 명에게서. 애를 배었다면, 뺑코들 때문에 애를 뱄으면 어떻게 하나? 머리가 노랗고, 눈이 파랗고, 살갗이 꺼먼 아이를 낳는다면, 그러면 나는 어떻게 될까? — 〈은마는 오지 않는다〉

내가 강간을 당하다니. 내가 ….
내가 강간을 당하다니.
그것도 한꺼번에 두 명에게서.
그래서 만일 내가 애를 뱄다면, 뺑코들 때문에 내가 애를 뱄으면 어떻게 하나? 머리가 노랗고, 눈이 파랗고, 살갗이 꺼먼 아이라도 혹시 낳는다면, 그러면 나는 어떻게 될까? — 〈은마〉

등장인물의 발언이 한층 생동감 넘치고 사실성 높게 바뀐 점도 눈에 띈

다. 이를 통해 인물의 성격이 더욱 부각되는 효과가 느껴진다. 예를 들면 황승각 노인의 다음과 같은 발언을 들 수 있겠다.

> 이런 쓸개 빠진 놈 같으니라고. 계집들의 행색이 의심스럽다는 걸 한눈에 봐도 빤히 알 만했을 텐데, 나한테 일언반구의 의논조차 없이 집을 팔았단 말이지? ―〈은마는 오지 않는다〉

> 이런 쓸개 빠진 놈 같으니라고. 계집들의 행색이 의심스럽다는 걸 한눈에 봐도 빤히 알 만했을 텐데, 나한테 일언반구의 의논조차 없이 집을 팔았단 말이지? 자네 그런 꼬락서니를 한 여자들이라면 도대체 무얼 하는 사람들일까 수상한 생각조차 들지 않던가? 어서 당장 그 계집들을 찾아내어 정체를 알아보고, 조금이라도 미심쩍은 구석이 보이면 돈을 돌려주고는 집을 내주지 말도록 하게. ―〈은마〉

자세히 살펴보니 황 노인의 자녀 수가 바뀌었다. 〈은마는 오지 않는다〉에서 석구는 외아들로 나온다. 〈은마〉에서는 황 노인의 자녀는 4남 2녀이다. 이 가운데 아들 석구만이 아버지 곁에 산다. 자녀가 늘어나도록 고친 것은 도시화의 문제점을 비판하기 위해서인 듯하다. 작가는 이처럼 세심한 부분에까지 신경을 쓰며 완성도를 높였다.

황 노인의 네 아들과 두 딸 가운데 고향을 지키겠다고 남은 자식이라고는 석구 하나뿐이었다. 읍내에서 신식 학교를 다니며 도회지 사람들과 어울리는 삶에 틈틈이 익숙해진 아이들은 모래알처럼 손가락 사이로 하나 둘 빠져나가 앞을 다투며 멀찍감치 서울로 올라가 그들끼리 따로 울타리를 만들었다. 자식들이 왜 그렇게 경쟁적으로 멀리 도망치기에 바빴는지를 노인은 이미 때가 늦은 다음에야 깨달았다. 달라지는 세상의 눈치를 읽어내고 아버지가 당신의 세계를 고스란히 지키려는 단속을 시

작하기 전에 그들은 말릴 틈을 주지 않고 한꺼번에 줄지어 빠져나가고 말았다. —〈은마〉

〈은마〉를 전쟁문학의 걸작으로 꼽지 않을 수 없다. 산골에서 사는 순박한 청상과부 언례가 양갈보가 되어 빽코들 앞에서 홀딱 벗고 춤을 추도록 전락한다거나, 그녀의 아들 만식이가 그런 엄마 때문에 친구들에게 '왕따'를 당하는 등 거친 전쟁의 피해자가 나약한 여성과 어린이라는 사실을 고발하는 점에서 반전(反戰)의 메시지를 던진다.

"전쟁문학이란 전쟁을 소재로 한 문학이 아니라 처절한 전쟁에서 피어나는 휴머니즘"이라 갈파한 미국인 작가 팀 오브라이언(1946~)의 말이 생각난다. 베트남전쟁 참전 체험을 바탕으로 〈그들이 가지고 다닌 것들〉(the Things They Carried) 등 주옥같은 소설을 쓴 그는 20세기 미국문학의 거봉(巨峰) 존 업다이크에게서 '베트남전의 초상화가'라는 찬사를 들은 바 있다. 오브라이언은 《워싱턴포스트》 신문의 기자로도 활동했다. 베트남전 참전, 신문기자 경력이란 점에서 오브라이언과 안정효는 공통 체험을 지녔다.

안정효의 또 다른 대표작 〈하얀 전쟁〉은 베트남전 체험을 녹인 작품이다. 그러니 6·25전쟁을 그린 〈은마〉까지 발표한 안정효는 한국에서 전쟁문학을 대표하는 작가라 할 수 있다. "인류가 전쟁을 끝내지 않으면 전쟁이 인류를 끝장낼 것"이라는 경구(警句)처럼 전쟁문학이 지향하는 목표는 평화이다. 그런 점에서 전쟁을 화두(話頭)로 붙든 안정효는 진정한 평화주의자인 셈이다.

한국에서 전쟁은 종식(終熄)되지 않았다. 여전히 남북한은 대치중이다. 천안함 침몰, 연평도 피폭, 핵무기 및 미사일 위협, 불바다 엄포 등 한민족끼리 각을 뜨는 살육전은 현재 진행형이다. 주변 강대국의 이해관계에 따라 한반도의 앞날이 좌지우지될 기미가 여전하다. 〈은마〉의 상황이 시대만 바뀌었을 뿐 어느 면에서는 현재진행형이기도 하다. 〈은마는 오지 않는다〉라는 소설은 〈은마〉로 진화했지만 한반도 안보상황은 바뀌지 않아 안타깝다.

문학평론가 김현은 1988년 발표한 평론 〈증오와 폭력〉에서 안정효의 〈갈쌈〉을 다루면서 '만인 대 일인의 싸움'으로 주제를 요약했다. 언례 1인은 마을사람 만인에게 손가락질을 받는다. 만식도 친구 여럿에게서 따돌림을 당한다. 김현은 주인공인 1인이 만인과 외롭고도 비장한 싸움을 벌이는 '운명적 박해'가 역사 이래로 되풀이되는 것으로 보았다.

〈은마〉를 읽으며 자주 나오는 섹스장면 때문에 청소년에게 읽혀도 될까 하는 의문을 품은 적이 있다. 곰곰 생각해보니 고교생쯤이라면 이런 상황을 이해할 수 있을 듯하다. 굳이 나이 등급을 매기자면 '15세 이하 금지' 정도가 적당할까. 〈은마〉는 전쟁의 참상을 간접체험하고 평화와 휴머니즘을 깨닫게 하는 데 큰 역할을 할 것이리라. 문학의 힘은 인간본능에 내재된 폭력성을 순화할 것으로 믿기 때문이다.

〈은마〉로 거듭난 작품을 쓰기 위해 60여 년 동안 내공을 쌓은 작가에게 머리 숙여 경의를 표한다. 외국의 저명한 평론가들에게서 극찬을 받아 한국 문학의 격(格)을 높인 이 작품이 젊은 독자들에게도 읽히기를 소망한다.

〈은마〉뿐 아니라 안정효의 다른 대표작 〈미늘〉, 〈솔섬〉, 〈하얀 전쟁〉 등에 대해서도 새 세대의 새 독자, 새 평론가들에 의해 새로운 평가가 이루어지기를 기대한다.

지금까지 '번역가 안정효'의 위상이 높다 보니 '소설가 안정효'의 면모가 제대로 조명되지 못했다. 그는 영어와 한국어로 자유자재로 창작 활동을 할 수 있는 거의 유일한 한국인 소설가이다.

2012년 대한민국을 통쾌하게 난타하는 정치풍자소설의 절정!

판타지+역사+정치+풍자의 칼날을 곧추세운
안정효의 꼼수 알레고리는 누구를 겨냥하는가?
이 발랄통쾌한 퍼즐게임에 당신을 초대한다!

역사소설 솔섬 松島
(전3권)

《하얀전쟁》,《은마》,《미늘》
《할리우드 키드의 생애》의 작가
안정효 전작 장편소설

- "상상력에 자유를 주고… '막소설' 썼죠" –〈조선일보〉
- 무분별하고 무책임한 인터넷 문화에 대한
  비판도 엿보여 –〈경향신문〉
- "국민이 정치권 흔드는 시대…
  거침없이 썼다" –〈국민일보〉
- 비현실적 설정에 정치현실에 대한 풍자가
  가득한 판타지 역사물 – KBS

각권 값 11,800원

나남 Tel. 031.955.4601
www.nanam.net

《하얀전쟁》,《은마》,《솔섬》,《할리우드 키드의 생애》의 작가

안정효 장편소설

미늘

*미늘 : 낚시 바늘 끝의 작은 갈고리. 구거(鉤距)

'불륜'을 '예술'로 승화시킨 심리소설의 결정판!
중년 남녀의 원초적 욕망…
검은 밤바다를 헤엄치며 일상탈출을 선언한다!

저녁에 서울로 돌아온 그들은 서교호텔에서 제법 비싼 저녁을 먹었다. 수미는 그에게 파란 넥타이를 선물했다. 구찬은 그녀에게 줄무늬 수영복을 선물하면서, 금년 여름에는 경포대 해수욕장으로 휴가를 가서 그녀의 멋진 수영솜씨를 보여 달라고 했다. 수미는 경포대 5리바위와 10리바위를 너끈히 왕복하는 그녀의 수영솜씨를 몇 차례 그에게 자랑했었다. 그리고 식사가 끝나갈 무렵에 수미가 오랫동안 벼러오던 금기의 화제를 마침내 입에 올렸다.

"가정으로 돌아가고 싶으시다면, 보내드릴게요."

-본문중에서

나남 031) 955-4601
www.nanam.net

**2016년 2월 15일, 불의 산 백두산이 폭발한다!
두렵지만 도망칠 수 없는 한반도 최악의 미래!**

잔인한 4월 가장 스펙터클하고 충격적인 팩션을 경험하라!

로재성 장편소설

백두산 대폭발 전2권

각 권 값 12,000원

2016년 2월, 중국 발해(보하이) 동계 아시안게임을 앞두고 폭발 조짐을 보이는 백두산.
백두산 폭발설을 주장하던 한 화산학자의 의문사.
그 원인을 밝히려는 화산학자의 아들 임준, 〈한성일보〉 열혈 여기자 오수지,
국정원 대북팀장 박주연. 이들을 방해하는 오수지의 약혼자 백두개발 회장 황우반,
홍콩의 마타하리 린리치, 청와대 외교안보수석 백선규.
그리고 이들이 벌이는 숨막히는 첩보전. 아시안게임 폐막식 때 마침내 폭발하는 백두산.
화산쇄설물이 내려오면서 산사태가 일어나 생지옥이 되는 발해시.
화산성 지진으로 붕괴되는 영변 핵시설과 엄청난 핵재난.
초토화되는 백두산 일대의 중국과 북한.
서울까지 점령한 대지진. 내진설계가 안 된 수많은 건물들의 붕괴,
수십만의 사상자들이 발생하는 서울. 소양강댐이 붕괴, 한강 범람으로 물바다가 되는 수도권.
편서풍을 타고 동해를 건너간 화산재로 잿빛이 되는 일본.
삼지연 별장에서 중국과의 비밀회담을 기다리다 화산재를 피해 지하벙커로 도피하는
북한 최고지도자 김정은. 김정은의 남침을 막고 조중간 주도권 장악을 위해
최첨단 전자펄스탄을 터뜨려 통신을 마비시키는 중국.
그리고, 대재앙으로 발생한 수백만의 난민을 남한에 떠넘기려 휴전선을 개방하는 북한정부 …

나남 nanam
031) 955-4601
www.nanam.net